In ›Der Unberührbare‹ entwirft der irische Romancier John Banville die spannende Lebensgeschichte eines Mannes, der als Doppelspion in die Ereignisse unseres Jahrhunderts verstrickt war und der im Leben viele Rollen spielte. Banvilles Roman beginnt in dem Augenblick, als Victor Maskell die Maske vom Gesicht gerissen wird, weil einer seiner Freunde ihn verraten hat.
Öffentlich an den Pranger gestellt und einsam widmet Maskell sich der retrospektiven Betrachtung seines Lebens, stellt Sein und Schein nebeneinander. Daß es ihm – einem Meister der Tarnungen – dabei keineswegs um eine einfache Wahrheitsfindung gehen wird, offenbart diese schillernde, zwischen Ironie und Zynismus angelegte Beichte, deren sublime Verzweiflung unweigerlich von einem diabolischen Gelächter stranguliert wird. Von der Kindheit und Jugend in Irland als Sohn eines protestantischen Bischofs, über das Studium in Cambridge hin zu dem ekzessiv gesellschaftlichen Leben im London der 30er Jahre rekapituliert Maskell Stationen seines Daseins. Er erzählt von der Faszination, die von den großen Ideologien des Jahrhunderts ausging, von seiner Parteinahme für den Kommunismus, seiner Leidenschaft für die Kunst und wie ihn seine Karriere als angesehener Kunstexperte und Kritiker in die unmittelbare Nähe der königlichen Familie brachte. Er berichtet, wie er sich vom sowjetischen Geheimdienst anwerben ließ, von seinen Einsätzen als Spion und später als Doppelagent, von Krieg und Nachkriegszeit und dem allmählichen Rückzug ins private Leben. – Banville erzählt die faszinierende Geschichte eines Mannes, der unfaßbar bleibt. Ein meisterhafter Roman, in dem das merkwürdige Leben des britischen Doppelspions Anthony Blunt nun endlich zu Kunst geworden ist.

*John Banville*, geboren 1945 in Wexford, Irland, und einer der bedeutendsten zeitgenössischen Autoren seines Landes, ist Literaturkritiker der ›Irish Times‹ und lebt in Dublin. Im Fischer Taschenbuch Verlag: ›Athena‹ (Bd. 13846), ›Das Buch der Beweise‹ (Bd. 13287), ›Kepler‹ (Bd. 13597) und ›Doktor Kopernikus‹ (Bd. 13598).

# JOHN BANVILLE

## DER UNBERÜHRBARE

Roman

Aus dem Englischen von
Christa Schuenke

Fischer Taschenbuch Verlag

Veröffentlicht im Fischer Taschenbuch Verlag GmbH,
Frankfurt am Main, Januar 2000

Lizenzausgabe mit freundlicher Genehmigung
des Verlages Kiepenheuer & Witsch, Köln

Die Originalausgabe erschien unter dem Titel
›The Untouchable‹
© John Banville 1997
Deutsche Ausgabe:
© Kiepenheuer & Witsch Verlag, Köln 1997
Alle Rechte vorbehalten
Druck und Bindung: Clausen & Bosse, Leck
Printed in Germany
ISBN 3-596-14184-2

*Für Colm und Douglas*

# EINS

Erster Tag des neuen Lebens. Sehr seltsam. Ruhelos, fast schon den ganzen Tag. Erschöpft, aber auch fiebrig, wie ein Kind am Ende einer Feier. Wie ein Kind, ja: als hätte ich eine abstruse Form von Wiedergeburt durchgemacht. Und dabei habe ich heute morgen zum erstenmal gemerkt, daß ich ein alter Mann bin. Ich ging über die Gowder Street, früher mein Revier. Ein falscher Schritt, und plötzlich behindert mich etwas. Komisches Gefühl, als ob ich in einen Luftwirbel getreten wäre, einen Strudel – wie nennt man das: zähflüssig? –, einen Widerstand, beinah wäre ich gestolpert. Der Bus donnerte vorbei; am Lenkrad ein grinsender Neger. Was hat er gesehen? Sandalen, Regenmantel, meine unverwüstliche Umhängetasche, ein entsetztes Flackern in den alten Triefaugen. Wenn ich überfahren worden wäre, hätte es geheißen Selbstmord, und alle hätten aufgeatmet. Aber diese Genugtuung gönne ich ihnen nicht. Zweiundsiebzig werde ich dieses Jahr. Unglaublich. Innerlich bin ich immer noch zweiundzwanzig. Das geht vermutlich allen alten Leuten so. Brr.

Ich habe nie Tagebuch geführt. Reine Vorsichtsmaßnahme. Bloß nichts Schriftliches hinterlassen, hat Boy immer gesagt. Wieso fange ich jetzt damit an? Ich habe mich einfach hingesetzt und angefangen zu schreiben, als ob es das Selbstverständlichste von der Welt wäre, was es natürlich nicht ist. Mein Testament. Es dämmert, alles ganz still, scharfe Konturen. Die Bäume auf dem Platz tropfen. Dünnes Vogelgezwitscher. April. Ich mag den Frühling nicht, seine Launen und Turbulenzen; ich habe Angst vor diesem quälenden Brodeln im Herzen, wozu es mich treiben könnte. Wozu mich das *hätte treiben können*: man muß aufpassen mit den Zeiten – in meinem Alter. Meine Kinder fehlen mir. Oje, wie komme ich denn darauf? Kinder kann man sie wohl kaum noch nennen. Julian muß – ja, er muß dies Jahr vierzig werden, das heißt, Blanche ist achtunddreißig, oder? Gegen die beiden komme ich mir vor, als ob ich noch gar nicht ganz erwachsen bin. Auden hat mal gesagt, egal, wie alt die Gesellschaft war, er habe immer das Gefühl gehabt, der jüngste im Raum zu sein; ich auch. Trotzdem, wenigstens anrufen hätten sie können, habe ich gedacht. *Hallo, Daddums, du Armer, in der Zeitung steht, du bist ein Verräter.* Aber ich weiß gar nicht, ob ich das wirklich hören will, Blanches Gegreine und wie Julian sich am anderen Ende auf die Unterlippe beißt. Er ist seiner Mutter nachgeraten. Aber das sagt wohl jeder Vater.

Ich darf nicht abschweifen.

So am Pranger zu stehen, in aller Öffentlichkeit, das ist schon seltsam. Ein Flattern in der Zwerchfellgegend und ein Gefühl, als ob man am ganzen Leibe zittert, als ob sich das Blut schwer wie Quecksilber direkt unter der Haut entlangwälzt. Eine Mischung aus Aufregung und Entsetzen, starker Tobak. Anfangs bin ich nicht darauf gekommen, woran mich dieser Zustand erinnert, dann fiel es mir ein: an meine ersten nächtlichen Streifzüge, nachdem ich mir endlich den Hang zum eigenen Geschlecht eingestanden hatte. Derselbe heiße Schauer von Vorahnung und Angst, dasselbe verzweifelte Grinsen, das sich nicht heraustraut. Der Wunsch, erwischt zu werden. Überführt zu werden. Übermannt zu werden. Aber das ist vorbei. Eigentlich ist alles vorbei. Bei *Et in Arcadia Ego* gibt es so ein Stück blauen Himmel, wo die Wolken in Form eines rasch fliegenden Vogels aufgerissen sind, das ist für mich die wahre, heimliche Mitte, der Höhepunkt des ganzen Bildes. Wenn ich an den Tod denke, und je älter ich werde, desto mehr schwindet die Ungläubigkeit, mit der ich an ihn denke, dann sehe ich mich, eingewickelt in ein zinkweißes Leichentuch, eine Gestalt eher von El Greco als von Poussin, aufsteigen unter lauter Hallelujas und Maulfürzen, verzückt in erotischer Agonie, sehe mich aufsteigen durch strudelnde Wolken von der Farbe goldenen Tees und kopfüber eintauchen in just solch einen schimmernden Flecken Himmelblau.

Die Lampe anknipsen. Mein stetes, kleines Licht. Wie genau es diesen engen Bereich von Schreibtisch und Papier begrenzt, in dem ich mich seit jeher am wohlsten fühle, dieses erhellte Zelt, in dem ich mich selig vor der Welt verkrieche. Denn selbst die Bilder sind eher eine Sache des Geistes gewesen als des Auges. Hier ist alles, was –

Das war ein Anruf von Querell. Der Mann hat Nerven, ich muß schon sagen. Als das Telefon klingelte, bin ich richtig zusammengefahren. Ich habe mich nie an diesen Apparat gewöhnen können, wie er dahockt, boshaft, und plötzlich Krach schlägt, um sich in Erinnerung zu bringen, immer gerade dann, wenn man es am wenigsten erwartet, wie ein Baby, das einen Koller hat. Mein armes Herz pocht immer noch ganz beängstigend. Was hatte ich denn geglaubt, wer das sei? Er rief aus Antibes an. Mir war, als ob ich im Hintergrund das Meer hörte, und ich war neidisch und verärgert, aber es war wohl nur der Lärm der Autos, die an seiner Wohnung vorbeifuhren, über die Corniche, oder? – oder ist die woanders? Er habe es in den BBC-Nachrichten gehört. »Schlimm, alter Junge, schlimm, schlimm; was soll man dazu sagen?« Es gelang ihm nicht, seine Neugier runterzuschlucken. Er wollte alle schmutzigen Einzelheiten wissen. »War's Sex, worüber du gestolpert bist?« Diese Verlogenheit – trotzdem, daß er so wenig mitgekriegt hat. Hätte ich zurückschlagen sollen, ihm sagen, daß ich weiß, was für ein falscher Hund er ist? Welchen Sinn hätte das gehabt? Skryne liest gerade sein Buch, er ist ganz begeistert. »Also dieser Querell«, sagt er und pfeift auf seine typische Art durch die Zähne, »der hat uns alle durchschaut.« Mich nicht, mein Freund, mich nicht. Das hoffe ich jedenfalls.

Sonst hat niemand angerufen. Na ja, ich hatte ja auch nicht damit gerechnet, daß *er* ...

Der alte Skryne, er wird mir fehlen. Keine Frage, jetzt habe ich nichts mehr mit ihm zu tun; das ist vorbei, wie so vieles. Ich müßte erleichtert sein, aber komischerweise bin ich es nicht. Zum Schluß waren wir so was wie eine Zwei-Mann-Nummer, er und ich, wie im Varieté. *Also nein, also nein, also nein, Mr Skryne! Tja, meine Güte, Mr Bones!* Er entsprach nicht im mindesten den landläufigen Vorstellungen von einem Vernehmer. Robust, klein, schmaler Kopf, Züge wie auf einer Miniatur und gepflegtes steinfarbenes Haar, sehr dicht und sehr trocken. Er erinnert mich an den wutschnaubenden Vater der verrückten Braut in diesen Hollywoodkomödien aus den Dreißigern. Blaue Augen, nicht stechend, fast ein bißchen verschleiert (beginnender grauer Star?). Die gewienerten Brogues, die Pfeife, mit der er ständig herumspielte, das alte Tweedsakko mit den Flicken an den Ellbogen. Alterslos. Irgendwo zwischen fünfzig und fünfundsiebzig. Aber geistig ungeheuer rege, man hörte es richtig rattern in seinem Kopf. Und ein erstaunlich gutes Gedächtnis. »Moment«, sagte er immer und tippte mir mit dem Pfeifenstiel auf die Brust, »das müssen wir noch mal durchgehen«, und dann blieb mir nichts weiter übrig, als das feine Lügengespinst aufzudröseln, das ich ihm vorgesponnen hatte, und dabei mit hektischer Ruhe den Webfehler zu suchen, der ihm aufgefallen war. Inzwischen log ich nur noch zum Vergnügen, zur Erholung, könnte man sagen, wie ein ehemaliger Tennisprofi, der sich mit einem alten Gegner einspielt. Ich hatte keine Angst, daß er hinter irgendeine neue Untat kommen könnte – ich habe ja inzwischen alles zugegeben, oder fast alles –, aber man muß schließlich konsequent sein, unbedingt, aus ästhetischen Gründen, nehme ich an, und konsequent sein hieß, man mußte Dinge hinzuerfinden. Absurd, ich weiß. Er ist hartnäckig wie ein Spürhund: immer am Ball bleiben. Eine richtige Dickens-Gestalt; ich kann es mir genau vorstellen, das bucklige Häuschen in Stepney oder Hackney, oder wo er sonst wohnt, und dazu die keifende Frau und die Horde rotzfrecher Bälger. Auch so eine unausrottbare Schwäche von mir, daß ich Menschen immer als Karikaturen sehe. Mich selber inbegriffen.

In dem Bild, das jetzt in der Öffentlichkeit von mir verbreitet wird, erkenne ich mich freilich nicht wieder. Ich habe im Radio gehört, wie unsere liebe Frau Premierminister (ich bewundere sie wirklich; diese Festigkeit, diese Zielstrebigkeit, und wie gut sie aussieht, diese faszinierende maskuline Ader) dem Unterhaus davon Mitteilung gemacht hat, und im ersten Moment habe ich gar nicht mitgekriegt, daß dabei mein Name fiel. Ich meine, ich dachte, sie spricht über jemand anders, jemand, den ich zwar kenne, aber nicht gut, und den ich lange nicht gesehen habe. Ein sehr eigentümliches Gefühl. Das Department hatte mich zwar schon darauf vorbereitet, was auf mich zukam – schrecklich grob, die Leute, die sie inzwischen dort haben, ganz anders als die lässigen Burschen damals, zu meiner Zeit –, aber es war trotzdem ein Schock. Mittags brachten sie im Fernsehen ein paar enorm unscharfe Fotos von mir, keine Ahnung, wo sie die herhatten, ich weiß nicht mal mehr, wann sie aufgenommen worden sind – nehmen, sehr passender Wortstamm, im Zusammenhang mit Fotos: die Wilden haben recht, da wird einem ein Stück Seele genommen. Ich sah aus wie diese mumifizierten Leichen, die sie in Skandinavien aus den Sümpfen geholt haben, riesiger Kiefer, sehniger Hals, und die Augäpfel unter schweren Lidern verborgen. Ein Schriftsteller, seinen Namen habe ich vergessen oder verdrängt – ein Spezialist für »Zeitgeschichte«, was immer das sein mag –, wollte mich entlarven, aber die Regierung ist ihm zuvorgekommen mit einem, ich muß schon sagen, sehr linkischen Versuch, das Gesicht zu wahren; das war mir wirklich peinlich für die Frau Premierminister, doch, wirklich. Und jetzt sitze ich hier, abermals bloßgestellt, nach so vielen Jahren. Bloßgestellt! – man friert richtig bei dem Wort, man kommt sich ganz nackt vor. Oh, Querell, Querell. Ich weiß, du warst es. Das sieht dir ähnlich, auf diese Weise eine alte Rechnung zu begleichen. Hat denn dieses unruhige Leben nie ein Ende? Außer natürlich dem natürlichen.

Was also ist mein Ziel? Ich könnte sagen, *ich habe mich hingesetzt, um zu schreiben*, aber ich lasse mich nicht täuschen. Ich habe in meinem ganzen Leben noch nie etwas getan, ohne ein Ziel zu haben, normalerweise war es verborgen, mitunter sogar mir selbst. Will ich, wie Querell, alte Rechnungen begleichen? Oder habe ich vielleicht die Absicht, meine Taten zu rechtfertigen, zu beschönigen? Ich hoffe nicht. Andererseits möchte ich mir auch nicht bloß wieder eine neue tönerne Maske brennen ... Nach kurzer Überlegung merke ich, daß die Metapher naheliegend ist: attribuieren, verifizieren, restaurieren. Ich werde die Schmutzschichten abtragen, eine nach der anderen – den glänzenden, toffeefarbenen Belag, die klebrigen Rußspuren, die sie hinterlassen hat, diese Verstellung ein Leben lang –, bis ich bei dem Ding an sich angelangt bin und es als das erkenne, was es ist. Meine Seele. Mein Selbst. (Wenn ich laut lache, wie eben, dann ist es, als ob das Zimmer zusammenzuckt und sich vor Schreck und Empörung die Hand vor den Mund schlägt. Ich habe immer Haltung bewahrt hier drinnen, ich darf mich jetzt nicht in einen kreischenden Hysteriker verwandeln.)

Ich habe die Nerven behalten, vorhin, als diese Meute von Zeitungsleuten hier war, diese Aasfresser. *Haben Sie Menschen auf dem Gewissen?* Na sicher, Schätzchen, mir schwanden fast die Sinne. Aber nein, nein, ich war wunderbar, wenn ich das mal so sagen kann. Kühl, trocken, ausgeglichen, jeder Zoll ein Stoiker: Coriolan vor dem General. Ich bin ein großer Schauspieler, das ist das Geheimnis meines Erfolgs. (*Muß nicht der, welcher die Menge bewegen will, der Schauspieler seiner selbst sein?* – Nietzsche) Ich habe mich perfekt verkleidet für die Rolle: altes, aber gutes Tweedsakko, das Hemd Jermyn Street, die Krawatte von Charvet – und rot, aus schierer Unverfrorenheit –, Manchesterhose, Socken, die in Farbe und Struktur an Porridge erinnern, und diese ausgelatschten alten Leisetreter, die ich seit dreißig Jahren nicht mehr getragen habe. Als wenn ich gerade von einem Wochenendausflug nach Cliveden zurück wäre. Ich hatte mit dem Gedanken gespielt, mir auch noch eine Tabakpfeife à la Skryne einzustecken, aber das wäre des Guten zuviel gewesen, und außerdem muß man jahrelang üben, wenn man als Pfeifenraucher überzeugend sein will – schlüpfe nie in eine Rolle, in der du nicht natürlich wirkst, auch eins von Boys Geboten. Ich glaube, das war ein sehr geschickter Schachzug von mir, daß ich die Herrschaften von der Presse in mein gemütliches Heim eingeladen habe. Wie eine Herde Schafe haben sie sich reingedrängelt, haben sich gegenseitig die Notizblöcke weggeschubst und schützend die Kameras über die Köpfe gehalten. Wirklich rührend: so eifrig, so ungeschickt. Ich bin mir vorgekommen wie damals im Institut, wenn ich eine Vorlesung halten mußte. Lassen Sie doch bitte die Rollos runter, ja, Miss Twinset? Und Sie, Stripling, Sie knipsen die Laterna magica an. Erste Tafel: *Der Verrat im Garten*.

\*

Ich hatte schon immer eine ganz besondere Schwäche für Gärten, die von Unkraut überwuchert sind. Es ist ein schönes Schauspiel, wenn die Natur langsam Rache nimmt. Nicht Wildnis, selbstredend, für Wildnis habe ich noch nie etwas übrig gehabt, außer da, wo sie hingehört; aber eine allgemeine Unordnung zeugt von rechter Verachtung für die übertriebene Ordnungsliebe des Menschen. In landwirtschaftlichen Dingen bin ich kein Papist und stimme mit Marvells Schnitter gegen Gärten. Hier, im von Vogelgezwitscher erfüllten Dämmerlicht dieses Aprilabends, denke ich daran, wie ich den Biber zum erstenmal gesehen habe, schlafend in einer Hängematte, in den Tiefen des buntgescheckten Obstgartens hinter seinem Vaterhaus im Norden von Oxford. Chrysalis. Der Rasen war ins Kraut geschossen, und die Bäume mußten beschnitten werden. Es war Hochsommer, aber ich sehe die Zweige schwer von Apfelblüten; soviel zu meinem Erinnerungsvermögen (man sagt, ich hätte ein fotografisches Gedächtnis; sehr nützlich für mein Arbeitsgebiet – meine Arbeits*gebiete*). Ich erinnere mich auch dunkel an ein Kind, einen mürrischen Jungen, der bis zu den Knien im Gras stand, mit einem Knüppel Brennesseln köpfte und mich abschätzend aus dem Augenwinkel beobachtete. Wer mag das gewesen sein? Die personifizierte Unschuld vielleicht (ja, und wieder würge ich einen gräßlichen Heiterkeitsausbruch herunter). Schon aufgewühlt von meinen Unterhaltungen erst mit der sturen Schwester und dann mit der verrückten

Mutter des Bibers, kam ich mir albern vor, wie ich hier herumstand mit Grashalmen in den Hosenbeinen, indes eine aufsässige, von meinem Haaröl berauschte Biene trunken ihre Zickzackbahnen um meinen Kopf zog. Ich hatte ein Manuskript unterm Arm – bestimmt irgendeine seriöse Abhandlung über den Spätkubismus oder Cézannes Kühnheit als Zeichner –, und plötzlich, dort, auf jener üppigen Lichtung, merkte ich, wie lächerlich diese verklemmten Kategorisierungsversuche doch waren. Sonnenschein, rasche Wolken; ein Windstoß beugte die Äste. Der Biber schlief weiter, die Arme um den Oberkörper geschlungen, der Kopf zur Seite gesunken, und über seine Stirn wehten die Haare wie ein schimmernder schwarzer Flügel. Das war offenkundig nicht sein Vater, zu dem ich eigentlich wollte und der, wie mir Mama Biber versichert hatte, im Garten schlief. »Er dämmert immer ein, wissen Sie«, hatte sie mit königinnenhaft-verächtlichem Schniefen gesagt; »keine Konzentration.« Das ließ mich hoffen: ein verträumter, unaufmerksamer Verleger kam meinem bereits damals gutentwickelten Selbstbewußtsein als Unterwanderer zupaß. Doch ich hatte mich geirrt. Max Brevoort – zwecks besserer Unterscheidung von Nick der Große Biber genannt – erwies sich als genauso gerissen und skrupellos wie seine holländischen Kaufmannsvorfahren.

Nun schließe ich die Augen und sehe das Licht durch die Apfelbäume fallen und den Jungen im hohen Gras stehen und diese in der Hängematte schlummernde Dornröschengestalt, und die fünfzig Jahre, die zwischen jenem Tag und dem heutigen liegen, sind nichts. Das war 1929, und ich war – ja – zweiundzwanzig.

Nick wachte auf und lächelte mich an und führte mir sein Kunststück vor, sich blitzschnell und mühelos von einer Welt in eine andere zu versetzen.

»Hullo«, sagte er. So sagten das die jungen Burschen damals, *hull*, nicht *hall*. Er richtete sich auf und fuhr sich mit der Hand durchs Haar. Die Hängematte schaukelte. Der kleine Junge, der Brennesselköpfer, war fort. »Gott«, sagte Nick, »ich hatte einen sonderbaren Traum.«

Er begleitete mich zum Haus zurück. So jedenfalls kam es mir vor: nicht, daß wir zusammen gingen, sondern daß er mir die Gunst erwies, mich unbefangen und mit königlicher Selbstverständlichkeit auf einem kurzen Gang zu begleiten. Er war ganz in Weiß und hatte, genau wie ich, etwas unterm Arm, ein Buch oder eine Zeitung (in jenem Sommer waren die Nachrichten schlecht und wurden immer schlechter). Im Gehen drehte er mir den ganzen Oberkörper zu und nickte heftig zu allem, was ich sagte, lächelte, runzelte die Stirn und lächelte abermals.

»Sie sind der Ire«, sagte er. »Ich hab von Ihnen gehört. Mein Vater findet Ihre Sachen sehr gut.« Er musterte mich ernst. »Doch, wirklich.« Ich wehrte bescheiden ab und sah zur Seite. Klarer Fall, er hatte offenbar bemerkt, wie sich meine Miene kurz verdüstert hatte: *der Ire*.

Das Haus war Queen Anne, nicht groß, aber ziemlich großzügig, und wurde von Mrs B. mit schlampiger Opulenz geführt: jede Menge verschossene Seide und *Objekte*, die sicher sehr wertvoll waren – der Große Biber sammelte Jadefiguren –, und allenthalben ein durchdringender Geruch wie von verbranntem Weihrauch. Die Leitungen waren primitiv; unterm Dach gab es ein Klosett, dessen Spülung ein entsetzlich lautes, hohles Gurgeln ausstieß, wie das Todesröcheln eines Riesen, das mit peinlicher Unverzüglichkeit im ganzen Haus zu hören war. Die Zimmer aber waren lichtdurchflutet, überall frische Blumen, und irgendwie lag etwas in der Luft, ein latentes Vibrieren, als ob jeden Augenblick die erstaunlichsten Dinge geschehen könnten.

Mrs Brevoort war eine ausladende, hakennasige, ziemlich aufgetakelte Person, herrisch und hektisch, die Abendgesellschaften liebte und einen leichten Hang zum Spirituellen hatte. Sie spielte Klavier – sie war Schülerin irgendeines berühmten Meisters gewesen – und entlockte dem Instrument ungeheuer pompöse Klanggewitter, die die Fensterscheiben erzittern ließen. Nick fand sie lächerlich bis zum Gehtnichtmehr und schämte sich ein bißchen für sie. Mich hatte sie sofort ins Herz geschlossen, wie Nick mir später erzählte (ich bin sicher, er hat gelogen); sie fände mich sensibel, sagte er, und daß ich bestimmt ein gutes Medium wäre, ich müßte es nur mal probieren. Ihre Stärke, ihre Rücksichtslosigkeit warfen mich aus der Bahn, ich kam mir vor wie ein Ruderboot in der Bugwelle eines Ozeandampfers.

»Sie haben Max nicht gefunden?« sagte sie und blieb mit einem Kupferkessel in der Hand in der Halle stehen. Sie war eine dunkle Jüdin mit gelocktem Haar und einem verblüffend steilen, einstmals weißen Busen. »Dieser Lump; er muß vergessen haben, daß Sie kommen. Ich werde ihm sagen, daß seine Gedankenlosigkeit Sie schwer gekränkt hat.«

Ich wollte protestieren, doch Nick nahm mich am Arm – ein halbes Jahrhundert später spüre ich ihn immer noch, diesen Griff, leicht und dennoch fest und ein ganz klein wenig zitternd – und schob mich in den Salon, wo er sich auf ein durchgesessenes Sofa fallen ließ, die Beine übereinanderschlug, sich zurücklehnte und mich mit verträumtem und zugleich hellwachem Lächeln ansah. Der Augenblick zog sich in die Länge. Wir schwiegen beide. Die Zeit *kann* stillstehen, davon bin ich überzeugt; etwas bremst und hält sie auf, so daß sie sich im Kreis dreht, wie ein Blatt in der Strömung. Auf einem flachen Tischchen lag ein gläserner Briefbeschwerer, in dem ein dicker Sonnentropfen schmorte.

Mama Biber war im Garten und behandelte die Stockrosen mit einer Mixtur aus ihrem Kupferkessel. Oben, aus dem Zimmer von Baby Biber kamen ein paar Fetzen leise scheppernder Jazzmusik; sie hatte das Grammophon an und übte Tanzschritte (daß sie das tat, weiß ich, weil sie die ganze Zeit nichts anderes tat; später habe ich sie geheiratet). Plötzlich gab Nick sich einen Ruck, beugte sich energisch vor, nahm ein silbernes Zigarettenkästchen vom Tisch und reichte es mir, wobei er den Deckel mit dem Daumen festhielt, so daß er nicht zuklappen konnte.

»Sie ist ganz schön verrückt, wissen Sie«, sagte er. »Meine Mutter. Genau wie wir alle, die ganze Familie. Das werden Sie schon noch merken.«

Worüber haben wir geredet? Über meinen Essay vielleicht. Die jeweiligen Vorzüge von Oxford und Cambridge. Den *Achtzehnten Brumaire des Louis Bonaparte*. Es ist mir entfallen. Bald darauf kam Max Brevoort. Ich weiß nicht, was ich erwartet hatte – den *Lachenden Verleger*, nehme ich an: Apfelbacken, großer Schnurrbart, schneeweiße Halskrause – doch er war groß, dünn und bleich und hatte einen erstaunlich langgezogenen, schmalen, in einer blankpolierten Glatze gipfelnden Kopf. Er sah jüdischer aus als seine Frau, obwohl er der »Arier« war. Sein schwarzer Anzug aus feinem Tuch war an den Knien und Ellbogen etwas abgewetzt. Er sah mich an oder durch mich hindurch, mit Nicks großen schwarzen Augen – dasselbe stille, verträumte Lächeln, obwohl seines etwas strahlender war. Ich plapperte irgendwas, und er redete ständig dazwischen, ohne zuzuhören, sagte immerzu *ich weiß, ich weiß* und rieb sich dabei die langen braunen Hände. Wieviel wir doch damals alle geredet haben. Wenn ich zurückdenke an jene Zeit, hier, aus dieser Grabesstille heraus, habe ich ein Gewirr von Stimmen im Kopf, die unaufhörlich und laut durcheinanderreden, und anscheinend war niemand auch nur im mindesten bereit, einmal zuzuhören. Es war die Ära der Sprücheklopfer.

»Ja, ja, ja, sehr interessant«, sagte der Große Biber. »Lyrik verkauft sich zur Zeit sehr gut.«

Schweigen. Nick lachte.

»Aber er ist doch gar kein Lyriker, Max«, sagte er.

Ich hatte noch nie erlebt, daß ein Sohn seinen Vater beim Vornamen nannte. Max Brevoort sah mich prüfend an.

»Aber natürlich nicht!« sagte er ohne ein Quentchen Verlegenheit. »Sie sind der Kunstkritiker.« Er rieb sich noch heftiger die Hände. »*Sehr* interessant.«

Dann tranken wir Tee, den uns ein aufsässiges Dienstmädchen servierte, und Mama Biber kam aus dem Garten, und der Große Biber erzählte ihr, daß er mich versehentlich für einen Lyriker gehalten hatte, und da haben sie beide herzlich gelacht, wie über einen gelungenen Witz. Und Nick hat mir mitfühlend zugezwinkert.

»Sind Sie mit dem Wagen hier?« fragte er leise.

»Eisenbahn«, sagte ich.

Wir lächelten und machten einander heimlich Zeichen, und das war der Anfang unserer Komplizenschaft.

Und als ich dann ging, nahm er mir meinen Essay ab, nahm ihn mir behutsam aus der Hand, als wäre er ein verwundetes, ein leidendes Ding, und sagte, er werde sich darum kümmern, daß sein Vater ihn liest. Mama Biber redete über Zigarettenstummel. »Schmeißen Sie sie einfach in ein Marmeladenglas und heben Sie sie für mich auf«, sagte sie. Ich muß ein ziemlich verdutztes Gesicht gemacht haben. Sie hielt den Kupferkessel hoch und schüttelte ihn; es blubberte und schwappte. »Für die Blattläuse«, sagte sie. »Nikotin, wissen Sie. Das können sie nicht verknusen.« Ich trat zurück, und die drei blieben stehen, als ob sie Beifall erwarteten, strahlend die Eltern, Nick hingegen mit düster belustigter Miene. Baby war noch oben, spielte ihre Jazzplatten ab und probte für ihren Auftritt im zweiten Akt.

*

Mitternacht. Mir ist das Bein eingeschlafen. Ich wünschte, mein übriges Ich würde ihm folgen. Aber es ist nicht unangenehm, so wach zu sein, wach und munter, wie ein nachtaktives Raubtier oder, besser noch, der Hüter, der den Lagerplatz des Stammes bewacht. Früher hatte ich Angst vor der Nacht mit ihren unheimlichen Träumen, doch neuerdings mag ich sie fast. Eine Weichheit kommt über die Welt, eine Nachgiebigkeit, wenn es dunkel wird. An der Schwelle zu meiner zweiten Kindheit fühle ich mich erinnert an mein Kinderzimmer mit seiner wolligen Wärme und den mit großen Augen durchwachten Nächten. Ich war schon immer ein Eigenbrötler, schon als ganz kleiner Junge. Meine proustsche Sehnsucht galt weniger dem Mutterkuß, als vielmehr dem Augenblick, da ich ihn hinter mir hatte und wieder mit mir allein sein durfte, mit diesem sonderbaren, weichen, atmenden Leib, in dessen dunkler Höhle mein sausendes Bewußtsein gefangen lag wie ein Dynamo in einem Sack. Noch heute sehe ich ihre schemenhafte Gestalt sich entfernen, sehe das Licht, das aus der Halle hereinfällt und sich wie ein Fächer auf dem Boden des Kinderzimmers entfaltet, während sie zögernd die Tür schließt und hinaustritt ins Schweigen, hinaus aus meinem Leben. Ich war noch nicht einmal fünf, als sie starb. Wenn ich mich recht entsinne, hat ihr Tod mir keinen Schmerz bereitet. Ich war zwar nicht mehr so klein, daß ich den Verlust nicht registriert hätte, aber auch noch nicht groß genug, um angesichts dessen mehr zu empfinden als bloßes Erstaunen. Mein gutmütiger Vater hat dann im Kinderzimmer ein Feldbett aufgestellt, damit mein Bruder Freddie und ich nicht so allein waren, und so mußte ich wochenlang mit anhören, wie er sich in seinem Kummer Nacht für Nacht schlaflos hin und her wälzte und vor sich hin brabbelte und murmelte und seinen Gott anrief und so herzzerreißend seufzte, daß das Feldbett vor Verzweiflung mit den Gelenken knackte. Und ich lag da, hellwach, und gab mir Mühe, über all das hinwegzuhören und dem Wind in den Bäumen zu lauschen, die wie Wachposten das Haus umstanden, dem Wind und dem satten Aufklatschen der Wellen etwas weiter weg, am Strand von Carrick, und dem langgezogenen Zischen des über den Strandkies zurückflutenden Wassers. Ich legte mich nie auf die rechte Seite, denn so konnte ich mein Herz klopfen hören, und ich glaubte ganz fest daran, daß ich, falls ich stürbe, fühlen würde, wie es stehenbleibt, bevor die fürchterliche Dunkelheit des Endes über mich käme.

Merkwürdige Geschöpfe, die Kinder. Dieser besorgte Blick, den sie in Gegenwart von Erwachsenen haben, als ob sie Angst hätten, die Rolle, die wir ihnen zuweisen, nicht überzeugend genug zu spielen. Das neunzehnte Jahrhundert hat die Kindheit erfunden, und nun ist die Welt voll von Kinderstars. Meine arme Blanche hat das nie richtig gekonnt, immer hat sie ihren Text vergessen oder wo sie stehen oder was sie mit ihren Händen anfangen sollte. Wie hat es mir jedesmal bei den Schulaufführungen das Herz umgedreht vor Pein, oder am Zeugnistag, wenn die Reihe der kleinen Mädchen mit den guten Noten plötzlich einen Knick hatte, gleichsam aus der Bahn kam vor Schreck, und ich den Blick über die Köpfe schweifen ließ, und richtig, da war sie, drauf und dran, über die eigenen Füße zu stolpern, hochrot im Gesicht biß sie sich auf die Unterlippe, zog den Kopf ein, machte die Knie krumm und versuchte vergeblich, ein paar

Zentimeter kleiner zu wirken. Als sie ins Backfischalter kam, zeigte ich ihr Fotos von Isadora Duncan und Ottoline Morrell und anderen langen, kühnen Frauen, zum Trost und damit sie sich ein Beispiel an ihnen nahm und ihrer Extravaganz nacheiferte, aber sie guckte gar nicht hin, sie saß nur da, ließ den Kopf hängen, schwieg bekümmert und knispelte an ihren Nietnägeln; ihre störrischen Haare standen ab wie elektrisch geladen, und der anrührend wehrlose, bleiche Nacken lag bloß. Julian hingegen ... Nein; nicht daran denken. Dieses Thema raubt mir garantiert den Schlaf.

Bei der Zeitungsmeute heute morgen war so eine Pressemieze – an solchen Ausdrücken merkt man, aus welcher Zeit jemand stammt! –, die irgendwie, ich weiß nicht, Ähnlichkeit mit Blanche hatte. Nicht, daß sie lang war, wie meine Tochter, aber sie hatte auch diese intensive Wachsamkeit. Und gescheit obendrein: während die anderen sich gegenseitig wegschubsten, um mir die Fragen stellen zu können, die logischerweise kommen mußten, etwa, ob es noch mehr von unserer Sorte gab, die entlarvt werden mußten (!), oder ob Mrs W. davon gewußt habe, saß sie bloß da, fixierte mich mit beinahe gierigem Blick, sagte kaum ein Wort und fragte dann nur nach Namen, Daten und Orten, lauter Informationen, die sie, vermute ich, bereits besaß. Es war, als ob sie mich einer privaten Prüfung unterzog, als ob sie meine Antworten kontrollieren, meine Emotionen messen wollte. Vielleicht habe ich sie meinerseits an ihren Vater erinnert? Meine, wie ich einräumen muß, begrenzten Erfahrungen mit Mädchen haben gezeigt, daß jede ihren Papa sucht. Ich habe überlegt, ob ich sie einladen sollte, zum Mittagessen zu bleiben – ich war eben in so einer leichtsinnigen Stimmung –, denn auf einmal fand ich die Vorstellung ziemlich unangenehm, allein hier zu sitzen, nachdem die Leute abgezogen waren. Das war seltsam; früher hat es mir nie etwas ausgemacht, allein zu sein. Vielmehr habe ich mich, wie schon gesagt, stets als vollkommen zufriedenen Eigenbrötler gesehen, besonders, seit der arme Patrick gestorben ist. Doch dieses Mädchen hatte etwas an sich, das über ihre undefinierbare Ähnlichkeit mit Blanche hinausging und mein Interesse weckte. Auch eine Einsame? Ich habe ihren Namen nicht verstanden und weiß noch nicht einmal, für welches Blatt sie arbeitet. Morgen werde ich die Zeitungen allesamt lesen und sehen, ob ich ihren Stil erkennen kann.

Morgen. Du lieber Gott, wie kann ich an ein Morgen denken.

\*

Ich bin überall. Seitenlange Berichte über mich. So muß es einem Hauptdarsteller am Morgen nach einer durch und durch verpatzten Premiere gehen. Ich war in mehreren Zeitungsläden, anstandshalber, obwohl es immer peinlicher wurde, je mehr Gazetten ich unterm Arm hatte. Ein paar von den Händlern haben mich erkannt und mir verächtliche Blicke zugeworfen, lauter Reaktionäre, diese kleinen Geschäftsleute, das weiß ich schon lange. Aber einer hat mir zugelächelt, verstohlen und irgendwie traurig. Ein Pakistani. Schöne Gesellschaft, in der ich mich ab jetzt befinde. Alte Knastbrüder. Kinderschänder. Verfemte. Die verlorenen Seelen.

Nun ist es heraus: Absolvent des King's College darf ich mich nicht mehr nennen. Das kränkt mich. Ich staune, wie sehr mich das kränkt. Also wieder einfach nur Doktor, wenn überhaupt; vielleicht auch bloß ganz schlicht Mister. Wenigstens haben sie mir meine Jahreskarte für den Bus nicht weggenommen und den Berechtigungsschein für die Wäscherei (der, denke ich mir, ein

Zugeständnis an die Tatsache ist, daß Leute über fünfundsechzig häufig ein bißchen undicht sind).

Der Schriftsteller hat angerufen und mich um ein Interview gebeten. Eine Unverschämtheit. Sehr höflich natürlich, und nicht im mindesten verlegen. Forscher Ton, leicht belustigt, fast schon liebevoll: immerhin soll ich ihm zum Ruhm verhelfen, oder doch wenigstens zu Berühmtheit. Ich habe ihn gefragt, wer mich verraten hat. Da hat er bloß gekichert. Und gemeint, selbst ein Journalist ginge eher ins Kittchen, als eine Quelle preiszugeben. Das ist deren Steckenpferd, da reiten sie mit Vorliebe drauf rum. Ich hätte zu ihm sagen können: *Mein lieber Freund, ich bin bald dreißig Jahre im Kittchen gewesen.* Aber ich habe einfach bloß aufgelegt.

Der *Telegraph* hat einen Fotoreporter nach Carrickdrum geschickt, wo meine bürgerliche Karriere ihren Anfang nahm. Das Haus ist kein Bischofssitz mehr, sondern gehört jetzt, wie ich in der Zeitung lese, einem Mann, der mit Altmetall handelt. Die Bäume, die früher dort Wache hielten, sind verschwunden – der Schrotthändler wollte wohl mehr Licht –, und die Backsteinfassade ist verputzt und weiß angestrichen worden. Ich bin versucht, eine Metapher für Wandel und Verlust zu konstruieren, aber ich muß aufpassen, daß ich kein sentimentaler alter Esel werde, wenn ich nicht eh schon einer bin. St. Nicholas (St. Nicholas! – daß mir diese Assoziation nicht schon früher in den Sinn gekommen ist) war ein grimmiger, düsterer Klotz, dem etwas Putz und ein bißchen weiße Tünche nur guttun konnten. Ich sehe mich, wie ich als kleiner Junge im Salon am Erkerfenster sitze, den Kopf in die Hand gestützt, und dem Regen zuschaue, der auf den abschüssigen Rasen fällt, wie ich hinausschaue aufs steingraue Wasser des Lough, während ich den armen Freddie oben herumwandern und leise und traumverloren singen höre wie eine Todesfee. Das ist Carrickdrum. Als mein Vater wieder geheiratet hatte, was ich, obwohl gerade erst sechs Jahre alt, reichlich übereilt fand, harrte ich mit einer Mischung aus Neugier, Zorn und böser Vorahnung des Eintreffens meiner Stiefmutter – sie hatten in London geheiratet – und war darauf gefaßt, daß sie eine Hexe wäre, wie ich sie von Arthur Rackhams Buchillustrationen kannte, mit violetten Augen und Fingernägeln wie Dolche. Als das glückliche Paar dann, dem Anlaß auf nahezu groteske Weise angemessen, mit einer leichten Kutsche vorfuhr, war ich erstaunt und merkwürdig enttäuscht, daß sie nicht im mindesten meinen Erwartungen entsprach, sondern eine stämmige, fröhliche Person mit breitem Strahlen und roten Backen, dicken Waschfrauenarmen und lautem, dröhnendem Lachen war. Schon von der Vortreppe aus hatte sie mich im Flur erspäht und war losgerannt und kam richtig auf mich zugerollt, ihre großen roten Hände gingen hoch und patschten mir auf den Nacken, sie schmatzte mich ab und stieß quälende kleine Freudenkiekser aus. Sie roch nach Gesichtspuder und Pfefferminz und Frauenschweiß. Dann entließ sie mich aus ihrer Umklammerung und trat zurück, rieb sich mit den Handballen die Augen, schaute sich um und warf meinem Vater einen inbrünstigen Schauspielerinnenblick zu, und ich stand da und grübelte und versuchte all der Gefühle Herr zu werden, die mich bestürmten und die mir fremd waren, und eines jener Gefühle war die unbestimmte Ahnung, daß mit ihr ein unverhofftes Glück in St. Nicholas Einzug hielt. Mein Vater rang die Hände und griente schafsblöd vor sich hin und mied meinen Blick. Niemand sprach ein Wort, und doch war es, als herrschte ringsherum ein lauter, anhaltender Lärm, ein Schwirren und Dröhnen, das die unverhoffte Heiterkeit der Situation von ganz allein erzeugt zu haben schien. Da stand plötzlich mein Bruder auf der Treppe; sabbernd und seitwärts humpelnd kam er wie Quasimodo heruntergeklettert – nein, nein, das ist keine Übertreibung, es war wirklich so schlimm um ihn bestellt –, und mit einem Schlage kehrte wieder Nüchternheit ein. »Und das«, sagte mein Vater, richtig heiser vor Aufregung, »das ist Freddie!«

Wie schwer muß dieser Tag für meine Mutter gewesen sein – und das ist sie für mich, nachdem meine leibliche Mutter so früh von der Bildfläche verschwunden war – und wie gut sie alles gemeistert und das Haus unter ihre Fittiche genommen hat wie eine große, warme Glucke. Damals, am ersten Tag, hat sie den armen Freddie beherzt an sich gedrückt und sich das Geschnatter und das halberstickte Gejaule angehört, das er für Sprechen hielt, und genickt, als würde sie ihn ganz genau verstehen, und hat sogar ein Taschentuch herausgeholt und ihm die Spucke vom Kinn gewischt. Bestimmt hatte mein Vater ihr schon von ihm erzählt, aber ich kann mir nicht vorstellen, daß sie sich nach der bloßen Beschreibung wirklich einen Begriff davon machen konnte, wie Freddie war. Er grinste sie breit mit seinen Zahnlücken an, legte ihr die Arme ganz fest um die dicken Hüften und schmiegte sich mit dem Gesicht an ihren Bauch, als ob er sie zu Hause willkommen heißen wollte. Er dachte wahrscheinlich, sie wäre unsere richtige Mutter, die in veränderter Gestalt aus dem Totenreich zurückgekehrt war. Mein Vater stand hinter ihr und stieß einen komischen, stöhnenden Seufzer aus, wie jemand, der endlich eine drückende, sperrige Last abgeworfen hat.

Sie hieß Hermione. Wir nannten sie Hettie. Gott sei Dank, daß sie meine Schande nicht mehr erleben mußte.

\*

Dritter Tag. Das Leben geht weiter. Die anonymen Anrufe werden seltener. Gestern früh fing es an, nachdem die Morgenzeitungen darüber berichtet hatten (und ich dachte immer, heutzutage erfahren die Leute alles bloß noch aus dem Fernsehen!). Ich mußte den Hörer danebenlegen; jedesmal, wenn ich ihn wieder auf die Gabel tat, hat der verflixte Apparat mich sofort von neuem angeschrillt, als ob er den Veitstanz hätte. Die meisten Anrufer sind Männer, ängstlich-verklemmte Typen, dem Ton nach zu urteilen, aber ab und zu ist auch mal eine Frau dran, feine alte Schachteln mit leiser, welker Stimme und dem Vokabular eines Bierkutschers. Sie sind regelrecht persönlich beleidigt. Als ob ich ihre Pension veruntreut hätte. Anfangs war ich noch höflich, und mit den weniger Verrückten habe ich mich sogar auf eine Unterhaltung eingelassen (einer wollte wissen, ob ich Beria gekannt habe – ich glaube, der hat sich für das Liebesleben des Georgiers interessiert). Ich hätte ein Tonband mitlaufen lassen sollen, das hätte ein aufschlußreiches Bild des englischen Nationalcharakters ergeben. Doch über einen Anruf habe ich mich gefreut. Sie meldete sich zögernd und erwartete offenbar, daß ich sie kenne. Sie hatte recht. Der Name sagte mir nichts, aber an die Stimme konnte ich mich erinnern. Ich fragte sie, bei welcher Zeitung sie doch gleich noch war. Pause. »Ich bin freischaffend«, sagte sie. Darum also hatte ich sie gestern in den Berichten über meine Pressekonferenz nicht aufspüren können (meine Pressekonferenz! – Junge, Junge, wie sich das anhört). Sie heißt Vandeleur. Ich habe sie gefragt, ob sie irische Vorfahren hat – in Irland gibt's eine Menge Vandeleurs –, aber sie meint, nein, und wenn mich nicht alles täuscht, war sie sogar ein bißchen eingeschnappt wegen meiner Frage. Die Iren sind nicht sehr beliebt zur Zeit, wo in London alle vierzehn Tage eine IRA-Bombe hochgeht. Ihren Vornamen habe ich vergessen. Sophie? Sibyl? Jedenfalls irgendwas merkwürdig Altmodisches. Ich habe gesagt, sie soll heute nachmittag vorbeikommen. Was habe ich mir dabei bloß gedacht? Während ich dann auf sie wartete, hatte ich einen Zitteranfall und habe mir die Hand verbrannt beim Mittagkochen (gegrilltes Lammkotelett, Tomatenscheiben, ein Salatblatt, kein Alkohol – ich fand, ich müßte einen klaren Kopf behalten). Sie kam pünktlich auf die Minute, war in einen großen alten Mantel eingewickelt, der aussah wie von ihrem Vater (da haben wir ihn wieder, den Daddy). Kurzes dunkles Haar, wie ein weiches Fell, kleines, herzförmiges Gesicht und winzige, scheinbar kalte Hände. Ich mußte an ein zartes, seltenes, sehr selbstbeherrschtes kleines Tier denken. Josefina, die Sängerin. Wie alt mag sie sein? Ende zwanzig, Anfang dreißig? Sie stand mitten im Wohnzimmer, hielt sich mit dem einen Tätzchen auf eine eigentümliche, altfrauenhafte Weise an der Kante meines japanischen Lacktischchens fest und sah sich aufmerksam um, als ob sie sich alles genau einprägen wollte.

»Hübsche Wohnung«, sagte sie trocken. »Ist mir gar nicht aufgefallen letztes Mal.«

»Nicht so hübsch wie die im Institut, wo ich früher gewohnt habe.«

»Mußten Sie da raus?«

»Ja, aber nicht aus den Gründen, die Sie vermuten. Dort ist jemand gestorben.«

Serena heißt sie, gerade ist es mir wieder eingefallen. Serena Vandeleur. Hört sich gut an, doch.

Ich nahm ihr den Mantel ab, was sie sich widerstrebend, wie mir schien, gefallen ließ. »Ist Ihnen kalt?« fragte ich und spielte den besorgten Kavalier alter Schule. Sie schüttelte den Kopf. Vielleicht, daß sie sich ohne diese väterliche Hülle ein bißchen unsicher fühlt. Obwohl, ich muß sagen, im Grunde wirkt sie wie jemand, der ganz und gar in sich ruht. Ein bißchen enervierend ist das schon, diese Gelassenheit, die sie ausstrahlt. Nein, ausstrahlt ist das falsche Wort; sie macht den Eindruck, als ob sie vollkommen bei sich ist. Sie trug eine hübsche, schlichte Bluse, eine Strickjacke und flache Schuhe, dazu allerdings einen engen, kurzen Lederrock, der dem Ganzen eine aufreizend-rassige Note gab. Ich bot ihr Tee an, aber sie sagte, ein Drink wäre ihr lieber. Recht so, Mädchen. Ich sagte, ich werde uns einen Gin holen – ein guter Vorwand, mich in die Küche zu flüchten, wo ich dank der beißenden Kälte der Eiswürfel und des scharfen Geruchs der Limonen (ich gebe grundsätzlich nur Limonen in den Gin, das macht viel mehr her als diese faden, altmodischen, banalen Zitronen) wieder einigermaßen die Fassung zurückgewann. Ich weiß auch nicht, warum ich so aufgeregt war. Aber ist es denn nicht ganz normal, daß ich verwirrt bin? Durch den Sturm, der die stillen Wasser meines Lebens in den letzten drei Tagen aufgewühlt hat, sind lauter beunruhigende Dinge an die Oberfläche gekommen. Die ganze Zeit bin ich von einem Gefühl ergriffen, das ich nur als Nostalgie bezeichnen kann. Große heiße Erinnerungswellen rollen durch mich hindurch und holen Bilder und Empfindungen hoch, von denen ich geglaubt hatte, ich hätte sie vollkommen vergessen oder mit Erfolg ausgelöscht, und nun sind sie so scharf und so lebendig, daß es mich richtig aus der Bahn wirft und ich innerlich nach Luft schnappe, überwältigt von einem Kummer, der mir den Atem nimmt. Als ich mit unseren Drinks (hatte ich nicht gesagt, ich wollte einen klaren Kopf behalten?) ins Wohnzimmer zurückkam, versuchte ich, Miss Vandeleur diesen Zustand zu beschreiben. Sie stand noch genauso da wie vorher, den Kopf leicht gesenkt, mit einer Hand die Tischkante umklammernd, und das wirkte so gekünstelt, daß ich im ersten Moment argwöhnte, sie hätte in meinem Zimmer herumgestöbert und dann, als das Klirren der Eiswürfel in den Gläsern schon ganz nah war, blitzschnell wieder ihre alte Pose eingenommen. Aber sicher ist es nur meine eigene Schlechtigkeit, die mich auf den Gedanken bringt, daß sie geschnüffelt haben könnte: genau das habe ich nämlich immer ganz automatisch getan, als ich noch von Berufs wegen daran interessiert war, die Geheimnisse anderer Leute auszukundschaften.

»Ja«, sagte ich, »Sie glauben gar nicht, wie seltsam das ist, wenn man auf einmal so ans Licht der Öffentlichkeit gezerrt wird.«

Sie nickte zerstreut; sie war ganz woanders mit ihren Gedanken. Plötzlich hatte ich das Gefühl, daß sie sich für eine Journalistin ziemlich merkwürdig benahm.

Wir setzten uns mit unseren Drinks an den Kamin, vis-à-vis voneinander, und schwiegen höflich, überraschend gelassen, ja beinahe freundschaftlich, wie zwei Schiffspassagiere, die zusammen einen Cocktail trinken, bevor sie sich an den Kapitänstisch begeben, und wir wußten, vor uns lag ein ganzes Meer von Zeit, um einander kennenzulernen. Miss Vandeleur betrachtete mit unverhohlenem Interesse, wenn auch ohne große Anteilnahme, die gerahmten Fotos auf dem Kaminsims: mein Vater in Gamaschen, Hettie mit Hut, Kinderbilder von Blanche und Julian, meine fast vergessene leibliche Mutter im Seidenkleid und mit verlorenem Blick. »Meine Familie«, sagte ich. »Die Generationen.« Sie nickte wieder. Es war so ein launischer Apriltag mit silbrigweißen Wolken, die sich wie gewaltige Eisberge langsam am Himmel über der Stadt dahinwälzten und für einen fortwährenden Wechsel von gleißender Helligkeit und trübem Grau sorgten, und eben jetzt wurde die ins Fenster scheinende Sonne regelrecht ausgeknipst, und einen Moment lang dachte ich, ich müßte weinen, ich wußte selber nicht genau, warum, obwohl es irgendwie auch etwas mit den Fotos zu tun hatte. Sehr alarmierend, in der Tat, und sehr, sehr überraschend; ich hatte doch sonst nicht so dicht am Wasser gebaut, jedenfalls bisher nicht. Wann habe ich eigentlich das letzte Mal geweint? Bei Patricks Tod natürlich, aber das zählt ja nicht richtig als Weinen. Nein, ich glaube, das letzte Mal, daß ich richtig geweint habe, das war an dem Morgen, als ich zu Vivienne gefahren bin, nachdem Boy und der Sture Schotte geflohen waren. Da bin ich wie ein Verrückter durch Mayfair gerast, die Scheibenwischer liefen auf vollen Touren, und plötzlich merkte ich, es ist gar kein Regen, sondern meine salzigen Tränen sind schuld daran, daß ich alles so verschwommen sehe. Sicher, ich war unter Druck, ich hatte einen furchtbaren Bammel (schließlich deutete alles darauf hin, daß das Spiel aus war und sie uns alle hoppnehmen würden), aber daß ich so die Selbstbeherrschung verlieren konnte, das hat mich denn doch schockiert. Dieser Tag damals hat mich so einiges gelehrt, nicht nur hinsichtlich meiner Fähigkeit, Tränen zu vergießen.

Miss Vandeleur schaute düster vor sich hin und verkroch sich regelrecht in ihrem Sessel. »Aber Sie frieren doch«, sagte ich und ließ mich trotz ihrer Beteuerungen, daß sie sich sehr wohl fühle, im Telemarkstil vor ihr nieder, worauf sie erschrocken zusammenfuhr – sie glaubte wohl, ich würde mich ihr zu Füßen werfen und irgendeine gräßliche letzte Beichte herausplärren und sie beschwören, das Geheimnis für sich zu behalten –, aber ich wollte bloß das Gasfeuer anzünden. Es machte artig *Whummmpf* und leckte behende die Flamme vom Streichholz, und dann glühte das zarte Filigran der Drähte auf, und das dahinterliegende aschgraue Waffelmuster verfärbte sich nach und nach bläulichrot. Ich habe eine große Schwäche für solche schlichten Gerätschaften:

Scheren, Büchsenöffner, Leselampen mit Klemmvorrichtung, sogar die Toilettenspülung. Sie sind die unbeachteten Requisiten der Zivilisation.

»Warum haben Sie es getan?« sagte Miss Vandeleur.

Da hätte ich mich beinah auf den Hintern gesetzt, denn ich war gerade dabei, mich, eine Hand auf dem zitternden Knie, die andere im Kreuz, mit knirschenden Gelenken aus meiner devoten Haltung zu erheben. Trotzdem, die Frage war durchaus verständlich unter diesen Umständen, und merkwürdigerweise hatte keiner ihrer Kollegen daran gedacht, sie zu stellen. Halb lachend, halb seufzend ließ ich mich in meinen Sessel fallen und schüttelte den Kopf.

»Warum?« sagte ich. »Räuber und Gendarm, meine Liebe; Räuber und Gendarm.« Das stimmte zum Teil. Amüsierlust, Angst vor Langeweile: war es denn wirklich mehr als das gewesen, trotz all der hochtrabenden Theoretisiererei? »Und Haß auf Amerika natürlich«, fügte ich hinzu, leicht ermüdet, fürchte ich; die armen alten Yankees sind ja unterdessen als Popanz ziemlich verschlissen. »Wissen Sie, daß die Amerikaner Europa besetzt haben, war nämlich für viele von uns fast genauso schlimm, als wenn die Deutschen gesiegt hätten. Die Nazis waren wenigstens ein klarer, ein sichtbarer Feind. Manns genug, daß man sie hassen konnte, um es mit Eliot zu sagen.« Ich zwinkerte ihr lächelnd zu: das weise Alter zollt der gebildeten Jugend Respekt. Dann stand ich auf und trat mit meinem Drink ans Fenster: sonnenblanke Schieferplatten, schwarze Schornsteinkappen, aufgereiht wie Kegel, Fernsehantennen wie ein durcheinandergeratenes Alphabet, das größtenteils aus Hs besteht. »Die Verteidigung der europäischen Kultur –«

»Aber Sie sind doch«, fiel sie mir gleichmütig ins Wort, »schon vor dem Krieg Spion gewesen. Oder nicht?«

Diese Wörter – Spion, Agent, Spionage etc. – haben

mich seit jeher geärgert. Wenn ich das höre, muß ich an miese Spelunken und kopfsteingepflasterte nächtliche Gassen denken, an dunkle Gestalten in Wams und Strumpfhosen und an blitzende Dolche. Ich hatte nie das Gefühl, daß ich zu dieser finster-forschen Welt gehörte. Boy, nun ja, Boy war so ein Kit-Marlowe-Typ, aber ich – ich war schon in der Jugend ein trockener alter Knochen. Ich war genau das, was gebraucht wurde: einer, auf den man sich verlassen konnte, der die anderen an die Kandare nahm, auf sie aufpaßte, ihnen die Nase wischte und achtgab, daß sie nicht unter die Räder kamen, und heute denke ich immer, daß ich mich vielleicht doch zu sehr aufgeopfert habe für die ... Die Sache, muß ich wohl sagen. Habe ich nicht mein Leben damit verplempert, banale Informationen zusammenzutragen und ihnen auf den Grund zu gehen? Der Gedanke schnürt mir die Kehle zu.

»In erster Linie bin ich Kunstexperte gewesen, wissen Sie, alles andere kam später«, sagte ich. Ich hatte mich vom Fenster abgewandt. Sie saß mit hochgezogenen Schultern da und starrte in die fahlen Flammen des Gasfeuers. Gequält klirrend barst ein Eiswürfel in meinem Glas. »Einzig die Kunst hat mich im Leben wirklich interessiert«, fuhr ich fort. »In meiner Studienzeit habe ich mich sogar selber als Maler versucht. O ja. Bescheidene kleine Stilleben, blaue Krüge und grelle Tulpen, so was in der Art. Eins davon hab ich in meiner Behausung in Cambridge aufzuhängen gewagt. Ein Freund hat es sich angesehen und erklärt, ich sei die beste Malerin seit Raoul Dufy.« Das war natürlich Boy. Dieses breite, grausame, gierige Lachen. »Sie haben also einen verkrachten Künstler vor sich, meine Liebe«, sagte ich, »aber das trifft ja auf viele Erzschurken zu: Nero, die halbe Familie Medici, Stalin, der unsägliche Herr Schickelgruber. Mit letzterem konnte sie offensichtlich nichts anfangen.

Ich kam zurück und setzte mich wieder in den Sessel. Sie starrte immer noch in die bleiche, flackernde Flamme im Kamin. Ihren Drink hatte sie kaum angerührt. Ich überlegte, worüber sie wohl so konzentriert nachdachte. Die Zeit verging. Die Gasflamme fauchte. Die Sonne kam und schien durchs Fenster. Träge bewunderte ich das kleine Bonington-Aquarell hinter ihr, einen meiner wenigen echten Schätze: austernschalenfarbener Schlamm und ein Himmel wie gebratene Speckscheiben, im Vordergrund Fischerjungen, in der Ferne eine leichte Schonerbark mit eingerollten Segeln. Schließlich sah sie auf, und unsere Blicke begegneten sich. Der Kampf, den sie mit sich ausgetragen hatte, verlieh ihr das Aussehen einer Carracci-Madonna. Offenbar hatte sie meinen Boningtonblick – Nick hat immer gesagt, ich hätte so einen eindeutig koitalen Blick, wenn ich ein Bild betrachte – als eine Art Absolution mißdeutet, denn auf einmal war sie entschlossen, die Karten auf den Tisch zu legen.

»Ich bin gar keine Journalistin«, sagte sie.

»Ich weiß.« Ich quittierte ihre Verwunderung mit einem Lächeln. »Tja, gleiche Brüder, gleiche Kappen. Hat Skryne Sie geschickt?«

»Wer?« Sie runzelte die Stirn.

»Einer von meinen Bewachern.«

»Nein.« Sie schüttelte entschieden den Kopf und drehte das Ginglas in der Hand, »nein, ich ... ich bin Schriftstellerin. Ich möchte ein Buch über Sie schreiben.«

Oje! Noch eine Spezialistin für Zeitgeschichte. Ich muß ein ziemlich langes Gesicht gemacht haben, denn plötzlich fing sie an, mir stotternd und in rechtfertigendem Ton von sich und ihren Plänen zu erzählen. Ich hörte gar nicht richtig hin. Was interessierten mich ihre Theorien über das Verhältnis von Spionage und dem

Betrugsbegriff der englischen Oberschicht (ich bin kein Engländer, erinnerte ich sie, doch sie überhörte meinen Einwand) oder den verderblichen Einfluß der modernen nihilistischen Ästhetik auf meine Generation? Ich wollte ihr von dem Sonnenstrahl erzählen, der wie ein Schwert die samtenen Schatten des öffentlichen Pissoirs gespalten hatte, damals, im Nachkriegsfrühling, an jenem Nachmittag in Regensburg, von der unangebrachten Heiterkeit, mit der der Regen bei der Beerdigung meines Vaters herniederprasselte, von der letzten Nacht mit Boy, als ich das rote Schiff unter der Blackfriars Bridge sah und mir auf einmal der tragischen Bedeutung meines Lebens bewußt war: mit anderen Worten, über die wirklichen, die wahren Dinge.

»Verstehen Sie etwas von Philosophie?« fragte ich sie. »Von antiker Philosophie, meine ich. Die Stoiker: Zenon, Seneca, Marc Aurel?« Sie schüttelte abwartend den Kopf. Sie war sichtlich verwirrt über die Wendung, die unser Gespräch genommen hatte. »Ich habe mich immer als Stoiker gesehen«, sagte ich. »O ja, ich war sehr stolz darauf, mich so zu sehen.« Ich stellte mein Glas ab, legte die Fingerspitzen aneinander und schaute versonnen zum Fenster, wo der Kampf von Licht und Schatten immer noch andauerte. Ich war der geborene Dozent. »Die Stoiker lehnen das Konzept des Fortschritts ab. Es mag ja hier ein bißchen vorwärtsgehen und dort ein paar Verbesserungen geben – zu ihrer Zeit war's die Kosmologie, zu unserer ist's die Zahnheilkunde –, doch auf lange Sicht bleibt das Gleichgewicht der Dinge konstant, also von Gut und Böse, Schön und Häßlich, Glück und Unglück. Nach jeweils soundso vielen Äonen geht die Welt in einer riesigen Feuersbrunst unter, und alles fängt wieder von vorn an, genauso wie vorher. Ich habe diese pränietzscheanische Vorstellung, daß sich alles ewig im Kreis dreht, immer sehr tröstlich gefunden, aber nicht etwa, weil ich mich darauf freue, ein ums andere Mal wiedergeboren zu werden, sondern weil den Ereignissen damit jegliche Folgerichtigkeit genommen wird, was ihnen jedoch zugleich die numinose Signifikanz verleiht, die sich aus der Starrheit herleitet, aus der Vollkommenheit. Verstehen Sie?« Ich lächelte mein freundlichstes Lächeln. Ihr Mund stand ein klein wenig offen, und ich war versucht, den Finger auszustrecken und ihn ihr zu schließen. »Und dann las ich eines Tages, wo, das habe ich vergessen, die Wiedergabe einer kurzen Unterhaltung zwischen Josef Mengele und einem jüdischen Arzt, den er bei der Selektion gerettet hatte, weil er ihn bei seinen Experimenten in Auschwitz als Assistenten haben wollte. Die zwei waren im Operationssaal. Mengele arbeitete an einer schwangeren Frau, der er die Knie zusammengebunden hatte, um dann die Geburt des Kindes einzuleiten, selbstverständlich ohne Narkose, die ja für Juden viel zu kostbar war. In den Pausen zwischen den Schreien der Mutter redete Mengele über das gewaltige Vorhaben der Endlösung: die Zahl der davon Betroffenen, die Technologie, die damit verbundenen logistischen Probleme und so weiter. Und wie lange, getraute sich der jüdische Arzt zu fragen – der Mann hatte offenbar Courage –, sollen die Vernichtungsaktionen noch weitergehen? Worauf Mengele, den diese Frage nicht im mindesten zu überraschen oder zu verärgern schien, ohne von seiner Arbeit aufzublicken antwortete: *Oh, die gehen immer weiter und weiter und weiter*... Und da ist mir klargeworden, daß Dr. Mengele auch ein Stoiker war, genau wie ich. Bis dahin hatte ich keine Ahnung gehabt, wie groß die Glaubensgemeinschaft war, der ich angehörte.«

Mir gefiel die Art des Schweigens, das sich niedersenkte, oder besser, sich erhob – Schweigen erhebt sich ja wohl eher, nicht wahr? –, als ich ausgeredet hatte.

Wenn ich eine Satzperiode mit Anstand zu Ende gebracht habe, bin ich immer irgendwie erleichtert, als ob mein Geist sich nun wohlig zurücklehnen, die Arme verschränken und still und zufrieden vor sich hin lächeln könnte. Ich möchte schwören, jeder Gedankenakrobat kennt dieses Gefühl, das für mich zu den vergnüglichsten Seiten des Hörsaals zählte, neben den Lagebesprechungen natürlich (ein Begriff, bei dem Boy jedesmal unweigerlich kichern mußte). Allerdings verlor meine Freude an Glanz, als Miss Vandeleur, deren ebenso maushafter wie ausdauernder Gegenwart ich allmählich ein wenig müde zu werden begann, irgendwas murmelte, von wegen sie habe gar nicht gewußt, daß die Stoiker eine Glaubensgemeinschaft sind. Daß die jungen Leute immer alles so wörtlich nehmen müssen.

Ich stand auf. »Kommen Sie«, sagte ich. »Ich möchte Ihnen etwas zeigen.«

Wir durchquerten das Arbeitszimmer. Sie ging hinter mir, und ich hörte ihren Lederrock knarzen. Vorhin, als sie gekommen war, hatte sie mir erzählt, ihr Vater sei Admiral; ich hatte admirabel verstanden und mich gewundert, und zwar nicht allein über dieses erstaunliche Maß an töchterlicher Pietät, sondern beinahe mehr noch darüber, daß ein so altertümliches Wort über so jugendliche Lippen kommen konnte. Ich beeilte mich, ihr zu versichern, daß ich keinen Moment an der Vortrefflichkeit ihres alten Herrn zweifelte. Woraus sich ein unfreiwillig komischer Dialog ergab, der schließlich in jenem peinlichen, schweißtreibenden Schweigen verebbte, in dem solche kurzen Berührungen mit der wahren Absurdität der Welt allemal enden. Dabei fällt mir so ein bedrückend vornehmer Abend bei Mrs W. ein, ich im Gespräch mit der Lady höchstselbst, während wir im Windschatten des kolossalen Hinterteils der verwitweten Herzogin von Dingsda gemessenen Schritts eine nicht enden wollende, mit einem roten Läufer belegte Treppe hinaufstiegen und beide gleichzeitig etwas merkten, wovon die Herzogin selbst köstlicherweise nicht die leiseste Ahnung hatte, nämlich, daß sie auf dem Weg in den Palast in einen königlichen Hundehaufen getreten war. In solchen Momenten war ich immer dankbar für die Schwierigkeiten, die so ein Mehrfachleben mit sich bringt, denn so bekommen die Dinge doch immerhin ein wenig Gewicht, oder zumindest hat man etwas, woran man in schlechten Zeiten zurückdenken kann. Als Kind, in der Schule, habe ich, wenn ich mir angesichts irgendeines Schlägers oder eines besonders verrückten Lehrers das Lachen verkneifen mußte, immer an den Tod gedacht; das hat jedesmal funktioniert und würde bestimmt auch heute noch klappen, wenn es nötig wäre.

»Hier«, sagte ich, »das ist mein Schatz, der Prüfstein und die wahre Quelle meines Lebenswerks.«

Es ist ein eigenartiges Phänomen, daß ich Gemälde grundsätzlich größer in Erinnerung habe, als sie in Wirklichkeit sind – ich meine, buchstäblich größer, in ihren wahrnehmbaren Dimensionen. Selbst solche, die mir durch und durch vertraut sind, den *Tod des Seneca* inbegriffen, mit dem ich nun schon bald fünfzig Jahre lebe. Ich kenne die Maße, empirisch weiß ich, daß das Format 43,8 x 60,9 cm beträgt, aber wenn ich dann wieder davorstehe, habe ich im ersten Augenblick jedesmal das unheimliche Gefühl, daß das Bild geschrumpft ist, als ob ich es durch ein umgedrehtes Fernrohr betrachten würde oder ein paar Schritte weiter weg stünde, als ich tatsächlich stehe. Das bringt einen vollkommen aus der Fassung, es ist, als ob man die Bibel aufschlägt und feststellt, die ganze Geschichte, sagen wir, von der Vertreibung aus dem Paradies wird in ein paar lumpigen Versen abgehandelt. Und auch diesmal spielte das Bild mir wieder den gewohnten Streich, und während ich jetzt davorstand, neben mir die ab und an knarzende Miss Vandeleur, war mir einen Moment lang so, als hätte es nicht nur an Größe, sondern auch – wie soll ich sagen? – an Substanz verloren, und eine merkwürdige Enttäuschung ließ mich zusammenzucken, was freilich in meinem Ton nicht wahrnehmbar gewesen sein dürfte; und wenn schon, junge Menschen wie sie sind sowieso noch blind für die nervösen Ticks und die Zukkungen, mit denen die Alten preisgeben, in welch qualvoller Bedrängnis sie sind.

»Das Sujet«, sagte ich und verfiel dabei in denselben Ton, in dem ich, glaube ich, früher immer meine Vorlesungen gehalten habe, »ist der Selbstmord Senecas des Jüngeren im Jahre 65 nach Christus. Sehen Sie, seine trauernden Freunde und seine Familie stehen um ihn herum, während sein Blut in die goldene Schale rinnt. Das da ist der Offizier der Wachen – Gavius Silvanus, laut Tacitus –, der gerade widerwillig das kaiserliche Todesurteil verkündet hat. Hier haben wir Pompeia Paulina, die junge Frau des Philosophen, die bereit ist, ihrem Mann in den Tod zu folgen, und die ihre Brust für das Messer entblößt. Und schauen Sie, da im Hintergrund, in dem hinteren Raum, da gießt die Magd Wasser in die Badewanne, in der der Philosoph gleich seinen letzten Atemzug tun wird. Ist das nicht alles ganz vortrefflich gemalt? Seneca war Spanier und ist in Rom aufgewachsen. Seine bekanntesten Werke sind die *Consolationes*, die *Epistolae morales* und die *Apololocyntosis* oder »*Kürbisifikation*« *des Göttlichen Claudius* – wobei letzteres, wie Sie sicher schon erraten haben, eine Satire ist. Er hat zwar von sich behauptet, er verachte die weltlichen Dinge, brachte es aber dennoch fertig, ein gewaltiges Vermögen anzuhäufen, nicht zuletzt durch seine Tätigkeit als Geldverleiher in Britannien; der

Historiker Dio Cassius sagt, die ungeheur hohen Zinsen, die Seneca verlangt habe, seien mit daran schuld gewesen, daß sich die Briten gegen die Besatzer erhoben, was ja, wie Lord Russell einmal scherzhaft bemerkt hat, hieße, daß Königin Boadiceas Rebellion ein Aufstand gegen den Kapitalismus gewesen wäre, dessen bedeutendster Repräsentant der führende Philosoph des römischen Kaiserreiches war, der Ideologe der Enthaltsamkeit. Das nennt man Ironie der Geschichte.« Ich sah Miss Vandeleur verstohlen von der Seite an; sie hatte allmählich schon ganz glasige Augen; ich mutete ihr so einiges zu. »Seneca überwarf sich mit Claudius' Nachfolger, dem bereits erwähnten Nero, dessen Erzieher er gewesen war. Er wurde der Verschwörung bezichtigt und erhielt den Befehl, Selbstmord zu begehen, was er denn auch mit großer Fassung und Würde tat.« Ich zeigte auf das Bild vor uns. Und da kam mir zum erstenmal der Gedanke, ob der Maler eigentlich recht gehabt hatte, als er jene Szene in seiner Darstellung mit einem solchen Maß an Gelassenheit, einem so geflissentlichen Gleichmut ausstattete. Schon wieder diese bebende Unruhe. Gibt es denn in dem neuen Leben, zu dem ich verurteilt bin, gar nichts, was nicht dem Zweifel unterliegt? »Baudelaire«, fuhr ich fort, und diesmal kam es mir so vor, als ob meine Stimme ein ganz klein wenig zitterte, »Baudelaire sagt, der Stoizismus sei eine Religion mit nur einem einzigen Sakrament: Selbstmord.«

Da schüttelte sich Miss Vandeleur wie ein Pony, das vor einem Sprung scheut.

»Warum tun Sie das?« sagte sie stockend.

Ich sah sie nachdenklich und ein wenig fragend an. Wie sie so dastand, die Fäuste in die Hüften gestemmt, das kleine Gesicht nach vorn gereckt, die Miene halb schmollend, halb grollend, und düster den elfenbeinernen Brieföffner auf meinem Schreibtisch anstarrte, machte sie ihrem doch so heiteren Vornamen durchaus keine Ehre.

»Warum tue ich was, Teuerste?«

»Ich weiß ja, wie belesen Sie sind«, sagte sie beinahe fauchend, »ich weiß ja, wie *kultiviert* Sie sind.«

Aus ihrem Munde hörte sich dieses Wort an wie eine Krankheit. Die kommt gewiß nicht von Skryne, dachte ich, so was Unbeherrschtes würde der mir niemals schicken. Kurzes beschämtes Schweigen, dann sagte ich sanft:

»In meiner Welt gibt es keine einfachen Fragen, und Antworten, gleich welcher Art, sind rar. Damit müssen Sie sich abfinden, wenn Sie über mich schreiben.«

Den Blick noch immer auf den Brieföffner geheftet, preßte sie die Lippen so fest zusammen, daß sie ganz weiß wurden, und schüttelte rasch und bockig den Kopf, und ich dachte, beinahe zärtlich, an Vivienne, meine ehemalige Frau, die einzige angeblich Erwachsene, der ich je begegnet bin, die wahrhaftig mit dem Fuß aufgestampft hat, wenn sie wütend war.

»Es gibt welche«, sagte sie, »es gibt einfache Fragen, und es gibt auch einfache Antworten; ja, es gibt auch Antworten. Warum haben Sie für die Russen spioniert? Wieso sind Sie nicht erwischt worden? Was haben Sie sich davon versprochen, Ihr Vaterland und die Interessen Ihres Vaterlandes zu verraten? Oder liegt es daran, daß dieses Land für Sie nie Ihr Vaterland war? Liegt es daran, daß sie Ire sind und uns hassen?«

Und dann drehte sie mir endlich das Gesicht zu und sah mich an. Welch ein Feuer! Nie und nimmer hätte ich das erwartet. Ihr Vater, der admirable Admiral, wäre stolz auf sie gewesen. Ich wich ihrem Blick aus, lächelte mein müdes Lächeln und betrachtete den *Tod des Seneca*. Wie herrlich dieser Faltenwurf im Gewand des Sterbenden doch gemalt ist, glänzend, glatt und kompakt wie geriffelter Sandstein, und doch auch wunderbar zart, wie ein fein gemeißeltes Kapitel des Philosophen selbst. (Ich muß das Bild taxieren lassen. Natürlich käme ich nicht im Traum auf die Idee, es zu verkaufen, aber gerade jetzt brauche ich dringend eine finanzielle Sicherheit.)

»Nicht die Russen«, murmelte ich.

Ich konnte spüren, daß sie zwinkerte. »Was?«

»Ich habe nicht für die Russen spioniert«, sagte ich. »Ich habe für Europa spioniert. Und diese Glaubensgemeinschaft ist erheblich größer.«

*

Das Wetter ist wirklich äußerst unbeständig. Eben hat es aus heiterem Himmel angefangen zu gießen, große, fette Regentropfen trommeln an die Fensterscheiben, durch die unbeirrt weiter die Aquarellsonne scheint. Ich habe wahrlich wenig Lust, die Welt jetzt schon zu verlassen, so zart und behaglich, wie sie ist, selbst noch bei diesem Sturm. Die Ärzte sagen, sie haben alles erwischt, und daß es keine Anzeichen für ein neues Malignom gibt. Ich bin in Remission. Ich habe das Gefühl, daß ich mein ganzes Leben lang in Remission war.

Mein Vater kannte alle Vogelnester. Ich weiß bis heute nicht, wie das möglich ist. Im Frühling wanderte er jeden Sonntagmorgen mit Freddie und mir hinaus in die Felder oberhalb von Carrickdrum. Vermutlich, weil er seinen Pfarrkindern entfliehen wollte – er war damals immer noch Pfarrer –, die sich angewöhnt hatten, ihn nach dem Gottesdienst zu Hause zu besuchen: die in ihrem Unglück schwelgenden Witwen des Dorfes mit ihren Ponywagen, die Arbeiter aus den Armeleutevierteln der Stadt, die verrückten alten Jungfern, die immer so ein Flackern im Blick hatten und ihre Wochenenden damit zubrachten, in den Villen am Meer hinter spitzengardinenverhangenen Fenstern Wache zu halten. Ich würde gern sagen können, daß diese Ausflüge Höhepunkte der familiären Geselligkeit waren, Gelegenheiten, bei denen mein Vater seinen mit großen Augen lauschenden Söhnen das Walten und Wirken von Mutter Natur erklärte, in Wahrheit aber sprach er wenig, und ich habe den Verdacht, daß er die zwei kleinen Jungen, die verzweifelt über Stock und Stein stolperten, um mit ihm Schritt zu halten, die meiste Zeit über schlichtweg vergessen hatte. Die Gegend dort oben war rauh, nur hier und da ein handtuchschmales Feld, und dazwischen nacktes graues Gestein, Stechginster und vereinzelt ein paar sturmgebeugte Ebereschen. Ich weiß auch nicht, warum mein Vater jedesmal darauf bestand, Freddie mitzunehmen, zumal er da oben im Hochland immer schrecklich aufgeregt war, besonders an windigen Tagen, und fortwährend verzweifelt vor sich hin mauzte und sich die Haut um die Fingernägel herum zerfetzte und sich die Unterlippe blutig biß. Doch ganz am Ende unserer Tour lag eine kleine, von Felsen eingeschlossene Mulde, ein Miniaturtal, mit Wiesengrün, Ginsterbüschen und Weißdorninseln, wo Stille herrschte, eine summende Stille, und wo selbst Freddie sich beruhigte, jedenfalls soweit er dazu in der Lage war. Hier blieb mein Vater in seinen Knickerbockers, den Gamaschen und dem alten rehbraunen Pullover, den Priesterkragen noch um den Hals, dann immer abrupt stehen, hob die Hand und lauschte auf ich weiß nicht was für ein geheimes Zeichen oder ein Vibrieren in der Luft, um schließlich den Weg zu verlassen und, erstaunlich leichtfüßig für einen so wuchtigen Menschen, auf ein Gebüsch zuzugehen, behutsam das Blattwerk auseinanderzuschieben und lächelnd hineinzuspähen. An dieses Lächeln kann ich mich noch ganz genau erinnern. Eine einfältige Freude lag darin, natürlich – er sah aus, wie Freddie wohl ausgesehen hätte, wenn er nicht schwachsinnig gewesen wäre –, aber auch so etwas wie grimmig-trauriger Triumph, als hätte er den Schöpfer bei einer zwar eindrucksvollen, aber im Grunde doch recht kitschigen Fälschung ertappt. Dann legte er den Zeigefinger an die Lippen, winkte uns heran und hob uns nacheinander hoch, damit wir sehen konnten, was er entdeckt hatte: ein Finken- oder Amselnest, manchmal saß sogar noch die Vogelmutter darin und blickte leise bebend und von Angst gelähmt zu uns auf, als sähe sie nicht unsere beiden großen Gesichter vor sich, sondern blickte Gott und seinem Sohn ins Angesicht. Doch nicht die Vögel faszinierten mich, sondern die Eier. Blaßblau oder weißgesprenkelt lagen sie in der kreisrunden Vertiefung des Nests, verschlossen, unerklärlich, ganz erfüllt von ihrer eigenen Fülle. Ich hatte immer das Gefühl, wenn ich eines davon in die Hand nähme, was mein Vater mir nie und nimmer gestattet hätte, daß es zu schwer für mich sein müßte und ich es gar nicht halten könnte, wie ein Stück von einem Planeten, dessen Materie viel, viel dichter ist als die des unseren. Am meisten verblüffte mich ihre Verschiedenheit. Ein jedes glich nur sich selber, nichts sonst. Und dieses äußerste Einssein mit sich selbst war gleichsam ein stummer Vorwurf gegen alles, was sie umgab, gegen diese ganze wirre Welt aus Gebüsch und Gestrüpp und schreiend grünem Laub. Sie waren das Artefakt an sich. Als ich im hinteren Raum der Galerie Alighieri, zwischen lauter Schrott, zum erstenmal den *Tod des Seneca* erblickte, mußte ich sofort an die Sonntagsausflüge meiner Kindheit denken und an meinen Vater und wie unsagbar zärtlich er das Laubwerk auseinandergeschoben hatte, um mir diese zerbrechlichen und dennoch irgendwie unzerstörbaren Schätze zu zeigen, die dort im Herzen der Welt schlummerten.

\*

Wer eine Stadt in Besitz nehmen will, die nicht seine Heimatstadt ist, muß sich zuerst einmal dort verlieben. Ich kannte London von klein auf; für unsere Familie war es die Hauptstadt, obschon wir so gut wie nie dorthin fuhren, und nicht das graue Belfast mit seinen regenfarbenen Bauten und seinen heiseren Schiffssirenen. Doch richtig zum Leben erwachte London für mich erst in dem Sommer, den ich dort mit Nick verbrachte. Ich sage, ich habe einen Sommer mit ihm verbracht, aber das ist eine aus reinem Wunschdenken geborene Übertreibung. Er arbeitete – auch das ist übertrieben – für seinen Vater bei Brevoort & Klein und war von Oxford hergezogen, in eine Seitenstraße der Fulham Road; die Wohnung lag über einem Zeitungsladen. An dieses Domizil kann ich mich noch erstaunlich gut erinnern.

Vorn gab es ein kleines Wohnzimmer mit zwei spitz zulaufenden Mansardenfenstern, die einen nicht zum übrigen Charakter des Raumes passenden Kircheneffekt erzeugten; als Boy das erste Mal dort zu Besuch war, klatschte er in die Hände und rief: »Man bringe mir mein Chorhemd, hier muß man doch eine schwarze Messe abhalten!« Nick und ich nannten die Wohnung das Gespensterschloß, ein passender Name, denn sie hatte wirklich etwas Gespenstisches – Nick hatte eine Vorliebe für hohe Kerzen und Piranesi-Stiche –, und ein Schloß war sie auch, ein Luftschloß, besonders im Frühling, wenn der Himmel an den Fenstern vorüberwehte und die Balken knarrten wie die Spiere eines Segelschiffs. Nick, von Natur aus eine einzigartige Mischung aus Schöngeist und Draufgänger, ließ die Bude entsetzlich verlottern: wenn ich an das Klo denke, schüttelt es mich heute noch. Hinten befand sich ein verwinkeltes Schlafzimmer mit scharf abgeknickter Decke, in dem ein gewaltiges, schräg hineingezwängtes Messingbett stand, das Nick beim Pokern in einer Spielhölle hinterm Bahnhof Paddington gewonnen haben wollte. Nick hatte immer solche Geschichten auf Lager.

Er schlief nicht oft in dieser Wohnung. Seine Mädchen wollten nicht dort übernachten, wegen dem Schmutz, und außerdem blieben die Mädchen damals überhaupt selten über Nacht, zumindest nicht die Mädchen, mit denen Nick sich abgab. Hauptsächlich feierte er dort Partys und schlief anschließend seinen Kater aus. Er blieb dann für gewöhnlich zwei, drei Tage im Bett, um sich herum ein sich ausbreitendes Chaos von Büchern, Konfektschachteln und Champagnerflaschen: Mitbringsel von all den Freunden, die er einen nach dem anderen per Telefon herbeizitiert hatte. Ich höre ihn noch, wie er mit wehleidiger Stimme in den Hörer haucht: »Hallo, alter Junge, könntest du vielleicht mal eben vorbeikommen? Wirklich du, ich glaub, ich sterbe.« Wenn ich kam, war in der Regel schon eine kleine Schar beisammen, gleichsam der Keim für die nächste Party, man saß auf diesem mächtigen, floßartigen Bett, aß Nicks Schokolade und trank aus Zahnputzgläsern und Steinguttassen Champagner, während Nick in seinem Nachthemd mit einem Kissenberg im Rücken dalag, bleich wie Elfenbein, wirres schwarzes Haar, eckig und mit riesengroßen Augen, eine Gestalt wie von Schiele. Boy war da, selbstredend, und Rothenstein und Mädchen, die Daphne und Brenda und Daisy hießen und seidene Kleider und Glockenhüte trugen. Manchmal schaute auch Querell vorbei, und dann lehnte er an der Wand, lang, dünn, sardonisch, rauchte eine Zigarette und sah irgendwie verrucht aus, wie der Schurke in einer Moritat, die Braue, nur eine, hoch-, die Mundwinkel runtergezogen, eine Hand in der Tasche seines fest zugeknöpften Jacketts, und ich dachte immer, da könnte durchaus eine Pistole drin sein. Er sah aus wie einer, der über jeden im Zimmer etwas wußte, womit er dem Betreffenden schaden konnte. (Ich merke gerade, daß ich ihn nicht so sehe, wie er damals war, nämlich jung und linkisch, sondern, genau wie die anderen von uns, so, wie er mit Ende dreißig war, während des Blitzkriegs, als er wie die Personifizierung der Zeit selber wirkte: verbittert, verkniffen, abweisend, lächerlich verzweifelt, älter als er war, als wir waren.)

Diese Partys: ob sich dabei auch nur einer von uns wirklich amüsiert hat? Am stärksten ist mir das alles durchdringende Gefühl von latenter Hoffnungslosigkeit in Erinnerung. Wir haben viel getrunken, aber der Alkohol schien uns ängstlich oder kleinmütig zu machen, so daß wir nur um so lauter schreien mußten, als ob wir irgendwelche bösen Geister verscheuchen wollten. Was hat uns damals eigentlich solche Angst gemacht? Ein neuer Krieg, ja, die Weltwirtschaftskrise, all das, der aufkommende Faschismus; es gab unendlich vieles, wovor man Angst haben konnte. Wir waren so voller Haß! Für jedes Übel, das uns plagte, machten wir den Ersten Weltkrieg verantwortlich und die alten Männer, die die Jugend gezwungen hatten, in diesen Krieg zu ziehen, und vielleicht hatte Flandern unser Volk ja wirklich kaputtgemacht, aber –. Aber jetzt spiele ich hier den Amateursoziologen, eine Rolle, die mich ekelt. Ich habe nie in Kategorien wie *wir* oder *Volk* gedacht; keiner von uns tat das, da bin ich mir ganz sicher. Beim Reden haben wir natürlich diese Begriffe gebraucht – und zwar unablässig –, aber das waren doch nur Posen, in die wir uns geworfen haben, damit wir uns selber ernster nehmen konnten, damit wir uns wichtiger vorkamen, authentischer. Ganz tief im Innersten – falls wir denn tatsächlich Tiefe besaßen – dachten wir doch nur an uns selbst und ab und zu noch an ein, zwei andere; ist das nicht immer so? *Warum haben Sie es getan?* hat dieses Mädchen mich gestern gefragt, und ich habe ihr mit Parabeln aus Kunst und Philosophie geantwortet, und sie ging unbefriedigt fort. Doch welche Antwort hätte ich ihr sonst geben sollen? *Ich* bin die Antwort auf ihre Frage, die Totalität dessen, was ich bin; unter dem ist nichts zu machen. Für die kleine Weile, in der die öffentliche Meinung mir ihre Aufmerksamkeit schenkt und sich auf meine Kosten unterhält, werde ich eine Figur sein, die nur einen einzigen hervorstechenden Charakterzug hat. Selbst für diejenigen, die mich näher kennen, ist angesichts der Tatsache meines sogenannten Verrats alles, was ich ansonsten getan oder unterlassen habe, bedeutungslos geworden. Und dabei ist das Ich, das ich bin, doch aus einem Guß: aus einem Guß und dennoch zersplittert in Myriaden Ichs. Ergibt das einen Sinn?

Demnach war es also unser eigenes Ich, das uns Angst machte: jeder sein eigener Dämon.

Als Querell mich neulich anrief, hatte er immerhin soviel Anstand, sich nicht schockiert zu zeigen. Er kennt sich aus mit Verrat, im großen und im kleinen; auf dem Gebiet ist er ein Kenner. Als er auf dem Gipfel seines Ruhmes war (seit er alt ist und ein bißchen gesetzter als früher, macht er nicht mehr so viel Schlagzeilen), mußte ich immer kichern, wenn ich ihn auf Zeitungsfotos mit dem Papst plaudern sah, denn ich wußte ja, daß er den Mund, mit dem er dort den päpstlichen Ring küßte, vor einer halben Stunde höchstwahrscheinlich noch zwischen den Beinen einer Frau gehabt hatte. Doch auch Querell droht die Gefahr, als das entlarvt zu werden, was er wirklich ist, was immer das auch sein mag. Dieser fischige Blick, den er seit jeher hatte, wird mit dem Alter noch prägnanter. Neulich hat er schon wieder ein Interview gegeben – woher der nur den Ruf hat, er sei öffentlichkeitsscheu? – und dabei eine dieser scheinbar tiefsinnigen, in Wirklichkeit aber banalen Bemerkungen fallenlassen, die inzwischen sein Markenzeichen sind. »Mit Gott kenne ich mich nicht aus«, hat er zu dem Interviewer gesagt, »aber an den Teufel glaube ich natürlich.« O ja, wer mit Querell Mittag essen will, muß einen langen Löffel haben, das war schon immer so.

Er war aufrichtig neugierig auf Menschen – ein unfehlbares Erkennungsmerkmal des zweitrangigen Romanciers. Bei den Partys im Gespensterschloß lehnte er stets lange an der Wand, blies diabolische Rauchfäden zu den Mundwinkeln heraus und sah und hörte zu, wie die Gesellschaft nach und nach in eine affenhausartige Hysterie verfiel. Er trank genauso viel wie wir alle, was man ihm aber nicht anmerkte, höchstens, daß seine enervierend blaßblauen Augen so einen boshaft belustigten Glanz bekamen. Normalerweise machte er sich beizeiten aus dem Staub und nahm irgendein Mädchen mit, und wenn man dann dahin guckte, wo er gestanden hatte, kam es einem so vor, als könnte man noch seinen Umriß erkennen, wie der helle Fleck an der Wand, wo früher ein Bild gehangen hat. Und so war ich überrascht, als er mich eines Augustnachmittags während einer Party im Korridor ansprach.

»Hör zu, Maskell«, sagte er in seiner grob-aufdringlichen Art, »ich hab die Nase voll von diesem miesen Wein – los, wir gehn was Gescheites trinken.«

Mein Kopf war wie Watte, und das Sonnenlicht, das durch die Mansardenfenster fiel, hatte die Farbe von Urin, und darum war ich erst mal froh, dort rauszukommen. In der Tür zum Schlafzimmer stand ein Mädchen und weinte, sie hatte die Hände vorm Gesicht; keine Spur von Nick. Schweigend stiegen Querell und ich die knarrende Treppe hinunter. Draußen auf der Straße war die Luft blau von Abgasen; merkwürdig, daß es einmal eine Zeit gab, als man den Geruch von Benzin noch wahrgenommen hat. Wir gingen in ein Pub – war es das Finch's, oder wie hat es noch geheißen? –, und Querell bestellte Gin mit Wasser, »Flittchenflip«, spöttelte er. Die Kneipe hatte gerade erst aufgemacht, so daß noch nicht viel Betrieb war. Querell saß da, den einen Fuß auf der Querleiste seines Stuhls, den anderen zierlich *en pointe* auf dem Boden; das Jackett ließ er immer zugeknöpft. Ich sah die abgewetzten Hemdmanschetten, die Hosenbeine mit den glänzenden Knien. Wir waren gleichaltrig, doch es kam mir stets so vor, als ob ich mindestens eine Generation jünger war als er. Er arbeitete beim *Express*, oder vielleicht war es auch der *Telegraph*, wo er saftige Schmonzetten für die Klatschkolumne schrieb, und während wir tranken, erzählte er mir Büroanekdoten und verbreitete sich mit viel Witz über die Marotten der anderen Journalisten und die kindischen

Eseleien des damaligen Chefs vom Dienst, und das alles in offenbar vorfabrizierten, bewundernswert flüssigen und präzisen Wendungen. Und obwohl ich betrunken war, merkte ich sofort, daß er Theater spielte, um mich insgeheim mit dem kühlen Scharfblick zu studieren, der sein Markenzeichen als Romancier werden sollte. Er war schon damals ein Vernebelungsspezialist (buchstäblich und im übertragenen Sinne: er rauchte unablässig und scheinbar immer dieselbe, nie zu Ende gehende Zigarette, denn ich habe kein einziges Mal mitbekommen, wie er sich eine angezündet hat).

Schließlich hörte er auf mit seinen Geschichten, und wir schwiegen ein Weilchen. Er bestellte noch mehr zu trinken, und als ich zahlen wollte, schob er mein Geld mit jener selbstverständlichen Überlegenheit beiseite, die ebenfalls typisch war für ihn. Ich weiß nicht, wie er darauf kam, daß ich pleite sein könnte; das Gegenteil war der Fall, denn dank der Kolumne im *Spectator* und meiner gelegentlichen Vorlesungen im Institut ging es mir damals finanziell gerade relativ gut.

»Du hast den Biber ziemlich ins Herz geschlossen, was?« sagte er.

Sein Ton klang so aufgesetzt beiläufig, daß ich mißtrauisch wurde, trotz des Gins.

»Ich hab ihn doch grade erst kennengelernt«, erwiderte ich.

Er nickte. »Klar, du warst ja in Cambridge. Nicht, daß ich in Oxford viel von ihm mitgekriegt hätte.« Nick hatte mir über Querell erzählt, daß der auf dem College zu sehr mit Rumhuren beschäftigt gewesen sei, um sich groß mit Freundschaften abzugeben. Entgegen allen neuerdings aufgekommenen anderslautenden Gerüchten war Querell ein unverbesserlicher Hetero, dessen Interesse an Frauen fast schon ins Gynäkologische ging. Ich fand immer, er *roch* richtig ein bißchen nach Sex.

Wie ich höre, steigt er immer noch den Mädchen nach, da unten an der Côte d'Azur, mit über siebzig. »Toller Kerl, dieser Biber«, sagte er, dann machte er eine Pause, und dann sah er mich so merkwürdig von der Seite an und fragte: »Traust du ihm?« Ich wußte nicht, was ich antworten sollte, und nuschelte so was wie wem man denn heutzutage überhaupt noch trauen könnte. Er nickte abermals, scheinbar befriedigt, und dann wechselte er das Thema und erzählte, er habe neulich einen Bekannten getroffen, einen ehemaligen Kommilitonen aus Oxford.

»Der wär was für dich«, sagte er. »Ein glühender Fenier.«

Ich lachte.

»Weißt du, ich stehe auf der anderen Seite der Barrikade«, sagte ich. »Meine Familie ist rabenschwarz protestantisch.«

»Ach was, eigentlich sind doch die irischen Protestanten allesamt Katholiken.«

»Ganz im Gegenteil, würde ich meinen. Oder vielleicht sind wir ja einfach durch die Bank Heiden.«

»Na ja, wie dem auch sei, interessantes Land, oder? Ich meine, politisch.«

Sollte er – großer Gott, sollte er etwa schon damals die Fühler ausgestreckt haben, ob er mich anwerben konnte? Das war im Sommer einunddreißig; war er denn da schon beim Department? So früh? Oder hat ihn bloß die religiöse Frage interessiert? Immerhin hat er zu der Zeit bereits in der Farm Street an Schulungen teilgenommen. (Ich fand Querells Katholizismus übrigens immer viel anachronistischer als meinen Marxismus.) Und jetzt ließ er das Thema Politik tatsächlich fallen und fing an, über Religion zu reden, durch die Brust ins Auge, wie es seine Art war, mit einer Geschichte über Gerald Manley Hopkins und wie der einmal auf irgend so einer Frauenversammlung in Dublin gepredigt und die Gemeinde gegen sich aufgebracht hatte, indem er die Kirche mit einer Sau mit sieben Zitzen verglich, die für die sieben Sakramente stünden. Ich mußte lachen und habe gesagt, was für ein armer alter Narr dieser Hopkins doch ist, daß er immer so volkstümlich sein will und jedesmal wieder damit auf die Nase fällt, doch Querell faßte mich abermals lange und abschätzend ins Auge und sagte: »Ja, sein Fehler war zu glauben, daß man die Leute mit so einem Mumpitz überzeugen kann«, und da empfand ich eine diffuse Scham.

Wir tranken aus und verließen das Pub, ich für mein Teil mittlerweile wirklich ganz schön erledigt, Querell winkte ein Taxi heran, und dann fuhren wir in die Curzon Street zu Alighieri, wo eine Vernissage war. Die Arbeiten, von einem weißrussischen Emigranten, dessen Namen ich vergessen habe, waren hoffnungsloser Schrott, eine Mischung aus sterilem Suprematismus und russischem Ikonenkitsch, bei der sich mir der ohnehin schon alkoholgeschädigte Magen umdrehte. Allerdings war dieser Supremawitsch damals gerade der letzte Schrei, und deshalb war die Galerie hoffnungslos überfüllt, und die Leute standen im Schein der Abendsonne auf dem Trottoir herum, schlürften Weißwein, machten sich über die Passanten lustig und erzeugten jenes leise Selbstbeweihräucherungsgetöse, das von Natur aus die kollektive Stimme der Trinker am Busen der Kunst ist. Ach, zu welchen Höhenflügen der Verachtung ich doch seinerzeit imstande war! Heute, im Alter, ist mir diese Fähigkeit weitgehend abhanden gekommen, und ich vermisse sie, denn eigentlich war das eine Leidenschaft von mir.

Nicks Partygäste waren offenbar vollzählig hierher umgezogen. Nick selber war da, immer noch verstrubbelt, immer noch barfuß, immer noch im Nachthemd, allerdings mit einer Hose darüber, und Leo Rothenstein in seinem Dreiteiler und die seidenen Daphnes und Daisys und sogar das weinende Mädchen, das inzwischen mit roten Augen lachte, alle betrunken und peinlich laut. Als sie Querell und mich kommen sahen, drehten sie sich zu uns um, und irgendwer brüllte irgendwas, worauf alles losgackerte, und Querell drehte sich auf dem Absatz um und marschierte fluchend los, und wie er so auf den Park zuging, den schmalen Kopf hocherhoben, die Arme fest an den Körper gepreßt, in seinem dunkelbraunen Anzug mit den gepolsterten Schultern, hatte er eine gewisse Ähnlichkeit mit einer Flasche HP-Sauce.

Erstaunlich, wie ernüchternd es ist, wenn man plötzlich unter Leute gerät, die noch betrunkener sind als man selbst; ich stand auf dem Trottoir und hatte in Minutenschnelle einen Messinggeschmack im Mund, spürte den nahenden Kopfschmerz und wußte, ich mußte entweder weitertrinken oder mich darauf gefaßt machen, den Rest des Abends in einem Zustand von aschfahler Melancholie zu verbringen. Boy hatte mich am Revers gepackt und schrie mir irgendeine ungeheuerliche Geschichte von einer Begegnung mit einem schwarzen Matrosen ins Ohr (»... und verdammt lang, wie 'n Ende Kabeltau!«), und dabei blies er mir seinen Knoblauchatem ins Gesicht. Ich wollte mit Nick reden, doch der war von ein paar Mädchen umringt, die juchzend seine nackten und äußerst schmutzigen Füße bewunderten. Schließlich ließ ich Boy stehen und verzog mich nach drinnen, in die Galerie, wo mir trotz der drangvollen Enge irgendwie mehr Bewegungsfreiheit zu herrschen schien. Ein Weinglas materialisierte sich in meiner Hand. Ich war in jenem zwar klarblickenden, aber gleichwohl halluzinatorischen Stadium der Trunkenheit, in dem das Banale eine komische Dimension gewinnt. Auf einmal kamen mir die Leute ringsherum wie höchst bizarre Kreaturen vor; ich fand es plötzlich ganz erstaunlich, erstaunlich drollig, daß die Menschen aufrecht gehen und nicht auf allen vieren, was doch viel natürlicher gewesen wäre, und daß von den hier Versammelten praktisch jeder, einschließlich meiner selbst, mit einem Glas versehen war, das man geradehalten und dabei gleichzeitig mit höchstmöglicher Schnelligkeit und Lautstärke sprechen mußte. Ich fand das alles ziemlich verrückt und lachhaft und doch auch ungeheuer, ja geradezu schmerzhaft bewegend. Ich kümmerte mich nicht weiter um die Kleckserein des Russen, die sowieso kein Mensch beachtete, sondern ging nach hinten, wo Wally Cohen sein Reich hatte. Wally, ein kugelrunder kleiner Bursche mit dichten Locken (»Shylock-Locken« – Boy), machte sich einen Spaß daraus, sein Judentum auf die Schippe zu nehmen; er rieb sich die Hände und lächelte ölig und titulierte seine Glaubensbrüder als Judenbengels und Stummelschwänze. Ich habe den Verdacht, daß er im Grunde seines Herzens Antisemit war, wie viele Juden, die ich kannte, damals, kurz vor dem Krieg. Ich fand ihn in einem Magazinraum, wo er mit einer Hinterbacke auf der Tischkante hockte, das kurze, dicke Beinchen baumeln ließ und sich angeregt mit einer dunkelhaarigen jungen Frau unterhielt, die mir irgendwie bekannt vorkam.

»Victor, alter Junge!« rief er. »Du siehst ja so gehetzt aus, wie ein hungriges Raubtier.«

Wally war seit frühester Jugend Marxist, einer der ersten von uns, die sich mit dem Virus angesteckt hatten.

»Ich hab mit Querell getrunken«, sagte ich.

Er kicherte. »Ah ja, mit dem Pontifex.«

Die junge Frau – er hatte sich nicht die Mühe gemacht, uns einander vorzustellen – betrachtete mich mit skeptischer Miene und gab sich, so jedenfalls kam es mir vor,

Mühe, nicht zu lachen. Sie war klein, dunkel und kräftig gebaut und hatte Schatten unter den Augen, die wie blaue Flecke aussahen. Sie trug so ein schlauchartiges Kleid, wie es damals modern war, das aus mehreren Schichten schwarzgoldener, dunkel schimmernder und im Licht hin und wieder aufblitzender Seide bestand, und ich mußte an einen in seine harte, bräunliche Schale eingeschlossenen Skarabäus denken. Wally fuhr fort, sich mit ihr zu unterhalten, und sie wandte ihre Aufmerksamkeit langsam wieder von mir ab. Er redete über irgendeinen Maler, den er kürzlich entdeckt hatte – José Orozco, irgendwas in der Art. Wally war einer von den echten Enthusiasten, die die Welt damals noch hervorzubringen vermochte. Sieben Jahre später ist er gefallen, beim Sturm auf Madrid, an der Seite von John Cornford.

»Das ist das einzige, was heute noch geht«, sagte er. »Eine Kunst des Volkes. Alles andere ist bürgerliche Zügellosigkeit, Onanie für die Spießer.«

Ich warf der jungen Frau einen Blick zu: damals hat man Wörter wie Onanie nicht so lässig dahingesagt wie heutzutage. Sie lachte schal und sagte: »Ach, Wally, halt doch endlich die Klappe.«

Er griente und sah mich an. »Was meinst du, Victor? Gott steh mir bei, wenn das mal nicht die Revolution höchstselber ist, die über dieses Land der Unterdrücker kommt.«

Ich zuckte die Achseln. Solche aufgeblasenen Juden wie Wally waren schwer zu verdauen; noch gab es die Lager nicht, die seinen Stamm einmal mehr zum auserwählten Volk machen sollten. Außerdem hatte er mich noch nie leiden können. Ich nehme an, er hat genau gewußt, wie sehr ich meinen Namen hasse – Victor, so heißen nur Bandleader und kleine Ganoven –, denn er hat keine Gelegenheit ausgelassen, mich so zu nennen.

»Wenn du so für die sozialistische Kunst bist«, sagte ich, »wieso stellst du dann diesen ulkigen Weißrussen da vorne aus?«

Er hob die Schultern, griente und zeigte mir die Innenflächen seiner Kaufmannshände. »Weil er sich verkauft, mein Junge, er verkauft sich.«

Da kam Nick hereinspaziert, mit seinen nackten Füßen, die auf die Dielenbretter patschten, und einem schiefen, trunkenen Lächeln im Gesicht. Er wechselte einen sarkastischen und, wie mir schien, merkwürdig verschwörerischen Blick mit der jungen Frau, und im nächsten Moment war mir klar, wer sie war.

»Sieh uns an«, sagte er fröhlich und beschrieb mit seinem Weinglas einen wackligen Bogen, der ihn selbst und die Gesellschaft in seinem Rücken ebenso einschloß wie Wally, seine Schwester und mich. »So ein dekadenter Haufen.«

»Wir haben soeben die Revolution vorweggenommen«, erwiderte Wally.

Das brachte Nick zum Lachen. Ich wandte mich an Baby.

»Entschuldigung«, sagte ich, »ich wußte, ich kenne Sie, aber ...«

Sie sah mich an, eine Braue hochgezogen, und schwieg.

Der Raum war in einem graustichigen Weiß getüncht und hatte eine flach gewölbte Decke. Die zwei dreckigen, nebeneinander liegenden Fenster gingen auf einen kopfsteingepflasterten Hof, der im abendlichen Sonnenlicht prangte, einem Licht, das geradewegs aus Delft kam. An den Wänden lehnten Bilder, die mit pelzigem, mausgrauem Staub bedeckt waren. Enerviert von Babys herausforderndem, leicht glubschäugigem Blick, ging ich hin und stöberte ein bißchen herum. Sämtliche untergegangenen Richtungen der letzten Jahre, müde, traurig und verschämt: Obstgärten im April, jede Menge schwache Akte, ein paar Machwerke des englischen Kubismus, nichts als stumpfe Winkel und pastellfarbene Flächen. Und da stand es dann, in seinem abgeblätterten Blattgoldrahmen, und durch die Haarrisse im Firnis sah es aus, als ob jemand die Leinwand sorgfältig mit Hunderten von verschrumpelten Zehennägeln beklebt hätte. Es war unverkennbar, was es war, selbst bei flüchtigem Hinsehen und trotz des schlechten Lichts. Ich lehnte es schnell wieder an die Wand, und in meiner Brust, genau in der Mitte, spürte ich eine merkwürdige Hitze, die sich in mir ausbreitete; immer, wenn ich ein großartiges Bild zum erstenmal sehe, weiß ich, warum das Wort Herz bis heute als Synonym für Gefühl gebraucht wird. Ich rang nach Luft und bekam feuchte Hände. Es war, als wäre mir etwas Unanständiges untergekommen; so hatte ich mich als Schuljunge gefühlt, wenn mir jemand unter der Bank ein schmutziges Foto zugeschoben hat. Das ist keine Übertreibung. Ich habe mir nie die Mühe gemacht, zu erforschen, woran es liegt, daß ich so auf Kunst reagiere; zu viele Ranken, die sich hier unten im Dunkel verschlingen. Ich wartete einen Augenblick, sagte mir, bleib ruhig – der Alkohol, den ich im Blut gehabt hatte, war plötzlich verdampft –, und dann holte ich tief Luft, nahm das Bild und ging damit ans Fenster.

Kein Zweifel.

Wally merkte sofort, was los war.

»Was gefunden, was dir gefällt, Victor?« sagte er.

Ich zuckte die Achseln, betrachtete eingehend den Pinselstrich und gab mir Mühe, eine skeptische Miene zu machen.

»Sieht aus wie *Der Tod des Seneca* von wie heißt er noch gleich«, sagte Nick zu meiner Überraschung. »Das haben wir doch im Louvre gesehn, weißt du nicht mehr?« Wenn mich nicht alles täuscht, habe ich ihm einen Tritt gegeben, ans Schienbein, und was für einen.

Wally kam an und guckte mir schnaufend über die Schulter. »Oder ein anderes Werk mit demselben Sujet«, sagte er nachdenklich. »Wenn der mal ein Sujet gefunden hatte, das ihm gefiel, hat er nicht eher aufgehört, als bis er's zu Tode geritten hatte.« Wally hatte Lunte gerochen; für meine Kritiken hatte er nicht viel übrig, aber er schätzte meinen Blick.

»Also, ich denke, es ist dieselbe Schule«, sagte ich, indem ich das Bild wieder zurückstellte, mit dem Gesicht zur Wand, und es hätte mich nicht gewundert, wenn es sich wie ein Kind, das man verlassen will, an meine Hand geklammert hätte. Wally musterte mich mit maliziös-berechnendem Blick. Der ließ sich nichts vormachen.

»Wenn du's haben willst«, sagte er, »mach mir ein Angebot.«

Nick und Baby saßen nebeneinander auf Wallys Tisch, beide merkwürdig in sich zusammengesunken, mit hängenden Köpfen und schlaff baumelnden Beinen, wie zwei Marionetten, graziös und leblos. In ihrer Gegenwart fühlte ich mich auf einmal befangen und sagte nichts, und Wally sah erst die beiden und dann mich an, und dann schloß er die Augen und lächelte listig, als ob er meine momentane Befangenheit verstand, ganz im Gegensatz zu mir: es mußte wohl etwas mit Kunst zu tun haben, eine Mischung aus Verlegenheit und Begehrlichkeit.

»Weißt du was«, sagte er. »Für fünfhundert ist es deins.«

Ich lachte; das war ein Vermögen seinerzeit.

»Hundert wären drin«, entgegnete ich. »Es ist eindeutig eine Kopie.«

Wally warf sich in eine seiner Schtetlposen: zusammengekniffene Augen, schräg geneigter Kopf, eine

Schulter hochgezogen. »Was sagst du, Mann – eine Kopie, eine Kopie soll das sein?«

Dann richtete er sich wieder auf und fuhr achselzukkend fort: »Na gut, dreihundert. Aber weiter kann ich wirklich nicht runtergehen.«

»Bitten Sie doch Leo Rothenstein, daß er's für Sie kauft«, sagte Baby. »Der hat Geld wie Heu.«

Wir sahen sie alle an. Nick lachte und sprang munter, wie plötzlich zum Leben erwacht, vom Tisch.

»Gute Idee«, sagte er. »Kommt mit, wir gehn ihn suchen.«

Mein Herz zog sich zusammen (komischer Ausdruck; ich finde immer, das Herz zieht sich nicht zusammen, wenn man erschrickt, sondern es bläht sich auf). Nick würde alles verderben, und dann wäre Wally sauer, und ich hätte meine Chance verpaßt, in den Besitz eines kleinen, aber echten Meisterwerks zu gelangen, eine Chance, die bestimmt nie wiederkam. Ich folgte ihm und Baby (ich frage mich übrigens, warum sie so genannt wurde – ihr richtiger Name war Vivienne, kühl und hart, wie sie selbst) hinaus auf die Straße, wo die Menge sich gelichtet hatte. Leo Rothenstein aber war noch da, wir hörten seine dröhnende, sonore Stimme, und dann sahen wir ihn. Er sprach mit Boy und einem von den durchsichtigen blonden Mädchen. Sie unterhielten sich über den Goldwert oder die politische Lage in Italien, irgendwas in der Art. Beiläufiges Geplauder über weltbewegende Themen, so typisch für die damalige Zeit. Leo hatte die matt glänzende Aura des sehr reichen Mannes. Er sah gut aus, geradezu unerhört maskulin, hochgewachsen, breite Brust, länglicher, dunkler, levantinischer Kopf.

»Hallo, Biber«, sagte er. Mir wurde zugenickt, und Baby bekam einen scharfen, anerkennenden Blick und die Andeutung eines Lächelns. Leo knauserte mit seinen Aufmerksamkeiten.

»Du, Leo«, sagte Nick, »wir möchten, daß du für Victor ein Bild kaufst.«

»Ach ja?«

»Ja. Es ist ein Poussin, aber das weiß Wally nicht. Er will dreihundert, das ist spottbillig. Sieh es als Investition. Besser als Goldbarren, so ein Bild. Sag du's ihm, Boy.«

Boy, dem aus mir bis heute unerfindlichen Gründen nachgesagt wurde, er habe eine Nase für Bilder, hatte Leos Familie gelegentlich beim Erwerb neuer Stücke für ihre Kunstsammlung beraten. Ich fand es eine amüsante Vorstellung, wie er und Leos Vater, ein erhabener, geheimnisumwitterter Herr mit dem Habitus eines Beduinenhäuptlings, zusammen durch die Galerien rasten und ab und an mit wichtiger Miene vor einem drittklassigen großen braunen Schinken stehenblieben, wobei Boy sich die ganze Zeit das Lachen verkneifen mußte. Jetzt setzte er sein Wasserspeiergrinsen auf: Glubschaugen, geblähte Nüstern, die dicken, fleischigen Lippen nach unten gebogen wie ein umgedrehtes U. »*Poussin?*« sagte er. »Klingt verlockend.«

Leo faßte mich mit jovialer Skepsis ins Auge.

»Hundert habe ich selber«, sagte ich, und dabei kam ich mir so vor, als ob ich den Fuß todesmutig auf ein schlecht gespanntes Drahtseil setzte. Wenn Leo sein großes, gutmütiges Lachen lachte, konnte man richtig sehen, wie sich die seinem Munde entweichenden Töne zu Buchstaben formten: *Ha, Ha, Ha.*

»Nun macht schon«, sagte Nick und guckte in trunkenem Groll erst Leo, dann mich und dann wieder Leo an, als sei das hier sein Spiel, das wir unnötig in die Länge zogen. Leo schaute rasch zu Boy, und zwischen den beiden passierte etwas, und dann sah er mich wieder mit seinen forschenden Augen an.

»Und du meinst, er ist echt?« sagte er.

»Darauf würde ich meinen guten Ruf wetten, wenn ich einen hätte.«

Das Drahtseil dröhnte. Leo lachte abermals und zuckte die Achseln.

»Sagt Wally, ich schicke ihm einen Scheck«, sagte er und ließ uns stehen.

Nick tippte mir auf die Schulter. »Na bitte«, sagte er, »hab ich's dir nicht gesagt?« Er machte auf einmal einen ziemlich betrunkenen Eindruck. Mir war, als ob ich fiel, hilflos, aber glücklich. Baby drückte meinen Arm. Das blonde Mädchen trat ganz nah an Boy heran und flüsterte: »Was ist das, ein Poussin?«

\*

Ich überlege, ob das wirklich im August war oder nicht eher im Frühsommer? Ich erinnere mich an eine weiße Nacht, der Himmel über dem Park wollte nicht aufhören zu leuchten, und in den schläfrigen Straßen lagen Schatten von der Farbe schmutzigen Wassers. Plötzlich war die Stadt ein Ort, den ich noch nie gesehen hatte, geheimnisvoll, exotisch, wie von innen erhellt durch ihr eigenes dunkles Strahlen. Mir war, als ob wir stundenlang gingen, Nick, Baby und ich, als ob wir ziellos durch die Gegend schlenderten, Arm in Arm und benommen vom Alkohol. Nick hatte irgendwo ein paar alte, viel zu große Hausschuhe aufgetan, aus denen er alle naselang rausrutschte, und wenn er dann zurücktrat und fluchend und lachend wieder hineinzuschlüpfen versuchte, mußte man ihn festhalten. Ich spürte seine knochigen, zittrigen Finger auf meinem Arm, und dieses Gefühl war gleichsam das körperliche Pendant zu jenem Glanz in meinem Kopf, wo das Bild, *mein* Bild, schwebte wie in einer dunklen Galerie. Aus Angst vor einem neuerlichen Anfall von Nüchternheit gingen wir in einen Club in der

Greek Street, zu dem Nick uns Zutritt verschaffte; irgendwer hatte Geld – Baby vielleicht –, wir tranken ein paar Flaschen miesen Champagner, und ein Mädchen mit Federboa und wieherndem Lachen kam und setzte sich auf Nicks Schoß. Dann erschien Boy und nahm uns mit zu einer Party in einer Wohnung im Kriegsministerium – ich glaube, es war die Privatunterkunft des Ständigen Sekretärs –, wo Baby die einzige Frau war. Boy stellte sich hin, stemmte die Arme in die Hüften und schüttelte angewidert den Kopf. »Nun guckt euch das an, lauter warme Brüder!« sagte er laut in den Zigarrenrauch und das trunkene Gelalle hinein. Später, als wir auf der Whitehall standen, dämmerte schon der Morgen, und mit ihm kam das Kopfweh gekrochen, und aus den Wolken, die genau dieselbe bleigraue Farbe hatten wie die Schatten unter Babys Augen, tröpfelte ein feiner Regen. Auf dem Trottoir stand eine gigantische Möwe und sah uns mit kaltem Argwohn an. »Scheußliches Klima«, sagte Boy, indes Nick traurig seine Hausschuhe betrachtete. Ich war von einer geradezu überirdischen Heiterkeit erfüllt, einem verzückten, rauschhaften Glücksgefühl, das nicht einmal durch den Erwerb eines Bildes, und mochte es auch noch so wundervoll sein, hinreichend begründet war. Wir fanden ein Taxi, das uns zu Nicks Wohnung brachte, wo wir frühstücken wollten, und in den Tiefen des Rücksitzes – waren die Taxis denn damals größer als heute? –, während Boy und Nick einander die köstlichsten Klatschgeschichten erzählten, die sie auf der Party aufgeschnappt hatten, ist es dann passiert: ich habe Baby geküßt. Sie leistete nicht den Widerstand, den man von einem Mädchen erwartet, und ich wich leicht erschrocken zurück, schmeckte ihren Lippenstift, und die Nerven in meinen Fingerspitzen fühlten noch den spröden, glasigen Stoff ihres Seidenkleides. Sie saß da und sah mich an, studierte mich, als wäre ich eine neue Variante einer ihr bereits bekannten Spezies. Wir schwiegen; offenbar bedurfte es keiner Worte. Und obwohl danach lange nichts mehr zwischen uns geschehen sollte, glaube ich, in dem Moment haben wir beide gewußt, daß wir nun wohl oder übel, und das meiste davon war übel, unauflösbar miteinander verstrickt waren. Als ich den Kopf drehte, sah ich Nick, der uns mit leisem, aufmerksamem Lächeln beobachtete.

\*

Miss Vandeleur hat schon zwei Tage nicht angerufen. Ich frage mich, ob sie bereits das Interesse an mir verloren hat. Vielleicht hat sie ihre Aufmerksamkeit einem besseren Thema zugewandt. Das würde mich nicht überraschen; meine Persönlichkeit dürfte sich schwerlich dazu eignen, das Blut einer ehrgeizigen Biographin in Wallung zu bringen. Während ich mir diese Seiten noch einmal durchlese, bin ich verblüfft, wie wenig ich darin vorkomme. Natürlich ist überall das Personalpronomen, das Fundament des Gebäudes, das ich errichte, doch was steht hinter diesem kleinen Ich? Dabei muß der Eindruck, den ich hinterlassen habe, stärker gewesen sein, als er in meiner Erinnerung ist; es gab Leute, die mich haßten, und sogar ein paar, die behauptet haben, mich zu lieben. Besonders beliebt war mein trokkener Humor – ich weiß, daß ich in manchen Kreisen als ziemlicher Spaßvogel galt, und einmal habe ich gehört, wie jemand über mich sagte, ich sei ein typisch irischer Kopf (ich bin mir allerdings nicht sicher, ob das ein Kompliment sein sollte). Warum also tritt mein eigenes Ich nicht deutlicher hervor in diesen Erinnerungen, die ich mit so pedantischer Detailbesessenheit hier niederschreibe? Nach einer langen Denkpause (komisch, daß es in der Prosa kein Zeichen gibt, um längere Zeitspannen zu markieren: ein Punkt kann für ganze Tage stehen, die verstrichen sind – ganze Jahre) bin ich zu dem Schluß gelangt, daß meine frühe Hinwendung zur Philosophie der Stoiker zwangsläufig den Verzicht auf eine lebenswichtige geistige Vitalität zur Folge hatte. Habe ich überhaupt gelebt? Manchmal streift mich eiskalt der Gedanke, daß die Risiken, die ich auf mich genommen, die Gefahren, in die ich mich begeben habe (schließlich ist es gar nicht so weit hergeholt, wenn ich sage, daß sie mich jederzeit hätten kaltmachen können), nur der Ersatz waren für ein viel einfacheres, viel authentischeres Leben, zu dem ich keinen Zugang hatte. Aber was wäre denn aus mir geworden, wenn ich mich nicht in die Fluten der Geschichte gestürzt hätte? Ein vertrockneter Wissenschaftler, der sich mit harmlosen Attribuierungsfragen verzettelt und damit, was es zum Abendessen gibt (»Bibberbein« war der Spitzname, den Boy mir später gab). Alles richtig; trotzdem, diese nüchternen Vernunftgründe befriedigen mich nicht.

Ich will es anders versuchen. Was mich so gelähmt hat, das war vielleicht gar nicht die Philosophie, nach der ich lebte, sondern das Doppelleben an sich, das für so viele von uns anfangs eine so ungeheure Kraftquelle war. Ich weiß, man sagt immer, das Lügen und die Heimlichkeit müßten uns unweigerlich verdorben haben, moralisch ausgeblutet, blind gemacht für das wahre Wesen der Dinge, aber das habe ich nie geglaubt. Wir waren die Gnostiker der letzten Tage, die Hüter des Geheimnisses der Erkenntnis, für die die Welt der Erscheinungen nur die grobe Manifestation einer unendlich viel subtileren, wirklicheren Wirklichkeit war, einer Wirklichkeit, die nur ein kleines Häufchen von Erwählten kennt, deren eherne, unabwendbare Gesetze jedoch allenthalben wirksam sind. Im Materiellen war diese Gnosis die Entsprechung der Freudschen

Theorie des Unterbewußtseins als uneingestandenem und unwiderstehlichem Gesetzgeber, als Spion im eigenen Herzen. Auf diese Weise war für uns *ein jedes Ding mit sich selbst identisch und gleichzeitig mit einem anderen*. So konnten wir Unfug treiben, uns nächtelang betrinken und uns schieflachen, weil hinter unserer ganzen Frivolität die eiserne Überzeugung stand, daß die Welt verändert werden müsse und es unsere Aufgabe sei, sie zu verändern. Wenn wir am übermütigsten waren, fühlten wir uns von einem Ernst ergriffen, der viel tiefer war, nicht zuletzt wohl, weil er im Verborgenen lag, als alles, was unsere Eltern mit ihrem Schwanken zustande gebracht hatten, ihrem Mangel an innerer Gewißheit, vor allem aber an Rigorosität, mit ihren verächtlichen, kraftlosen Versuchen, gut zu sein. Soll doch das ganze Kartenhaus getrost in sich zusammenfallen, sagten wir, und wenn wir ihm noch einen ordentlichen Schubs geben können, nur zu. *Destruam et aedificabo*, wie Proudhon immer geschrien hat.

Das war natürlich purer Egoismus; die Welt interessierte uns einen Dreck, da konnten wir noch soviel von Freiheit und Gerechtigkeit und vom Elend der Massen schwafeln. Purer Egoismus.

Und dann wirkten da bei mir noch andere Kräfte, widersprüchliche, ekstatische, quälende Kräfte: die Kunstbesessenheit zum Beispiel; die verzwickte Frage der Nationalität, jener konstante Unterton in der Dudelsackmusik meines Lebens; und, noch tiefer als all dies, das Düstere, Schlüpfrige der Sexualität. *Der irische Spion vom anderen Ufer*; hört sich an wie der Titel eines dieser Lieder, die die Katholiken immer in ihren Pubs auf dem Melodium gespielt haben, als ich noch klein war. Sagte ich *Doppelleben*? Vierfach – fünffach – das kommt schon eher hin.

In den Zeitungen bin ich diese Woche andauernd porträtiert worden, durchaus schmeichelhaft, wie ich zugeben muß, als eiskalter Theoretiker, als der Philosoph unter den Spionen oder so, als einziger Intellektueller in unserem Kreis und Hüter der ideologischen Reinheit. Tatsache ist, daß wir in der Mehrheit allenfalls skizzenhafte Vorstellungen von der Theorie hatten. Wir machten uns nicht die Mühe, die Texte zu lesen; das ließen wir andere für uns tun. Die großen Leser, das waren die Genossen Arbeiter – ohne Autodidakten hätte der Kommunismus nicht überleben können. Ich kannte eine oder zwei von den kürzeren Sachen – das *Manifest*, natürlich, jenen hehren, schallenden Schlachtruf des Wunschdenkens – und hatte wild entschlossen mit *Kapital* angefangen – das Weglassen des bestimmten Artikels war für uns neunmalkluge Jünglinge ein Muß, Hauptsache, die Aussprache war *echt deutsch* –, es aber bald langweilig gefunden. Außerdem mußte ich genug fürs Studium lesen, das langte mir schon. Und überhaupt, Politik, das waren nicht Bücher, Politik war Handeln. Hinter dem Dickicht der trockenen Theorie wogten die Volksmassen, der letzte, authentische Prüfstein, und warteten, daß wir sie befreiten, hin zum Kollektivismus. Für uns bestand kein Widerspruch zwischen Befreiung und Kollektiv. Der logische und notwendige Weg zur Erlangung der Freiheit war der umfassende Umbau der gesamten Gesellschaft, wie Popper, der alte Reaktionär, es nennt – das heißt, einer geordneten Freiheit. Warum sollten sich die menschlichen Angelegenheiten nicht ordnen lassen? Hatte doch die Tyrannei des Individuums im Verlauf der Geschichte stets nur Chaos und Blutvergießen hervorgebracht. Das Volk mußte vereint werden, es mußte zusammengeschmolzen werden zu einem einzigen, riesigen, atmenden Wesen! Wir waren wie die wildgewordenen Jakobiner am Anfang der

Französischen Revolution, die in ihrem Brüderlichkeitswahn durch die Straßen von Paris gezogen sind und den Gemeinen Mann so stürmisch an die Brust gedrückt haben, daß ihm dabei die ganze Holzwolle rausgefallen ist. »Ach, Vic«, hat Danny Perkins immer zu mir gesagt und den Kopf geschüttelt und sein mildes Lachen gelacht, »an dir und deinen Spezis hätte mein alter Dad seine helle Freude gehabt!« Dannys Vater war ein walisischer Bergarbeiter gewesen. Er starb an einem Emphysem. Auch ein Gemeiner Mann, aber mehr noch ein ungemeiner, das glaub ich wohl.

Sei's drum, von all unseren ideologischen Vorbildern war mir Bakunin insgeheim der liebste, so impulsiv, so verrufen, so wild und verantwortungslos, verglichen mit dem sturen, plumpen Marx. Einmal bin ich sogar so weit gegangen, Bakunins elegant-giftige Beschreibung seines Rivalen von Hand zu kopieren: »M. Marx ist von Geburt Jude. Er vereint in sich die Vor- und Nachteile dieser begabten Rasse. Nervös, manche sagen, bis an die Grenze der Feigheit, ist er unerhört maliziös, eitel, zänkisch, ebenso intolerant und selbstherrlich wie Jahwe, der Gott seiner Väter, und wie dieser krankhaft rachsüchtig.« (Na, an wen denken wir dabei noch?) Freilich war Marx auf seine Weise nicht minder feurig als Bakunin; besonders bewunderte ich seinen intellektuellen Vernichtungsschlag gegen Proudhon, dessen *kleinbürgerlichen* Posthegelianismus und dorftrottelhaften Glauben an das grundgute Wesen des kleinen Mannes für Marx fast schon an Grausamkeit grenzte und durch und durch lächerlich war. Es ist spannend, richtig gruselig, wie Marx seinen unglückseligen Vorgänger da gnadenlos niedermacht, ungefähr so, als ob man einem großen Raubtier aus dem Urwald zusieht, wie es seine Hauer in den aufgerissenen Bauch eines noch zappelnden, zartgliedrigen Pflanzenfressers stößt.

Gewaltersatz, das ist es: stimulierend, befriedigend, sicher.

Wie sie einen doch zurückführen in die Jugendzeit, diese uralten Schlachten um die Seele des Menschen. Ich bin richtig aufgeregt hier an meinem Schreibtisch, in den letzten, unerträglich erwartungsschwangeren Tagen des Frühlings. Zeit für einen Gin, möchte ich meinen.

Es kommt einem vielleicht seltsam vor – mir jedenfalls kommt es seltsam vor –, aber den stärksten ideologischen Antrieb von uns allen hatte Boy. Mein Gott, was konnte der reden! Stundenlang, Basis und Überbau und die Arbeitsteilung und so weiter und so fort, endlos. Ich weiß noch, wie ich einmal während des Blitzkriegs zu früher Morgenstunde heimgekommen bin und mich in meinem Zimmer in dem Haus in der Poland Street ausschlafen wollte – der Himmel leuchtete rötlich, auf den Straßen lärmten die Feuerwehrautos und die Betrunkenen –, und da sehe ich doch unten im Wohnzimmer, in den Sesseln rechts und links des erkalteten Kamins, Boy und Leo Rothenstein sitzen, in voller Abendmontur, kerzengerade, jeder mit einem Whiskyglas in der Hand, und beide schlafen wie tot. Ihre schlaff herunterhängenden Unterkiefer ließen keinen Zweifel daran, daß Boy offenbar wieder mal unverdrossen seinen ideologischen Holzhammer geschwungen hatte, den ganzen Abend lang, bis zur beiderseitigen Bewußtlosigkeit.

Boy konnte natürlich nicht nur reden. Eigentlich war er der Macher. In Cambridge hatte er sich darangemacht, die Zimmerburschen und die Aufwärter zusammen in einer Gewerkschaft zu organisieren, und die protestierenden Busfahrer und Kanalisationsarbeiter hatte er dazu gebracht, gemeinsam in den Streik zu treten. O ja, er hat uns alle beschämt. Ich sehe ihn noch, wie er über die King's Parade marschiert, unterwegs zu einer

Streikversammlung, offener Hemdkragen, schmutzige alte Hosen, die von einem klobigen Arbeitergürtel zusammengehalten werden, eine Gestalt wie aus einem Moskauer Wandbild. Ich habe ihn beneidet um seine Energie, seine Kühnheit, darum, daß er frei war von der Befangenheit, die mich lähmte, wenn es um praktische Aktionen ging, Aktionen auf der Straße, meine ich. Doch im Grunde meines Herzens habe ich ihn auch verachtet für die, ich fand immer, Kraßheit, mit der er versucht hat, die Theorie in die Praxis umzusetzen, genauso wie ich die Physiker damals in Cambridge verachtete, weil sie die reine Mathematik in angewandte Naturwissenschaft umgesetzt haben. Eines wundert mich heute noch: wie konnte ich mich nur einer so durch und durch *vulgären* Ideologie anschließen?

Boy. Er fehlt mir, trotz allem. Oh, ich weiß, er war ein Clown, grausam, unaufrichtig, liederlich, achtlos sich selbst und anderen gegenüber, und doch besaß er eine eigentümliche – wie soll ich sagen? – Anmut vielleicht. Ja, so etwas wie eine schillernde Anmut, das ist nicht übertrieben. Wenn ich als Kind von Engeln hörte, hat mir die Vorstellung, daß diese gewaltigen, unsichtbaren Wesenheiten unter uns umhergehen, Angst gemacht, und gleichzeitig hat sie mich fasziniert. Ich stellte sie mir nicht als gelblockige, weißgewandete androgyne Geschöpfe mit dicken goldenen Flügeln vor, wie mein Freund Matty Wilson sie mir beschrieben hatte – Matty verfügte über lauter solches Geheimwissen –, sondern als große, finstere, ungestüme Männer, schwer in ihrer Schwerelosigkeit, immer zu Streichen und plumpen Spielchen aufgelegt, Männer, die einen einfach aus Versehen über den Haufen rennen oder mittendurch brechen können. Einmal war ein Kind aus Miss Molyneaux' Vorschule in Carrickdrum unter ein Zugpferd geraten und totgetrampelt worden, und ich, ein scharfer Beobachter von sechs Jahren, wußte sofort, wer daran schuld war; ich sah seinen Schutzengel vor mir, wie er über den zerschmetterten Kinderkörper gebeugt stand, die großen Hände hilflos ausgebreitet, und sich nicht sicher war, ob er zerknirscht sein oder lachen sollte. So war Boy. »Was hab ich denn gemacht?« rief er immer, wenn wieder einmal eine von seinen Untaten ans Licht gekommen war, »was hab ich denn *gesagt* ...?« Und da mußten dann natürlich alle lachen.

Merkwürdig, aber ich kann mich gar nicht mehr daran erinnern, wann ich ihn kennengelernt habe. Es muß in Cambridge gewesen sein, doch irgendwie ist mir, als wäre er seit jeher in meinem Leben präsent gewesen, eine konstante Kraft, sogar schon in der Kindheit. Sicher, er kam einem ganz einmalig vor, und doch verkörperte er wohl bloß einen Typus: den des Dreikäsehochs, der die kleinen Mädchen kneift, bis sie weinen, den des Jungen auf der letzten Bank, der unterm Tisch mit seiner Erektion prahlt, den des unerschrockenen Homo, der auf Anhieb die homophile Ader im anderen erkennt. Egal, was die Leute denken, ich hatte kein Verhältnis mit ihm. Anfang der dreißiger Jahre, in meinem Domizil im Trinity College, ist es einmal nachts im Suff zu Handgreiflichkeiten zwischen uns gekommen, lange bevor ich mein Coming-out hatte, wie das heute heißt, und während ich danach vor Verlegenheit und Angst zitterte, hat Boy das Ganze mit seiner üblichen Unbekümmertheit abgeschüttelt; ich weiß noch, wie er die schlechtbeleuchtete Treppe runterging, das Hemd halb aus der Hose, und sich umgedreht und wissend gelächelt und mir scherzhaft mit dem Zeigefinger gedroht hat. Er genoß seine Privilegien in vollen Zügen, und gleichzeitig verachtete er seine Eltern und deren Kreise und gab sie der Lächerlichkeit preis (sein Stiefvater, fällt mir gerade ein, war Admiral; ich muß Miss Vandeleur fragen, ob sie das gewußt hat). Daheim lebte er in der Hauptsache von einem scheußlichen schleimsuppenartigen Zeug – ich hab den Geruch immer noch in der Nase –, das er sich aus Hafermehl und zerdrücktem Knoblauch kochte, aber wenn er ausging, dann immer ins Ritz oder ins Savoy, und danach fläzte er sich in ein Taxi und fuhr, Rauhbein, das er war, runter zu den Docks oder ins East End und zog durch die Kneipen auf der Suche nach einem »brauchbaren Stück Fleisch«, wie er mit einem Schmatzen auf den dicken Lippen zu sagen pflegte.

Wenn Subtilität gefragt war, konnte er auch subtil sein. Als wir uns im Sommertrimester 1932 bei dem Putsch bei den Aposteln mit Alastair Sykes zusammentaten, dem Boy sogleich den Spitznamen Psyche verlieh, zeigte sich, daß Boy von uns dreien nicht nur den größten Tatendrang hatte, sondern auch der ausgepichteste Verschwörer war. Und auch Alastairs mehr oder minder haarsträubende Anflüge von Enthusiasmus vermochte er geschickt zu zügeln. »Paß mal auf, Psyche«, pflegte er lachend, aber entschieden zu sagen, »du reißt dich jetzt zusammen und bist ein braver Junge und überläßt Victor und mir das Reden.« Und Alastair zögerte dann immer erst mal einen Moment, und seine Ohren wurden oben ganz rot, und aus seiner Pfeife quoll der Rauch, und die Funken stoben wie bei einer Dampflokomotive, aber schließlich tat er gehorsam, wie ihm geheißen, und dabei war er doch der Chef. Angeblich hat er unsere Leute dort reingeschmuggelt, aber ich bin sicher, in Wirklichkeit war das Boys Werk. Boys sonnigem und zugleich düsterem Charme konnte man eben schwer widerstehen. (Miss Vandeleur wäre außer sich; die Öffentlichkeit weiß bis heute kaum über die Apostel Bescheid, diesen absurden Knabenclub, zu dem nur die erlauchtesten Vertreter der erlauchten Cambridger Jugend Zutritt hatten; ich als Ire und Noch-Hetero mußte mich ganz schön anstrengen und eine Menge intrigieren, bis ich mich dort eingeschlichen hatte.)

In jenem Trimester fand die Apostelversammlung in Alastairs Wohnung statt; als Student im letzten Studienjahr wohnte er behaglicher als wir anderen. Ich hatte ihn schon in meinem ersten College-Jahr kennengelernt. Das war zu der Zeit, als ich noch glaubte, ich hätte das Zeug zum Mathematiker. Das Fach reizte mich sehr. Die Vorgehensweise hat etwas von einem geheimen Ritual an sich, die Mathematik ist auch so eine Geheimlehre, genau wie die, die ich bald darauf im Marxismus entdecken sollte. Mir gefiel der Gedanke, eingeweiht zu sein in eine Fachsprache, die selbst in ihrer vergeistigtsten Form noch ein exakter – nun ja, *plausibler* – Ausdruck der empirischen Wirklichkeit ist. *Die Mathematik ist die Stimme der Welt*, wie Alastair einmal sagte, was für seine Verhältnisse ziemlich pathetisch war. Ich sah, was Alastair zuwege bringen konnte, und das hat mich davon überzeugt, mehr als meine schlechten Leistungen bei den Examen, daß meine Zukunft nicht in den Natur-, sondern in den Geisteswissenschaften liegen müsse. Alastair hatte den reinsten, elegantesten Verstand, der mir je begegnet ist. Sein Vater war Hafenarbeiter in Liverpool gewesen, Alastair war mit einem Stipendium nach Cambridge gekommen. Äußerlich war er ein wilder, cholerischer kleiner Kerl mit großen Zähnen und einem Gestrüpp von drahtigen Haaren auf dem Kopf, die ihm starr von der Stirn abstanden, wie ein Reisigbesen. Er hatte eine Vorliebe für Schuhe mit Eisennägeln und formlose Sakkos aus einem merkwürdig steifen, rauhen Tweed, der so aussah, als würde er eigens für ihn hergestellt. Wir waren unzertrennlich in jenem ersten Jahr. Wir müssen ein sonderbares Gespann gewesen sein; was uns am stärksten miteinander verband, obwohl wir nicht im Traum daran gedacht hätten, es offen auszusprechen, war wohl die von uns beiden schmerzhaft empfundene Unsicherheit unseres Außenseitertums. Ein Witzbold titulierte uns Jekyll und Hyde, und auf den ersten Blick waren wir zweifellos ein komisches Pärchen, wenn wir so über den Great Court gingen, ich, der schlaksige Jüngling mit der Stupsnase und der sich schon damals abzeichnenden gebeugten Haltung, und hinter mir der kleine Mann mit der qualmenden Tabakpfeife im Mund und den Stiefeln an den stämmigen Beinen, die sich wie eine stumpfe Schere bewegten. Mich interessierte an der Mathematik die theoretische Seite, Alastair hingegen war das praktische Genie. Er hatte eine Schwäche für Apparate. In Bletchley Park, während des Krieges, war er damit genau richtig. »Es war, als ob man nach Hause kommt«, hat er mir später mit vor Verzweiflung glänzenden Augen erzählt. Das war in den fünfziger Jahren, das letzte Mal, daß ich ihn sah. Er war auf einen Lockvogel hereingefallen, in der Herrentoilette am Piccadilly Circus, und sollte die Woche darauf vor Gericht erscheinen. Die Schurken vom Department hatten ihn gefoltert, er wußte, er konnte nicht auf Gnade rechnen. Ins Gefängnis gehen wollte er nicht: am Abend vor seiner Verhandlung hat er Zyankali in einen Apfel gespritzt (Cox Orange, steht in den Akten; sehr penibel, die Schurken) und ihn gegessen. Auch das war ziemlich pathetisch für seine Verhältnisse. Wo er das Gift wohl herhatte, ganz zu schweigen von der Injektionsspritze? Ich hatte nicht einmal gewußt, daß er auch ein warmer Bruder war. Vielleicht hat er es selber nicht gewußt, bevor sich dieser Lauscher an der Wand, dieser Polizeispitzel mit runtergelassener Hose aus seiner Pißnische zu ihm rüberbeugte. Armer Psyche. Ich stelle mir vor, wie er in den letzten Wochen vor seinem Tod in dem lausigen Zimmerchen, das er an der Cromwell Road hatte, zwischen ausgemusterten alten Armeedecken lag und verzweifelt in den Trümmern seines Lebens gestochert hat. Er hatte einige der kompliziertesten Codes der deutschen Wehrmacht geknackt und damit Gott weiß wie vielen Alliierten das Leben gerettet, und doch haben sie ihn zu Tode gehetzt. Und die nennen mich einen Verräter. Hätte ich etwas für ihn tun können, an ein paar Fäden ziehen, bei den Leuten von der inneren Sicherheit ein gutes Wort für ihn einlegen? Der Gedanke nagt an mir.

Alastair, o ja, Alastair hatte die heiligen Texte gelesen. Meine paar Brocken Theorie hatte ich von ihm gelernt. Er war mit Feuereifer für die Iren. Seine irische Mutter hatte ihn zum Fenier erzogen. Er bedauerte, genau wie ich, daß die Revolution ausgerechnet in Rußland stattgefunden hatte, wenngleich ich nicht, wie er, der Meinung war, daß Irland das passendere Schlachtfeld gewesen wäre; das fand ich denn doch lachhaft. Er hatte sich sogar selber die irische Sprache beigebracht und konnte darin fluchen – obwohl ich gestehen muß, daß diese Sprache für meine Ohren sowieso schon wie eine Kette mutwillig aneinandergehängter, saftiger, derber Flüche klingt. Er tadelte mich für meinen Mangel an Patriotismus und schimpfte mich, nur halb im Scherz, einen dreckigen Unionisten. Doch als ich ihn eines Tages fragte, was er denn konkret über mein Land wisse, machte er Ausflüchte, und als ich nicht locker ließ, wurde er rot – diese errötenden Ohren – und gab zu, daß er in der Tat noch nie einen Fuß auf irischen Boden gesetzt hatte.

Die Mehrzahl der Apostel mit ihrer affektierten Redeweise und ihrem Ästhetengehabe interessierte ihn herzlich wenig. »Das ist mir ja vielleicht ein Kauderwelsch, was ihr da zusammenquatscht, wenn ihr erst mal in Fahrt seid«, maulte er, während er mit geschwärztem Daumen in seinem brennenden Pfeifenkopf herumfuhrwerkte. »Pennälerpack, verfluchtes.« Ich habe ihn dann immer ausgelacht, nicht sehr boshaft, aber Boy, der hat ihm das Leben schwergemacht, hat perfekt seinen Liverpooler Dialekt nachgeahmt und ihn so lange schikaniert, bis er ein paar Bier zuviel getrunken hat. Alastair fand, daß Boy nicht ernsthaft genug bei der Sache war, und hielt ihn – mit bemerkenswerter Weitsichtigkeit, wie sich zeigen sollte – für ein Sicherheitsrisiko. »Dieser Bannister«, murmelte er manchmal finster vor sich hin, »der bringt uns noch alle hinter Gitter.«

Hier ist ein Schnappschuß aus dem prallen Album in meinem Kopf. Irgendwann in den dreißiger Jahren. Tee, dicke Sandwiches und dünnes Bier, die Aprilsonne auf dem Hof des Trinity College. Ein Dutzend Apostel – einige davon Studenten wie Alastair und ich, ein paar Dons, ein, zwei ernste examinierte Gelehrte, alle miteinander gläubige Marxisten – sitzen in Alastairs großem, düsterem Wohnzimmer herum. Wir haben eine Schwäche für dunkle Sakkos und rehbraune Taschen und weiße Hemden mit offenem Kragen, außer Leo Rothenstein, immer verbindlich und vornehm in seinen Anzügen aus der Savile Row. Boy war eher extravagant: ich erinnere mich an knallrote Krawatten und lila Westen und, bei dieser Gelegenheit, giftgrün karierte Knickerbockers. Er geht mit schnellen Schritten im Zimmer auf und ab, streut Zigarettenasche auf den abgetretenen Teppich und erzählt uns, wie ich es schon viele Male vorher von ihm gehört habe, das Erlebnis, das ihn angeblich homosexuell gemacht hat.

»Gott, war das furchtbar! Da war sie, die arme Mutter, platt auf dem Rücken, die Beine in der Luft, und hat gekreischt, und mein massiger Vager lag nackt auf ihr drauf, mausetot. Ich hatte meine liebe Not, ihn von ihr runterzukriegen. Und wie das gerochen hat! Zwölf

Jahre war ich da alt. Seitdem kann ich keine Frau mehr angucken, ohne daß ich Maters weiße Brüste vor mir seh, wie ein Fischbauch die Farbe. Die Nippel, wo ich dran gesaugt hab. Bis heute schielen sie im Traum zu mir hoch, diese Brustwarzen. Nichts da mit Ödipus bei mir, oder Hamlet, auch das nicht, soviel ist sicher. Aufgeatmet hab ich, als sie den Witwenschleier abgelegt und wieder geheiratet hat.«

Ich pflegte die Menschen in zwei Gruppen einzuteilen, diejenigen, die von Boys Geschichten schockiert waren, und diejenigen, die es nicht waren, obwohl ich mich nie entscheiden konnte, welche Gruppe verwerflicher war. Alastair war mittlerweile stocksauer. »Hört mal, wir müssen etwas unternehmen, darüber sollten wir nachdenken. Der Schauplatz der nächsten Operationen wird Spanien sein« – Alastair, der noch nie im Leben einen im Zorn abgefeuerten Schuß knallen gehört hatte, war ganz vernarrt in den Militärjargon –, »und wir müssen uns entscheiden, wo wir stehen.«

Leo Rothenstein lachte. »Das ist doch klar, oder? Für die Faschisten werden wir ja wohl kaum sein.« Leo hatte im zarten Alter von einundzwanzig ein Erbe angetreten, das sich auf zwei Millionen Pfund belief und zu dem außerdem noch Maule Park und eine Villa am Portman Square gehörten.

Alastair fummelte an seiner Pfeife herum; er konnte Leo nicht leiden, was er mühsam zu verbergen suchte, damit man ihn ja nicht für einen Antisemiten hielt.

»Aber die Frage ist doch«, sagte er, »wollen wir kämpfen?«

Mir fällt auf, wieviel die ganzen dreißiger Jahre hindurch von Kämpfen die Rede war, zumindest in unserem Kreis. Ich frage mich, ob die Beschwichtigungspolitiker wohl genauso leidenschaftlich übers Beschwichtigen diskutiert haben.

»Red doch keinen Unsinn«, sagte Boy. »Dazu wird Onkel Joe es nicht kommen lassen.«

Ein Bursche namens Wilkins, seinen Vornamen habe ich vergessen, ein schmächtiger Typ mit Brille und einer bösen Schuppenflechte, der dann als Panzerkommandant in El Alamein gefallen ist, drehte sich vom Fenster her zu uns um, ein Bierglas in der Faust, und sagte: »Ich hab neulich mit einem gesprochen, der drüben war, und der sagt, Onkel Joe hat alle Händevoll zu tun, daß er die Massen bei sich zu Hause satt kriegt, der denkt nicht dran, dem Ausland zu Hilfe zu eilen.«

Betretenes Schweigen. Schwache Leistung von diesem Wilkins: über die Schwierigkeiten der Genossen wurde bei uns nicht gesprochen. Zweifel war bürgerliche Verweichlichung. Und dann lachte Boy böse auf. »Erstaunlich«, sagte er, »daß es unter uns Leute gibt, die sich diese Propaganda anhören und nicht mal merken, daß es welche ist«, und Wilkins warf ihm einen haßerfüllten Blick zu und drehte sich wieder zum Fenster herum.

Spanien, die Kulaken, die Machenschaften der Trotzkisten, rassistische Übergriffe im East End – wie antiquiert einem das heute alles vorkommt, fast schon kurios, und doch, wie ernst haben wir uns und unsere Rolle auf der Weltbühne damals genommen. Ich denke oft, unser Motiv, das, was diejenigen von uns, die aktive Agenten geworden sind, getrieben hat, war die tiefe – die unerträgliche – Scham, die uns die redetrunkenen dreißiger Jahre aufgebürdet haben. Das Bier, die Sandwiches, das Sonnenlicht auf dem Kopfsteinpflaster, das ziellose Umherstreifen durch schattige Gassen, das jähe, allemal verblüffende Faktum der Sexualität – eine ganze Welt von Privilegien und Sicherheiten, die einfach weiter Bestand hatten, während sich anderswo Millionen bereit machten zum Sterben. Wie hätten wir den Gedanken an das alles aushalten können, ohne –

Doch nein. Das reicht nicht. Diese edlen Gefühle genügen nicht. Ich habe mir schon einmal gesagt, daß ich nicht versuchen darf, das, was wir gewesen sind und getan haben, aus heutiger Sicht zu bewerten. Ist es denn so, daß ich seinerzeit an etwas geglaubt habe und heute an nichts mehr glaube? Oder habe ich schon damals nur an den Glauben als solchen geglaubt, aus Sehnsucht, aus Notwendigkeit? Das letztere, gewiß. Die Welle der Geschichte ist über uns hinweggerollt, wie sie über so viele andere aus unserer Generation hinweggerollt ist, und hat uns ganz schön auf dem Trockenen sitzenlassen.

»O ja, Onkel Joe ist vernünftig«, sagte Boy noch. »Sehr vernünftig.«

Sie sind alle tot: Boy, der Unverfrorene, Leo mit seinen Millionen, Wilkins, der Skeptiker, zu Asche verbrannt in seiner Sardinenbüchse in der Wüste. Ich frage noch einmal: Habe ich das alles durchlebt?

Als Tagebuch kann ich das hier wohl nicht mehr bezeichnen, denn es reicht gewiß weit hinaus über eine getreuliche Schilderung meiner Tage, die sich jetzt, wo der Skandal abgeflaut ist, ohnehin kaum noch voneinander unterscheiden. Nennen wir es also Erinnerungen; ein Skizzenbuch mit Erinnerungen. Oder machen wir gleich Nägel mit Köpfen und sagen, es ist eine Autobiographie, Notizen dafür. Miss Vandeleur würde sich ärgern, wenn sie wüßte, daß ich ihr zuvorkomme. Sie war heute vormittag hier und hat mich nach meiner Spanienreise mit Nick zu Ostern 1936 gefragt. (Wie unheimlich einem so ein schlichtes Datum sein, wie tief einen das erschüttern kann: Ostern 1936!) Ich wundere mich, was sie mir für Fragen stellt. Wenn sie Einzelheiten über meine Abenteuer 1945 in Deutschland wissen wollte, das könnte ich ja noch verstehen, oder darüber, wie meine Beziehungen zu Mrs W. und ihrer Frau Mama im einzelnen ausgesehen haben (das fasziniert nämlich *jeden*), aber nein, sie muß in diesen uralten Geschichten herumstochern.

Spanien. Das ist ja nun wirklich Urgeschichte. Ein scheußliches Land. Ich weiß noch, es hat geregnet, und überall war dieser niederschmetternde Geruch, wie eine Mischung aus Sperma und Mehltau. An jeder Straßenecke Plakate mit Hammer und Sichel und gewalttätig dreinschauende junge Männer in roten Hemden, die mich mit ihren ausdruckslosen, verwitterten Gesichtern und ihren unsteten Augen an die Kesselflicker erinnerten, die in meiner Kindheit durch Carrickdrum zogen und Blechbüchsen und löcherige Kochtöpfe verkauften. Der Prado war natürlich eine Offenbarung, die Goyas, grausig prophetisch mit ihrem Blut und Dreck, El Greco, verrückt vor Angst. Ich mochte vor allem die Zurbaráns mit ihrer schaurigen Gelassenheit, ihrer überirdischen Sachlichkeit. In Sevilla in der Karwoche standen wir niedergeschlagen im Regen und sahen uns eine Büßerprozession an, ein für meine protestantische Seele zutiefst abstoßendes Schauspiel. Hoch oben auf einer Sänfte, die ein Fransenbaldachin aus Goldbrokat vor dem Regen schützte, war eine Kreuzabnahme dargestellt; der gipserne Jesus mit seiner sahneweißen Haut, dem schmerzverzerrten Mund und den üppig fließenden Wunden, der seiner Mutter nackt zu ihren gipsernen Füßen lag, war eine fast schon obszöne, orgastische Gestalt (nach dem Griechen – lange danach). Als dieses Ding auftauchte, schwankend und stolpernd, fielen um uns herum zwei, drei ältere Männer auf die Knie nieder, was sich so anhörte, als ob ein paar Liegestühle zusammenkrachten, und bekreuzigten sich schnell in einer Art frommem Entsetzen, und einer von ihnen schlüpfte erstaunlich gelenkig unter die Sänfte, um sie sich auf die Schulter zu laden. Auch an eine Frau kann ich mich erinnern, die aus der Menge heraustrat und einer der schwarz vermummten Büßerinnen – ihrer Mutter oder Tante – einen grellen, rotweißgestreiften Regenschirm reichte. In Algeciras wurden wir Zeugen eines ebenso erhebenden wie gruseligen Spektakels, als der Mob eine Kirche entweihte und den Bürgermeister steinigte, einen stämmigen Mann mit dunklem Teint und glänzender Glatze, der mit raschen Schritten vor seinen Peinigern floh und dabei verzweifelt seine Würde zu wahren suchte. Der Regen prasselte auf die Palmen herunter, und ein quecksilbriger Blitz zerfetzte den glansbraunen Himmel über der Eisenbahnstation. Halb abgelöste Plakate flappten im jähen Wind. Später probierten wir, über die Grenze zu kommen, doch Gibraltar war nachts geschlossen. Der Gasthof in La Linea war schmutzig. Ich lag lange wach, lauschte dem Hecheln der Hunde und einem Rundfunkempfänger, der irgendwo lief und etwas von Krieg schnarrte, und sah zu, wie der schwache Widerschein des Regenlichts über Nicks unzugedeckten Rücken huschte, während er auf dem Bauch lag und friedlich in dem schmalen Bett schlummerte, das, meilenweit entfernt von meinem, auf der anderen Seite des Zimmers stand. Seine Haut sah dick und ein wenig schleimig aus; ich mußte an die Christusstatue denken. Am nächsten Tag nahmen wir das Schiff nach England. In der Straße von Gibraltar gab es Delphine, und im Golf von Biscaya wurde ich seekrank.

Reicht das, Miss V.?

Ich bin dabei, etwas mehr über sie in Erfahrung zu bringen. Das ist schwierig, weil sie fast noch geheimnisvoller tut als ich. Ich komme mir vor wie ein Restaurator, der den Firnis von einem beschädigten Porträt abkratzt. Beschädigt? Warum habe ich beschädigt gesagt? Ihre Verschwiegenheit, dieses unergründliche Schweigen, mit dem sie einen hinhält, deutet auf eine tiefsitzende Verhärtung hin. Sie ist zu alt für ihr Alter. Ich spüre eine unausrottbare allgemeine Verdrossenheit. Sie erinnert mich immer an Baby – dieses Schweigen, die gekränkten Augen, der starre, mürrische Blick, mit dem sie leblose Gegenstände betrachtet –, und Baby war gewiß beschädigt. Als ich Miss Vandeleur heute morgen fragte, ob sie allein lebt, hat sie nicht geantwortet, hat meine Frage geflissentlich überhört, und später hat sie mir dann plötzlich von ihrem jungen Mann erzählt, mit dem sie sich in Golders Green eine Wohnung teilt (übrigens auch einer von meinen alten Lieblingsorten). Er ist Mechaniker, in einer Autowerkstatt. Klingt mir nach harter Arbeit; jetzt verstehe ich den Lederrock. Was der Admiral wohl von dieser Liaison halten mag? Oder spielt so was heutzutage keine Rolle mehr? Sie hat sich über die Unbequemlichkeiten der Northern Line beklagt. Ich habe ihr gesagt, daß ich seit dreißig Jahren nicht mehr U-Bahn gefahren bin, und da hat sie den Kopf gesenkt und verächtlich auf meine Hände gestarrt.

Der Vormittag war warm genug, daß wir den Tee hinten auf dem Balkon trinken konnten. Das heißt, sie trank Tee, und ich genehmigte mir ein Gläschen, trotz der frühen Stunde. Sie macht mich schrecklich nervös, ich brauche eine kleine Stärkung, wenn ich mich mit ihr abgebe. (Balkons machen mich auch nervös, aber das ist eine andere Geschichte. Patrick! Mein Patsy, armer Pat.) Außerdem darf man in meinem Alter zu jeder Tageszeit trinken und muß nicht erst nach einem Vorwand suchen; ich seh's schon kommen, eines Tages wird mein Frühstück aus Gin-Cocktails und Haferschleim bestehen. Vom Balkon aus konnten wir die Wipfel der Bäume im Park sehen. Jetzt sind sie gerade am schönsten, die schwarzen Äste hauchzart überzogen mit kleinen Bäuschen von Grün. Ich machte eine Bemerkung über die schmutzige Londoner Luft, dank derer der Himmel eine wunderbare Farbtiefe bekommt, wie dieses dichte Blau, bei dem man den Mund nicht wieder zukriegt vor Staunen, wenn das Flugzeug sich schräg legt und man hinaufblickt ins Nichts. Miss Vandeleur hörte nicht zu. Sie saß mir gegenüber an dem kleinen Metalltischchen, eingewickelt in ihren Mantel, und guckte finster in ihre Tasse.

»War er Marxist?« fragte sie. »Sir Nicholas?«

Ich mußte einen Moment überlegen, wen sie meinte. »Nick? sagte ich. »O Gott, nein! Eigentlich ...«

Eigentlich haben wir uns nur ein einziges Mal ernsthaft über Politik unterhalten, und das war auf der Heimreise von Spanien. Ich weiß nicht mehr, was der Auslöser war. Wahrscheinlich hatte ich versucht, ihn ein bißchen zu bekehren; ich war damals, in dieser ersten, berauschenden Zeit, ganz vom Eifer des Konvertiten beseelt, und für Predigten hatte Nick nun einmal nichts übrig.

»Herrgott noch mal, halt endlich den Mund«, sagte er und konnte dabei gar nicht so recht lachen. »Ich hab's satt, mir deine Geschichtsdialektik anzuhören und diesen ganzen anderen Mist.«

Wir standen am Bug, lehnten uns über die Reling und rauchten andächtig unter der Kuppel des großen, weichen, stillen Ozeanhimmels. Je weiter wir nach Norden kamen, desto wärmer wurde es, als ob das Klima genauso auf dem Kopf stünde wie die ganze restliche Welt. Ein riesiger, beinweißer Mond hing über dem endlosen Meer, und das Kielwasser blitzte und schlängelte sich hinter uns her wie ein großes silbernes Tau. Mir war schwindlig und ein wenig fiebrig nach meinem letzten Ausbruch von Seekrankheit.

»Es geht um Taten«, sagte ich mit der Sturheit des Dogmatikers. »Entweder, wir tun was, oder wir gehn unter.«

Ja, so haben wir damals wohl dahergeredet, leider.

»Ach, Taten!« sagte Nick, und diesmal lachte er doch. »Für dich sind Worte Taten. Du tust doch weiter nichts als schwafeln, schwafeln, schwafeln.«

Das hatte gesessen; Nick freute sich immer, wenn er den Grobian spielen, mich als Sesselfurzer verhöhnen konnte.

»Wir können ja schließlich nicht alle Soldaten sein«, sagte ich eingeschnappt. »Es muß doch auch Theoretiker geben.«

Er warf seinen Zigarettenstummel über die Reling und sah zum flimmernden Horizont. Ein Windstoß fuhr unter die Haarlocke, die ihm in die Stirn hing. Wofür habe ich das damals eigentlich gehalten, das, was ich für ihn empfand? Wie hab ich mir das verzweifelte, stumme Weinen erklärt, das in solchen Augenblicken in mir hochstieg? An Schwärmereien und dergleichen waren wir, denke ich, von der Schule her gewöhnt – doch ich weiß nicht, wie ich glauben konnte, das da sei nur Schwärmerei.

»Wenn ich Kommunist wäre«, sagte er, »wär mir Theorie völlig schnuppe. Ich würde mich nur für Strategie interessieren: wie man etwas durchsetzt. Ich würde jedes sich bietende Mittel anwenden – Lügen, Erpressung, Mord und Totschlag, alles, was nötig ist. Ihr seid weiter nichts als Idealisten, ihr redet euch ein, ihr wärt Pragmatiker. Ihr denkt, es geht euch um die Sache, aber in Wirklichkeit ist die Sache doch bloß etwas, wo ihr drin aufgehen könnt, eine Form der Abschaffung des Ego. Das ist zur Hälfte Religion und zur Hälfte Romantik. Marx ist euer Paulus und euer Rousseau.«

Ich war verblüfft und einigermaßen erstaunt; so hatte ich ihn noch nie reden hören, ganz der verprellte Intellektuelle, sozusagen. Er drehte sich zu mir um, lächelnd, den Ellbogen auf die Reling gestützt.

»Richtig süß«, sagte er, »wie du dich selbst belügst, aber auch ein bißchen verächtlich, findest du nicht?«

»Einige von uns sind bereit zum Kampf«, erwiderte ich. »Einige von uns haben schon unterschrieben, daß sie nach Spanien gehen.«

Sein Lächeln bekam einen mitleidigen Zug.

»Ja«, sagte er, »und du kehrst Spanien den Rücken.« Ich merkte, wie Groll in mir hochstieg, und hatte nicht übel Lust, ihm einen Klaps zu geben, – einen Klaps auf die Wange oder so was Ähnliches. »Ach Vic«, sagte er, »das Schlimme ist, für dich ist die Welt so was wie ein riesiges Museum, in das zu viele Besucher reindürfen.«

Miss Vandeleur sagte etwas, und ich kehrte erschrokken in die Gegenwart zurück.

»Entschuldigen Sie, Teuerste«, sagte ich, »ich war in Gedanken. Ich habe gerade an den Biber gedacht – Sir Nicholas. Manchmal frage ich mich, ob ich ihn eigentlich gekannt habe. Ich habe gewiß nie richtig erkannt, was in ihm steckte – einfach Willenskraft, nehme ich an –, was ihn später zu diesen schwindelerregenden Höhen von Macht und Einfluß hat aufsteigen lassen.« Miss Vandeleur befand sich unterdessen in jenem Zustand zeitweilig ausgesetzter Lebendigkeit, in dem sie für gewöhnlich den Kopf hängen läßt und ihr Gesicht einen schlaffen, leicht debilen Ausdruck hat – eine Haltung, die sie, wie ich inzwischen weiß, immer hat, wenn sie absolut konzentriert zuhört. Sie würde keine gute Vernehmerin abgeben, sie zeigt zu deutlich ihr Interesse. Ich beschloß, auf der Hut zu sein. »Aber andererseits«, sagte ich, wieder ganz Kavalier alter Schule, »wer von uns vermag das wahre Wesen der anderen schon wirklich zu erkennen?«

Sie interessiert sich sehr für Nick. Ich möchte nicht, daß jemand ihm schadet. Nein, das möchte ich auf gar keinen Fall.

\*

Ein anderes Schiff, eine andere Reise, diesmal ist Irland das Ziel. Es war unmittelbar nach München, und ich war froh, aus London wegzukommen, der Stadt der vernagelten Nationalisten und der Gerüchte, wo die Angst allgegenwärtig war, mit Händen zu greifen, genau wie der Nebel. Doch während ringsherum die Welt in Scherben ging, war ich persönlich auf dem Höhenflug. Ich hielt mich in jenem Jahr für den Nabel der Welt, wie Nanny Hargreaves gesagt hätte. Ich hatte mittlerweile einen zwar bescheidenen, aber rasch wachsenden internationalen Ruf als Kunstexperte und Gelehrter, und ich war aufgestiegen – vom *Spectator* zum *Burlington* und zum *Warburg Journal*, wo es erheblich strenger zuging, und im Herbst sollte ich stellvertretender Institutsdirektor werden. Nicht übel für einen Mann von einunddreißig Jahren, noch dazu einen Iren. Beeindruckender als all diese Erfolge aber war wohl die Tatsache, daß ich den Sommer in Windsor verbracht und mit der Katalogisierung des riesigen Bestands an Zeichnungen begonnen hatte, der dort seit Heinrich VIII. angehäuft worden war und sich in einem völlig chaotischen Zustand befand, bis ich mich seiner annahm. Das war Schwerstarbeit, doch ich wußte ganz genau, was diese Schätze wert waren – nicht allein für die Kunstgeschichte, sondern auch im Hinblick auf die weitere Verfolgung meiner vielfältigen Interessen. (Es gibt doch nichts Selbstgefälligeres als einen Spion!) Mit Majestät kam ich gut zurecht – er war wenige Jahre vor mir am Trinity gewesen. Trotz seiner Begeisterung für Studentenclubs und Tennis wachte er, genau wie seine Mutter, mit Argusaugen über die königlichen Besitztümer. In jenen letzten Monaten vor dem Krieg, als wir alle in einer gleichsam traumstarren Spannung auf den Ausbruch der Kampfhandlungen warteten, kam er oft hinauf in den Graphikensaal, setzte sich auf eine Ecke meines Schreibtischs, ließ das Bein baumeln, hatte die schmalen, ein wenig fahrigen Hände auf dem Oberschenkel gefaltet und erzählte mir von den großen Kunstsammlern, die vor ihm auf dem Thron gesessen hatten und von denen er durchweg mit halb wehmütiger, halb belustigter Vertrautheit sprach, als ob das lauter großzügige, aber leicht anrüchige Onkel wären, was gar nicht so falsch sein dürfte. Er war nicht viel älter als ich, erinnerte mich aber mit seiner zaghaften Art, seiner unbestimmt ahnungsvollen Miene und seinen plötzlichen, leicht enervierenden Heiterkeitsausbrüchen an meinen Vater. Freilich war er mir viel lieber als seine gräßliche Frau mit ihren Hüten und ihren kleinen Drinks hier und da und den Scharaden im Anschluß an die Diners, bei denen ich zu meinem Leidwesen und meiner äußersten Verlegenheit mehrfach zu erscheinen hatte. Aus mir bis heute unerfindlichen Gründen nannte sie mich Boots. Sie war eine Cousine meiner toten Mutter. Moskau war natürlich entzückt ob dieser Beziehungen. Mächtige Snobs, die Genossen.

Gegen Ende jenes Sommers befand ich mich in einem Zustand äußerster nervöser Erschöpfung. Als ich zehn Jahre zuvor bei der Mathematik versagt hatte, oder sie bei mir, hatte ich klar gesehen, was das zur Folge hatte: eine umfassende Selbsterneuerung mit aller Hingabe und beharrlichen Arbeit, die ein solches Unterfangen erforderte. Jetzt war es mir gelungen, diesen Wandel zu vollziehen, allerdings sehr auf Kosten meiner körperlichen und geistigen Energie. Die Metamorphose ist eben ein schmerzhafter Prozeß. Ich stelle mir die unerhörten Qualen vor, unter denen sich die Raupe in einen Schmetterling verwandelt, wie sie Augenstiele hervortreibt, ihre Fettzellen zu irisierendem Flügelstaub zermalmt, schließlich die Perlmutthülle sprengt und sich schwankend auf ihre klebrigen, haarfeinen Beine stellt, trunken, japsend, geblendet vom Licht. Als Nick mir vorschlug, zur Erholung eine Spritztour mit ihm zu machen (»Du bist ja noch leichenblasser als sonst, alter Junge«), mußte ich selber staunen, wie schnell ich einwilligte. Irland war Nicks Idee. Nervös überlegte ich, ob er vielleicht etwas suchte, womit er mich erpressen konnte, ob er meine Familiengeheimnisse ausschnüffeln wollte (von Freddie hatte ich ihm nichts erzählt), mir zeigen, wo ich hingehöre. Er freute sich überschwenglich auf diese Reise. Wir wollten nach Carrickdrum und dort

Rast machen, wie er sagte, und dann weiter an die Westküste, wo, das hatte ich ihm erzählt, die Familie meines Vaters herstammte. Eine wunderbare Vorstellung. Es war ein berauschender Gedanke, Nick volle zwei Wochen lang nur für mich allein zu haben, ein Gedanke, der jede böse Ahnung, die etwa in mir hochkommen wollte, augenblicklich beschwichtigte.

Ich kaufte die Schiffsbillets. Nick war pleite. Er hatte vor einer ganzen Weile seinen Redakteursposten bei Brevoort & Klein hingeschmissen und lebte nun von den Wechseln, die ihm der Große Biber grollend und unter unablässigem Gezeter schickte, und den unzähligen kleineren Darlehen, die er fortwährend bei seinen Freunden aufnahm. Am Freitagabend bestiegen wir den Dampfer und fuhren von Larne mit einem lauten Eisenbahnzug weiter durchs bläulichgrüne Frühlicht des späten Septembertages. Ich saß da und sah zu, wie die Landschaft um uns herum langsam ihre gewaltigen Kreise zog. Antrim schaute an diesem Morgen besonders verkniffen drein. Nick war erledigt; er saß in sich zusammengesunken in einer Ecke des ungeheizten Abteils, hatte sich mit seinem Mantel zugedeckt und tat so, als ob er schlief. Als die Hügel von Carrickdrum vor meinem Blick auftauchten, ergriff mich eine sonderbare Panik, und ich hätte am liebsten die Waggontür aufgestoßen und mich hinausgestürzt, mich verschlingen lassen vom Dampf der Lokomotive und den wehenden Rauchschwaden. »Zuhause«, erschreckte mich Nick mit Grabesstimme. »Du mußt mich ja verfluchen, daß ich dich verleitet habe, hierher zu kommen.« Manchmal hatte er die enervierende Fähigkeit, zu erraten, was man gerade dachte. Der Zug fuhr an einem aufgeschütteten Bahndamm vorbei, von wo aus man den Garten des Pfarrhauses sehen konnte, und dann war plötzlich auch das Haus selber zu erkennen, worauf ich Nick allerdings nicht aufmerksam machte. Zweifel und böse Vorahnungen hatten sich eingestellt.

Mein Vater hatte Andy Wilson mit dem Ponywagen zum Bahnhof geschickt, um uns abzuholen. Andy war der Gärtner und das Faktotum von St. Nicholas, ein drahtiger kleiner Mann, ein richtiger Waldschrat mit krummen Armen und Beinen und den wäßrigblauen Augen eines Neugeborenen. Er war alterslos und schien sich kein bißchen verändert zu haben seit damals, als ich klein war und er mir immer Frösche in den Kinderwagen gelegt hatte, um mich zu erschrecken. Er war ein ebenso glühender wie unverbesserlicher Oranier und ging jedes Jahr am zwölften Juli beim großen Umzug als Trommler mit, die wuchtige Lambegtrommel vorm Bauch. Er schlug sich sofort auf Nicks Seite, und die beiden amüsierten sich gemeinsam auf meine Kosten. »Der Bursche da macht keinen Finger krumm«, sagte er, während er unser Gepäck auf den Wagen hievte, und dabei nickte er zu mir rüber und stieß Nick augenzwinkernd in die Seite. »Ja, so isser nu mal, und so bleibt er auch.« Er gackerte, schüttelte den Kopf, schnappte die Zügel und schnalzte dem Pony zu; Nick lächelte mich schief an, der Wagen ruckte und rollte kurz zurück, und dann zuckelten wir los.

Wir fuhren am Stadtrand entlang, gezogen von dem brav vor sich hin trabenden kleinen Pony, und nahmen die Steigung von der West Road her. Eine matte Sonne quälte sich durch die Wolkendecke. Auf einmal stach mir der Buttergeruch von Stechginster in die Nase. Und gleich darauf kam auch das Lough in Sicht, ein großes, planes, geriffeltes Stahlblech, und da krampfte sich in mir etwas zusammen; ich habe das Meer seit jeher gehaßt, seine Verdrießlichkeit, seine Drohgebärden, seine riesige Ausdehnung und seine ungeahnte, schaurige Tiefe. Nick schlief schon wieder, oder jedenfalls tat er so, die Füße auf seinem Gepäck. Ich beneidete ihn um seine Fähigkeit, der Langeweile solcher Lebenszwischenräume zu entfliehen. Andy, der die Zügel fest in der Hand hatte, drehte sich kurz nach ihm um, faßte ihn zärtlich ins Auge und rief leise:

»Och, der feine Herr!«

Die Bäume rings um das Haus sahen düsterer denn je aus, eher blau als grün, deuteten sie stumm zum Himmel wie eindringlich warnende Zeigefinger. Als erster erschien Freddie, er kam quer über den Rasen geschlendert, um uns mit ausgebreiteten Armen grinsend und plappernd zu empfangen. »Da isser ja, der Chef«, sagte Andy. »Nun guck sich einer den Schwachkopf an!« Nick machte die Augen auf. Freddie kam näher, legte die Hand auf den Kotflügel, drehte sich um und trabte, ächzend vor Aufregung, neben uns her. Mich musterte er nur kurz mit seinem ausweichenden Blick, und Nick sah er gar nicht an. Seltsam, daß jemand, der so schwer gestört ist, etwas so Subtiles wie Schüchternheit empfinden kann. Er war ein großer Kerl mit großen Füßen und großen Händen und einem großen Kopf, den eine dicke Matte von strohfarbenem Haar krönte. Wenn man ihn in einem Moment der Entspannung betrachtete, falls er überhaupt Momente hatte, die man als entspannt bezeichnen konnte, hätte man kaum etwas von seinem Zustand gemerkt, außer natürlich an den hilflos flackernden Augen, dem Schorf um die Fingernägel und seinem unaufhörlich an sich selber knabbernden, kauenden Mund. Er war inzwischen bald dreißig, wirkte aber trotz seines Umfangs immer noch so zerzaust wie ein ungebärdiger Zwölfjähriger mit aus der Hose hängenden Hemdzipfeln und schußbereiter Schleuder. Nick zog die Brauen hoch und nickte in Andys Richtung. »Sein Sohn?« raunte er mir zu. Vor lauter Aufregung konnte ich nur den Kopf schütteln und weggucken.

Sobald wir vorm Haus hielten, kam mein Vater herausgerannt, als hätte er hinter der Tür gelauert, was er wahrscheinlich auch getan hatte. Er trug seinen Priesterkragen und seine gestärkte bischöfliche Hemdbrust und darüber einen mottenzerfressenen Pullover, und in der Hand hatte er einen Packen Papier – ich glaube, ich habe meinen Vater nie anders gesehen als mit einem Bündel bekritzelter Seiten in der Hand. Er begrüßte uns mit seiner üblichen Mischung aus Warmherzigkeit und Wachsamkeit. Er sah kleiner aus, als ich ihn in Erinnerung hatte, wie ein geringfügig reduziertes Modell seiner selbst. Er hatte kürzlich den zweiten Herzinfarkt gehabt und kam mir sehr leicht, sehr schmächtig und sehr zaghaft vor, was ich der zwar unterdrückten, aber dennoch allgegenwärtigen Angst vor einem plötzlichen Tod zuschrieb. Freddie rannte zu ihm, umarmte ihn und legte ihm den großen Kopf an die Schulter, und dabei guckte er sich mit Besitzermiene nach uns um und grinste gerissen. Mein Vater hatte offenbar vergessen, daß ich gesagt hatte, ich würde einen Gast mitbringen, das sah ich daran, wie er beim Anblick des Bibers erschrak. Wir stiegen aus, und ich schickte mich an, die beiden miteinander bekanntzumachen. Andy rumorte mit unserem Gepäck herum, das Pony bohrte mir die Schnauze ins Kreuz und versuchte mich umzustoßen, und Freddie, aufgeregt durch die Unruhe und Beklommenheit des Augenblicks, begann leise zu heulen, und als ich mir gerade sicher war, daß sich das Ganze unweigerlich zu einer vernichtenden Farce auswachsen müsse, trat Nick forsch nach vorn, wie ein Arzt, der an einem Unfallort das Kommando übernimmt, schüttelte meinem Vater mit einer haargenau abgewogenen Mischung aus Ehrerbietigkeit und Vertraulichkeit die Hand und murmelte irgendwas über das Wetter.

»Ja, sehr schön«, sagte mein Vater mit vagem Lächeln, während er Freddie beruhigend den Rücken tätschelte.

»Sie sind uns sehr willkommen, ihr beide, sehr willkommen. Hattet ihr denn eine gute Überfahrt? Normalerweise ist es ja windstill um diese Jahreszeit. Laß das, Freddie, hör auf, sei ein braver Junge.«

Und dann erschien Hettie. Auch sie hatte offenbar in der Halle gelauert und auf ihren Augenblick gewartet. War mein Vater mit den Jahren geschrumpft, so war Hettie auf den Umfang von Rowlandsons höfischen Mätressen angewachsen. Sie war um die sechzig, hatte aber ihre jugendliche Frische nicht verloren, ein ausladendes, rosiges Wesen mit tränenfeuchten Augen, winzigen Füßchen und einem unbeherrschbaren, kollernden Lachen.

»Ach, Victor!« rief sie und klatschte in die Hände. »Wie dünn du geworden bist!«

Hettie kam aus einer wohlhabenden Quäkerfamilie und hatte ihre Jugend in einer riesigen grauen Steinvilla an der Südküste des Lough mit guten Taten und Spitzenhäkeln verbracht. Ich glaube, von allen Menschen, die ich kenne, ist sie die einzige, außer natürlich dem armen Freddie, von der ich aus vollster Überzeugung sagen kann, daß absolut nichts Böses in ihr war (wie kann es in einer Welt wie dieser noch solche Menschen geben?). Wäre sie nicht meine Stiefmutter gewesen und hätte deshalb mehr oder minder zum Inventar gehört, hätte sie mich gewiß in Erstaunen versetzt und mir Ehrfurcht abgenötigt. Als sie in unser Leben trat, gab ich mir alle Mühe, sie zu hassen und ihr einen Strich durch die Rechnung zu machen, doch gegen ihre Fröhlichkeit kam ich nicht an. Sie hatte mich im Sturm erobert, indem sie mir Nanny Hargreaves vom Hals schaffte, eine furchterregende presbyterianische Vogelscheuche, die seit dem Tode meiner Mutter mit boshafter Tüchtigkeit mein Leben beherrschte, mir einmal die Woche eine Dosis Rizinusöl verpaßte und Freddie und mich mit höllischen Homilien über Sünde und Verdammnis traktierte. Nanny Hargreaves wußte gar nicht, was Spielen heißt; Hettie hingegen liebte Kinderspiele, je wilder, desto besser – vielleicht, daß ihre Quäkereltern, als sie klein war, etwas gegen derlei gottlose Frivolitäten gehabt hatten, so daß sie sich nun für das Versäumte schadlos halten mußte. Sie kroch auf allen vieren auf dem Boden herum und scheuchte Freddie und mich durch den Salon, und dabei brummte sie wie ein Grizzlybär, puterrot im Gesicht, und ihre großen Brüste wogten. Abends, ehe wir ins Bett mußten, las sie uns Geschichten von den Missionen in fernen Ländern vor, Geschichten von tapferen, reinen Mädchen und wackeren Männern mit Bärten und natürlich von den ganzen Märtyrern, die in der Wüste verschmachten mußten oder bei den vor Freude tanzenden Hottentotten im Kochtopf landeten.

»Kommt rein, kommt rein«, sagte sie, sichtlich durcheinander ob Nicks exotischer Reize. »Mary macht euch Ulster-Pfanne.«

Mein Vater befreite sich aus Freddies Umarmung, und dann drängelten wir uns alle in die Halle, und Andy Wilson, gelinde vor sich hin fluchend, folgte uns mit dem Gepäck. Andys Sohn Matty war, darf ich wohl sagen, meine erste frühreife Liebe gewesen. Matty war genau so alt wie ich: schwarze Locken, blaue Augen, und robust wie sein Vater. Gibt es in der Kindheit eine Gestalt, die uns mehr dazu herausfordert, sie zu verletzen, ein Wesen, das unsere unheilvollen Phantasien stärker anregt als der Sohn eines Dieners? Matty war tot, ertrunken beim Schwimmen im Colton Weir. Ich hatte nicht gewußt, wie ich mit meinem Kummer fertig werden sollte, wochenlang hatte er in mir gehockt wie ein großer brütender Vogel. Und dann, eines Tages, war er einfach weggeflogen. So erfährt man die Grenzen der Liebe, die Grenzen der Trauer.

Nick lächelte mich vorwurfsvoll an. »Du hast mir gar nicht erzählt, daß du einen Bruder hast«, sagte er.

Inzwischen hatte ich begriffen, was für ein katastrophaler Fehler es gewesen war, ihn mit hierherzunehmen. Die Rückkehr ins Vaterhaus stürzt einen immer in die zwiespältigsten, unglücklichsten Gefühle: man möchte weinen, und gleichzeitig sträuben sich einem die Haare. Wie schäbig das Haus aussah. Und dieser Geruch! – müde, welk, vertraut, furchtbar. Ich schämte mich für alles, und ich schämte mich dafür, daß ich mich schämte. Ich brachte es kaum über mich, meinen verlotterten Vater und seine fette Frau anzusehen, Andys Gebrabbel hinter meinem Rücken ließ mich zusammenzucken, und wenn ich mir vorstellte, wie die rothaarige Mary, unsere katholische Köchin, Nick einen Teller mit Speckschnitten und Blutwurst hinknallt (aß er überhaupt Schwein? – o Gott, ich hatte vergessen zu fragen), wäre ich am liebsten im Erdboden versunken. Am meisten aber schämte ich mich wegen Freddie. Als wir Kinder waren, hatte er mich nicht weiter gestört, weil ich es irgendwie ganz normal fand, daß jeder, der nach mir in unsere Familie hineingeboren wurde, einen kleinen Webfehler haben mußte. Für mich war er jemand gewesen, den ich herumkommandieren konnte, ein Lückenbüßer bei den verzwickten Spielen, die ich mir ausdachte, ein unkritischer Zeuge meiner vorsichtig-gewagten Eskapaden. Ich habe Experimente mit ihm gemacht, einfach, weil ich wissen wollte, wie er reagiert. Zum Beispiel gab ich ihm Methylalkohol zu trinken – er hat gewürgt und gekotzt – und tat ihm eine tote Eidechse in sein Porridge. Einmal habe ich ihn in die Brennesseln geschubst, und da hat er gebrüllt. Ich rechnete damit, bestraft zu werden, doch mein Vater sah mich nur mit tiefer, schweräugiger Traurigkeit an und schüttelte den Kopf, und Hettie setzte sich wie eine Indianerfrau ins

Gras, nahm Freddie auf den Schoß und drückte ihm Ampferblätter auf seine bläulichen Arme und die krummen Knie. Als Halbwüchsiger schwärmte ich für die Romantiker und stellte ihn mir als edlen Wilden vor, ja ich schrieb sogar ein höchst pathetisches Sonett à la Wordsworth (*Oh! Königskind, du, der Natur!*) für ihn und zwang ihn, bei jedem Wetter mit mir über die Hügel zu wandern, sehr zu seinem Leidwesen übrigens, denn er hatte noch immer, wie schon als Kind, große Angst im Freien. Jetzt sah ich ihn plötzlich mit Nicks Augen, ein armes, watschelndes, widerwärtiges Ding mit meiner hohen Stirn und meinem vorspringenden Oberkiefer, und vor Verlegenheit schwitzend ging ich durch die Halle und mied Nicks belustigten, spöttischen Blick und war erleichtert, als Freddie auf einmal im Garten verschwand, um sich wieder seinem obskuren Treiben zu widmen, aus dem ihn unsere Ankunft herausgerissen hatte.

Im Eßzimmer saßen Hettie und mein Vater dann da und sahen Nick und mir mit gleichsam benommenem Staunen beim Frühstücken zu, als ob wir zwei Unsterbliche wären, die auf dem Weg zu einer wichtigen olympischen Angelegenheit an ihrer bescheidenen Tafel eingekehrt waren. Mary, die Köchin, brachte uns immer mehr zu essen, gebratenes Brot und gegrillte Nieren und Ständer voll Toast, und während sie um den Tisch herumging, die Schürze gelüpft, um sich an den heißen Tellern nicht die Finger zu verbrennen, musterte sie Nick – seine Hände, diese hängende Haarlocke – unter ihren beinahe unsichtbaren, farblosen Wimpern hindurch und errötete. Mein Vater sprach über die drohende Kriegsgefahr. Er hatte seit jeher einen scharfen Sinn für die Schwere und Bedrohlichkeit der Welt, die er sich als so etwas wie einen gigantischen Kreisel vorstellte, auf dessen spitzem Ende das Individuum hockt und sich mit seinen Händen flehend an einen launischen und beunruhigend schweigsamen Gott klammert.

»Man kann über Chamberlain sagen, was man will«, meinte er, »aber der erinnert sich wenigstens noch an den Weltkrieg und was uns das gekostet hat.«

Ich starrte wütend auf eine Wurst und dachte, was für ein hoffnungsloser Trottel mein Vater doch war.

»O Herr, schenke uns Frieden«, seufzte Hettie.

»Aber gewiß wird es Krieg geben«, sagte Nick, »trotz aller Beschwichtigungspolitik. Was ist das da eigentlich?«

»Fadge«, blökte Mary und errötete noch heftiger und machte, daß sie zur Tür kam.

»Kartoffelkuchen«, sagte ich zähneknirschend. »Eine Spezialität hier in der Gegend.« Vor zwei Tagen hatte ich mit dem König geplaudert.

»Mm«, sagte Nick, »köstlich.«

Mein Vater saß da und blinzelte bekümmert vor sich hin. Sein kahler Schädel schimmerte im durch das Bleiglasfenster gefilterten Licht. Trollope, dachte ich, er sieht aus wie eine Gestalt von Trollope.

»Meint man das in London«, sagte er, »daß es Krieg geben wird?«

Nick dachte nach, er hatte den Kopf zur Seite geneigt und guckte auf seinen Teller. Ich sehe den Moment noch vor mir: die karge Septembersonne auf dem Parkett, der Dampf, der aus der Tülle der Teekanne aufsteigt, das irgendwie böse Funkeln der Orangenkonfitüre in ihrem geschliffenen Glasschälchen, während mein Vater und Hettie wie zwei verängstigte Kinder darauf warten, zu hören, was man in London denkt.

»Natürlich wird es Krieg geben«, sagte ich ungeduldig. »Die alten Männer sorgen schon dafür, daß es wieder losgeht.«

Mein Vater nickte traurig.

»Ja«, sagte er, »wohl wahr, unsere Generation hat euch ganz schön im Stich gelassen.«

»Oh, aber wir wollen doch Frieden!« rief Hettie für ihre Verhältnisse schon beinah empört aus. »Wir wollen doch nicht, daß die jungen Männer wieder ins Feld ziehen und sich umbringen lassen für ... für nichts.«

Ich schaute kurz zu Nick. Er machte sich unbekümmert weiter über seinen Teller her; er hatte immer einen erstaunlichen Appetit.

»Der Kampf gegen den Faschismus ist ja wohl nicht *nichts*«, sagte ich, und da guckte Hettie so beschämt drein, daß ich Angst hatte, sie würde gleich in Tränen ausbrechen.

»Ach, ihr jungen Leute«, sagte mein Vater leise und hob die Hand zu einer Geste, die wie eine weltliche Version des bischöflichen Segens anmutete, »ihr seid euch so sicher.«

Nick schaute mit ernsthaft interessierter Miene auf.

»Glauben Sie?« sagte er. »Ich finde, wir sind alle ziemlich ... *desorientiert*.« Er tat nachdenklich etwas Butter auf ein Stück kalten Toast und verstrich sie wie ein Maler, der mit einem Palettenmesser Kadmiumgelb aufträgt. »Ich habe immer den Eindruck, daß die Leute in meinem Alter irgendwie kein Ziel mehr haben, keine Richtung. Im Ernst, ich finde, eine anständige Portion militärische Disziplin könnte uns gar nicht schaden.«

»Alle in die Armee, was?« sagte ich bitter. Nick war immer noch damit beschäftigt, sich seinen Toast zu schmieren, und als er sich dann anschickte, hineinzubeißen, sah er mich von der Seite an und sagte: »Warum denn nicht? Diese Strolche, die an den Straßenecken herumstehen und jammern, daß sie keine Arbeit finden – wären die in Uniform nicht besser dran?«

»Die wären besser dran, wenn sie Arbeit hätten!« erwiderte ich. »Marx sagt –«

»Ach, Marx!« sagte Nick mit vollem Mund, während er krachend den Toast zermalmte, und kicherte in sich hinein.

Ich spürte, wie meine Stirn rot wurde.

»Du solltest mal versuchen, Marx zu lesen«, sagte ich. »Vielleicht wüßtest du dann, wovon du redest.«

Nick lachte bloß.

»Du meinst, dann wüßte ich, wovon *du* redest.«

Peinliches Schweigen. Hettie sah mich ängstlich an, doch ich mied ihren Blick. Mein Vater räusperte sich verstört und malte mit dem Finger nervös ein unsichtbares Muster aufs Tischtuch.

»Also der Marxismus«, begann er, doch ich fiel ihm sogleich ins Wort, unwirsch, mit jener ganz speziellen Aggressivität, die Söhne stets für ihre stammelnden Väter parat haben.

»Nick und ich haben vor, nach Westen zu gehen«, sagte ich laut. »Er möchte sich gern Mayo ansehen.«

Schuld ist das einzige mir bekannte Gefühl, das mit der Zeit nicht schwächer wird. Und Schuldbewußtsein kennt weder Prioritäten noch Verhältnismäßigkeit. Ich habe zu meiner Zeit, teils wissentlich, teils auch nicht, Männer und Frauen in den Tod geschickt, in grauenhafte Tode, und doch gibt mir das nicht so einen Stich wie die Erinnerung an den schimmernden Lichtschein damals auf dem kahlen, gesenkten Kopf meines Vaters oder an Hetties große, traurige, sanfte Augen, die mich stumm anflehten, ohne Zorn oder Verachtung, mich baten, gut zu sein zu einem alternden, ängstlichen Mann, tolerant zu sein gegenüber ihrem kleinen Leben, mich baten, ein Herz zu haben.

Nach dem Frühstück mußte ich unbedingt aus dem Haus und überredete Nick zu einem Spaziergang hinunter zum Hafen. Es war stürmisch geworden, und über dem weißgefleckten Meer jagten die Schatten der Wolken dahin. Das Normannenschloß an der Küste sah an diesem Tag besonders grimmig aus im fahlen Herbstlicht; als Kind habe ich immer gedacht, es wäre aus nassem Seesand.

»Brave Leute«, sagte Nick. »Dein Vater ist eine Kämpfernatur.«

Ich sah ihn verdutzt an.

»Findest du? Ein bürgerlicher Liberaler, würde ich sagen. Obwohl er sich seinerzeit mächtig für die Unabhängigkeit ins Zeug gelegt hat.«

Nick lachte.

»Keine sehr populäre Haltung für einen protestantischen Geistlichen, oder?«

»Carson hat ihn gehaßt. Wollte sogar verhindern, daß er Bischof wird.«

»Na bitte: eine Kämpfernatur.«

Wir schlenderten am Ufer entlang. Trotz der späten Jahreszeit badeten noch Leute; ihre Schreie wehten zu uns herüber, glitten dünn und deutlich über den welligen Sand. Irgend etwas in mir reagiert jedesmal von neuem verschämt auf diese pastellenen Lustbarkeiten des Meeresstrandes. Ich sah mit enervierender Deutlichkeit eine andere Ausgabe meiner selbst, einen kleinen Jungen, der hier mit Freddie spielte (in Cambridge hatte ich mal eine Begegnung mit Wittgenstein; ich stand am Cam, er trat auf mich zu, packte mich beim Handgelenk, kam mit seinem Kopf ganz nah an meinen heran und zischte mir ins Ohr: »*Ist der Senile eigentlich noch derselbe Mensch, der er als Kind gewesen ist?*«), Burgen baute, ihn immer wieder dazu bringen wollte, daß er Sand aß, während Hettie gelassen mitten auf einer großen karierten Decke saß und strickte, zufrieden vor sich hin seufzte und Selbstgespräche führte, die dicken, fleckigen Beine ausgestreckt wie zwei Ankerspille, und mit ihren gelben Zehen wackelte (jemand aus der Gemeinde hatte sich einmal bei meinem Vater beschwert, seine Frau säße »mit nackichte Beine unten am Wasser, daß die ganze Stadt sie sehn kann«).

Plötzlich blieb Nick stehen, schaute sich melodramatisch um und ließ den Blick über das Meer, den Strand und den Himmel schweifen, und sein Mantel bauschte sich im Wind wie ein Umhang.

»Gott«, murmelte er, »wie ich sie hasse, die Natur.«

»Entschuldige«, erwiderte ich. »Vielleicht hätten wir nicht herkommen sollen.«

Er sah mich an und grinste grimmig mit runtergezogenen Mundwinkeln. »Du darfst nicht immer alles so persönlich nehmen, weißt du.« Als wir weitergingen, klopfte er sich auf den Magen. »Wie hieß das Zeug noch mal? Fudge?«

»Fadge.«

»Erstaunlich.«

Ich hatte ihn beim Frühstück die ganze Zeit beobachtet, als mein Vater, von Hettie mit heftigem Kopfnicken unterstützt, seine Platitüden von sich gab. Wenn er auch nur einmal über ihre Wunderlichkeit lächelt, hatte ich mir geschworen, werde ich ihn mein Leben lang dafür hassen. Doch er hatte sich tadellos gehalten. Sogar als Freddie ankam, die Nase und die schorfigen Lippen von außen ans Eßzimmerfenster drückte und die Scheibe mit Rotz und Spucke verschmierte, hatte Nick nur leise gegluckst, wie man über die liebenswerten Streiche eines Kleinkinds lacht. Ich war derjenige gewesen, der mit verächtlicher Miene dagesessen und mürrisch vor sich hin geschmollt hatte.

Nun sprach er: »*Junge Leute* nennt uns dein Vater. Ich fühl mich nicht jung, du etwa? Eher alt wie Gott, der

Vater. Wir sind jetzt die alten Männer. Nächsten Monat werde ich dreißig. Dreißig!«

»Ich weiß«, sagte ich. »Am Fünfundzwanzigsten.«

Er staunte. »Wie hast du dir das gemerkt?«

»Ich habe halt ein gutes Gedächtnis für Daten. Und das ist schließlich ein sehr wichtiges Datum.«

»Wieso? Ach so, ich weiß schon. Deine glorreiche Oktoberrevolution. Aber hat die nicht in Wirklichkeit im November stattgefunden?«

Ja. Bei denen im November, alte Zeitrechnung. Julianischer Kalender.«

»Ach so, Julianischer Kalender, ja. Holla, der olle Julian.« Ich zuckte zusammen; wenn er diese typisch englischen Albernheiten von sich gab, kam er mir jedesmal entsetzlich jüdisch vor.

»Wie Querell immer zu bemerken pflegt«, sagte ich, »basiert der ganze Katholizismus auf einem Wortspiel. *Tu es Petrus.*«

»Hä? Ach so, versteh schon. Das ist gut; das ist sehr gut.«

»Ist natürlich nicht auf seinem Mist gewachsen.«

Wir traten in den düsteren Schatten des Schlosses, und sogleich verdüsterte sich auch Nicks Stimmung.

»Was wirst du in diesem Krieg machen, Victor?« fragte er schroff im Tonfall von Sydney Carton. Er blieb stehen und lehnte sich an die Hafenmauer. Der Seewind war kühl und stechend salzig. Weiter draußen auf dem Meer kreisten ein paar Möwen über einer hellen Wasserfläche, kreisten und tauchten ungeschickt unter wie ein paar Fetzen Zeitungspapier, die der Wind vor sich her treibt. Ich stellte mir ihre rauhen, hungrigen Schreie vor.

»Und du glaubst wirklich, es gibt Krieg?« sagte ich.

»Ja. Keine Frage.« Er ging weiter, und ich folgte ihm mit einem Schritt Abstand. »Noch drei Monate oder sechs – allerhöchstens ein Jahr. Die Industrie ist schon im Bilde, auch wenn das Kriegsministerium Chamberlain nichts davon gesagt hat. Du weißt, daß er und Daladier monatelange Geheimgespräche geführt haben, um Hitler einen Kuhhandel in puncto Sudetenland vorzuschlagen? Und jetzt hat Hitler freie Hand. Hast du gehört, was er über Chamberlain gesagt hat? *Er tut mir leid, geben wir ihm sein Stück Papier.*

Ich sah ihn entgeistert an.

»Woher weißt du denn das alles?« fragte ich und lachte verdutzt. »Das mit Chamberlain und der Industrie und so weiter?«

Er zuckte die Achseln.

»Ich hab mit ein paar Leuten geredet«, sagte er. »Die solltest du vielleicht auch mal kennenlernen. Die sind aus demselben Holz wie wir.«

Aus *meinem* Holz, dachte ich, oder aus *seinem*? Doch ich hakte nicht nach.

»Leute aus der Regierung, meinst du.«

Abermals Achselzucken.

»So ähnlich«, sagte er. Wir verließen den Hafen und gingen zurück, den Hügel hinauf. Während er geredet hatte, war nach und nach eine brennende Röte in mir aufgestiegen, von der Brust bis hoch zur Stirn. Es war, als wären wir zwei Schulbuben, und Nick hätte schon die Geheimnisse der Sexualität entdeckt, die Einzelheiten aber völlig falsch verstanden. »Der Karren ist im Dreck, meinst du nicht auch?« sagte er. »Spanien hat mir den Rest gegeben. Erst Spanien und jetzt auch noch diese Schweinerei da in München. O Herr, schenke uns Frieden – ha!« Er blieb stehen, drehte sich mit ernster, düsterer Miene nach mir um und schob sich die Haarlocke aus der Stirn. Die Augen sehr schwarz im fahlen Morgenlicht, mit bebenden Lippen, verzweifelt bemüht, mannhaft das Gesicht zu wahren. Ich mußte wegschauen, damit er mein Grinsen nicht sah. »Es muß etwas geschehen, Victor. Wir haben es in der Hand.«

»Leute aus unserem Holz, meinst du?«

Das war mir einfach so rausgerutscht. Ich war erschrocken, hatte Angst, ihn gekränkt zu haben – auf einmal hatte ich eine Vision: ich sah ihn mit verkniffenen Lippen auf dem Wagen sitzen, den Blick ins Leere gerichtet, und verlangen, daß man ihn augenblicklich zum Bahnhof brächte, indes mein Vater und Hettie und Andy Wilson und sogar das Pony mich anklagend anstarrten. Doch meine Sorge war umsonst; Nick hatte kein sehr feines Gespür für Ironie, wie alle Egozentriker, möchte ich meinen. Wir wandten uns wieder dem Hügel zu. Er ging, die Hände in die Manteltaschen gerammt, den Blick auf die Straße geheftet, die Zähne zusammengebissen, und in seiner Wange zuckte ein Muskel.

»Bis jetzt bin ich mir immer so unnütz vorgekommen«, sagte er, »hab den Schöngeist gespielt und Champagner gesoffen. Du hast ja wenigstens was gemacht aus deinem Leben.«

»Ich glaube kaum, daß ein Katalog der Graphiksammlung von Schloß Windsor Herrn Hitler aufhalten kann.«

Er nickte; er hörte nicht zu.

»Man muß sich einmischen«, sagte er, »man muß *etwas tun.*«

»Ist das der neue Nick Brevoort?« fragte ich in möglichst beiläufigem Ton. Meine Befangenheit war einem nicht ganz erklärlichen und gewiß nicht gerechtfertigten Ärger gewichen – schließlich redeten alle so daher in jenem Herbst. »Mir ist, als ob wir diese Diskussion vor ein paar Jahren schon einmal geführt hätten, bloß umgekehrt. Damals war ich derjenige, der sich als Mann der Tat aufgespielt hat.«

Er lächelte in sich hinein und biß sich auf die Unterlippe; mein Ärger stieg um ein paar Hitzegrade.

»Du meinst, ich spiele«, sagte er mit einer winzigen Spur von Verachtung in der Stimme. Ich enthielt mich der Antwort. Eine Weile gingen wir schweigend weiter. Die Sonne war hinter einem milchigen Dunstschleier verschwunden. »Ach, übrigens, weißt du schon, daß ich Arbeit habe?« sagte er. »Leo Rothenstein hat mich als Berater eingestellt.«

Das ist sicher wieder einer von Leos Streichen, dachte ich.

»Als Berater? Was denn für ein Berater?«

»Na ja, politisch, in erster Linie. Und finanziell.«

»*Finanziell*? Was, um alles in der Welt, verstehst du denn von Finanzen?«

Er wartete einen Moment mit der Antwort. Ein Kaninchen kam aus der Hecke, setzte sich am Straßenrand auf die Hinterbeine und sah uns verdutzt an.

»Seine Familie macht sich Sorgen wegen Hitler. Sie haben Geld in Deutschland und eine Menge Verwandtschaft. Ich soll da mal nach dem Rechten sehen. Er weiß ja, daß ich hinfahren will, verstehst du.«

»Du? Nach Deutschland?«

»Ja – hab ich dir das nicht erzählt? Entschuldige. Die Leute, mit denen ich geredet habe, haben mich darum gebeten.«

»Und was machst du da?«

»Mich umsehen halt. Die Atmosphäre schnuppern. Und darüber berichten.«

Ich mußte laut lachen.

»Großer Gott, Biber«, rief ich, »du wirst Spion!«

»Ja«, sagte er mit wehmütigem Grienen, stolz wie ein Pfadfinder. »Ja, scheint so.«

Ich wußte nicht, warum mich das hätte wundern sollen: schließlich war ich ja selber schon seit Jahren beim

Geheimdienst, wenn auch auf der anderen Seite, nicht so wie er und die Leute, die aus seinem Holz geschnitzt waren. Was wäre wohl passiert, frage ich mich, wenn ich damals zu ihm gesagt hätte: *Mein lieber Nick, ich arbeite für Moskau, na, wie findest du das?* Statt dessen blieb ich stehen, drehte mich um und schaute den Hügel hinunter zum Hafen und auf die immer schwerer werdende See.

»Ich möchte wissen, was diese Möwen gesucht haben«, sagte ich.

Nick drehte sich um und sah in die Ferne.

»Welche Möwen?« fragte er.

Wir sind nicht nach Mayo gefahren. Ich weiß nicht mehr, welche Ausrede ich meinem Vater und Hettie gegenüber gebrauchte und ob ich mir überhaupt die Mühe gemacht habe, eine zu gebrauchen. Wir hatten es beide eilig, wieder nach London zu kommen, Nick auf seinen Spionsposten, ich auf meinen. Vater war gekränkt. Für ihn war der irische Westen das Land der Jugend, nicht nur, weil er dort als Kind seine Ferien verbracht hatte – sein Großvater besaß einen Bauernhof auf einer felsigen kleinen Insel in der Clew Bay –, sondern auch, weil von dort seine Familie kam, dieser geheimnisumwobene Stamm, hervorgetreten aus dem Dunst jenes westlichen Küstenstrichs, die mächtigen O' Measceoils, Krieger, Piraten, feurige Clansmänner einer wie der andere, die, um dem Wüten der Hungersnot zu entkommen, gerade noch rechtzeitig den Glauben gewechselt, ihren Familiennamen anglisiert und sich in Yeats' hartreitende Gutsherren verwandelt hatten. Ich hatte keine Lust, Nick von diesen Legenden zu erzählen oder gar mit ihm durch die Orte zu wandern, wo die steinernen Hütten meiner Vorfahren gestanden hatten und die sündigen Betten, in denen sie gezeugt worden waren. Derlei Dinge übergingen Nick und ich stets mit dezentem Schweigen: er sprach sowenig über sein jüdisches Blut wie ich über mein katholisches. Auf unsere Art waren wir beide Selfmademen. Drei Tage Carrickdrum genügten uns; wir packten unsere Bücher und die ungetragenen Wanderstiefel wieder ein und gingen an Bord, um dorthin zurückzukehren, wo ich, wie ich nun wußte, wirklich zu Hause war. Als ich Irland und mein

Vaterhaus verließ, war mir zumute, als würde ich ein zwar nicht allzu schweres, dafür aber besonders grausames Verbrechen begehen. Die ganze Heimfahrt über spürte ich Vaters gekränkten, verzeihenden Blick in meinem ohnehin schon heißen Nacken brennen.

London hatte in jenem Herbst etwas Zerstreutes, Vorläufiges; die Atmosphäre war hektisch und hohl, wie in den letzten Tagen vor den Schulferien oder in der letzten halben Stunde einer trunkenen Party. Die Leute unterbrachen sich mitten im Satz, schauten hinauf zur lohfarbenen Sonne in den Fenstern und seufzten. Die Straßen waren wie Theaterkulissen, maßstabgerecht verkleinert, zweidimensional, und von einer Umtriebigkeit, einer Geschäftigkeit erfüllt, in der ein merkwürdiges Pathos lag, als würde alles nur dazu in Bewegung gesetzt, daß man es gewaltsam zum Stillstand bringen konnte. Die schrillen Schreie der Zeitungsjungen hatten einen infernalischen Klang – dieses Cockney-Gequäke geht mir seit jeher auf die Nerven. Am Abend, wenn die untergehende Sonne über den Dächern loderte, sah der Himmel aus wie das letzte Glimmen einer gewaltigen Feuersbrunst. Es war alles so banal, diese abgedroschenen Zeichen und Wunder. Die Angst war banal.

Manch einem aber bereitete diese Zeit auch ein grimmiges Wohlbehagen. Querell, zum Beispiel, war in seinem Element. Ich weiß noch, wie ich ihn einmal an einem regnerischen Nachmittag Ende November auf dem Strand getroffen habe. Wir gingen ins Lyons Corner House und tranken Tee, der genau die gleiche Farbe hatte wie der Regen, der draußen vor dem beschlagenen Fenster, an dem wir saßen, aufs Pflaster trommelte. Mit seinem engen Anzug und dem braunen Trilby auf dem Kopf sah Querell noch mehr wie ein Schwarzmarkthändler aus als sonst. Scheinbar in Minutenschnelle hatte er den Zinnaschenbecher auf dem Tisch zwischen uns zum Überlaufen gebracht. Ich gehörte mittlerweile beim Department zum festen Stamm, sah ihn dort aber selten – er war im Balkan-Ressort, ich bei den Fremdsprachen –, und wenn wir uns zufällig in der Außenwelt trafen, wie jetzt, waren wir verlegen und befangen wie zwei Geistliche, die sich am Morgen über den Weg laufen, nachdem sie sich in der Nacht zufällig im Bordell begegnet sind. *Ich* zumindest war verlegen, *ich* war befangen; Querell würde sich solche knieweichen und offensichtlichen Gefühle vermutlich nie gestattet haben. Ich konnte die selbstbetrügerische, pennälerhafte Kleine-Jungs-mit-Schnurrbart-Welt der Militärspionage nie ernst nehmen; anfangs fand ich das halb fröhliche, halb ernste Klima dort amüsant, dann sonderbar peinlich und schließlich bloß noch fade. Daß man sich mit solchen Eseln abgeben mußte! Querell aber war anders; ich hatte den Verdacht, daß ihn das alles genauso anwiderte wie mich. Ich hatte lange gebraucht und gewaltig am Zaun rütteln müssen, bis die alte Clique mich reingelassen hatte; zum Schluß hatte Leo Rothenstein sich für mich eingesetzt. Er war – und das schon seit Jahren, wie ich später zu meiner Überraschung erfahren sollte – ein sehr hohes Tier im Nahost-Ressort. »Das liegt ihm im Blut«, sagte Querell mit verschmitztem Lächeln. »Er hat jede Menge Spione in der Familie, schon seit Jahrhunderten. Die haben rechtzeitig Wind gekriegt von Waterloo und damit ein Vermögen an der Börse gemacht, hast du das denn nicht gewußt? Schlau, sehr schlau.« Querell mochte die Juden nicht. Er sah mich ungerührt mit seinen fahlen Basedowaugen an und blies dabei zwei träge Schwaden Zigarettenrauch aus den Nasenlöchern. Ich konzentrierte mich auf mein klebriges Rosinenbrötchen. Daß er Spione gesagt hatte, ließ mich aufhorchen; beim Department wurde dieses Wort tunlichst vermieden, sogar wenn wir unter uns waren. Manchmal fragte ich mich, ob Querell nicht, genau wie ich, mehr war, als er zu sein vorgab – er hatte gerade einen Thriller mit dem Titel *Der Doppelagent* veröffentlicht. Die Vorstellung, daß Querell und ich womöglich ein Geheimnis miteinander teilten, war nicht sehr appetitlich. Als ich von meinem Rosinenbrötchen aufsah, wandte er den Blick ab und betrachtete die Beine einer vorübergehenden Kellnerin. Es ist mir nie gelungen, ihn auf eine bestimmte politische Haltung festzunageln. Eben redete er noch mit beinahe wehmütiger Bewunderung von der Clique in Cliveden oder von Mosley und seinem Gesindel, und im nächsten Atemzug war er der große Anwalt der Arbeiterklasse. Und ich in meiner Unschuld hielt diese breitgefächerte Kasuistik seinem Katholizismus zugute. An einem Wochenende in Maules, damals wurden in Moskau gerade die ersten Schauprozesse geführt, kam er einmal dazu, als ich Stalin kritisierte. »Weißt du, Maskell«, sagte er, »die Sache ist die, »ein schlechter Papst macht noch keine schlechte Kirche.« Leo Rothenstein, der sich auf dem Sofa fläzte, die langen, übereinandergeschlagenen Beine vor sich ausgestreckt, richtete sich auf und lachte träge. »O Gott«, sagte er, »ein Roter im Haus! Mein armer Papa würde sich im Grabe umdrehen.«

»Hast du Bannister in letzter Zeit mal gesehen?« fragte Querell jetzt, den Blick noch immer auf die schiefen Strumpfnähte der Kellnerin geheftet. »Ich hab gehört, er liebäugelt mit den Faschisten.«

Boy arbeitete bei der BBC als Verantwortlicher für, wie er großspurig sagte, Interviews. Er war rührend stolz auf seinen Posten und versorgte uns mit Geschichten über Lord Reith und seine Lustknaben, Geschichten, die wir damals einfach nicht glauben wollten. Inzwischen war auch er beim Department gelandet; nach München war so ziemlich unser ganzer Kreis zum Geheimdienst gegangen, teils freiwillig, teils gezwungenermaßen. Ich vermute, wir waren uns durchaus über die Vorteile im klaren, die die Arbeit fürs Department gegenüber dem Soldatsein hatte – oder tue ich uns damit Unrecht? Boy spielte den Geheimagenten mit geradezu kindlicher Begeisterung. Er liebte das geheime Leben und hat es sehr vermißt, nachdem er übergelaufen war. Am meisten Spaß machte ihm die Schauspielerei; er war gerade zur Tarnung einer Aktionsgruppe von Nazisympathisanten aus den Reihen der Torys beigetreten, die sich die Kette nannte (»ich zerreiße die Kette für Onkel Joe«, war sein Schlagwort), und hatte sich an einen berüchtigten Hitlerbefürworter aus dem Unterhaus gehängt, einen gewissen Richard Sowieso, den Namen habe ich vergessen, der früher Offizier beim Gardekorps gewesen war, einen Verrückten jedenfalls, bei dem er inoffiziell den Privatsekretär spielte (im wahrsten Sinne des Wortes). Seine Hauptaufgabe, hatte er uns erzählt, bestand darin, den Zuhälter für den Captain zu machen, der einen schier unersättlichen Appetit auf junge Proleten hatte. Kürzlich hatte Boy mit seinem verrückten Captain einen Ausflug ins Rheinland unternommen, um mit einer Rotte von Schuljungen aus dem East-End ein Lager der Hitlerjugend zu besuchen. Eine dieser absurden Veranstaltungen, wie sie für die Zeit unmittelbar vor Kriegsausbruch typisch waren. Die zwei waren außer sich vor Begeisterung wiedergekommen (»Oh, diese blonden Bestien!«); obwohl sich Captain Dick einen schmerzhaften Soor am After eingefangen hatte; war wohl doch nicht so ganz rein an Haupt und Gliedern, die Hitlerjugend.

»Aber das Lustigste dabei ist«, sagte ich, »das Geld für diese Reise kam vom Büro für Auswärtige Beziehungen der Kirche von England!«

Querell lachte nicht, sondern warf mir bloß einen von seinen raschen, froschäugigen Blicken zu, bei denen ich immer das Gefühl hatte, als ob mir jemand eine Flasche übers Gesicht rollt, wie man früher bei Landhauspartys leere Champagnerflaschen über den Tanzboden gerollt hat, um ihm den letzten Schliff zu geben. (ach ja, unsere Jugend – die Jugend der Welt!)

»Vielleicht hättest du mitfahren sollen«, sagte er.

Das gab mir zu denken. Ich merkte, wie ich rot wurde.

»Nicht meine Kragenweite, alter Junge«, sagte ich, und das sollte sich lässig und frech anhören, klang aber, jedenfalls für meine Ohren, verräterisch affektiert. Ich wechselte schnell das Thema. »Boy meint, die Krauts sind fertig mit ihrer Wiederaufrüstung und stehen Gewehr bei Fuß.«

Querell zuckte die Achseln. »Um das zu erfahren, hätten wir ja wohl keinen warmen Bruder rüberschicken müssen.«

»Man hat ihnen einen Flugplatz gezeigt, ihm und dem Captain. Reihenweise Messerschmitts, und alle auf uns gerichtet.«

Wir schwiegen. Mir war, als hörte ich im Verkehrslärm, der von der Straße hereindrang, Propeller dröhnen, und ich zitterte richtig vor hellwacher Vorahnung: *Sollen sie nur kommen, sollen sie nur alle rüberkommen!* Querell sah sich träge im Raum um. Am Nebentisch saß ein dicker Mann in speckigem Anzug und redete leise auf eine bleiche junge Frau mit hennarotem Haar ein – seine Tochter, wie es schien – und erklärte ihr mit gepreßter Stimme, daß sie ja doch bloß ein Flittchen sei; ein paar Jahre später tauchten die beiden wieder auf, diesmal als jüdischer Flüchtling und seine leidgeprüfte junge Frau, und zwar im *Orient Express*, dem ersten Roman von Querells überbewerteten Balkan-Thrillern.

»Ich bin gespannt, ob wir's überleben«, sagte Querell. »Das Ganze, meine ich.« Er machte eine ausholende

Geste, die alles einschloß: die anderen Tische, die Kellnerin und die Frau an der Kasse, den dicken Mann mit seiner bemitleidenswerten Tochter und, hinter all dem, England.

»Und wenn nicht?« fragte ich vorsichtig. »Vielleicht kommt ja statt unserer etwas Besseres nach.«

»Willst du etwa, daß Hitler gewinnt?«

»Hitler nicht, nein.«

Gar nicht so leicht, den merkwürdigen Kitzel solcher Momente zu beschreiben, in denen man mit einer beiläufig hingeworfenen Bemerkung alles riskierte. Das hatte eine gewisse Ähnlichkeit mit der rauschhaften, schwindeln machenden Freude, die ich bei meinem ersten Fallschirmsprung empfand. Dasselbe Gefühl, leicht wie Luft zu sein und doch auch viel, viel schwerer, irgendwie viel bedeutungsträchtiger, als ein gewöhnlicher Sterblicher eigentlich sein dürfte. So mag sich ein Halbgott vorkommen, der aus den Wolken herniedersteigt, um zu probieren, ob er eine von Arkadiens erfahreneren Nymphen mit seiner Maskerade täuschen kann. Wir saßen da, Querell und ich, wortlos, und sahen einander an. Auch das gehörte zu diesen Momenten des absoluten Risikos: die mächtige, bis zum äußersten angespannte Neutralität, die Gesichtsausdruck und Tonfall dann annahmen. Als ich nach dem Krieg, bei einem Empfang im Palast, T. S. Eliot begegnet bin, erkannte ich an dem verhangenen, kameläugigen Blick und der leiernden Stimme sogleich den lebenslangen, zwanghaften Heuchler.

Querell sah als erster weg; der Moment war vorbei.

»Nun ja«, sagte er, »im Grunde ist es wohl egal, wer gewinnt, zum Schluß müssen ja sowieso wieder die Amis kommen und unsern Dreck wegmachen.«

Dann gingen wir in den Gryphon Club, um uns gemeinsam zu betrinken. Wenn ich so zurückblicke, staune ich, wieviel Zeit ich in all den Jahren mit Querell verbracht habe. Unser Verhältnis war beileibe nicht herzlich, und wir hatten auch kaum gemeinsame Interessen. Sein Katholizismus war mir ebenso unverständlich wie ihm, behauptete er jedenfalls, mein Marxismus; wir waren beide gläubig, nur daß keiner an den Glauben des anderen glauben konnte. Und doch gab es zwischen uns etwas Verbindendes. Unser Verhältnis glich jenen merkwürdigen Beziehungen, die man in der Schulzeit eingeht, wo zwei unbeliebte Außenseiter, der Not gehorchend, Freundschaft miteinander schließen, eine klebrige, freudlose Freundschaft. Unsere Version von den Bäumen hinterm Sportplatz waren der Gryphon und das George, wo wir stundenlang saßen, vereint in der Melancholie, eingehüllt in einen Nebel aus Zigarettenrauch und Alkoholdunst, hin und wieder genüßlich einen giftigen Wortwechsel hatten und den anderen Trinkern um uns herum mal grimmige, mal grinsende Blicke zuwarfen. Mit Querell zusammenzusein, das war für mich so etwas wie eine Sightseeing-Tour durch die Slums. Ich konnte seine manichäische Weltsicht nicht teilen – jedenfalls damals noch nicht –, und doch fühlte ich mich irgendwie angezogen von dieser Idee, von dieser finsteren, fauligen und doch so merkwürdig furchtlosen Welt, in der er herumschlenderte, immer allein, einen Glimmstengel zwischen den Lippen, den Hut schräg auf dem Kopf und eine allzeit bereite Hand in der Jackentasche, die die imaginäre Pistole barg.

Es war ein wüster Abend. Nach dem Gryphon holten wir, inzwischen schon ziemlich besoffen, seinen Riley aus der Garage des Royal Automobile Club und fuhren zu einer miesen Spelunke irgendwo hinter der Edgware Road. Querell hatte gesagt, die Spezialität des Hauses sei Kinderprostitution. Es gab einen niedrigen, nach Karbol riechenden Kellerraum mit braunem, von ausgetretenen Zigarettenkippen zernarbtem Linoleumfußboden, in dem ein abgeschabtes rotes Samtsofa und ein paar Korbstühle mit spillerigen Lehnen standen. Der verbeulte Schirm der matt leuchtenden Tischlampe erinnerte schaurig an getrocknete Menschenhaut. Dort saßen ein paar gelangweilte Mädchen in Schlüpfern herum – längst keine Kinder mehr. Das Pärchen, dem der Schuppen gehörte, schien einer Strandpostkarte entstiegen, sie groß und schwabblig, mit messingfarbener Lockenperücke, er ein kleiner dürrer Pinscher mit Hitlerbärtchen und einem nervösen Zwinkern auf dem einen Auge. Mrs Gill rannte dauernd wie eine wachsame Anstandsdame rein und raus, indes Adolf uns mit Braunbier traktierte, wobei er mit eingezogenem Kopf herumhuschte, auf den Fingerspitzen der Linken gekonnt ein Blechtablett balancierte und mit der Rechten behende Flaschen und fleckige Gläser verteilte. Das Ganze war richtig lustig, fand ich, wenn auch auf eine trübe, sündenschwüle Weise, so à la Stanley Spencer (*Das Festmahl des Belsazar in Cookham*). Ich hatte ein sommersprossiges Mädchen mit roten Haaren auf dem Schoß, das dahockte wie ein zu schnell gewachsenes Kind, den Kopf ungeschickt an meine Schulter gelehnt, und mir die Knie gegen die Brust drückte, während unter uns der Korbstuhl laute Klageschreie ausstieß. Sie erzählte mir ganz stolz, ihre Mama und ihr Papa seien Markthändler und wären sogar schon mal Perlmutterkönigspaar gewesen (ob sie das Kostüm noch haben?), und sagte, für zehn Schilling würde sie mir einen blasen. Danach bin ich eingenickt oder habe kurz das Bewußtsein verloren, und als ich wieder zu mir kam, war das Mädchen weg, genau wie ihre Kolleginnen und wie Querell, der allerdings gleich wieder auftauchte und dem eine dünne, fettige Haarsträhne in die Stirn hing; das hat mich sehr beunruhigt, dieses leicht derangierte

Aussehen bei jemandem, der sonst immer so fanatisch geschniegelt und gebügelt war.

Wir gingen, erklommen mit einiger Mühe die Kellertreppe und traten hinaus auf die Straße, und siehe da, es regnete in Strömen – wie einen das Wetter immer verblüfft, wenn man betrunken ist –, und Querell sagte, er kenne da noch ein Etablissement, wo garantiert Kinder angeboten würden, und als ich erklärte, ich hätte keine Lust, mit einem Kind zu schlafen, war er beleidigt und weigerte sich, den Wagen zu fahren, und ich nahm ihm die Schlüssel ab, obwohl ich noch nie hinterm Lenkrad gesessen hatte, und dann tuckerten wir im Zickzack durch den Regen in Richtung Soho, ich vor Anspannung so weit nach vorn gebeugt, daß ich mit der Nase beinahe an die überflutete Windschutzscheibe stieß, und Querell, der in stummem Groll neben mir hockte, mit wütend verschränkten Armen. Inzwischen war ich so betrunken, daß ich gar nicht mehr richtig gucken konnte und ein Auge zukneifen mußte, damit ich die weiße Linie auf der Fahrbahnmitte nicht doppelt sah. Ehe ich noch recht wußte, wo ich hinfuhr, waren wir vor Leo Rothensteins Haus in der Poland Street gelandet, wo Nick damals bereits wohnte – in den folgenden Jahren sind wir dann nach und nach fast alle dort eingezogen; heute würde man das wohl eine Kommune nennen. Bei Nick war noch Licht. Querell, der den Grund für seinen Groll schon längst vergessen hatte, lehnte sich an die Klingel, und ich stand da, hielt das Gesicht in den Regen und rezitierte Blake:

*Wach auf! wach auf O Schläfer aus dem Reich*
*der Schatten, reg dich gleich!*

Nick öffnete das Fenster und steckte fluchend den Kopf raus.»Herrgott noch mal, geh nach Hause, Victor, sei ein braver Junge.« Doch er kam trotzdem herunter und ließ uns ein. Er war im Abendanzug und sah bleich und satanisch aus. Schwankend folgten wir ihm über die schmale Treppe nach oben, wobei wir bald gegen das Geländer, bald gegen die Wand torkelten, und Querell vollendete mein *Jerusalem*-Zitat:

*Ich bin in dir und du in mir, in Gotteslieb' vereint:*
*Der Liebe Band, von Mensch zu Mensch,*
*durch Albions schönes Reich.*

In der Wohnung war eine kleine Nachfeier im Gange. Boy war da und der Dichter Abercrombie und Lady Mary Sowieso und die Schwestern Lydon. Sie waren auf einer Party in Rothensteins Villa am Portman Square gewesen (*Wieso hatte er mich nicht eingeladen?*) und leerten gerade noch eine Magnumflasche Champagner. Querell und ich blieben in der Tür stehen und glotzten sie an.

»Donnerwetter«, sagte ich, »ihr seht ja prächtig aus.«

In der Tat: wie ein Häufchen melancholischer Pinguine.

Nick lachte sein häßliches Lachen.

»Wie englisch du dich neuerdings anhörst, Vic«, sagte er. »Richtig wie ein Einheimischer.«

Er wußte ganz genau, wie sehr ich es haßte, wenn man mich Vic nannte. Querell zahlte es ihm heim: »Na, jedenfalls ist er nicht über Palästina hergekommen«, lallte er.

Die Schwestern Lydon glucksten.

Nick holte zwei Biergläser aus der Küche und goß in jedes einen Schluck Champagner. Und da erst fiel mein Blick auf einen Sessel in der Ecke, in dem ein mir unbekannter junger Mann in einem seidenen Abendanzug saß, die Beine übereinandergeschlagen, so daß der Fußknöchel des einen auf dem Knie des anderen lag, das pomadisierte Haar streng nach hinten gekämmt, in der Hand eine brennende Zigarette, ein zarter Jüngling, den ich nicht kannte und der mir doch verwirrend bekannt vorkam und mich kühl-amüsiert aus umschatteten Augen beobachtete.

»Hallo, Victor«, sagte das Wesen. »Du siehst etwas mitgenommen aus.«

Es war Baby. Die anderen lachten über meine Verblüffung.

»Dodo hat 'ne Gallone Schampus gewettet, daß ihr das keiner abkauft«, sagte Nick. Lady Mary – Dodo – klatschte sich auf die Schenkel, zog die dürren Schultern hoch und setzte ein bekümmertes Lächeln auf. Nick schnitt ihr eine Fratze. »Sie hat verloren«, sagte er. »Das war vielleicht was. Nicht mal Leo hat sie erkannt.«

»Und ich hab ihr 'n Antrag gemacht«, sagte Boy. »Da könnt ihr mal sehn.«

Wieder allgemeines Gelächter. Nick ging mit der Champagnerflasche durchs Zimmer.

»Na los, altes Mädchen«, sagte er, »wir müssen doch endlich deinen Gewinn alle machen.«

Baby, den Blick noch immer auf mich geheftet, hielt ihm ihr Glas zum Nachschenken hin. Das hohe Fenster hinter ihrem Sessel war mit Vorhängen aus dunkelblauem Samt verhängt, und auf einem niedrigen Tischchen ließ ein in eine kupferne Kugelvase gepferchter Strauß bleicher rosafarbener Rosen, deren schwere, schlaffe Blütenblätter wie aus nassem Stoff aussahen, die Köpfe hängen und hauchte sein Leben aus.

Der Raum schrumpfte, verwandelte sich in eine lange, flache Schachtel, wie das Innere einer Kamera vielleicht oder einer Laterna magica. Ich stand schwankend da, spürte in der Nase Champagnerbläschen platzen, und während ich die Geschwister beobachtete, flossen sie vor meinen armen, beduselten Blicken ineinander, trennten sich wieder und flossen abermals ineinander, Dunkel in Dunkel und Blässe in schimmernde Blässe, Pierrot und Pierrette. Nick sah mich kurz an und sagte lächelnd: »Setz dich lieber hin, Victor, du siehst ja aus wie Ben Turpin.«

Dann ein Filmriß, und dann sitze ich im Schneidersitz neben Babys Sessel auf dem Fußboden, das Kinn quasi auf der Armlehne neben ihrer auf einmal ungeheuer wichtigen Hand mit den kurzen, dicken, spitz zulaufenden Fingern und den blutroten Nägeln; ich möchte jeden einzelnen dieser Finger in den Mund nehmen und daran saugen, bis die lackierten Nägel durchsichtig werden wie Fischschuppen. Todernst erzähle ich ihr etwas über Diderots Statuentheorie. Es gibt eine Phase der Trunkenheit, wo man das Gefühl hat, ganz plötzlich mit verblüffender, geradezu lächerlicher Mühelosigkeit durch eine Tür gehen zu können, die man den ganzen Abend lang vergebens aufzustoßen versucht hat. Und dahinter ist lauter Licht, alles ist klar definiert, und es herrscht die Ruhe der Gewißheit.

»Diderot meint«, sagte ich, »Diderot meint, im Grunde errichten wir nur eine Statue nach unserem eigenen Bild in uns – idealisiert, verstehen Sie, aber doch erkennbar –, und dann bemühen wir uns ein ganzes Leben lang verzweifelt, ihr ähnlich zu werden. Das ist der moralische Imperativ. Ich finde das furchtbar klug, Sie nicht? Ich weiß, daß es mir ganz genauso geht. Nur daß ich manchmal nicht recht sagen kann, was ist die Statue und was bin ich.« Das erfüllte mich unversehens mit einer tiefen Traurigkeit, und ich dachte, ich müßte weinen. Hinter mir deklamierte Boy mit lauter Stimme »The Ball of Inverness«, und die Schwestern Lydon kreischten vor Entzücken. Ich legte meine Hand auf Babys Hand. Wie kühl sie war; kühl und aufregend teilnahmslos. »Was denken Sie?« fragte ich mit vor Rührung bebender Stimme. »Sagen Sie mir, was Sie denken.«

Sie saß in ihrem Sessel, reglos wie – ja, reglos wie eine Statue, die Beine in den seidenen Hosen immer noch übereinandergeschlagen, die Arme ausgestreckt auf den Lehnen, androgyn, starr und mit einer Spur von gelassenem Wahnsinn im Blick, die Haare so straff zurückgekämmt, daß ihre Augen außen schräg nach oben gingen; ihr Kopf war mir zugewandt, und sie sah mich an, ohne ein Wort zu sagen. Oder sah mich nicht an, sondern eher um mich herum. Das war so eine Eigenart von ihr. Ihr Blick ging nie weiter als bis zum Gesicht des anderen, und doch hatte man immer das Gefühl, als betrachtete sie einen gleichsam als irgendwie klar umrissenen Teil eines Ganzen, das sie gleich wieder in seine Einzelteile zerlegte, als würde sie mit ihrem forschenden Blick so etwas wie einen unsichtbaren Strahlenkranz um einen herum erzeugen, ein Kraftfeld, in dem man isoliert dastand, geprüft, allein. Messe ich ihr zuviel Bedeutung bei, stelle ich sie als eine Art Sphinx dar, eine Art Monsterweib, grausam, kalt und unerreichbar, unberührbar fern? Sie war nur ein Mensch, genau wie ich, ein Mensch, der sich irgendwie durchs Leben schlägt, doch wenn sie mich so ansah, hatte ich immer das Gefühl, als ob alle meine heimlichen Sünden hervorschienen, gleichsam angestrahlt würden, so daß sie jeder sehen konnte. Ein berauschendes Gefühl, besonders, wenn man ohnehin schon so berauscht war.

Früh um vier fuhr Querell mich nach Hause. Am Leicester Square rammte er sachte einen Laternenpfahl, und wir blieben eine Weile sitzen und lauschten dem Ticken des Kühlers und betrachteten eine Bovril-Leuchtreklame, die immer abwechselnd an- und ausging. Der Platz war menschenleer. Windstöße wirbelten totes Laub übers Pflaster, von dem jetzt, nachdem der

Regen gerade aufgehört hatte, in großen landkartenförmigen Flecken die Nässe wegtrocknete. Das alles war so trist und so schön und so traurig, daß ich schon wieder kurz davor war zu weinen.

»Verfluchte Bande«, murmelte Querell, während er den verreckten Motor anzulassen versuchte. »Verdammt, der Krieg, der wird's ihnen schon zeigen.«

Im Morgengrauen wurde ich plötzlich wach, hellwach, von jäher Gewißheit gepackt. Ich wußte ganz genau, was ich zu tun hatte. Ich stand nicht einfach auf, nein, ich erhob mich förmlich aus dem Bett; ich kam mir vor wie eine Lichtgestalt von Blake, verwandelt und entflammt. Das Telefon bebte in meiner Hand. Baby nahm gleich beim ersten Klingeln ab. Sie hörte sich nicht so an, als ob ich sie aus dem Schlaf gerissen hätte. Hinter ihrer Stimme lag ein unermeßliches, abwartendes Schweigen.

»Hören Sie«, sagte ich, »ich muß Sie heiraten.« Sie antwortete nicht. Ich stellte sie mir vor, dahintreibend in einem Meer von Schweigen, um sie herum wogende Bahnen schwarzer Seide. »Vivienne? Sind Sie noch da?«

Wie merkwürdig ihr Name klang.

»Ja«, sagte sie, »ich bin da.« Sie schien, wie gewöhnlich, ein Lachen zu unterdrücken, doch das kümmerte mich nicht.

»Wollen Sie mich heiraten?«

Sie schwieg abermals. Eine Möwe landete auf dem Sims vor meinem Fenster und sah mich mit klaren, leeren Augen an. Der Himmel hatte die Farbe von fahlem Schlamm. Mir war, als hätte ich das alles schon einmal erlebt.

»In Ordnung«, sagte sie.

Und hängte ein.

\*

Ein paar Stunden später trafen wir uns zum Lunch im Savoy. Es war eine sonderbare Begegnung, angespannt und ein bißchen theatralisch, als ob wir in so einer verklemmt-witzigen Salonkomödie mitspielten, wie sie damals Mode waren. In dem Restaurant saßen lauter Leute, die wir kannten, was unser Gefühl, auf dem Präsentierteller zu sitzen, noch verstärkte. Baby war, wie üblich, in Schwarz; sie trug ein Kostüm mit engem Rock und gepolsterten Schultern, in dem sie jetzt, bei Tageslicht, fand ich, aussah wie eine trauernde Witwe. Und sie war, wie üblich, halb wachsam, halb distanziert, obwohl ich in der Art, wie sie nach meinem Zigarettenetui griff und damit herumspielte und es mal in dieser, mal in jener Richtung über die Tischdecke zog, eine Spur von Aufregung bemerkt zu haben glaubte. Als erstes sagte ich ihr, wie elend ich mich fühlte, was meinem Anliegen natürlich nicht gerade dienlich war. Aber es war die Wahrheit: mir war, als hätte man mir die Augen herausgerissen, hätte sie über glühende Kohlen gehalten und wieder zurückgestopft in ihre pulsierenden Höhlen. Ich zeigte ihr meine zitternden Hände und sagte, ich hätte furchtbares Herzklopfen. Sie verzog verächtlich das Gesicht.

»Warum müssen Männer nur immer so angeben mit ihrem Kater?«

»Wahrscheinlich, weil wir heutzutage so wenig anderes haben, womit wir angeben können.«

Wir sahen aneinander vorbei. Das Schweigen dehnte sich aus und wurde immer dünner und dünner. Wir waren wie zwei zaudernde Schwimmer am Ufer eines grauen, ganz und gar nicht einladenden Sees. Baby sprang zuerst ins Wasser.

»Tja«, sagte sie, »das war mein erster Heiratsantrag per Telefon.«

In ihrem Lachen schwang Nervosität mit. Sie hatte

gerade eine schmutzig Affäre mit irgendeinem Amerikaner hinter sich. »*Mein Ami*, nannte sie ihn immer mit leicht verkniffenem, bitter-resigniertem Lächeln. Kennengelernt hatte ihn wohl keiner von uns. Mit gleichsam schleichender Verwunderung merkte ich, wie wenig ich über sie wußte.

»Ja«, sagte ich, »tut mir leid, aber ich hatte das Gefühl, daß ich es tun mußte, in dem Moment.«

»Und jetzt?«

»Was, jetzt?«

»Ist es jetzt immer noch so?«

»Ja, natürlich. Bei Ihnen etwa nicht?«

Sie überlegte kurz. Und dieser eigentümliche Blick, den sie dabei hatte, schien aus den tiefsten Tiefen ihrer Augen zu kommen.

»Nick hat recht«, sagte sie. »Sie werden tatsächlich noch zum Engländer.«

Da kam der Kellner, und wir beugten uns erleichtert über unsere Speisekarten. Beim Essen sprachen wir mit geübter Oberflächlichkeit über meinen neuen Posten am Institut, Nicks bizarren Entschluß, sich von den Rothensteins als Berater anheuern zu lassen, Boy Bannisters neuste Schwulitäten, den nahenden Krieg. Ich hatte angenommen, sie würde sich nicht für Politik interessieren, und stellte nun irgendwie verärgert fest, daß sie nicht nur eine glühende Gegnerin der Beschwichtigungspolitik, sondern sogar ausgesprochen kriegerisch gesinnt war. Während unsere Teller abgeräumt wurden, machte sie mein Zigarettenetui auf und bediente sich – aus ihren abgehackten Bewegungen schloß ich, daß sie ebenfalls verärgert war –, hielt dann mit dem brennenden Streichholz in der Hand inne und sagte: »Das heißt also, Sie lieben mich?«

Der Kellner warf ihr einen raschen Blick zu und schaute weg. Ich griff nach ihrem Handgelenk, zog ihre

Hand zu mir heran und blies das Streichholz aus. Wir hatten gerade unsere zweite Flasche Wein angefangen.

»Ja«, sagte ich, »ich liebe Sie.«

Ich hatte das noch nie zu jemandem gesagt, außer als Kind zu Hettie. Baby nickte kurz und heftig, als hätte ich irgendeinen kleinen, nagenden Zweifel ausgeräumt, mit dem sie sich seit langem herumgeschlagen hatte.

»Wissen Sie, Sie müssen zu Mami gehen«, sagte sie. Ich guckte verdutzt. Sie gestattet sich ein spöttisches Lächeln. »Um meine Hand anhalten.«

Wir sahen beide auf meine Finger, die immer noch sachte um ihr Handgelenk lagen. Wenn wir wirklich Publikum gehabt hätten, hätte es in diesem Augenblick sicher ein paar vereinzelte Lacher gegeben.

»Müßte ich denn nicht eher mit Ihrem Vater sprechen?« fragte ich. Der Große Biber brachte gerade meine Monographie über deutsche Barockarchitektur heraus.

»Ach, dem ist das egal.«

Im Taxi küßten wir uns, drehten uns plötzlich zueinander herum und fingen linkisch an zu fummeln, ruckartig, wie zwei Schaufensterpuppen, die unversehens lebendig geworden sind. Ich erinnerte mich, daß ich das gleiche schon einmal erlebt hatte vor, ja, wann, vor sechs, sieben Jahren? und dachte, wie seltsam das Leben doch war. Ihre Nase war kühl und ein klein wenig feucht. Ich berührte eine Brust. Ein starker, kalter Wind blies über die Oxford Street. Baby lehnte sich mit der Stirn an meinen Hals. Ihre dickfingerige kleine Hand lag in meiner.

»Wie soll ich dich nennen?« sagte sie. »Victor ist ja wohl kein Name. Eher ein Titel. Wie im alten Rom.« Sie hob den Kopf und sah mich an. Die Lichter der geschlossenen Geschäfte, an denen wir vorüberfuhren, blitzten en miniature in ihren Augen auf wie Diapositive, die über die Linsen eines defekten Projektors flackern. Im

Dunkeln wirkte ihr Lächeln strahlend und tapfer, als ob sie die Tränen zurückhielt. »Weißt du«, sagte sie leise, »*ich* liebe *dich* nicht.«

Ich schloß meine Finger um ihre.

»Das weiß ich«, sagte ich. »Aber das macht ja nichts, oder?«

*

An einem Tag, Ende Oktober, einem jener trügerisch milden, gleichsam von innen leuchtenden Oktobertage, fuhr ich rauf nach Oxford. Alles loderte melodramatisch, und es schien, als stünde die Welt nicht an der Schwelle zum Winter, sondern zu einem großartigen, feurigen Anfang. Ich trug einen neuen, ziemlich eleganten Anzug, und während wir so dahinsausten, bewunderte ich den Fall des Hosenbeins und die kastanienbraun schimmernden Kappen meiner sorgfältig gewienerten Schuhe. Ich hatte ein klares, unerschütterliches Bild meiner selbst: sauber, gepflegt, Pomade im Haar, ein Mann, der eine Mission hat. Der bevorstehenden Begegnung mit Mama Biber sah ich gelassen entgegen, ja ich freute mich sogar darauf und war heiter und jovial gestimmt. Was sollte ich von so einer einfältigen Person schon zu befürchten haben? Doch allmählich schlug meine Stimmung um, vielleicht lag es an der Unerbittlichkeit, mit der der rumpelnde, scheinbar unaufhaltsame Zug einen Bahnhof nach dem anderen hinter sich ließ, und plötzlich sah der am Fenster vorüberziehende Rauch ganz infernalisch aus, und als wir endlich in Oxford hielten, war mein Herz von blankem Entsetzen gepackt.

Das Mädchen, das die Tür öffnete, kannte ich noch nicht, ein breithüftiges Wesen mit plattem Gesicht, das mich skeptisch musterte, und als ich ihr meinen Hut gab, nahm sie ihn mir ab wie etwas Totes. Die Brevoorts waren stolz auf ihr unmögliches Personal, mit dem Mrs Brevoort ihre bohemienhafte Ader unterstreichen zu müssen meinte. »Madam ist in der Küche«, sagte das Mädchen, und das klang beinah wie ein Abzählreim und brachte mich irgendwie vollends aus dem Konzept. Ein warmer, faulig-süßlicher Geruch lag in der Luft. Ich folgte der hüftwackelnden Kreatur in den Salon, wo sie mich alleine ließ, einen Schritt rückwärts ging und mir mit unverkennbar spöttischem Lächeln die Tür vor der Nase zumachte. Ich stand mitten im Raum, hörte mein Herz klopfen und sah durch die Hohlglasscheiben hinaus in den flirrenden Garten, dessen knallbunte Pracht mir wie Hohn vorkam. Die Zeit verging. Ich dachte daran, wie ich zum erstenmal in diesem Zimmer gewesen war, vor nun fast schon zehn Jahren, als Nick sich auf dem Sofa gelümmelt und Baby oben ihre Jazzplatten gespielt hatte. Plötzlich fühlte ich mich unsagbar alt und sah mich nun nicht mehr als den gepflegten Mann von Welt, als der ich mir zu Beginn meiner Reise vorgekommen war, sondern als eine Art Mißgeburt, welk und auf obszöne Weise konserviert, wie ein Jahrmarktszwerg, ein Mann im verhutzelten Körper eines Knaben.

Da flog ohne Vorwarnung die Tür auf, und Mama Biber stand in ihrer Sarah-Bernhardt-Pose vor mir, eine Hand auf dem Türknauf, den Kopf zurückgeworfen, die bleiche, halb entblößte Busenpracht herausgereckt.

»Pflaumen!« sagte sie. »Unglaublich, diese Fruchtbarkeit.«

Sie trug so eine Art Fransenstola und dazu ein weites Samtkleid von der Farbe alten Blutes, und an beiden Armen, beinahe bis hinauf zu den Ellbogen, klirrten dünne goldene Armreifen wie Sprungfedern, so daß man eher an eine Zirkusmanege dachte als an den Serail. Auf einmal war mir klar, woran sie mich mit ihrem Aussehen immer erinnerte: an eine der weltzugewandten Intrigantinnen von Henry James, eine Mme Merle oder eine Mrs Assingham, nur ohne deren Witz und Schärfe. Sie kam näher, gleitend, wie es ihre Art war, als ob sie auf versteckten Rollen liefe, und dann packte sie mich bei den Schultern und küßte mich theatralisch auf beide Wangen, um sich hernach von mir abzustoßen, mich mit ausgestreckten Armen festzuhalten und einen endlosen Moment lang mit dramatisch bedeutungsschwangerem Blick anzusehen, wobei sie bedächtig mit dem großen Kopf nickte.

»Baby hat mit Ihnen gesprochen?« fragte ich zaghaft.

Sie senkte den Kopf noch tiefer, so daß ihr Kinn beinahe die Brust berührte.

»Vivienne«, sagte sie, »hat telefoniert. Ihr Vater und ich, wir haben uns lange unterhalten. Wir sind so ...« Das mögliche Ende dieses Satzes blieb völlig rätselhaft. Sie betrachtete mich weiter, scheinbar gedankenverloren, doch plötzlich gab sie sich einen Ruck und wurde munter. »Kommen Sie mit«, sagte sie, »ich brauche männliche Hilfe.«

Die Küche war das stilisierte Modell einer Hexenhöhle. Durch ein niedriges kleines Fenster, das auf den Gemüsegarten ging, drang ein zäher, düster-grüner Schimmer, der mehr und zugleich auch weniger wie Tageslicht aussah. Auf einem breiten schwarzen Gasherd, der auf zierlich geschwungenen Füßen stand, wie ein unter seiner Bürde in die Knie gegangener Gewichtheber, brodelte ein riesiger Topf Pflaumenmarmelade, und auf dem Abtropfbord neben dem abgeblätterten Ausguß wartete eine ganze Batterie von Marmeladengläsern in den verschiedensten Größen. Mrs B. beugte sich über den blubbernden Kochtopf, die Augen zusammengekniffen, die Nüstern ihrer großen Hakennase gebläht, holte eine Kelle voll Marmelade heraus und prüfte sie skeptisch.

»Max erwartet, daß man so was tut«, sagte sie und drehte das Gas aus.»Ich hab keine Ahnung, warum.« Sie sah mich von der Seite an und grinste wie eine alte Hexe. »Er ist ein schlimmer Tyrann, wissen Sie. Möchten Sie eine Schürze haben? Und ziehen Sie ja das Jackett aus.«

Ich sollte die Gläser halten, während sie sie füllte. »Das muß man machen, solange die Marmelade noch heiß ist, wissen Sie, sonst halten die Gummiringe nicht.« Das erste Glas platzte von der Hitze der kochenden Früchte, und das zweite lief über, so daß ich mir die Finger verbrühte und laut fluchte, was Mrs B. geflissentlich überhörte.

»Na schön«, sagte sie, »vielleicht lassen wir sie doch erst etwas abkühlen. Kommen Sie, wir gehn in den Garten. So ein herrlicher Tag. Darf ich Ihnen einen Drink anbieten, oder ist es noch zu früh? Maude soll uns irgendwas bringen. Maude! Oje, wo steckt denn das Mädchen wieder? Ach, da bist du ja; daß du immer so rumtrödeln mußt. Was möchten Sie haben, Mr Maskell? Mein Löwenzahnwein gilt als ziemlich gut. Gin? Doch, doch, ich bin sicher, es muß welcher dasein, irgendwo. Maude, bring Mr Maskell einen Gin. Und ... Tonic und so weiter.« Maude sah mich an – wieder huschte ein ironisches Lächeln über ihr breites Gesicht – und schob ab. Mrs Brevoort seufzte. »Ich hab den Verdacht, sie ist unverschämt, aber es will mir einfach nie gelingen, sie dabei zu ertappen. Die sind ja so was von gerissen, wissen Sie, und auf ihre Weise auch so was von schlau.«

Der Garten lag gleichsam in den letzten, freilich wunderschönen Zügen, ganz Gold und Grün, Umbra und Krapprosa. Eine kräftige Herbstsonne schien. Wir gingen über das frische Gras, rochen den Eukalyptus und den dünnen, heißen Gestank der Verbenen und setzten uns auf eine verwitterte Holzbank, die schief und wie beschwipst an einer unverputzten Steinmauer unter einem Bogen aus alten Kletterrosen lehnte. Eine richtige Hexenlaube.

»Tut Ihre Hand sehr weh?« fragte Mama Biber. »Vielleicht hätten wir was draufmachen sollen.«

»Ampferblätter«, sagte ich.

»Was?«

»Ein Heilmittel von meiner Mutter. Meiner Stiefmutter.«

»Ach so.« Etwas hilflos sah sie sich im Garten um. »Ich weiß nicht, ob wir überhaupt Ampfer haben...«

Da brachte Maude meinen Gin und für Mama Biber einen grünen Kelch mit einer urinfarbenen Flüssigkeit – offenbar der gepriesene Löwenzahnwein. Ich kippte die Hälfte meines Drinks in einem Zug runter, was Mrs B. abermals geflissentlich übersah.

»Sie wollten mir gerade von ihrer Stiefmutter erzählen«, sagte sie und nippte an ihrem Wein, wobei sie mich aufmerksam über den Rand ihres Glases hinweg fixierte.

»So, wollte ich das? Sie heißt Hermione«, stammelte ich.

»Sehr... hübsch. Und ist sie auch Irin?«

»Ja. Sie kommt aus einer Quäkerfamilie.«

»Quäker!« Sie sprach das Wort mit schriller, überkippender Stimme aus, riß die Augen auf und schlug sich mit der gespreizten Hand auf den steilen Busen, so daß es richtig ein bißchen klatschte. Ich konnte mich des Eindrucks nicht erwehren, daß sie nicht die leiseste Ahnung hatte, was Quäker sind. »Nun ja, man kann schließlich niemanden für seine Familie verantwortlich machen«, sagte sie. »Und *ich* weiß, wovon ich rede!« Und dann warf sie den Kopf in den Nacken und stieß ein sattes, volles, heiser kollerndes Lachen aus, humorlos und verrückt, wie das Lachen der Heldin in einer tragischen

Oper. Ich überlegte, ob ich erwähnen sollte, daß ich mütterlicherseits mit der Königin verwandt war; sicher, man ist ja kein Snob, aber Eindruck macht so was allemal.

Ich hatte meinen Gin ausgetrunken und drehte vielsagend das leere Glas in der Hand, doch sie wollte den Hinweis nicht verstehen.

»Und Sie haben einen Bruder, ja?«

Auf einmal interessierte sie sich eingehend für den Strich, den der Samt ihres Kleides hatte, wo er ihre großen, runden Knie umspannte.

»Ja«, sagte ich, und meine Stimme klang ungewöhnlich dünn und angespannt, wie die klägliche Stimme eines Mörders, der die erste schreckliche Frage des Staatsanwalts beantwortet.

»Ja«, sagte sie leise. »Weil ... das hatten Sie uns gar nicht erzählt.«

»Es hat sich nicht ergeben.«

»Wir dachten nämlich immer, Sie sind Einzelkind.«

»Tut mir leid.« Ich war mir nicht sicher, wofür ich mich eigentlich entschuldigte. Eine Welle von schmerzhafter Wut brach über mich herein. Nick: Nick hatte es ihnen gesagt. Mrs Brevoort stellte ihr Weinglas neben sich auf die Bank und stand auf, ging rasch ein paar Schritte auf den Rasen zu, dann hielt sie inne, drehte sich um und schaute nachdenklich auf das Gras zu ihren Füßen.

»Natürlich müssen wir«, sagte sie, »ein Attest haben.«

»Ein Attest ...«

»Ja, von einem Arzt, wissen Sie; Max wird jemanden suchen, dem man vertrauen kann. Wie oft sind diese Dinge vererbbar, und wir denken nicht im Traum daran, zuzulassen, daß Vivienne ein derartiges Risiko eingeht. Das sehen Sie doch ein, nicht wahr?« Sie stand jetzt leicht nach vorn gebeugt da, die Hände unterm Busen gefaltet, und schaute mich ernst und freundlich an, und um ihre Lippen spielte ein melancholisches Lächeln. »Wir zweifeln ja nicht daran, daß *Sie*, Mr Maskell –«

»Bitte, nennen Sie mich Victor«, murmelte ich. Wie eine große heiße Blase stieg in meiner Brust ein wahnwitziges, verzweifeltes Lachen hoch, an dem ich beinah zu ersticken drohte.

»Wir zweifeln ja nicht daran«, fuhr sie ungerührt fort, unbezwingbar wie ein Schlachtschiff, »daß Sie natürlich nicht persönlich ... infiziert sind, wenn ich so sagen darf. Aber es ist das *Blut*, verstehen Sie.« Sie hob die gefalteten Hände bis unters Kinn – eine anmutig-theatralische Geste – und ging eilig ein paar Schritte nach links und wieder zurück. »Wir sind, Mr Maskell, bei aller Spitzfindigkeit, ein primitives Volk. Ich meine natürlich, *mein* Volk. Die hebräische Rasse hat vieles erlitten und wird gewiß auch in Zukunft wieder vieles erleiden müssen« – sie hatte recht: ihr Bruder ist nachher mit seiner Frau und den drei Kindern in Treblinka umgekommen – »und doch haben wir in unserer jahrtausendealten Geschichte stets am Wesentlichen festgehalten. An der Familie. An unseren Kindern. Und am Blut, Mr Maskell: am Blut!« Sie ließ die Hände sinken, drehte sich um und ging abermals auf und ab, diesmal nach rechts, um gleich darauf wieder ins Zentrum der Bühne zurückzukehren. Ich kam mir vor wie ein Theaterzuschauer im nicht enden wollenden zweiten Akt, der im Parkett eingekeilt ist und draußen die Feuerwehr vorbeiheulen hört und plötzlich ganz genau weiß, sie rast zu seinem Haus.

»Mrs Brevoort –«, setzte ich an, doch da hob sie die Hand, eine Hand, so groß wie die eines Verkehrspolizisten.

»Bitte«, sagte sie mit breitem, eisigem Lächeln. »Nur noch zwei Worte, dann ist Ruhe, ich versprech's.«

Hinterm Salonfester sah ich das Mädchen hantieren und spielte verzweifelt mit dem Gedanken, ihr zuzurufen, sie solle mir noch einen Drink bringen – oder am liebsten gleich die ganze verdammte Flasche. Was könnte trostloser sein, als ein leeres, in der Hand warm gewordenes, klebriges Ginglas? Ich erwog, die Zitronenscheibe auszulutschen, wußte aber, daß für Mrs B., so, wie sie in Fahrt war, nicht einmal das als Zeichen meiner Verzweiflung ausgereicht hätte. »Als Vivienne telefoniert hat«, sagte sie, »um uns von eurer Verlobung zu erzählen, war das ein großer, Sie verstehen, ein ... eine große ... Überraschung« – *Schock* war das Wort, das sie unterdrückt hatte – »für ihren Vater und mich, und ich habe mich einen ganzen Nachmittag lang im Musikzimmer eingeschlossen. Ich mußte über so vieles nachdenken. Die Musik ist dabei immer eine Hilfe. Ich habe Brahms gespielt. Diese großen, dunklen Akkorde. Die so von Trauer erfüllt sind und einem doch so sehr ... so sehr Halt geben.« Sie neigte den Kopf und senkte langsam die Lider und stand einen Augenblick lang wie in stummes Gebet versunken da, und dann sah sie mich plötzlich wieder durchdringend an. »Sie ist unsere einzige Tochter, Mr Maskell, unser einziges Mädchen, unser Schatz.«

Ich stand auf. Ich hatte auf einmal Kopfschmerzen bekommen, vom Moschusgeruch der Rosen und von allem anderen.

»Mrs Brevoort«, sagte ich, »Vivienne ist neunundzwanzig. Sie ist kein Kind mehr. Wir lieben uns« – an dieser Stelle zog sie jäh ihre dicken, glänzenden Brauen hoch und warf den Kopf ein klein wenig verächtlich in den Nacken, Mrs Touchett, wie sie leibt und lebt – »und wir finden, es ist an der Zeit, daß wir heiraten.« Ich verstummte; irgendwie war das nicht ganz das, was ich hatte sagen wollen, oder zumindest hatte ich es nicht *so* sagen wollen. »Mein Bruder leidet an einem Syndrom, dessen Name Ihnen nichts sagen würde, und außerdem ist er mir im Moment entfallen.« Damit machte ich die Sache nur noch schlimmer. »Jedenfalls ist es keine Erbkrankheit. Es ist die Folge von Sauerstoffmangel im Gehirn, als er noch im Bauch war.« Bei diesem Wort fuhr sie sichtlich entsetzt zusammen; ich ließ nicht locker. »Wir hatten auf Ihren Segen gehofft und auf den von Mr Brevoort, aber wir werden es auf jeden Fall tun, auch wenn Sie ihn uns versagen. Ich finde, das müssen Sie verstehen.« Je hitziger meine Worte wurden, desto mehr gewann ich an Selbstvertrauen. Mir war, als ob in meiner Kehle ein unsichtbarer Vorrat an Schneid aufkeimte, und ich hätte mich gar nicht gewundert, hätte mir ein kurzer Blick an mir hinab gezeigt, daß ich plötzlich in Frack und Reitstiefeln dastand: Lord Warburton hätte nicht hochmütiger dreinschauen können. Fast wäre ich wieder ganz Herr der Lage gewesen, wäre nicht dieses beunruhigend hartnäckige Wort *Bauch* noch immer wie ein halb aufgeblasener Ball zwischen uns hin- und hergekullert, den wir beide weder aufheben noch mit dem Fuß wegstoßen wollten.

Wir schwiegen. Ich hörte mich atmen, ein leises, schnarchendes Rasseln durch die Nasenlöcher. Mrs B. machte eine merkwürdige, kurze, halb achselzuckende, halb beleidigte Bewegung mit dem Oberkörper und sagte: »Natürlich sollt ihr unseren Segen haben. Vivienne soll unseren Segen haben. Darum geht es doch gar nicht.«

»Worum denn dann?«

Sie wollte etwas sagen, stand aber nur schweigend da, mit zuckendem Mund und Augen, die schimmernd und verschwommen ins Leere blickten. Ich hatte schon Angst, sie könnte einen Anfall haben – das Wort *Schlaganfall* schoß mir durch den Kopf, und plötzlich mußte ich, ich weiß selbst nicht, warum, an die Kasperletheatervorstellungen denken, die in meiner Kindheit im Sommer immer in Carrickdrum am Strand stattfanden und bei denen mir gar nicht wohl in meiner Haut war, auch wenn ich vor Lachen brüllte –, doch da begann sie zu meiner Überraschung und Bestürzung zu weinen. Ich hatte noch nie erlebt, daß sie so die Fassung verlor, und sollte es auch kein zweites Mal erleben. Sie muß genauso verblüfft gewesen sein wie ich. Und überdies war sie wütend auf sich, so daß zu den anderen, wodurch auch immer verursachten Tränen noch die der Wut kamen. »Lachhaft, lachhaft«, murmelte sie und rieb sich mit klirrenden Armreifen die Augen, und dabei warf sie ruckartig den Kopf zur Seite, als ob sie sich etwas aus dem Ohr schütteln wollte, und plötzlich ahnte ich, wie sie einmal aussehen würde, wenn sie eine alte, wirklich alte Frau wäre. Sie tat mir leid, aber gleichzeitig war da noch ein anderes Gefühl, dessen ich mich schämte und das ich doch nicht leugnen konnte: es war Überheblichkeit; häßlich, heimlich und kleinlich, aber trotz allem Überheblichkeit. Das sind die Momente, selten zwar und kaum je so klar umrissen wie diesmal, da die Kraft von einem Gegner auf den anderen überfließt, stumm, unvermittelt, wie ein Stromstoß, der zwischen zwei Elektroden hin- und herspringt. Ich fing an, tröstend auf sie einzureden, mit leeren und vermutlich unaufrichtigen Worten, doch sie fegte sie mit einer zornigen Handbewegung beiseite, wie man eine Wespe vertreibt. Sie hatte sich schnell wieder in der Gewalt. Ihre Tränen versiegten. Sie schniefte laut und hob den Kopf und reckte mir das Kinn entgegen.

»Ich wünsche nicht, daß wir Feinde sind, Mr Maskell.«
»Nein«, sagte ich, »das wäre auch nicht klug.«
Kurz danach, ich stand unterdessen wieder im Salon, und Mrs B. war irgendwohin gegangen, um ihr Gesicht

in Ordnung zu bringen, erschien Max Brevoort. Er nahm sorgfältig Witterung auf, und es kam mir so vor, als ob die Spitze seiner schmalen Nase bebte. Er hatte ein wunderbar feines Gespür für die Gefährlichkeit einer Situation. Mit seiner Vigilanz, seinem Händereiben und dieser empfindsamen, witternden Nase hatte er tatsächlich eine gewisse Ähnlichkeit mit einem Biber.

»Ich höre, wir sollen einen Sohn dazugewinnen«, sagte er und sah mich mit seinem grimmig-humorlosen Grinsen an. »Gratuliere.«

Danach war wohl nichts mehr zu sagen, und so standen wir verlegen da und schauten auf unsere Füße. Dann fingen wir beide gleichzeitig an zu reden, verfielen aber sofort wieder in peinliches Schweigen. Mrs B. kam zurück, wieder ganz die alte: jeder Zoll eine Königin, doch ich ertappte Max dabei, wie er sie scharf und forschend ansah und auf Grund des Beweismaterials beschloß, Vorsicht walten zu lassen.

»Vielleicht sollten wir etwas trinken?« schlug er vor und fügte zaghaft hinzu: »Zur Feier des Tages.«

»Ja, wirklich«, sagte seine Frau, und sah ihn mit diamanthart strahlendem Lächeln an. »Champagner. Wir haben uns gerade ein bißchen unterhalten.« Sie drehte sich zu mir herum. »Nicht wahr, Mr Maskell?«

»Victor«, sagte ich.

\*

Die Hochzeit war eine stille Angelegenheit, wie man damals zu sagen pflegte. Die Zeremonie fand im Standesamt von Marylebone statt. Die Biber waren da, Nick, seine Eltern und eine uralte Tante, die ich zum erstenmal sah – sie hatte Geld –, und natürlich Boy Bannister und Leo Rothenstein und ein paar von Babys Freundinnen, späte Mädchen mit lächerlichen Hüten, die in den zwanziger Jahren sicher sehr verrucht ausgesehen hatten. Mein Vater und Hettie waren am Abend vorher mit der Fähre herübergekommen und wirkten wie zwei verängstigte graue Mäuse vom Lande; ich litt mit ihnen – und unter ihnen. Nick war Trauzeuge. Hinterher gingen wir zu Claridges zum Lunch, und Boy betrank sich und hielt eine skandalöse Rede, bei der Mama Biber die ganze Zeit mit schrecklichem, starrem Lächeln dasaß und die Serviette wrang, als würde sie einem kleinen weißen, knochenlosen Tier den Hals umdrehen. Die Flitterwochen verbrachten wir in Taormina. Es war heiß, und der Ätna war ständig in eine unheilschwangere Rauchwolke gehüllt. Wir lasen viel, erkundeten die Ruinen, und abends beim Essen erzählte mir Baby von ihren früheren Liebhabern, deren Anzahl beeindruckend war. Ich weiß wirklich nicht, warum sie das Bedürfnis verspürte, mir von diesen Abenteuern zu berichten, die sich für mich doch alle gleichermaßen traurig anhörten; vielleicht war es eine Art Exorzismus. Ich hatte nichts dagegen. In gewisser Weise war es sogar ganz amüsant, dazusitzen und Wein zu trinken, während dieser Geisterzug von Bankiers, Polospielern und glücklosen Amerikanern sich durch den üppig verzierten Speisesaal des Hotels schlängelte, um dann in die dunstige, sternklare Nacht zu entschwinden.

Das Sexuelle war einfacher, als ich erwartet oder befürchtet hatte. Hier lernte ich zu meiner Freude eine Baby kennen, die warm, hingebungs-, ja sogar sehnsuchtsvoll war, kurzum, ganz anders, als die erschreckend scharfkantige, holzschnittartige Frau, die ich geheiratet hatte, wohingegen sie belustigt und gerührt war, als sie feststellte, daß der Mann, den *sie* geheiratet hatte, mit seinen einunddreißig Jahren noch Jungfrau war. Ich hatte einige Mühe, in Gang zu kommen, sie aber lachte nur, strich sich das Haar zurück und sagte:

»Armer Liebling, komm, ich helf dir, für so was hab ich ein Händchen.« In unserer letzten Nacht schworen wir uns feierlich, wenn auch leicht angesäuselt, daß wir niemals Kinder haben wollten. Und Weihnachten war sie schwanger.

# ZWEI

Liebe Miss Vandeleur. Ich habe Sie vernachlässigt, ich weiß. Mehr noch, ich bin Ihnen ausgewichen: ich war daheim, als Sie heute vormittag hier waren, habe aber nicht aufgemacht. Ich wußte, daß Sie es waren, ich hatte Sie nämlich vom Fenster aus gesehen, wie Sie über den Platz kamen, im Regen (was haben junge Frauen eigentlich dagegen, einen Regenschirm zu benutzen?). Ich kam mir vor wie eine alte Jungfer (andererseits, wann komme ich mir denn nicht wie eine alte Jungfer vor?), die hinter ihrer Spitzengardine steht und hinausspäht in eine Welt, die ihr mehr und mehr angst macht. Mir war nicht gut. Krank am Herzen, das ist das Wort. Zuviel gegrübelt, hier, unter der Lampe, nur ich und das Kratzen der Feder und das störende Lärmen der Vögel draußen in den Bäumen, wo der Frühling hektisch dem Höhepunkt entgegeneilte, um dann in einen volltönenden Keatsschen Sommer umzuschlagen. So ein grausam schönes Wetter finde ich herzlos; ich hatte schon immer einen Hang zu sentimentaler Unlogik. Ich bin zu schnell über alles hinweggegangen, glaube ich; ich hätte mir Zeit nehmen müssen, um mich nach dieser öffentlichen Anprangerung und den darauf folgenden Demütigungen erst mal wieder zu erholen. Das ist wie nach einer Operation, oder so ähnlich muß es auch sein, wenn man niedergeschossen wurde; man kommt zu sich und denkt, ach, halb so schlimm, du bist ja noch da, und es tut fast gar nicht weh – was haben die Leute denn bloß, wieso stellen die sich so an? Und man ist schon fast euphorisch. Das liegt daran, daß das Nervensystem den Schock noch nicht verarbeitet hat oder daß der Schock narkotisierend wirkt. Doch irgendwann ist diese kleine Heiterkeitsphase zu Ende, die aufgeregten Sanitäter rennen zum nächsten Unfallort, und dann kommt die Nacht und die Dunkelheit, und du erschrickst und dir wird bewußt, daß du Schmerzen hast.

Ich war ehrlich überrascht, als man mir den Adelstitel absprach, das Trinity mir die Ehrendoktorwürde aberkannte und das Institut mir dezent zu verstehen gab, daß meine weitere Anwesenheit dort, und sei es auch nur zum Zwecke der Forschung, unerwünscht sei. (Aus dem Palast habe ich nichts gehört; Mrs W. haßt Skandale.) Was habe ich getan, daß man mich so verunglimpft, in einem Volk von Verrätern, die tagtäglich ihre Freunde betrügen, ihre Frauen und Kinder, das Finanzamt? Ich bin nicht ehrlich, ich weiß. Ich glaube, was sie so schokkiert, ist, daß jemand – einer der ihren – tatsächlich ein Ideal gehabt haben soll. Und ich hatte eins, trotz meiner angeborenen, alles zerfressenden Skepsis. Ich wußte genau, was die Wahl, die ich getroffen hatte, bedeutete; in dem Punkt habe ich mir nie etwas vorgemacht. Ich war nicht wie Boy mit seinem pubertären Glauben an die Verbesserbarkeit des Menschen, und auch nicht wie Querell, der durch die Weltgeschichte reiste und ab und zu vorbeikam, um ein paar feingemeißelte Bemerkungen über den exzellenten Port des Bischofs von Bongoland zum besten zu geben. O ja, kein Zweifel, für mich war der Marxismus ein Rückfall in den nicht einmal besonders stark abgewandelten Glauben meiner Väter; diesen Witz hätte jeder Hintertreppenfreudianer herauskitzeln können. Doch welchen Trost bietet denn der Glaube, wenn er seine eigene Antithese in sich trägt, einen glitzernden Gifttropfen im Herzen? Reicht die Pascalsche Wette als Lebensgrundlage für ein wirkliches Leben in der wirklichen Welt? Daß man auf Rot setzt, bedeutet schließlich nicht, daß es Schwarz nicht mehr gäbe.

Ich denke oft, wie anders die Dinge für mich gelaufen wären, wenn ich Felix Hartmann damals nicht kennengelernt hätte. Selbstverständlich habe ich mich ein bißchen in ihn verliebt. Sie haben sicher noch nie von diesem Mann gehört. Er war einer der beeindruckendsten von Moskaus Leuten, nicht nur ein Ideologe, sondern auch ein engagierter Aktivist (du meine Güte, wie leicht man doch in den Jargon der Sonntagszeitungen verfällt!). Zur Tarnung hatte er unweit der Brick Lane oder jedenfalls in so einer ungesunden Gegend einen Pelzhandel und konnte dadurch häufig reisen, auch ins Ausland. (Ich bin sicher, Miss Vandeleur, Sie machen sich Notizen.) Er war deutsch-slawischer Abstammung und ungarischer Nationalität: der Vater Soldat, die Mutter Serbin oder Slowenin oder so was in der Richtung. Er soll ordinierter katholischer Priester gewesen sein und im Ersten Weltkrieg als Kaplan in der österreichisch-ungarischen Armee gedient haben; keine Ahnung, woher ich das weiß (es könnte sogar stimmen); als ich ihn einmal nach diesem Kapitel seines Lebens fragte, schwieg er und sah mich nur mit dem für ihn so typischen rätselhaften Lächeln an. Er hatte einen Granatsplitter abbekommen – »bei einem Scharmützel in den Karpaten« –, wovon er ein durchaus attraktives Byronhinken zurückbehalten hatte. Er war hochgewachsen, hielt sich sehr gerade, hatte glänzendes blauschwarzes Haar, sanfte Augen und ein gewinnendes, wenn auch etwas bemühtes, ironisches Lächeln. Er hätte ein preußischer Prinz aus dem vorigen Jahrhundert sein können, wie sie bei den Operettenkomponisten so beliebt sind, goldbetreßt und mit Duellnarben. Er behauptete, er sei bei einer Schlacht von der russischen Armee gefangengenommen worden und habe sich, als die Revolution kam, den Roten angeschlossen und im Bürgerkrieg gekämpft. All das verlieh ihm jene leicht groteske Aura von Tapferkeit und Wichtigtuerei, die ausdrückt, das ist einer, der mitten im Feuer war. Er selbst hat sich wohl weniger als studentischen Prinzen gesehen, denn als einen der gepeinigten kriegerischen Priester der Gegenreformation, einen, der durch die qualmenden Ruinen der verfallenen Städte zieht und sein blutiges Schwert hinter sich her schleift.

Kennengelernt hatte ich ihn durch Alastair Sykes. Sommer 1936. Mitte August war ich rauf nach Cambridge gefahren – ich hatte immer noch meine Zimmer im Trinity –, um dort einen langen Essay über Poussins Zeichnungen fertigzustellen. Es war heiß, London nicht zu ertragen, und Brevoort & Klein hatten mir einen Termin gesetzt. In Spanien war der Krieg ausgebrochen, und alle waren außer sich und machten sich bereit, hinzugehen und dort zu kämpfen. Ich für mein Teil wäre, offen gestanden, niemals auf die Idee gekommen, mich ihnen anzuschließen. Aber nicht etwa, weil ich zu feige gewesen wäre – später konnte ich feststellen, daß ich, abgesehen von einer einzigen unglückseligen Situation, körperlich durchaus Courage hatte –, oder weil ich die Bedeutung dessen, was in Spanien passierte, nicht richtig einzuschätzen gewußt hätte. O nein, ich hatte nur noch nie viel für große Gesten übrig. Selbstgestrickte Helden à la John Cornford fand ich egozentrisch und, Sie gestatten das Oxymoron, tiefschürfend frivol. Daß ein Engländer losstürzt und sich an irgendeinem *arroyo* in Sevilla oder sonstwo totschießen läßt, war in meinen Augen nichts als eine extreme Form von Rhetorik, ausschweifend, verschwenderisch, unnütz. Der Mann der Tat mag mich für solche Gefühle verachten – nicht im Traum wäre mir eingefallen, sie etwa jemandem wie Felix Hartmann mitzuteilen –, aber ich habe eben einen anderen Begriff davon, was sinnvolles Handeln ist. Der Wurm in der Knospe leistet gründlichere Arbeit als der

Wind, der den Ast schüttelt. Das weiß jeder Spion. Das weiß auch ich.

Alastair war natürlich angesichts der Ereignisse in Spanien in höchster Aufregung. Das Bemerkenswerte am Spanienkrieg – vermutlich an allen ideologischen Kriegen – dürfte die völlig einseitige, um nicht zu sagen, einfältige Leidenschaft gewesen sein, die er bei ansonsten durchaus klar denkenden Leuten auslöste. Alle Zweifel waren gebannt, alle Fragen beantwortet, alle Spitzfindigkeiten erledigt. Franco war der Moloch, und die Volksfront das Unschuldslamm, das der Westen herzlos und feige dem Feind zum Opfer bringen wollte. Daß Stalin zur selben Zeit, da er den spanischen Loyalisten zu Hilfe eilte, im eigenen Land systematisch alles umbringen ließ, was gegen sein Regime aufbegehrte, wurde geflissentlich übersehen. Ich war Marxist, ja, aber für den stahlharten Stalin, diesen *unappetitlichen* Kerl, habe ich nie etwas anderes als Verachtung empfunden.

»Victor, ich bitte dich!« sagte Alastair, während er den Stiel von seiner Pfeife abschraubte und ein paar schwarze Schmutzspritzer herausschüttelte. »Die Zeiten sind gefährlich. Die Revolution muß geschützt werden.«

Ich seufzte lächelnd.

»Man muß die Stadt zerstören, damit sie gerettet wird, meinst du wohl?«

Wir saßen in dem kleinen Garten hinter seiner Wohnung im Trinity im Liegestuhl und sonnten uns. Alastair kümmerte sich selbst um dieses Gärtchen und war rührend stolz darauf. Rosen und Löwenmaul und ein Rasen, glatt wie ein Billardtisch. Er goß Tee aus einer blauen Kanne ein, deren Deckel er zierlich mit der Fingerspitze festhielt, und schüttelte langsam und betrübt den Kopf.

»Manchmal frage ich mich, ob du der Sache wirklich so ergeben bist, Victor.«

»Ja«, sagte ich, »und wenn wir jetzt in Moskau wären, könntest du mich bei der Geheimpolizei denunzieren.« Er sah mich gekränkt an. »Ach, Alastair«, sagte ich müde, »Herrgott noch mal, du weißt genauso gut wie ich, was da drüben los ist. Wir sind doch nicht blind, wir sind doch nicht dumm.«

Er goß einen Schluck Tee auf seine Untertasse und schlürfte ihn mit übertrieben gespitzten Lippen; mit solchen Gesten pflegte er seine Klassensolidarität zu demonstrieren; ich fand das aufgesetzt und, leider, auch ein wenig abstoßend.

»Ja, aber wir sind Gläubige«, sagte er lächelnd und schmatzte, und dann lehnte er sich an die verschossene gestreifte Drillichbahn des Liegestuhls zurück und stellte die Tasse samt Untertasse vorsichtig auf seinem kleinen Schmerbauch ab. In seinem Fair-Isle-Westover und den braunen Stiefeln sah er so blasiert aus, daß ich ihm am liebsten eine runtergehauen hätte.

»Du redest ja wie ein Priester«, sagte ich.

Er entblößte seine weit auseinanderstehenden Kaninchenzähne und grinste mich an.

»Komisch, daß du das sagst«, sagte er. »Es kommt nämlich gleich jemand vorbei, der wirklich mal Priester gewesen ist. Er wird dir gefallen.«

»Du vergißt«, sagte ich mürrisch, »daß ich aus einer Familie von Geistlichen komme.«

»Na, da habt ihr ja sicher eine Menge Gesprächsstoff.«

Und im nächsten Moment erschien auch schon Alastairs Bursche, ein unterwürfiger, katzbuckelnder Halbzwerg – Gott, wie ich diese Leute verachte! – und verkündete, es sei Besuch da. Felix Hartmann war ganz in Schwarz: schwarzer Anzug, schwarzes Hemd und, erstaunlich in dieser Umgebung, ein Paar leichte, schmale schwarze Lackschuhe, wie fürs Tanzparkett. Während er über den Rasen kam, um uns zu begrüßen, merkte ich, daß er sein Hinken zu verbergen suchte. Alastair stellte uns einander vor, und wir gaben uns die Hand. Ich würde gern sagen können, daß zwischen uns ein Funke übersprang und jeder freudig erregt die Fähigkeiten des anderen erkannte, doch ich habe den Verdacht, daß entscheidende erste Begegnungen immer erst im Rückblick die Aura des Entscheidenden bekommen. In seinem Händedruck, kurz, zupackend und gleich wieder loslassend, lag weiter nichts als eine milde, nicht völlig unhöfliche Gleichgültigkeit. (Und doch, was für ein seltsames Ritual, dieses Händeschütteln; ich sehe das immer als etwas Symbolisches: feierlich, antiquiert, ein bißchen lächerlich, leicht unanständig und doch, trotz allem, seltsam anrührend.) Felix' sanfte, slawische Augen, toffeefarben – wie das Toffee, das ich an den Winterabenden, wenn ich aus Miss Molyneaux' Schule kam, unter Hetties Anleitung machen durfte, indem ich Zucker in einer Pfanne karamelisieren ließ –, musterten einen Moment lang mein Gesicht, und dann schweifte sein Blick gedankenverloren ins Leere. Er hatte die Taktik, immer ein ganz klein wenig zerstreut zu tun; so hielt er etwa mitten im Satz inne, runzelte die Stirn und gab sich dann einen kaum wahrnehmbaren Ruck und fuhr fort. Auch hatte er die Angewohnheit, sich, wenn man ihn ansprach, egal, wie ernst die Sache war, ganz langsam auf dem Absatz umzudrehen und mit gesenktem Kopf ein paar Schritte fortzuhinken, um dann abgewandt stehenzubleiben, die Hände auf dem Rücken verschränkt, so daß man nie sicher sein konnte, ob er einem noch zuhörte oder bereits in einen weitaus tiefsinnigeren Gedankenaustausch mit sich selbst versunken war. Ich weiß bis heute nicht, ob diese Marotten echt waren oder ob er nur irgendwelche Sachen ausprobierte, eine Probe bei laufender Vorstellung sozusagen, wie ein Schauspieler, der mal kurz in die Gasse verschwindet, um eine besonders schwierige Geste zu üben, während das restliche Ensemble draußen weiterspielt. (Ich hoffe, Miss Vandeleur, Sie wundern sich nicht darüber, daß ich in diesem Kontext das Wort *echt* gebrauche; wenn doch, dann haben Sie nichts von uns und unserer kleinen Welt begriffen.)

»Felix macht in Pelzen«, sagte Alastair kichernd.

Hartmann lächelte matt.

»Du bist mir ein rechter Witzbold, Alastair«, sagte er.

Wir standen verlegen im Gras, denn nun waren wir zu dritt, und es gab nur zwei Liegestühle, und Felix Hartmann betrachtete eingehend seine glänzenden Schuhspitzen. Dann blinzelte Alastair in die Sonne, stellte seine Tasse ab, murmelte, er wolle noch einen Stuhl holen gehen, und trottete los. Hartmann ließ den Blick über die Rosen schweifen und seufzte. Wir lauschten dem Summen des Sommers rings um uns herum.

»Sie sind der Kunstkritiker?« sagte er.

»Eher Historiker.«

»Aber doch Kunst?«

»Ja.«

Er nickte und fixierte einen Punkt unweit meiner Knie.

»Von Kunst verstehe ich etwas«, sagte er.

»Ach ja?« Ich wartete, doch von ihm kam nichts mehr. »Mein besonderes Steckenpferd ist der deutsche Barock«, sagte ich entschieden zu laut. »Kennen Sie diesen Stil eigentlich?«

Er schüttelte den Kopf.

»Ich bin kein Deutscher«, sagte er mit bekümmertem Unterton in der Stimme und nur auf einer Seite gerunzelter Stirn.

Und dann schwiegen wir wieder. Ich überlegte, ob ich ihn vielleicht irgendwie gekränkt hatte oder ihn langweilte, und war ein wenig verärgert; es kann ja schließlich nicht jeder bei einem Scharmützel in den Karpaten verwundet werden. Alastair kam mit einem dritten Liegestuhl zurück, baute ihn umständlich und unter heftigem Fluchen auf und klemmte sich dabei böse den Daumen. Er bot uns an, neuen Tee zu machen, doch Hartmann lehnte ab, wortlos, nur mit einer wegwerfenden Geste der linken Hand. Wir setzten uns. Alastair seufzte zufrieden; Gärtner, die ihr Werk betrachten, haben immer eine besonders ärgerliche Art zu seufzen.

»Schwierige Vorstellung, in Spanien ist der Krieg ausgebrochen«, sagte er, »und wir sitzen hier in der Sonne.« Er faßte Felix' schwarzen Anzugärmel an. »Ist dir nicht heiß, alter Freund?«

»Doch«, sagte Hartmann und nickte wieder mit dieser sonderbaren Mischung aus Gleichgültigkeit und grüblerischem Ernst.

Pause. Die Glocken des King's College begannen zu läuten, die bronzenen Schläge verhallten hoch oben in der schwülen blauen Luft.

»Alastair meint, wir sollten alle nach Spanien gehen und gegen Franco kämpfen«, sagte ich beiläufig und war verdutzt und leicht enerviert, als Hartmann den Blick hob und mich kurz mit eindeutig gespielter Intensität fixierte.

»Und vielleicht hat er ja recht«, sagte er.

Wenn er kein Hunne ist, dachte ich, dann ist er bestimmt Österreicher – irgendwie deutschsprachig jedenfalls; diese ganze Düsternis, dieses Seelenvolle, das konnte nur daher rühren, daß er mit Komposita aufgewachsen war.

Alastair beugte sich mit ernster Miene vor und steckte die Hände zwischen die Knie, eine Haltung, die ihn wie eine an Verstopfung leidende Bulldogge aussehen ließ und bei ihm stets das erste Anzeichen für eine polemische Attacke war. Doch bevor er loslegen konnte, sagte

Hartmann zu mir: »Ihre Kunsttheorie: worin besteht die?«

Seltsam, aus heutiger Sicht, wie normal so eine Frage damals war. Zu der Zeit stellten wir einander ständig solche Fragen, verlangten Erklärungen, Rechtfertigungen; provozierend, verteidigend, attackierend. Herrlich, alles durfte angezweifelt werden. Selbst die dogmatischsten Marxisten unter uns kannten den schwindelerregenden, berauschenden Kitzel, mit dem wir alles, woran wir angeblich glaubten, in Zweifel zogen, mit dem wir unsere ehernen Glaubenssätze wie ein zartes, unglaublich kompliziertes Glasgespinst einem Mitideologen in die glitschigen und womöglich böswilligen Hände fallen ließen. So nährten wir die Illusion, daß Worte Taten wären. Wir waren jung.

»Oje, laß ihn bloß nicht erst anfangen«, sagte Alastair. »Sonst redet er, bis die Kühe von der Weide kommen: Signifikanz der Form, Autonomie des Objektes. Das einzige, woran der glaubt, ist die Nutzlosigkeit der Kunst.«

»Ich bevorzuge das Wort Unbrauchbarkeit«, sagte ich. »Und überhaupt habe ich meine Meinung dazu geändert, wie zu manch anderem auch.«

Einen Augenblick lang herrschte Schweigen, und die Luft schien sich kurz zu verdicken. Ich blickte von einem zum anderen und meinte zu beobachten, wie ein unsichtbares Etwas zwischen ihnen hin- und herging, weniger ein Signal als vielmehr eine Art stummes Zeichen, wie die fast unmerklichen Botschaften, die zwei Ehebrecher einander senden, wenn sie in Gesellschaft sind. Damals war mir dieses Phänomen noch fremd, doch als ich tiefer in die geheime Welt eindrang, wurde es mir immer vertrauter. Es kennzeichnet den Moment, wo eine Gruppe von Eingeweihten mitten in einer banalen Unterhaltung anfängt, einen potentiellen Neuling zu bearbeiten. Es war immer dasselbe: die Pause, ein kurzes Zusammenballen der Luft, dann das übergangslose Wiederaufgreifen des jeweiligen Themas, obschon jeder, sogar das Opfer, sich dessen bewußt war, daß das Thema unwiderruflich gewechselt hatte. Später, als ich selbst ein Eingeweihter war, hat mich dieser kleine heimliche Anflug von spekulativer Aktivität jedesmal zutiefst bewegt. Nichts, was verführerischer, nichts, was spannender sein könnte, ausgenommen natürlich, gewisse Manöver bei der Jagd nach Sex.

Ich wußte, was vor sich ging; ich wußte, ich wurde angeworben. Das war aufregend und alarmierend und ein wenig lächerlich, als ob man beim Qualifikationsspiel der Schulauswahl auf der Ersatzbank sitzt und plötzlich aufs Feld gerufen wird. Es war *amüsant*. Dieses Wort hat heute nicht mehr das Gewicht, das es für uns hatte. Amüsement bedeutete nicht Amüsement, sondern war eine Methode, eine Sache auf ihre Echtheit zu überprüfen, sich ihres Wertes zu versichern. Die meisten ernsten Angelegenheiten amüsierten uns. Das haben die Felix Hartmanns nie verstanden.

»Ja«, sagte ich, »es ist in der Tat so, daß ich früher der Reinheit der Form das Primat gegeben habe. So vieles in der Kunst ist doch bloß anekdotisch, und genau davon fühlt sich der bürgerliche Sentimentalist angesprochen. Ich habe etwas gesucht, das rauh und gewollt ist, wahrhaft lebensecht: Poussin, Cézanne, Picasso. Aber diese neuen Strömungen – dieser Surrealismus, diese unfruchtbaren Abstraktionen –, was hat das mit der tatsächlichen Welt zu tun, in der die Menschen leben, arbeiten und sterben?«

Alastair schlug langsam und geräuschlos die Hände zusammen. Hartmann, nachdenklich in den Anblick meines Fußknöchels vertieft, nahm keine Notiz von ihm.

»Bonnard?« sagte er. Bonnard war damals gerade der letzte Schrei.

»Hausbacken. Sex am Samstagabend.«
»Matisse?«
»Handkolorierte Postkarten.«
»Diego Rivera?«
»Ein wahrer Maler des Volkes, natürlich. Ein großer Maler.«
Er übersah das schmallippige kleine Lächeln, das ich mir nicht verkneifen konnte; ich weiß noch, wie ich Bernard Berenson einmal bei so einem Lächeln ertappt habe, als er, ohne mit der Wimper zu zucken, eine haarsträubende Fälschung falsch attribuiert hat, weil irgend so ein amerikanischer Trottel bereit war, einen fabelhaften Preis dafür zu zahlen.
»So groß wie ... Poussin?« sagte er.
Ich zuckte die Achseln. Er wußte also, wofür ich mich interessierte. Jemand hatte es ihm erzählt. Ich sah Alastair an, doch der war ganz in die Betrachtung seines verletzten Daumens versunken.
»Die Frage stellt sich nicht«, sagte ich. »Komparative Kritik ist im Grunde faschistisch. Unsere Aufgabe« – wie sanft ich die Betonung auf dieses *Unsere* gelegt hatte – »ist es, die progressiven Elemente in der Kunst hervorzuheben. In Zeiten wie den unseren ist das gewiß die erste und wichtigste Aufgabe des Kritikers.«
Abermals vielsagendes Schweigen; Alastair lutschte an seinem Daumen herum, und Hartmann saß da und nickte still vor sich hin, und ich schaute weg, zeigte ihnen mein Profil, ganz proletarische Bescheidenheit und Prinzipienfestigkeit, und war mir sicher, daß ich aussah wie eine Figur im Sockelrelief eines sozialistisch-realistischen Monuments. Merkwürdig, daß die kleinen Unehrlichkeiten immer am heftigsten an den seidenen Fäden des Geistes reißen. Diego Rivera – mein Gott! Alastair beobachtete mich jetzt mit listigem Grinsen.

»Da haben wir's«, sagte er zu Hartmann, »Victor freut sich schon auf die Revolution, dann will er nämlich Kulturminister werden, damit er die gediegenen englischen Privatwohnungen plündern kann.«

»In der Tat«, sagte ich gouvernantenhaft, »ich wüßte nicht, warum Meisterwerke, die unsere Väter in den diversen europäischen Kriegen erbeutet haben, nicht dem Volk zurückgegeben und in einer zentralen Galerie untergebracht werden sollten.«

Alastair beugte sich abermals auf seinem ächzenden Liegestuhl nach vorn und tippte Hartmann aufs Knie. »Siehst du?« sagte er fröhlich. Es war klar, daß er etwas anderes meinte als meine Kuratorenambitionen; er war stolz auf sein Talent, Talente ausfindig zu machen. Doch Hartmann runzelte bloß die Stirn, kurz und gequält, wie ein großer Sänger, wenn sein Pianist einen falschen Ton angeschlagen hat, und ignorierte unseren Gastgeber diesmal ganz unverhohlen.

»Dann«, sagte er langsam zu mir, indem er abwägend den Kopf zur Seite neigte, »sind Sie also ein Gegner der bürgerlichen Auffassung, die Kunst sei Luxus –«

»Ein erbitterter Gegner.«

»– und meinen, daß der Künstler eine klare politische Verpflichtung hat.«

»Wie jeder von uns«, sagte ich, »so muß auch der Künstler seinen Beitrag leisten zur großen Vorwärtsbewegung der Geschichte.«

Oh, ich war schamlos; wie ein ungezogenes Mädchen, das es drauf anlegt, seine Jungfräulichkeit zu verlieren.

»Sonst ...?« sagte er.

»Sonst wird er bedeutungslos, und seine Kunst verkommt zu bloßer Dekoration und selbstverliebter Schwärmerei ...«

Da brach alles ab, kam sachte zum Stillstand, und ich, leicht konsterniert, wurde einfach hängengelassen; ich hatte gemeint, wir wären nicht am Ende dieser interessanten Diskussion, sondern mitten drin. Hartmann sah mir in die Augen, zum ersten Mal, wie mir schien, und schlagartig wurden mir zwei Dinge klar: erstens, daß er diese ganzen markigen Bekundungen meiner politischen Redlichkeit keine Sekunde lang ernst genommen hatte, und zweitens, daß er nicht etwa enttäuscht oder beleidigt war, sondern sich im Gegenteil darüber freute, daß ich ihn belogen oder zumindest das, was als Wahrheit hingehen mochte, behutsam eingefärbt hatte. Ja, das ist schwierig; das ist der springende Punkt, in gewisser Weise. Wer sich einem Glauben nicht mit Leib und Seele hingegeben hat (und ich sage es noch einmal, Miss V., genau so ist es: man *gibt sich ihm hin*, er überkommt einen nicht einfach, er fällt nicht als läuternde Gnade vom Himmel), der wird Mühe haben, zu begreifen, daß sich das Bewußtsein des Gläubigen in lauter verschiedene Schubfächer spalten kann, die lauter verschiedene und widersprüchliche Dogmen enthalten. Und diese Schubfächer sind nicht etwa abgeschlossen, jedes für sich; sie sind wie die Zellen einer Batterie (ich glaube jedenfalls, so funktioniert eine Batterie), durch die der elektrische Strom läuft, von einer Zelle auf die andere überspringt und dabei an Kraft gewinnt und seine Richtung findet. Man füllt die Säure der weltgeschichtlichen Notwendigkeit und das destillierte Wasser der reinen Theorie ein, man verbindet die Pole miteinander, und schon erhebt sich blitzend und zukkend das zusammengeflickte Monster der Ergebenheit, mit krachenden Nähten und äffisch gerunzelter Stirn, mit ruckenden, zeitlupenartigen Bewegungen, vom Operationstisch des Dr. Diabolo. So ist das nämlich, bei Leuten wie uns – Leuten wie Felix Hartmann und mir, meine ich, obwohl vielleicht nicht bei Alastair, der im Grunde naiv war mit seinem naiven Glauben an die

Gerechtigkeit und Unausweichlichkeit der Sache. Und so erkannte Hartmann, als er mich an jenem Tag in Cambridge im zitronengelb-blauen Licht von Psyches sonnenflimmerndem Garten ansah, während achthundert Kilometer südlich von uns die Geschütze der Falangisten feuerten, so also erkannte er, daß ich genau das war, was er brauchte: härter als Alastair, gefügiger als Boy, ein Kasuist, der die ideologische Haarspalterei bis ins Unendliche trieb – mit anderen Worten, ein Mann, der dringend einen Glauben brauchte (*Wer könnte frommer sein als ein in die Knie gezwungener Skeptiker* – Zitat Querell), und folglich gab es weiter nichts zu sagen. Hartmann mißtraute den Worten, für ihn war es eine Sache der Ehre, nie ein Wort mehr zu sprechen, als unbedingt nötig war.

Plötzlich stand Alastair auf und räumte mit großem Getue die Teetassen ab, umständlich bemüht, uns ja nicht auf die Zehen zu treten, und dann zog er brummend von dannen, oder besser, er marschierte los, irgendwie verprellt, und trug das Tablett hoch erhoben und geradezu anklagend vor sich her: ich nehme an, er war auch ein bißchen in Felix verliebt – wahrscheinlich mehr als bloß ein bißchen –, und nun, nachdem seine Kuppelei so schnell zum Erfolg geführt hatte, war er wohl eifersüchtig. Hartmann jedoch schien kaum Notiz davon zu nehmen, daß er ging. Er beugte sich angespannt vor, den Kopf gesenkt, die Ellbogen auf die Knie gestützt, die Hände aneinandergelegt (es ist ein Zeichen wahrer Anmut, wenn jemand in einem Liegestuhl sitzen kann, ohne dabei wie ein inkommodierter Frosch auszusehen). Einen Augenblick später blickte er mich kurz von der Seite an und lächelte schief und seltsam barbarisch.

»Sie kennen natürlich Boy Bannister«, sagte er.
»Natürlich, den kennt doch jeder.«

Er nickte, immer noch mit diesem wilden Grinsen, das einen seiner Augenzähne aufblitzen ließ.

»Er fährt demnächst nach Rußland«, sagte Hartmann. »Höchste Zeit, daß er seine Illusionen über das Sowjetsystem verliert.« Hartmann hatte jetzt einen richtigen Wolfsblick. »Hätten Sie nicht Lust, ihn zu begleiten? Ich könnte das arrangieren. Wir – sie – haben dort eine Menge Kunstschätze. In öffentlichen Galerien, selbstverständlich.«

Wir lachten beide gleichzeitig, wobei mir irgendwie nicht ganz wohl war. Aus meinem Munde mag sich das merkwürdig anhören, aber die Komplizenschaft, die durch solche Dinge angedeutet wird – das leise Lachen auf beiden Seiten, der rasche Händedruck, das versteckte Augenzwinkern – kommt mir immer ein wenig ungehörig vor und beschämend, wie eine kleine Verschwörung gegen eine Welt, die insgesamt viel offener und anständiger ist, als ich oder mein heimlicher Komplize je sein werden. Im Grunde sind mir die Mietlinge und Schlägertypen, mit denen ich später zu tun hatte, viel lieber gewesen als dieser Felix Hartmann mit seinem finsteren Charme und seiner eleganten Zudringlichkeit, Leute wie der arme Oleg Kropotzki, zum Beispiel, mit seinen furchtbaren Anzügen und seinem teigigen, verkommenen Babygesicht; die machten wenigstens kein Hehl aus der Häßlichkeit dieses Kampfes, in dem wir ungleiche Gegner waren. Doch das war viel später, vorläufig war die geile Jungfrau noch in der Kußphase und ihre Jungfräulichkeit noch unversehrt. Ich lächelte zurück, lächelte Felix Hartmann ins Gesicht und sagte mit nicht ganz aufrichtig empfundener Unbekümmertheit ja, ein paar Wochen in den Armen von Mütterchen Rußland wären vielleicht genau das Richtige, um mich in meiner ideologischen Haltung zu bestärken und meine solidarische Verbundenheit mit der Arbeiterklasse zu festigen. Da wurde sein Blick wachsam – in puncto Ironie waren die Genossen immer etwas schwach auf der Brust –, und er betrachtete abermals mit nachdenklicher Miene seine glänzenden Schuhspitzen und fing an, ernsthaft über seine Erlebnisse im Krieg gegen die Weißen zu reden: die niedergebrannten Dörfer, die vergewaltigten Kinder, den alten Mann, den er an einem regnerischen Abend irgendwo auf der Krim ans eigene Scheunentor genagelt fand und der noch lebte.

»Ich habe ihn ins Herz geschossen«, sagte er, indem er mit Finger und Daumen eine Pistole andeutete und lautlos abdrückte. »Weiter konnte man nichts mehr für ihn tun. Ich seh die Augen immer noch im Traum.«

Ich nickte, und nun betrachtete auch ich grimmig meine Schuhspitzen, um zu zeigen, wie sehr ich mich meiner spaßhaften Bemerkung über die Heilige Mutter Rußland schämte; doch direkt unter der Oberfläche meiner Ernsthaftigkeit lauerte ein heiseres, schändliches Lachen, wie ein böser, lustiger kleiner Gnom, der sich in meinem Innern kringelte, die Hand vorm Mund, mit aufgeblähten Backen und boshaft funkelnden Wieselaugen. Nicht etwa, daß ich die Schrecken des Krieges komisch gefunden hätte; das war nicht der Grund für dieses Lachen, das ich mir nur mühsam verkneifen konnte. Und vielleicht ist Lachen auch das falsche Wort. Was ich in solchen Momenten empfand – und derer sollte es noch viele geben: feierliche, wortlose, bedeutungsschwangere Momente –, war so etwas wie Hysterie, die zu gleichen Teilen aus Ekel, Scham und einer erschreckenden Heiterkeit bestand. Ich kann das nicht erklären – oder vielleicht könnte ich es und will nur nicht. (Man kann auch zuviel über sich selbst wissen, das ist mir klargeworden.) Jemand, wenn ich doch bloß noch wüßte, wer, hat einmal irgendwo etwas von einem freudig-erwartungsvollen Entsetzen geschrieben, das ihn im Konzertsaal überkommt, wenn das Orchester mitten in einer Melodie knirschend innehält und der Virtuose den Arm zurückzieht und sich anschickt, seinen Bogen ins bebende Herz der Kadenz zu stoßen. Der das geschrieben hat, war natürlich ein Zyniker, und ich als Marxist (bin ich überhaupt noch Marxist?) müßte ihn eigentlich verdammen, aber ich weiß genau, was er meint, und spende ihm insgeheim Beifall für seine boshafte Ehrlichkeit. Glaube ist eine schwierige Sache, und der Abgrund ist immer da, direkt unter unseren Füßen.

Alastair kam zurück. Als er Hartmann und mich in ein, wie man – vielleicht nicht ganz unzutreffenderweise – meinen mochte, stummes Zwiegespräch versunken sah, wurde er erst richtig wütend.

»Na«, sagte er, »habt ihr über die Zukunft der Kunst entschieden?«

Als wir beide nicht antworteten – Hartmann blickte mit leerer, düsterer Miene zu ihm auf, als versuchte er sich zu erinnern, wen er vor sich hatte –, ließ er sich in seinen Liegestuhl fallen, der mit lautem, gequältem Ächzen protestierte, verschränkte trotzig die kurzen, gedrungenen Arme und starrte zornig auf einen Strauch mit muschelrosafarbenen Rosen.

»Was meinst du, Alastair?« sagte ich. »Mr Hartmann –«

»Felix«, sagte Hartmann sanft, »bitte.«

»– hat mir eine Rußlandreise angeboten.«

Alastair hatte etwas an sich – diese Mischung aus nicht ganz überzeugender Bärbeißigkeit und beinahe mädchenhafter Zaghaftigkeit, ganz zu schweigen von den eisenbeschlagenen Stiefeln und dem groben Tweed –, das einen unwiderstehlich dazu herausforderte, ihn schlecht zu behandeln.

»Ach?« sagte er. Er sah mich nicht an, sondern verschränkte die Arme nur noch krampfhafter, und das

Rosa der Rosen schien unter seinem zornfunkelnden Blick eine Nuance dunkler zu werden. »Wie interessant für dich.«

»Ja«, sagte ich vergnügt, »ich fahre mit Boy zusammen.«

»Und ein paar anderen«, murmelte Hartmann und betrachtete seine Fingernägel.

»So, so, mit Boy?« sagte Alastair und versuchte sich an einem häßlichen kleinen Lachen. »Der wird bestimmt dafür sorgen, daß sie euch schon am ersten Abend in Moskau verhaften.«

»Ja«, sagte ich leicht ernüchtert (*andere? – was denn für andere?*), »wir werden uns sicher sehr gut amüsieren.«

Hartmann inspizierte immer noch seine Fingernägel.

»Wir organisieren euch natürlich Fremdenführer und so weiter«, sagte er.

Ja, Genosse Hartmann, natürlich tut ihr das.

Sagte ich schon, daß wir alle drei gequalmt haben wie die Schlote? Damals hat jeder geraucht; wo man ging und stand, war man in Wolken von Tabakrauch gehüllt. Es gibt mir immer einen Stich, wenn ich heute, im Zeitalter des Puritanismus, zurückdenke an das watteaueske Filigran dieser hauchzarten graublauen Schwaden, die wir allenthalben in die Luft bliesen und die an Dämmerung und taufeuchtes Gras erinnerten und an Schatten, die sich unter hohen Bäumen zusammenballen – obschon man bei der Pfeife, die Alastair paffte, eher an die Keramikfabriken im Norden von Staffordshire denken mußte als an Versailles.

»Ich würde auch gern nach Rußland fahren«, sagte Alastair, jetzt nicht mehr wütend, sondern mit Wehmut in der Stimme. »Moskau, der Newski Prospekt ...«

Hartmann hustete.

»Vielleicht«, sagte er, »ein andermal ...«

Alastair machte einen kleinen, schlenkernden Satz, als ob der Drillich seines Liegestuhls sich plötzlich in ein Trampolin verwandelt hätte.

»Aber, ich bitte dich, alter Freund«, sagte er, »ich hab doch nicht gemeint ... ich meine, ich ...«

Wann genau war es geschehen, überlegte ich, wann war der Moment gewesen, als Hartmann und ich uns stillschweigend gegen den armen Alastair verbündet hatten? Oder hatte nur ich das getan? – Ich weiß gar nicht, ob Hartmann überhaupt fähig war, noch einen Gedanken an jemanden oder etwas zu verschwenden, sobald der betreffende Mensch oder die Sache nicht mehr im Mittelpunkt seines Interesses stand. Ja, wahrscheinlich drehte ich allein dort meine einsamen Pirouetten, ein Nijinski der Eitelkeit und der miesen kleinen Gehässigkeiten. Ich will das alles nicht überbewerten, aber ich kann trotzdem nicht umhin, mich zu fragen, ob die Enttäuschung, die Sykes an jenem Nachmittag erlitten hat – kein Ritt im Galopp durch die Steppen, keine ernsten Gespräche mit den schwielenhändigen Söhnen der Scholle, kein Spaziergang über Moskauburgs Newski Prospekt mit einem hübschen, verweichlichten Priester an der Seite –, ob nicht diese Enttäuschung ein gar nicht mal so kleines Steinchen zu dem beständig wachsenden Berg von Kummer beigetragen hat, der Alastair, auch Psyche genannt, zwanzig Jahre später unter sich begraben sollte, als er in seinem muffigen Zimmer auf dem Bett hockte und einen vergifteten Apfel kaute. Ich habe es schon einmal gesagt, und ich werde es auch noch öfter sagen: der kleine Verrat macht einem das Herz am schwersten.

»Sagen Sie«, fragte ich Hartmann, als Alastair aufgehört hatte, auf den Sprungfedern seiner Verlegenheit herumzuhüpfen, »wie viele fahren denn?«

Ich hatte auf einmal die schreckliche Vision, zusammen mit schuppenflechtigen städtischen Beamten, verknöcherten alten Jungfern aus den Midlands mit Pelzkappen und walisischen Bergarbeitern mit Stoffmützen, die uns abends im Hotel nach dem Festessen aus Borschtsch und Bärentatzen mit lustigen Rundgesängen unterhielten, durch eine Traktorenfabrik geführt zu werden. Glauben Sie ja nicht, Miss Vandeleur, daß Marxisten, zumindest solche meines Schlages, gesellig sind. Lieben kann man den Menschen nur in der Menge und aus gehöriger Entfernung.

Hartmann lächelte und zeigte mir seine unschuldig nach oben gekehrten Handflächen.

»Keine Sorge«, sagte er. »Bloß ein paar Leute. Sie werden sie interessant finden.«

Das sicher nicht.

»Parteileute?« fragte ich.

(Ach, übrigens, Miss V., nicht wahr, Sie wissen doch, daß ich nie in der Partei gewesen bin? Keiner von uns. Nicht einmal in Cambridge, in meiner – hier stelle man sich ein ironisches Lächeln vor – Sturm- und Drangzeit, hat die Frage der Mitgliedschaft je zur Debatte gestanden. Die Apostel waren uns Partei genug. Wir waren schon Geheimagenten, ehe wir etwas von der Komintern gehört hatten oder ein sowjetischer Anwerber kam und uns Schmeicheleien ins Ohr blies.)

Hartmann schüttelte, immer noch lächelnd, den Kopf und senkte sachte die dunkelumschatteten, langwimprigen Lider.

»Einfach ... Leute«, sagte er. »Sie können mir vertrauen.«

Ah, Vertrauen: das ist nun ein Wort, über das ich ein, zwei Seiten vollschreiben könnte, über seine Bedeutungsskala, die Abstufungen, die Nuancen, die es, je nach Bedarf, annehmen oder abschütteln kann. Ich habe zu meiner Zeit so manch einem argen Schurken vertraut, Leuten, von denen man nur hoffen kann, daß man sie nie kennenlernt, und gleichzeitig gab es Dinge in meinem Leben, und ich rede nicht von Sünden, die ich nicht einmal meinem eigenen Vater anvertraut hätte. Wenn man darüber einen Moment nachdenkt, wird man sehen, daß ich in dem Punkt gar nicht soviel anders war als andere Menschen, die weitaus weniger Geheimnisse mit sich herumtragen als ich damals. Würden Sie, teuerste Miss Vandeleur, dem Admiral etwa erzählen, was sich bei Ihnen und Ihrem jungen Mann in Golders Green nachts unter Deck abspielt? Wenn ich im Leben eins gelernt habe, dann das, daß es bei diesen Dingen nichts Absolutes gibt, weder beim Vertrauen noch beim Glauben oder bei sonst etwas. Und das ist auch gut so. (Nein, ich bin wohl kein Marxist mehr.)

Über uns, am traumblauen Zenit, brummte geschäftig ein winziges silbernes Flugzeug. Ich dachte an Bomben, die auf die weißen Städte Spaniens fallen, und war, genau wie Alastair vorhin, erschüttert ob der kaum zu begreifenden Inkongruenz der Zeit und der Umstände; wie konnte ich hiersein, während dort das alles passierte? Und doch war ich nicht imstande, Mitgefühl für die Opfer zu empfinden; ferne Tode haben kein Gewicht.

Alastair wollte die Rede auf Irland und die Sinn Fein bringen, wurde aber ignoriert und schmollte wieder, verschränkte abermals die Arme und starrte wütend vor sich hin, als wollte er die armen Rosen am Strauch zum Welken bringen.

»Sagen Sie mal«, wandte ich mich an Hartmann, »wie haben Sie das eigentlich gemeint, als Sie sagten, es sei an der Zeit, daß Boy seine Illusionen über den Marxismus verliert?«

Hartmann hatte eine ganz eigene Art, die Zigarette zu halten, in der Linken, zwischen Mittel- und Ringfinger und auf den Daumen gestützt, so daß es, wenn er sie zum Mund führte, aussah, als ob er nicht rauchen, sondern einen kleinen Schluck aus einer dünnen, weißen Phiole nehmen wollte. Eine kerzengerade Rauchfahne, genauso silbergrau wie das inzwischen verschwundene Flugzeug, schwebte seitwärts von uns weg ins pulsende Mittagslicht.

»Mr Bannister ist ein ... ein wichtiger Mann, wollen wir mal sagen«, erwiderte Hartmann vorsichtig und blinzelte ins Leere. »Er hat ausgezeichnete Verbindungen. Seine Familie, seine Freunde –«

»Seine Liebhaber, nicht zu vergessen«, sagte Alastair mürrisch und bedauerte es, wie ich sehen konnte, im selben Augenblick. Wieder nickte Hartmann lächelnd mit gesenkten Lidern und beachtete ihn nicht weiter.

»Für uns ist er von Vorteil – ich bin sicher, Sie verstehen mittlerweile, wen ich meine, wenn ich *uns* sage? – für uns ist es von Vorteil, daß er sich mühelos in jeder Gesellschaft bewegen kann, von der Admiralität bis runter zu den Kneipen im East End. Das ist wichtig in einem Land wie diesem, in dem die Klassenschranken so enorm sind.« Er richtete sich abrupt auf und ließ die Hände auf die Knie fallen. »Deshalb haben wir etwas mit ihm vor. Das ist natürlich eine langfristige Aktion. Und als erstes, das ist wirklich das Wichtigste, muß man sehen, daß er seine früheren Überzeugungen abgelegt hat. Verstehen Sie?« Ich verstand. Ich sagte nichts. Er sah mich an. »Sie haben Zweifel?«

»Ich könnte mir vorstellen«, sagte Alastair mit bemüht schelmischem Unterton in der Stimme, »daß es Victor, genau wie mir, schwerfällt, Boy die Disziplin zuzutrauen, die man für eine Verstellungsaktion, wie du sie im Sinn hast, braucht.«

Hartmann schürzte die Lippen und inspizierte die Asche an seiner Zigarette.

»Vielleicht«, sagte er milde, »kennt ihr ihn ja nicht so gut, wie ihr denkt. Er ist ein vielseitiger Mensch.«

»Wie wir alle«, entgegnete ich.
Felix nickte überaus höflich.
»Aber ja doch. Deswegen sind wir ja hier« – was heißen sollte, deswegen bin *ich* ja hier – »und führen dieses wichtige Gespräch, das jeder Uneingeweihte einfach nur für eine harmlose Plauderei dreier zivilisierter Herren an einem schönen Sommertag in diesem reizenden Garten halten würde.«
Seine mitteleuropäische Öligkeit ging mir plötzlich ungeheuer auf die Nerven.
»Gehöre *ich* denn zu den Eingeweihten?« fragte ich.
Er drehte langsam den Kopf und musterte mich von unten nach oben.
»Ich vertraue darauf, daß Sie dazugehören«, sagte er. »Oder dazugehören *werden* ...«
Schon wieder dieses Wort: Vertrauen. Und doch konnte ich diesem verhangenen, bedeutungsschweren Blick nicht widerstehen. Schlank, schwarzgekleidet, die bleichen Priesterhände vor sich gefaltet, saß er im Sonnenschein und beobachtete mich weniger, als daß er mich bewachte, wartete auf ... auf was? Darauf, daß ich mich ihm ergab? Flüchtig, erschrocken, begriff ich, wie es wäre, eine Frau zu sein, die er begehrt. Mir rutschte der Blick weg, eine Sekunde lang war meine Selbstbeherrschung ins Schlingern geraten, ich wischte mir emsig ein nicht vorhandenes Stäubchen vom Jackenärmel und sagte mit einer Stimme, die in meinen Ohren wie ein verunglücktes Krächzen klang: »Ich hoffe, Ihr Vertrauen ist nicht fehl am Platze.«
Hartmann lächelte und ließ sich entspannt und mit zufriedener Miene wieder in seinen Liegestuhl fallen, und ich wandte das Gesicht ab, denn ich hatte plötzlich einen Kloß im Hals und war schrecklich verlegen. Ja, wie trügerisch leicht sie doch sind, die wirklich entscheidenden Schritte, die wir im Leben tun.

»Ihr Schiff geht in drei Wochen vom Londoner Hafen«, sagte er. »Amsterdam, Helsinki, Leningrad. Es ist die *Liberation*. Guter Name, finden Sie nicht auch?«

\*

Ein guter Name für eine schlechte Sache. Die *Liberation* war ein flacher, stumpfnasiger Frachter, der Masseleisen, was immer das sein mag, für die volkseigenen Hüttenwerker geladen hatte. Die Nordsee war rauh, eine wogende Wüste aus lehmfarbenen Wellen, jede halb haushoch, durch die das kleine Schiff sich ächzend und schnaufend hindurchkämpfte wie ein eisernes Schwein, das mit der Schnauze im Trog wühlt und mit seinem unsichtbaren Ringelschwänzchen wedelt. Unser Käpten war ein ausladender Holländer mit schwarzem Bart, dessen Karriere in Indien angefangen hatte, wo er einer Beschäftigung nachgegangen war, die sich für mich, seinen zwar farbigen, aber bewußt vage gehaltenen Schilderungen nach zu urteilen, verdächtig nach Sklavenhandel anhörte. Von der Sowjetunion redete er mit jovialem Abscheu. Seine Mannschaft, ein kunterbuntes Durcheinander der verschiedensten Rassen, war ein liederlicher Haufen von lichtscheuen Gesellen, die wie Piraten aussahen. Boy konnte sein Glück kaum fassen; den größten Teil der Reise verbrachte er unter Deck und wechselte bei jeder Wache Koje und Beischläfer. Aus dem Schiffsbauch drang dann immer trunkenes Gejohle und, deutlich zu hören, Boys laute Stimme, wenn er Seemannslieder sang und nach Rum schrie. »Nein, diese Schmutzfinken!« krächzte er selig, wenn er barfuß und mit roten Augen aufs Passagierdeck kam, um auf Zigaretten- und Nahrungssuche zu gehen. »Ich weiß, wovon ich rede!« Ich habe immer gestaunt, was Boy sich alles herausnehmen durfte. Trotz seines schändlichen

Treibens auf dieser Reise blieb er der Lieblingsgast an Käpten Kloos' Tisch, und sogar noch, als sich einer der jüngeren Matrosen, ein Friese, der sich nach seinem Mädel verzehrte, über ihn beschwerte, wurde die Sache vertuscht.

»Das macht eben sein berühmter Charme«, sagte Archie Fletcher säuerlich. »Aber eines Tages ist er alt und fett und klapprig, und dann nützt der ihm auch nichts mehr.«

Fletcher, selbst ein reizloser Hetero, paßte unsere ganze Gesellschaft nicht; für eine von der Komintern handverlesene Delegation, die die Speerspitze ihres englischen Kundschafterfeldzugs sein sollte, waren wir ihm viel zu lustig. (Ja, Miss V., ich meine Sir Archibald Fletcher, der heute eine der übelsten Giftspritzen des rechten Toryflügels ist; sind wir nicht vielseitig, wir Ideologen?) Mit von der Partie waren auch zwei Dons aus Cambridge – Pfeife, Kopfschuppen, Wollschals –, die ich flüchtig kannte; außerdem Bill Darling, ein Soziologe von der London School of Economics, der, wie selbst ich damals schon erkennen konnte, für einen Spion viel zu neurotisch und zu reizbar war, und ein ziemlich blasierter junger Aristokrat namens Belvoir, derselbe Toby Belvoir, der in den sechziger Jahren seinen Adelstitel ablegte, damit er ins Kabinett der Labourregierung kam, ein Akt sozialistischer Vasallentreue, für den er mit irgendeinem zweitrangigen Ministerposten, für Sport oder so, belohnt wurde. Da waren wir also, ein Kahn voller in die Jahre gekommener Knaben, die in den Herbststürmen durch den Skagerrak in die Ostsee schipperten und ausgezogen waren, die Zukunft aus erster Hand zu erleben. Ich brauche Ihnen nicht zu sagen, daß ich dabei das *Narrenschiff* von einem anonymen Meister des Mittelalters vor mir sehe mit wogenden Brechern und einem stilisierten Delphin, der durch die Wellen springt, und unsere Gesellschaft, angetan mit wallenden Gewändern und komischen Hüten, drängt sich auf dem Achterdeck, den Blick nach Osten, was Hoffnung und Entschlossenheit symbolisieren soll und, ja, auch Unschuld.

Ich weiß, diese meine erste und letzte Rußlandreise hätte eines der prägenden Erlebnisse meines Lebens sein sollen, und vielleicht war sie es sogar, und doch sind meine Erinnerungen daran merkwürdig verschwommen, wie die Züge einer verwitterten Statue; die Konturen sind noch da, der Eindruck von Bedeutsamkeit und steinerner Schwere: nur die Einzelheiten sind größtenteils weg. Petersburg war natürlich eine Überraschung. Wenn ich den Blick über diese hehren Prospekte schweifen ließ (armer Psyche!), hatte ich immer das Gefühl, vom Schall der Trompeten umgeben zu sein, die ein kaiserliches Großereignis ankündigten: die Kriegserklärung oder den Beginn des Friedens. Jahre später, als die Genossen mich zum Überlaufen drängten, verbrachte ich eine schlaflose Nacht damit, den Verlust des Louvre gegen den Gewinn der Eremitage abzuwägen, und ich kann Ihnen sagen, die Wahl war schwerer, als ich mir hätte träumen lassen.

Moskau war nicht gerade reich an architektonischen Herrlichkeiten, die von den Menschen auf den unglaublich breiten, graupelgrauen Straßen ablenken konnten. Das Wetter war für die Jahreszeit zu kalt, ein Wind, der schon den schneidenden Frost des nahenden Winters spüren ließ. Man hatte uns auf Mangel vorbereitet, und obwohl die schlimmste Hungersnot auf dem Lande schon vorüber war, fiel es selbst den größten Enthusiasten unter uns schwer, in den Gesichtern dieser geduckten Masse nicht die Zeichen von Entbehrung und dumpfer Angst zu sehen. Ja, Miss V., ich kann es ruhig sagen: Stalins Rußland war furchtbar. Doch wir glaubten, daß das, was dort passierte, nur ein Anfang war, verstehen Sie. Man muß den Zeitfaktor bedenken, wenn man uns und unsere Politik begreifen will. Da wir in die Zukunft blickten, konnten wir der Gegenwart mit Nachsicht begegnen. Und außerdem, man mußte sich entscheiden; wenn wir an den glorreichen Monumenten von Peters Venedig des Nordens vorbeidefilierten oder uns schlaflos in unseren schäbigen Betten im Novomoskovskaja wälzten oder, auf dem Weg gen Süden, nach Kiew, wie betäubt von soviel Ödnis, aus dem trüben Fenster eines schlingernden Eisenbahnwaggons kilometerweit nichts als leere Felder sahen, vernahmen wir im Geiste fern im Westen schwach, aber unüberhörbar, das Stampfen und das Waffenklirren exerzierender Heere. Hitler oder Stalin: hätte das Leben einfacher sein können?

Und dann die Kunst. Hier, sagte ich mir, hier ist die Kunst zum erstenmal seit der italienischen Renaissance ein öffentliches Medium geworden, zugänglich für jedermann, eine Lampe, die selbst das bescheidenste Leben erleuchtet. Mit Kunst meinte ich selbstredend die Kunst der Vergangenheit: über den sozialistischen Realismus breitete ich taktvoll den Mantel des Schweigens. (Ein Aphorismus: *Der Kitsch verhält sich zur Kunst wie die Physik zur Mathematik – als deren technische Verwerfung.*) Doch können Sie sich meine Erregung angesichts der Möglichkeiten vorstellen, die sich mir in Rußland zu eröffnen schienen? Die Kunst befreit fürs gemeine Volk – Poussin fürs Proletariat! Hier wurde eine Gesellschaft errichtet, die die Gesetze der Ordnung und der Harmonie, nach denen die Kunst funktioniert, auf ihre eigenen Mechanismen anwenden würde; eine Gesellschaft, in der der Künstler nicht mehr länger Dilettant oder romantischer Rebell, Paria oder Parasit wäre; eine Gesellschaft, deren Kunst zum erstenmal seit dem Mittelalter wieder wirklich tief im Alltagsleben verwurzelt wäre. Welch eine Aussicht für einen Geist, der so sehr nach Gewißheit dürstete wie meiner!

Ich kann mich an eine Diskussion erinnern, die ich am letzten Abend, bevor wir in Leningrad anlegten, mit Boy über dieses Thema hatte. Ich sage Diskussion, aber eigentlich hielt Boy wieder mal einen seiner Vorträge, denn er war betrunken und in Tyrannisierlaune, als er seine, wie er es hochtrabend nannte, »Theorie vom Verfall der Kunst im bürgerlichen Wertesystem« verkündete, die ich beileibe nicht zum erstenmal von ihm hörte und die er, wenn ich mich nicht irre, größtenteils von einem Exiltschechen geklaut hatte, einem Professor für Ästhetik, den er für die BBC interviewt hatte, dessen Akzent aber so undurchdringlich war, daß das Gespräch nicht gesendet werden konnte. Eine nicht sehr originelle Theorie, die in der Hauptsache aus groben Verallgemeinerungen über den Glanz der Renaissance und die humanistische Selbsttäuschung der Aufklärung bestand und letztendlich auf die These hinauslief, daß in unserer Zeit allein der totalitäre Staat dazu legitimiert sei, sich zum Sachwalter der Künste zu erklären. Ich habe das natürlich geglaubt – glaube es immer noch, auch wenn Sie das überrascht –, doch an jenem Abend, aufgeputscht, nehme ich an, durch den holländischen Gin und den schneidenden Nordwind, empfand ich es als albernes Gewäsch, und das sagte ich auch. Also wirklich, ich war nicht bereit, mich von jemandem wie Bannister belehren zu lassen, schon gar nicht über Kunst. Er hielt inne und sah mich wütend an. Er hatte wieder diesen glubschigen Froschblick – dicke Lippen, dicker denn je, hervortretende, leicht schielende Augen –, den die Kombination von Alkohol und Polemik stets bei ihm erzeugte. Hemdsärmelig und im Schneidersitz saß er am Fußende meiner Koje, mit baumelnden Hosenträgern, der Hosenstall halb offen; seine großen Füße waren nackt und schmutzverkrustet.

»Bin wohl in dein Gebiet eingedrungen, was?« lallte er finster. »Eingeschnappt, der alte Vic?«

»Du weißt nicht, wovon du redest, das ist das Problem«, erwiderte ich.

Er zog es, wie so oft, wenn er angegriffen wurde, vor, nicht zu kämpfen. Sein finster-blutunterlaufener Blick wurde etwas sanfter und verschwand schließlich ganz.

»Amerika«, sagte er nach einer Weile und nickte bedächtig. »Amerika, verdammt, das ist der wahre Feind. Kunst, Kultur und so weiter: nichts. Amerika wird das alles wegfegen, in den Mülleimer damit. Du wirst schon sehn.«

Ein riesiger molkefarbener Mond – der, wie mir auffiel, verblüffende Ähnlichkeit mit Boys großem, bleichem Kopf und seiner verquollenen Visage hatte – schaukelte leise im Bullauge hinter seiner Schulter. Der Wind hatte sich gelegt, die Nacht war ruhig, es wehte nur eine ganz leichte, milde Brise. Selbst jetzt, um Mitternacht, war der Himmel an den Rändern immer noch hell. Ich habe seit jeher eine Schwäche für Seefahrerromantik.

»Und was ist mit den Deutschen?« fragte ich. »Findest du die etwa nicht gefährlich?«

»Ach, die Deutschen«, brummte er und zog trunken die Schultern hoch, übertrieben hoch. »Gegen die müssen wir natürlich kämpfen. Erst schlagen sie uns, und dann werden sie von den Amerikanern geschlagen, und fertig ist die Laube. Die Amis schlucken uns, wir werden einfach ein Yankee-Bundesstaat.«

»Der Ansicht ist Querell auch.«

Er fuhr mit seiner großen schmutzigen Hand durch die Luft.

»Querell – pfff!«

Die Schiffssirene ging; Land in Sicht.

»Und dann natürlich Rußland«, sagte ich.

Er nickte langsam und ernst.

»Tja, das ist doch die einzige Hoffnung, nicht wahr, alter Freund?« Ich muß hinzufügen, daß Boy und ich bei dieser Fahrt von Anfang an ein wenig auf Distanz waren. Ich glaube, Boy hatte sich geärgert, als er erfahren mußte, daß ich ihn auf so einer entscheidenden Reise begleiten sollte. Er hatte wohl gedacht, außer ihm würde niemand von unserem Kreis zu den Erwählten gehören. Jetzt sah er mich an, mürrisch und argwöhnisch und mit gerunzelten Brauen. »Meinst du etwa nicht, daß das die einzige Hoffnung ist?«

»Selbstverständlich.«

Wir schwiegen eine Weile, hielten uns an unseren mit Gin gefüllten Zahnputzgläsern fest, und dann sagte Boy in allzu beiläufigem Ton:

»Hast du einen Kontakt in Moskau?«

»Nein«, antwortete ich und war sofort auf der Hut. »Wie meinst du das?«

Er zog abermals die Schultern hoch.

»Ach, ich hab mich bloß gefragt, ob Hartmann dir wohl einen Namen gegeben hat oder so was. Du weißt doch: einen Kontakt. Nichts dergleichen?«

»Nein.«

»Hmm.«

Er brütete bedrückt vor sich hin. Boy hatte eine Schwäche für das ganze Drum und Dran der Geheimdienstwelt, Decknamen, tote Briefkästen und so weiter. Aufgewachsen mit Buchan und Henty, war das Leben für ihn so etwas wie ein altmodischer Thriller, in dem er durch die völlig unlogische Handlung jagte und weder Tod noch Teufel fürchtete. In diesen Phantasien war er natürlich stets der Held und nie der Schurke in den Diensten einer fremden Macht.

Eigentlich hatte er gar keinen Grund, bedrückt zu sein. Denn sobald wir in der Hauptstadt angekommen waren – panzergrauer Himmel, große, ansteigende, gespenstisch von häßlichen, unproportionierten Statuen bevölkerte Freiflächen, und dauernd dieser eisige Wind, der einem in die Wangen schnitt, als ob man eine Handvoll Glassplitter ins Gesicht kriegte –, glänzte er einen ganzen Nachmittag lang durch Abwesenheit, und als er zum Abendessen wieder auftauchte, sah er unerträglich selbstzufrieden aus. Als ich ihn fragte, wo er gewesen sei, grinste er nur, tippte sich mit dem Finger an die Nase, schaute fröhlich-angewidert auf seinen Teller und sagte laut: »O Gott, soll das etwa was zu essen sein? Sieht ja aus wie schon mal gegessen.«

Auch ich wurde herausgehoben. Es war an unserem letzten Abend in Moskau. Ich war auf dem Weg zurück ins Hotel, nachdem ich den größten Teil des Tages im Kremlpalast gewesen war. Wie immer, wenn ich lange Zeit mit Bildern (oder eine Stunde mit einem Jungen im Bett) verbracht habe, war ich wie benommen und ein bißchen wacklig auf den Beinen, so daß ich das Auto, das im Schrittempo neben mir herzuckelte, zuerst gar nicht wahrnahm. (Wirklich, so haben die das gemacht; das hatten sie wohl aus den Hollywoodfilmen, die sie so schrecklich liebten.) Und dann, der Wagen fuhr noch, ging plötzlich die Tür auf, und ein dünner, hochgewachsener junger Mann im enggegürteten, knöchellangen schwarzen Ledermantel sprang forsch auf den Gehsteig und marschierte rasch mit steifen Armen auf mich zu, wobei seine Hacken so heftig aufs Pflaster knallten, daß die Steine beinah Funken geschlagen haben müssen. Er trug einen weichen Filzhut und schwarze Lederhandschuhe. Er hatte ein schmales, hartes Gesicht, aber große, sanfte, bernsteinfarbene Augen, bei deren Anblick ich, unpassenderweise, an den warmen, verschmitzten Blick meiner Stiefmutter denken mußte. Ein heißer Angstschauer kroch mir den Rücken hoch. Der Mann sprach mich in grobem, lallendem Ton an – für mich hörten sich alle Russen wie Betrunkene an –, und ich wollte ihm gerade aufgeregt erklären, daß ich seine Sprache nicht verstand, da merkte ich, daß er Englisch sprach, oder jedenfalls so was Ähnliches. Ob ich bitte mitkommen würde. Er habe ein Auto. Er zeigte auf den Wagen, der inzwischen angehalten hatte und mit laufendem Motor dastand, zitternd wie ein überhitztes Pferd.

»Das da ist mein Hotel«, sagte ich laut und dümmlich. »Ich wohne hier.« Ich zeigte auf den Marmoreingang, wo der Portier stand, ein Grobian mit blauem Kinn und dreckiger brauner Uniform, und uns mit wissendem Lächeln beobachtete. Ich habe keine Ahnung, welche Rettung ich mir davon versprach. »Mein Paß ist in meinem Zimmer«, sagte ich; das hörte sich an, als ob ich es aus einem Sprachführer ablesen würde. »Ich kann ihn holen, wenn Sie es wünschen.«

Der Ledermann lachte. Hier muß ich nun etwas über jenes Lachen sagen, das so typisch war für die sowjetischen Funktionäre, besonders aber für die höheren Sicherheitsoffiziere. Es reichte vom kurzen, abgehackten Kichern des Ledermanns bis hin zum Ziehharmonikaquietschen der Leute ganz oben, aber im Grunde war es immer das gleiche Lachen, egal, wo man es hörte. Es war anders als das freudlose Schnarren des Gestapomanns oder das fette Glucksen des chinesischen Folterknechts. In diesem Lachen lag eine echte, wenn auch finstere Lustigkeit, fast könnte man sagen, so etwas wie gedämpfte Freude. Schon wieder einer, schien es zu sagen, schon wieder so ein armer Irrer, der meint, er würde was bedeuten in der Welt. In der Hauptsache aber bestand es aus einer Art gelangweiltem Überdruß. Wer so lachte, der hatte alles gesehen, Aufgeblasenheit und Bombast in jeder Form, jeden gescheiterten Versuch, schönzutun und sich lieb Kind zu machen; hatte all das gesehen und hatte auch die Demütigungen gesehen, die Tränen, hatte das Winseln um Gnade gehört und die auf dem Rückweg über die Steinplatten klackenden Absätze und das Zuschlagen der Zellentüren. Ich übertreibe. Ich meine, ich übertreibe, was meinen damaligen Scharfblick angeht. Dieses Lachen in seine einzelnen Bestandteile zu zerlegen, das gelingt mir erst jetzt, im Rückblick.

Das Auto, ein großer, schwarzer, häßlicher und ziemlich hoher Kasten, hatte eine gewisse Ähnlichkeit mit den Broten, die wir als Kinder Doppeldecker nannten, das Dach war gewölbt, die Schnauze lang und eingekerbt. Der Fahrer, fast noch ein Knabe, löste, ohne sich nach mir umzusehen, die Bremse, eine Sekunde bevor ich saß, ich flog gegen das Polster und blieb mit wackelndem Kopf und angstverkrampftem Herzen in einer Ecke dieses Käfigs hocken, während wir in schlingerndem, aber rücksichtslosem Tempo die breite Allee entlangschossen. Der Ledermann nahm den Hut ab und behielt ihn steif auf dem Schoß. Seine kurzen, hellen Haare waren naß von Schweiß, so daß ich die rosa Kopfhaut durchschimmern sah, und standen, durch den Hut geformt, kegelartig nach oben ab, was beinah rührend war. Unterm linken Ohrläppchen klebte etwas angetrockneter, mit strohfarbenen Bartstoppeln gesprenkelter Rasierschaum. In der Windschutzscheibe türmten sich Gebäude auf, riesengroß, ohne Gesicht und, in meinen Augen, immer bedrohlicher werdend, um hinter uns lautlos wieder unterzugehen.

»Wohin bringen Sie mich?« fragte ich.

Das hätte ich mir sparen können. Der Ledermann saß stocksteif da und beobachtete mit lebhaftem Interesse die vorübersausende Kulisse, als wäre er der Gast, nicht ich. Ich lehnte mich zurück – die Polster rochen nach Schweiß und Zigarettenrauch und nach etwas, das an Pisse erinnerte – und verschränkte die Arme. Eine seltsame Ruhe hatte von mir Besitz ergriffen. Mir war, als schwebte ich einen Viertelmeter über mir, getragen von der Vorwärtsbewegung des Wagens, wie ein Vogel von einem warmen Aufwind. Wie gern würde ich glauben, daß das ein Zeichen von Tapferkeit im Geiste war, aber im wesentlichen war es wohl doch nur Gleichgültigkeit. Oder ist Gleichgültigkeit bloß ein anderes Wort für Tapferkeit? Endlich verließen wir die Straße und fuhren über einen holprigen Platz, die Reifen bollerten und quietschten, ich sah die Zwiebeltürme im stahlgrauen Abendlicht glänzen und stellte mit Entsetzen und mit einem unerwarteten, ahnungsvollen Kitzel fest, daß man mich zum Kreml zurückbrachte.

Allerdings nicht in die Kunstgalerie. Schleudernd kamen wir in einem verwinkelten Hof zum Stehen, und während der knabenhafte Fahrer – der auch ein kleinwüchsiger alter Mann gewesen sein könnte – sitzenblieb und mir weiter ungerührt seinen Hinterkopf zuwandte, sprang der Ledermann aus dem Wagen, kam in Schräglage zu mir rübergerannt und riß, noch ehe ich selber den Griff gefunden hatte, meine Tür auf. Ich stieg seelenruhig aus und fühlte mich dabei ein bißchen wie eine ältere, einstmals große Dame, die mit dem Taxi nach Ascot kommt. Als hätte die Berührung meines Fußes mit dem Kopfsteinpflaster einen verborgenen Mechanismus ausgelöst, flog im selben Moment eine schwere, hohe Flügeltür vor mir auf, und ich blinzelte in einen expressionistisch und irgendwie klebrig anmutenden Kegel von elektrischem Licht. Ich zögerte und drehte den Kopf, ich weiß auch nicht, warum – vielleicht eine letzte, hilflose Suche nach einem Ausweg –, und blickte an den hohen, mit dunklen Fenstern versehenen Wänden der umstehenden Gebäude hinauf, die sich nach vorn zu neigen schienen, direkt auf mich zu, sah den Himmel, zart, fahl und ohne Tiefe, an dem ein einsamer kristallklarer Stern stand, wie ein Stern auf einer Weihnachtskarte, wie der Stern von Bethlehem, und mit seiner dolchartigen Spitze auf einen der Zwiebeltürme zeigte, und in dem Moment erkannte ich mit erschreckender Schärfe und Deutlichkeit, daß ich im Begriff war, aus meinem bisherigen Leben auszusteigen und mich in ein anderes zu begeben. Da sprach eine Stimme mit starkem Akzent und großer Herzlichkeit: »Professor Maskell, bitte sehr!«, und ich drehte mich um und sah einen kleinen, lebhaften Mann mit Stirnglatze in einem schlechtsitzenden, bis oben zugeknöpften Dreiteiler; er trat von der Tür her auf mich zu und streckte mir seine dicken kleinen Hände entgegen. Mit seinem Bärtchen, das wie ein Schmutzfleck über der Oberlippe saß, seinem unheilvoll-onkelhaften Lächeln und den kleinen, schwarzen, glänzenden Murmelaugen glich er aufs Haar dem alternden Martin Heidegger. Diese Augen starr auf die meinen geheftet, griff er mit beiden Händen nach meiner Hand und drückte sie inbrünstig. »Willkommen, Genosse, willkommen«, sagte er mit bewegter Stimme, »willkommen im Kreml!« Und dann wurde ich hineingebeten und spürte ein Kribbeln im Rücken, als ob jener Stern vom Himmel gefallen wäre und mir seine Dolchspitze zwischen die Schulterblätter gestoßen hätte.

Muffige Korridore, trübes Licht, und in jeder zweiten Tür stand irgendwer – Funktionäre in ausgebeulten Anzügen, Angestellte in formlosen Strickjacken, angejahrte Frauen, die wie Sekretärinnen aussahen –, und alle hatten sie dasselbe besorgte Lächeln wie Heidegger und nickten mir stumm und aufmunternd zu, als ob ich unterwegs wäre, um eine Auszeichnung in Empfang zu nehmen. (Jahre später, als ich durch den Palast geleitet wurde, um vor Mrs W. und ihrem Schwert niederzuknien, hatte ich so etwa das gleiche Gefühl.) Heidegger ging neben mir, hielt mich am Oberarm fest und murmelte mir rasch etwas ins Ohr. Er sprach lupenreines Englisch – auch ein unheilvolles Zeichen –, hatte aber einen so starken Akzent, daß ich kaum verstehen konnte, was er sagte, ganz abgesehen davon, daß ich viel zu aufgeregt und zu beklommen war, um richtig hinzuhören. Wir kamen zu einer weiteren hohen Flügeltür – ich merkte, daß ich vor lauter Nervosität im Kopf ein paar Takte Mussorgski vor mich hin summte –, und der Ledermann, der uns lässig mit dem Hut in der Hand gefolgt war, trat rasch nach vorn und stieß sie wie ein Haremswächter, mit eingezogenem Kopf und steif ausgestreckten Armen, auf, und dann standen wir in einem riesigen, sehr, sehr hohen, braungetünchten Saal, an dessen Decke – gleichsam eine monströse parodistische Vervielfältigung des Sterns, den ich draußen im Hof gesehen hatte – ein gewaltiger Kronleuchter hing. Zwergenhafte Menschen, so jedenfalls wirkten sie, standen auf dem Parkett herum und hielten sich verlegen an ihren leeren Gläsern fest; als wir eintraten, drehten sich alle zu uns herum, und im ersten Augenblick schien es, als wollten sie Beifall klatschen.

»Sehen Sie«, flüsterte Heidegger mir entzückt und triumphierend ins Ohr, als ob der Saal und die Leute, die ihn bevölkerten, ganz allein sein Werk wären und ich an seinen Kräften gezweifelt hätte. »Ich werde Sie jetzt vorstellen ...«

Schlag auf Schlag lernte ich den Sowjetischen Kulturkommissar und seine Gattin kennen, den Bürgermeister von irgendeiner Stadt, die auf »owsk« endete, einen weißhaarigen Richter mit vornehmen Gesichtszügen, an dessen Namen ich mich aus den Berichten über die

Schauprozesse zu erinnern meinte, sowie eine kräftige, streng dreinblickende junge Frau, mit der ich mich ein paar Minuten unterhielt und von der ich irrtümlicherweise glaubte, sie sei ein hohes Tier im Ministerium für Wissenschaft und Technik, die sich aber dann als die mir für den Abend zugedachte offizielle Dolmetscherin erwies. Ich bekam ein Glas süßlichen rosa Champagner in die Hand gedrückt – »georgisch« hatte die Gattin des Kulturkommissars gesagt und angewidert das Gesicht verzogen –, was das Signal zum allgemeinen Nachschenken war, und als die Kellner dann wie Erste-Hilfe-Sanitäter mit ihren Flaschen herumgingen, löste sich die Spannung, und der Saal war von freudig-erleichtertem Gemurmel erfüllt.

Plaudern. Langeweile. Schmerzende Kiefermuskeln vom ewigen Lächeln. Neben mir steht angespannt meine Dolmetscherin, die im Kampf mit dem bestimmten Artikel ins Schwitzen gekommen ist und tapfer die Sätze übereinanderstapelt wie lauter große, sperrige Kartons. Die Wortkanonaden, mit denen sie sich immer wieder einmischt, helfen der Verständigung ebensosehr, wie sie ihr im Wege stehen. Ich kann mich des Eindrucks nicht erwehren, eine unglaublich rüde Person am Hals zu haben, für deren Benehmen ich mich eigentlich bei den Leuten entschuldigen müßte, die sich verzweifelt bemühen, auch einmal zum Zuge zu kommen, während sie wie aufgezogen schnattert. Für kurze Zeit rettet mich ein watschelnder Riese mit Hornbrille vor ihr, der mir seine große, eckige, behaarte Hand auf den Arm legt und mit mir in eine Ecke geht, wo er sich erst mal kurz nach beiden Seiten umsieht, um dann in seine Brusttasche zu greifen und – großer Gott, was soll denn das – eine dicke, abgegriffene lederne Brieftasche herauszuholen, der er ehrfürchtig einen Packen eselsohriger Fotos entnimmt, auf denen, wie ich mir zusammenreime, seine Frau und ein erwachsener Sohn von ihm zu sehen sind; er zeigt sie mir und guckt schweigend zu, wie ich sie bewundere, wobei er vor lauter Rührung leise keucht. Die Frau trägt ein bedrucktes Kattunkleid und dreht das Gesicht schüchtern halb von der Kamera weg; der junge Mann mit dem Bürstenschnitt hat die Arme vor der Brust verschränkt, als ob er in einer Zwangsjacke stecken würde, und blickt streng und wachsam ins Objektiv, ein Sohn der Revolution.

»Sehr hübsch«, sage ich hilflos und nicke wie eine Puppe. »Ist Ihre Familie heute abend auch hier?«

Er schüttelt den Kopf und schluckt ein Schluchzen runter.

»Verloren«, sagt er schleppend und zeigt mit dem Finger auf den Sohn. »Weg.«

Ich glaube, ich will gar nicht wissen, was er damit meint.

Da taucht Heidegger lautlos wieder neben mir auf – ein richtiger Leisetreter, dieser Heidegger –, und die Fotos werden hastig weggesteckt, und ich werde auf die andere Seite des Saals geführt, wo eine Tür aufgeht, die ich für einen Teil der Wandtäfelung gehalten hatte, und dann kommt abermals ein Korridor mit trübem Licht, und plötzlich hämmert mir das Herz bis zum Halse, denn auf einmal bin ich felsenfest davon überzeugt, daß ich jetzt IHM begegnen werde. Doch ich habe mich geirrt. Am Ende des Korridors befindet sich ein Büro oder ein Arbeitszimmer – großer Schreibtisch, Lampe mit grünem Schirm, Regale voller Bücher, die nie ein Mensch gelesen hat, auf einem Gestell in der Ecke ein Fernschreiber, der zwar gerade untätig ist, aber angespannt seines nächsten Einsatzes harrt –, ein Raum wie der, in dem im Film der bedeutende Mann verschwindet und es seiner geschickten Gattin überläßt, die Gäste zu unterhalten, während er einen ungeheuer wichtigen

Telefonanruf erledigt, seidener Anzug, finstere Miene, Zigarette, und durch die halbgeöffnete Tür fällt Licht herein (ja, ich bin früher oft ins Kino gegangen, als die Filme noch schwarzweiß waren; mein Patrick war ein großer Cineast und hatte sogar eine Zeitschrift abonniert, die, wenn ich mich recht entsinne, *Picturegoer* hieß und die ich mitunter flüchtig durchgeblättert habe). Ich glaube, der Raum sei leer, bis ein Mann aus dem Schatten hervortritt, der ebenfalls klein und dicklich ist und auch eine Halbglatze hat und Heideggers älterer Bruder sein könnte. Er trägt einen von diesen eckigen, glänzenden Anzügen, die aussehen, als würden sie eigens für die Sowjetfunktionäre hergestellt, und eine Brille, die er, als er es merkt, schnell abnimmt und in seine Jackentasche gleiten läßt, als ob sie ein schmähliches Zeichen von Schwäche und Dekadenz wäre. Der Mann muß ziemlich einflußreich sein, denn ich merke, daß Heidegger neben mir leise zittert, wie ein Hürdenläufer, der auf den Startschuß wartet und seiner Aufregung Herr zu werden sucht. Auch diesmal erfahre ich nicht, mit wem ich es zu tun habe, und Genosse Nadelstreifen macht keine Anstalten, mir die Hand zu reichen, schenkt mir aber ein von raschem Kopfnicken begleitetes, überschwenglich begeistertes Lächeln, das mir sagt, er kann kein Englisch. Dann entledigt er sich mit schneller, rollender Stimme und in, wie ich erraten kann, wohlgesetzten, blumigen Worten einer längeren Grußadresse. Wieder fällt mir auf, daß sich die Russen, wenn sie reden, nicht nur betrunken anhören, sondern überdies so aussehen, als würden sie eine heiße Kartoffel im Mund hin und her schieben. Übrigens genau wie die einfachen Leute in dem Teil Irlands, in dem ich aufgewachsen bin; ich spiele kurz mit dem aberwitzigen Gedanken, diese – jedenfalls für mich – interessante Übereinstimmung als Beweis für die sich von den Glens von Antrim bis zu den Hängen des Ural erstreckende grundsätzliche Klassensolidarität anzuführen. Der Nadelstreifen bringt seine Ansprache mit einem bravourös trillernden Wortschwall zu Ende, macht eine kleine steife Verbeugung und tritt selbstzufrieden wie ein Musterschüler, der vor der ganzen Schule einen Vortrag halten durfte, einen Schritt zurück. Verhängnisvolles Schweigen senkt sich über die Szene. Ich spüre es in meinem Bauch zwacken und grummeln, Heideggers Schuhe knarzen. Der Nadelstreifen hebt die Augenbrauen, lächelt und nickt abermals, leicht ungeduldig. Und da begreife ich zu meinem Entsetzen: er erwartet eine Antwort.

»Äh«, stammele ich, »ja, also, äh«. Pause. »Ich bin –« Meine Stimme droht überzukippen; ich reiße mich zusammen und sage in brummelndem Bariton: »Ich bin außerordentlich stolz und es ist mir eine große Ehre, hier an diesem historischen Ort zu weilen, der so viele unserer Hoffnungen birgt. Die Hoffnungen von so vielen von uns.« Es geht ganz gut; allmählich entkrampfe ich mich. »Der Kreml –«

Da bringt mich Heidegger zum Schweigen, indem er nach meinem Arm greift und ihn zwar nicht unfreundlich, aber doch eindeutig warnend drückt. Er sagt etwas auf Russisch, worauf der Nadelstreifen ein leicht pikiertes Gesicht macht, aber dennoch zum Schreibtisch geht und aus einer Schublade eine Wodkaflasche und drei winzige Gläser hervorholt, die er auf der Tischplatte aufreiht und mit zitternder Sorgfalt bis zum Rand vollgießt. Ich nippe vorsichtig und zucke zusammen, als mir der kalte, silbrige Feuerstoß durch die Gurgel rinnt. Die beiden Russen hingegen rufen irgendwas und kippen ihre Gläser gleichzeitig runter, wobei sie rasch den Kopf in den Nacken werfen, so daß man ihre Halssehnen knakken hört. Bei der dritten Runde guckt Heidegger mich an und schreit mit schelmischem Lächeln: »Auf König

George den Sechsten!«, und da verschlucke ich mich an meinem Wodka, und man muß mir auf den Rücken klopfen. Damit ist die Audienz beendet. Die Wodkaflasche wird wieder weggeräumt, zusammen mit den ungespülten Gläsern, und der Nadelstreifen verbeugt sich noch einmal und gleitet aus dem Lampenlicht zurück in den Schatten, als ob er Rollen unter den Füßen hätte, während mich Heidegger erneut am Arm nimmt und hastig zur Tür dirigiert, wobei er sich so dicht an meiner Seite hält, daß mir sein hefiger Atem die Wange streichelt. Der große Saal mit dem eisig drohenden Kronleuchter ist jetzt leer; keine Spur mehr von dem Fest, bis auf den süßlichen Champagnergeruch, der immer noch in der Luft hängt. Heidegger sieht zufrieden aus, ob über den Erfolg der Veranstaltung oder über die Gründlichkeit, mit der sie beendet wurde, vermag ich nicht zu sagen. Wir gehen über den muffigen Korridor zurück zur Eingangstür. Aufgeregt flüsternd gurrt er mir ins Ohr, daß er schon mal in Manchester war. »So eine schöne, schöne Stadt. Die Getreidebörse! Die Free Trade Hall! Herrlich!« An der Tür lümmelt der Ledermann herum; er erwartet uns und hat den Hut immer noch nicht wieder aufgesetzt. Heidegger, der mit seinen Gedanken schon ganz woanders ist, schüttelt mir die Hand, lächelt, macht einen Diener und – habe ich richtig gehört? – schlägt die Hacken zusammen, und dann schiebt er mich hinaus in die schimmernde Nacht, wo mein einer Stern, mein Talisman, unter Myriaden von seinesgleichen untergetaucht ist.

\*

Die Rückfahrt war erheblich lustiger als die Hinfahrt. Sie fing nicht gerade vielversprechend an: wir wurden mit einem Militärflugzeug nach Leningrad gebracht und fuhren dann mit dem Zug weiter nach Helsinki.

Finnland roch nach Fisch und Föhren. Mir war elend. Wir bestiegen ein englisches Kreuzfahrtschiff, das von einer Rundreise durch die baltischen Häfen kam. An Bord trafen wir ein paar Bekannte aus London, darunter auch die Schwestern Lydon, schrullig wie eh und je und mit jener leichten Aura von Verruchtheit, von der ich immer argwöhnte, sie hätten sie eigentlich gar nicht verdient. Es gab auch eine Jazzband, und abends nach dem Essen tanzten wir in der Cocktail Lounge, und Sylvia Lydon legte ihre kühle Hand in meine und drückte sich mit ihren spitzen kleinen Brüsten an mein Hemd, und ein, zwei Abende lang sah es so aus, als würde sich da etwas anspinnen, aber es passierte nichts. Tagsüber gingen die beiden Dons aus Cambridge, die sich auf der ganzen Reise trotz fundamentaler akademischer Meinungsverschiedenheiten – irgendwie ging es um die Hegelsche Geschichtsauffassung – ausschließlich miteinander abgegeben hatten, bei jedem Wetter mit ihren Pfeifen und ihren Schals an Deck auf und ab, während Boy in der Bar saß, den Kellnern Anträge machte und politische Streitgespräche mit dem jungen Lord Belvoir führte, dessen stärkster Eindruck von Rußland das deutliche Gefühl gewesen war, im Schatten der Guillotine zu wandeln, was seiner Begeisterung für die Sache empfindlich Abbruch getan hatte. Das brachte Boy in Verlegenheit; normalerweise wäre er jedem Anzeichen von Abtrünnigkeit mit einer Flut von Argumenten und Ermahnungen begegnet, doch nachdem er sich auf Anraten von Felix Hartmann selber desillusioniert über das Sowjetsystem zeigen sollte, mußte er ein ausgeklügeltes verbales Versteckspiel spielen, und man konnte sehen, wie sehr ihn das anstrengte.

»Verflucht noch mal, was treibt dieser Bannister eigentlich?« wollte Archie Fletcher wissen, und sein kleines rosiges Gesicht war ganz verzerrt vor Empörung.

»Das ist der Schock«, sagte ich. »Einen Schlafwandler soll man eben nicht aufwecken, nicht wahr.«

»Was? Was soll denn das heißen, verflucht noch mal?« Archie hatte mich noch nie leiden können.

»Der Traum ist aus für ihn. Er hat die Zukunft gesehen, und sie funktioniert nicht. Empfinden Sie das nicht auch so?«

»Nein, ich empfinde das, verflucht noch mal, nicht so.«

»Nun ja«, sagte ich mit einer müden Geste des Bedauerns, »ich schon.«

Archie starrte mich giftig an und zog ab. Boy, vor Verzweiflung schwitzend, zwinkerte mir gequält hinter dem Rücken des jungen Belvoir zu.

Ich habe nie erfahren, wer dieser Heidegger und sein großer Bruder waren. Boy konnte mir auch nicht weiterhelfen. Ich hatte angenommen, an dem Nachmittag, als er durch Abwesenheit geglänzt hatte, wäre auch er von dem Ledermann geschnappt und zu ihnen gebracht worden, doch das bestritt er. (»Aber nein, alter Junge«, sagte er mit höhnischem Unterton, »die, mit denen ich geredet hab, das waren garantiert *viel* höhere Tiere.«) Jahr für Jahr suchte ich die Zeitungsfotos mit den Politbüromitgliedern auf der Tribüne bei der Maiparade ab – vergebens. Hin und wieder klaffte in den Reihen der breiten Köpfe und der freundlich winkenden Hände eine Lücke, und dann überlegte ich: hatte dort der Nadelstreifen gestanden, hatte man ihn mit der Spritzpistole gelöscht? Nach dem Krieg nutzte ich sogar die Gelegenheit, ein paar zermürbend langweilige Empfänge zu Ehren sowjetischer Delegationen im Außenministerium oder im Palast zu besuchen, immer in der Hoffnung, dort eine bekannte, inzwischen noch größer gewordene Halbglatze oder einen ergrauten Zahnbürstenschnurrbart zu erspähen. Es war aussichtslos. Die zwei waren weg, als hätte man sie einzig zu dem Zweck in die Welt gesetzt, meine feierliche Einführung in das Mysterium vorzunehmen, und sich ihrer dann stillschweigend und gründlich entledigt. Ich fragte Felix Hartmann nach ihnen aus, doch der zuckte nur die Achseln; Felix spürte selber schon den Hauch der Spritzpistole im Gesicht. Wenn ich in den Jahren, in denen ich als Agent tätig war, an dieses ominöse Pärchen dachte, überkam mich jedesmal ein leichtes Angstzittern, wie wenn sich bei einer fernen, unhörbaren Explosion ein kurzer Schlag in der Luft ausbreitet.

Insgeheim war ich genauso froh, daß ich Rußland hinter mir lassen konnte, wie Lord Belvoir, obwohl mich der Gedanke schmerzte, daß ich nie mehr die Poussins in der Eremitage wiedersehen würde oder die Cézannes im Puschkinmuseum – oder, ja, auch die anonyme, ergreifende und zugleich stoische Ikone, die düster im hintersten Winkel einer Kirche an einer Kreuzung inmitten riesiger abgeernteter Kornfelder irgendwo südlich von Moskau geleuchtet hatte, einem winzigen Kirchlein, in dem ich untergetaucht war, nachdem ich es geschafft hatte, unserem Intourist-Reiseführer an einem sonnigen, windigen Morgen für eine halbe Stunde zu entwischen. Das kleine weiße Schiff, das wir in Helsinki bestiegen hatten, mit seinem Jazzgeglitzer und seinen klirrenden Gläsern und dem harten, hellen, unbekümmerten Lachen der Lydon-Mädchen, dieses Schiff war das Vorzimmer zu einer Welt, die ich, das wußte ich in der Tiefe meines Herzens, niemals würde aufgeben wollen. Rußland, begriff ich, war am Ende; was wir für einen Anfang gehalten hatten, war in Wirklichkeit das Ende, denn schließlich kann auch ein Leichenschmaus wie eine Party aussehen. O ja, sagte ich mir, wahrscheinlich wird die Revolution Erfolg haben, wird zum Erfolg gemacht werden – ich mußte an das grimmige kleine Lachen des Ledermanns denken –, aber trotzdem war das Land dem Untergang geweiht. Es hatte zuviel Geschichte durchgemacht. Im Schiffssalon hing eine eingerahmte Europakarte an der Wand, vor der ich eines Abends gelangweilt stehenblieb, und da fand ich, daß die Sowjetunion eigentlich aussah wie ein großer alter sterbender Hund, der mit hängendem Kopf nach Westen blinzelt und rotzend und sabbernd sein letztes Gebell ausstößt. Boy wäre empört gewesen, doch im Gegensatz zu ihm brauchte ich die Desillusionierung nicht zu heucheln, wenn ich an Rußland dachte. Sie werden lachen, Miss Vandeleur (falls Sie das überhaupt können, denn ich habe noch nie gehört, wie Sie lachen), aber während wir durch die immer winterlicher werdenden Wellen der Ostsee pflügten, habe ich erkannt, daß ich – genau wie Boy, genau wie wir alle – in Wahrheit nichts weiter war als ein altmodischer Patriot.

Ich kam zurück aus Rußland in einen rauchigen englischen Herbst und fuhr sogleich nach Cambridge. In den Fens war es trübe und naß; feiner Nieselregen fiel auf die Stadt wie ein silbernes Gespinst. Meine weißgetünchten Zimmer sahen mürrisch und unzufrieden aus, schienen mir gleichsam die kalte Schulter zu zeigen, als ob sie wüßten, wo ich gewesen war und was ich dort getrieben hatte. Ich hatte diese Jahreszeit immer geliebt, dieses Gefühl von wiederauflebender Erwartung, mit dem sich soviel besser umgehen läßt als mit dem Frühling, der immerfort blinden Alarm schlägt, jetzt aber empfand ich die Aussicht auf den Winter auf einmal als bedrückend. Ich hatte meinen langen Essay über die Poussin-Zeichnungen in Windsor fertig und konnte mir nicht verhehlen, daß er schwach und trocken geraten war. Ich frage mich oft, ob meine Entscheidung, das Leben eines Gelehrten zu führen – wenn man von einer Entscheidung sprechen kann –, das Resultat einer tiefgreifenden seelischen Armut war oder ob die Verknöcherung, die, wie ich manchmal argwöhne, das einzige ist, was mich als Gelehrten ausweist, eine unvermeidliche Folge dieser Entscheidung war. Was ich meine, ist folgendes: hat das Streben nach Exaktheit und einer, wie ich immer sage, *richtigen Erkenntnis der Dinge* die Glut der Leidenschaft in mir erstickt? Die Glut der Leidenschaft: da hört man den verhinderten Romantiker heraus.

Das habe ich wohl gemeint, als mich Miss Vandeleur am Anfang fragte, warum ich Spion geworden bin, und ich ihr, ehe ich noch recht darüber nachgedacht hatte, geantwortet habe, im Grunde sei es ein frivoler Impuls gewesen: eine Flucht vor der Langeweile und ein Suchen nach Zerstreuung. Ein aktives Leben, blindlings handeln, den Geist betäuben, danach habe ich mich immer gesehnt. Und doch war es mir nicht gelungen, klar zu definieren, was Handeln für mich bedeutet – bis Felix Hartmann kam und das Problem gelöst hat.

»Betrachten Sie es einfach«, sagte er ruhig, »als eine andere Form der wissenschaftlichen Arbeit. Sie sind doch ein erfahrener Forscher; also forschen Sie für uns.«

Wir saßen im Fox in Roundleigh. Er war nachmittags mit dem Auto von London raufgekommen und hatte mich in meiner Wohnung abgeholt. Ich hatte ihn nicht hereingebeten, teils aus Schüchternheit, teils aus Mißtrauen – Mißtrauen mir selbst gegenüber. Die kleine Welt, die ich um mich herum errichtet hatte – meine Bücher, meine Graphiken, mein Bonington, mein *Tod des Seneca* –, war ein zerbrechliches Gebilde, und ich fürchtete, daß es Felix' forschendem Blick nicht unbeschadet würde standhalten können. Sein Wagen war unerwartet elegant, flach und schnittig, mit Speichenrädern und beunruhigend neugierig dreinblickenden, kugelförmigen Scheinwerfern, über deren mit Regentropfen gesprenkelte Chromwangen unsere gekrümmten, leicht zitternden Spiegelbilder huschten, als wir darauf zugingen. Auf dem Rücksitz lag ein Haufen Nerzmäntel; die glänzenden Felle schimmerten irgendwie unheilvoll, wie ein großes, weiches, braunes, totes, ausgeblutetes Raubtier, das man dort hinten hineingeworfen hatte, ein Yak oder ein Yeti oder wie das heißt. Als Hartmann sah, wie ich sie betrachtete, seufzte er düster und sagte: »Geschäfte.« Der Schalensitz empfing mich mit einer kräftigen Umarmung. In der Luft hing ein warmer, weiblicher Geruch nach Parfum; Hartmanns Liebesleben war genauso ein Geheimnis wie seine Spionagetätigkeit. Er raste mit über sechzig Sachen Dauertempo, was damals entsetzlich schnell war, durch die regenglatten Straßen, schlitterte über das Kopfsteinpflaster und hätte beinahe einen meiner Graduierten überfahren, der gerade vorm Peterhouse über die Straße ging. Außerhalb der Stadt verloren sich die Felder im dunstig-trüben Dämmerlicht. Ich sah aus dem Fenster in den Regen und die düsteren Schattenbündel, die rechts und links zur Seite flogen, während sich unsere immer heller werdenden Scheinwerfer durch sie hindurchfraßen, und plötzlich wallte Heimweh in mir auf, und eine unbändige Woge von Schmerz begrub mich unter sich; das Ganze dauerte eine Sekunde und verflüchtigte sich dann ebenso schnell wieder, wie es gekommen war. Als am nächsten Morgen das Telegramm eintraf, in dem stand, daß mein Vater tags zuvor seinen ersten Herzinfarkt gehabt hatte, fragte ich mich schaudernd, ob ich etwa intuitiv gespürt hatte, daß er in Not war, ob sich etwa dort draußen auf der nassen Straße der Gedanke an Irland und zu Hause just in dem Augenblick in mein Herz gestohlen hatte, in dem das seine stehenzubleiben drohte, und meines also in gewisser Weise auch einen kleinen Infarkt erlitten hatte. (Was bin ich doch für ein unverbesserlicher Solipsist!)

Hartmann war an jenem Tag in einer merkwürdigen Stimmung, einer Art schwelender, aufgestörter Euphorie – neuerdings, wo soviel von Drogen die Rede ist, frage ich mich manchmal, ob er vielleicht süchtig war –, und brannte darauf, Einzelheiten über meine Pilgerreise nach Rußland zu erfahren. Ich versuchte, Begeisterung zu heucheln, doch mir entging nicht, daß ich ihn enttäuschte. Während ich erzählte, wurde er immer unruhiger, spielte am Schalthebel herum und trommelte mit den Fingern aufs Lenkrad. Wir kamen an eine Kreuzung, wo er den Wagen schlingernd zum Stehen brachte, ausstieg, sich, umwabert von dunkelsilbernen Regenschwaden, die Fäuste in den Manteltaschen, mit bebenden Lippen mitten auf die Straße stellte und sich nach allen Seiten umsah, wie jemand, der verzweifelt einen Fluchtweg sucht. Wegen seines kranken Beines stand er etwas schief da, so daß es aussah, als stemmte er sich schräg gegen einen heftigen Sturm. Ich wartete beklommen und wußte nicht, was ich tun sollte. Als er zurückkam, blieb er eine ganze Weile sitzen und starrte durch die Windschutzscheibe; er wirkte plötzlich matt und wie ausgehöhlt. Über die Schultern seines Mantels spannte sich ein feines Netz aus Regentropfen, filigran wie Spitze. Ich roch die durchnäßte Wolle. Dann fing er hektisch an, davon zu sprechen, wieviel er riskierte, wie er unter Druck war, hielt aber immer wieder abrupt inne, seufzte ärgerlich und starrte hinaus in den Regen. Das alles paßte so gar nicht zu ihm.

»Niemandem kann ich vertrauen«, murmelte er. »Keinem Menschen.«

»Aber von uns haben Sie doch gewiß nichts zu befürchten«, sagte ich besänftigend, »von Boy oder Alastair, Leo – mir.«

Er sah weiter in die sich verdichtende Dunkelheit, als ob er mich nicht gehört hätte, doch dann schrak er auf.

»Was? Nein, nein, ich meine doch nicht euch. Ich meine« – er machte eine Geste – »die da drüben.« Ich mußte an den Ledermann und seinen gesichtslosen Fahrer denken und erinnerte mich mit nicht ganz erklärlichem Schaudern an die angetrocknete Rasierseife unterm Ohrläppchen des Ledermanns. Hartmann lachte kurz auf; es hörte sich an wie Husten. »Vielleicht sollte ich überlaufen«, sagte er, »was halten Sie davon?« Und das war wohl nur halb als Scherz gemeint.

Danach fuhren wir weiter nach Roundleigh und parkten auf dem Dorfplatz. Inzwischen war es ganz dunkel geworden, und die Straßenlaternen unter den Bäumen leuchteten weiß im feinen Regen, wie große, triefende Samenkapseln. Das Fox – ob es wohl noch steht? – war damals ein hohes, wackliges, verwinkeltes Haus mit einem Pub und einem Eßlokal, und oben gab es ein paar Zimmer, in denen hin und wieder ein Handlungsreisender oder ein heimliches Liebespärchen übernachtete. Die Decken hatten durch den uralten Zigarettenrauch eine wunderschöne Färbung angenommen: ein gelblichbrauner Ton mit einem Hauch von Geißblattrosa. An den Wänden waren in Glasvitrinen Fische ausgestellt, und unter einer gläsernen Glocke prangte ein ausgestopftes Fuchsjunges. Ich sah, daß Hartmann all das einfach hinreißend fand; er hatte eine Schwäche für den englischen Kitsch – wie diese Leute alle. Noakes, der Wirt, war ein dicker Grobian mit fleischigen Armen, breitem Backenbart und einer Stirn, die gefurcht war wie ein schlecht gepflügtes Feld; er erinnerte mich an einen Faustkämpfer vom Anfang des 19. Jahrhunderts, ein Typ wie die Raufbolde, mit denen sich Lord Byron hier und da herumgeprügelt haben mag. Er hatte eine zänkische, neugierige kleine Frau, die ihn vor allen Leuten ankeifte und die er, hieß es, wenn sie alleine waren, schlug. Jahrelang, bis der Krieg ausbrach, haben wir das Fox als Treffpunkt und toten Briefkasten benutzt und mitunter sogar Konferenzen mit Leuten von der Botschaft oder Agenten aus dem Ausland dort abgehalten, doch wenn wir aufkreuzten, tat Noakes jedesmal so, als ob er uns noch nie gesehen hätte. Nach dem sardonischen Grinsen zu schließen, mit dem er hinter seinen Bierhähnen stand und uns beobachtete, hielt er uns wohl für einen, wie die Zeitungen es genannt hätten, Homosexuellenring – eine mehr oder minder unangebrachte Ahnung.

»Nun sagen Sie schon, was soll ich *tun*?« fragte ich Hartmann, als wir uns mit unseren zwei Halben

Bitter auf den hochrückigen Bänken rechts und links des Koksfeuers niedergelassen hatten. (Koks: auch so etwas, was der Vergangenheit angehört; wenn ich mir Mühe gebe, rieche ich noch heute den Rauch und spüre ganz hinten am Gaumen das scharfe saure Prikkeln.)

»Tun?« sagte er und zog eine verschmitzt-amüsierte Miene; sein Stimmungstief von vorhin hatte sich verzogen, und er war wieder ruhig und gelassen wie eh und je. »*Tun* tun Sie im Grunde gar nichts.« Er trank einen Schluck Bier und leckte sich genüßlich den Schaum von der Oberlippe. Sein blauschwarzes, öliges Haar war streng nach hinten gekämmt, was ihm das verwegene und gleichzeitig verbindliche Aussehen eines Raubvogels gab. Die zierlichen Tanzschuhe steckten in Gummigaloschen. Man erzählte sich, daß er im Bett ein Haarnetz trug. »Sie sind wertvoll für uns, weil sie der englischen Oberschicht nahestehen –«

»Ach ja??«

»– und dank der Informationen, die wir von Ihnen und Boy Bannister und den anderen erhalten, können wir uns dann ein Bild davon machen, wie es um die Machtzentren dieses Landes bestellt ist.« Er liebte solche Einleitungen, das Erörtern der Ziele und Absichten, die Homilien über die Strategie; jeder Spion ist halb Priester, halb Pedant. »Das ist wie ein – wie nennt man das noch?«

»Ein Puzzlespiel?«

»Ja!« Er runzelte die Stirn. »Woher wissen Sie, was ich sagen wollte?«

»Ach, einfach geraten.«

Ich nippte an meinem Bier; Bier trank ich immer nur mit den Genossen – Klassensolidarität und so; ich war auch nicht besser als Alastair, nur eben auf meine Weise. Aus dem pulsenden Herzen des Feuers grinste mich ein glutroter Teufel an – winzig klein, aber doch mit deutlich erkennbaren Hörnern.

»Ach so«, sagte ich, »da soll ich also so eine Art Tagebuch über die bessere Gesellschaft führen, ja? Die Antwort des Kremls auf William Hickey.«

Bei dem Wort Kreml zuckte er zusammen und sah rasch hinüber zur Theke, wo Noakes stand, die dicken, aufgeworfenen Lippen schiefzog und, lautlos vor sich hin pfeifend, ein Glas polierte.

»Wer, bitte«, flüsterte Hartmann, »ist William Hikkey?«

»Ein Scherz«, sagte ich vorsichtig, »nur ein Scherz. Ich hätte geglaubt, man würde mehr von mir verlangen, als daß ich Cocktailpartyklatsch weitererzähle. Wo ist mein Codebuch, meine Zyankalikapsel? Entschuldigung – war auch ein Scherz.«

Er runzelte die Stirn und wollte etwas sagen, doch dann überlegte er sich's und lächelte statt dessen sein verschlagenstes, gewinnendstes Lächeln und zog, wie es seine Art war, mit kontinentaler Übertreibung die Schultern hoch.

»In unserem merkwürdigen Geschäft«, sagte er, »muß immer alles so langsam gehn. In Wien hatte ich einmal den Auftrag, einen Mann ein Jahr lang zu beobachten – ein ganzes Jahr! Und nachher hat sich herausgestellt, es war der falsche Mann. Da sehn Sie's.«

Ich lachte, was ich besser nicht getan hätte, denn er sah mich vorwurfsvoll an. Dann begann er tiefernst darüber zu sprechen, wie sehr die englische Aristokratie von Anhängern des Faschismus durchsetzt sei, und gab mir eine Liste mit den Namen einiger Leute, für die sich Moskau besonders interessierte. Ich guckte mir die Liste an und hätte fast schon wieder gelacht.

»Felix«, sagte ich, »diese Leute haben keinerlei Einfluß. Das sind einfach Feld-, Wald- und Wiesenreaktionäre; Verrückte; Burschen, die auf Dinnerpartys große Reden schwingen.«

Er zuckte schweigend die Achseln und blickte ins Leere. Ich spürte, wie mich eine altbekannte Enttäuschung überkam. In gewisser Weise hat Spionsein etwas mit Träumen gemeinsam. In der Welt des Spions ist das Terrain immer unsicher, genau wie im Traum. Man macht einen Schritt und meint, festen Boden unter den Füßen zu haben, aber man tritt ins Leere, und plötzlich sinkt man im freien Fall in die Tiefe, langsam, kopfüber, und klammert sich haltsuchend an Dinge, die selber stürzen. Diese Instabilität, dieses Zerfallen der Welt in Myriaden kleiner Welten, das eben ist für den Spion der Reiz – und der Schrecken. Der Reiz, weil man inmitten von soviel Ungewißheit niemals man selbst sein muß, egal, was man tut, immer ist da noch ein anderes Ich, das unsichtbar neben einem steht, beobachtet, bewertet, erinnert. Das ist die geheime Macht des Spions, anders als die Macht, die den Armeen befiehlt, in die Schlacht zu ziehen; eine rein persönliche Macht; es ist die Macht, gleichzeitig zu sein und nicht zu sein, sich von sich selbst zu lösen, im selben Augenblick man selbst und ein anderer zu sein. Das Problem war nur, wenn es von meinem Ich ständig mindestens zwei Versionen gab, mußten dementsprechend auch alle anderen in derselben schrecklichen, schillernden Weise in sich gespalten sein. Und so war es denn, so lächerlich es mir auch vorkommen mochte, durchaus denkbar, daß die Leute auf Felix' Liste doch nicht nur die vornehmen Partygastgeberinnen und Erzlangweiler waren, als die ich sie zu kennen meinte, sondern gleichzeitig eine rücksichtslose, straff organisierte faschistische Gruppierung, die nur darauf wartete, der gewählten Regierung die Macht zu entreißen und einem abgedankten König zur Rückkehr auf einen hakenkreuzgeschmückten Thron zu verhelfen. Und das war das Faszinierende und zugleich Beängstigende – nicht die Komplotte, das Paktieren, der ganze höfische Mumpitz (den Herzog oder diese entsetzliche Simpson habe ich nie ernst nehmen können), sondern die Möglichkeit, daß nichts, absolut gar nichts so ist, wie es scheint.

»Also, hören Sie mal, Felix«, sagte ich, »Sie wollen mir doch nicht im Ernst vorschlagen, daß ich meine Zeit damit verplempere, zu irgendwelchen Dinners und Wochenendpartys zu gehen, damit ich Ihnen hinterher berichten kann, ich hab gehört, wie Fruity Metcalfe sich mit Nancy Astor über die deutsche Rüstungsindustrie unterhalten hat? Haben Sie eigentlich eine Vorstellung davon, worüber man bei solchen Anlässen zu plaudern pflegt?«

Er betrachtete sein Bierglas. Der Lichtschein des Feuers zeichnete sich auf seinem Kinn ab wie eine glänzende, dunkelrosa Narbe. An jenem Abend sahen seine Augen unverkennbar slawisch aus; ich frage mich, ob er meine irisch fand.

»Nein, ich weiß nicht, wie es bei solchen Anlässen zugeht«, sagte er steif. »Als Pelzhändler aus dem Londoner East End wird man normalerweise nicht übers Wochenende nach Claivden eingeladen.«

»Cliv«, sagte ich zerstreut. »Es wird Clivden ausgesprochen.«

»Danke.«

Wir tranken schweigend unser inzwischen warm gewordenes Bier aus, ich verärgert und Hartmann beleidigt.

Unterdessen waren ein paar Einheimische hereingekommen und hatten sich in Grüppchen in der rötlich schimmernden Dunkelheit der Gaststube verteilt, und nach und nach vermischte sich ihr muffiger Schafsgeruch mit dem Koksrauch. Das Stimmengewirr früh am Abend in einem englischen Pub, dieses blasse, müde, übervorsichtige Gemurmel, wie mich das deprimiert. Nicht, daß ich heutzutage noch oft ins Pub gehe. Aber manchmal habe ich richtig Sehnsucht nach der wüsten Ausgelassenheit in den Kneipen meiner Kindheit. In Carrickdrum, als Junge, habe ich mich abends oft nach Irishtown gewagt, ein halber Morgen Land gleich hinter der Küste, vollgebaut mit kunterbunten Hütten, wo die armen Katholiken in für mich damals geradezu malerischem Elend hausten. Dort gab es in jeder Gasse ein Pub, jeweils nur aus einem niedrigen Raum bestehend, und die Fenster zur Straße waren mit brauner Farbe übermalt und hatten so eine Art Spitzenmuster, und nur ganz oben schimmerte trübe und verstohlen ein fröhlicher, verlockender, buttergelber, rauchgeschwängerter Lichtstreifen ins Dunkel hinaus. Dann schlich ich mich zu Murphy's Lounge oder Maloney's Select Bar, und das Herz klopfte mir bis zum Halse, wenn ich draußen vor der verschlossenen Tür stand – schließlich war es eine allgemein bekannte Tatsache, daß die Katholiken Protestantenkinder einfingen, sie verzauberten und in den Bergen oberhalb der Stadt lebendig begruben – und dem Lärm dort drinnen lauschte, dem Gelächter und den lauten Flüchen und den hin und wieder ertönenden Liedfetzen, während über mir der Mond an seinem unsichtbaren Galgen hing und das Kopfsteinpflaster der Gasse mit einer schaurigen, schmierigen, schmutzig-trüben Zinnschicht überzog. Diese Pubs erinnerten mich an sturmerprobte Galeonen, die des Nachts, fest gewappnet gegen die See, lustig meuternd auf den Wellen schaukeln, die Mannschaft betrunken, der Kapitän in Ketten, und ich, der unerschrockene Moses, bereit, mich ins Getümmel der Krakeeler zu werfen und mir den Schlüssel zum Musketenschrank zu schnappen. Ach, wie romantisch sie doch sind, diese rauhen, verbotenen Welten!

»Sagen Sie, Victor«, begann Hartmann, und an den Rachenlauten und den harten Konsonanten, mit denen er meinen Namen aussprach (»*Wikch-torr...*«) merkte ich, daß er jetzt persönlich werden würde, »warum tun Sie das?«

Ich seufzte. Ich hatte mir schon gedacht, daß er mich das früher oder später fragen würde.

»Na weil das System so verrottet ist«, sagte ich munter. »Bergarbeiterlöhne, Kinder mit Rachitis – Sie wissen doch. Kommen Sie, ich spendiere Ihnen einen Whiskey; dieses Bier ist so fade.«

Er hielt sein Glas gegen das trübe Licht und betrachtete es ernst.

»Ja«, sagte er mit einem traurigen Unterton in der Stimme. »Aber es erinnert mich an zu Hause.«

Du lieber Himmel; ich hörte richtig die unsichtbare Zither klimpern. Als ich mit dem Whiskey wiederkam, sah er ihn sich skeptisch an, nippte und zuckte zusammen; er hätte bestimmt lieber einen Pflaumenschnaps gehabt, oder was man an den Ufern des Balaton an einem regnerischen Herbstabend sonst so trinkt. Er nahm noch einen Schluck, diesmal einen kräftigeren, und kroch richtig in sich zusammen, die Ellbogen an die Rippen gedrückt, die Beine korkenzieherartig verdreht, so daß der eine Fuß wie ein gespannter Abzugshahn hinterm Knöchel des anderen klemmte. Immer für ein gemütliches Schwätzchen zu haben, die Leute von der Auslandsspionage.

»Und Sie«, sagte ich, »warum tun Sie's?«

»England ist nicht mein Vaterland –«

»Meins auch nicht.«

Er zog verdrossen die Schultern hoch.

»Aber es ist Ihre Heimat«, sagte er mit trotzig vorgerecktem Kinn. »Sie leben hier, haben hier Ihre Freunde. Cambrigde, London ...« Er machte eine ausholende

Geste mit seinem Glas, so daß der Whiskey schräg zur Seite schwappte, und im Innern der Flüssigkeit blitzte ein schwefelfarbenes Feuer auf, wie das Feuer eines Edelsteins. »Heimat.«

Wieder das Klimpern der unsichtbaren Saiten. Ich seufzte.

»Haben Sie etwa Heimweh?« fragte ich.

Er schüttelte den Kopf.

»Ich habe keine Heimat.«

»Nein«, sagte ich, »die haben Sie wohl nicht. Ich hätte geglaubt, dadurch fühlen Sie sich weitgehend ... frei?«

Er lehnte sich auf seiner Bank zurück, so daß sein Gesicht im Dunkel verschwand.

»Boy Bannister gibt uns die Informationen weiter, die er von seinem Vater bekommt«, sagte er.

»Boys Vater? Boys Vater ist tot.«

»Na dann eben von seinem Stiefvater.«

»Aber der ist doch wohl schon im Ruhestand?«

»Er hat immer noch Verbindungen zur Admiralität.« Hartmann hielt inne. »Würden Sie«, fragte er mit leiser Stimme, »würden Sie das tun?«

»Meinen Vater verraten? Ich kann mir nicht vorstellen, daß die Geheimnisse des Bistums Down und Dromose für Ihre Auftraggeber von großem Interesse sind.«

»Würden Sie es tun?«

Sein Oberkörper war vom Schatten verschluckt, so daß ich nur die verdrehten Beine sehen konnte und die auf dem Oberschenkel ruhende Hand, die eine Zigarette zwischen Daumen, Mittel- und Ringfinger hielt. Er nippte an seinem Whiskey, wobei der Glasrand leise klirrend an die Zähne stieß.

»Natürlich würde ich das« antwortete ich, »wenn es sein müßte. Sie etwa nicht?«

Als wir das Pub verließen, hatte es aufgehört zu regnen. Es war eine böige, mürrische Nacht, und die weite, feuchte Finsternis war wie ausgehöhlt vom Wind. Nasse Platanenblätter torkelten über die Straße wie kranke Kröten. Hartmann klappte fröstelnd seinen Mantelkragen hoch. »Ach, dieses Wetter!« Er war auf dem Rückweg nach London, wo er den Schlafwagen nach Paris kriegen wollte. Er liebte Züge. Ich stellte ihn mir im Blue Train vor, mit einer Pistole in der Hand und einem Mädchen in der Koje. Unsere Schritte hallten auf dem Pflaster, und wenn wir aus dem Lichtkreis der einen Straßenlaterne in den der nächsten traten, sprangen unsere Schatten auf, um uns zu begrüßen, und fielen im nächsten Moment hinter uns auf den Rücken.

»Felix«, sagte ich, »ich bin nicht so ein Abenteurer, wissen Sie; Sie dürfen keine Heldentaten erwarten.«

Wir kamen zum Wagen. Ein tiefhängender Ast schüttelte sich wie ein Hund, und ein Schwall von Regentropfen prasselte auf meine Hutkrempe. Plötzlich sah ich die Back Road in Carrickdrum vor mir und mußte daran denken, wie ich als Junge in genauso einer nassen Novembernacht wie dieser mit meinem Vater dort entlanggegangen war: das dunstige Licht der vereinzelten Gaslaternen, und die Unterseiten der dunklen, gleichsam aus Angst vor sich selber raschelnden Baumkronen, und die Inbrunst, die jäh und unerklärlich in mir aufwallte, so daß ich am liebsten in ekstatischem Schmerz aufgeheult hätte aus lauter Sehnsucht nach etwas, wofür ich keinen Namen hatte und was wohl in der Zukunft liegen mußte.

»Also schön, Sie sollen etwas für uns tun«, sagte Hartmann.

Wir standen da und sahen uns über das glänzende Autodach hinweg an.

»Ja?«

»Wir möchten Sie gern in der Militärspionage einsetzen.«

Wieder ein Windstoß, wieder prasselten Tropfen.

»Oh, Felix«, sagte ich, »das soll wohl ein Scherz sein?«

Er stieg ein, schlug die Tür zu und fuhr los – verbissen schweigend, sehr schnell. Er prügelte richtig auf den Schalthebel ein, als ob er etwas lösen wollte, was sich in den Eingeweiden des Wagens verklemmt hatte.

»Na schön«, sagte ich endlich, »erzählen Sie schon. Wie will man mich denn in den Geheimdienst einschleusen?«

»Fragen Sie die Leute in Ihrem Institut. Professor Hope-White, zum Beispiel. Oder den Physiker Crowther.«

»Crowther?« sagte ich. »Crowther ein Meisterspion? Das kann doch nicht wahr sein. Und Hope-White? Herrgott noch mal, der ist Romanist! Der Mann schreibt auf Provenzalisch Liebesgedichte, in denen er irgendwelche Knaben besingt.« Hartmann zuckte die Achseln; er lächelte wieder; er liebte es, andere zu verblüffen. Im Schimmer der leuchtenden Armaturen hatte sein Gesicht eine grünliche, totenkopfartige Blässe. Plötzlich war vor uns auf der Straße ein Fuchs, starrte wie gelähmt vor Schreck in die Scheinwerfer, lief dann in mäßig schnellem Tempo weiter und verschwand im Dunkel des Waldrands. Ich mußte an das Kaninchen denken, das einmal auf einer hügeligen Straße aus einer Hecke gehoppelt war und die zwei jungen Männer angestarrt hatte, die ihm entgegenkamen. »Entschuldigen Sie, Felix«, sagte ich, »aber ich kann mir einfach nicht vorstellen, daß ich meine Tage damit verbringen soll, in Gesellschaft ehemaliger Präfekten aus Eton oder pensionierter Offiziere der indischen Armee Schätzungen über das rollende Material der Deutschen zu dechiffrieren. Ich habe etwas Besseres zu tun. Ich bin Wissenschaftler.«

Abermals Achselzucken.

»Ist gut«, sagte er.

Auch das war etwas, woran ich mich bald gewöhnen sollte, diese Art, die sie hatten, eine Sache zu probieren und sie beim geringsten Widerstand sofort fallenzulassen. Ich weiß noch, wie Oleg einmal während des Krieges in die Poland Street gerauscht kam und ein Mordstheater veranstaltete, weil er mitgekriegt hatte, daß Boy und ich gemeinsam dort wohnten (»Agenten können nicht zusammen wohnen, das ist unmöglich!«), und dann war er einfach dageblieben, hatte mit Boy getrunken und sich so richtig slawisch vollaufen lassen, war weinerlich geworden und schließlich im Wohnzimmer auf dem Sofa zusammengesackt und hatte dort die Nacht verbracht. Jetzt sagte Hartmann: »Es kommt bald ein neuer V-Mann.«

Ich sah ihn fassungslos an.

»Und was ist mit Ihnen?«

Er ließ die Straße nicht aus den Augen.

»Scheint so, als ob man mir mißtraut.«

»Mißtraut? Ihnen? Aber weswegen denn?«

Er zuckte die Achseln.

»Wegen allem«, sagte er. »Wegen nichts. Früher oder später mißtrauen sie jedem.«

Ich überlegte einen Moment.

»Wissen Sie«, sagte ich, »wenn die einen Russen geschickt hätten, wäre ich nicht bereit gewesen, für sie zu arbeiten.«

Er nickte.

»Diesmal ist es ein Russe«, sagte er düster.

Wir schwiegen. Vor uns am dunklen Himmel schimmerte eine tiefhängende, dickbäuchige, schlackeschwarze Wolkenbank im Widerschein der Lichter von Cambridge.

»Nein«, rief ich stürmisch, »das geht nicht. Sie müssen ihnen erklären, daß das nicht geht. Ich halte die Verbindung nur über Sie, entweder Sie oder keiner.«

Er lachte melancholisch auf.

»Denen was erklären?« sagte er. »Ach, Victor, Sie kennen sie nicht. Glauben Sie mir, Sie kennen sie nicht.«

»Trotzdem, Sie müssen denen sagen, ich arbeite nur mit Ihnen.«

*

Ich habe vergessen, wie der Russe hieß. Skryne hat mir das nie glauben wollen, aber es ist wahr. Sein, wie ich fand, gefährlich durchschaubarer Deckname war Iosif (als wir uns zum erstenmal trafen, fragte ich ihn, ob ich Joe zu ihm sagen darf, er fand das allerdings nicht komisch). Er ist eine von den vielen Figuren aus meiner Vergangenheit, mit denen ich mich nie besonders eingehend beschäftigt habe; der Gedanke an ihn kreuzt mein Bewußtsein wie ein kurzes Frösteln, wie ein Schauer, der einem Fiebernden über den Rücken läuft. Er war ein nichtssagender, aber verbissener Mann mit harten Zügen und erinnerte mich gespenstisch an einen Lateinlehrer, der mir mit seinem barschen Ton und seiner Fähigkeit, Dialekte nachzuahmen, besonders den nordirischen, in meinem ersten Jahr in Marlborough das Leben zur Hölle gemacht hatte. Iosif bestand darauf, daß unsere Treffen in den verschiedensten Pubs der vornehmeren Londoner Vororte stattfanden, jedesmal in einem anderen. Ich glaube, er hatte eine heimliche Schwäche für solche scheußlichen Etablissements; für ihn muß das gleichsam der Inbegriff seines Englandideals gewesen sein, genau wie für Felix Hartmann – die Pferdegeschirre dort, die Dartscheiben, die rotbäckigen, krawattentragenden Wirte, die in meinen Augen allesamt so ausschauten wie der lustige Kumpel, der seine Frau oben im Badezimmer fröhlich in Salzsäure stecken würde. Der Glaube an diesen mystisch verklärten John-

Bull-Abklatsch war eine der wenigen Gemeinsamkeiten, die es in den dreißiger Jahren zwischen den russischen und den deutschen Machthabern und ihren jeweiligen Lakaien gab. Iosif war überzeugt, als echter Engländer durchgehen zu können, und darauf war er stolz. Er trug Tweed, braune Brogues und graue Westover und rauchte Capstan. Das Resultat war ein zwar bemüht originalgetreu herausgeputztes, aber dennoch hoffnungslos ungenaues Menschenimitat, ein Wesen, das so aussah, als wäre es von einem Spähtrupp aus dem All vorausgeschickt worden, um sich unter die Erdbewohner zu mischen und wichtige Informationen zurückzufunken, und wenn ich's mir so überlege, genau das war er wohl auch. Seine Aussprache, die er für makellos hielt, war einfach nur lächerlich.

Zu unserem ersten Treffen wurde ich an einem kalten Nachmittag Anfang Dezember in ein an einem Park gelegenes Pub in Putney zitiert. Ich kam zu spät, und Iosif kochte vor Wut. Sobald er sich ausgewiesen hatte – verstohlenes Kopfnicken, angespanntes Lächeln, kein Handschlag –, verlangte ich eine Erklärung, weshalb Felix Hartmann nicht hier war.

»Er hat jetzt andere Aufgaben.«

»Was für Aufgaben?«

Iosif zuckte mit der knochigen Schulter. Er stand mit mir an der Theke, in der Hand ein Glas Faßbrause.

»Bei der Botschaft«, sagte er. »Papiere. Kennungen.«

»Bei der Botschaft ist er jetzt?«

»Sie haben ihn hingebracht. Zu seinem eigenen Schutz; die Polizei hat sich schon für ihn interessiert.«

»Und was ist aus seinem Pelzhandel geworden?«

Er schüttelte den Kopf, ärgerlich, mit gespielter Ungeduld.

»Pelzhandel? Welcher Pelzhandel? Davon weiß ich nichts.«

»Na schön, egal.«

Er wollte, daß wir uns in eine »ruhige Ecke« setzten – der Laden war leer –, aber ich tat nicht dergleichen. Ich bestellte Wodka, obwohl ich mir nichts aus dem Zeug mache, einfach, weil ich sehen wollte, wie er zusammenzuckt.

»*Na Sdarowje*«, sagte ich und kippte nach russischer Sitte und im Gedenken an die Gebrüder Heidegger das ganze Glas auf einmal runter. Iosifs kleine Funkelaugen hatten sich zu schmalen Schlitzen verengt. »Ich habe Felix gesagt, ich arbeite nur mit ihm zusammen«, sagte ich.

Er sah kurz und scharf zu dem Mann am Ausschank rüber.

»Sie sind hier nicht in Cambridge, John«, antwortete er. »Hier können Sie sich Ihre Kollegen nicht aussuchen.«

Die Tür ging auf, ein Flatschen bleiches Wintersonnenlicht fiel in den Raum, und dahinter kam ein abgerissener alter Mann mit einem Hund.

»Wie haben Sie mich genannt?« fragte ich. »Ich heiße nicht John.«

»Für uns schon. Für unsere Treffen.«

»Unsinn. Ich laß mir doch nicht irgendeinen albernen Decknamen anhängen. Den vergeß ich ja sofort wieder. Sie rufen mich an, und ich sage *Hier gibt's keinen John* und lege auf. Das geht doch nicht. John, also wirklich.«

Er seufzte. Ich sah deutlich, wie enttäuscht er von mir war. Bestimmt hatte er sich auf eine angenehme Stunde mit einem britischen Gentleman gefreut, einem schüchternen, höflichen Akademiker, der zufällig Zugang zu den Geheimnissen des Cavendish-Laboratoriums hat und sie ihm mit charmanter Zerstreutheit ausplaudern, ihm gleichsam aus dem Stegreif eine kleine Vorlesung halten würde. Ich bestellte mir noch einen Wodka und trank ihn aus, und irgendwie schien er nicht nach unten zu fließen, sondern stieg mir geradewegs in den Kopf, und eine Sekunde lang hatte ich das Gefühl, zwei Zentimeter überm Erdboden zu schweben. Der fette Alte mit dem Hund verzog sich in eine Ecke und fing fleißig an zu husten, was sich wie das Keuchen einer Saugpumpe anhörte, während sein Hund mit seitwärts gedrehtem Kopf und eingeknicktem Ohr dasaß, wie der Terrier auf dem Schallplattenetikett, und Iosif und mich nicht aus den Augen ließ. Iosif suchte sich vor dem wachsamen Blick des Tiers zu schützen, indem er den Kopf einzog, sich mit der Hand über die untere Gesichtshälfte fuhr – auf dem Theater heißt diese Geste »sich das Lächeln vom Gesicht wischen« – und irgendwas Unverständliches murmelte.

»Wenn Sie so sprechen, kann ich Sie nicht hören«, sagte ich.

Da packte er mich in einem jähen, aber gleich wieder gezügelten Wutanfall am Arm – ein überraschender und, ich gebe zu, eiserner Griff – und kam mit seinem Gesicht ganz nahe an meines heran, sah mir über die Schulter, warf blitzschnell den Kopf herum und war mit seinem Mund an meinem Ohr.

»Die Syndikusse«, zischte er, und ich spürte, wie mir seine Spucke die Wange netzte.

»Die *was?*«

Ich mußte lachen. Ich war schon etwas beschwipst und fand das Ganze auf einmal irgendwie komisch und auch ein bißchen traurig. Wie ein Chorknabe, der seinem Nachbarn einen schmutzigen Witz erzählt, erklärte Iosif mir nun flüsternd und mit heißem, pfeifendem Atem, immer wieder unterbrochen von Zuckungen und allerlei nervösen Ticks, Moskau wolle gern eine Abschrift von den Beschlüssen der Cambridger Syndikusse haben, dies offenbar in der irrigen Annahme, daß jene ehrwürdige Körperschaft so etwas wie ein Geheimbund der Großen und Mächtigen unserer großmächtigen Universität sei, eine Kreuzung aus den Freimaurern und den Weisen von Zion.

»Ach, du lieber Himmel«, sagte ich, »das ist doch einfach bloß ein Ausschuß im Senat der Universität!«

Er wackelte vielsagend mit den Augenbrauen.

»Ja, eben.«

»Die sind für die Verwaltung zuständig. Metzgerrechnungen. Der Weinkeller. Mehr machen die nicht.«

Er neigte langsam den Kopf erst zur einen, dann zur anderen Seite, schürzte die Lippen und senkte bedächtig die Lider. Er wußte, was er wußte. Oxford & Cambridge regierten das Land, und die Syndikusse regierten halb Oxford & Cambridge: mußte da nicht ein Bericht über ihr Treiben unsere Auftraggeber in Moskau in höchstes Entzücken versetzen? Ich seufzte. Das war nicht gerade ein vielversprechender Anfang meiner Karriere als Geheimagent. Man sollte einmal eine wissenschaftliche Abhandlung schreiben über den Zusammenhang zwischen der europäischen Geschichte unseres Jahrhunderts und dem Unvermögen der Feinde Englands, dieses verschrobene, störrische, listige, skurrile Volk zu begreifen. In den nächsten anderthalb Jahrzehnten verwandte ich einen Großteil meiner Zeit und Kraft darauf, Moskau und solchen Leuten wie diesem Iosif den Unterschied zwischen Inhalt und Form im Leben der Engländer beizubringen (ein Ire ist dafür genau der Richtige, der weiß, wovon er redet). Ihre Fehleinschätzungen waren geradezu rührend. Als die Zentrale in Moskau erfuhr, daß ich regelmäßig in Windsor verkehrte, daß Majestät mir freundlich gesinnt war und ich häufig gebeten wurde, abends dazubleiben und nach dem Dinner Gesellschaftsspiele mit seiner Gattin zu spielen, mit der ich obendrein noch verwandt war, wenn auch nur entfernt, gerieten sie dort völlig aus dem Häuschen und meinten, jetzt hätten sie einen Mann im unmittelbaren Machtzentrum dieses Landes sitzen. An Zarenherrschaft alter und neuer Prägung gewöhnt, konnten sie einfach nicht verstehen, daß unsere königlichen Herrscher überhaupt nicht herrschen, sondern nur so eine Art Ersatzeltern der Nation sind und keine Sekunde lang ernst genommen werden. Als der Krieg zu Ende war und Labour ans Ruder kam, dachte man in Moskau wahrscheinlich, nun sei es nur noch eine Frage der Zeit, bis die königliche Familie komplett, inklusive der kleinen Prinzessinnen, in den Keller des Palasts geschleppt und an die Wand gestellt werden würde. Attlee war für die natürlich ein Buch mit sieben Siegeln, und vollends verdutzt waren sie, als ich ihnen erklärte, daß dessen Politik sich weniger an Marx orientierte als vielmehr an Morris und Mill (Oleg wollte wissen, ob das Regierungsmitglieder seien). Als die Konservativen wieder ans Ruder kamen, meinte man in Moskau, da sei gewiß Wahlmanipulation im Spiel gewesen, weil man es einfach nicht fassen konnte, daß die Arbeiterklasse nach allem, was der Krieg sie gelehrt hatte, freiwillig für die Rückkehr einer rechten Regierung gestimmt hatte. (»Mein lieber Oleg, die englischen Arbeiter sind schon immer die wackersten Tories gewesen.«) Boy war wütend und verzweifelt über diese Mißverständnisse, ich hingegen hatte Mitleid mit den Genossen. Schließlich gehörte ich, genau wie sie, zu einem Außenseitervolk, einer Rasse mit stark ausgeprägten Instinkten. Das ist bestimmt auch der Grund, weshalb Leo Rothenstein und ich besser mit ihnen zurechtkamen als die richtigen Engländer wie Boy und Alastair: so groß die Unterschiede zwischen unseren beiden Rassen auch waren, so hatten wir doch ein paar wesentliche Gemeinsamkeiten, wie etwa den Hang zu düsterer Romantik, das

Erbe der Enteignung und vor allem die klare Vorahnung einer künftigen Rache, die sich in der Politik in Optimismus ummünzen ließ.

Unterdessen steht Iosif immer noch vor mir, steht da wie die Puppe eines Bauchredners, mit seinen viel zu langen Manschetten und seinen Gesichtsmuskeln, die zucken, als ob sie an Drähten hingen, aufmerksam und hoffnungsvoll wie der Hund des alten Mannes, und weil ich ihn leid bin und weil ich bedauere, daß ich mich von Hartmann habe überreden lassen, mich mit Leuten wie diesem grotesken, unmöglichen Kerl gemein zu machen, sage ich ihm, ja, wenn er unbedingt will, werde ich ihm eine Kopie des Protokolls der nächsten Sitzung der Syndikusse beschaffen, und da hat er genickt, kurz, rasch und ernsthaft, ein Nicken, das mir später noch oft begegnen sollte, das Nicken der kleinen Wichtigtuer im Hauptquartier und in den Einsatzzentralen, wenn ich vom Department kam, um eine absolut sinnlose, aber streng geheime Information abzuliefern. Was die Zeitungsschreiber heutzutage immer unterschätzen, diese ganzen Schlaumeier mit ihren Büchern und Artikeln, ist der Aspekt, daß die Welt des Spions durchaus etwas von einem Abenteuerroman hat. Weil wirklich Geheimnisse verraten werden, weil es Folterknechte gibt, weil Menschen sterben – Iosif endete übrigens, wie so viele kleine Diener des Systems, mit einer NKWD-Kugel im Hinterkopf –, darum glauben sie, die Spione müßten irgendwelche Bösewichter sein, verantwortungslos und unmenschlich, wie die kleinen Teufelsknechte, die Satans Befehle ausführen, und dabei ähnelten wir doch in Wahrheit viel mehr den mutigen, aber verspielten, nie um einen Einfall verlegenen Jungs in den Schulgeschichten, den Bobs und Dicks und Jims, die gut im Kricket sind und harmlose, aber originelle Streiche aushecken und zum Schluß den Direktor als international gesuchten Verbrecher entlarven und es trotz allem noch schaffen, klammheimlich fürs Examen zu büffeln, das sie selbstredend mit Glanz und Gloria bestehen, und dann bekommen sie Stipendien und brauchen ihren armen, netten Eltern nicht auf der Tasche zu liegen, wenn sie an einer unserer berühmten alten Universitäten studieren. So jedenfalls haben wir selber uns gesehen, obwohl wir das natürlich nicht so ausgedrückt haben. Wir hielten uns für die Guten, das ist der springende Punkt. Es fällt schwer, sich heute die flirrende Atmosphäre jener letzten Tage vor Kriegsausbruch vorzustellen, als die Welt mit dröhnenden Pauken und aberwitzig schrill schmetternden Trompeten zum Teufel ging und wir in unseren Kreisen die einzigen waren, die genau wußten, was sie zu tun hatten. O ja, natürlich ist mir bekannt, daß es junge Männer gab, die nach Spanien gingen, um zu kämpfen, und andere, die Gewerkschaften gegründet und Petitionen eingereicht haben und so weiter und so fort, aber all diese sicherlich notwendigen Dinge waren doch im Grunde nur Ersatzhandlungen; insgeheim waren diese kleinen Eiferer für uns kaum mehr als Kanonenfutter oder lästige Weltverbesserer. Was wir hatten und was denen fehlte, das war der gebotene historische Weitblick; während die Brigadisten in Spanien noch riefen, man müsse Franco aufhalten, schmiedeten wir bereits Pläne für die Übergangsperiode nach dem Sieg über Hitler, wenn die vom Krieg gezeichneten Regimes in Westeuropa mit einem kleinen Schubs von Moskau, und natürlich von uns, nach dem Dominoprinzip umfallen würden – ja, die ersten Verfechter dieser unterdessen in Mißkredit geratenen Theorie waren wir – und die Revolution sich ausbreiten würde wie ein Blutfleck, vom Balkan bis hinauf zur Küste von Connemara. Und doch, wie distanziert wir dabei gleichzeitig waren. Trotz unseres ganzen Geredes und sogar ein paar Taten zogen die großen Ereignisse der Zeit irgendwie an uns vorüber, lebhaft, in grellen Farben, zu echt, um echt zu sein, wie die Kulissen eines Wandertheaters, die auf einem Lastwagen verstaut werden, und ab geht's in die nächste Stadt. Ich saß gerade in meiner Wohnung im Trinity und arbeitete, als ich die Nachricht, daß Barcelona gefallen war, hörte, von nebenan, aus dem laut aufgedrehten Rundfunkempfänger meines Nachbarn – ein Waliser, irgendein Physiker, der Tanzmusik liebte und mir alles über die neueste Hexerei erzählte, an der im Cavendish-Laboratorium gewerkelt wurde –, und ich habe mir seelenruhig weiter durch die Lupe eine Reproduktion der beiden merkwürdigen abgetrennten Köpfe betrachtet, die im Vordergrund von Poussins *Die Eroberung Jerusalems durch Titus* auf einem Tuch liegen, als wären diese beiden Ereignisse, das reale und das abgebildete, gleichermaßen weit weg von mir, in ferner Vergangenheit, eines so unabänderlich und abgeschlossen wie das andere, nichts als erstarrter Schrei, aufgebäumtes Roß, glanzvoll stilisierte Grausamkeit. Verstehen Sie . . . ?

Es gibt ein letztes Bild von Iosif, das ich aufzeichnen möchte, ehe ich ihn endgültig in sein Seidenpapier wikkele und wegpacke, ihn zu all den übrigen gründlich vergessenen Gestalten lege, die durch mein Leben geistern. Als er das Pub verließ – er hatte darauf bestanden, daß wir getrennt weggingen –, kam das Hündchen des alten Mannes angelaufen und rollte sich übermütig hin und her, wie Hunde es tun, wenn sie sich freuen, als würde sein Körper, der stramm wie eine Wurst war, von einer Feder getrieben, und dabei rieb es sich an Iosifs Knöchel, und zum Dank dafür trat ihm eine glänzende Schuhspitze derb in die Seite und stieß es weg. Das Tier jaulte, mehr vor Kummer als vor Schmerz, und rannte mit leise auf dem Steinfußboden klappernden Krallen fort und setzte sich wieder zwischen die gespreizten Beine seines Herrn und zwinkerte und leckte sich vor Staunen und Verwirrung heftig die Lefzen. Iosif ging hinaus und ließ dabei kurz die Sonne ein, die um seine Knöchel spielte und die er nicht wegzustoßen vermochte, und der alte Mann hatte die Brauen gerunzelt und warf mir einen finsteren, fast drohenden Blick zu, und einen Moment lang sah ich, wofür er mich hielt: auch so ein gemeiner, ungeduldiger, hartäugiger Kerl, schien er zu denken, auch so einer, der Hunde tritt, die Ellbogen gebraucht, andere beiseite drängt, und da wollte ich zu ihm sagen: *Nein, nein, ich bin nicht so einer, ich bin nicht wie der da!*, doch dann dachte ich: *Aber vielleicht bin ich ja doch so?* Mit demselben Blick bedenkt man mich heute, wenn mich irgend so ein Veteran des Kalten Krieges oder ein selbsternannter patriotischer Hüter der westlichen Werte auf der Straße erkennt und, bildlich gesprochen, vor mir ausspuckt.

Sei's drum. So begann meine aktive Laufbahn als Spion. Ich dachte an Felix Hartmanns Hoffnung, daß wir, die Sprößlinge der höheren Klassen, Moskau ein vollständig zusammengesetztes Puzzle der englischen Oberschicht liefern könnten (ich hatte nicht den Mut gehabt, ihn zu fragen, ob er schon einmal darüber nachgedacht habe, welche Themen sich die Hersteller solch eines Puzzles zur Illustration wählten, ich jedenfalls sah einen Bunker vor mir und darin lauter kurzgeschorene Kommissare, die mit ernster Miene über einer Landschaft in Karamel und Bonbonrosa brüten, mit allem Drum und Dran – Landhaus, Rosen, plätscherndes Bächlein, kleines Mädchen mit Ringellocken und einem Korb voll Butterblumen am niedlichen Puttenarm: England, unser England!). Ich fing eifrig an, Dinnereinladungen anzunehmen, die ich vorher schaudernd abgelehnt hätte, und bald diskutierte ich mit der schnurrbärtigen, leicht irre dreinblickenden Gattin irgendeines Ministers über Aquarelle und die Geflügelpreise oder hörte, benebelt von Brandy und Zigarrenrauch, zu, wie ein Peer aus dem Oberhaus, ein Bursche mit ziegelroten Backen und Monokel, der Tafelrunde mit ausladenden Gesten erläuterte, was für teuflisch schlaue Methoden die Juden und die Freimaurer sich ausgedacht hätten, um die Regierung auf allen Ebenen zu infiltrieren, und daß sie unmittelbar davor stünden, die Macht zu ergreifen und den König zu ermorden. Ich schrieb erschöpfende Berichte über diese Veranstaltungen – wobei ich übrigens ganz unverhofft mein literarisches Talent entdeckte; ein paar von diesen ersten Berichten hatten wirklich Klasse, wenn sie auch etwas überzeichnet waren – und gab sie Iosif, der sie sich gründlich durchlas, mit gerunzelten Brauen und laut durch die Nase atmend, um sie dann in einer Innentasche zu verstauen, wobei er sich verstohlen in der Gaststube umguckte und bemüht unbekümmert über das Wetter plauderte. Ab und zu schnappte ich eine Information auf oder irgendwelchen Klatsch, der Iosif, selten genug, ein lippenkauendes, nervöses kleines Lächeln entlockte. Mein in Moskaus Augen größter Triumph jener ersten Zeit war eine lange und, wie ich fand, äußerst langweilige Unterhaltung, die ich bei einem Empfang im Trinity mit einem Geheimen Rat aus dem Kriegsministerium hatte, einem untersetzten Mann, der pausenlos plapperte und mich mit seinem blanken Schädel und dem kleinen Schnauzbart an die munteren Faxenmacher in den Bateman-Cartoons erinnerte; doch der Abend zog sich in die Länge, und der Bursche wurde immer feierlicher und immer betrunkener, was sehr drollig war – alle naselang klappte ihm das Chemisett hoch, wie in der Music-Hall –, und erzählte mir ganz indiskret in allen Einzelheiten, wie wenig unsere bewaffneten Streitkräfte auf einen Krieg vorbereitet waren, die ganze Rüstungsindustrie sei ein einziger Witz und die Regierung weder willens noch in der Lage, irgend etwas zu tun, um die Sache geradezubiegen. Als sich Iosif dann an einem niedrigen Ecktisch im Hare and Hounds in Highbury in meinen Bericht versenkte, sah ich, daß er sich nicht entscheiden konnte, ob er über die Konsequenzen, die sich aus dem, was er da las, für Europa im allgemeinen und Rußland im besonderen ergaben, entsetzt sein oder jubeln sollte. Er hatte offenbar keine Ahnung, daß jeder Zeitungsjunge landauf, landab wußte, wie schreiend unzulänglich wir für einen Krieg gerüstet waren und wie rückgratlos die Regierung war.

Diese Naivität von seiten Moskaus und seiner Emissäre ließ uns unsererseits Böses ahnen; vieles von dem, was dort als Geheiminformationen gewertet wurde, war der Öffentlichkeit längst bekannt. Entgeistert fragte ich Felix Hartmann, ob die denn nicht die Zeitung lasen oder sich die Zehn-Uhr-Nachrichten im Radio anhörten?»Was machen Ihre Leute in der Botschaft eigentlich den ganzen Tag, außer daß sie lächerliche Kommuniqués über die Industrieproduktion in Rußland herausgeben und den Militärberichterstattern des *Daily Express* die Einreisevisa verweigern. Er zog lächelnd die Schultern hoch, schaute zum Himmel hinauf und fing an, durch die Zähne zu pfeifen. Wir spazierten an der zugefrorenen Serpentine entlang. Es war Januar, die Luft war von malvenweißem, frostigem Dunst erfüllt, und die Enten watschelten unsicher übers Eis, verdutzt und empört ob dieser unerklärlichen Verfestigung ihrer flüssigen Welt. Iosif war nach zwei Dienstjahren plötzlich abberufen worden; ich sehe noch die dicken Schweißtropfen, die ihm an dem Tag, als er mir sagte, dies sei unser letztes Treffen, auf der ohnehin schon leichenfahlen Stirn standen. Wir gaben uns die Hand, und in der Tür – es war das King's Head in Highgate – drehte er sich noch einmal um, sah mich verstohlen und beinahe flehend aus dem Augenwinkel an, und dieser Blick war wie eine stumme, schreckliche, unmögliche Frage, ich weiß nicht, wonach.

»In der Botschaft ist zur Zeit alles etwas ... etwas verhalten«, sagte Hartmann.

Seit Iosifs überstürzter Abreise hatte ich mehrfach in der Botschaft angerufen, hatte aber nichts gehört, bis zu jenem Tag, als Hartmann plötzlich erschienen war, wie üblich ganz in Schwarz und mit einem schwarzen, tief in die Stirn gezogenen Hut. Als ich ihn gefragt hatte, was los sei, hatte er nur gelächelt und den Finger an die Lippen gelegt und war mit mir in die Straße zum Park eingebogen. Jetzt blieb er stehen, ließ den Blick über das eisenfarbene Eis schweifen, wippte auf den Sohlen und hatte die Hände tief in den Taschen seines langen Mantels vergraben.

»Moskau ist schweigsam geworden«, sagte er. »Ich schicke ihnen meine Nachrichten durch die üblichen Kanäle, aber es kommt nichts zurück. Es geht mir wie jemandem, der eine Katastrophe überlebt hat. Oder der darauf wartet, daß eine Katastrophe passiert. Ein sehr merkwürdiges Gefühl.«

Neben uns am Ufer warf ein von einem schwarzbestrumpften Kindermädchen bewachter kleiner Junge den Enten Brotkrusten hin; als er sah, wie die Vögel jämmerlich rutschend, schlitternd und flügelschlagend hinter den wild durch die Gegend gleitenden Happen herjagten, lachte der Kleine vor Freude gurrend auf. Wir drehten uns um und gingen weiter. Jenseits des Teiches, auf der Rotten Row, kam inmitten weiß wallenden Pferdeatems eine leicht derangierte Reiterreihe angestolpert. Schweigend erreichten wir die Brücke und blieben dort stehen. In der Ferne, hinter den schwarzen Baumwipfeln, lagen die Konturen von London, wie eingehüllt in ein blaugraues Leichentuch. Hartmann stand da, den Kopf schräg zur Seite geneigt, und lächelte verträumt, als lauschte er einem leisen, erhofften Ton.

»Ich gehe zurück«, sagte er. »Man hat mir gesagt, ich muß zurück.«

Eine Sekunde lang war mir, als sähe ich hoch oben im frostigen Dunst, über den Kirchtürmen und Schornsteinkappen etwas schweben, eine riesige, matt glänzende Gestalt, ganz aus Gold und Silber. Ich hörte mich schlucken.

»Ja, meine Güte, alter Freund«, sagte ich, »halten Sie das denn für gescheit? Das Klima da drüben soll ja zur Zeit alles andere als angenehm sein. Angeblich so kalt wie seit langem nicht mehr.«

Er drehte sich von mir weg und blickte himmelwärts, ganz so, als ob auch er jenes schwebende Zeichen gespürt hätte.

»Ach, das geht schon in Ordnung«, sagte er. »Die wollen, daß ich mich persönlich zum Rapport melde, weiter nichts.«

Ich nickte. Sonderbar, wie das Gefühl von Bestürzung dem eines beginnenden Gelächters gleichen kann. Wir gingen über die Brücke.

»Sie könnten doch für immer hierbleiben«, sagte ich. »Ich meine, die können Sie doch nicht *zwingen* zu fahren, oder?«

Er lachte und hakte sich bei mir ein.

»Das gefällt mir so an Ihnen«, sagte er, »an euch allen. Alles ganz einfach.« Unsere Schritte hallten auf der Brücke wie Axtschläge. Er drückte meinen Arm an seine Rippen. »*Ich muß fahren*«, sagte er. »Es gibt sonst ... nichts. Verstehen Sie?«

Wir verließen die Brücke, immer noch Arm in Arm, und standen nun oben auf der kleinen Anhöhe im Park und blickten hinunter auf die Stadt, die reglos vor uns im Dunst kauerte.

»London wird mir fehlen«, sagte Hartmann. »Kensington Gore, die Brompton Road, Tooting Bec – gibt es wirklich ein Viertel, das Tooting Bec heißt? Und Beauchamp Place, ich habe gestern erst gelernt, wie man das ausspricht. So eine Vergeudung, all dieses kostbare Wissen.«

Er drückte abermals meinen Arm und sah mich rasch aus dem Augenwinkel an, und ich spürte, wie etwas in ihm ruckte, als ob ein Teil eines inneren Mechanismus plötzlich und unwiderruflich kaputtgegangen wäre.

»Hören Sie«, sagte ich, »Sie dürfen einfach nicht fahren; wissen Sie, das lassen wir nicht zu.«

Er lächelte bloß und drehte sich um und hinkte davon, zurück in die Richtung, aus der wir gekommen waren, über die Brücke, unter den schweren, schwarzen, dunstverhangenen Bäumen entlang, und ich habe ihn nie mehr wiedergesehen.

Jahrelang versuchte ich herauszubekommen, was aus ihm geworden ist. Die Genossen hielten dicht; wenn *die* einen fallenlassen, ist man wie vom Erdboden verschluckt. Hin und wieder erreichte uns ein Gerücht. Irgendwer wollte ihn in der Lubjanka gesehen haben, in schlechter Verfassung, angeblich hatte er nur noch ein Auge; ein anderer behauptete, er sei in der Zentrale in Moskau, stünde zwar unter Aufsicht, leite aber das Lissabonbüro; er war in Sibirien, in Tokio, im Kaukasus; sein Leichnam war in der Dzierzynskistraße auf dem Rücksitz eines Wagens gesehen worden. Dieses Getuschel hätte genauso gut von hinterm Mond kommen können. Rußland war weit, weit weg; es war schon immer weit, weit weg gewesen. Die paar Wochen, die ich dort verbracht hatte, hatten den Abstand für mich nur noch größer werden lassen. Es ist doch komisch – ich finde es jedenfalls komisch –, wie verschwommen unsere Vorstellungen von dem Land waren, dem wir uns verschrieben hatten, dem Gelobten Land, in das wir niemals kommen würden, niemals kommen wollten. Keiner von uns dachte auch nur im Traum daran, freiwillig dort zu leben; Boy wollte es sich zwar nicht anmerken lassen, aber er war ganz entsetzt, als ihm später klar wurde, daß er gar keine andere Wahl hatte, als überzulaufen. Der Gegner kannte das Land viel besser als wir. Im Department gab es Leute, Schreibstubenhengste, die in ihrem Leben noch nie östlich der Elbe gewesen waren, und die redeten, als würden sie tagtäglich in der Lubjanka ein und aus gehen und durch die Dzierzynskistraße – die ich kaum aussprechen konnte – schlendern, um sich eine

*Prawda* und eine Schachtel was auch immer damals in Moskau die beliebteste Zigarettensorte war zu kaufen.

Warum ist er zurückgegangen? Er wußte genauso gut wie ich, was ihn dort erwartete – ich hatte die Berichte über die Schauprozesse gelesen, hatte, allein mit meinem Entsetzen, hinter verschlossener Tür über den Zeitungen gehockt, mit schweißnassen Händen und glühendem Gesicht, wie ein pubertierender Knabe, der schaudernd ein Handbuch über Geburtshilfe verschlingt. Er hätte abhauen können, er hatte die Kontakte, die Fluchtrouten, er hätte in die Schweiz flüchten können oder nach Südamerika. Aber nein, er ist zurückgegangen. Warum? Diese Frage bereitet mir bis heute Kopfzerbrechen. Ich habe das ungute Gefühl, wenn ich darauf eine Antwort hätte, dann hätte ich auch die Antwort auf vieles andere, nicht nur bei Felix Hartmann, sondern auch bei mir selber. Die schiere Ratlosigkeit, die wie ein Nebel über mich kommt, wenn ich an diesen letzten, verhängnisvollen Entschluß denke, den er gefällt hat, ist ein erschreckendes Anzeichen dafür, daß mir im tiefsten Innern etwas fehlt, etwas ganz Einfaches, das normale Einfühlungsvermögen, das für andere Menschen anscheinend ganz natürlich ist. Ich habe es mit dem Gedankenexperiment probiert, das der alte Charkin, mein Philosophiedozent am Trinity, immer gemacht hat, wenn er uns dazu bringen wollte, logische Schlüsse zu ziehen, ich habe versucht, mich, so gut ich konnte, in Felix Hartmann hineinzuversetzen und mir dann zu überlegen, wie ich unter den gleichen Umständen vernünftig gehandelt hätte. Aber das nützte nichts, ich kam nie weiter als bis zu dem Moment, wo man sich unausweichlich entscheiden muß, ob man seinem Schicksal ins Auge schauen oder kneifen und davonlaufen will. Was das wohl für ein Gefühl war, wenn man an diese Wegscheide kam, wenn man sein

Leben für eine Sache opfern mußte – und nicht einmal für die Sache an sich, sondern gewissermaßen nur, um den Schein zu wahren, das Phänomen zu erhalten, wie die alten Kosmologen gesagt haben? Zu wissen, daß man aller Wahrscheinlichkeit nach zusammen mit tausend anderen durchsiebten Leichen in einer Grube im Wald endet, und doch zurückzugehen, trotz allem: war das Mut oder bloß Stolz, Torheit, Don-Quichotehafte Dickschädeligkeit? Jetzt hatte ich ein schlechtes Gewissen, weil ich insgeheim immer über seine Posen und Marotten gelacht hatte. Wie ein Selbstmörder – was er ja im Grunde auch war – hatte er sich seine eigene Legende zusammengebastelt und sie bestätigt. Nachts lag ich wach und dachte an ihn, wie er, ein Häufchen Schmerz und Verzweiflung, in einer Ecke einer lichtlosen Zelle lag, frierend unter einer schmutzigen Decke, wie er dem Scharren der Rattenkrallen lauschte und dem Gurgeln der Wasserrohre und den Schreien des jungen Mannes, der irgendwo nach seiner Mutter weinte. Doch nicht einmal das konnte ich zur Realität werden lassen; es geriet mir jedesmal zum Melodram, zu einem Bild aus einem billigen Schauermärchen.

Boy lachte mich aus.

»Du wirst weich, Victor«, sagte er. »Schweinehunde gibt's überall. Die kommen und gehn, wie die Zigeuner, das weißt du doch.« Wir waren in Perpignan, in einer Brasserie am Fluß. Es war August, die letzten Wochen vor dem Krieg. Violette Schatten unter den Platanen und tanzende Rhomben wäßrigen Lichts auf den graugrünen Unterseiten ihrer großen, schlaffen Blätter. Wir waren mit Boys weißem Roadster von Calais heruntergekommen und fingen schon langsam an, unser Zusammensein als ziemlich lästig zu empfinden. Mir ging seine Gier nach Knaben und Alkohol auf die Nerven, und er fand mich altjüngferlich. Ich hatte mich zu dieser Reise entschlossen, weil Nick mitfahren sollte, aber dem war »etwas dazwischengekommen«; er war wieder mal in irgendeiner geheimen Mission nach Deutschland geflogen. Nun musterte mich Boy mit seinem finster-verschlagenen Blick. »Du bist ja verknallt, Vic. Hartmann, der Traummann. War sicher die priesterliche Note, das Handauflegen. Hast deinen Vater geliebt als kleiner Junge, stimmt's? Da kriegt das Wort Vikariat gleich 'ne ganz neue Bedeutung.«

Er goß sich den letzten Schluck Wein ein und bestellte die nächste Flasche.

»Dir ist es anscheinend völlig egal, wen sie erschießen«, sagte ich, »oder wie viele.«

»Mein Gott, Vic, was bist du nur für ein Trauerkloß.«

Doch er wich meinem Blick aus. Es war keine gute Zeit für die echten Gläubigen, für solche wie Boy. Die Botschaft in London war mittlerweile praktisch unbesetzt. Ein V-Mann nach dem anderen – Iosif, Felix Hartmann, ein halbes Dutzend weitere – war zurückbeordert worden, und es kam kein Ersatz, so daß wir uns, so gut es eben ging, allein durchwursteln mußten. Die Sachen, die ich im Department aus den Akten stibitzte und die Felix Hartmann immer in Begeisterung versetzt hatten – vermutlich hatte er diese Informationen aus altmodischer Höflichkeit höher bewertet, als sie tatsächlich waren –, hinterlegte ich neuerdings in einem toten Briefkasten in einer Irenkneipe in Kilburn, wobei ich mir keineswegs sicher war, ob sie weitergeleitet wurden und, wenn ja, ob sie irgend jemand las. Ich weiß wirklich nicht, warum ich damals weitergemacht habe. Wenn der Krieg nicht gekommen wäre, hätte ich wahrscheinlich aufgehört. Wir mußten uns antreiben, ein paar verirrten Forschungsreisenden vergleichbar, die sich gegenseitig daran erinnern, wie schön es zu Hause ist. Es war Schwerstarbeit. Alastair Sykes hatte gerade im *Spectator* einen haarsträubend einfältigen Artikel darüber veröffentlicht, weshalb die Moskauer Säuberungen angesichts des drohenden Faschismus notwendig seien – der reine Selbstbetrug; ich mußte lachen, als ich das las und mir dabei vorstellte, wie er in seiner Wohnung im Trinity an seiner uralten Schreibmaschine hockte und mit zwei Fingern tippte wie ein Wahnsinniger, die Stirn in Falten gelegt, die Haarborsten gesträubt, im Mund die funkensprühende Pfeife.

Boy stach mit seiner Gabel in ein zerfließendes Eckchen Käse. »Ah, wie das stinkt!« rief er aus. »*Saveur de matelot* ...« Er hielt inne, runzelte die Brauen und blickte starr an mir vorbei. »Donnerschlag«, sagte er, »nun sieh dir das an.« Ich guckte. Schatten und Rauch, eine dickbäuchige Kaffeemaschine, auf deren Rundung ein Lichtstreifen funkelte, die Silhouette eines Mädchenkopfs auf schlankem Hals – lachend, die Hand vorm Mund – und dahinter der Kopf eines jungen Mannes, das Fenster als Rahmen für einen großen impressionistischen Landschaftsausschnitt mit Bäumen, sonnenbeschienenem Stein und funkelndem Wasser. Das ist es, was uns im Gedächtnis bleibt: ein Wirrwarr von Dingen, die nichts miteinander zu tun haben. »*Da, du Idiot!*« zischte Boy und zeigte mit der Gabel. An unserem Nebentisch las ein sehr dicker Mann mit Glatze und Kneifer den *Figaro*; er saß da, die prallen Schenkel breit gespreizt, die Schnute kurzsichtig nach oben gereckt, und bewegte beim Lesen lautlos die Lippen. Auf der Titelseite prangte in beinah acht Zentimeter hohen, bedrohlich schwarzen Lettern die Schlagzeile. Boy stand schwankend auf und machte so eine Art Ausfallschritt, wobei ihm die Serviette vom Schoß glitt und die Krümel herunterprasselten.

»*Votre journal, Monsieur, vous permettez ...?*«

Der Dicke nahm seinen Kneifer ab und starrte Boy an, und dann runzelte er die Stirn, so daß sich die Haut über seinen wohlgeformten Ohren in drei parallel zueinander verlaufende, halbmondförmige Fältchen legte.

»*Mais non*«, sagte er und hob seinen teigigen Zeigefinger, »*ce n'est pas le journal d'aujourdhui, mais d'hier.*« Er tippte mit dem Fingernagel auf die Titelseite. »*C'est d'hier.* Sie verstehen? Ist Journal von gestern.«

Boy, blaurote Lippen, hervorquellende Augen – ein wütender, brutaler Clown –, schickte sich an, dem Mann die Zeitung mit Gewalt wegzunehmen. Der Dicke wehrte sich, die Titelseite riß in der Mitte auseinander und mit ihr die Schlagzeile, und da hatte der zwei Tage zuvor in Moskau unterzeichnete Hitler-Stalin-Pakt den ersten Riß. Wenn ich an diese weltbewegende Allianz denke, den offenkundigen Verrat an allem, woran wir glaubten, dann sehe ich immer jenes Bild vor mir: den dicken alten Mann mit seinem Kneifer und den aufgeschwemmten Oberschenkeln, den Sonnenschein auf dem Fluß und den nach ungewaschenen Socken riechenden Camembert.

\*

Wir gingen schnurstracks ins Hotel zurück, holten unser Gepäck und fuhren los nach Norden. Wir sprachen kaum ein Wort. Beide empfanden wir eine tiefe, brennende Scham; wie zwei Brüder, deren ehrfürchtig geliebten Vater man soeben dabei ertappt hatte, wie er in aller Öffentlichkeit etwas sehr, sehr Unanständiges tat. Bei Anbruch der Nacht hatten wir Lyon erreicht, wo wir in einem gespenstischen Hotel am Waldrand, etwas außerhalb der Stadt, abstiegen und in einem riesigen, verlassenen, schlecht beleuchteten Speisesaal zu Abend aßen, in dessen schattigen Ecken lederbezogene Lehnstühle lauerten wie die Geister früherer Gäste, und *madame la proprietaire* höchstpersönlich, eine stattliche *grande dame* in schwarzem Bombasin und fingerlosen Spitzenhandschuhen, sich zu uns setzte, um uns zu erzählen, daß Lyon *le centre de la magie* in Frankreich sei und es in der Stadt eine geheime jüdische Bruderschaft gebe, die jeden Samstagabend in einem verrufenen Haus (»*avec des femmes nues, messieurs!*«) unten am Fluß schwarze Messen zelebriere. Dann verbrachte ich eine schlaflose Nacht in einem schäbigen Himmelbett, halb dämmernd, halb träumend (nackte Harpyen, Hitler mit sternchengeschmücktem Zaubererhut und derlei mehr), stand im Morgengrauen auf, setzte mich, eingewickelt in eine Steppdecke, ans Fenster und sah zu, wie hinter dem Hotel die Sonne weiß und riesengroß über den von grünlichschwarzen Bäumen gekrönten Hügel gekrochen kam. Im Nebenzimmer hörte ich Boy und war mir sicher, er wußte genau, daß ich ebenfalls wach war, und doch klopfte er diesmal nicht an die Wand, damit ich rüberkam und ein Glas mit ihm trank; an jedem anderen Morgen hätte er das getan, denn er haßte es, allein zu sein, wenn er nicht schlafen konnte.

In Calais verbrachten wir einen grämlichen Sonntag, gingen durch die irgendwie unfertig wirkende Stadt und tranken zuviel Wein in einer Bar, in der Boy sich in den halbwüchsigen Sohn des Wirts verguckt hatte. Am nächsten Tag war auf der Fähre kein Platz mehr für Boys Roadster, und da ließ er ihn einfach im Hafen stehen und bat darum, daß man ihn mit dem nächsten Schiff nachschicken sollte; als wir ablegten, stand der Roadster am Kai und schaute seltsam verlegen drein, ganz so, als ob er wüßte, daß dies gleichsam die Vorwegnahme einer anderen, denkwürdigeren Situation war, in der Boy seinen Wagen ebenfalls in einem Hafen zurücklassen sollte. Auf der Überfahrt nach Dover redete alles von

Krieg, und überall war dieses kurze, grimmige Auflachen zu hören, dieses Lachen mit emporgerecktem Kinn und ironisch zuckenden Augenbrauen, das mit zu den Dingen gehört, die mir aus jener gespenstisch munteren Zeit der Hoffnungslosigkeit am besten in Erinnerung geblieben sind. Nick holte uns von Victoria Station ab. Er war vor vier Wochen zum Militär gegangen – im Auftrag des Departments – und machte in seiner Captainsuniform einen ausgesprochen feschen, selbstzufriedenen Eindruck. Wie ein Flanderndenkmal trat er auf dem Bahnsteig aus einer wütenden Dampfwolke hervor. Er trug einen dünnen Oberlippenbart, den ich noch nicht an ihm kannte und der in meinen Augen eine Geschmacksverirrung war, denn das Ding sah aus, als hätte er sich zwei weiche, schwarze, an den Spitzen nach oben gebogene Federn unter die Nase geklemmt. Er hatte seinen jovialen Tag.

»Hullo, ihr zwei! Mensch, Victor, du siehst ja richtig spitz aus; wohl wieder das alte *mal de mer*, was? Oder macht dich krank, was dein Onkel Joe angestellt hat?«

»Ach, laß gut sein, Nick.«

Er nahm mir lachend die Tasche ab und hängte sie sich über die Schulter. Auf dem Bahnhof war es laut und heiß, und es roch nach Dampf und Kohlengas und Menschen. Überall Uniformen. An diese letzten Tage vor der Kriegserklärung kann ich mich noch lebhaft erinnern: die Menschenmassen, die Sonne und der Rauch, das ewige Ankommen und Abfahren, das Geschrei der Zeitungsjungen – schmissiger denn je –, die Bars, proppenvoll, und in allen Augen dieser Glanz, wie von einer hektisch-fröhlichen Angst. Wir verließen den Bahnhof und traten hinaus in die schrille Kakophonie des Augustnachmittags. Hupende Taxis mit schwarzen, im Sonnenschein blitzenden Dächern schwärmten über den Strand wie eine brünstige Viehherde. Nick war mit dem

Wagen gekommen, und als Boy sagte, er werde allein nach Hause fahren, wollte er nichts davon wissen.

»Ich hab frei – los, wir gehn ins Gryphon und betrinken uns.«

Boy zuckte die Achseln. Seine Haltung Nick gegenüber – mürrrisch, zurückhaltend, sogar eine Spur ehrfürchtig – ist mir immer ein Rätsel gewesen. Nick stellte unsere Taschen in den Kofferraum und setzte, oder besser, warf sich, scheinbar mit beiden Füßen gleichzeitig vom Boden abhebend, auf seine ganz spezielle, lässigelegante Art hinters Lenkrad. Ich sagte, daß ich ja eigentlich zu Baby müßte.

»Ach ja«, sagte er, »richtig: das kleine Frauchen. Obwohl so klein ja nun auch wieder nicht. Sie meint, sie kommt sich vor wie 'n Sperrballon. Sperrballons sind aber *leicht*, hab ich ihr erklärt, und sie wiegt bestimmt schon über einen Zentner. Du bist ein Sauhund, Victor, weißt du das, einfach so abzuhauen, wo sie jeden Tag werfen kann. Sei's drum, sie sitzt bei mir zu Hause und schaut zu, wie die Zeit vergeht, bis ihr reiselustiger Held wiederkommt.«

Wir fuhren über die Charing Cross Road und wären am Cambridge Circus beinah unter einen Armeelaster voll hohnlachender Tommies gekommen.

»Allgemeine Mobilmachung«, sagte ich.

»Das wird eine verdammt harte Angelegenheit, ohne Ostfront, verstehst du«, erwiderte Nick und versuchte, ein finsteres Gesicht zu machen, was mit diesem Schnurrbart gar nicht so einfach war.

Boy lachte höhnisch auf. Nick warf ihm im Rückspiegel einen Blick zu und wandte sich dann an mich: »Wie lautet denn die Parteilinie, Vic?«

Ich zuckte die Achseln.

»Jeder sucht sich seine Freunde, wo er kann«, sagte ich. »Winston hat immerhin Roosevelt.«

Nick krächzte amüsiert.

»O Gott!«, sagte er. »Nun hör sich einer den Klugscheißer an.«

Die Poland Street war ungewöhnlich still, wie gelähmt von der Hitze des Sommernachmittags. Als wir aus dem Wagen stiegen, hörten wir von oben Jazzmusik. Wir gingen die Treppe hinauf in Nicks Wohnung, wo Baby im Umstandskleid mit ihrem dicken Bauch breitbeinig in einem Korbsessel am Fenster saß, vor sich auf dem Boden ein Dutzend Schallplatten, und Nicks Grammophon lief mit voller Lautstärke. Ich beugte mich zu ihr hinunter und gab ihr einen Kuß auf die Wange. Sie roch – nicht unangenehm – nach Milch und so was wie abgestandenem Blumenwasser. Sie war eine Woche überfällig; ich hatte gehofft, ich würde die Geburt verpassen.

»Gute Reise gehabt?« fragte sie. »Na, das freut mich. Boy, Schätzchen: Kuß-Kuß.«

Boy ging vor ihr in die Knie, drückte sich mit dem Gesicht an ihren großen, straffen, hügelartigen Bauch und mauzte bewundernd, obschon mit unverkennbar ironischem Unterton, und sie zog ihm lachend die Ohren lang. Boy verstand was von Frauen. Ich fragte mich gelangweilt und nicht zum erstenmal, ob er und Baby vielleicht irgendwann ein Verhältnis miteinander gehabt hatten, in einer seiner Heterophasen. Sie schob ihn weg, er kippte um und saß nun zu ihren Füßen und stützte sich mit dem Ellbogen auf ihr Knie.

»Dein Mann hatte furchtbare Sehnsucht nach dir«, sagte er. »Ich hab ihn jede Nacht weinen hören – gräßlich.«

Sie zog ihn an den Haaren.

»Das kann ich mir denken«, erwiderte sie. »Man sieht ja förmlich, wie schlecht es euch beiden gegangen ist. Da kann man ja richtig Gelüste kriegen; wenn ich doch bloß nicht so eine Vogelscheuche wäre.«

Nick ging rastlos auf und ab. Er guckte wütend auf das Grammophon.

»Was dagegen, wenn ich dieses Niggergejaule ausmache?« fragte er. »Man kann ja überhaupt keinen klaren Gedanken mehr fassen.«

Er hob den Tonarm hoch und ließ die Nadel über die Rillen ratschen.

»Schwein«, sagte Baby träge.

»Sau.« Er steckte die Platte in die Packpapierhülle und schob sie beiseite. »Los, wir trinken einen Gin.«

»Au ja, fein«, sagte Baby. »Ein Schnäpschen für Mami. Oder soll ich lieber nicht? Gin ist doch das Zeug, das die Ladenmädels schlucken, damit's abgeht, oder? Na ja, bei mir ist es wohl eh zu spät für 'ne Abtreibung.«

Boy umklammerte ihre Knie. »Man soll nie die Hoffnung aufgeben, Kleines!«

Und so hatte der Abend angefangen. Nick und Baby tanzten ein Weilchen zusammen, wir machten die Ginflasche leer, Nick tauschte die Uniform gegen einen Anzug, und dann gingen wir alle zusammen runter ins Coach and Horses und tranken weiter. Später aßen wir im Savoy, wo Boy sich schlecht benahm und Baby ihn anstachelte, indem sie wie eine Robbe in die Hände klatschte und lachte, bis die Leute am Nachbartisch den Oberkellner riefen und sich über uns beschwerten. Ich wollte mitmachen bei diesem bösen Spiel – schließlich waren wir doch Kinder der zwanziger Jahre –, aber ich war nicht mit dem Herzen dabei. Ich war zweiunddreißig, kurz davor, Vater zu werden; ich war ein durchaus anerkannter Gelehrter (wie elegant uns die Sprache solche Dinge auszudrücken erlaubt), doch das war keine Entschädigung dafür, daß ich nie ein Mathematiker oder ein Künstler werden würde, denn dies allein waren die Berufe, die ich als meinem Intellekt angemessen betrachtete (ja, ich habe es wirklich so empfunden). Es ist nicht leicht, ein Leben leben zu müssen, das immer sozusagen dicht neben dem ist, das man leben zu müssen glaubt. Ich konnte es kaum erwarten, daß der Krieg losging.

Auch Nick war niedergeschlagen; er hockte schlaff auf seinem Stuhl, den Ellbogen auf dem Tisch, die Stirn auf den Zeigefinger gestützt, und schaute angewidert und mit dumpfem Blick zu, wie seine Schwester mit Boy herumalberte.

»Spielst du immer noch den Spion?« fragte ich.

Er sah mich mißmutig an.

»Du nicht?«

»O doch, aber ich bin bei den Fremdsprachen, das zählt kaum. Du dagegen vertauschst wahrscheinlich auf einem Bahnhof in Istanbul Aktentaschen und machst überhaupt lauter tollkühne Sachen.«

Er zog ein finsteres Gesicht.

»Meinst du nicht, die Zeit für Klugscheißerei ist vorbei?«

Wie hinreißend lächerlich sich solche Bemerkungen aus seinem Munde anhörten. Und das wußte er auch. Dieses berechnende Luder.

»Ich bin ja bloß neidisch«, sagte ich, »wo ich doch so ein träger Hund bin.«

Er zuckte die Achseln. Sein geöltes schwarzes Haar hatte genau den gleichen dunklen Schimmer wie sein Smoking.

»Du könntest was machen«, sagte er, »was Neues anfangen. Es wird sowieso bald alles anders. Dann tun sich lauter ungeahnte Möglichkeiten auf.«

»Zum Beispiel?«

Boy balancierte sein Weinglas auf dem Kinn. Als er sprach, war es, als käme seine gepreßte, köperlose Stimme irgendwie von oben, von der Decke.

»Kannst ihm ja einen MP-Posten verschaffen«, sagte er.

Baby, kitzelte Boy mit verschlagenem Lächeln am zurückgebogenen Hals, damit er das Glas fallen ließ.

»Ich glaube nicht, daß Victor der rechte Mann für die Politik wäre«, sagte sie. »Ich kann ihn mir nicht auf dem Podium vorstellen, oder wie er vorm Unterhaus seine Jungfernrede hält.«

»Boy meint mit MP Militärpolizei, nicht Mitglied des Parlaments«, sagte Nick. »Ganz neuer Verein. Mit Billy Mytchett als Chef. Jetzt laß das doch mal sein, Baby, hör auf! Sonst liegt nachher der ganze Tisch voll Glasscherben.«

»Spielverderber.«

Boy warf gekonnt das Weinglas ab und fing es schwungvoll auf. Er bestellte eine Flasche Champagner. Ich fühlte jetzt schon die Kopfschmerzen von morgen früh anfangen. Ich streichelte Babys Arm: wie seidig und straff ihre Haut in diesem letzten Stadium der Schwangerschaft war.

»Ich glaube, wir sollten allmählich nach Hause gehen«, sagte ich.

»O Gott«, rief sie in die Runde, »der redet ja schon richtig wie ein Vater.«

Ich merkte, daß ich betrunken war, dumpf, irgendwie gegen meinen Willen; meine Lippen waren taub, und die Wangen fühlten sich an, als ob sie mit einer spröden, glänzenden Substanz überzogen wären, einem angetrockneten Schaum. Ich fand es immer sehr interessant, wie sich die Trunkenheit auswirkte, und habe mich oft gefragt, ob ich eines Tages, wenn ich ein Glas zuviel getrunken habe, meine ganzen Geheimnisse ausposaunen könnte. Und außerdem, wenn ich betrunken bin, denke ich immer, bei anderen Leuten ist dieses Gefühl wahrscheinlich ein Dauerzustand: verwirrt, tolpatschig, sentimental, dumm. Baby und Boy spielten irgendwas mit Streichhölzern und Teelöffeln, steckten die Köpfe zusammen und gackerten.

Der Biber hatte sich eine grotesk dicke Zigarre angezündet. Der Champagner war klebrig.

»Hör mal«, sagte ich zu Nick, »erzähl mir mehr von dieser Sache mit der Militärpolizei. Ist das amüsant?«

Er überlegte und blinzelte durch einen Rauchschwaden hindurch zu mir rüber.

»Ich glaub schon«, sagte er skeptisch.

»Und wie komm ich da rein?«

»Ach, da mach dir mal keine Sorgen, das kann ich arrangieren. Ich red einfach ein Wörtchen mit Billy Mytchett. Ich seh ihn ja ziemlich oft.«

»Und was ist mit meiner – meiner Vergangenheit?« fragte ich achselzuckend.

»Ach du meinst, weil du mal links warst und so? Aber das hast du doch alles längst hinter dir, oder? Zumal jetzt.«

»Warum gehst du nicht einfach in die Armee wie alle andern auch?« sagte Baby und starrte mich an; ihr Blick war unstet und irgendwie ausweichend. »Dieser Brigadekommandeur, den Daddy kennt, der könnte dich doch da reinbringen. Wenn die Nick genommen haben, nehmen sie jeden.«

»Er will aber lieber was mit Mantel und Degen«, sagte Boy. »Stimmt's, Vic?«

Nick sah kurz zu den benachbarten Tischen rüber.

»Halt mal etwas die Luft an, Boy«, sagte er. »Muß ja nicht halb London wissen, was wir treiben.«

Baby schüttelte angewidert den Kopf. »Wie die Pfadfinder.«

»Pfadficker?« fragte Boy. »Was ist das denn?«

Baby gab ihm einen Klaps auf den Arm.

»Paß auf«, sagte Nick, »du kommst morgen rüber zu mir in die Abteilung, und dann suchen wir Mytchett, und ich stell dich ihm vor. Der Billy, der fackelt nicht lange. Der macht das schon.«

Dann kam die nächste Flasche Champagner.

»Meine Fresse«, sagte Baby plötzlich, »ist mir auf einmal übel.« Sie saß da, die Ellbogen auf den Tisch gestützt, und zerknüllte ein Taschentuch. Sie war blaß; ihre Augen wirkten starr und irgendwie abwesend, als ob sie sich umstülpen und nach innen gucken wollten. »Meine Fresse«, sagte sie noch einmal und atmete tief ein. Dann hievte sie sich hoch, die eine Hand auf der Stuhllehne, die andere ganz fest unten an ihren gewölbten Bauch gepreßt. »Nase pudern«, murmelte sie und machte sich auf den Weg zur Damentoilette. Ich stand auf, um ihr zu helfen, doch sie stieß mich weg und schlängelte sich allein zwischen den Tischen hindurch, stakste davon mit diesen angesichts ihrer sonstigen Plumpheit überraschend wohlgeformten Fesseln – die Knochen dort haben mich immer an Schmetterlinge erinnert – und den schmalen, hochhackigen Schuhen.

»Setzt dich doch hin, Victor«, zischte Nick wütend. »Die Leute gucken schon.«

Ich setzte mich wieder. Wir tranken noch mehr Champagner. Es schien endlos zu dauern, bis Baby zurückkam, mit vorsichtigen Schritten und starrem, aschfahlem Lächeln. Als sie den Tisch erreicht hatte, hielt sie sich mit einer Hand daran fest und sah uns fassungslos an.

»Wer hätte das gedacht?« sagte sie. »Da ist wirklich Wasser drin. Es läuft aus.«

\*

In den frühen Morgenstunden des nächsten Tages wurde unser Sohn geboren. Die genaue Geburtsstunde habe ich nicht registriert – ich war noch ziemlich blau –, und hinterher zu fragen, schien mir unhöflich. Damit hat wohl diese generelle Gleichgültigkeit gegenüber meinem Sohn angefangen, die er mir immer stillschweigend vorwirft. Als ich seinen ersten Schrei hörte, ging ich, wie es sich für einen werdenden Vater gehört, rauchend vorm Kreißsaal auf und ab – das gab's damals noch nicht, diesen Unfug, daß man die Väter mit zur Entbindung schleppt – und spürte ein Zucken in der Zwerchfellgegend, als ob eine Blase gesprungen wäre, als ob die ganze Zeit über, bislang unbemerkt, auch in mir ein neues Leben gewachsen wäre. Wie gern würde ich sagen können, daß ich damals Freude empfand, Aufregung, die erhebende Erkenntnis, plötzlich seelisch Gewicht bekommen zu haben – und das hatte ich doch wohl, das muß doch so gewesen sein –, doch am deutlichsten erinnere ich mich an ein Gefühl der Starre, der Schwere, als hätte ich durch diese Geburt tatsächlich irgendwie mehr Gewicht bekommen, körperlich, meine ich, als hätte Vivienne mir eine sperrige Bürde aufgehalst, die ich von nun an überall mit mir würde herumschleppen müssen. Das wirkliche Kind hingegen wog fast nichts. Ich hielt es mit linkischer Zärtlichkeit im Arm und zermarterte mir das Hirn, was ich sagen sollte. Erst als ich spürte, wie mir das warme, salzige Wasser in die Mundwinkel lief, wurde mir klar, daß ich weinte. Vivienne, die mit rotgeränderten Augen und vom Schweiß geglätteten Haaren völlig erledigt auf ihrem noch blutverschmierten Bett lag, sah taktvoll über meine Tränen hinweg.

»Na ja«, sagte sie schleppend und fuhr sich mit der grauen, erstaunlich dicken Zunge über die aufgesprungenen Lippen, »wenigstens müssen mich die Leute ab jetzt bei meinem richtigen Namen nennen. Todernst von Babys Baby zu reden, das wird ja wohl keiner fertigbringen, oder?«

*

Die Sonne stand hoch am Himmel, als ich nach Hause ging – nach Hause, das war eine Wohnung in Bayswater, die wir bis weit in den Krieg hinein behielten, obwohl wir beide nur selten dort anzutreffen waren –, doch der Park mit seinen gerade erst ausgehobenen Zickzackgräben war noch grau verschleiert vom Tau, und unter den Ästen der schon ermatteten Bäume hingen feine Nebelsträhnen. Ich legte mich aufs Sofa und versuchte zu schlafen, aber der Alkohol der Nacht arbeitete noch in mir, und meine Gedanken rannten um die Wette. Also stand ich auf, trank Kaffee mit einem Schuß Brandy, setzte mich in die Küche und sah den Tauben auf der Feuerleiter dabei zu, wie sie sich putzten und sich gegenseitig wegschubsten. Die von den Straßen heraufkommende Morgenstille brachte ein Gefühl von Leichtigkeit mit sich, als würde die Welt traumverloren dahinschweben und darauf warten, daß der Lärm des Tages einsetzte und allem das gebührende Gewicht gab. Als ich mein Frühstück beendet hatte, wußte ich nicht, was ich tun sollte. Ich strich durch die Wohnung wie ein unglückliches Gespenst. Viviennes Abwesenheit war eher eine Anwesenheit. Die leeren Flächen an den Wänden verstärkten das triste Empfinden, daß etwas fehlte, obwohl eigentlich alles da war – ich hatte aus Angst vor Luftangriffen darum gebeten, meine Bilder im Keller des Instituts lagern zu dürfen, auch den *Tod des Seneca*. Es war Morgen, und ich war Vater, und doch hatte ich das Gefühl, nicht am Anfang zu stehen, sondern am Ende. Um sieben hörte ich Nachrichten. Nichts Gutes dabei. Ich setzte mich wieder aufs Sofa, nur um mich einen Moment lang auszuruhen und meine hämmernden Schläfen zu pflegen, und drei Stunden später kam ich völlig benommen wieder zu mir, mit brennenden Lidern, steifem Hals und einem schrecklichen Belag auf der Zunge, klebrig wie angetrocknetes Harz. Dieses kleine Bißchen Schlaf hat in meiner Erinnerung eine geheimnisvolle Bedeutung erlangt; es war wie ein Schritt aus der Welt und aus mir selbst, wie der Schlaf, der dem Helden im Märchen gewährt wird, bevor er hinauszieht ins Verderben, um seine Abenteuer zu bestehen. Ich rasierte mich, gab mir Mühe, mir im Spiegel nicht in die Augen zu sehen, und ging nach Whitehall, um mit Billy Mytchett zu reden.

Mytchett war ein junger Mann von fünfunddreißig, einer von diesen ewigen Eliteschülern, die in den ersten Kriegsjahren so recht zum Zuge kamen. Er war klein und kräftig gebaut, hatte ein rührend offenes, rosiges Gesicht und dichtes, drahtiges blondes Haar, das ihm tief in die Stirn hing und oben auf dem Scheitel in einen komplizierten Wirbel mündete, wodurch er eine gewisse Ähnlichkeit mit einer unordentlich aufgebundenen Weizengarbe hatte. Er trug Tweed und eine Eton-Krawatte, deren Knoten so aussah, als ob er ihn seit dem ersten Schultag, als seine Mutter ihn gebunden hatte, nicht mehr gelöst hätte. Er schmückte sich mit einer Tabakpfeife, die nicht zu ihm paßte und mit der er sichtlich nicht umzugehen wußte, so, wie er immerzu darin herumstocherte und den Tabak festdrückte und sie vergebens mit funkensprühenden Streichhölzern anzustecken suchte. Sein enges Büro hatte eine auffallend schöne Aussicht: Bögen, Dächer, Strebepfeiler und ein königsblauer Himmel. Er war Stellvertretender Leiter des Militärischen Geheimdienstes; kaum zu glauben.

»Grüß dich, Billy«, sagte Nick, setzte sich auf eine Ecke von Mytchetts Schreibtisch und ließ die Beine baumeln. Ich hatte Nick von zu Hause aus angerufen, und als ich kam, hatte er mich an der Pförtnerloge erwartet und grinsend mein mitgenommenes Gesicht und meine verquollenen Augen registriert; Nick bekam keinen Kater mehr, das war etwas für die niederen Ränge.

»Billy, das ist Maskell«, sagte er jetzt, »der Bursche, von dem ich dir erzählt habe. Ich erwarte, daß du ihn genauso behandelst, wie du es mit jedem anderen Schwager von mir machen würdest.«

Mytchett sprang auf, wobei er einen Stapel Papiere vom Tisch stieß, und drückte mir kräftig die Hand.

»Großartig!«, sagte er und griente von einem Ohr zum anderen. »Unbedingt!«

Nick raffte flink die Papiere zusammen, die Billy heruntergefallen waren, und legte sie wieder auf den Tisch. Immer machte er das, aufräumen, Sachen richtig hinstellen, als ob er dazu auf der Welt wäre, unauffällig die kleinen Mißgeschicke wieder geradezubiegen, die anderen Leuten, Leuten, die nicht soviel Anmut hatten wie er, nolens volens passierten, wenn sie so durch die Welt stolperten.

»Und wenn du jetzt denkst, der sieht aber grün aus um die Kiemen«, sagte er, »dann kommt das, weil er die Nacht durchgemacht hat – mein Schwesterherz, was seine Frau ist, Gott steh ihr bei, hat nämlich vor ein paar Stunden das erste Kind gekriegt.«

Daraufhin wurde Mytchetts Grienen noch breiter; abermals drückte er mir die Hand, mit frischer Kraft, doch in seinem Blick lag plötzlich etwas Unangenehmes, Lauerndes; ein Baby, also daß einer wie er sich in so einem historischen Augenblick auch noch übers Kinderkriegen Gedanken machte, das war ja wohl zuviel verlangt.

»Großartig«, sagte er noch einmal; er bellte das Wort richtig heraus. »Ein Junge, stimmt's? Jungs sind das Beste, klarer Fall. Nehmen Sie doch Platz. Zigarette?« Er verzog sich hinter den Schreibtisch und setzte sich wieder hin. »Also – Nick sagt, Sie sind es leid, den Federfuchser zu spielen. Verständlich. Ich hoffe ja auch, daß ich rauskomme ins Feld, und zwar schnellstens.«

»Sie glauben, es gibt Krieg?« fragte ich. Das war damals meine Lieblingsfrage; ich stellte sie jedem, denn die Antworten, die ich darauf bekam, waren immer sehr amüsant. Billy Mytchetts Reaktion war besonders lustig: er kriegte richtig Stielaugen, er starrte mich ebenso verdutzt wie mitleidig an, schlug mit der Hand auf die Tischplatte und blickte um sich, als wollte er ein imaginäres Publikum auf meine Naivität aufmerksam machen.

»Keine Frage, alter Freund. Ist 'ne Sache von Tagen. Na schön, Johnny Czecho haben wir im Stich gelassen – 'ne Schande, wenn Sie meine unmaßgebliche Meinung hören wollen –, aber den Polen werden wir unter die Arme greifen. Diesmal wird Freund Adolf eine böse Überraschung erleben.«

Nick, der immer noch mit den Beinen baumelte, strahlte stolz auf Mytchett herunter, als ob er ihn gemacht hätte.

»Und Billys Jungs«, sagte er, »werden bei dieser Überraschungsparty in vorderster Front sein. Stimmt's, Billy?«

Mytchett nuckelte an seiner Pfeife und nickte glücklich, und dann verschränkte er die Arme fest über der Brust, als ob er gleich aufspringen und uns einen kleinen Volkstanz vorführen wollte.

»Wir haben da was in der Nähe von Aldershot«, sagte er. »Großes altes Gutshaus, Landbesitz drumrum. Da werden Sie Ihre Grundausbildung machen.«

Dann war Schweigen, und die beiden saßen da und lächelten mich an.

»Grundausbildung?« fragte ich leise.

»Ja, sicher«, sagte Mytchett. »Schließlich sind Sie jetzt in der Armee und alles. Na ja, nicht direkt in der Armee, aber doch so gut wie. Verstehn Sie, wir sind hier bei der Aufklärung, das ist eine Unterabteilung der Militärpolizei. Ist natürlich Schwachsinn, diese albernen Spitznamen, aber was soll's.« Er stand wieder auf und fing an, abermals vor seinem Schreibtisch auf und ab zu gehen, die Pfeife zwischen die Zähne gerammt und eine Hand im Kreuz, eine Haltung, die er vermutlich bei irgendeinem Helden seiner Jugendzeit abgekupfert hatte, einem bewunderten Offiziersonkel oder einem alten Schuldirektor; überhaupt war an diesem Billy Mytchett kein echter Faden. Nick zwinkerte mir zu. »Sie sind bei den Fremdsprachen, ja?« sagte Mytchett. »Das ist gut, sehr gut. Wie sieht's denn aus mit parleh-wuh und so?«

»Französisch? Ich komme zurecht.«

»Er untertreibt«, sagte Nick. »Er spricht's wie seine Muttersprache.«

»Ausgezeichnet. Wir brauchen nämlich Leute, die Französisch können. Das ist selbstredend geheim, Sie verstehen, aber wo Sie doch eh beim Department sind, da kann ich's Ihnen ja sagen: sobald der Ballon steigt, werden wir eine beträchtliche Anzahl von Leuten rüberschicken, damit sie dem Franzmann moralisch Beistand leisten – Sie wissen ja, wie diese Franzosen sind. Unsere Jungs müssen da ein Auge drauf haben – mögliche Infiltration, Überprüfung von Briefen und so weiter und so fort –, und da kommen wir ins Spiel. Schon mal unten in der Normandie gewesen? Gut. Ich hab nichts gesagt« – er kniff ein Auge zu und richtete den Zeigefinger wie einen Gewehrlauf auf mich –, »aber ich halte es nicht für ausgeschlossen, daß Sie nicht allzu weit weg von dieser Gegend stationiert werden. So: und jetzt packen Sie Ihre Siebensachen, geben Sie der Frau 'n Kuß, und dem Sprößling machen Sie winke-winke, und dann schleunigst ab nach Bingley Manor, mit dem nächstmöglichen Zug.«

Verdutzt sah ich erst Mytchett, dann Nick und dann wieder Mytchett an.

»Heute?« fragte ich.

»Gewiß doch. Besser noch gestern.«

»Und was«, stotterte ich, »was ist mit meinem jetzigen Posten?«

»Ich hab dir doch gesagt, ich regele das«, sagte Nick. »Ich hab heute morgen mit deinem Abteilungsleiter geredet. Du bist entbunden ab ...« – er sah auf seine Armbanduhr – »ab dieser Minute, ganz genau.«

Mytchett warf sich wieder auf seinen Schreibtischstuhl und rieb sich kichernd die Hände.

»Nick ist ein Mann der Tat«, sagte er. »Bald müssen wir alle Männer der Tat sein.« Doch auf einmal sah er mich nachdenklich an. »Moment mal, und was ist mit dem Loyalitätskonflikt?«

Ich sah in groß an.

»Was für ein Konflikt?«

»Na ja. Sie sind doch Ire, oder etwa nicht?«

»Ja, ich ... Natürlich, ich ...«

Nick beugte sich vor und klopfte mir freundschaftlich auf die Schulter.

»Er will dich auf den Arm nehmen, Vic.«

Mytchett prustete vor Entzücken.

»Tut mir leid, alter Freund«, sagte er. »Bin 'n ganz arger Schelm. Hätten mich mal auf der Schule erleben sollen, entsetzlich.« Er stand auf und reichte mir über den Schreibtisch hinweg die Hand. »Willkommen an Bord. Sie werden's nicht bereuen. Und Frankreich soll gar nicht mal so übel sein im Herbst, hab ich gehört.«

Als wir rauskamen, ging Nick mit mir ins Rainer's in der Jermyn Street und lud mich zur Feier des Tages zu einer Tasse Tee ein. »Oder 'nem Pott«, sagte er, »ich fürchte, von jetzt ab müssen wir 'n Pott Tee sagen. Das Lebenselexier für den Krieger.«

Ein dicker gelber Sonnenstrahl fiel zwischen uns auf den Tisch und vibrierte im Takt mit dem Pochen in meinen Schläfen. Trotz der verträumten, spätsommerlichen Milde des Tages kamen mir die Autos, die auf der Straße vorüberfuhren, irgendwie geduckt und ängstlich vor.

»Großer Gott, Nick«, sagte ich, »sind die etwa alle so?«
»So wie Billy, meinst du? Ach, Billy ist schon in Ordnung.«
»Verdammt noch mal, der ist ein Kind!«
Er nickte lachend und rollte dabei das Mundstück seiner Zigarette auf dem Aschenbecherrand, um es zum Kegel zu formen.
»Ja, etwas auf die Nerven gehen kann er einem schon. Aber er ist nützlich.« Nick sah mich kurz aus dem Augenwinkel an, und dann lächelte er und biß sich auf die Unterlippe. »Der Krieg wird schon dafür sorgen, daß er erwachsen wird.« Die Kellnerin brachte uns unseren Tee. Nick schenkte ihr ein geistesabwesendes, aber dennoch strahlendes Lächeln; immer in Übung, der gute Nick. »Und?« sagte er, nachdem die Frau gegangen war. »Wie soll er denn heißen, euer Junge?«

\*

Als ich Vivienne mittags im Krankenhaus besuchte, war sie völlig verwandelt. Sie saß im Bett, hatte eine perlweiße Bettjacke aus Satin an und polierte sich die Nägel. Ihr Haar war gewellt (»Sacha ist persönlich gekommen und hat mich zurechtgemacht«), sie hatte Lippenstift aufgelegt, und auf jedem Wangenknochen war ein Klecks Rouge, so groß wie ein Zweischillingstück.

»Du siehst ja aus wie 'ne Diva«, sagte ich.
Sie schnitt mir eine Fratze.
»Immer noch besser als Dirne. Das wolltest du doch eigentlich sagen, oder?«
Überall standen Blumen, auf dem Fensterbrett, auf dem Nachttisch, sogar auf dem Fußboden, und manche

Sträuße waren noch nicht einmal ausgewickelt; ihr Moschusduft schwängerte die Luft im Zimmer. Ich trat ans Fenster und blieb dort stehen, die Hände in den Taschen, und schaute hinaus auf die geschwärzte Klinkermauer, die von einem komplizierten geometrischen Netz aus Regenrinnen überzogen war. Schräge Licht- und Schattenlinien auf den Klinkern zeugten davon, daß anderswo der heiße Sommermittag andauerte.

»Wie geht es dem ... wie geht es dem Baby?« fragte ich.

»Dem was? Oje, im ersten Moment hab ich gar nicht gewußt, was du meinst. Hier ist er, wenn du ihn unbedingt sehen willst.« Sie schob einen herabhängenden Farnwedel beiseite, und da war das Kinderbett mit einer blauen Decke, über deren Falten undeutlich ein kleiner, zornroter Fleck zu erkennen war. Ich rührte mich nicht vom Fenster weg. »Ja, unwiderstehlich, nicht wahr? Und trotzdem hast du geweint, als du ihn zum erstenmal gesehen hast. Oder kam das bloß von dem ganzen Champagner heute nacht?«

Ich ging zu ihr und setzte mich auf die Bettkante, und dann beugte ich mich vor und zog entschlossen die Decke fort und betrachtete die heiße Wange des Kindes und den winzigen Mund, der einer Rosenknospe glich. Es schlief und atmete sehr schnell, eine winzige, zarte Maschine. Ich empfand ... Scheu, das ist das einzige Wort. Vivienne seufzte.

»Haben wir einen Fehler gemacht«, sagte sie, »daß wir noch so ein armes Wurm in diese schreckliche Welt gesetzt haben?« Ich erzählte ihr von meinem Gespräch mit Billy Mytchett und sagte ihr, daß ich wegmußte. Sie hörte gar nicht richtig zu, sondern betrachtete nachdenklich das Kind. »Ich hab mir einen Namen überlegt«, sagte sie, »hab ich dir das schon gesagt? Daddy wird enttäuscht sein, und dein Vater wahrscheinlich auch. Aber ich finde es nicht richtig, ein Kind mit dem Namen seines Großvaters zu belasten. Entweder sind die Erwartungen zu hoch, die man ihm damit aufbürdet – oder sie sind zu niedrig. Das eine ist genauso schlecht wie das andere.«

In der Nähe jaulte eine Sirene los, sehr laut und irgendwie grotesk, und hörte ebenso abrupt auf, wie sie angefangen hatte.

»Die üben vielleicht«, sagte ich.

»Mm. Wir hatten heute nacht Verdunklungsübung. Sehr aufregend und richtig gemütlich. Wie in der Schule. Die auf den normalen Stationen, die haben bestimmt einen Mordsspaß gehabt, sind fröhlich gewesen und so. Die Schwestern meinen, es war unheimlich lustig.«

Ich nahm ihre Hand. Sie war ein bißchen geschwollen und fieberheiß. Unter der Haut spürte ich das Blut kreisen.

»Ich bin nicht weit weg«, sagte ich. »Hampshire. Bloß ein paar Kilometer, im Grunde.«

Sie nickte und kaute gedankenverloren auf ihrer Unterlippe herum. Ihr Blick ruhte immer noch auf dem Kind.

»Vielleicht geh ich nach Hause«, sagte sie.

»Ich besorg dir jemanden, der sich um dich kümmert.«

Sachte, als ob sie gar nicht merkte, was sie tat, entzog sie mir ihre Hand.

»Nein, ich meine nach Oxford. Ich hab mit Mami telefoniert. Sie kommen mich abholen. Du mußt dir keine Sorgen machen.«

»Ich mach mir aber Sorgen«, sagte ich und fand meinen Ton plötzlich grob und hundsgemein.

»Ja, Schatz«, sagte sie zerstreut. »Das weiß ich doch.«

Ich hatte nicht geglaubt, daß das alles so schwierig werden würde.

»Nick läßt dich ganz lieb grüßen«, sagte ich, und diesmal hörte es sich ärgerlich an, was ihr aber nicht aufzufallen schien.

»Ach ja?« sagte sie. »Ich dachte, er kommt vielleicht mal vorbei und sieht sich seinen Neffen an. Komisch, diese neuen Begriffe, da müssen wir uns erst noch dran gewöhnen. Neffe, meine ich. Onkel. Sohn. Mutter... Vater.« Sie lächelte mich an. Es war ein kleines, beinahe verlegenes Lächeln, als ob sie sich für irgend etwas entschuldigen müßte. »Boy hat ein Telegramm geschickt«, sagte sie, »schau: *Wir wußten, was in dir steckt.* Ich frage mich, ob das originell ist.«

»Nick kommt dich bestimmt bald besuchen«, sagte ich.

»Ja, er hat sicher schrecklich viel zu tun, wo er doch jetzt bei der Armee ist und alles. Steht ihm gut, nicht wahr – das Soldatsein? Dir auch, denk ich.«

»Ich werde nicht Soldat, wenigstens kein richtiger; eher so was wie ein Polizist.«

Das fand sie amüsant.

»Du wirst bestimmt ganz fesch aussehn in deiner Uniform.« Wie unheimlich sie doch sind, diese Momente des Schweigens, die aus Vertrauten Fremde machen, einander und sich selber fremd. In solchen Momenten kann alles passieren. Ich hätte aufstehen können, langsam, ohne ein Wort, wie ein Schlafwandler sich erhebt, und fortgehen aus diesem Zimmer, diesem Leben, um niemals wiederzukommen, und vielleicht wäre das gar kein Problem gewesen, vielleicht wäre es gar nicht aufgefallen oder hätte niemanden gekümmert. Aber ich stand nicht auf, ich ging nicht, wir saßen lange so, in uns und zwischen uns war eine seltsame Ruhe, saßen da, um uns herum eine Membran aus Schweigen, die Vivienne, als sie dann sprach, nicht durchstieß, sondern in die sie gleichsam hineinschlüpfte wie in eine dichte, uns umhüllende Masse, eine eiweißartige Substanz, die sich teilte, um hinter ihr wieder zusammenzufließen. »Weißt du noch«, sagte sie leise, »die Nacht in Nicks Wohnung, als ich mich als Junge verkleidet hatte und ihr gekommen seid, du und Querell, und wart betrunken, und Querell wollte irgendwie Streit anfangen?« Ich nickte; ich wußte es noch. »Du hast neben meinem Sessel auf dem Fußboden gesessen und mir über diese Theorie von Blake erzählt, daß wir in uns imaginäre Statuen von uns selbst errichten und versuchen, unser Verhalten daran zu orientieren.«

»Diderot«, sagte ich.

»Hmm?«

»Das mit den Statuen. Das war Diderot, nicht Blake.«

»Ja. Aber im Kern stimmt es doch, oder? Daß wir in unserem Kopf eine Statue von uns errichten? Ich dachte, wie gescheit du bist, wie ... leidenschaftlich. Mein wilder Ire. Und dann, später – so gegen Tagesanbruch muß das gewesen sein –, als du angerufen hast und mich gefragt, ob ich dich heirate, das kam völlig überraschend, aber irgendwie war ich kein bißchen überrascht.«

Sie schüttelte den Kopf, staunend, versonnen, den Blick in die Vergangenheit gerichtet.

»Wieso denkst du jetzt daran?« fragte ich.

Sie zog unter der Decke die Beine an, verzerrte dabei vor Schmerz das Gesicht, hatte sich aber gleich wieder in der Gewalt, umschlang ihre Knie und streichelte gedankenverloren ihre Oberarme.

»Ach, das war bloß ...« Sie sah mich schief an. »Ich hab bloß gerade gedacht, daß ich *dich* scheinbar gar nicht mehr sehe, sondern immer nur deine Statue.«

In diesem Moment hätte ich ihr von Felix Hartmann erzählen können, von Boy und Alastair und Leo Rothenstein, von dem anderen Leben, daß ich seit Jahren ohne ihr Wissen führte. Doch ich brachte es nicht über mich, diesen Schritt zu tun. Ich habe es ihr nie erzählt, kein Sterbenswörtchen, in all den Jahren. Vielleicht hätte ich es tun sollen? Vielleicht wäre es dann anders gekommen mit uns. Aber ich hatte kein Vertrauen zu ihr; ich hatte Angst, sie könnte es Nick sagen, und wenn Nick es erfahren hätte, das hätte ich nicht ertragen. Und am Ende war sie es, die geredet hat, die mir alles gesagt hat, alles, was zu sagen war.

»Tut mir leid«, murmelte ich und senkte den Blick.

Sie lachte hell auf.

»Es tut dir leid, ja«, sagte sie. »Allen Leuten tut alles leid. Das muß an diesen Zeiten liegen.«

Plötzlich hatte ich es eilig, wegzukommen. Der Geruch der Blumen und dahinter der Krankenhausgeruch – Äther, gekochtes Essen, Fäkalien – und die wollige Wärme des Zimmers verursachten mir Übelkeit. Ich dachte an Irland, an die windgezausten Felder oberhalb von Carrickdrum und das straffe, mattblaue Tuch des Meeres, das sich bis nach Belfast spannte, zu den Brücken und den Kirchtürmen und den breiten, schwarzen Hügeln. Hettie hatte mir vor kurzem einen Brief geschrieben, was sie selten genug tat, und sich darin über ihre Angst vor dem heraufziehenden Krieg ausgelassen und über ihre Sorgen wegen Babys Schwangerschaft. Dieser Brief war wie ein Schriftstück aus dem vorigen Jahrhundert, das schwere, nach Gummi riechende Papier mit der eingeprägten Ansicht von St. Nicholas, und Hetties vornehme, leicht verrückte Handschrift, diese *T*s mit dem Hut oben drauf, diese staunenden *O*s und diese skurrilen, spitzigen Oberlängen. *Ich hoffe, Vivienne wird es nicht unbequem. Ich hoffe, du gibst auf dich* *acht, und daß du auch richtig ißt in diesen besorgniserregenden Zeiten, denn Vernünftiges Essen ist sehr Wichtig. Dein Vater ist auch weiterhin arm dran. Wir hatten letzthin etwas Regen, aber nicht genug es ist alles so trocken und der Garten sieht übel aus* ... In meiner Phantasie hatte ich eine Vorstellung, so etwas wie einen Tagtraum, den ich mir manchmal zu träumen gestattete; dann malte ich mir aus, wie ich im schlimmsten Falle – wenn mich jemand verraten sollte oder sie mir auf die Schliche kämen, weil ich selber unvorsichtig gewesen war –, wie ich mich dann nach Irland durchschlagen und dort in den Bergen Unterschlupf suchen würde, in einem Versteck zwischen Felsen und Ginsterbüschen, und Hettie würde jeden Tag mit dem Ponywagen kommen und mir Proviant bringen, in einem Korb mit einer weißen Serviette drüber, und wenn ich dann aß, würde sie bei mir sitzen und sich meine Geschichte anhören, meine Beichte, mein Sündenregister.

»Ich muß los«, sagte ich. »Wann kommen deine Eltern?«

Vivienne zwinkerte und richtete sich auf; was für einen Fluchttraum mag *sie* wohl gehabt haben?

»Was?« sagte sie. »Ach so, vor dem Wochenende.« Das Kind in seinem Bettchen machte im Schlaf ein Geräusch, als wenn ein rostiges Scharnier aufgeht. »Wir müssen an die Taufe denken; man kann nie wissen, in diesen Zeiten.« Es gab so ein paar letzte Bastionen des Christentums, die Vivienne mit einer Hartnäckigkeit verteidigte, die mir auf die Nerven ging; das war etwas, was zwischen ihr und ihrer Mutter ständig zu Reibereien führte. »Ich finde, wir sollten ihn in Oxford taufen lassen, meinst du nicht auch?«

Ich zuckte die Achseln.

»Ach, apropos, wie willst du ihn eigentlich nennen?« fragte ich.

Ich muß mich wohl ziemlich verärgert angehört haben, denn sie streckte rasch den Arm aus und legte ihre Hand auf meine und sagte in beleidigtem, aber auch ein ganz klein wenig belustigtem Ton: »Victor soll er doch wohl nicht heißen, mein Lieber, oder?«

»Nein; da würden ihm ja seine deutschen Präfekten in der Schule das Leben zur Hölle machen, falls wir den Krieg verlieren.«

Ich küßte sie auf die kühle, blasse Stirn. Als sie mir den Kopf entgegenreckte, um den Kuß zu empfangen, klappte ihre Bettjacke oben am Hals etwas auseinander, so daß ich ihre geschwollenen, silbrigen Brüste sehen konnte, und da stieg in mir etwas hoch, siedend heiß, ein schmerzendes Mitleid, und schnürte mir die Kehle zu.

»Liebling«, sagte ich, »ich ... ich möchte ...«

Ich kniete halb auf der Bettkante; sie hielt mich am Ellbogen fest, damit ich nicht vornüber kippte, streckte die Hand aus und strich mir über die Wange.

»Ich weiß«, murmelte sie, »ich weiß.« Ich trat zurück, knöpfte mein Sakko zu und klopfte mir auf die Taschen. Sie neigte den Kopf zur Seite und sah mich neugierig an.

»Wird sicher komisch werden«, sagte sie, »die nächsten Wochen, diese ganzen Gefühle, die tränenreichen Abschiede. Beinah wie im Mittelalter, wirklich. Kommst du dir nicht vor wie ein Ritter, der drauf und dran ist, in die Schlacht zu ziehen?«

»Ich ruf dich an, wenn ich angekommen bin«, sagte ich. »Das heißt, wenn's geht. Kann sein, sie lassen uns nicht nach draußen telefonieren.«

»Oje, das hört sich ja spannend an. Kriegst du da auch eine Pistole und unsichtbare Tinte und so was alles? Ich wollte immer Spionin werden, weißt du. Geheimnisse haben.«

Sie warf mir eine Kußhand zu. Als ich die Tür hinter mir schloß, hörte ich, wie das Kind anfing zu weinen. Ich hätte es ihr sagen sollen; ja, ich hätte ihr sagen sollen, was ich war. Wer ich war. Aber dann hätte sie mir auch die Wahrheit sagen müssen, und zwar eher, als sie es dann tat.

\*

Das Alter, hat einmal jemand, den ich liebe, gesagt, ist eine Reise, auf die man nicht mit leichtem Gepäck gehen kann. Heute war ich bei meinem Arzt, mein erster Besuch dort seit meiner Schmach. Er war ein wenig kühl, fand ich, aber nicht feindselig. Ich frage mich, was er für eine Taktik hat, oder ob er überhaupt eine hat. Er ist ein trockener alter Knochen, ehrlich gesagt, groß und hager, genau wie ich, aber immer wie aus dem Ei gepellt: ich komme mir richtig schäbig vor neben seiner finsteren, maßgeschneiderten, ein ganz klein wenig müden Eleganz. Und während er, wie üblich, an mir herumpochte und -piekte, verblüffte er mich plötzlich, indem er, wenn auch in völlig distanziertem Ton, sagte: »Tut mir leid, was ich da über diese Geschichte mit Ihrer Spioniererei für die Russen hören mußte; war sicher ein Ärgernis.« Doch, doch, ein Ärgernis: ein Wort, das unter diesen Umständen gewiß nicht jedem eingefallen wäre. Und als ich mir die Hosen wieder hochzog, setzte er sich an seinen Schreibtisch und schrieb irgendwas in mein Krankenblatt.

»Ihr Zustand ist ganz gut«, sagte er zerstreut, »wenn man bedenkt.«

Die Feder kratzte übers Papier.

»Muß ich sterben?« fragte ich.

Er schrieb fürs erste weiter, und ich dachte schon, er hätte meine Frage nicht gehört, doch dann hielt er inne und hob den Kopf und schaute auf, als ob er nach der rechten Floskel suchte.

»Tja, wir müssen alle sterben, wissen Sie«, sagte er. »Mir ist klar, daß das keine befriedigende Antwort ist, aber es ist die einzige, die ich Ihnen geben kann. Überhaupt die einzige, die ich geben kann.«

»Wenn man bedenkt«, sagte ich.

Er sah mich an und lächelte freudlos. Und dann schrieb er weiter und sagte etwas überaus Merkwürdiges:

»Ich würde meinen, Sie sind schon gestorben, in gewissem Sinne.«

Ich wußte natürlich, was er meinte – öffentliche Demütigung in dem Maße, wie ich sie erlebt habe, ist in der Tat eine Form von Tod, etwas, das einer Auslöschung nahekommt, sozusagen – aber daß einem das von einem Facharzt aus der Harley Street gesagt wird ...«

Es sollte noch fast eine ganze Woche vergehen bis zu dem Samstagmorgen, an dem Chamberlain vor die Rundfunkmikrofone trat, um uns mitzuteilen, daß wir uns im Krieg befanden, für mich aber war der eigentliche Beginn der Kampfhandlungen der Dienstag, jener endlose, wie im Traum verstreichende Dienstag, an dem mein Sohn geboren wurde und ich meine erste Militäruniform erhielt. Immer noch verkatert und aus ich weiß nicht welchen nie wieder auffüllbaren Energiereserven schöpfend, verließ ich die Klinik und nahm mir sofort ein Taxi nach Waterloo, und um vier Uhr nachmittags war ich in Aldershot. Warum riecht diese Stadt immer nach Pferden? Ich trottete durch die heißen Straßen zum Busbahnhof, schwitzte reinen Alkohol aus und schlief im Bus so fest ein, daß der Schaffner mich wachrütteln mußte (»Meine Fresse, Mister, ich hab schon gedacht, Sie sind tot!«). Bingley Manor war ein reizloser gotischer roter Backsteinkasten aus dem neunzehnten Jahrhundert, umgeben von einem weiten, öden Park mit ein paar vereinzelten Eiben und Trauerweiden, der wie ein riesiger, ungepflegter Friedhof aussah. Das Gut hatte einmal einer berühmten Familie gehört, Katholiken, glaube ich, deren letzte Vertreter man vertrieben und irgendwo im finstersten Somerset neu angesiedelt hatte. Ich sah das Anwesen und wurde auf der Stelle schwermütig. Das dicke goldene Abendlicht verstärkte die Begräbnisstimmung noch. In der großen Eingangshalle – Steinplatten, Geweihe, gekreuzte Speere und ein mit Fell bezogener Schild – saß ein überheblicher Corporal, hatte die Beine auf einem Metalltisch liegen und rauchte eine Zigarette. Ich füllte ein Formular aus und bekam einen schon angeschmuddelten Ausweis. Dann stieg ich Treppen hinauf, ging über lange, kahle Korridore, einer immer enger und verlotterter als der andere, neben mir einen schlechtgelaunten, rotgesichtigen Sergeant Major, der auf meine Versuche, eine Unterhaltung zustande zu bringen, mit gleichsam wutschnaubendem Schweigen reagierte, als ob Privatgespräche hier verboten wären. Ich erzählte ihm, daß ich gerade Vater geworden war. Ich weiß nicht, warum ich das gesagt habe – wahrscheinlich aus der albernen Vorstellung heraus, daß die unteren Klassen eine Schwäche für Kinder haben. Wie dem auch sei, es hat nicht funktioniert. Er lachte ein schnarrendes, zorniges Lachen, das seinen Schnurrbart zum Zucken brachte. »Gratuliere, Sir, gewiß doch«, sagte er, ohne mich anzusehen. Wenigstens hat er Sir zu mir gesagt, dachte ich, obwohl – oder eher weil – ich in Zivil war.

Ich bekam eine schlechtsitzende Uniform – ich spüre den rauhen Wollstoff heute noch kratzen und scheuern –, und dann zeigte mir der Sergeant Major mein Bett in diesem Raum, der vermutlich früher der Ballsaal gewesen war, ein langer, hoher vielfenstriger Saal mit gebohnerten Eichendielen und Stuckflora an der Decke. Dort gab es dreißig Betten, ordentlich in drei Reihen aufgestellt, und auf die, die den Fenstern am nächsten standen, malte die Sonne goldene Filigranmuster, die aussahen wie geborstene Papierdrachen. Ich fühlte mich verlassen und den Tränen nah, wie ein kleiner Junge an seinem ersten Tag im Internat. Der Sergeant Major nahm meine Niedergeschlagenheit mit Befriedigung zur Kenntnis.

»Sie können von Glück sagen, Sir«, sagte er. »Es gibt gerade noch Abendessen. Wenn Sie umgezogen sind, kommen Sie runter.« Er verkniff sich ein höhnisches

Lachen, das zornige Gestrüpp seines Schnurrbarts zuckte schon wieder. »Einfach Uniform; hier putzt man sich nicht weiter raus.«

Eine etwas größere Gesindekammer im Souterrain war zum Speisesaal umfunktioniert worden. Meine Mitrekruten saßen bereits beim Essen. Das ganze Ambiente hatte eine bestürzende Ähnlichkeit mit einem Kloster: der Steinfußboden, die Holzbänke, die Abendsonne, die durch die Sprossenfenster schien, die mönchischen Gestalten, die über ihre Schüsseln mit Graupensuppe gebeugt saßen. Als ich eintrat, gingen ein paar Köpfe hoch, und irgendwer rief dem Neuen einen spöttischen Gruß zu. Ich suchte mir einen Platz neben einem Mann namens Baxter, einem brutal-hübschen schwarzhaarigen Burschen, der fast aus seiner Uniform platzte und sich mir sogleich vorstellte, wobei er mir die Hand schüttelte, daß meine Knöchel knackten, und mich drängte, ihm zu sagen, womit er sich meiner Meinung nach im zivilen Leben sein Brot verdiente. Ich riet mehrmals daneben, er lächelte und nickte selig und schloß dabei die Augen mit den feminin langen Wimpern. Wie sich herausstellte, handelte er mit Verhütungsmitteln. »Ich reise durch die Welt – britische Gummis sind sehr gefragt, da kann man bloß staunen. Was ich hier mache? Na ja, das ist wegen der Sprachen, verstehst du; ich spreche sechs Sprachen – sieben, wenn man Hindi mitzählt, was ich aber nicht tue.« Die Suppe, eine dünne braune Plörre mit ein paar Fettaugen drin, roch wie nasser Hund. Baxter löffelte sie runter, und dann pflanzte er die Ellbogen auf die Tischplatte und steckte sich eine Zigarette an. »Und du?« fragte er, indem er mächtige Rauchwolken ausstieß, »was hast du für ein Gewerbe? Nein, warte, laß mich raten. Beamter? Lehrer?« Als ich es ihm sagte, grinste er ungemütlich, er glaubte wohl, ich wollte ihn auf den Arm nehmen, und wandte sich seinem

Nachbarn auf der anderen Seite zu. Doch nach einer Weile drehte er sich wieder zu mir herum, aber jetzt sah er erst richtig ungemütlich aus. »O Gott«, brummte er, »ich fand ja dich schon ganz schön übel, aber dieser komische Kauz da« – er verdrehte die Augen zu seinem Nachbarn hin und zeigte mit dem Kinn auf ihn –, »das ist ein verdammter Priester, bloß ohne den Kittel!«

Nach diesem Abend habe ich Baxter nie mehr gesehen. Eine ganze Menge von uns sind in den ersten Wochen so verschwunden, stillschweigend. Man hat uns nicht gesagt, was mit ihnen passierte, und unter uns haben wir das Thema nie angeschnitten; es ging uns wie den Insassen eines Sanatoriums, jeden Morgen, wenn wir aufwachten, war wieder ein Bett leer, und wir fragten uns, wen der stumme Mörder wohl als nächsten um die Ecke bringen würde. Von denen, die übrigblieben, waren viele sogar noch unsympathischer als die Verschwundenen. Es waren Akademiker, Sprachlehrer aus den Gymnasien, Handelsreisende wie Baxter und ein paar, bei denen man nicht so recht wußte, windige Burschen, die immer rumstanden und einen mit vagem Interesse angrinsten, wie die nervösen Tunten nachts auf der Klappe. Mit der Zeit entspann sich zwischen uns ein merkwürdiges Geflecht von Bündnissen und Feindschaften. Verbindendes wie Klassenzugehörigkeit, Beruf, gemeinsame Interessen, das alles zählte nicht mehr. Im Gegenteil: je unterschiedlicher der Hintergrund, desto besser kamen wir miteinander aus. Ich fühlte mich viel wohler bei solchen wie Baxter als bei den Leuten aus meiner eigenen Welt. Wie gern würde ich sagen können, daß dieses bunte Durcheinander der Klassen zu einer demokratischen Atmosphäre beigetragen hat (nicht etwa, beeile ich mich hinzuzufügen, daß die Demokratie mir wichtig war – oder wichtig ist). Bei meiner Ankunft hatte mich der Sergeant Major mit verächtlicher Ehrerbietung behandelt, doch sobald ich Uniform trug, war nichts mehr mit Sir, und auf dem Exerzierplatz schrie er mich mit einem Akzent an, den er wohl für irisch hielt, schrie mich an, daß mir seine Spucke ins Gesicht sprühte, als ob ich irgendein ungehobelter Arbeiter aus den Slums wäre. Allerdings wurde ich, keine Ahnung, wem ich das zu verdanken hatte, beinahe umgehend zum Captain befördert, so daß der arme Kerl, wieder ohne mit der Wimper zu zucken, auf jene ganz bestimmte Art, die beim Militär ungeschriebenes Gesetz ist, um mich herumscharwenzeln mußte.

Wir fingen sofort mit der Grundausbildung an, die mir zu meiner Überraschung richtig Spaß machte. Die Knochenlahmheit, die einen abends befiel, wenn man den Tag mit Drill, Spindkontrolle und Fußbodenscheuern zugebracht hatte, war fast schon erotisch und ließ einen wollüstig betäubt in Morpheus' Arme sinken. Wir wurden in der Kunst des Nahkampfs unterwiesen, in den wir uns mit der lautstarken Begeisterung von kleinen Jungen stürzten. Ich liebte ganz besonders das Bajonett-Training und daß man dabei aus Leibeskräften brüllen durfte, während man einem imaginären und dennoch seltsam präsenten, geradezu grausig spürbaren Feind geschickt den Bauch aufschlitzte. Auch Kartenlesen brachte man uns bei. An den Abenden büffelten wir trotz unserer Erschöpfung die Grundbegriffe der verschiedenen Dechiffrierungsmethoden und die elementaren Regeln der Überwachung. Ich sprang auch mit dem Fallschirm ab; als ich mich aus dem Flugzeug in die eisige Luft stürzte, packte mich ein unsagbar angenehmer, gleichsam erhabener, nahezu heiliger Schauer. Ich entdeckte in mir ein Durchhaltevermögen, dessen ich mich bis dahin niemals für fähig gehalten hätte, besonders, wenn wir stundenlang in der nach Heu duftenden Spätsommerhitze durch hügeliges Gelände marschieren mußten. Und während meine Kameraden über die uns auferlegten Plagen murrten, betrachtete ich sie als Phasen eines Läuterungsrituals. Der klösterliche Eindruck, den ich am ersten Abend im Speisesaal gehabt hatte, hielt an; ich kam mir vor wie ein Laienbruder, ein Arbeiter auf dem Felde, einer von denen, für die ein hartes Tagewerk die wahrhaftigste Form des Gebets ist. Wie alle männlichen Vertreter meiner Klasse hatte ich mir bis dahin kaum selber die Schuhe zubinden können, und nun beherrschte ich auf einmal lauter interessante und nützliche Fertigkeiten, die ich im zivilen Leben nie und nimmer erlernt hätte. Mir machte das alles wirklich riesigen Spaß.

Zum Beispiel lernte ich einen Lastwagen fahren. Ich konnte kaum ein normales Auto lenken, und dieses große qualmende Ungeheuer mit seiner stumpfen Nase und seinem stuckernden Hinterteil war störrisch wie ein Kutschpferd, und doch, welch ein Kitzel es war, die Kupplung loszulassen, den zitternden, gut einen halben Meter langen Schalthebel umzulegen und zu spüren, wie die Zahnräder ineinandergriffen und das ganze riesige Monstrum ruckte, als wäre seine Seele unter meinen Händen zum Leben erwacht. Ich war hingerissen. Es gab auch einen Stabswagen, den wir uns ausleihen durften, immer streng reihum. Das war ein uralter grau-blauer Wolseley, hoch und schmal, mit walnußfarbenen Streifen an der Seite und hölzernem Lenkrad und einem Choke aus Ebenholz, den ich immer reinzudrücken vergaß, so daß der Motor jedesmal, wenn ich den Fuß vom Gaspedal nahm, winselte, als ob er Schmerzen hätte, und hinten wütende blaue Rauchwolken aushustete; der Boden auf der Fahrerseite war praktisch nur noch ein rostiges Filigran, so abgenutzt, und wenn ich zwischen den Knien hindurch nach unten schaute, sah ich die Straße unter mir dahinsausen wie einen Hochwasser führenden Fluß. Mit der armen Kiste hat es ein böses Ende genommen. Eines Nachts stibitzte ein konzessionierter Buchprüfer – er sprach fließend Polnisch –, der gar nicht an der Reihe war, die Schlüssel aus dem Wandschrank im Zimmer des Stabskommandeurs und fuhr nach Aldershot rein, um sich mit seiner Angebeteten zu treffen, ließ sich vollaufen und knallte auf dem Rückweg gegen einen Baum, und da war's um ihn geschehen. Das war unser erster Kriegstoter. Ich muß zu meiner Schande gestehen, daß es mir weniger um den Buchprüfer leid tat als um das Auto.

In unserer kleinen Kolonie hatten wir kaum Kontakt zur Außenwelt. Einmal die Woche bekamen wir die Erlaubnis, mit unseren Frauen oder Freundinnen zu telefonieren. Samstagabends durften wir nach Aldershot gehen, sollten uns dort aber unter gar keinen Umständen in Gruppen zeigen und hatten sogar strengste Order, falls wir uns zufällig im Pub oder beim Tanzen trafen, so zu tun, als ob wir uns nicht kannten; das führte dazu, daß die Stadt einmal wöchentlich von einer Invasion einsamer Trinker und trister Mauerblümchen heimgesucht wurde, die sich allesamt nach der Gesellschaft just jener Kameraden verzehrten, denen sie an den übrigen Wochentagen tunlichst aus dem Wege gingen.

Mit Moskau oder auch nur mit der Botschaft in London hatte ich natürlich keinerlei Kontakt. Ich ging davon aus, daß meine Karriere als Doppelagent beendet war. Darüber war ich nicht traurig. Rückblickend kam mir das alles jetzt so unwirklich vor, wie ein Spiel, das ich früher einmal gespielt hatte und über das ich nun hinausgewachsen war.

Die Nachricht, daß wir uns im Krieg befanden, wurde in Bingley Manor merkwürdig lasch aufgenommen, als ob uns das im Grunde gar nichts anging. Als die Mitteilung kam, waren wir gerade im Speisesaal versammelt, der auch als Kapelle diente – auf Befehl unseres Kommandeurs, Brigadier Bradshaw, mußten wir alle am sonntäglichen Gottesdienst teilnehmen, zur Stärkung der Moral, wie er mit wenig Optimismus in der Stimme erklärt hatte. Ein junger, nervöser, nicht eben wortgewandter Kaplan kämpfte gerade mit einer komplizierten militärischen Metapher, bei der der Heilige Michael und sein Flammenschwert eine Rolle spielten, als ein Bote mit einer Nachricht für den Brigadier eintraf, der daraufhin aufstand, die Hand hob, um dem Pater Schweigen zu gebieten, sich an die Gemeinde wandte und verkündete, der Premierminister werde jetzt zur Nation sprechen. Dann rollte man auf einem Teewagen einen riesigen Rundfunkempfänger heran, der nach hektischer, aber erfolgreich beendeter Steckdosensuche mit feierlichstem Ernst eingeschaltet wurde. Gleich einem schielenden Götzen machte der Apparat langsam sein jadegrünes Magisches Auge auf, die Röhren wurden warm, das Monstrum räusperte sich, gab ein paar halberstickte Krächzer von sich und fing schließlich an, mantraartig zu summen. Wir warteten füßescharrend; jemand flüsterte irgendwas, ein anderer schluckte ein Lachen herunter. Der Brigadier, dessen Nacken rot anlief, kam auf Zehenspitzen nach vorn, beugte sich über das Gerät und fummelte an den Knöpfen herum, wobei er uns sein breites, khakiumspanntes Hinterteil zeigte. Der Rundfunkempfänger piepste, knatterte, plärrte, und plötzlich war Chamberlains Stimme da, säuerlich, mürrisch, erschöpft, wie die Stimme Gottes, der hilflos auf seine unbeherrschbare Schöpfung herabblickt, und verkündete uns das Ende der Welt.

\*

Als ich anfing, beim Department zu arbeiten – obwohl *arbeiten* für das, was in der Abteilung Fremdsprachen vor sich ging, wohl etwas übertrieben sein dürfte –, hatte niemand daran gedacht, Nachforschungen über meine politische Vergangenheit anzustellen. Ich war der Sohn eines Bischofs – wenn auch eines *irischen* Bischofs –, Altmalburianer und Absolvent von Cambridge. Daß ich ein international anerkannter Wissenschaftler war, hat bei manchen vielleicht Zweifel aufkommen lassen – das Institut mit seiner Vielzahl von ausländischen Flüchtlingen war dem Geheimdienst seit jeher suspekt. Doch andererseits ging ich in Windsor ein und aus, und zwar nicht nur in der Graphiksammlung und dem Bibliotheksturm, sondern auch im Familienflügel, und ich bin sicher, wenn ich es darauf angelegt hätte, dann hätte ich Majestät auch dazu bringen können, sich persönlich für mich zu verbürgen. (Der erfolgreiche Spion muß in der Lage sein, in jedem seiner zahlreichen Leben authentisch zu wirken. Das Bild vom lächelnden Heuchler, in dem der heimliche Haß auf sein Vaterland und sein Volk brodelt, dieses Bild, das die Allgemeinheit von uns hat, ist falsch. Ich hatte Majestät aufrichtig gern und bewunderte ihn sogar, und, was vielleicht noch beeindruckender ist, ich habe ihm gegenüber nie einen Hehl daraus gemacht, wie sehr ich seine hohlköpfige Gemahlin verachtet habe, die immer wieder vergaß, daß wir miteinander verwandt waren. Tatsache ist, ich war Marxist und Royalist in einem. Mrs W., die in dieser mit Geistesgaben nicht übermäßig gesegneten Familie noch den schärfsten Verstand besitzt, hat das klar erkannt, wenn sie sich auch nie dazu geäußert hat. Ich mußte nicht so *tun*, als ob ich loyal war; ich war es, auf meine Weise.) War ich mir meiner Sache zu sicher? Der einzige, dem man dieses hämische, großkotzige Pennälergetue durchgehen ließ, in das der erfolgreiche Agent, der selbstverliebt seine Geheimnisse festhält, so leicht verfällt, war Boy. Als ich ein paar Wochen nach dem offiziellen Kriegsausbruch ins Dienstzimmer des Brigadiers zitiert wurde, glaubte ich, man wollte mir sagen, daß ich für eine Sonderaufgabe ausgewählt worden sei. Erst als mir auffiel, daß der Brigadier mir partout nicht ins Gesicht sehen wollte, merkte ich, wie die Angst ihre kalten Fühler in mir ausstreckte.

»Ach, Maskell«, sagte er, während er in den vor ihm liegenden Akten herumwühlte wie ein großer, gelbbrauner Vogel, der unter einer Laubschicht nach Würmern sucht. »Ihr Typ wird in London verlangt.« Er schaute mir aufs Zwerchfell und runzelte die Stirn. »Stehn Sie bequem.«

»Oh, Entschuldigung, Sir.« Ich hatte vergessen zu grüßen.

Sein Dienstzimmer war eine ehemalige Waffenkammer; an den Wänden Stiche von Jagdszenen, und mir war, als hinge ein leichter, beißender Geruch nach Fischflossen und blutigen Federn in der Luft. Durch das Fenster, vor dem er saß, sah ich eine Gruppe meiner armen Kameraden in Tarnzeug aufs Haus zurobben; sie trainierten Überraschungsangriff – ein ebenso komischer wie enervierender Anblick.

»Ah, hier hab ich's ja«, sagte der Brigadier und zog einen Brief aus den Papierhaufen auf seinem Schreibtisch. Er hielt ihn sich dicht vor die Nase und las, mit dem Kopf den Zeilen folgend, halblaut vor: »... *Tag Urlaub ... umgehend ... kein Geleit nötig...* Geleit? Geleit? *Sechzehnhundert Stunden* ...« Er ließ das Blatt sinken und sah mir zum erstenmal in die Augen; sein dickes blaues Kinn war starr vorgereckt, die Nüstern bebten, die Nasenlöcher klafften erschreckend schwarz und tief. »Herrgott noch mal, Maskell, was haben Sie denn bloß ausgefressen?«

»Nichts, Sir, nicht daß ich wüßte.«

Er warf den Brief wieder auf den Stapel und saß mit wütendem Blick da und hatte die Hände so fest gefaltet, daß die Knöchel ganz weiß wurden.

»Verdammtes Volk«, brummte er. »Was denken die sich eigentlich, was wir hier haben? Ein Altersheim oder was? Sagen Sie Mytchett, er soll aufhören, mir irgendwelche Blindgänger zu schicken, sonst können wir den Laden gleich zumachen.«

»Jawohl, Sir.«

Er sah mich scharf an.

»Sie finden das wohl komisch, Maskell?«

»Nein, Sir.«

»Gut. Heute mittag geht ein Zug. Sie brauchen ja kein« – kurzes wütendes Hohnlachen – »Geleit.«

Herrlicher Tag. Was war das doch für ein September damals. Der Bahnhof roch nach sonnenwarmer Asche und frischgemähtem Gras. Auf den Bahnsteigen wimmelte es von Soldaten, alle in dieser typischen mürrischen krummen Fragezeichenhaltung, den Tornister über der Schulter, die Zigarettenkippe in der hohlen Hand. Ich kaufte mir eine *Times* vom Vortag, setzte mich irgendwo in einen zu drei Vierteln leeren Wagen erster Klasse und tat so, als würde ich lesen. Mir war heiß, nur ganz tief innen hatte ich eine böse Ahnung, wie ein kleines, kaltes Gewicht, wie ein Eiswürfel, den mir jemand in die Magengrube geworfen hatte. Eine junge Frau saß mir gegenüber: Brillengestell aus Schildpatt, schwarzes Kleid und schwarze Schuhe mit dicken Absätzen – solche, wie sie jetzt auch gerade wieder modern sind, fällt mir auf –, und sah mich die ganze Zeit mit unheilvoller und zugleich leerer Miene an, als sähe sie gar nicht mich, sondern irgend jemanden, an den ich sie erinnerte. Der Zug schlich qualvoll langsam dahin und blieb auf jedem Bahnhof unentschlossen stehen, als hätte er etwas vergessen und würde darüber nachdenken, ob er noch einmal umkehren und es holen sollte, und dann seufzte er jedesmal und zockelte weiter. Trotz allem kam ich in London an und hatte noch eine Stunde Zeit. Ich nutzte die Gelegenheit, meine Uniform zu Denbys zu bringen und mir eine neue geben zu lassen. Ich erwog auch, Vivienne in Oxford anzurufen, beschloß jedoch, es bleiben zu lassen; diesen freundlich-vernichtenden Ton konnte ich jetzt einfach nicht ertragen. Als ich aus der Schneiderei kam und von der St James's Street in die Piccadilly einbog, wäre ich um ein Haar mit der bebrillten jungen Frau aus dem Zug zusammengestoßen. Sie sah durch mich hindurch und machte, daß sie weiterkam. Ein Zufall, sagte ich mir, doch plötzlich mußte ich an das höhnische Grinsen denken, mit dem der Brigadier das Wort *Geleit* ausgesprochen hatte. Pling, schon wieder ein Eiswürfel, der mit leisem Klirren in mir heruntersackte.

Wie schön London war, so lebendig und doch so eigentümlich schwerelos, wie eine Stadt im Traum. Die Luft war mild und klar, nachdem die Hälfte der Autos und Busse von der Straße verschwunden war – solch einen riesigen, durchsichtigen Himmel hatte ich seit meiner Kindheit nicht mehr gesehen –, und die ganze Atmosphäre war so beschaulich, genau das Gegenteil jenes hektischen Schwebezustands in den Wochen unmittelbar vor Ausbruch des Krieges. In der Regent Street hatte man vor den Geschäften Wälle aus Sandsäcken errichtet, sie mit Beton besprüht und in Karnevalsfarben angestrichen: rot und blau.

Als ich das Büro betrat, schoß Billy Mytchett blitzartig von seinem Stuhl hoch, um mich zu begrüßen. Diese zur Schau getragene Herzlichkeit beunruhigte mich mehr als alles bisher Vorgefallene. Er zog mir einen Stuhl heran, fragte mich, ob ich nicht eine Zigarette haben wollte, eine Tasse Tee, sogar einen Drink – »obwohl, wenn ich's mir recht überlege, Alkohol haben wir ja gar keinen da, außer beim Direktor im Büro, wie komm ich bloß darauf, Ihnen einen anzubieten, ha, ha.« Auch er vermied es, mir ins Gesicht zu sehen, genau wie Brigadier Bradshaw, und schob statt dessen umständlich irgendwelche Sachen auf seinem Schreibtisch hin und her, wobei er alle paar Augenblicke ein leises, kummervolles Schnarren von sich gab, das ganz tief aus seiner Kehle kam.

»Wie läuft's denn so im Gutshaus?« fragte er. »Finden Sie's interessant?«

»Sehr.«

»Gut, gut.« Und dann breitete sich Schweigen aus, ein Schweigen, das selbst die Steine der Bögen und die zwischen Himmel und Erde schwebenden Strebepfeiler draußen vor dem Fenster in eine abwartende Starre zu versetzen schien. Mytchett seufzte, griff nach seiner erkalteten Pfeife und sah sie düster an. »Die Sache ist die, alter Freund, einer unserer Leute hat sich neulich mal Ihre Akte angeschaut – reine Routine, Sie verstehen – und hat da einen ... nun ja, er hat tatsächlich einen Schatten gefunden.«

»Einen Schatten?« sagte ich; das Wort hörte sich so vage an, so beängstigend medizinisch.

»Ja. Scheint so.« Er knallte die Pfeife auf den Tisch und drehte sich auf seinem Stuhl zur Seite, streckte die kurzen, dicken Beine aus, ließ das Kinn auf die Brust sinken, schob die Oberlippe vor und betrachtete versonnen seine Schuhspitzen. »Scheint so, als ob Sie mal so was wie ein Roter gewesen sind.«

Ich lachte.

»Ach so, das. Waren wir das denn nicht alle mal?«
Er sah mich verdutzt an.

»*Ich* war keiner.« Dann drehte er sich wieder zum Schreibtisch um, war plötzlich ganz dienstlich, nahm einen mimeografierten Bericht zur Hand und blätterte ihn durch, bis er gefunden hatte, was er suchte. »Da war doch diese Rußlandreise, die Sie gemacht haben, Sie und Bannister und die Leute aus Cambridge. Ja?«

»Ja, schon. Aber ich bin auch in Deutschland gewesen und bin deswegen noch lange kein Nazi.«

Er zwinkerte.

»Das stimmt«, sagte er und war wider Willen beeindruckt. »Das stimmt.« Er schaute abermals in den Bericht. »Aber hier, was ist mit den Sachen, die Sie geschrieben haben, diese Kunstkritik im – wo war das gleich noch? – im *Spectator*: ›*Eine untergehende Kultur ... der unheilvolle Einfluß der amerikanischen Werte ... der unaufhaltsame Vormarsch des Weltsozialismus ...*‹ Was hat das alles mit Kunst zu tun? – nicht etwa, verstehen Sie, nicht etwa, daß ich behaupten wollte, ich würde mich mit Kunst auskennen.«

Ich antwortete darauf mit einem tiefen Seufzer, der Überdruß, Verachtung, hochmütige Belustigung ausdrücken sollte, aber auch die Entschlossenheit, Geduld zu haben und bereitwillig zu versuchen, eine komplizierte Materie auf ein paar einfache Begriffe zu bringen. Ich habe die Erfahrung gemacht, daß diese Haltung – aristokratisch, herablassend, kalt, aber nicht unfreundlich – sehr hilfreich ist, wenn man mit dem Rücken zur Wand steht.

»Das wurde geschrieben«, sagte ich, »als in Spanien der Bürgerkrieg anfing. Erinnern Sie sich noch an die Zeit, an diese Atmosphäre von Hoffnungslosigkeit, ja beinah Verzweiflung? Ich weiß, heute kommt es einem so vor, als ob das schon eine Ewigkeit her ist. Aber damals war die Sache ganz einfach: Faschismus oder Sozialismus. Man mußte sich entscheiden. Und für uns stand natürlich fest, wie wir uns entscheiden.«

»Aber –«

»Und wie sich zeigt, hatten wir recht. Schließlich befindet sich England heute im Krieg mit den Faschisten.«

»Aber Stalin –«

»Hat sich einen kleinen Aufschub erkauft, weiter nichts. Noch ehe das Jahr um ist, wird Rußland in den Kampf eingreifen. Aber schauen Sie« – ich hob müde die Hand und fegte diesen ganzen Kleinkram beiseite –, »der springende Punkt ist doch, Billy, ich weiß, daß ich mich geirrt habe, aber nicht aus dem Grund, den Sie annehmen. Ich war niemals Kommunist – ich meine, ich war nie in der Partei –, und diese Rußlandreise, die Ihre Bluthunde so scharfgemacht hat, die konnte meine ganzen Zweifel bezüglich des Sowjetsystems nur bestätigen. Bloß war ich damals, vor drei Jahren, ungefähr zwanzig Jahre jünger als heute, und Spanien war die Fieberkurve Europas, und da hielt ich es, wie sehr, sehr viele andere auch, für meine Pflicht, meine *moralische* Pflicht, mich mit den mir zur Gebote stehenden Mitteln an dieser Schlacht gegen das Böse zu beteiligen, zumal dessen Wesen doch scheinbar vollkommen klar und offensichtlich war. Anstatt nach Spanien zu gehen, was ich wahrscheinlich hätte tun sollen, brachte ich das einzige Opfer, dessen ich fähig war: Ich wandte mich ab von der reinen Ästhetik und bezog in aller Öffentlichkeit politisch Stellung.«

»Reine Ästhetik«, sagte Billy heftig nickend und machte ein ungeheuer nachdenkliches Gesicht. Ich war ein wohlkalkuliertes Risiko eingegangen, als ich ihn mit seinem Vornamen angesprochen hatte, denn ich war mir ziemlich sicher, daß er das von einem wie mir bei so einer freimütigen und gefühlsbetonten Beichte, wie ich sie abzulegen vorgab, erwartete.

»Ja«, sagte ich in ernstem, wehmütigem, anrührend zerknirschtem Ton, »reine Ästhetik, das ist das einzige, woran der Kritiker sich halten muß, wenn er zu irgendwas nütze sein soll. Und, ja, Sie haben recht, und ihre Schattenmänner haben auch recht, ich habe mich in der Tat des Verrats schuldig gemacht, allerdings im künstlerischen Sinne, nicht im politischen. Wenn ich deshalb ein Sicherheitsrisiko bin – wenn Sie meinen, ein Mann, der seine ästhetischen Überzeugungen verrät, der könnte auch sein Vaterland verraten –, dann soll es so sein. Dann fahre ich zurück nach Bingley Manor und hole meine Ausrüstung ab und werde sehen, ob man mich beim Luftschutz nimmt oder bei der Feuerwehr. Ich bin jedenfalls fest entschlossen, irgend etwas Gutes zu tun, und sei es auch nur in ganz bescheidenem Rahmen.«

Billy Mytchett nickte immer noch tiefernst und ungeheuer nachdenklich. Versonnen griff er nach seiner Pfeife, steckte sie in den Mund und fing an, bedächtig daran zu nuckeln. Ich wartete, sah aus dem Fenster; eine verträumte Miene ist das beste Mittel gegen aufkeimenden Argwohn. Schließlich regte sich Mytchett, schüttelte sich kräftig in den Schultern, wie ein Schwimmer, der aus dem Wasser kommt, und schob den mimeografierten Bericht mit der Handkante von sich.

»Hören Sie«, sagte er, »das ist doch alles Unfug. Sie haben ja keine Ahnung, durch wieviel Papierkram ich mich pro Woche so durchfressen muß. Ich wache nachts schweißgebadet auf und frage mich, ob wir etwa auf diese Art den Krieg gewinnen wollen, mit Berichten und Rückfragen und Unterschriften, alles in dreifacher Ausfertigung. Gott! Und dann muß ich grundanständige Burschen wie Sie hier antanzen lassen und sie wegen irgendwas durch die Mangel drehen, was sie in der Schule zu ihrem Präfekten gesagt haben. Vorm Krieg war's ja schon schlimm genug, aber jetzt . . . !«

»Na ja«, sagte ich großmütig, »so unverständlich ist das ja nun auch wieder nicht. Spione muß es schon geben.«

Hoppla. Er warf mir einen raschen, bohrenden Blick zu, den ich mit meinem verbindlichsten Lächeln quittierte und dabei gleichzeitig den verräterischen Nerv unter meinem rechten Auge zur Räson zu bringen versuchte, der immer zucken will, wenn ich aufgeregt bin.

»Die gibt es«, sagte er. » Und in Bingley Manor wimmelt's davon!« Er lachte gedämpft auf und klatschte in die Hände, wurde aber sofort wieder ernst. »Hören Sie, alter Junge«, sagte er barsch, »Sie fahren jetzt zurück und beenden Ihre Ausbildung. Ich hab einen Job für Sie, ein sehr nettes Pöstchen, wird Ihnen gefallen. Psst! Kein Wort mehr, vorläufig. Alles zu seiner Zeit.« Er stand auf, kam um den Schreibtisch herum und schob mich zur Tür. »Keine Bange, ich werd dem alten Bradshaw gegenüber durchblicken lassen, wir haben Sie auf Herz und Nieren geprüft und festgestellt, Sie sind der reinste Chorknabe – obwohl, wenn ich an manche Chorknaben denke, die mir begegnet sind ...«

Er schüttelte mir rasch die Hand, er hatte es eilig, mich loszuwerden. Ich zog mir in aller Ruhe die Handschuhe an.

»Sie haben vorhin Boy Bannister erwähnt«, sagte ich. »Ist er ...«

Mytchett glotzte mich an.

»Was – verdächtig? Großer Gott, nein. Der ist einer von unseren Stars. Eine absolute Kanone, der Mann. Nein, nein, der alte Bannister ist absolut prima.«

\*

Boy hat vielleicht gelacht, als ich ihn später von zu Hause aus anrief und ihm sagte, er sei einer von Billy Mytchetts Stars. »Dieser Esel«, sagte er. Sein Lachen klang in meinen Ohren ein ganz klein wenig angespannt. »Ach, übrigens«, fügte er betont laut hinzu, »Nick ist hier. Warte mal, er will dich sprechen.«

Dann kam Nick an den Apparat, und auch er lachte. »Dritten Grades, was? Ja, Billy hat's mir erzählt. Hab mit ihm telefoniert. Großinquisitor im Westentaschenformat. Nebenbei bemerkt, ich werd dafür sorgen, daß dieser Schatten aus deiner Akte verschwindet – ich kenne da so ein Mädchen in der Registratur. So was kann einem jahrelang anhängen. Und das wollen wir doch nicht. Zumal wir zwei ja demnächst eine kleine Spritztour zusammen machen werden, auf Spesen natürlich.«

»Eine Spritztour?«

»Richtig, Freundchen. Hat dir Billy nichts davon gesagt? Na, in dem Fall halt ich mal lieber den Mund; Reden ist, wie war das noch? Na denn, Allongsangfangs, schönen Krieg noch.«

Und als er auflegte, lachte er und summte dabei die Marseillaise.

\*

In einem Brief an Paul Fréart de Chantelou macht Poussin 1649 mit Bezug auf die Hinrichtung Charles I. die folgende Bemerkung: »Es ist eine wahre Freude, in einem Jahrhundert zu leben, in dem solch große Dinge geschehen, vorausgesetzt, man kann behaglich im stillen Eckchen sitzen und dem Schauspiel zusehen.« Eine Bemerkung, in der der Quietismus der Spätstoiker, und besonders der des Seneca, durchscheint. Es gibt Zeiten, da wünschte ich mir, mehr nach solch einem Prinzip gelebt zu haben. Doch wer hätte in diesem wüsten Jahrhundert untätig bleiben können? Zenon und die frühen Philosophen seiner Schule vertraten die Auffassung, daß das Individuum eindeutig die Pflicht habe, in die Ereignisse seiner Zeit einzugreifen und sich zu bemühen, dieselben zum Wohle der Allgemeinheit mitzugestalten. Das ist auch eine Form von Stoizismus, wenngleich eine kraftvollere. Ich habe in meinem Leben Beispiele sowohl für die eine als auch für die andere Phase dieser Philosophie geliefert. Wenn es sein mußte, habe ich gehandelt, im vollen Bewußtsein der Zwiespältigkeit, die diesem Verb innewohnt, und jetzt bin ich zur Ruhe gekommen – oder nein, nicht zur Ruhe: zum Stillstand. Ja: Ich bin zum Stillstand gekommen.

Heute aber bin ich ganz aufgeregt. Der *Tod des Seneca* geht zur Reinigung und Taxierung. Mache ich einen Fehler? Die Taxatoren sind sehr zuverlässige Leute, sehr diskret, sie kennen mich gut, und doch kann ich die diffusen Zweifel nicht beiseite schieben, die düster in mir auffliegen, wie ein Schwarm rastloser Stare, wenn die Nacht hereinbricht. Und wenn es nun beim Reinigen beschädigt oder mir auf andere Weise genommen wird, dieses Bild, das mein letzter Trost ist? Wenn ein Kind sich von seinen Eltern abwendet, das heißt bei den Iren, es *macht sich fremd*; das rührt von dem Glauben her, daß die Feen, ein eifersüchtiges Volk, kleine Kinder, die allzu schön sind, stehlen und sie gegen einen Wechselbalg austauschen. Was, wenn mein Bild zu mir zurückkommt und ich feststelle, es macht sich fremd? Was, wenn ich eines Tages von meinem Schreibtisch aufblicke und sehe einen Wechselbalg?

Noch hängt es an der Wand; ich finde einfach nicht den Mut, es abzunehmen. Es sieht mich an, wie mich mein damals sechs Jahre alter Sohn angesehen hat, als ich ihm sagte, daß er ins Internat muß. Es ist eine Arbeit aus den letzten Lebensjahren des Malers, der herrlichen, späten Blütezeit seines Genies, in der auch *Die Jahreszeiten*, *Apollo und Daphne* und das *Hagar-*

Fragment entstanden sind. Nach meiner vorsichtigen Schätzung stammt es von 1642. Mit diesem gleitenden Übergang von der Landschaft ins Interieur, von der Außenwelt in die innere, vom öffentlichen Leben ins private nimmt es einen besonderen Platz unter jenen letzten Werken ein, die, im Zusammenhang gesehen, eine sinfonische Meditation über die Erhabenheit und die Macht der Natur in ihren verschiedenen Erscheinungsformen darstellen. Hier ist die Natur nur im beschaulichen Blick auf die fernen Hügel und Wälder präsent, eingerahmt von dem Fenster über dem Ruhebett des Philosophen. Das Licht, in das die Szene getaucht ist, hat etwas Unirdisches, ist nicht wie Tageslicht, sondern wie irgendein anderes, nachgerade paradiesisches Leuchten. Und trotz des tragischen Sujets vermittelt das Bild ein unglaublich bewegendes Gefühl von Heiterkeit und schlichter Vornehmheit. Erzielt wird diese Wirkung durch die subtile, meisterhafte Abstufung der Farben, von Blau und Gold und beinahe Blau und beinahe Gold, die den Blick des Betrachters von dem Sterbenden in seiner Marmorpose – fast schon gleichsam ein Symbol seiner selbst – über die beiden Sklaven und den Offizier der Wachen, ungeschlacht wie ein Streitroß mit seiner Rüstung und dem Helm, hinlenken zur Figur der Frau des Philosophen und zu der Magd, die das Bad vorbereitet, in das der Philosoph sogleich eintauchen wird, und schließlich zu jenem Fenster und der weiten, stillen Welt dahinter, wo der Tod wartet.

Ich habe Angst.

Ich habe einen angenehmen Vormittag mit Miss Vandeleur verbracht und ihr erzählt, wie es mir im Krieg ergangen ist. Sie hat alles aufgeschrieben. Im Notizenmachen ist sie groß. Dabei sind wir nolens volens in das altbekannte Lehrer-Schüler-Muster geraten; diese Mischung aus Vertrautheit und undefinierbarem Unbehagen, an die ich mich aus meiner Dozentenzeit erinnern kann; bei ihr zudem jene Spur von Widerwillen, an der man sogleich die Postgraduierte erkennt, die unter dem Joch einer Ehrerbietung ächzt, welche man ihr, meint sie, von Rechts wegen gar nicht mehr abverlangen dürfte. Ich genieße ihre Besuche, stillschweigend, wie es meine Art ist. Immerhin ist sie die einzige, die mir jetzt noch Gesellschaft leistet. Sie sitzt in einem tiefen Sessel vor mir, ihr spiralgebundenes Reporternotizbuch aufgeschlagen auf den Knien, den Kopf gesenkt, und ich sehe ihr glattes Haar, das ein sorgfältig gezogener, schnurgerader Scheitel von der Farbe leicht angeschmutzten Schnees in zwei vollkommen gleiche Flügel teilt. Sie schreibt bemerkenswert schnell und mit einer Art verzweifelter Konzentration; ich habe den Eindruck, daß sie jeden Moment die Kontrolle über ihre Schreibhand verlieren und kreuz und quer über die ganze Seite schreiben könnte; das ist ziemlich erregend. Und natürlich höre ich mich schrecklich gern reden.

Wir haben über die Herkunft der Floskel *ein schöner Krieg* spekuliert. Ich sagte, ich sei mir nicht sicher, ob ich diese Floskel jemals irgendwo gehört hätte, außer in Büchern und auf dem Theater. Besonders beliebt ist sie bei Drehbuchautoren. In den Filmen aus den späten

Vierzigern und den fünfziger Jahren bleiben diese pomadigen Burschen mit den weichen Gesichtern und den Krawatten immer vorm Kamin stehen, klopfen unmotiviert ihre Pfeife aus und fragen über die Schulter: »Na, schönen Krieg gehabt?« Worauf der andere, der mit dem Schnurrbart und dem Whiskyglas aus Kristall, aus dem er niemals trinkt, auf diese typisch englische Art die Achseln zuckt und abfällig vor sich hin brummt, womit man uns zu verstehen geben will, daß er nun an den Nahkampf in den Ardennen denkt, oder an eine Nachtlandung auf Kreta, oder daran, wie die Spitfire seines besten Freundes in Rauch und Feuer aufging und trudelnd überm Kanal abgestürzt ist.

»Und Sie?« fragte Miss Vandeleur, ohne von ihren Notizen aufzublicken. »Haben Sie denn einen schönen Krieg gehabt?«

Ich mußte lachen, doch dann hielt ich verblüfft inne.

»Ach, wissen Sie«, sagte ich, »ich glaub schon. Obwohl er für mich eher als Farce angefangen hat. Eine französische Farce sozusagen.«

\*

Miss Vandeleur hat mich darauf gebracht, wie viele meiner Erinnerungen an Nick Brevoort mit Seereisen zu tun haben. Das stimmt, ich habe es selbst schon bemerkt. Weshalb das so ist, weiß ich nicht. Ich würde gern etwas Großartiges, Heroisches darin sehen – die schwarzen Schiffe, das blutgetränkte Gestade und am Horizont die Feuer von Ilion –, doch ich fürchte, die Atmosphäre dieser Erinnerungen gemahnt eher an Hollywood als an Homer. Selbst unsere Überfahrt nach Frankreich Anfang Dezember 1939 hatte etwas von Ersatz an sich, von Kintoppromantik. Die Nacht war unnatürlich ruhig, und unser Truppentransporter, ein umfunktionierter Dampfer, der vor Kriegsausbruch als Fähre für Tagesausflügler zwischen Wales und der Isle of Man gedient hatte, zerteilte wie ein Messer die milchige, unwirkliche, mondbeschienene See. Den größten Teil der Reise verbrachten wir auf dem Achterdeck, ausgestreckt auf hölzernen Liegestühlen, eingewickelt in unsere Mäntel, die Mütze über die Augen gezogen. Die pulsende Glut unserer Zigaretten, die wehenden Rauchschwaden, die wir in die Nachtluft bliesen, hatten eine absurde Melodramatik. Außer uns befand sich eine Gruppe ungehobelter – das ist das einzig treffende Wort – Rekruten an Bord, die zum englischen Expeditionskorps stoßen sollten. Sie hatten die Lounge mit Beschlag belegt, wo sie zwischen ihren wüst herumliegenden Klamotten lümmelten, gelangweilt vor sich hin glotzten und eher wie ein versprengter Haufen auf dem Rückzug aussahen als wie ein Trupp, der im Begriff war, in die Schlacht zu ziehen. Das einzige, was sie offenbar zum Leben erwecken konnte, war die häufig wiederholte Tee-und-Sandwiches-Zeremonie. Ob wohl Odysseus' Mannen auch so ausgesehen haben, als sie sich mit ihren gerösteten Ochsenkeulen und den Pokalen mit meerdunklem Wein im Sand niederließen? Einmal haben Nick und ich einen Rundgang an Deck gemacht und durch die Bullaugen hineingeschaut, und da sah es dort drinnen aus wie bei einem Kinderfest, und diese Knaben in Männertracht guckten halb selig, halb besorgt zu, wie die Stewards – noch immer in weißen Jakken – angewidert mit riesigen Teekesseln und Tabletts voller Corned-Beef-Sandwiches zwischen ihnen hin und her liefen.

»Da hast du dein Proletariat«, sagte Nick.

»Was bist du bloß für ein Snob«, entgegnete ich.

Sosehr wir auch mit wohlgeübter Miene Weltverdrossenheit demonstrierten, in Wirklichkeit waren wir schrecklich aufgeregt. Aus den Andeutungen, die Billy Mytchett gemacht hatte, aus den Hinweisen, die ihm entschlüpft waren, schlossen wir, daß wir in irgendeiner geheimen und womöglich gefährlichen Mission nach Frankreich geschickt wurden; wir hatten zwar die reißerische Formel *Infiltration der feindlichen Linien* nicht ausgesprochen, nicht einmal für uns selber, und doch wußte jeder vom anderen, daß ihm diese Worte auf der Zunge lagen. In den letzten Wochen in Bingley Manor war meine Neugier darauf, wie es wäre, wirklich einen Menschen zu töten, immer größer geworden. Wenn ich den Fußboden scheuerte oder mein Koppel polierte, malte ich mir Szenen von geschmeidiger, geradezu balletthafter Gewalt aus. Das war sehr erregend; es ging mir wie einem Schuljungen, der schmutzige Gedanken hat. Normalerweise fand dieses imaginäre, saubere Töten in der Nacht statt und betraf Wachposten. Ich sah mich geschickt und lautlos wie eine Katze aus dem Dunkel treten und etwas sagen, im letzten Moment, irgendein Geräusch machen, um dem armen Fritz noch eine Chance zu geben. Er fuhr herum, tastete nach seinem Gewehr, in seinen Augen blitzte animalische Angst auf, und ich schenkte ihm ein kurzes, kaltes Lächeln, bevor das Messer zustach und er im Gras zusammenbrach und in seinem schwarzen Blute liegenblieb und mit einem leisen, gurgelnden Laut den Geist aufgab, nunmehr mit leerem, schon verschleiertem Blick, indes sich vorn auf seinem Helm der Lichtstrahl eines nahenden Suchscheinwerfers spiegelte wie ein zweites Auge, das verwunderte, weit aufgerissene Auge eines Zyklopen. Ich beeile mich, Ihnen zu versichern, daß ich niemanden getötet habe, jedenfalls nicht mit bloßen Händen. Ich hatte einen Revolver, auf den ich sehr stolz war. Es war ein 28,57 Zentimeter langer, 1077,3 Gramm schwerer, sechsschüssiger Armeerevolver Webley Mark VI vom

Kaliber 0.455, britisches Fabrikat, ein Wegputzer, wie unser Schießlehrer in Bingley immer gesagt hat. So etwas Gefährliches habe ich nie wieder in der Hand gehalten (mit einer Ausnahme, natürlich). Dazu gehörte ein ziemlich kompliziertes Halfter, und der Riemen, mit dem der Revolver daran befestigt war, verströmte bei hoher Luftfeuchtigkeit so einen Rohledergestank, der für mich der Inbegriff von Mannesmut und Abenteuer war. Ich wäre selig gewesen, wenn ich einen Schuß im Zorn, nein, viele Schüsse im Zorn hätte abfeuern können (Maskell als Wilder Wüterich), doch dazu sollte ich keine Gelegenheit bekommen. Ich muß die Waffe noch irgendwo haben. Mal schauen, ob ich sie finde; Miss Vandeleur würde sicher nicht ungern einen Blick darauf werfen; wenn das nicht zu sehr nach einer abgedroschenen Freudschen Fehlleistung aussieht.

Was sagte ich gerade? Besorgniserregend, diese Neigung, ständig abzuschweifen. Manchmal denke ich, ich drehe durch.

Wir blieben fünf Monate in Frankreich, Nick und ich, wir waren in Boulogne stationiert. Die ganze Sache war eine herbe Enttäuschung. Unsere Mission bestand darin, genau wie Billy Mytchett gesagt hatte, ein Auge darauf zu haben, was das Expeditionskorps in unserem Einsatzgebiet so trieb. »Verdammte Schnüffler sind wir, weiter gar nichts«, sagte Nick angewidert. Offiziell sollten wir aufpassen, daß die Truppe nicht von Spionen infiltriert wurde (die dachten sich wahrscheinlich, wer einen Spion erkennen will, muß selber einer sein); in der Tat waren wir zum einen routinemäßig für die Sicherheit zuständig und mußten zum anderen das Privatleben des Bataillons auskundschaften. Ich gebe zu, daß mir die Aufgabe, die Briefe, die die Männer nach Hause schrieben, zu zensieren, ein schmutziges Vergnügen bereitet hat; ein guter Spion muß in erster Linie eine geradezu lüsterne Neugier für die Privatsphäre anderer Leute haben. Dieses Vergnügen verbrauchte sich schnell. Ich habe großen Respekt vor den englischen Soldaten – doch, wirklich –, ich fürchte allerdings, stilistische Eleganz gehört nicht unbedingt zu ihren vornehmsten Tugenden. (»*Liebe Mavis, dieses ~~Bologne~~ ist vielleicht ein lausiges Nest. Überall ~~Franzmänner~~ und nirgends kriegt man ein anständiges Bier. Ob du heute abend wohl deine Spitzenschlüpfer anhast? Von ~~Krauts~~ keine Spur*« – die Streichungen sind natürlich das Werk meines Kopierstifts.)

Boulogne. Sicher schlägt manchen Menschen das Herz höher, wenn der Name dieser verlotterten kleinen Hafenstadt fällt, Weintrinkern und Apfeltortenfreunden zum Beispiel und natürlich denen, die auf ein schweinisches Wochenende jiepern, ich aber erinnere mich, wenn von Boulogne die Rede ist, mit Schaudern jener ganz eigenen Mischung aus Langeweile, Katzenjammer und gelegentlichen Wutausbrüchen, die für mich die fünf Monate dort geprägt hat. Wegen meiner guten Sprachkenntnisse war es logisch, daß ich den französischen Stellen gegenüber, und zwar sowohl den militärischen als auch den zivilen, die Rolle eines inoffiziellen Verbindungsoffiziers übernahm. Was für eine erbärmliche Spezies der gemeine Franzose doch ist – wie konnte Poussin es sich nur gefallen lassen, in ein dermaßen stumpfsinniges, reaktionäres Volk hineingeboren zu werden? Und die allererbärmlichste Unterart dieser Spezies ist der kleinstädtische Beamte. Die Militärs waren in Ordnung – überempfindlich, selbstredend, und immer auf der Hut, daß ja keiner ihr vornehmes Ego kränkte oder ihren guten Ruf befleckte –, selbst die vier voneinander unabhängigen Abteilungen der Polizei, mit denen ich mich zwangsläufig abgeben mußte, habe ich ertragen, die ehrenwerten Bürger von Boulogne jedoch, die haben mich vollkommen fertiggemacht. Es gibt so eine Attitüde, die der Franzose einnimmt, wenn er beschlossen hat, daß er auf seine Würde pochen und die Zusammenarbeit aufkündigen muß; die Gesten, die da zum Einsatz kommen, sind minimal – der Kopf wird etwas nach links geneigt, das Kinn einen Millimeter emporgereckt, der Blick exakt auf Halbdistanz gelenkt – und dennoch unmißverständlich, und die Entschlossenheit, die sie stumm zum Ausdruck bringen, ist eisern.

Nick hat sich köstlich über meine Schwierigkeiten amüsiert. In Frankreich fing er an, mich »Doc« zu nennen und in so einem aufmüpfigen Ton mit mir zu reden, wie ein Schuljunge, der seinen armen Lehrer piesacken will. Ich ertrug geduldig seinen Spott; das ist der Preis, den man für geistige Überlegenheit zahlen muß. Wir hatten beide den Rang eines Captain, doch durch einen mysteriösen hierarchischen Handstreich seinerseits – wie er das angestellt hat, ist mir bis heute schleierhaft – war zwischen uns von Anfang an klar, daß er der Höhergestellte war. Nach außen hin war er natürlich ein ganz normaler Soldat – unsere Verbindungen zum Department hielten wir selbst vor den anderen Offizieren in unserem Einsatzgebiet geheim, obwohl sich schnell herumsprach, daß ich von den sogenannten Bingley Boys kam, für die die Männer vom Expeditionskorps, unter denen wir uns wie – ja, wie Spione bewegten, nur Verachtung übrig hatten. Nick hatte ein bißchen seine Beziehungen spielen lassen und uns in einer kopfsteingepflasterten Seitenstraße oben auf dem Hügel, unweit des Doms, in einem windschiefen Häuschen, das zwischen einer Metzgerei und einem Bäckerladen eingekeilt war, ein gemeinsames Quartier besorgt. Das Haus gehörte dem Bürgermeister. Es ging das Gerücht, daß er hier vor dem Krieg seine wechselnden Mätressen untergebracht hätte, und die engen, hohen Räume mit ihren vielen kleinen Sprossenfenstern und den Puppenhausmöbeln hatten auch wirklich etwas dezent Unanständiges an sich, etwas von Petit Trianon. Nick setzte noch eins drauf auf dieses Schmuckkästchenflair, indem er sich unverzüglich selber eine Mätresse nahm, die Mme Joliet hieß und eine jener taufrischen, spröden, stets makellos zurechtgemachten Enddreißigerinnen war, die in Frankreich scheinbar fix und fertig auf die Welt kommen, aufpoliert und ausgefeilt, ganz so, als hätten sie nie eine Kindheit oder Jugend erlebt. Nick schmuggelte sie von hinten durch den kleinen Garten ein, der auf eine von Flieder überwucherte Gasse hinausging, und dann band sie sich eine Schürze um und kochte für uns drei – ihre Spezialität war *Omelette aux fines herbes* –, während ich an dem Küchentisch mit der Wachstuchdecke saß und verlegen mein Glas süßen Sauterne zwischen den Fingern drehte und Nick, eine Hand in der Hosentasche, die Beine über Kreuz, in offener Uniformjacke am Ausguß stand und rauchte und mir zuzwinkerte, wenn die arme Anne-Marie über die Londoner Mode plapperte und über die Herzogin von Windsor und den Ausflug nach Ascot, den sie einmal gemacht hatte, an einem verklärten, herrlichen englischen Sommernachmittag vor einer unbestimmten Anzahl von Jahren. »Dieser Krieg«, schrie sie dann, »dieser schreckliche, schreckliche Krieg!«, warf den Blick zur Decke und verzog den Mund so komisch eckig, als ob sie sich über irgendwelche Wetterkapriolen beklagte. Sie tat mir leid. Hinter ihrer fein lackierten Fassade lauerte unverkennbar die Angst der schönen Frau, die unter ihren elegant beschuhten Füßen schon die schroffe Schlucht des Alters klaffen spürt. Nick nannte sie seine Kriegsbeute. Ich habe keine Lust, darüber zu spekulieren, welcher Art ihre Beziehung war. Es gab Nächte, da mußte ich mir das Kissen über den Kopf ziehen, damit ich den Lärm nicht hörte, der aus Nicks Zimmer kam, und mehr als einmal hatte Mme Joliet am Morgen Schrunden um den Mund und blaue Flecke unter den Augen, die untrüglichen Anzeichen für sklavische Ergebenheit also, die keine noch so kunstvoll aufgelegte *maquillage* überdecken konnte.

Eine merkwürdige kleine Ménage war das, die Luft bebte von unausgesprochenen Intimitäten und zurückgehaltenen Tränen, die jeden Augenblick hervorbrechen konnten. Dieses Beinaheleben, das wir zur Hälfte führten, hatte etwas angenehm Schauriges an sich. Für mich war es eine Kabarettnummer, eine Karikatur auf das Klischee von Eheglück und trautem Heim. Natürlich wurden Mme Joliet und ich bald Verbündete, und mit Nick hatten wir sogar ein Kind, in gewisser Weise. Wir, sie und ich, kamen uns vor wie zwei Geschwister im Märchen, die einander in aller Unschuld lieben und freudig ihre Pflichten erfüllen, dort in unserem Pfefferkuchenhaus im hintersten Winkel der Rue du Cloître, sie mit ihrem Schneebesen und ich mit meinem Kopierstift. Die Stadt hatte sich gegen den Winter verschanzt und gegen den Krieg. Die Tage waren kurz, fast schon keine Tage mehr, eher so etwas wie ein in die Länge gezogenes, dunstiges Morgengrauen. Von Norden, vom Meer wälzten sich große, schwere Wolken heran, der Wind seufzte und flüsterte im Gebälk und brachte die Flammen von Mme Joliets Kerzen zum Flackern – sie hatte eine ungeheuer romantische Ader, und so wurde grundsätzlich nur bei Kerzenschein gespeist. Wenn ich daran zurückdenke, sticht mir wieder der Geruch von Bienenwachs in die Nase und von ihrem scharfen Parfum und dahinter der abgestandene Gasgeruch – wieviel Zeit wir damals doch in der Küche verbracht haben – und der dumpfige Gestank der Rohre und der schale, nach zerriebenen Chrysanthemen riechende Dunst, der von den Fußbodenfliesen hochstieg, die immer feucht von Kondenswasser waren, als ob dem Haus permanent kalter Schweiß ausbräche.

Nick ließ uns oft allein, ging nach dem Abendessen aus, angeblich in irgendeiner dienstlichen Mission, und wenn er dann lange nach Mitternacht wiederkam, lächelnd, mit glasigem Blick und in gefährlich lustiger Stimmung, saßen Mme Joliet und ich unter einer warmen Glocke aus Kerzenlicht und Gauloiserauch am Tisch, hatten die Ellbogen aufgestützt und waren angenehm beschwipst von dem Birnenlikör, den sie so liebte und den ich nur der Geselligkeit halber trank, denn für mich schmeckte er immer nach Nagellack. Bei diesen nächtlichen Tête-à-têtes sprachen wir so gut wie nie über uns selbst. Ein paar vorsichtige Fragen meinerseits nach M. Joliet wurden mit einem Zusammenkneifen der Lippen beantwortet und mit jenem fast unmerklichen, aber durch und durch verächtlichen Achselzukken, mit dem die französischen Frauen das Versagen ihrer Männer abtun. Ich erzählte ihr ein bißchen von Vivienne und unserem Sohn, ein Thema, auf das sie häufig zurückkam, aber wohl nicht, weil es um meine Frau und meinen Sohn ging, sondern weil die zwei die Schwester und der Neffe von Nick waren. Denn im Grunde haben wir immer nur über Nick geredet, selbst dann, wenn das, worüber wir sprachen, scheinbar nicht das geringste mit ihm zu tun hatte. Mme Joliet war, wie ich bald bemerkt hatte, vollkommen aus der Bahn geworfen. Anfangs nur eine überschaubare kleine *affaire* mit dem hübschen, unbekümmerten englischen Captain, hatte sich die Geschichte zu einem Verhängnis ausgewachsen, zu so etwas wie Liebe, und Liebe besaß für sie die zerstörerische Kraft eines Naturereignisses, eines Blitzes oder eines Sommergewitters, von etwas, wovor man sich in Sicherheit bringen mußte, weil sonst das ganze Leben und alles, was es erträglich machte, in sich zusammenfiel und in Rauch aufging. Wenn sie von ihm sprach, war sie jedesmal von so einer knisternden Aura von Zerquältheit umgeben, die sie vergebens abzustreifen suchte; sie saß in unserer von Kerzenlicht erleuchteten Miniaturmanege und unterdrückte ihre verzweifelten Gesten, versuchte krampfhaft ihre Angst zu verbergen, wie ein Dompteur im Zirkus, der mit einem angeblich zahmen, auf einmal wild gewordenen Tier in einen Käfig eingesperrt ist. Und ein- oder zweimal, nach noch einem Glas *Poire William*, gewann der traurige Geruch von Anne-Maries Angst unverkennbar die Duftnote der Erotik, und es schien, als sollte ich in den Käfig stürzen und ihr beistehen, damit wir zusammen, Arm in Arm, die rasende Bestie zur Räson bringen könnten. Doch es ist nichts passiert, der Moment ging jedesmal vorüber, und dann lehnten wir uns zurück, heraus aus dem Kerzenschein, gingen auf Distanz und saßen da und starrten in unsere Likörgläser, reglos, mit Bedauern und Erleichterung.

Nick kam es gar nicht in den Sinn, unseretwegen eifersüchtig zu sein. Er wußte schließlich, wie fest er uns im Griff hatte, er brauchte bloß zuzupacken mit seinen Klauen, und schon spritzte uns das Blut aus dem Herzen. Ich glaube, es hat ihn amüsiert, uns in der Nacht so allein zu lassen und zu sehen, was wir wohl machen, welche Fluchtstrategien wir womöglich ausprobieren würden.

Vom Krieg bekamen wir nichts zu spüren. Manchmal vergaß ich tagelang, warum wir überhaupt in Frankreich waren. Wenn ich auf der Straße einem Trupp Soldaten begegnete oder welche in den Feldern und erntereifen Obstgärten verbissen exerzieren sah, ertappte ich mich dabei, daß ich diese Ordnung bewunderte, diese Normalität, die gerechtfertigte und durchaus angemessene Beschäftigung, der diese Männer nachgingen, als ob das Ganze keine militärische Übung wäre, sondern Teil eines gewaltigen philanthropischen Unternehmens. Einmal alle vierzehn Tage fuhr ich mit Corporal Haig nach Arras zum Hauptquartier des Expeditionskorps, angeblich, um Meldung über die Aktivitäten in unserem Einsatzgebiet zu machen, doch da es keine Aktivitäten gab, gab es auch nichts zu melden, und so zermarterte ich mir in der Nacht vor so einer Fahrt jedesmal stundenlang das Hirn, um ein paar annehmbare, wenn auch sinnlose Seiten zu Papier zu bringen, die spurlos in den Eingeweiden der Militärmaschinerie verschwinden würden. Diese Sucht nach Dokumentation, die allen großen Institutionen eigen ist, besonders aber denjenigen, an deren Spitze ein sogenannter Mann der Tat steht, wie etwa bei der Armee oder beim Geheimdienst, hat mich seit jeher fasziniert. Ich weiß nicht mehr, wie oft es mir geglückt ist, diese oder jene unwillkommene Entwicklung im Department zu vereiteln, nicht etwa, indem ich Dokumente entfernt oder zurückgehalten hätte, sondern indem ich noch mehr Papier in die bereits aus allen Nähten platzenden Aktenordner geheftet habe.

Habe ich eigentlich schon von Corporal Haig erzählt? Er war mein Bursche, die Karikatur eines Mannes aus dem Eastend, einer, der ständig nur grinste, zwinkerte und mit den Augen rollte. Manchmal spielte er seine Rolle so übertrieben gut, daß mir der Verdacht kam, er hätte sie einstudiert, denn hinter seiner tolldreisten Fassade hatte er etwas Verstohlenes an sich, etwas von einer verlorenen Seele, und auch etwas Furchtsames. Haig – mit Vornamen, ob sie es glauben oder nicht, Roland geheißen – war ein kleiner, untersetzter Mann mit breiten Schultern, winzigen Füßen, wie ein Boxer, einer Lücke zwischen den Schneidezähnen und abstehenden Ohren. Man hätte meinen können, er sei von Kindesbeinen an in der Armee gewesen. Boy, der uns über Weihnachten aus Dünkirchen, wo er als Propagandaoffizier oder so was Ähnliches stationiert war, besuchen kam, war sofort hin und weg von ihm. Er nannte ihn den Feldmarschall und gab sich den ganzen Urlaub lang Mühe, ihn zu verführen. Vielleicht ist es ihm ja geglückt? – das wäre immerhin eine Erklärung für das Verstohlene, das Schuldbewußte in Haigs Verhalten. Was aus dem wohl geworden sein mag, ob er den Krieg überlebt hat? Mein Gefühl sagt mir, er hat ihn nicht überlebt. Er war eine jener Randfiguren, an denen die Götter ihre Klingen wetzen, bevor sie sich mit den Hektors und Agamemnons einlassen.

Wie die meisten Männer im Korps betrachtete Haig den Krieg als lächerliche, wenn auch nicht ganz unangenehme Zeitverschwendung, eine von den enormen Verrücktheiten, die sich die da oben auszudenken pflegen und deren einziger Zweck anscheinend darin besteht, das sonst so friedliche Leben der unteren Ränge durcheinanderzuwirbeln. Diese Stationierung in Frankreich hielt er für besonders dämlich, sogar nach den Maßstäben der Machthaber. Er war wie ein Tagesausflügler, der seine Reisegruppe verloren hat, halb empört über die Sinnlosigkeit des Ganzen, halb belustigt ob der Atmosphäre dieses endlosen, aber langweiligen Urlaubs. Und natürlich ergriff er freudig jede Gelegenheit, seinem Unmut Luft zu machen. Wenn wir in unserem kleinen schwarzen Austin (der mich immer an einen emsigen und sehr entschlossenen glänzenden schwarzen Käfer erinnerte) über die engen, von Kolonnaden vorübersausender Platanen gesäumten Straßen fuhren, erging er sich jedesmal in einer endlosen Jammerarie: das miese Essen, die stinkenden Klos, die im Grunde nicht mehr waren als ein Loch im Boden, die Weiber, die kein Wort Englisch sprachen und sich ständig über ihn lustig zu machen schienen und die wahrscheinlich zur Hälfte sowieso die Syph hatten (»Ich kann Ihnen sagen, Sir, hier tät ich keine Votze anrühren, da könnten sie mir noch Geld dazugeben.«)

Einmal machten wir auf so einer Fahrt nach Arras in einem Dorf halt, ich glaube, es war Hesdin, und da habe ich ihn in ein Restaurant am Fluß geschleppt, das Boy mir empfohlen hatte. Es war ein eisiger Tag. Wir waren die einzigen Gäste. Der Raum war klein, niedrig und ein bißchen schmuddelig, und die dicke alte Vettel, die hier die Wirtin war, sah aus wie eine Puffmutter, aber es gab ein schönes, warmes Holzfeuer, unter dem zugefrorenen Fenster hörten wir den Fluß über die Steine plätschern, und die Speisekarte war ein Meisterwerk. Haig war nicht wohl in seiner Haut; ich merkte, daß ihm diese zwanglose Vermischung der Ränge nicht so richtig paßte. Er hatte die Mütze abgesetzt und sah irgendwie geschoren und verletzlich aus, und die Ohren standen noch weiter ab als sonst. Er strich sich pausenlos über sein brillantineglänzendes Haar und schniefte nervös. Am liebsten hätte ich ihm seine erstaunlich schmale, beinahe mädchenhaften Hand getätschelt (wieso um alles in der Welt habe ich nur so lang gebraucht, bis mir klar war, daß ich andersrum bin?). Er kämpfte kurz mit seiner Serviette und blickte dann lange und hilflos in die Speisekarte. Als ich vorschlug, mit Austern anzufangen, würgte er angewidert, wobei sein Adamsapfel hüpfte wie ein Tischtennisball auf der Kelle.

»Was denn, Haig«, sagte ich, »noch nie Austern gegessen? Das muß aber schleunigst anders werden.«

Danach konferierte ich fünf angenehme Minuten lang mit *Madame la Patronne*, die mich unter reichlich melodramatischem Achselzucken und mehrfachem Abküssen ihrer zusammengedrückten Fingerspitzen zu Sauerampfersuppe und *bœuf en daube* überredete. »Na, Haig, alles in Ordnung?« fragte ich, und Haig nickte und würgte abermals. Er wollte ein Bier, doch das ließ ich nicht zu, sondern bestellte uns zum Runterspülen der Austern je ein Glas von dem ziemlich guten weißen Hauswein. Ich tat so, als ob ich gar nicht auf ihn achtgab, und wartete, nach welchem Besteckteil er zuerst greifen würde. Er hackte auf die Austernschalen ein, daß sie klapperten wie falsche Zähne, und hatte seine liebe Not, die köstlichen Happen, die wie gebauschte Drüsen dalagen, auf die Gabel zu kriegen.

»Na?« sagte ich. »Wie finden Sie's?«

Er rang sich ein mattes Lächeln ab.

»Erinnert mich an...« Er wurde rot und legte eine ungewohnte Prüderie an den Tag. »Naja, ich möchte nicht sagen, woran, Sir. Bloß, daß es kalt ist.«

Wir aßen eine Weile schweigend weiter, doch ich spürte, wie es in ihm arbeitete. Als wir dann mit der Suppe fertig waren, hatte er sich endlich überwunden.

»Gestatten Sie eine Frage, Sir, sind Sie eigentlich eingezogen worden, oder haben Sie sich freiwillig gemeldet?«

»Ach du lieber Himmel«, sagte ich, »wie kommen Sie denn darauf. Wieso wollen Sie denn das wissen?«

»Naja, ich hab mich halt gewundert, Sie als Ire und so.«

Ich registrierte den leichten, wohlvertrauten Schock, wie wenn Ruß durch einen Schornstein rieselt.

»Finden Sie mich denn sehr irisch, Haig?«

Er sah mich schief an und zuckte die Achseln.

»Nein, nein, Sir, nicht doch«, sagte er und beugte sich über seinen Suppenteller. »Man merkt es Ihnen gar nicht an.«

Plötzlich sah ich ihn ganz klar und deutlich vor mir, wie er in der Kantine im Hauptquartier mit den anderen Kraftfahrern am Tisch sitzt, in der einen Hand einen Pott Kaffee, in der anderen eine Zigarette, eine Grimasse macht und meinen Dialekt nachahmt: *Aber mein lieber Haig, ich bin doch fast gar nicht oirisch, fast gar nicht.*

Ob Boy es wohl geschafft hat, ihn zu verführen? Solche Fragen sind sehr quälend für einen alten Mann. Der *bœuf en daube*, kann ich mich entsinnen, war ausgezeichnet.

Nachdem Haig sich so entschlossen dagegen verwahrt hatte, die von den einheimischen Frauen offerierten Dienste in Anspruch zu nehmen, konnte er mir bei meinem kniffligsten Problem, nämlich der Bereitstellung eines zweiten Bordells für die in Boulogne stationierten englischen Soldaten, wenig helfen. Mit dem Eintreffen des Korps hatte sich das einzige derartige Etablissement der Stadt – ein über einem Friseurgeschäft gelegener Karnickelstall mit schmuddeligen Zimmern bei uns um die Ecke, dessen Chefin, eine mit Muttermalen übersäte Madame im seidenen Kimono und mit schlabberiger hennafarbener Perücke, verblüffende Ähnlichkeit mit Oscar Wilde in seinen letzten Jahren hatte – energisch dazu auf- oder abgeschwungen, der enorm gestiegenen Nachfrage gerecht zu werden, doch waren Mme Moutons tapfere *filles publiques* binnen kurzem überfordert, so daß Amateurinnen einsprangen, um den Kundenüberschuß abzuschöpfen. Bald gab es über jeder Kneipe, jedem Bäckerladen ein Zimmer mit einem Mädchen. Es kam zu Streitigkeiten, es hagelte Betrugs- und Diebstahlsanzeigen, und die Krankheit grassierte. Ich weiß nicht mehr, wieso man ausgerechnet mich mit dieser Sache betraut hat. Jedenfalls bin ich wochenlang vergeblich zwischen der Polizeipräfektur und der *mairie* hin- und hergelatscht. Ich wollte die Unterstützung der städtischen Ärzteschaft. Ich war sogar beim Gemeindepriester, einem lüsternen alten Knaben, der auf einem Auge schielte und, wie sich zeigte, verdächtig gut darüber Bescheid wußte, was sich in Mme Moutons Etablissement abspielte. Ich kam mir vor wie ein Protagonist aus einer Komödie von Feydeau, der von einem Mißverständnis ins andere tappt und dabei ständig mit irgendwelchen Randfiguren zusammenstößt, die alle bestens im Bilde sind, keinen Hehl aus ihrer Verachtung machen und sich durch und durch unverschämt aufführen.

»Der Krieg ist die Hölle, Tatsache«, sagte Nick lachend. »Frag doch Anne-Marie, ob sie dir hilft. Die wäre bestimmt eine ausgezeichnete Puffmutter.«

Mme Joliets Englisch war mäßig, und wenn sie hörte, daß Nick mir gegenüber ihren Namen erwähnte, lächelte sie immer fragend, neigte den Kopf zur Seite, reckte ihr feines Näschen empor und sah, ohne es zu wollen, wie die Parodie einer Theaterkokotte aus.

»Nick meint, Sie könnten mir bei Mme Mouton und ihren Mädchen helfen«, sagte ich auf Französisch zu ihr. »Ich meine, er meint, Sie könnten vielleicht ..., daß Sie ...«

Ihr Lächeln erstarb, sie nahm die Schürze ab, verknotete die Bänder und rannte aus der Küche.

»Ach, Doc, du bist ein Esel«, sagte Nick und lächelte mich fröhlich an.

Ich ging Anne-Marie nach. Sie stand vorn in dem kleinen Wohnzimmer am Fenster. Nur eine Französin kann überzeugend die Hände ringen. In ihren Augenwinkeln zitterten zwei einzelne, glänzende Tränen. Sie hatte die Rolle der Soubrette gegen die der Phädra eingetauscht.

»Ich bedeute ihm nichts«, sagte sie mit bebender Stimme. »Gar nichts.«

Es war Vormittag, und ein dünner, weißlicher Frühlingssonnenstrahl bohrte sich in das braune Fenster der *épicerie* auf der anderen Straßenseite. Ich hörte die Möwen unten am Hafen kreischen, und plötzlich sah ich Nick und mich in Carrickdrum am Meer stehen, so klar, daß es mir fast das Herz zerriß, sah uns dort stehen, vor wenig mehr als einem Jahr, in einem anderen Leben.

»Ich glaube, dem bedeutet niemand viel«, sagte ich. Obwohl ich das nicht hatte sagen wollen. Sie nickte, das Gesicht immer noch dem Fenster zugewandt. Sie seufzte, und aus dem Seufzen wurde ein kurzes, trockenes Schluchzen.

»Es ist so schwierig«, murmelte sie. »So schwierig.«

»Ja«, sagte ich und kam mir hilflos und elend vor; ich habe nie gut mit den Qualen anderer Leute umgehen können. Nach kurzem Schweigen lachte Mme Joliet, drehte den Kopf, sah mich an und sagte mit vor Kummer glänzenden Augen: »Nun ja, vielleicht hab ich mit den Deutschen mehr Glück. Das Problem ist bloß . . .« Sie hielt inne. »Das Problem ist bloß, ich bin Jüdin.«

\*

Miss Vandeleur hat irgendeine alberne Geschichte über meine Tapferkeit im Feuergefecht in die Hände gekriegt. Ich habe ihr zu erklären versucht, daß Tapferkeit eine von Grund auf verlogene Haltung ist. Wir sind, was wir sind, wir tun, was wir tun. In der Schule, als ich zum erstenmal Homer las, fand ich Achilles unglaublich stumpfsinnig und dumm. Ich war nicht dumm, und ich hatte durchaus Angst, aber ich hatte auch genügend Selbstbeherrschung, um mir das nicht anmerken zu lassen, bis auf einmal (eigentlich zweimal, aber das zweite Mal war keiner da, der es sehen konnte, das zählt also nicht). Ich habe keine waghalsigen Dinge gemacht, habe mich nicht auf die Granate gestürzt oder bin ins Niemandsland gelaufen, um Haig vor den Hunnen zu retten. Ich war einfach bloß da und habe einen klaren Kopf behalten. Nichts, womit ich mich hätte brüsten können. Dieses schmähliche Hals-über-Kopf-Davonlaufen, und etwas anderes war Dünkirchen ja nicht, hatte sowieso viel zu viel von Slapstick, als daß man damals ernsthaft über die Möglichkeit eines gewaltsamen Todes hätte nachdenken können. Wenn Tapferkeit bedeutet, daß einer fähig ist, im Angesicht der Gefahr zu lachen, dann kann man sagen, ich war tapfer, aber nur, weil dieses Angesicht in meinen Augen immer einen Zug ins Clowneske hatte.

Wir wußten, daß die Deutschen im Anmarsch waren. Schon bevor sie einmarschierten und die französische Armee in die Knie ging, war klar, daß die deutsche Wehrmacht nicht aufzuhalten war, außer durch den Kanal, und auch der war inzwischen scheinbar schon nicht mehr viel breiter als ein Schloßgraben. An dem Morgen, als die Panzer in die Vorstadt einrollten, schlief ich noch. Der Lärm, den Haig machte, als er die Treppe zu meinem Zimmer hochgetrampelt kam, war lauter als das Krachen der deutschen Kanonen. Er war in Uniform, aber oben aus dem Jackenkragen schaute der Pyjama heraus. Keuchend und mit wirrem Blick klammerte er sich an den Türpfosten, und zum erstenmal fiel mir auf, daß er mit seinen Glubschaugen, den nach außen gestülpten Lippen und den kiemenartigen Ohren verblüffende Ähnlichkeit mit einem Fisch hatte.

»Die Krauts, Sir – Mist verdammter, sie sind da.«

Ich richtete mich auf und zog mir züchtig die Decke hoch bis unters Kinn.

»Sie sind nicht anständig angezogen, Haig«, sagte ich und zeigte auf die verräterische Kante aus gestreiftem Baumwollstoff oben an seinem Kragen. Er griente bekümmert und zappelte wie eine Forelle am Haken.

»Aber Sir, in einer Stunde werden sie hiersein«, jammerte er in flehendem Ton, wie ein Schuljunge, der einen trödelnden Sportlehrer zur Eile drängt.

»Na dann husch, husch, oder wie? Oder meinen Sie, wir sollten uns hinstellen und versuchen, die Panzer aufzuhalten? Ich hab so ein Gefühl, als ob ich meine Pistole verlegt habe.«

Es war ein herrlicher Maimorgen, im Vordergrund lauter Glanz und Gefunkel und dahinter die kühle, stille, rauchgraue Ferne. Haig erwartete mich mit laufendem Motor im Austin. Der Geruch von Abgasen in der Morgenluft hat für mich immer etwas merkwürdig Anrührendes. Der kleine Wagen bibberte wie ein Kälbchen, als ob er wußte, welches Schicksal er in Kürze erleiden sollte. Nick lümmelte vorn auf dem Beifahrersitz, das Käppi verwegen zur Seite geschoben, den Kragen offen. Ich krabbelte auf den Rücksitz, und dann rasten wir los, den Hügel hinunter zum Hafen. Als wir das Tempo drosselten, um abzubiegen, rief uns ein alter Mann, der auf seine Krücke gelehnt stand, etwas zu und spuckte vor uns aus.

»Toller Tag für eine Schlappe«, sagte ich.

Nick lachte.

»Hast dir ganz schön Zeit gelassen«, sagte er. »Was hast du denn gemacht? Gebetet?«

»Ich mußte mich rasieren.«

Er sah Haig an und nickte grimmig. »Die deutsche Armee fällt über uns her, und der muß sich rasieren.« Er drehte sich wieder zu mir herum. »Und was ist das da?«

»Ein Offiziersstöckchen.«

»Was du nicht sagst.«

Wir kamen an einem Trupp Soldaten vorbei, es waren unsere, die im Zickzack den Hügel hinuntermarschierten. Sie sahen uns mit mürrisch-verächtlichem Blick nach.

»Wo sind denn die anderen?« fragte ich.

»Die meisten sind rauf nach Dünkirchen«, erwiderte

Haig. »Sie haben einen Dampfer aus Dover geschickt. Die *Queen Mary*, heißt es. Die Glückspilze.«

Nick beobachtete durch das Heckfenster den bergab stolpernden Trupp. »Vielleicht hätten wir mit ihnen reden sollen«, sagte er. »Die sehen ganz schön demoralisiert aus.«

»Der eine hat was geschleppt«, sagte ich, »sah aus wie ein Schinken.«

»Oje, hoffentlich haben sie nicht geplündert. Das mögen die Leute nämlich nicht so gern, schon gar nicht die Franzosen.«

In der Nähe gab es einen dumpfen Knall, den wir durch das Tuckern des Motors hindurch spüren konnten, und im nächsten Augenblick prasselten lauter kleine Felsbrocken auf das Autodach hernieder. Haig zog wie eine Schildkröte den Kopf ein.

»Wieso schießen sie auf uns?« fragte Nick. »Merken die denn nicht, daß wir abhauen?«

»Ach, das machen die aus reinem Übermut«, sagte ich. »Du weißt doch, wie die Deutschen sind.«

Der Hafen sah merkwürdig festlich aus, jede Menge Leute liefen am Kai herum, und auf dem Meer schaukelten alle möglichen Boote und Schiffe. Das Wasser war von einem stilisierten Kobaltblau, und am Himmel klebten lauter wattige Wolkenbäusche.

»Hast du es noch geschafft, Mme Joliet Lebewohl zu sagen?« fragte ich.

Nick zuckte die Achseln und zeigte mir weiter seinen Hinterkopf.

»Hab sie nicht mehr gefunden«, sagte er.

Inzwischen schoben wir uns durch die Massen am Kai, Haig warf sich auf die Hupe und fluchte leise vor sich hin. Ich entdeckte einen Burschen, mit dem ich zur Schule gegangen war, und ließ Haig anhalten.

»Hallo, Sloper«, sagte ich.

»Ach, Maskell, hallo.«

Wir hatten uns nicht mehr gesehen, seit wir siebzehn waren. Er beugte sich runter und steckte seinen großen bleichen Kopf zum Fenster herein. Ich machte ihn mit Nick bekannt, und die beiden gaben sich hinter Nicks Rückenlehne ungeschickt die Hand.

»Eigentlich müßte ich ja salutieren«, sagte Nick. Da erst bemerkte ich die Rangabzeichen auf Slopers Schultern.

»Entschuldigung, Major«, sagte ich und deutete aus Spaß einen Salut an. In der Schule war er auch schon über mir gewesen.

Kreischend landete eine Granate im Hafenbecken, ließ eine gewaltige Wasserfontäne hochspritzen und brachte die Steine an der Kaimauer zum Erbeben.

»Meinen Sie, es gibt eine Chance, daß wir heute noch hier wegkommen, Sir?« fragte Nick.

Sloper biß sich auf die Unterlippe und sah zu Boden.

»Es ist bloß noch so 'n oller Pott da«, sagte er, »den will keiner, weil –«

Da kam ein Soldat mit einem malerischen Kopfverband angetrabt, winkte mit einem Funkspruch und schrie:

»Nachricht aus Dover, Sir. Wir sollen sofort evakuieren.«

»Tatsächlich, Watkins?« sagte Sloper, indem er den Funkspruch nahm und ihn mit finsterer Miene las. »So, so.«

»Und wo finden wir diesen Kahn, Sir?« fragte Nick.

Sloper zeigte vage in irgendeine Richtung und versenkte sich wieder in seine Lektüre. Ich befahl Haig, weiterzufahren.

»Sloppy Sloper ist Major«, sagte ich. »Wer hätte das gedacht.«

Der Kahn war ein bretonischer Trawler, auf dessen

Bug ein Kranz aus Rosen gemalt war. Er lag vertäut da und schaukelte träge vor sich hin; es war niemand an Bord. Inzwischen war auch der Trupp Soldaten hier, an dem wir auf dem Hügel vorbeigefahren waren; die Männer standen verloren am Kai, hatten ihre Tornister abgesetzt und blickten kummervoll gen England.

»He, Sie da, Grimes«, sagte ich zu einem von ihnen. »Sie waren doch mal Fischer, nicht wahr?« Er war ein stämmiger junger Mann, rund wie ein Faß, mit O-Beinen, rotem Gesicht und ein paar quer über der Schädeldecke klebenden blonden Haarsträhnen. »Können Sie das Ding da fahren?«

Er konnte, und im nächsten Moment liefen wir auch schon aus und hielten Kurs aufs offene Meer. Das Boot schwankte und schaukelte wie eine alte Kuh, die sich mühsam auf einer moddrigen Wiese dahinschleppt. Breit und stramm stand Wilson im Steuerhaus auf seinen Säbelbeinen und pfiff selig vor sich hin. Inzwischen kamen jede Minute zwei bis drei Granaten. Haig kauerte vorn am Bug, hielt schützend die Hände um seine Zigarette und schlotterte vor Angst.

»Kopf hoch, Haig«, sagte ich. »Sie wissen doch, es ging nicht anders.« Wir hatten den Austin im Hafen versenkt. Traurig und fassungslos hatte Haig zugeschaut, wie der kleine Wagen über die Hafenmauer kippte und mit der Nase voran ins ölige Wasser eintauchte, um dann mit lautem Glucksen unterzugehen. »Oder wär's Ihnen etwa lieber gewesen, wenn die Krauts ihn gekriegt hätten?«

Er sah mich an wie ein getretener Hund und schwieg und verfiel wieder in sein aschgraues Grübeln. Ich schob mich seitwärts durchs Gedränge, den Gang entlang bis ganz nach vorn, wo Nick an den Schandeckel gelehnt saß, die Ellbogen auf die Knie gestützt, die Hände gefaltet, und gedankenverloren zum Himmel hinaufblinzelte. Dreißig Meter links von uns klatschte mit merkwürdig beiläufigem Plopp eine Granate ins Wasser.

»Ich hab mir das gerade mal ausgerechnet«, sagte Nick. »Bei dieser Feuerfrequenz und bei der Entfernung, die wir zurücklegen müssen, bis wir außer Reichweite sind, stehen die Chancen zwei zu eins gegen uns.«

Ich setzte mich neben ihn.

»Diese Granaten kommen mir eher harmlos vor«, sagte ich. »Glaubst du wirklich, so 'n Ding kann uns versenken?«

Er sah mich aus dem Augenwinkel an und kicherte.

»Naja, wenn man bedenkt, was da unten unter Deck lagert, würde ich sagen, davon kann man wohl ausgehen.«

Wieso riecht das Meer eigentlich immer nach Teer? Oder sind es nur die Boote, die so riechen, und wir bilden uns ein, es sei das Meer? Das Leben ist voller Geheimnisse.

»Was ist denn da unten?« fragte ich.

Er zuckte die Achseln.

»Vier Tonnen hochexplosiver Sprengstoff, wenn du's genau wissen willst. Wir befinden uns auf einem Sprengboot. Hast du das etwa nicht gewußt?«

\*

Ich habe neuerdings so einen leichten allgemeinen Tremor. Ein merkwürdiges Gefühl ist das und – wie ich zu meiner Überraschung feststelle – nicht einmal unangenehm. Nachts im Bett, wenn ich nicht schlafen kann, spüre ich es am deutlichsten, wie unter Wasser, dieses leise Schlingern, das seinen Ursprung irgendwo ganz weit unten in meiner Brust zu haben scheint, in der Zwerchfellgegend, und sich von dort ausbreitet, buchstäblich bis in die Fingerspitzen und bis in meine armen kalten Zehen. Ein Gefühl wie ein schwacher Stromstoß, der durch einen Bottich mit irgendeiner zähen, warmen, bläulichroten Flüssigkeit fährt. Vielleicht ist dieser Tremor das erste Anzeichen von beginnendem Parkinson? Eine düster-komische Aussicht, die in meinem Fall gar nicht so abwegig ist: die Natur ist konservativ, also müßten doch, wenn ein Organismus gleichzeitig von zwei schweren Leiden befallen wird, die Bedingungen, vorsichtig ausgedrückt, sehr günstig sein. Als wenn Krebs nicht reichen würde. Aber vielleicht kündigt sich damit auch eine dieser neuen Modekrankheiten an (zittert man eigentlich bei Alzheimer?), jedenfalls bin ich mir sicher, daß die Ursache für diesen Tatterich irgendwie mit dem Rückzug von Boulogne zusammenhängt, mit dem Moment, als mir klar wurde, daß ich auf einer schwimmenden Bombe saß. Da, glaube ich, wurde die Stimmgabel der Angst zum ersten Mal angeschlagen, und inzwischen haben die Vibrationen einfach nur die Frequenz erreicht, die ich mit meinen schlichten menschlichen Rezeptoren wahrnehmen kann. Sie meinen, jetzt ist meine Phantasie aber mit mir durchgegangen? Alle tiefgreifenden Wirkungen sind immer schon eine ganze Weile im Gange, bis wir mit unseren kümmerlichen Fähigkeiten, etwas zu empfinden und zu erkennen, sie bemerken. Ich denke noch daran, wie amüsiert und erstaunt mein Vater war, als er so gegen sechzig seinen ersten Koronarinfarkt hatte und die Ärzte ihm erklärten, dieser Infarkt sei eine Spätfolge des rheumatischen Fiebers, an dem er als Kleinkind erkrankt gewesen sei und das zu einer Schädigung der Herzkammern geführt habe. Es ist also durchaus möglich, daß in diesem Tremor, von dem ich jetzt, im Alter von zweiundsiebzig, befallen werde, mit vierzig Jahren Verspätung die Angst zum Ausdruck kommt, die mich damals im

Hafen von Boulogne gepackt hat, als wir im strahlendsten Frühlingssonnenschein nach Hause schipperten, um uns herum Panzergranaten und kreischende Möwen, die Angst, die ich damals nicht zeigen durfte.

Zwischen dem letzten Absatz und diesem hier habe ich eine lange Pause gemacht. Ich habe über die Frage nachgedacht, über die ich schon öfter nachgedacht habe, nämlich, ob es solche Momente der Offenbarung wirklich gibt, oder ob wir nur, gleichsam aus Not, weil unser Leben so undramatisch ist, den Ereignissen der Vergangenheit eine Bedeutung verleihen, die sie gar nicht verdient haben. Und doch kann ich mich nicht freimachen von dem Glauben, daß an jenem Tag etwas mit mir geschehen ist, was mich verändert hat, wie einen die Liebe verändern soll oder eine Krankheit oder ein schwerer Verlust, indem sie einen um ein, zwei entscheidende Grade vom einmal eingeschlagenen Kurs abbringt, so daß man die Welt aus einer völlig neuen Perspektive sieht. Ich habe die Angst *erworben*, wie man Wissen erwirbt. Ja, wirklich, sie kam mir vor wie ein jähes, unbestreitbares Wissen. Als Nick mir fröhlich von dem Dynamit im Frachtraum erzählte, verspürte ich als erstes einen starken Druck in der Brust und merkte dann, daß ich einfach nur den Drang hatte, laut loszulachen; wenn ich damals wirklich gelacht hätte, wäre daraus wahrscheinlich sogleich ein Schrei geworden. Als nächstes blitzte vor meinem geistigen Auge unglaublich klar und deutlich der *Tod des Seneca* auf, mitsamt dem Rahmen – englisch, Ende achtzehntes Jahrhundert, aber gut – und allem Drum und Dran: das Stückchen nordlichtbeschienene Wand in der Wohnung in der Gloucester Terrace, wo es damals hing, und sogar das Lacktischchen, das darunterstand. Ich hätte an Weib und Kind denken sollen, an Vater und Bruder, Tod, Jüngstes Gericht und Auferstehung, doch das tat ich nicht; ich habe, mag Gott mir vergeben, an das gedacht, was ich wirklich liebte. Dinge sind für mich immer wichtiger gewesen als Menschen.

Diese schwitzende Angst, die einem die Blase zusammendrückt, ist nicht das gleiche wie beispielsweise die dumpfe Furcht, die ich heute spüre, wenn ich an den qualvollen und extrem ekelhaften Tod denke, der mich, wie ich weiß, früher oder später erwartet. Das, wodurch sich die beiden voneinander unterschieden, war das Element der Chance. Ich bin nie ein Spieler gewesen, aber ich kann mir vorstellen, wie man sich fühlt, wenn die kleine Holzkugel klappernd entgegen dem Uhrzeigersinn ihre Bahnen zieht – ein Geräusch, das entfernt an Kinderzimmer erinnert – und in den Vertiefungen des Rouletterades auf und ab hüpft, erst in eine rote fällt und dann in eine schwarze und dann wieder eine rote, und alles hängt von der Laune dieser Kugel ab: Geld, die Perlenkette der Frau, die Ausbildung der Kinder, die Schenkungsurkunde für das Château in den Hügeln, ganz zu schweigen von der Absteige in dem kleinen Dorf am Meer, gleich hinter dem *tabac*, von der keiner etwas wissen sollte. Diese Spannung, die Ängstlichkeit dabei, die beinahe sexuelle Erwartung – *jetzt*? passiert es *jetzt*? ist es *jetzt* passiert? – und die ganze Zeit dieses fieberhafte, mit Entsetzen vermischte Gefühl, daß im nächsten Moment alles anders sein kann, vollkommen anders, so anders, daß man es nicht mehr wiedererkennt, ein für allemal. Das ist das wahre, grausige, jauchzende Gefühl von Lebendigkeit im grellen Magnesiumblitz der größten Furcht.

Nick hatte natürlich keine Angst. Oder wenn doch, dann wirkte sie sich bei ihm noch deutlicher aus als bei mir. Er frohlockte richtig. Er strahlte wie von einem inneren Feuer. Ich konnte ihn riechen; durch den Geruch des Meeres hindurch und den salzigen Duft der

Planken, auf denen wir saßen, roch ich ihn und saugte ihn ein, diesen rauhen Gestank nach Schweiß und Leder und feuchter Wolle und den faden Dunst des Kaffees, den er vor einer Stunde im Jeep draußen vorm Haus in der Rue du Cloître aus der Feldflasche getrunken hatte, als er mit Haig auf mich wartete und die deutschen Panzer anfingen, die Stadt zu beschießen. Ich wollte ihn bei den Händen fassen, ihn an mich drücken, mich opfern in diesem Feuer. Ich kann Ihnen gar nicht sagen, wie peinlich es mir heute ist, dieses schwülstige *Liebestod*-Gedusel, aber schließlich passiert es einem nicht oft im Leben, daß man dem gewaltsamen Tod so erschütternd nahe ist. Ich hoffe nur, man hat mir meine Angst nicht angesehen. Ich habe ihm zugelächelt, die Achseln gezuckt und mir Mühe gegeben, ironisch und unbekümmert zu wirken, wie man es von einem Offizier erwarten darf, ich habe die Zähne zusammengebissen, aber das mußte ich auch, und zwar gewaltig, damit sie nicht klapperten. Als wir endlich aus der Schußlinie waren und die Männer an Deck jubelten und tanzten, verloren Nicks Augen ihren Glanz, er wandte sich ab und sah aufs Meer, runzelte die Stirn, schweigend, erschöpft, und ich dankte Gott, daß ihn die Gefühle nicht erreichten, die jeder außer ihm hatte.

Auch in London war es ruhig. Noch vor sechs Monaten hatte dort eine beinahe festliche Stimmung geherrscht. Die Bomber waren nicht gekommen, die Sturmtrupps hatten die Südküste nicht erobert, und alles war genauso leicht und fern und unwirklich gewesen wie die elefantenhaft plumpen Sperrballons, die wie auf einem Bild von Margritte über der Stadt schwebten. Jetzt war alles anders, und über allem lag eine nachdenkliche, bedrückte Stille. Ich ging durch den Park, schritt dahin unter den dunstigen, leise tuschelnden Bäumen und spürte noch immer das Schwanken des

Schiffs unter den Sohlen, und benebelt, wie ich war, kam mir der Gedanke, daß ich vielleicht wirklich tot war und dieses Grün um mich herum das Grün der Felder von Elysium. Starr wie Erinnyen schoben schwarzgekleidete Kindermädchen ihre Korbwagen vor sich her. Am Clarendon Gate trabte ein großer Mann auf einem kleinen Pferd an mir vorbei – ein Zentaur mit Melone. In der Gloucester Terrace keuchte ein Taxi ohne Chauffeur im Sonnenschein; die hintere Tür stand einladend offen. Ich stieg die Treppe zur Wohnung hinauf, und mir war, als würden meine Füße zu Blei und mein Herz zu Stein. Gewiß hat selbst Odysseus, als er aus dem Krieg kam, auf der Schwelle seines Hauses solch einen seltsam angstvollen Augenblick erlebt. Vor der vertrauten Wohnungstür blieb ich stehen und fühlte mich wie unter einem unerträglichen Druck, als wäre ich zwischen zwei einander streifende Planeten geraten, und in meinem Innern schwoll etwas an, so daß ich einen Moment lang keine Luft bekam. Das knorpelige Gefühl, als der Schlüssel ins Schloß drang, machte mir Gänsehaut.

Die Wohnung roch anders. Früher hatte sie nach Bücherstaub, jahrhundertealtem Farbpigment, Bettbrunst und einem leichten, scharfen, exotischen Aroma gerochen, das wohl vom Gin kam – ich habe immer viel Gin getrunken, schon damals. Jetzt mischte sich in das alles noch der Geruch von Wolle, Milch und wäßrigen Fäkalien, und hinzu kam ein Gestank, so ähnlich wie nach Schulspeisung, von dem mir sofort übel wurde. Vivienne war im Wohnzimmer. Wie sie so mit untergeschlagenen Beinen und in der Sonne glänzenden Strümpfen zwischen lauter verstreuten Zeitschriften vorm Sofa auf dem Fußboden saß, sah sie aus, als würde sie für einen von diesen sentimentalen Kriegsschinken posieren – *Warten auf einen Brief* oder *Am heimischen Herd* –, wie Brendan Bracken vom Informationsministerium sie immer bei den Auftragsmalern von der Royal Academy bestellt hat. Sie trug einen weiten Plisseerock und eine lachsfarbene Bluse. Ich bemerkte ihren scharlachroten Mund und die dazu passenden Fingernägel und spürte, wie mich ein seidiger Schauer von Lust durchzuckte. Ich legte mein Käppi auf den Tisch und wollte gerade etwas sagen, als sie blitzschnell die Hand hob, um mich zum Schweigen zu bringen, und entsetzt das Gesicht verzerrte.

»Psst!« zischte sie und nickte rüber zum Schlafzimmer. »Du willst wohl schlafende Hunde wecken?«

Ich ging zur Anrichte.

»Willst du einen Drink?« fragte ich. »Ich ja.«

Sie hatte alles vorbereitet: den bläulich schimmernden Gin in seiner hohen, eckigen Flasche, die in Scheiben geschnittenen Limonen, die Kristallschale mit den Eiswürfeln. Sie steckte sich eine Zigarette an. Ich spürte ihren kühlen Blick im Rücken und zog die Schulter hoch, um mich davor zu schützen.

»Fesch siehst du aus«, sagte sie, »in deiner Uniform.«

»Ich finde mich nicht fesch.«

»Sei doch nicht gleich eingeschnappt, Schatz.«

»Entschuldige.«

Ich brachte ihr ein Glas. Sie nahm es mit beiden Händen und blickte mit schmalem, neugierigem Lächeln zu mir hoch.

»Liebling, zitterst du etwa?« sagte sie.

»Ich friere ein bißchen. War ganz schön windig auf dem Kanal.«

Ich ging zum Kamin und stützte mich mit dem Ellbogen auf den Sims. Vorm Fenster Sonne und Blätter. Draußen die Straße summte vor sich hin, wie geblendet von den ersten deutlichen Vorboten des Sommers. Aufgeregt klirrten die Eiswürfel in meinem Glas aneinander. Schweigen. Vivienne stellte ihr Glas neben sich auf den Teppich, betrachtete aufmerksam die Glut an ihrer Zigarette und nickte gedankenverloren.

»Ja«, sagte sie tonlos. »Mir geht's sehr gut, danke. Der Krieg macht sich kaum bemerkbar. Es ist natürlich nicht so lustig, wenn alle amüsanten Leute weg sind oder entsetzlich viel zu tun haben mit ihren Psst-psst-Jobs beim Kriegsministerium. Ich fahr jedes zweite Wochenende rauf nach Oxford. Meine Eltern fragen immer nach dir. Nein, sag ich, er hat nicht geschrieben; sicher ist er schrecklich beschäftigt, muß die Naziagenten ausrotten und so weiter.« Sie betrachtete immer noch die Asche an ihrer Zigarette. »Und, ja, deinem Sohn geht es auch sehr gut. Er heißt übrigens Julian, falls du das vergessen haben solltest.«

»Entschuldige«, sagte ich noch einmal. »Ich hätte dir schreiben müssen, ich weiß. Es war bloß ...«

Ich setzte mich aufs Sofa, und sie lehnte sich an mich, den Arm auf meinen Knien, und sah zu mir hoch. Sie hob die Hand und berührte meine Stirn mit dem Handrücken, als wenn sie prüfen wollte, ob ich Fieber hatte.

»Mach doch nicht so ein finsteres Gesicht, Liebling«, sagte sie. »So sind wir nun mal, was soll's. Und jetzt erzähl mir vom Krieg. Wie viele Deutsche hast du getötet?«

Ich ließ die Hand in ihre Bluse gleiten und streichelte ihre Brüste; sie waren kühl und fremd, die Warzen rauh vom Stillen. Ich berichtete ihr von unserer Flucht aus Boulogne. Sie hörte zerstreut zu und zupfte dabei an einem losen Faden im Teppich.

»Unglaublich, daß das erst heute morgen war«, sagte ich. »Es kommt mir vor, als ob es eine Ewigkeit her ist. Nick hat sich köstlich amüsiert. Manchmal frage ich mich wirklich, ob er überhaupt ein Mensch ist.«

»Ja«, sagte sie geistesabwesend. Wir waren sehr still. Ich spürte, wie sich ihre Brüste beim Atmen leise hoben und senkten. Ich nahm die Hand wieder weg, und sie stand auf und ging mit meinem Glas zur Anrichte, um mir noch einen Drink zu machen. Etwas war zu Ende, einfach so, wir hatten es beide wahrgenommen, ein letzter dünner Faden war durchtrennt. »Ach, übrigens«, sagte sie munter, »es hat jemand für dich angerufen. Hat sich angehört wie ein Russe. Irgendwas mit -lotzki oder -potzki am Schluß; ich hab's aufgeschrieben. Er war furchtbar hartnäckig. Merkwürdige Bekanntschaften hast du.«

»Wahrscheinlich jemand vom Department«, sagte ich. »Was sagst du, wie war der Name?«

Sie ging in die Küche und kam mit einem zerknitterten Briefumschlag zurück, strich ihn glatt und las mit zusammengekniffenen Augen vor; sie war kurzsichtig, aber zu eitel, um eine Brille zu tragen.

»Kropotzki«, sagte sie. »Oleg Kropotzki.«

»Nie gehört.«

Das war die Wahrheit.

Julian erwachte mit diesem markerschütternden, langgezogenen Jammern, das er in seinen ersten Kinderjahren bei jeder sich bietenden Gelegenheit ertönen ließ – ein dünner, aber außerordentlich durchdringender Schrei, wie das Geheul einer Todesfee, bei dem mir jedesmal ein Schauer über die Kopfhaut lief bis runter in den Nacken; Nick meinte, bei dem armen Jungen kämen halt die irischen Vorfahren durch.

»Meine Fresse«, sagte Vivienne und rannte ins Schlafzimmer, »da hast du's, die Sirene.«

Julian hatte schon mit neun Monaten Nicks rabenschwarzes Haar und Viviennes unverschämten, lüsternen Blick. Am meisten Ähnlichkeit aber hatte er, wie ich nun zu meinem Entsetzen bemerkte, mit Freddie. Heute, als Erwachsener, sieht er seinem armen verstorbenen Onkel ähnlicher denn je, mit seinem großen Cäsarenschädel und diesen Gewichtheberschultern, die so gar nicht zu einem erfolgreichen Geschäftsmann passen. Ob er sich dieser Ähnlichkeit wohl bewußt ist? Wahrscheinlich nicht; Freddie kommt ja in den Familienalben eher selten vor. Jetzt aber strampelte Julian, eingewickelt in seine Decke, schmatzte mit den Lippen und blinzelte. Er roch wie ein heißes Brot. Mein Sohn.

»Wie groß er geworden ist«, sagte ich.

»Ja, das haben Babys so an sich. Daß sie groß werden, mein ich. Das ist schon ganz anderen Leuten so gegangen, seit Generationen.«

In diesem Moment erschien Nick; er war beschwipst und auf Krawall frisiert und trug einen Frack mit schwarzer Fliege, die schief saß wie eine stehengebliebene Windmühle.

»Es ist immer noch Nachmittag«, sagte Vivienne mit einem verdutzten Blick auf seinen Aufzug. »Das hast du wohl gar nicht gemerkt?«

Nick warf sich aufs Sofa und finsterte vor sich hin.

»Ich kann die verdammte Uniform nicht mehr sehn«, sagte er. »Hab mir gedacht, ich zieh mal was ganz anderes an. Habt ihr denn keinen Champagner im Haus? Ich hab mit Leo Rothenstein Champagner getrunken. Verflixter Judenbengel.« Er wollte das Kind auf den Arm nehmen, aber Vivienne ließ ihn nicht. Da finsterte er noch mehr und drückte sich in die Polster. »Hat Victor dir erzählt, daß wir beinah in die Luft geflogen wären? Er hat dir wahrscheinlich gesagt, es war halb so wild, aber viel hat nicht gefehlt. Dann hättest du ihn im Kartoffelsack zurückgekriegt, oder das, was noch von ihm übrig gewesen wäre.«

Das Telefon klingelte. Vivienne nahm mir das Kind ab. »Bestimmt dein Mr Kropotzki«, sagte sie.

Nick richtete sich auf und stierte blöde vor sich hin; er wackelte mit dem Kopf; er wirkte noch betrunkener als vorhin, als er gekommen war.

»Häh?« machte er. »Mr Wer?«

»Irgendein Russe, mit dem Victor was zu schaffen hat«, sagte Vivienne. »Höchstwahrscheinlich ein Spion.«

Doch es war Querell.

»Hör mal, Maskell«, sagte er, »du warst doch früher Mathematiker, stimmt's?«

Er sprach in ganz geschäftsmäßigem Ton, aber ich hatte, wie immer, das Gefühl, daß er insgeheim lachte, wenn auch nur auf seine säuerliche, gepreßte Art.

»Nicht direkt«, sagte ich vorsichtig. »Nicht, was du unter Mathematiker verstehst. Wieso?«

»Es werden verzweifelt Leute gesucht, die was von Zahlen verstehen. Mehr kann ich am Telefon nicht sagen. Wir treffen uns in einer Stunde im Gryphon.«

»Ich bin gerade nach Hause gekommen«, sagte ich. »Nick ist da.«

Pause. Es knackte und pfiff im Äther.

»Bring ihn bloß nicht mit, den Dreckskerl.« Pause. Atmen. »Entschuldigung, er ist ja dein Schwager, das hab ich ganz vergessen. Trotzdem, bring ihn nicht mit.«

Nick stand an der Anrichte und klapperte mit den Flaschen.

»Wer war denn das?« fragte er über die Schulter.

»Querell«, sagte ich. »Er läßt dich schön grüßen.«

Das Kind in Viviennes Armen fing wieder an zu schreien, diesmal allerdings eher nachdenklich und beinahe versonnen.

\*

Der Gryphon Club in der Dean Street war wirklich eine üble Spelunke. Neuerdings hört man ja eine Menge Unfug darüber, in Wahrheit aber war er im Grunde nicht viel mehr als eine Kneipe, in der heimlich Alkohol ausgeschenkt wurde und wo sich Schauspieler ohne Engagement und Dichter, die einen Haufen Zeit totzuschlagen hatten, ihre Nachmittage mit Trinken und allerlei Hinterhältigkeiten vertreiben konnten. Diese Betty Bowler, die alte Schlampe, die soll ja jede Menge Liebhaber gehabt haben, und einer davon, angeblich ein großer Unterweltboß, der soll ihr nach einer verpfuschten Abtreibung als Wiedergutmachung den Club überlassen haben, und der hatte natürlich seine Leuten bei Scotland Yard, und die haben das dann so hingebogen, daß sie auch noch die Schankgenehmigung für ganztags bekam. (Schreiben Sie das auf, Miss V.; das alte Soho macht sich allemal gut für ein, zwei Seiten Lokalkolorit.) Betty war immer noch eine hübsche Frau, groß und drall, mit Locken und sahniger Haut und einem dicken Schmollmündchen – ungefähr so wie ein gutaussehender Dylan Thomas –, und daß sie ein Holzbein hatte, kam ihrer leicht verblühten Gloriole nur zugute. Für meinen Geschmack spielte sie ein bißchen zu sehr die Unschuld vom Lande (man muß selber Schauspieler sein, um den Schauspieler im anderen zu erkennen). Aber sie war nicht dumm; ich hatte immer irgendwie das Gefühl, daß sie mich durchschaut hatte. Der Club befand sich in einem muffigen Keller unter einem Pornoladen. Betty, die im Grunde ihres Herzens ein Vorstadtmädel war, hatte eine Vorliebe für rosa Lampenschirme und Tischdecken mit Fransen. Tony, der halbseidene Barmann, konnte ein anständiges Sandwich zusammenhauen, wenn er bei Laune war, und dann gab es da noch einen vertrottelten Jungen, der einem für einen Penny Trinkgeld im Fischladen gegenüber einen Teller Austern holte. Meine Güte, wie verstaubt und sonderbar und fast schon naiv sich das heute alles anhört; bis zum Blitzkrieg war London tatsächlich noch so, wie Dickens es beschrieben hat. Die Atmosphäre in der Stadt während des Krieges, die hat Querell in seinem

Thriller über den Mörder mit dem Klumpfuß ganz gut eingefangen. Wie hieß er noch gleich? *Jetzt und in der Stunde*, irgend so 'n papistisches Gedöns.

Als ich kam, stand er an der Theke; ich entdeckte ihn sofort, obwohl ich nach der sonnigen Straße im Halbdunkel des Lokals einen Moment lang wie blind war. Wie schaffte er es nur, immer den Anschein zu erwekken, als hätte man sich allein durch die Zusage, sich mit ihm zu treffen, schon irgendwie kompromittiert? Heute hatte sein schiefes, weißlippiges Lächeln etwas besonders Beunruhigendes an sich. Er sah wohlhabender aus als bei unserer letzten Begegnung; sein Anzug, natürlich wieder enganliegend wie eine Schlangenhaut, war elegant geschnitten, und er trug eine Krawattennadel mit einem offenbar echten Brillanten.

»Nimm doch einen Martini«, sagte er. »Einer von den Amis aus der Botschaft hat mir beigebracht, wie man ihn richtig macht, und ich hab's Tony erklärt. Das Geheimnis ist, du mußt den Wermut über die Eiswürfel laufen lassen und dann das Eis wegwerfen. Schmeckt wie eine ganz besonders erlesene Sünde – Simonie, Inzest, so was richtig Interessantes. Chin-Chin.«

Ich lächelte ihn kühl an. Mir war natürlich klar, daß dieses muntere Gerede als Parodie auf die banale Welt der Cocktails und des sinnlosen Geplauders gemeint war, zu der ich in seinen Augen gehörte. Ich bestellte einen Gin Tonic. Tony, dem es Freude machte, Querell in Aktion zu erleben, grinste ihm augenzwinkernd zu, wie ein Zauberkünstler, der einem die Ecke von einer Karte zeigt, bevor er sie verschwinden läßt.

»Ich höre, du warst in Frankreich«, sagte Querell und betrachtete mich leicht amüsiert über den Rand seines Glases hinweg.

»Bin heute vormittag zurückgekommen. Bißchen überstürzt allerdings.«

»Unsere größte Stunde.«

»Hmm. Und du?«

»Och, ich hab keine Gelegenheit, den Helden zu spielen. Ich bin ja bloß Schreibstubenhengst.«

Tony servierte mir meinen Drink; wobei er das Glas mit einer flotten kleinen Drehung des Handgelenks auf den Korkuntersetzer stellte, als ob er einen Kreisel in Gang bringen wollte. Boy behauptete immer, dieser Tony mit seiner mächtigen Tolle, den schiefen Zähnen und seiner schmalzigen Blässe sei ein richtiger Teufel im Bett. Einmal, an einem ginbeduselten Nachmittag während der Suezkrise, hab ich ihm schöne Augen gemacht und wurde mit höhnischem Lachen abgewiesen. Ich denke manchmal, ich hätte doch bei den Frauen bleiben sollen.

Wir setzten uns an einen Tisch in der Ecke, unter einen kleinen, ziemlich guten Akt, ein Aquarell, von irgendwem, dessen Signatur ich nicht lesen konnte – Betty Bowler hatte einen Blick für Bilder, und manchmal, wenn ein Stammgast kein Bargeld hatte, um seine Schulden zu tilgen, nahm sie auch die eine oder andere Arbeit in Zahlung; als sie in den sechziger Jahren starb, habe ich ein paar Stücke aus ihrer Sammlung gekauft. Es stellte sich heraus, daß sie einen Sohn hatte, einen dikken Burschen mit unfrohem Gesicht, Mundgeruch und pfeifendem Atem, der ebenfalls hinkte, was mir wie ein merkwürdiges Echo auf das Holzbein seiner Mutter vorkam. Der Junge war ein verdammt harter Geschäftsmann, aber diesen frühen Francis Bacon, den ich im Auftrag des Instituts kaufen sollte, hab ich ihm trotzdem für 'n Appel und 'n Ei aus dem Kreuz geleiert.

»Ist dir eigentlich schon mal in den Sinn gekommen«, sagte Querell, während er den Blick durch den Raum mit den paar vereinzelt im Schatten hockenden, einsamen Trinkern schweifen ließ, »daß dieser Job für Leute wie dich und mich einfach bloß eine Ausrede ist, damit wir unsere Nachmittage in solchen Etablissements hier verbringen können?«

»Welcher Job?«

Er sah mich schief an. Und sagte gleich darauf:

»Sie bauen gerade ein zentrale Dechiffrierungsstelle auf. In der Nähe von Oxford. Aber psst! Streng geheim. Da werden Männer mit 'ner mathematischen Ader gesucht – Schachspieler, Leute, die gern Rätsel raten, welche, die süchtig sind nach dem Kreuzworträtsel in der *Times*, so was in der Preislage. Verrückte Professoren. Ich soll mich mal umhören.«

Querells Masche war, daß er immer so tat, als ob seine Verbindungen zum Department äußerst locker seien, als ob man ihn einmal die Woche um einen Gefallen bat oder ihn gelegentlich mit einem kleinen Botendienst beauftragte.

»Hört sich nicht so an, als ob das was für mich sein könnte«, sagte ich; eines der obersten Gebote lautet, niemals Interesse zu zeigen.

»Hab ich das gesagt? Du bist ja schließlich kein Einstein, nicht wahr? Nein, ich dachte, du kannst mir vielleicht ein paar Namen nennen. Ich kenne ja kaum jemanden aus Cambridge, jedenfalls nicht von den Wissenschaftlern.«

»Naja«, sagte ich, »da käme Alastair Sykes in Frage, der ist so ziemlich der Beste von den Mathe-Leuten, die ich kenne.« Ich zeigte auf Querells leeres Glas. »Willst du noch einen?«

Als ich mit unseren Drinks zurückkam, starrte Querell gedankenverloren vor sich hin und stocherte sich mit einem Streichholz zwischen den Zähnen herum. Wenn zwei Agenten, sogar welche, die auf derselben Seite stehen, anfangen, über ernste Dinge zu reden, tritt jedesmal ein merkwürdiger Effekt ein, so etwas wie eine generelle Tempoverzögerung, als würden sich alle Schwingungen ringsherum, die normalen Geräusche des einzelnen ebenso wie die der Außenwelt, in die Länge ziehen, so daß die Frequenz auf einmal nur noch halb so hoch ist wie sonst; dann kommt es einem so vor, als ob man auf diesen breiten Höhen und durch die langen Wellentäler dahintreibt, ziellos und dennoch auf der Hut, schwungvoll und straff, wie ein im Wasser gespanntes Haar. Querell begann wieder zu sprechen.

»Wenn du's genau wissen willst«, sagte er, »Sykes ist schon dabei. Der soll eine Spitzenposition übernehmen.«

»Gut.«

»Ja, stimmt. Auch so 'n Linker, was?« sagte Querell.

»In der Partei war er nie, falls du das meinst.«

Er kicherte.

»Nein«, sagte er, »*das* meine ich nicht.« Er angelte die Olive aus seinem Glas und knabberte versonnen an ihr herum. »Nicht, daß es groß was ausmacht; schließlich müssen auch die Genossen ein bißchen was fürs Vaterland tun. Aber er sollte die Augen offenhalten.« Querell sah mich gehässig von der Seite an. »Ihr alle.« Er kippte den letzten Schluck Martini runter und stand auf. »Komm morgen zu mir ins Büro, dann sag ich dir, worum es geht. Das Department ist dabei, eine Sonderabteilung aufzubauen, die die Dechiffrierungen überwachen soll. Vielleicht hast du Lust, mitzuhelfen. Nicht gerade die Chance fürs große Abenteuer, aber davon hast du wahrscheinlich eh die Nase voll, nach Frankreich.«

»Das war wirklich nicht sehr lustig, weißt du, in Frankreich«, sagte ich. »Jedenfalls nicht zum Schluß.«

Er stand da, schon im Begriff zu gehen, eine Hand in der Jackentasche, und sah zu mir herunter, und um seinen Mund spielten noch die letzten Fältchen dieses gehässigen Lächelns.

»O ja, ich weiß«, sagte er leise in anzüglich-verächtlichem Ton. »Das ist allgemein bekannt.«

*

Als Oleg Dawidowitsch Kropotzki in mein Leben gewatschelt kam, fiel mir als erstes auf, daß er seinem Namen, dieser Zusammenballung von Silben, dieser Übermacht von fetten *O*s und *D*s, diesem zackigen, eckigen großen *K*, tatsächlich alle Ehre machte – er hatte etwas von Kafkas Schreibern an sich, dieser Oleg –, und dann das fett in der Mitte thronende *Pot*, wie eine bauchige Teekanne. Er war nicht viel über einsfünfzig. Kurze, röhrenförmige Beine, ein breiter, untersetzter Rumpf und der Kopf mit den schwabbeligen bläulichgrauen Hängebacken, der wie eine Kröte auf dem Hemdkragen saß, all das sah aus, als ob er früher einmal groß und dünn gewesen wäre, aber mit den Jahren in geradezu spektakulärer Manier vor den komprimierenden Auswirkungen der Schwerkraft kapituliert hätte. Boy hat ihn immer aufgezogen und gesagt, er würde sich allmählich in einen Chinesen verwandeln – Oleg haßte alle Orientalen –, und er hatte tatsächlich eine gewisse Ähnlichkeit mit diesen fetten, im Schneidersitz dahockenden Jadefigürchen, die der Große Biber gesammelt hat. Sein Medium war der Schweiß: selbst an den kältesten Tagen hatte er einen trübe schimmernden, kittgrauen Feuchtigkeitsfilm auf der Haut, als ob man ihn gerade aus einem Faß mit Einbalsamierungsflüssigkeit gezogen hätte. Er trug einen schmutzigen Regenmantel, einen plattgedrückten braunen Hut und formlose, stahlblaue Anzüge mit Ziehharmonikahosen. Wenn er sich hinsetzte – bei Oleg hatte der Akt des Hinsetzens immer etwas von einem allgemeinen Zusammenbruch –, streifte er grundsätzlich die Schuhe ab, die dann breit mit baumelnden Schnürsenkeln und heraushängender Zunge vor ihm aufgebaut standen, abgestoßen, rissig, mit nach oben gebogenen Spitzen, wie ein Paar türkische Slipper, gleichsam ein Symbol seiner Trübsinnigkeit und seiner jämmerlichen körperlichen Verfassung.

Seine Tarnung war ein Antiquariat in einer Seitenstraße von Long Acre. Er hatte keine Ahnung von Büchern und war selten im Laden, was im Grunde auch egal war, da sich sowieso kaum ein Kunde dorthin verirrte. London haßte er wegen seiner strengen Klassenschranken und der Heuchelei der herrschenden Klasse, so sagte er jedenfalls; ich glaube aber, der wahre Grund war, daß die Stadt ihm Angst machte mit ihrem Reichtum, ihrem Selbstbewußtsein, ihren kaltäugigen Männern und den erschreckend eleganten Frauen. Boy und ich gingen mit ihm ins Eastend, und weil er sich im Schmutz und im rauhen Klima, das dort herrschte, sichtlich wohler fühlte, trafen wir uns fortan in einem Arbeiterlokal in der Mile End Road, wo die Fenster immer beschlagen waren und die Leute auf den Boden spuckten und wo eine große braunfleckige Teemaschine stand, in deren Eingeweiden es den ganzen Tag grummelte wie in einem Bauch aus Eisen.

Unser erstes Treffen war in Covent Garden. Ich erzählte ihm von meiner interessanten Unterhaltung mit Querell im Gryphon Club.

»Bletchley Park heißt der Ort«, sagte ich. »Überwachung des deutschen Funkverkehrs.«

Oleg war von Natur aus mißtrauisch.

»Und dieser Mann hat Ihnen da einen Posten angeboten?«

»Naja, nicht direkt einen Posten.«

Ich merkte gleich, daß Oleg nicht sehr beeindruckt von mir war. Ich glaube, die Genossen fanden mich alle etwas – wie soll ich sagen? – etwas unheimlich. Wahrscheinlich strahle ich so eine Art Frömmigkeit aus – ein Erbteil von den zahlreichen Klerikern unter meinen Vorfahren, was Oleg und seinesgleichen wohl für ein Zeichen von Fanatismus gehalten haben und was ihnen Sorgen machte, denn das waren praktische Leute, und bei Ideologie waren sie auf der Hut. Da kamen sie mit Boys Lebensgier und seinem pennälerhaften Tatendrang schon besser zurecht, und sogar mit Leo Rothensteins herablassendem Großbürgergehabe, obwohl sie natürlich als gute Russen allesamt eingefleischte Antisemiten waren. Während wir im Sonnenschein auf dem Markt unsere Runden zogen und die angenehm widerlichen Grünzeuggerüche der Gemüsestände uns in die Nase stiegen, fing Oleg allen Ernstes an, den Hitler-Stalin-Pakt zu verteidigen. Ich hörte höflich zu, hatte die Hände auf dem Rücken verschränkt und tat so, als lauschte ich verständnisinnig den Erörterungen, die er sich abquälte, und dabei amüsierte ich mich die ganze Zeit damit, die possierlichen Spatzen zu beobachten, die uns munter vor den Füßen herumhüpften. Als er fertig war, sagte ich:
»Hören Sie, Mr Kropotkin –«
»Hector, bitte; mein Deckname ist Hector.«
»Ja, gut –«
»Und mein richtiger Name ist Kropotzki.«
»Also gut, Mr . . . Hector, ich möchte etwas klarstellen. Ihr Land ist mir im Grunde ganz egal, genau wie Ihre Führer. Entschuldigen Sie, wenn ich das so sage, aber es ist nun mal die Wahrheit. An die Revolution glaube ich natürlich; mir wäre es bloß lieber, sie hätte woanders stattgefunden. Tut mir leid.«
Oleg nickte nur und lächelte still für sich. Sein Kopf war groß und rund, wie die Kugel auf einem Torpfosten.

»Wo hätte denn die Revolution Ihrer Meinung nach stattfinden sollen?« fragte er. »In Amerika?«

Ich lachte.

»Ich will es mal mit Brecht sagen«, erwiderte ich, »ich glaube, Amerika und Rußland sind beides Huren – aber meine Hure ist schwanger.«

Er blieb stehen, zupfte sich mit Daumen und Zeigefinger an seiner babyhaften Unterlippe herum und gab einen halb gurgelnden, halb schnorchelnden Laut von sich, den ich erst im zweiten Moment als Lachen identifizieren konnte.

»Sie haben ganz recht, John. Rußland ist eine alte Hure.«

Unter einer mit Kohlköpfen beladenen Schubkarre balgten sich zwei Spatzen; sie gingen aufeinander los wie zwei abgehackte, gefiederte Krallen. Oleg drehte sich um und kaufte eine Tüte Äpfel; er nahm die Pennies einzeln aus seinem kleinen Lederportemonnaie, und dabei schnorchelte er immer noch vor sich ihn und schüttelte den Kopf, auf dem der zurückgeschobene Hut saß. Vor meinem geistigen Auge sah ich ihn, wie er als Schuljunge ausgesehen hatte, fett, komisch, bekümmert, die Zielscheibe aller Schulhofstreiche. Wir gingen weiter. Ich beobachtete ihn aus dem Augenwinkel, während er seinen Apfel aß, die rosigen, zuschnappenden Lippen, die gelben Zähne, die am weißen Fruchtfleisch knabberten, und plötzlich mußte ich an Carrickdrum denken und an Andy Wilsons Pony, das immer die Lefzen hochzog, wenn es mich sah, und mir ins Gesicht beißen wollte.

»Jawohl, eine Hure«, sagte er fröhlich. »Und wenn die hören, daß ich das sage ...« Er hielt sich den Zeigefinger an die Schläfe. »*Krach*.« Und dabei lachte er abermals.

\*

Schon wieder eine IRA-Bombe in der Oxford Street heute nacht. Getötet wurde niemand, aber gewaltiger Sachschaden und große Zerstörung. Wie entschlossen diese Leute sind. Diese ganz Wut, dieser Rassenhaß. Wir hätten auch so sein sollen. Gnadenlos hätten wir sein sollen, skrupellos. Dann hätten wir die ganze Welt aus den Angeln heben können.

Es war eines der ersten Male, daß London bei Tag Ziel eines schweren Luftangriffs war, da erhielt ich die Nachricht vom Tod meines Vaters. Ich könnte schwören, daß das der Grund war, weshalb ich während des Blitzkriegs nie richtig Angst hatte. Irgendwie hat der Schock meinen Sinn für das Entsetzen betäubt. Ich sage mir immer, das war die letzte Freundlichkeit, die mein Vater mir erwiesen hat. Ich hatte im Institut eine Vorlesung gehalten und war gerade in die Gloucester Terrace zurückgekehrt, als das Telegramm kam. Ich war in Uniform – als unverbesserlicher Verkleidungsnarr, der ich nun einmal bin, hielt ich meine Vorlesungen grundsätzlich in Uniform –, und der Telegrammjunge glotzte neidisch auf meine Captainssterne. Eigentlich war er gar kein Junge, sondern eher so ein ausgemergelter alter Knochen mit Raucherhusten und Hitlertolle. Außerdem war sein eines Auge halb zu, so daß ich, als ich von der bösen Nachricht aufsah – *Vater tot stop Hermione Maskell* –, zuerst dachte, er würde mir langsam und verschwörerisch zuzwinkern. Der Tod wählt sich immer die unsympathischsten Boten. Wir hörten die Bomben detonieren, es war so ein gedämpftes Grollen, als ob ein riesiger hölzerner Gegenstand langsam eine steinerne Treppe hinunterrollt, und unter uns bebte der Fußboden. Der Bote legte die Hand ans Ohr und grinste.

»Heute besucht uns Adolf mal bei Tageslicht«, scherzte er. Ich gab ihm einen Schilling. Er deutete mit dem Kopf auf das Telegramm in meiner Hand. »Hoffentlich keine schlechte Nachricht, Sir?«

»Nein, nein«, hörte ich mich sagen. »Mein Vater ist gestorben.«

Ich trat zurück in die Wohnung. Mit einem dumpfen, feierlichen Ton fiel die Tür ins Schloß; seltsam, wie selbst die banalsten Vorgänge es fertigbringen, sich der Würde und der Endgültigkeit eines solchen Augenblicks anzupassen. Ich setzte mich langsam auf einen Stuhl, die Hände auf den Knien, die Füße nebeneinander auf dem Teppich; wie heißt noch dieser ägyptische Gott, der mit dem Hundekopf? Der ganze Nachmittag rings um mich herum versank in eine traumverlorene Starre, bis auf das Sonnenlicht, das gleich einer blaßgoldenen Röhre voll wimmelnder Staubpartikel durchs Fenster schien. Und in der Ferne krachten noch immer die Bomben, dumpf wie die Salutschüsse bei einem Begräbnis. Vater. Eine Zentnerlast von Schuldgefühl und tränenloser Trauer stürzte auf mich herab, und ich lud sie mir müde auf. Wie vertraut sie mir war! Als wenn man einen alten Mantel anzieht. Ob mich das irgendwie wieder an den Tod meiner Mutter erinnert hat, der dreißig Jahre zurücklag?

Doch der Mensch, an den ich dachte, das war zu meiner eigenen Verwunderung Vivienne, als hätte ich nicht meinen Vater, sondern sie verloren. Sie war in Oxford, mit dem Kind. Ich wollte sie anrufen, aber die Leitungen waren zusammengebrochen. Ich blieb eine Weile so sitzen und hörte den Bomben zu. Ich versuchte mir die sterbenden Menschen vorzustellen – Menschen, die jetzt, in diesem Augenblick, starben, hier in meiner Nähe –, aber es gelang mir nicht. Ein Satz aus meiner Vorlesung, die ich am Morgen gehalten hatte, fiel mir wieder ein: *Die Schwierigkeit bei der Darstellung des Leidens besteht für Poussin darin, es zwar entsprechend den Gesetzen der klassischen Kunst zu stilisieren, es aber gleichzeitig auch unmittelbar spürbar zu machen.*

Am Abend nahm ich das Postschiff nach Dublin. Die Überfahrt war unerwartet stürmisch für die Jahreszeit. Ich verbrachte sie in der Bar, zusammen mit englischen Handlungsreisenden und irischen Mörtelträgern, die ganz wild auf Porter waren. Ich ließ mich vollaufen und hatte eine weinerliche Unterhaltung mit dem Barmann aus Tipperary, dem vor kurzem die Mutter gestorben war. Ich legte die Stirn auf die Faust und weinte auf diese merkwürdig entfremdete Art, wie man weint, wenn man betrunken ist; das machte es nur noch schlimmer. Um drei Uhr morgens landeten wir in Dun Laoghaire. Auf einer Bank unter einem Baum im Hafen brach ich zusammen. Der Wind hatte sich gelegt, und ich saß im mild-kühlen Spätsommerdunkel und hörte melancholisch verzückt zu, wie über mir in den Zweigen ein Vogel trällerte. Ich döste ein Weilchen vor mich hin, und da begann es hinter meinem Rücken auch schon hell zu werden, und ich wachte zerquält auf und wußte im ersten Moment nicht, wo ich war und was ich dort wollte. Ich fand ein Taxi, dessen Fahrer noch halb schlief, und fuhr in die Stadt, wo ich abermals eine Stunde auf einem verlassenen, gespenstisch hallenden Bahnhof sitzen mußte und meinen beginnenden Kater spürte, während ich auf den Frühzug nach Belfast wartete. Auf dem Bahnsteig trippelten mir steifbeinige Tauben zwischen den Füßen herum, und durch das schmutzige Glasdach hoch über mir bohrte sich ohne Wärme die Sonne. Das sind die Momente, die sich im Gedächtnis festsetzen.

*

Bis ich in Carrickdrum ankam, war es Nachmittag. Ich war wie betäubt von der Reise und der durchzechten Nacht. Andy Wilson wartete mit dem Ponywagen am

Bahnhof. Er begrüßte mich zurückhaltend und mied meinen Blick.

»Hätt nie gedacht, daß ich ihn überlebe«, sagte er, »hätt ich wirklich nie gedacht.«

Wir fuhren los, die West Road hoch. Der Stechginster; der Geruch des Ponys nach Stroh und Sackleinen; das aschblaue Meer.

»Wie geht es Mrs Maskell?« fragte ich. Andy zuckte bloß die Achseln. »Und Freddie? Hat er mitgekriegt, was los ist.«

»Och, der weiß schon Bescheid, sicher doch; wie denn auch nicht?«

Er sprach begeistert vom Krieg. Belfast und die Werften würden garantiert bombardiert werden, meinte er, da wären sich alle einig; er sagte das in freudig-erwartungsvollem Ton, wie ein Kind, dem man versprochen hat, daß es nachts beim Feuerwerk aufbleiben darf.

»Gestern war in London ein Luftangriff«, sagte ich, »am hellichten Tage.«

»Ja, das haben wir im Rundfunk gehört.« Er seufzte wehmütig. »Ach, schreckliche Sache.«

Auch diesmal wieder verwirrte mich das Haus mit seiner Vertrautheit: alles noch wie immer, alles ging weiter, auch wenn ich nicht da war. Als ich auf dem Kiesweg vor der Eingangstreppe absteigen wollte, reichte mir Andy die Hand; das war noch nie vorgekommen. Seine Handfläche war wie aus warmem, geschmeidigem Stein. Sein Blick sagte mir, daß ich jetzt der Hausherr in St. Nicholas war.

Hettie fand ich hinten in der großen Küche mit dem Steinfußboden, wo sie auf einem Stuhl mit gedrechselter Lehne saß und Erbsen in einen hohen, zerbeulten Topf palte. Ihr Haar, jene dicken brünetten Locken, auf die sie so sündhaft stolz gewesen war, hatte sich in ein verfilztes Vogelnest verwandelt, ein paar graue

Strähnen hingen ihr in die Stirn, ein paar fielen über den Rücken ihrer Strickjacke. Sie hatte ein sackartiges braunes Kleid an und pelzgefütterte Knöchelschuhe, wie nur alte, verblühte Frauen sie tragen. Sie begrüßte mich ohne Überraschung und knackte die nächste Schote auf. Ich beugte mich linkisch vor und gab ihr einen Kuß auf die Stirn, und sie zuckte leicht erschrocken zurück, wie ein Lasttier, das eher an Schläge gewöhnt ist als an Liebkosungen. Ich roch ihren Geruch.

»Hettie«, sagte ich, »wie geht es dir?«

Sie nickte benommen und laut schniefend. Eine Träne kullerte neben ihrer dicken Nase hinunter und fiel in den Topf auf ihrem Schoß.

»Das ist recht von dir, daß du gekommen bist«, sagte sie. »War's gefährlich, die Reise?«

»Nein. Die Luftangriffe sind nur in London.«

»In der Zeitung hab ich das von diesen U-Booten gelesen.«

»Aber nicht in der Irischen See, glaub ich, Hettie. Jedenfalls noch nicht.«

Sie machte ein Geräusch, das sich halb wie Seufzen und halb wie Schluchzen anhörte, zog die Schultern hoch und ließ sie wieder sinken, ein großer alter Sack voll Knochen. Ich sah an ihr vorbei durchs Fenster in den Garten, wo die Sonne auf den Blättern des Bergahorns glänzte, der dort in seiner Einsamkeit stand, ausladend und zitternd, und dessen Grün schon den ersten herbstgelben Schimmer hatte. Als ich klein war, bin ich einmal von diesem Baum gefallen, und als ich dann reglos und wie benebelt im weichen Gras lag, den tauben Arm unterm Rücken verdreht, sah ich Hettie in Zeitlupe über den Rasen auf mich zugerannt kommen, barfuß, mit ausgestreckten Armen, wie eine große, schwere Picasso-Mänade, und in dem Moment empfand ich ein unerklärliches und vollkommenes Glücksgefühl, wie ich es noch nie zuvor erlebt hatte und auch nie wieder erlebt habe, ein Glücksgefühl, für das man gern selbst einen gebrochenen Arm in Kauf nimmt.

»Wie geht es dir, Hettie?« fragte ich noch einmal. »Wie kommst du zurecht?« Sie schien mich nicht zu hören. Ich nahm ihr den Topf ab und stellte ihn auf den Tisch. Sie blieb mit hochgezogenen Schultern und hängendem Kopf sitzen wie ein trauriger alter Büffel und puhlte zerstreut an ihren Fingernägeln herum. »Wo ist Freddie?« sagte ich. »Ist alles in Ordnung mit ihm?«

Sie hob den Blick und blinzelte in die Sonne und ins Septembergrün vorm Fenster.

»Er war so ruhig«, sagte sie, »so ruhig und so gütig.« Im ersten Moment dachte ich, sie meint meinen Bruder. Wieder seufzte sie schluchzend auf. »Da, im Garten war er, weißt du, hat Köder ausgelegt für einen Fuchs, der nachts immer aus den Bergen runterkommt. Ich seh ihn noch, wie er sich vorbeugt, und auf einmal ist er so komisch zusammengezuckt, als ob ihm irgendwas Wichtiges eingefallen ist. Und plötzlich lag er einfach da.« Ich hatte wieder dieses Bild vor Augen, wie sie über den Rasen auf mich zugeflattert kommt, die nackten Arme ausgestreckt, wie sich die großen weißen Beine bewegen und ihre Füße kaum das Gras berühren, auf dem sie läuft. »Er hat meine Hand gehalten. Ich soll mir keine Sorgen machen, hat er gesagt. Ich hab's kaum gemerkt, wie er gegangen ist.« Sie stützte sich mit den Händen auf die Knie und hievte sich hoch, und dann ging sie zum Ausguß und drehte den Kaltwasserhahn auf und drückte sich die nassen Finger tief in die Augenhöhlen. »Das ist recht von dir, daß du gekommen bist«, sagte sie noch einmal. »Wir wissen ja, wieviel du um die Ohren hast, jetzt, wo Krieg ist.«

Sie kochte uns Tee und schleppte sich zwischen Ausguß, Tisch und Anrichte hin und her, als ob sie Blei in den Füßen hätte. Eine Freundin von ihr, erzählte sie, habe Freddie den Nachmittag über mit ans Meer genommen – Freddie war schon immer vom Meer fasziniert gewesen und konnte stundenlang im Sand sitzen und mit verzückter Aufmerksamkeit hinausschauen auf dieses seltsame, unerforschliche, wechselvolle Element, als hätte er irgendwann einmal etwas daraus aufsteigen sehen, ein Seeungeheuer oder den Gott mit dem Dreizack, und würde nun geduldig darauf warten, daß die Erscheinung wiederkam.

»Hast du's ihm gesagt, das mit ... mit Vater?« fragte ich.

Sie sah mich verwirrt an.

»Aber er war ja dabei«, sagte sie. »Wir waren beide dabei. Er ist rausgekommen und hat sich neben euren Vater ins Gras gesetzt und ihm auch die Hand gehalten. Er hat gewußt, was los ist. Er hat geweint. Er wollte gar nicht wieder weg, ich hab Andy holen müssen, daß er mir hilft, ihn ins Haus zu kriegen, als wir auf den Krankenwagen gewartet haben. Und wie sie euren Vater fortgebracht haben, da hat er mitfahren wollen.«

Die Teekanne dampfte im fahlen Licht, das durchs Fenster hereinfiel; nicht mehr lange, dann war wirklich Herbst. Ich hatte plötzlich die Vision, daß die Welt in Flammen stand.

»Jetzt müssen wir uns darüber Gedanken machen, was aus ihm werden soll«, sagte ich.

Sie beschäftigte sich verbissen mit ihrer Teekocherei.

»Ja, ja«, sagte sie. »Wir müssen eine Stellung für ihn finden.«

Ich dachte an Freddie, wie er breitbeinig in seinem Unterhemd und seinen bekleckerten Hosen am Strand saß, das Gesicht zum Horizont reckte und selig grinsend in die weite Leere schaute.

»Ja, natürlich«, sagte ich trocken. »Eine Stellung.«

Ich machte einen Spaziergang, allein, hinauf in die Hügel. Dort oben ist die Luft immer irgendwie dunstig und flirrend, selbst an ganz klaren Tagen, wie Gaze, die sich über die Steine und Sträucher legt und die bebende blaue Ferne milchig trüb erscheinen läßt. Wie listig sich das trauernde Herz doch Trost sucht, indem es nur den mildesten Kummer heraufbeschwört, nur die sanft schmerzenden Erinnerungen, in denen immer Sommer ist und die erfüllt sind von Vogelgesang und vom unwahrscheinlichen Glanz einer verklärten Vergangenheit. Ich stand an einen Felsbrocken gelehnt und weinte leise und sah mich dort stehen und weinen und empfand Dankbarkeit und zugleich auch Scham.

Als ich ins Haus zurückkam, war Hettie schon wieder mit der Teekanne zugange, und in der Küche gab es eine richtige kleine Versammlung. Hetties Freundin Mrs Blenkinsop war da, eine große, dünne, bleiche Person mit einem schauderhaften Hut, und Freddie, der mit übergeschlagenen Beinen dasaß und den rechten Arm über die Stuhllehne baumeln ließ und eine gespenstische Ähnlichkeit mit meinem Vater in einem seiner seltenen entspannten Momente hatte. Am meisten aber überraschte es mich, Andy Wilson zu sehen. Er saß am Tisch und hatte einen Pott Tee vor sich stehen und war kaum wiederzuerkennen, so ohne Mütze, mit seiner fahlen Glatze, die wie blanchierter Lauch über seinem schmalen kleinen verwitterten Wieselgesicht lag. In meinem ganzen Leben hatte ich noch kein einziges Mal erlebt, daß er ins Haus gekommen war, und jetzt saß er mit trotzig-lässiger Besitzermiene hier drin, und das paßte mir nicht. Ich warf ihm einen bitterbösen Blick zu, doch er zuckte nicht mit der Wimper und machte keine Anstalten aufzustehen. Die Blenkinsop wiederum warf mir einen bitterbösen Blick zu und schien über mein Verhalten verärgert zu sein. Es sind immer die Leute, von denen man es am wenigsten erwartet, die einen durchschauen. Sie sprach mir in barschem Ton ihr Beileid aus und redete weiter auf Hettie ein; es ging um irgendwelche Kirchendinge, doch Hettie, das war unübersehbar, hörte gar nicht zu. Freddie blinzelte scheu durch seine farblosen Wimpern hindurch zu mir herüber. Sein Mundwinkel war wie rohes Fleisch, bei ihm immer ein Anzeichen von akuter Verzweiflung. Ich strich ihm über die Schulter, und da hatte er einen Anfall von Zärtlichkeit und fing wie ein Jagdhund an zu zittern und krampfhaft meine Hand zu streicheln.

»Es war richtig schön am Meer«, sagte Mrs Blenkinsop laut mit ihrer messerscharfen Presbyterianerinnenstimme zu mir. »Nicht wahr, Freddie?«

Freddie sah sie nicht an, wurde aber von einem neuen, andersartigen Krampf geschüttelt, und ich wußte genau, was er von Mrs Blenkinsop hielt.

»Ja«, sagte Andy, »mit das Meer, da hat er's.«

Die Beerdigung war eine düstere Angelegenheit, selbst für eine Beerdigung: in der Kirche Vasen voll weißer Lilien, die ihren Leichengeruch verströmten, bibbernde Orgelmusik und jede Menge schwülstige Trauerreden von einer ganzen Riege teils rundlicher, teils verhutzelter Kirchenmänner. Hettie stand in der ersten Bankreihe, und Freddie klammerte sich an ihren Arm; sie sahen aus wie zwei alte, verirrte Kinder. Ab und zu sandte Freddie sein werwölfisches Klagegeheul zu den gefirnißten Dachsparren empor, und dann ging ein Unbehagen durch die Gemeinde, und die Choräle wakkelten ein wenig. Obwohl das Wetter sowohl vorher als auch nachher schön war, gab es am offenen Grab einen kurzen, kräftigen Sonnenregen. Als wir dann über die von tropfenden Eiben gesäumte Allee zu den Autos zurückgingen, hatte ich eine kleine Privatkonsultation mit einem lustigen alten Heuchler namens Wetherby, der die Nachfolge meines Vaters im Bischofsamt antreten sollte und von dem ich wußte, daß er speziell für eine Reihe wohltätiger Einrichtungen in Belfast zuständig war. Als er meine Absicht begriff, versuchte er mich abzuschütteln, doch ich wich ihm nicht eher von der Seite, als bis ich alles, was ich wissen wollte, aus ihm herausgeholt und ihm sogar das unwillige Versprechen abgerungen hatte, mir zu helfen. Wieder in St. Nicholas, schloß ich mich mit dem Telefon im Arbeitszimmer meines Vaters ein, und bis zum Abendessen war mein Plan so weit gediehen, daß ich ihn Hettie unterbreiten konnte. Sie verstand zuerst gar nicht, wovon ich redete.

»Du weißt ganz genau, daß es keine andere Möglichkeit gibt«, erklärte ich ihr. »Dort ist er versorgt. Die haben die entsprechenden Möglichkeiten.«

Wir waren oben im Wohnzimmer. In ihrer Witwentracht hatte Hettie etwas Monumentales; sie saß breit in einem Sessel am Fenster, wie eine altertümliche Götzenstatue auf dem Altar eines Tempels, zu ihren Füßen einen rötlich glimmenden Rhombus von abendlichem Sonnenlicht. Sie starrte mich unverwandt unter ihren hängenden Haarsträhnen hervor an, runzelte, um Konzentration ringend, die Stirn und verdrehte die Finger, als würde sie mit Stricknadeln hantieren.

»Möglichkeiten«, sagte sie, als ob das ein Wort aus einer fremden Sprache wäre.

»Ja«, erwiderte ich. »Dort wird man sich um ihn kümmern. Es ist nur zu seinem Besten. Ich habe mit Kanonikus Wetherby gesprochen, und dann habe ich mit dem Heim telefoniert. Ich kann ihn heute noch hinbringen.«

Sie riß die Augen auf.

»Heute ...?«

»Wozu die Sache noch lange aufschieben. Du hast doch schon genug um die Ohren.«

»Aber –«

»Und außerdem muß ich nach London zurück.«

Sie wandte langsam ihren großen Kopf ab – ich hörte richtig, wie es in ihr arbeitete – und sah blicklos hinaus auf die Hügel und das Meer, das wie ein lila Pinselstrich in der Ferne schimmerte. Auf den Hängen leuchtete der Ginster, vermischt mit Flecken von Heidekraut.

»Myra Blenkinsop sagt das auch«, sagte Hettie und war auf einmal richtig mürrisch.

»Was sagt Myra Blenkinsop?«

Sie drehte abermals den Kopf und sah mich wieder an, verwirrt und beinahe neugierig, als ob ich jemand wäre, den sie zu kennen geglaubt hatte, jetzt aber doch nicht erkannte.

»Sie sagt dasselbe wie du, daß der arme Freddie in ein Heim muß.«

Dann schwiegen wir und saßen lange da, ohne einander in die Augen zu schauen, jeder in seine Gedanken versunken. Ich frage mich, wie es ist, wenn man stirbt. Ich stelle es mir so vor, als ob man langsam, hilflos, in eine immer tiefer werdende Verwirrung torkelt, wie eine stumme, gedankenlose Trunkenheit, bei der man nie wieder nüchtern wird. Ob mein Vater wirklich Hetties Hand gehalten und ihr gesagt hat, sie soll sich keine Sorgen machen? Oder hat sie das nur erfunden? Wie sterben wir? Ich möchte das wissen. Ich möchte vorbereitet sein.

Am nächsten Nachmittag gab ich Andy Anweisung, den alten Daimler – den Bischofswagen, wie er in der Familie immer genannt wurde – aus dem halbverfallenen Schuppen hinterm Haus zu holen, wo er die meiste Zeit des Jahres in der nach Lehm riechenden Dunkelheit stand und wartete, groß, forsch und bereit, wie ein wildes Tier, das blindlings in Gefangenschaft geraten ist und nur bei ganz besonderen Gelegenheiten hustend und knurrend heraus darf. Andy behandelte ihn wie ein fühlendes Wesen, sehr sanft und sehr behutsam, er saß kerzengerade, als hockte er rittlings auf einem Stuhl, und das Lenkrad wäre die Rückenlehne, an der er sich mit einer Hand festhielt, während die andere den Schalthebel umklammerte wie eine Pistole. Freddie wurde ganz aufgeregt; er stampfte hektisch auf dem Rasen im Kreis herum und grinste und krächzte vor sich hin. Für ihn verband sich der Wagen mit Weihnachten und Sommerausflügen und den farbenfrohen kirchlichen Festen, die er so liebte und von denen er vermutlich geglaubt hat, sie würden eigens zu seiner Unterhaltung veranstaltet. Hettie brachte den Koffer, den sie ihm gepackt hatte. Es war ein altes Ding, über und über mit verblaßten Aufklebern besät, Zeugnissen von den *Wanderjahren* meines Vaters; Freddie betastete sie staunend, als ob es Blütenblätter von seltenen Pflanzen aus fremden Ländern wären, die da auf dem Leder klebten. Hettie trug einen schwarzen Strohhut und schwarze Handschuhe; sie kletterte auf den Rücksitz und ließ sich schwitzend und seufzend dort nieder, wie eine Glucke. Es war ein schlimmer Augenblick, als ich mich hinters Lenkrad setzte und Freddie sich vom Beifahrersitz zu mir herüberbeugte, mir liebevoll den Kopf auf die Schulter legte und sich mit seinem strohtrockenen Haar an meine Wange drückte. Sein Geruch nach Milch und Keksen stieg mir in die Nase – Freddie hat nie den Geruch der Kindheit verloren, und mir versagten fast die Hände. Doch dann sah ich Andy Wilson, der auf dem Rasen stand und mich gehässig und argwöhnisch ansah, und da trat ich mit gnadenloser Härte aufs Gaspedal, und das mächtige alte Vehikel schoß über den Kiesweg, und im Rückspiegel sah ich das Haus jäh zu einer Miniatur seiner selbst schrumpfen, mitsamt den Spielzeugbäumen, den Wattewolken und Andy Wilson, puppenklein, der salbungsvoll den Arm erhoben hatte zu einem, wie mir schien, höhnischen Lebewohl.

Es war ein klarer Tag, die blaue Luft wogte im Wind. Während wir gemächlich in südlicher Richtung am Lough entlangfuhren, sah Freddie mit lebhaftem Interesse hinaus in die Landschaft. Alle paar Minuten schüttelte er sich vor Aufgeregung wie ein Hund und schlotterte mit den Knien. Ob er etwas geahnt hat? Meine Gedanken kreisten darum, was ihm bevorstand, und scheuten immer wieder davor zurück wie eine Schnecke vor dem Salz. Auf dem Rücksitz murmelte Hettie leise vor sich hin und seufzte ab und zu. Ich dachte daran, daß ich vielleicht bald wieder über diese Straße fahren würde, und dann würde sie neben mir sitzen, und ihm Kofferraum stünde eine Tasche mit ihren Sachen, und wieder wäre ich unterwegs, um einen Verrat zu begehen, der als Notwendigkeit kaschiert war. Ich sah das Gesicht meines Vaters vor mir, es lächelte leise mit seinem kleinen, zaghaften, fragenden Lächeln, und dann wandte es sich traurig ab und verblaßte.

Das Heim, wie es irreführenderweise genannt wurde, war ein großer, eckiger Bau aus dunklem Backstein und stand in einem bedrückend gut gepflegten Garten in einer düsteren Sackgasse jenseits der Malone Road. Als wir durchs Tor fuhren, beugte sich Freddie ganz weit nach vorn an die Windschutzscheibe und schaute hinaus auf die strenge Fassade, und mir war, als ob er nun zum erstenmal vor Unbehagen zitterte. Er drehte sich zu mir um und lächelte mich fragend an.

»Hier wirst du von nun an wohnen, Freddie«, sagte ich. Er nickte heftig und würgte ein paar Laute hervor. Man konnte nie wissen, wieviel von dem, was man ihm sagte, er verstand. »Aber nur, wenn du willst«, fügte ich feige hinzu.

In der Vorhalle rissige Fliesen, braune Schatten und ein mächtiger Tonbottich mit vertrockneten Geranien; dort begrüßte uns eine Art Nonne oder eine Laienschwester in grauwollener Tracht und mit einer komplizierten Haube auf dem Kopf, die an einen Imkerhut erinnerte und den strengen Rahmen für ihr scharfschnäbeliges Gesicht bildete, das Gesicht eines Eulenbabys. (Wie um alles in der Welt kam da eine Nonne hin? – war das etwa eine katholische Einrichtung? Auf keinen Fall; mein Gedächtnis scheint mir wieder mal einen Streich zu spielen.) Freddie gefiel ihr Aussehen ganz und gar nicht, er bockte, und ich mußte seinen zitternden Arm festhalten und ihn vorwärtsschieben. Inzwischen war ich wütend, grob und schlecht gelaunt. Ich habe festgestellt, daß das meine normale Reaktion ist, wenn ich etwas Unangenehmes tun muß. Besonders Freddie hat immer meinen Jähzorn angestachelt. Schon als wir Kinder waren und er morgens auf dem Weg zu Miss Molyneaux' Schule neben mir her stolperte, habe ich mich mit der Zeit in eine solche Wut hineingesteigert, daß ich, wenn wir endlich da waren, kaum noch merkte, wie sich die anderen Kinder daran weideten, wenn der hochnäsige Pfarrerssohn seinen schwachsinnigen Bruder am Schlafittchen in die Klasse schubste.

Die Schwester führte uns durch einen Gang, eine düstere Treppe hinauf, einen grüngetünchten Korridor entlang, der an der Stirnseite ein Fenster hatte, durch dessen Milchglasscheiben eine weißliche Sonne schien, gleichsam ein Licht aus einer anderen Welt. Hettie und die Schwester schienen sich zu kennen – Hettie hatte in ihren besten Jahren unzähligen Ausschüssen angehört und eine Menge solcher Einrichtungen besucht; die beiden liefen vor Freddie und mir her und unterhielten sich übers Wetter, die Schwester forsch und leicht verächtlich, und Hettie, die steif in ihren ungewohnten Straßenschuhen daherstakste, unsicher und hektisch. Auf der Hälfte des Korridors blieben wir stehen, und während ich höflich wartete und die Schwester mit wichtiger

Miene einen Schlüssel aus dem großen, an ihrem Gürtel befestigten Bund suchte, spürte ich, wie mich etwas in mir zu jenem Fenster zog, zu jenem milchigen Leuchten, das mir wie die Verheißung von Flucht und Freiheit vorkam.

»Und das«, sagte die Schwester, indem sie eine vergilbte Tür aufstieß, »das hier ist Frankies Zimmer.«

Metallbett mit zusammengelegter Decke, eine Stuhlruine; an der leeren weißen Wand eine eingerahmte Daguerreotypie eines befrackten Würdenträgers mit einem Backenbart, der die Form von Lammkoteletts hatte. Ich bemerkte den Maschendraht vorm Fenster, die Schüssel und die Kanne aus Bakelit auf dem Waschtischchen, die Metallösen am Bettrahmen, an denen die Riemen zum Anschnallen befestigt werden konnten. Freddie machte zaghaft einen Schritt nach vorn, hatte seinen Koffer mit beiden Armen umklammert und sah sich staunend und ahnungsvoll um. Ich betrachtete seinen Hinterkopf, den zarten, makellosen Nacken, die rosa Ohren und den kleinen Haarwirbel oben auf dem Scheitel und mußte einen Moment lang die Augen schließen. Er war ganz ruhig. Er schaute sich nach mir um und lächelte, und dabei schnellte seine Zunge heraus und zog sich gleich wieder zurück. So war er, wenn er brav war; er wußte, daß ihn etwas Großes erwartete. Hinter mir stand Hettie und seufzte in diffusem Kummer vor sich hin.

»Er wird sich sehr wohl fühlen hier bei uns«, sagte die Schwester. »Hier bekommt er die beste Pflege.« Sie wandte sich in vertraulichem Ton an Hettie. »Der Bischof, wissen Sie, er hat sehr viel für uns getan.«

Hettie, aufgewühlt und ganz in sich gekehrt, starrte die Frau wirr und verständnislos an. Freddie setzte sich aufs Bett und fing an, fröhlich auf und ab zu hüpfen, und dabei hielt er den Koffer immer noch an sich gedrückt wie ein dickes, unhandliches Baby. Die Bettfedern quietschten verärgert. Die Schwester ging auf ihn zu und legte ihm – nicht unfreundlich – die Hand auf die Schulter, und sofort war er still und saß da und sah wie ein braves Kind zu ihr hoch und lächelte sein typisches, von einem langsamen Zwinkern begleitetes Lächeln, und seine blutrote Unterlippe hing schlaff herunter.

»So, nun komm mit«, rief sie ihm munter zu, »dann zeig ich dir den Rest des Hauses.«

Und dann waren wir wieder auf dem Korridor mit seinem schmutzigen Daumenabdruck von Licht vorn an der Fensterseite, und während wir uns der Treppe näherten, trat die Schwester an mich heran und flüsterte: »Der arme Kerl, kann er denn gar kein Wort sprechen?«

Wir stiegen die Treppe hinab, und dann tauchte unsere kleine Gesellschaft – vorn die Schwester und ich, dahinter Hettie mit Freddie, der inzwischen seinen Koffer los war und ihr auf den Fersen folgte und sich mit Daumen und Zeigefinger an ihrem Mantelärmel festhielt – ins Innere des Hauses ein, von wo allmählich auch Geräusche zu uns drangen, ein gedämpfter Tumult, als wenn viele große Kinder wild durcheinanderschreien und ausgelassene Spiele spielen. Als Freddie das hörte, fing er an, leise und ängstlich zu stöhnen. Vor einer mächtigen Flügeltür, hinter der sich offenbar die Quelle des Krawalls befand, blieben wir stehen, und die Schwester legte eine Kunstpause ein, drehte sich zu uns um, verzog den Mund zu einem schmallippigen Lächeln und machte ein Gesicht, als ob sie eine wunderschöne Überraschung für uns hätte, und ihre Augen glänzten ordentlich, als sie endlich flüsternd sagte: »Und das hier ist unser sogenannter Aufenthaltsraum.«

Sie stieß die Tür auf, und da bot sich uns ein ebenso bizarres wie gespenstisches und doch auch erstaunlich vertrautes Bild. Als erstes fiel mir das Sonnenlicht auf, das in großen, bleichen Flecken durch die lange Reihe hoher, vielsprossiger Bogenfenster hereinkam, hinter denen, obwohl wir uns doch im Erdgeschoß befanden, nichts weiter zu liegen schien als der weite, leere, seltsam leuchtende Himmel. Der Fußboden war aus blanken Holzdielen, was den Lärm noch verstärkte und an dumpf grollende Paukenschläge erinnerte. In dem Raum befanden sich Menschen jeden Alters, Männer, Frauen, Mädchen, junge Burschen, im ersten Moment aber – vermutlich ein Streich, den mir meine Erwartung gespielt hat – hatte ich den Eindruck, lauter eher jugendliche Männer vor mir zu haben, alle etwa so alt wie Freddie, mit genau solchen großen Händen, dem gleichen strohfarbenen Haar und auch mit diesem krampfhaft fröhlichen, leeren Lächeln. Sie trugen weiße Kittel (Arztkittel!) und an den Füßen keine Schuhe, sondern nur dicke Wollsocken. Ihr Lächeln war sonderbar mutwillig und verstört, als hätten sie kurz vor unserem Eintreten noch ordentlich in Reih und Glied gestanden wie die Kegel, als wäre gerade eben etwas zwischen sie gefahren, das die strenge Ordnung durcheinandergewirbelt hatte. Der Lärm erinnerte an eine Zirkusmanege. Wir standen in der Tür und starrten, und niemand beachtete uns, abgesehen von ein, zwei verwirrten Seelen, die uns argwöhnisch beäugten und scheinbar glaubten, wir wären bloß ein paar ungewohnt solide aussehende Exemplare der Gattung, die hier als das Normale galt. Freddie schwieg; seine weit aufgerissenen Augen glänzten vor Ehrfurcht und irrem Entzücken – so viele, und so verrückt! Die Schwester strahlte uns an und schlug die dicklichen, sommersprossigen Hände vor der Brust zusammen; sie sah aus wie eine Mutter, die uns mit verschämtem Stolz ihre zahlreiche, fröhlich-freche Brut präsentiert.

Doch wieso kam mir das alles so vertraut vor? Was war es, das mir das Gefühl gab, schon einmal hier gewesen zu sein – oder, genauer gesagt, was ließ mich denken, ich, oder doch ein wesentlicher Teil von mir, sei *schon immer* hier gewesen? In diesem Raum sah es im Grunde nicht anders aus als in meinem Kopf: knochenweiß, ein wahnsinnig strahlendes Licht und ein Haufen verirrter, ziellos umherwandernder Gestalten, die vielleicht die Myriaden verworfener Entwürfe meines eigenen Ich waren, meiner Seele. Ein kleiner Mann trat auf mich zu, engelhaft, mit rosa schimmernder Glatze, babyblauen Augen und dichten, wolligen grauen Lockenbäuschen über den Ohren; er lächelte mich an wie ein Verschwörer, zog schelmisch eine Augenbraue hoch, nahm mich sachte beim Revers und sagte:

»Ich bin hier in Sicherheitsverwahrung, wissen Sie. Alle haben Angst.«

Die Schwester kam und ließ ihren Arm wie eine Bahnschranke zwischen uns heruntergehen.

»Na, na, Mr McMurty«, sagte sie gutmütig, wenn auch mit drohendem Unterton in der Stimme, »das wollen wir gar nicht hören, vielen Dank.«

Mr McMurty lächelte mich noch einmal an und verzog sich mit bedauerndem Achselzucken wieder ins Gewimmel. Ich hätte mich nicht gewundert, wenn ihm plötzlich ein Paar klitzekleine goldene Schwingen aus dem Rücken gewachsen wären.

»Na komm mit, Frankie«, sagte die Schwester zu Freddie, »komm, mach dich mit den anderen bekannt.«

Gehorsam beugte er sich zu ihr hinüber, doch plötzlich schien er es sich anders überlegt zu haben; er zuckte heftig zusammen und wich zurück, glotzte, schüttelte den Kopf und stieß einen gurgelnden Laut aus, der ganz hinten aus der Kehle kam. Dabei klammerte er sich an mich und grub mir seine erschreckend starken Finger in den Arm. Endlich hatte er gemerkt, was los war, daß das hier keine eigens für ihn veranstaltete Überraschung war, keine Pantomime oder so was und auch kein anarchischer Zirkus, sondern daß man ihn hier zurücklassen wollte, hier, allein in dieser Ecke, in der er bis ans Ende seiner Tage stehen sollte, zur Strafe für irgendwelche Missetaten, die begangen zu haben er sich nicht erinnern konnte. In mir brandete die rasende Wut noch wilder auf, ich hatte plötzlich heftigstes Mitleid mit mir selbst und das Gefühl, daß mir grausam Unrecht geschah. Auf einmal gab sich Hettie zu unser aller Überraschung einen Ruck, sie schüttelte sich gleichsam innerlich, wie jemand, der mühsam aus einer Betäubung erwacht, nahm Freddie wortlos und entschlossen bei der Hand und ging mit ihm den Gang zurück und die Treppe hinauf in sein Zimmer. Ich folgte ihnen, blieb abwartend draußen auf dem Flur stehen und sah durch die halboffene Tür zu, wie sie und die Schwester Freddies Koffer auspackten und seine Sachen verstauten. Freddie ging ein paarmal im Raum auf und ab und jammerte leise, dann blieb er vorm Bett stehen, setzte sich hin, sehr gerade, die Knie zusammengepreßt, die Handflächen neben sich auf der Matratze. Und dann, als er seine Pose gefunden hatte und wieder der brave Junge war, hob er den Blick und sah mich an, wie ich mich dort noch immer feige auf dem Korridor herumdrückte, und lächelte sein heiterstes, mildestes Lächeln und schien – das muß ich mir doch eingebildet haben, oder nicht? – schien zu nicken, nur ein einziges Mal, als ob er sagen wollte: *Ja, ja, mach dir keine Sorgen, ich versteh schon*.

Am selben Abend fuhr ich nach Dublin zurück und nahm das Postschiff nach Holyhead. Der Zugverkehr war aufgrund von Truppenbewegungen unterbrochen, so daß ich erst morgens um acht in London war. Von Euston aus rief ich Oleg an und bestellte ihn zu Rainer's.

Es war ein frischer, klarer Tag, die Kampfflugzeuge waren schon ausgeschwärmt und verteilten ihre Kondensstreifen am Zenit wie verknotete Pfeifenreiniger. In der Tottenham Court Road wurde der Verkehr um einen Krater herumgeleitet, der mitten in der Fahrbahn war und aus dem in trunkenem Winkel der hintere Teil eines Blindgängers herausragte. Seine Größe war beachtlich. Ebenso beachtlich wie seine Häßlichkeit. Diese Waffe ähnelte so gar nicht meinem forschen, teuflisch eleganten Revolver. Das hier war bloß ein plumper Eisenbehälter, der aussah wie eine Riesenkeksdose mit Schwanzflosse. Der Taxifahrer mußte kichern, als er das Ding erblickte. Draußen vor der zu Bruch gegangenen Fassade von John Lewis lagen nackte Schaufensterpuppen auf dem Gehweg herum wie unblutige Leichen. »Letzte Nacht hat's Madame Tussaud erwischt«, sagte der Taxifahrer, »das hätten Sie sehn sollen, Hitlers Kopf unterm Arm von irgend 'ner Königin!«

Oleg saß mit einer Tasse Tee und einer Zigarette an einem Tisch in der Ecke und sah grau und mitgenommen aus; er war kein Morgenmensch. Seinen Regenmantel hatte er anbehalten, der zerbeulte Hut lag neben einer zerfledderten, zusammengerollten *Daily Mail* auf dem Tisch. Mit seinen aufgeschwemmten bläulichen Backen, den weichgekochten Augen und der fettigen Stirnlocke sah er aus wie ein heruntergekommener Napoleon. Ich setzte mich. Er beäugte mich mißtrauisch.

»Nun, John?« sagte er. »Sie haben was für mich?«

Ich bat die Kellnerin, mir eine Tasse Kaffee und ein Rosinenbrötchen zu bringen. Natürlich gab es keinen Kaffee.

»Meine Güte, Oleg«, sagte ich, »hören Sie doch endlich auf, mich mit diesem albernen Namen anzusprechen. Hier kümmert sich kein Mensch um uns, weder hier noch anderswo.«

Er lächelte nur sein fettes, schelmisches Lächeln.

»Sie sind immer so böse«, sagte er liebevoll.

Das Mädchen brachte dünnen Tee und ein Rosinenbrötchen mit einer glasierten Kirsche oben drauf. Oleg sah gierig auf meinen Teller. Ich sagte: »Ein Agent von uns – ich meine, vom Department – arbeitet in Moskau beim Politbüro. Er hat den Posten seit fünf, sechs Jahren. Sein Name ist Petrow. Er ist einer von Mikojans Privatsekretären.«

Oleg nahm die Mitteilung bestürzend gleichmütig auf. Er starrte versonnen in die Tasse und rührte langsam seinen Tee um. In seine Wurstfinger hatte sich das Nikotin tief eingefressen; heute sieht man diese Flecken nicht mehr, nicht einmal an den Fingern von ganz starken Rauchern – wie das wohl kommt?

»Petrow«, sagte er und wälzte die Silben im Mund herum. »Petrow...« Er sah mich von unten herauf an. »Seit wann wissen Sie das?«

»Wieso? Ist das nicht egal?« Er zog die Schultern hoch und ließ die Mundwinkel abwärts rutschen, wodurch er noch froschmäuliger aussah als sonst. »Das weiß ich, seit ich beim Department bin«, sagte ich. Er nickte abermals mit schwabbelnden Backen und wandte sich wieder seiner Teetasse zu.

»Sie wissen, was passiert, wenn ich Moskau Bescheid gebe?« sagte er.

»Er wird erschossen, nehme ich an.«

Wieder zog er die Schultern hoch und stülpte seine glänzende, malvenfarbene Unterlippe nach außen.

»Im Endeffekt, ja.«

»Im Endeffekt?«

Er hob den Kopf, so daß seine eierigen Augen auf gleicher Höhe mit meinen waren, und lächelte wieder dieses unanständige Babylächeln.

»Tut es Ihnen jetzt leid«, sagte er leise, »daß Sie's mir erzählt haben?«

Ich zuckte unwirsch die Achseln.

»Der Mann ist ein Spion«, sagte ich. »Der weiß, was er riskiert.«

Da schüttelte Oleg, immer noch lächelnd, langsam den Kopf.

»So böse«, murmelte er. »So böse.« Ich drehte mich weg und erschrak vor meinem in allen Regenbogenfarben schillernden Spiegelbild, das mich aus dem Schaufenster ansah. Welch ein Blick, und diese Augen! »Na schön, John, keine Sorge«, sagte er. »Das mit diesem Petrow, das wissen wir schon.«

Ich sah ihn verdutzt an.

»Von wem? – Boy?«

Er konnte nicht mehr widerstehen; er streckte die Hand aus, griff zierlich mit zwei Fingern nach der Kirsche auf meinem unberührten Rosinenbrötchen und steckte sie in den Mund.

»Vielleicht«, sagte er glücklich. »Vielleicht.«

\*

Als ich in die Poland Street kam, roch das ganze Haus nach Zigarettenrauch, miefigen Körpern und schalem Bier. In der Nacht hatte es eine Party gegeben. Überall leere Flaschen, auf den Teppichen ausgedrückte Kippen, auf dem Badezimmerfußboden eine möhrenfarbene Kotzlache. Ich machte die Fenster auf. Im Wohnzimmer fand ich einen großen blonden jungen Mann – ein lettischer Matrose, wie sich später herausstellen sollte –, der im Mantel in einem Sessel saß und schlief. Boy schlief ebenfalls. Ich räumte mir in der Küche ein Eckchen frei, kochte Tee, setzte mich hin, um ihn zu trinken, und sah zu, wie das Sonnenlicht über den Fußboden kroch. Dann kam Nick mit Sylvia Lydon im Schlepptau. Er war in Uniform.

»Wo hast du denn gesteckt?« fragte er.
»In Irland.«
»Ach so, ja. Tut mir leid, das mit deinem Vater.«
Sylvia warf mir anzügliche Blicke zu und biß sich auf die Unterlippe, damit sie nicht loskicherte. Die zwei hatten die Nacht durchgemacht.
»Was wir getrieben haben?« sagte Nick. »Nichts weiter. Wir sind einfach bloß rumgezogen.«
Sylvia prustete los.
»Na, jedenfalls seht ihr auffallend frisch aus.«
Ich hatte entsetzliche Kopfschmerzen. Nick suchte nach etwas Eßbarem, und Sylvia lehnte am Tisch und spielte mit ihrer Perlenkette. Sie trug ein Kleid aus grünem Satin und ellbogenlange weiße Handschuhe.
»Ach, Nicky«, sagte sie, »wir können's ihm doch ruhig sagen.«
Nicky.
»Was wollt ihr mir sagen?«
Mir fiel ein, wie ich mit Sylvia Lydon getanzt hatte, damals auf dem Schiff, auf der Ostsee, ihr scharfer, lüsterner Duft, das Gefühl, als sie sich mit ihren mageren Brüsten an mich drängte.
»Nun mach schon«, sagte sie.
Nick wich meinem Blick aus. Er öffnete einen Brotkasten und guckte finster hinein. Sylvia ging zu ihm, legte ihm dekorativ den Arm über die Schulter und sah mich wieder an und lächelte ihr dünnlippiges Siegerlächeln. Ich stand auf. Jetzt mit dumpfen, hämmernden Kopfschmerzen; wirklich, sehr schlimm.
»Na, gratuliere«, sagte ich. Er hatte mir kein Wort gesagt, keine Vorwarnung, kein Wort. »Ich seh mal zu, ob Boy uns einen Schluck Champagner pumpt, einverstanden?«

\*

Ein charmantes kleines Intermezzo: gestern abend mit meinen Kindern essen gewesen – ich meine, mit meinen erwachsenen Kindern, meinem Sohn und meiner Tochter. Ich hatte gestern Geburtstag. Sie sind mit mir in so ein scheußliches Luxushotel am Berkeley Square gegangen. Nicht mein Geschmack. Ich nehme an, in solche Etablissements geht Julian mit seinen wichtigeren Kunden, zur Zeit offenbar meistens Araber. Die abgestandene Luft in dem düster erleuchteten Foyer klebte vom wattigen Geruch allzu gehaltvoller Speisen. Am Eingang zum Restaurant wurden wir von einem pomadigen Oberkellner mit leerem Marionettenlächeln und lauerndem Blick begrüßt, der um uns herumscharwenzelte und besonders Julian wie einen alten Bekannten begrüßte, von dem er sich offenbar ein großzügiges Trinkgeld versprach (er sollte enttäuscht werden). Als wir uns gesetzt hatten, beugte er sich über uns und hielt uns schwungvoll die riesige Speisekarte vor die Nase, wie ein Dompteur, der mit der Peitsche knallt. Julian bestellte ein Glas Mineralwasser; ich verlangte einen Martini extra-dry. »... und für die Dame?« Die arme Blanche war unterdessen schon so eingeschüchtert, daß sie den Burschen kaum ansehen konnte. Sie kauerte auf ihrem Stuhl wie ein plattgedrücktes Z, sie hatte den breiten Rücken gekrümmt und den Kopf eingezogen und versuchte vergebens, sich klein zu machen. Sie trug ein Kleid aus meterweise knallrotem Stoff, das nicht zu ihr paßte. Ihre Haare standen ab wie Drahtwolle.

»Na das ist ja nett hier«, sagte ich.

Blanche warf mir ein rasches, traurig-verschwörerisches Lächeln zu; Blanche freut sich immer, wenn ich provoziere, tut aber so, als ob es ihr mißfällt. Julian räusperte sich tadelnd, zuckte nachdenklich die Achseln, schob sich einen Finger in den zu engen Hemdkragen und versuchte heftig zerrend und mit hervorquellenden

Augen, sich Luft zu verschaffen. Am Nebentisch fing eine üppig im Fleische stehende Frau im trägerlosen Kleid an, sich für mich zu interessieren.

»Ich war heute bei Mami«, sagte Julian.

»Ach ja? Und? Geht's ihr gut?«

Er sah mich halb vorwurfsvoll, halb betrübt an, jenes stumme Flehen im Blick, das er immer hat, wenn er auf seine Mutter zu sprechen kommt. Vivienne lebt jetzt in einem Pflegeheim im Norden von Oxford, sie leidet an chronischer Melancholie. Ich verzichte darauf, sie zu besuchen; meine Anwesenheit regt sie zu sehr auf.

»Es geht ihr nicht gut, offen gesagt«, erwiderte Julian. »Sie verweigert die Nahrung.«

»Ach, weißt du, sie war ja nie ein großer Esser.«

»Diesmal ist es aber anders. Die Ärzte sind sehr besorgt.«

»Sie kann sehr stur sein, deine Mutter.«

Sein Unterkiefer begann zu zucken.

»Sie läßt dich schön grüßen«, sagte Blanche rasch. (Das konnte stimmen.) Blanche hat so eine rührende Art, fix mal ein kleines, beflissenes Täuschungsmanöver zu vollführen, wie eine Maus, die aus ihrem Loch geschossen kommt, sich auf ein Stück Käse stürzt, erschrocken schluckt und sich dann genauso schnell wieder in sich verkriecht. Sie arbeitet in einer Schule für Kinder mit speziellen Erfordernissen (d. h. für Verrückte). Jetzt wird sie bestimmt nicht mehr heiraten; ich sehe sie richtig vor mir, wie sie mit sechzig ist, stämmig, ein paar Labradors; ein fleißiges Arbeitstier, genau wie die arme Hettie, und Julians freche Gören machen sich hinter ihrem Rücken lustig über sie. Mein armes Mädchen. Manchmal bin ich richtig froh, daß ich es bald hinter mir habe. »Ich habe ihr erzählt, daß wir uns heute abend mit dir treffen«, sagte Blanche. »Schade, daß sie nicht mitkommen kann, hat sie gesagt.«

Ich schwieg.

Die Suppe war eine dünne klare Brühe, die nach gar nichts schmeckte. Ich schob den Teller weg und beschloß, auf meine Seezunge zu warten. Blanche nahm auch den Fisch, Julian aber hatte sich mannhaft und herrisch, wie er nun mal war, Rinderlende bestellt. Wirklich, seine Ähnlichkeit mit dem armen Freddie ist bemerkenswert. Ich fragte ihn, wie die Geschäfte stehen, und da sah er mich argwöhnisch an; er ist der Meinung, ich würde hoffnungsfroh auf den unweigerlichen Zusammenbruch des Kapitalismus warten. Er muß sich doch vor den anderen Börsianern mächtig für mich schämen. Ich bin ihm dankbar für seine Sohnestreue, doch, ehrlich – niemand, am wenigsten ich selbst, hätte es ihm verdenken können, wenn er jetzt, wo ich öffentlich entlarvt worden war, mit mir gebrochen hätte –, aber ich kann es nun einmal nicht lassen, ihn aufzuziehen; es macht solchen Spaß, ihn aufzuziehen.

»Dein Onkel Nick«, sagte ich, »war eine Zeitlang Berater bei der Familie Rothenstein, wußtest du das? Vor dem Krieg. Das war so ziemlich der bizarrste Job, den er je gehabt hat. Die haben ihn nach Deutschland geschickt, er sollte sich ein Bild davon machen, inwieweit ihr dortiges Vermögen durch die Nazis bedroht war. Wir waren damals natürlich alle Spione.«

Dieses Wort löste ein Schweigen aus, das sich wie eine Zeltbahn über den Tisch senkte. Blanche biß sich auf die Unterlippe, und Julian hüstelte und säbelte mit finsterer Miene an seinem Fleisch herum. Hi hi. Das ist einer der wenigen Vorzüge des Alters, daß man sich seinen Kinder gegenüber die eine oder andere Unverfrorenheit erlauben kann.

»Hat Lord Rothenstein nicht dieses Bild für dich gekauft, *Der Tod des Cicero*?« fragte Julian.

»Ja«, sagte ich knapp. »Aber ich hab ihm das Darlehen zurückgezahlt. Einem Rothenstein möchte man schließlich nichts schuldig sein. Außerdem ist es Seneca, nicht Cicero.«

Mir schoß ein furchtbarer Gedanke durch den Kopf: war der Poussin eine Falle gewesen, ein Köder, eine Möglichkeit, mich in ihre Schuld zu bringen? Hatten sie Wally Cohen dazu überredet, ihn dort zwischen den Galerieschrott zu stellen, wo ich ihn unfehlbar entdecken mußte? Womöglich stammte das Bild aus Rothensteins Privatsammlung; er hätte leicht darauf verzichten können. Ich mußte an den sonderbaren Blick denken, den er und Boy gewechselt hatten, an jenem Sommerabend, draußen auf dem Gehweg vor der Galerie Alighieri, und daran, wie Rothenstein sein großes, gutmütiges Lachen gelacht und sich abgewandt hatte. Ich saß da wie vom Donner gerührt, Julians Stimme dröhnte mir in den Ohren, doch ich verstand nicht, was er sagte, denn auf einmal platzte die Sache in meiner entsetzten Phantasie auf wie ein Kokon, und dieses ganze schreckliche, schmutzige kleine Komplott kam herausgekrochen. Doch genauso schnell wie sich das Ganze entfaltet hatte, fiel es auch wieder in sich zusammen, die Flügel rollten sich ein, zerfielen zu Staub, und der Staub löste sich auf. Unsinn, Unsinn; reine Paranoia. Ich konnte wieder atmen. Ich lehnte mich zurück und lächelte schwach. Julian hatte mich etwas gefragt und wartete auf Antwort. »Entschuldige«, sagte ich, »was hast du gesagt?«

»Ach, nichts.«

Die Frau am Nachbartisch hatte mich unterdessen erkannt und flüsterte dem älteren Herrn zu ihrer Linken eifrig etwas ins Ohr, wobei sie mich aufgeregt mit ihren Glubschaugen fixierte, und ihr bleicher, dicker Busen kam ordentlich ins Beben. Netter Gedanke, daß man immer noch in der Lage ist, jemanden zum Zittern zu bringen. »Komisch«, sagte ich, »daß Leo nie entlarvt worden ist.«

Julian starrte mich an.

»Willst du etwa sagen, er ...«

»Aber ja doch, er war einer von uns. Nicht sehr aktiv, eher so als graue Eminenz. Unsere Herren in Moskau haben ihm ja nicht richtig über den Weg getraut, wo er doch Jude war und sie – nun ja, Russen; aber seine Beziehungen wußten sie zu schätzen. Und dann natürlich das viele Geld. Blanche, mein Liebes, alles in Ordnung mit dir?«

»Ja, ja, bloß eine Gräte ... sie ist steckengeblieben ...«

Julian hatte aufgehört zu essen; er saß da, Messer und Gabel senkrecht in der Hand, und blickte finster auf seinen blutbesudelten Teller.

»Ist das wahr«, fragte er, »oder ist das bloß wieder einer von deinen Witzen?«

»Glaubst du, bei so was würde ich lügen?«

Er sah mein höhnisches Lächeln und zog es vor, nicht zu antworten, sondern fragte statt dessen: »Und Onkel Nick – hat der es gewußt? Das mit Rothenstein, meine ich.«

Blanches Gesicht war rot angelaufen; sie hustete immer noch und klopfte sich auf die Brust.

»Ich hab ihn nie danach gefragt«, sagte ich. »Nick war kein guter Beobachter, weißt du. Wie die meisten eitlen Menschen. Trink doch einen Schluck Wasser, Blanche.«

Julian beugte sich wieder nachdenklich über sein Essen und zeigte mir Freddies Schädeldecke – dasselbe schmutziggelbe Haar, derselbe breite Scheitel. Komisch, was die Gene so kopieren.

»Aber *er* hat doch nicht zu euch gehört«, sagte er, »Onkel Nick – oder?«

Der Sancerre, den Julian bestellt hatte, war wirklich nicht schlecht, obwohl er genau weiß, ich mag keinen Sancerre.

»Der arme Nick«, sagte ich. »So viele Jahre, und er hat nie was gemerkt. Eitelkeit, verstehst du. Egal, wo er hingeguckt hat, alles hat sich sofort in einen Spiegel verwandelt. Aber, ah, dieser Charme!« Julian hörte auf zu kauen und starrte auf seinen Teller. Ich kicherte. »Nein«, sagte ich, »keine Sorge, der war immer durch und durch, ja geradezu deprimierend hetero.«

Wieder dieses furchtbare Schweigen. War ich zu weit gegangen? Julian hat sich nie mit meiner Homosexualität abfinden können – na schön, im Grunde habe ich das auch nicht von ihm erwartet: welcher Sohn könnte das wohl? Schließlich ist man ja schon bei heterosexuellen Eltern peinlich berührt, wenn einen der Gedanke streift, daß sie auch so etwas wie ein Sexualleben haben. Und außerdem hält er sehr zu seiner Mutter. Blanche hat mehr Nachsicht mit mir als Julian; Frauen nehmen Sex nicht richtig ernst. Sie geht sehr sanft und behutsam mit meinen Gefühlen um – o ja, ich habe Gefühle, kaum zu glauben, aber wahr –, trotzdem, ich bin sicher, sie denkt auch, ich habe ihre Mutter betrogen. Ach, Familie!

»Hast du mit Onkel Nick geredet?« sagte sie nun. »Ich meine, seit ...«

»Nein, nein. Nick und ich, wir haben seit vielen Jahren nicht mehr miteinander geredet. Ich war so was wie die fehlende Sprosse auf seiner Erfolgsleiter. Es blieb ihm gar nichts weiter übrig, als über mich hinwegzusteigen.«

Aus irgendeinem Grund griff Blanche nach meiner Hand und drückte sie, und dabei bekam sie feuchte Augen: sie ist so weich, das arme Ding, viel zu gutherzig, wirklich, dafür, daß sie meine Tochter ist. Julian bemerkte die Geste und verzog das Gesicht. Er sagte: »Hat er's gewußt, daß du ...«

»Daß ich Spion war?« Julian zuckte zusammen; ich war inzwischen richtig übermütig, was damit zusammenhing, daß ich die Flasche Wein fast alleine ausgetrunken hatte. Nimm dich zusammen, sagte ich mir. Die Dame mit dem bebenden Busen platzte bald vor Neugier. »O nein«, sagte ich. »Wie kommst du denn darauf? Das hätte er mir bestimmt gesagt. Er war immer sehr geradezu, weißt du, rauh, aber herzlich, zumindest damals – nachher, auf dem Weg nach oben, zu der mächtigen, einflußreichen Stellung, die er heute hat, soll er ja angeblich in irgendwelche dunklen Machenschaften verstrickt gewesen sein. Ein bißchen war er immer ein Faschist, der alte Nick.«

Julian kicherte, was mich überraschte; Humor war nie eine seiner hervorstechenden Eigenschaften gewesen.

»Und das soll ihn davon abgehalten haben, mit den Russen zusammenzuarbeiten?« sagte er.

»Dir fällt es natürlich schwer«, erwiderte ich, » zwischen zwei einander diametral entgegengesetzten Ideologien einen Unterschied zu erkennen. Das Kapital ist farbenblind.« Das hatte gesessen; er wollte etwas antworten, zog es aber vor, erneut auf seinen Teller zu starren, und schnob ärgerlich durch die Nasenlöcher. Wieder sah Blanche mich flehend und bekümmert an. »Kommt«, sagte sie, »ich spendiere euch einen Drink. Julian: ein Brandy?« Ich bemerkte den Blick, den sie sich zuwarfen: sie hatten sich ein Zeitlimit für den Abend gesetzt. Ich dachte an die Wohnung mit dem Schreibtisch und der Lampe und dem Fenster, hinter dem die lackschwarze Nacht lag. Blanche wollte etwas sagen, doch ich fiel ihr ins Wort: »Sag, Julian, wie geht's ...?« Daß ich mir den Namen seiner Frau nie merken konnte. »Wie geht's denn Pamela?« Eigentlich hätte ich auch nach den Kindern fragen müssen, aber dieses Thema mochte ich nicht anschneiden. Der Gedanke, daß ich Enkelkinder habe, deprimiert mich ganz besonders, aber nicht aus den naheliegenden Gründen. »Sie ist doch hoffentlich gesund und munter?«

Er nickte grimmig und schwieg. Er weiß, was ich von Pamela halte. Sie züchtet Pferde. Abrupt, als wäre die Erwähnung seiner Frau ein Zeichen zum Aufbruch gewesen, beendete er seine Mahlzeit und legte mit feierlicher Endgültigkeit die Serviette beiseite, während Blanche sich rasch bückte und unterm Stuhl nach ihrer Handtasche grabbelte; immer mußte er sie tyrannisieren. Wir hatten ein kurzes Wortgefecht wegen der Rechnung; ich ließ ihn gewinnen. Im Foyer half er mir in den Mantel. Plötzlich fühlte ich mich alt und gereizt und schlecht behandelt. Die Nacht war rauh. Draußen auf der Straße hakte Blanche sich bei mir ein, aber ich blieb störrisch auf Distanz. Julians großer schwarzer Wagen raste schnurrend durch die dunklen Straßen – wenn Julian hinterm Lenkrad sitzt, wird er immer richtig verwegen. In der Portland Place, auf den Stufen vor meiner Tür, lag ein Haufen Lumpen; als ich aus dem Wagen stieg, regten sich die Lumpen, und ein grausig zerstörtes Gesicht blinzelte verschlafen zu mir hoch.

»Da, bitte«, sagte ich zu Julian, »da siehst du's, wohin er führt, dein Kapitalismus!«

Ich weiß nicht, was in mich gefahren war, daß ich so auf der Straße herumgeschrien habe. Das paßt überhaupt nicht zu mir. Julian war gar nicht erst mit ausgestiegen, sondern saß da, starrte stur durch die Windschutzscheibe und trommelte ungeduldig mit den Fingern aufs Lenkrad. Wir sagten uns steif gute Nacht. Doch an der Ecke hielt der Wagen quietschend an, die Tür sprang auf, und Blanche kam über die Fahrbahn gerannt. Woher sie bloß diese großen Füße hat – von mir jedenfalls nicht. Ich hatte den Schlüssel schon im Schlüsselloch stecken. Sie keuchte die Treppe hoch. »Ich wollte bloß ...«, sagte sie, »ich wollte bloß ...« Sie blieb stehen und sah zu Boden. Dann gab sie sich einen gewaltigen Ruck, lachte beinahe wütend und irgendwie hilflos auf, küßte mich rasch auf die Wange und drehte sich um. Unten an der Treppe hielt sie noch einmal inne und beugte sich über ihre Handtasche, wobei sie sich eine Sekunde lang in Viviennes Mutter verwandelte. Aus dem Lumpenbündel reckte sich eine schwärzliche Hand in die Höhe, und sie legte eine Münze hinein. Dann drehte sie sich zu mir um und lächelte, tapfer, traurig und, wie mir schien, fast so, als wollte sie mich um Entschuldigung bitten – ich weiß nicht, wofür –, und rannte dann zu dem wartenden Wagen zurück.

Was ist das bloß, fragte ich mich, was ist das bloß, was alle wissen, nur ich nicht?

\*

Heute morgen, in aller Frühe, noch ehe irgendein Übereifriger kommen und ihn vertreiben konnte, bin ich hinuntergegangen, um nach dem armen Teufel auf der Treppe zu schauen. Er war wach, kauerte da in seinem schmutzigen Kokon, den angstvollen Blick auf irgend etwas Entsetzliches in der Luft geheftet, das er allein sehen konnte. Undefinierbares Alter, kurze graue Haarstoppeln, überall Schorf, der Mund ein klaffendes schwarzes Loch. Ich sprach ihn an, doch er antwortete nicht; ich vermute, er konnte mich nicht hören. Ich überlegte, ob ich irgendwas für ihn tun könnte, gab aber bald auf, bedrückt, hilflos, wie das eben so ist. Ich wollte gerade wieder gehen, da sah ich, daß sich unter seinem Kinn etwas bewegte, direkt unterm Kragen seines bis oben zugeknöpften Mantels. Es war ein kleiner Hund, ein Welpe, glaube ich, schmutzigbraun, mit großen, traurigen, aufmerksamen Augen und einem kaputten Ohr. Er leckte sich sehnsüchtig das Maul nach mir und zappelte einschmeichelnd. Der Anblick seiner blitzsauberen rosa Zunge gab mir einen Stich. Großer Gott. Jeder muß etwas haben, das er liebt, irgendein kleines Fetzchen Leben. Ich ging die Treppe hinauf und schämte mich, mir eingestehen zu müssen, daß mir der Hund mehr leid tat als der Mann. Was ist das menschliche Herz doch für ein sonderbares Ding.

Miss Vandeleur muß wüste Geschichten gehört haben darüber, wie es während des Krieges in der Poland Street zugegangen ist; ich habe immer den Eindruck, wenn ich auf das Haus zu sprechen komme, schüttelt sie sich innerlich regelrecht vor Abscheu und jüngferlicher Prüderie. Sicher gab es während des Blitzkriegs die eine oder andere denkwürdige Orgie, aber Herrgott noch mal, Miss V., zu der Zeit herrschte schließlich in ganz London, zumindest in unseren Kreisen, eine Stimmung wie in einem italienischen Stadtstaat zu Zeiten des Schwarzen Todes. In Wirklichkeit stößt sich meine Biographin nämlich gar nicht so sehr an der Freizügigkeit, die damals in sexuellen Dingen üblich war, als vielmehr an der Art der Sexualität, was sie als immerhin emanzipierte junge Frau jedoch nie offen sagen würde. Und sie ist ja auch beileibe nicht die einzige, die glaubt, das Haus sei ausschließlich von Homos bewohnt gewesen. Ich erinnere sie daran, daß Leo Rothenstein, unser Hauswirt, ein Vollbluthetero war, soweit sein jüdisches Blut es ihm erlaubte – und dann Nick; muß ich noch mehr sagen? Zugegeben, nachdem Boy eingezogen war, schwirrten immer irgendwelche zweifelhaften jungen Männer dort rum, obwohl morgens auch schon mal ein völlig bedueseltes junges Mädchen mit zerwühlten Haaren und den Strümpfen überm Arm aus seinem Zimmer getappt kam.

Eine von Boys Eroberungen war Danny Perkins.

Das Haus war hoch und schmal und sah so aus, als ob es sich ein bißchen zur Straße hin nach vorn neigte. Blake hat gewiß die Engel tanzen sehen im blitzenden

Sonnenlicht, das von den hohen Fenstern zurückgeworfen wurde. Der Wohnbereich umfaßte drei Stockwerke über einer Arztpraxis. Der Arzt war eine zwielichtige Gestalt; Boy behauptete hartnäckig, er würde Abtreibungen vornehmen. Leo führte sich zwar immer auf wie ein Grande, hatte aber dennoch eine Schwäche fürs Lotterleben, und darum hatte er dieses Haus gekauft, als Refugium, wenn er der peinlich protzigen Familienvilla am Portman Square entfliehen wollte. Allerdings hielt er sich zu dieser Zeit kaum noch in der Poland Street auf, weil er und seine neue und schon schwangere Frau sich sicherheitshalber auf ihren Landsitz zurückgezogen hatten. Ich hatte ein Zimmer im zweiten Stock, vis-à-vis von dem kleinen Ankleidezimmer, in dem Boy hauste und aus dem er ein richtiges Drecklock gemacht hatte. Über uns war Nicks Reich. Die Wohnung in Bayswater hatte ich nicht aufgegeben, doch da die Gegend um Lancaster Gate und westlich des Sussex Square bombardiert worden war, hatte sich Vivienne mit dem Kind vorläufig bei ihren Eltern in Oxford einquartiert. Die beiden fehlten mir; ich hatte regelmäßig Anfälle von Einsamkeit und Selbstmitleid, aber trotzdem, ich will nicht so tun, als ob ich mit dieser Regelung nicht voll und ganz zufrieden gewesen wäre.

Vormittags hielt ich im Institut Vorlesungen über Borromini – welch eine Schwere, welch ein ungeheures Pathos diese Veranstaltungen doch dadurch bekamen, daß die Stadt im Bombenhagel lag –, und nachmittags war ich in meinem Büro im Department. Die Dechiffrierungsspezialisten in Bletchley Park hatten die Funkcodes der Luftwaffe geknackt, was mich in die Lage versetzte, Oleg eine Menge wichtiger Informationen über die Stärke und die Taktik der deutschen Luftstreitkräfte zu geben. (Nein, Miss V., und wenn Sie mir noch so sehr die Hölle heiß machen, ich denke gar nicht daran, mit in den Chor derer einzustimmen, die mir vorwerfen, ich hätte für ein Land gearbeitet, von dem man seinerzeit habe annehmen müssen, es hätte sich mit Hitler gegen uns verbündet; inzwischen ist natürlich klar, welcher Seite meine Loyalität von Anfang an gegolten hat, und zwar unabhängig davon, ob irgendein schurkischer Tyrann seinen Namen unter irgendein wertloses Abkommen gesetzt hatte oder nicht.) Ich spürte, daß ich glücklich war. Ob im Department mit seinen Schulhausgerüchen – Bleistiftanspitzerspäne, billiges Papier, der Gestank der Tinte, der einem die Zunge am Gaumen kleben ließ – oder im Institut, oben im Hörsaal im zweiten Stock, wenn ich unter den großen Fenstern auf und ab ging und hinunterschaute auf einen der schönsten Vanbrugh-Höfe und vor einer Handvoll aufmerksamer Studenten eine wohlbemessene Elle vom Band meiner Gedanken über die großen Themen der Kunst des siebzehnten Jahrhunderts entrollte, ich war, ja, ich war glücklich. Vor den Luftangriffen hatte ich, wie schon gesagt, keine Angst; ich muß zugeben, insgeheim habe ich mich sogar ein bißchen daran geweidet, an dem Schauspiel einer so ungeheuren, unberechenbaren Zerstörung. Schockiert Sie das? Meine Liebe, Sie können sich ja nicht vorstellen, was das damals für eine Zeit war. Heute redet kein Mensch mehr davon, daß der Blitzkrieg auch etwas von einer gewaltigen Komödie gehabt hat. Ich meine nicht die fliegenden Nachttöpfe oder die abgerissenen Beine, die bis auf die Dächer geschleudert wurden, diese Dinge waren einfach bloß grotesk. Aber manchmal, wenn eine Reihe Bomben in einer nahegelegenen Straße einschlug, glaubte man im grollenden Tumult so etwas wie ein – wie soll ich sagen? – so etwas wie ein himmlisches Gelächter zu hören, wie von einem kindlichen Gott, der hinabschaut auf diese tollen Dinger, die sein Werk sind. Ach, manchmal, Miss Vandeleur – Serena –, manchmal denke ich, ich bin nichts weiter als ein Caligula im Westentaschenformat, der sich wünscht, die ganze Welt hätte nur eine Gurgel, damit ich ihr mit einem Griff die Kehle zudrücken könnte.

Der Sommer geht zur Neige. Genau wie meine Zeit. Am Saum dieser rötlichen Abende fühle ich das nahende Dunkel besonders deutlich. Mein Tremor, mein Tumor.

London während des Blitzkriegs. Ja. Jeder hatte eine Geschichte, ein Erlebnis. Die Minensuchboote auf der Themse. Die paar hundert Fässer Farbe in dem brennenden Lagerhaus, die hochgegangen sind wie Raketen. Die Frau, der's den Rock weggeweht hatte und die im Hüfthalter über die Bond Street getaumelt war, während ihr Mann rückwärts vor ihr herstolperte ist und vergeblich mit seinem Jackett vor ihr rumgewedelt hat wie ein Stierkämpfer mit seinem Umhang. Einmal traf eine verirrte Bombe den Zoo, und Nick, der gerade von einem Besuch in Oxford zurückkam, hatte geschworen, er habe mitten auf der Prince Albert Road ein Zebrapärchen traben sehen; die schönen schwarzen Mähnen waren ihm aufgefallen und die zarten Hufe.

*Etcetera ...*

Eines Morgens, kurz nach meiner Rückkehr aus Irland, ich war gerade in der Küche, kam Boy barfuß und verkatert im Morgenrock zum Frühstück herunter. Er machte sich gebratenes Brot und trank aus einem Whiskyglas Champagner. Er stank nach Sperma und Knoblauch.

»Hast dir ja 'n verdammt guten Zeitpunkt ausgesucht, um dich zu verdünnisieren«, sagte er. »Seit du weg warst, haben die Deutschen nicht mehr aufgehört. Bumm bumm bumm, Tag und Nacht.«

»Mein Vater ist gestorben«, erwiderte ich, »hab ich dir das nicht gesagt?«

»Pfff! – soll das etwa eine Entschuldigung sein?« Er sah mich an und lächelte fröhlich-unverfroren; er war schon halb betrunken. »Du siehst ja richtig zum Anbeißen aus in dieser Uniform, weißt du das? Nein, diese Verschwendung. Neulich in der Bar vom Reform Club hab ich einen getroffen. Spitfire-Pilot, fast noch ein Kind. War morgens oben gewesen, Einsatz geflogen. Und dann ist er überm Kanal abgeschossen worden, ausgebrannt, ein Rettungsboot hat ihn rausgefischt, ausgerechnet, und da hat er dann gesessen, drei Stunden später, und einen Pimm's getrunken. Angst im Blick, breites Grinsen, und über dem einen Auge so einen ganz süßen Verband. Wir sind zu Mama Bailey gegangen und haben uns ein Zimmer genommen. Gott, das war, wie wenn du 'n junges Pferd vögelst, nichts als Nerven, Zähne, Schaum vorm Mund. Und obendrein war's für ihn das erste Mal – und auch das letzte, höchstwahrscheinlich. Dieser Krieg: das ist ein zweischneidiges Schwert, kann ich dir sagen.« Er saß kauend da und sah zu, wie ich mir Frühstück machte. Es hat ihn immer amüsiert, wie penibel ich in diesen Dingen bin. »Ach, übrigens«, sagte er, »ich hätte da so einen Job, ich glaub, das wär genau das Richtige für dich. Es gibt doch diese Kuriere für die sogenannten befreundeten Staaten, die fahren jede Woche mit dem Nachtzug rauf nach Edinburgh, damit sie der Navy ihre Berichte mitgeben können. Uns ist gesagt worden, wir sollen uns die Sachen von denen mal genauer ansehen. Franzmänner, Türken und so weiter; ausgepichte Bande.« Er goß sich das Glas noch mal mit Champagner voll. Als es überlief, wischte er die prickelnde Lache mit der Hand vom dreckstarrenden Tisch und leckte sich die Finger ab. »Nick, ausgerechnet der, also, der hat da so 'ne Idee«, sagte er. »Sehr schlau, wirklich, ich hab gestaunt. Er kennt einen, irgend so 'n Stiefelmacher oder Schustermeister oder so, der soll die Nähte von den Kuriertaschen auftrennen, also so, daß die Siegel dran bleiben, verstehst du; und du mit deinem berühmten fotografischen Gedächtnis, du guckst dir die Dokumente kurz an, prägst dir die interessanten Sachen ein und steckst alles wieder in die Taschen, und der Schuster, Nobbs oder Dobbs oder wie er heißt, der näht die Naht wieder zu, und keiner ahnt was – außer uns natürlich.«

Ich betrachtete eine Wasserpfütze auf dem Fußboden, in der sich die Sonne spiegelte. Diese späte Morgenstunde hat etwas an sich, etwas Dumpfes, Kopfschmerziges, das mich immer deprimiert und gleichzeitig auf rätselhafte Weise anzieht.

»Und wer ist wir?« fragte ich.

»Na, das Department natürlich. Und alle, die wir sonst noch ins Vertrauen zu ziehen belieben.« Er zwinkerte. »Na, was meinst du? Tolle Sache, was?«

Er grinste bedusselt und warf den Kopf hin und her wie einen fröhlich wedelnden Hundeschwanz; er hatte Mühe, den Blick zu fixieren.

»Und wie kommen wir an die Kuriertaschen ran?« fragte ich.

»Häh?« Er blinzelte. »Ach so, ja, da kommt nun Danny ins Spiel.«

»Danny?«

»Danny Perkins. Der kriegt alle rum, zu allem. Du wirst schon sehen.«

»Danny Perkins«, sagte ich. »Wo um alles in der Welt hast du denn einen Kerl mit so einem Namen aufgegabelt?«

Boy lachte, und dieses Lachen mündete in einen von seinen gräßlichen, rasselnden Hustenanfällen.

»Mein Gott, Vic«, sagte er, indem er sich mit der abgeplatteten Faust auf die Brust klopfte, »was bist du nur für ein Snob.« Er stand auf. »Komm mit«, sagte er und atmete dabei schwer durch seine große, pockennarbige Nase.»Du kannst gleich selber schnüffeln, was der für'n Stammbaum hat.«

Er torkelte vor mir die Treppe hoch und stieß die Tür zu seinem Zimmer auf. Das erste, was mir auffiel, war, daß sich der barbarische Gestank, der normalerweise in diesem Raum herrschte, deutlich verbessert hatte. Boys Geruch war immer noch da – Körperdreck, Knoblauch, irgendwas Ranziges, Käsiges, dessen Ursache man lieber nicht nachgehen mochte –, aber dieser Geruch hatte ein milderes, wenn auch keineswegs weniger stechendes Aroma, ungefähr so, als wenn man einen Taubenschwarm in einen Löwenkäfig gelassen hätte. Boys Bett bestand aus einer auf den Fußboden geschmissenen Matratze, auf der nun, eingekuschelt in ein Nest aus zerknautschten Decken und schmutzigen Laken, ein kleiner, gedrungener junger Mann lag, der diese ganz typische, sehr weiße, talgige und nahezu durchsichtige Haut hatte, die ihn unverkennbar als Mitglied der Arbeiterklasse auswies. Er war im Unterhemd und hatte Khakihosen und aufgeschnürte Armeestiefel an. Er lag da, einen Arm hinterm Kopf, ein Bein angewinkelt, das andere übergeschlagen, und las *Titbits*. Ich ertappte mich dabei, wie ich seine feuchte, blauschattige Achselhöhle anstarrte. Sein Kopf war eine Nummer zu klein für seine breiten Schultern und den dicken, stämmigen Hals, und dieses Mißverhältnis gab ihm ein zartes, fast mädchenhaftes Aussehen. Sein sehr feines, sehr schwarzes Haar war an den Seiten kurz geschnitten und fiel ihm als dunkel glänzendes Büschel in die bleiche und, wie ich leider sagen muß, von Pickeln übersäte Stirn, und ich fühlte mich an jenen paradiesischen Moment erinnert, als ich vor Jahren den Biber zum erstenmal sah, schlafend im Obstgarten seines Vaters.

»Private Perkins, stillgestanden!« brüllte Boy. »Sehn Sie nicht, daß ein Offizier zugegen ist? Das hier ist Captain Maskell. Vielleicht kriegen wir bald mal einen anständigen Salut zu sehen.«

Danny lächelte ihn nur träge an, legte die Zeitung beiseite und rappelte sich auf, und dann kniete er ganz gemütlich zwischen dem zerwühlten Bettzeug und sah mich mit unverhohlenem, durchaus wohlwollendem Interesse von oben bis unten an.

»Sehr angenehm, doch, wirklich«, sagte er. »Mr Bannister hat mir viel von Ihnen erzählt, hat er, Tatsache.«

Seine Stimme war weich und schnurrend, so daß man bei allem, was er sagte, das Gefühl hatte, er würde einem ein Geheimnis anvertrauen. Er sprach mit beinahe parodistisch übertriebenem Waliser Dialekt. Boy lachte.

»Glaub ihm nicht, Victor«, sagte er, »der Junge lügt, wenn er den Mund aufmacht. Dein Name ist zwischen uns nie gefallen.«

Danny lächelte wieder, ohne auch nur im mindesten gekränkt zu sein, und fuhr fort, mich eingehend zu betrachten; sein Blick war der eines gutmütigen Ringkämpfers, der sich überlegt, mit welchem Griff er mich möglichst schnell und mit möglichst wenig Unbequemlichkeiten für uns beide auf die Matte legen kann. Ich merkte, daß ich feuchte Hände hatte.

Boy ließ sich lachend im Schneidersitz auf die Matratze fallen und legte Danny den Arm um die Taille. Sein Morgenrock klaffte überm Knie auseinander, und ich guckte angestrengt weg, um nicht sein großes Geschlechtsteil sehen zu müssen, das schlaff in seinem Busch baumelte.

»Ich hab Captain Maskell erzählt, wie wir die Kuriere reinlegen wollen«, sagte er. »Und nun möchte er gern wissen, wie wir an die Taschen rankommen. Ich hab ihm gesagt, das schlägt in dein Fach.«

Danny zuckte die Achseln und ließ seine geballten Schultermuskeln spielen.

»Naja, wir werden sie ganz höflich fragen, nicht wahr«, sagte er mit seiner gurrenden Stimme.

Boy lachte, mußte von neuem husten und klopfte sich abermals aufs Brustbein.

»Passema auf, Kammeratt«, sagte er, indem er Dannys Dialekt nachahmte, »du gibst mir jetzt einfach mal die Papiere da, und dafür kriegst du von mir ein dickes Küßchen.«

Er machte ungelenk Anstalten, Danny zu umarmen, doch der schubste ihn gutmütig mit der Hüfte weg, so daß Boy, immer noch lachend und hustend, rücklings aufs Bett plumpste, sich den Gürtel aufband und mit seinen behaarten Beinen in der Luft strampelte. Danny Perkins sah befremdet zu und schüttelte den Kopf.

»Ein schrecklicher Säufer, nicht wahr, Captain Maskell?«

»Victor«, sagte ich, »sagen Sie Victor zu mir.«

Boy fiel augenblicklich in einen trunkenen Tiefschlaf, hatte den großen Kopf wie ein Baby auf den gefalteten Händen liegen und den haarigen Hintern in die Luft gereckt. Danny deckte ihn behutsam zu, und dann gingen wir zusammen runter in die Küche, wo Danny, immer noch im Unterhemd, sich eine große Tasse lauwarmen Tee eingoß und vier gehäufte Löffel Zucker hineinrührte.

»Ah, ich bin wie ausgedörrt«, sagte er. »Er hat mir diesen Champagner zu trinken gegeben heute nacht, und das bekommt mir immer nicht.« Der Sonnenfleck war vom Boden auf den Stuhl gekrochen, auf dem Danny nun saß, eingetaucht in Helligkeit, wie ein grinsender, breitschultriger, etwas anrüchiger Engel. Er sah zur Decke. »Sie kennen ihn wohl schon lange, was?«

»Wir waren zusammen in Cambridge«, sagte ich. »Wir sind alte Freunde.«

»Sind Sie wohl auch 'n Linker, so wie er?«

»Ist er denn ein Linker?« Danny schüttelte nur den Kopf und kicherte. »Und Sie«, sagte ich, »seit wann kennen Sie ihn denn?«

Er quetschte an einem Pickel herum, den er am Arm hatte.

»Naja, ich bin Sänger, wissen Sie.«

»Sänger!« sagte ich. »Ach du lieber Gott ...«

Er lächelte mich fragend an, ohne Groll, und ließ das Schweigen eine Weile im Raum hängen. »Mein Dad hat im Kirchenchor gesungen«, sagte er. »Sehr schöne warme Stimme hat er gehabt.«

Ich wurde rot. »Entschuldigung«, sagte ich, und da nickte er in dem offenkundigen und durchaus berechtigten Bewußtsein, daß ich allen Grund hatte, ihn um Entschuldigung zu bitten.

»Bei *Chu Chin Chow* hab ich im Chor mitgesungen«, sagte er. »Wunderbar. So hab ich auch Mr Bannister kennengelernt. Eines Abends stand er mit seinem Wagen vorm Bühneneingang. Eigentlich hat er auf jemand anders gewartet, aber dann hat er mich gesehen und ... naja ...« Er grinste halb schelmisch, halb melancholisch. »Romantisch, was?« Er wurde nachdenklich, saß mit hängenden Schultern da, nippte an seinem Tee und schaute wehmütig hinab in die vom Rampenlicht erhellten Tiefen seiner Erinnerung. »Und dann kam dieser verfluchte Krieg«, sagte er, »und da war Schluß mit den Brettern, die die Welt bedeuten.« Er brütete ein Weilchen vor sich hin, doch bald hellte sich seine Miene wieder auf. »Aber die Sache mit diesen Kurieren, das wird bestimmt lustig, nicht wahr? Wo ich doch so gern Eisenbahn fahre.«

Dann kam Nick. Er hatte sich ordentlich rausgeputzt, buntkarierte Hose, gelbe Weste, und obendrein einen zusammengerollten Regenschirm in der einen und einen braunen Trilby in der anderen Hand.

»Wochenende in Maules«, sagte er. »Winston war da.« Er warf Danny einen mürrischen Blick zu. »Wie ich sehe, habt ihr euch schon miteinander bekanntgemacht. Ach übrigens, Vic, Baby hat dich gesucht.«

»Ja?«

Er schaute auf die Teekanne. »Ist die Plörre noch heiß? Sein Sie 'n braver Junge, ja, Perkins, und gießen Sie mir 'ne Tasse ein. O Gott, mein Kopf. Wir haben nämlich Brandy getrunken bis früh um vier.«

»Du und Winston?«

Er sah mich mit leerem Blick an.

»Der mußte ins Bett«, sagte er.

Danny reichte ihm den Tee, und Nick lehnte sich an den Ausguß, die Beine über Kreuz, und hielt sich mit beiden Händen an der dampfenden Tasse fest. Ein milder Morgen, die bleiche Septembersonne und, am äußersten Rande des Blickfelds, schimmernd wie eine Fata Morgana, die Zukunft mit ihren unbegrenzten Möglichkeiten; wo kommen sie her, diese unverhofften Glücksmomente?

»Leo Rothenstein sagt, er hat sich lange mit dem Premierminister unterhalten, eh wir andern da waren«, erzählte Nick in seiner ernsthaften Tonlage. »Scheint so, als ob wir den Luftkrieg gewonnen haben, auch wenn's so aussieht, als ob eher das Gegenteil der Fall ist.«

»Na, da haben wir ja Glück gehabt«, sagte Danny. Nick sah ihn scharf an, aber Danny lächelte nur höflich zurück.

Boy kam wieder runter und stand schwankend in der Tür. Der Gürtel seines Morgenrocks war immer noch offen, aber wenigstens hatte er jetzt eine schlabberige graue Unterhose an.

»Mein Gott, Biber«, sagte er, »du warst wohl auf 'nem Maskenball? Siehst ja aus wie 'n Buchmacher. Hat dir keiner gesagt, daß Tweed für Juden verboten ist. Da gibt's 'ne Verordnung.«

»Du bist ja betrunken«, sagte Nick, »und dabei ist es noch nicht mal elf. Und, Himmeldonnerwetter, zieh dir gefälligst was an, hörst du?«

Boy stand schwankend da; er überlegte einen Moment, starrte Nick trübe und mit glasigen Augen an, brabbelte irgendwas und stolperte wieder die Treppe hoch, und dann hörte wir ihn über uns auf und ab gehen, nach Sachen treten und trunken fluchen.

»Nun hören Sie sich das an«, sagte Danny Perkins kopfschüttelnd.

»Gehen Sie mal rauf und beruhigen Sie ihn, ja?« sagte Nick, und Danny zuckte liebenswürdig die Achseln, ging pfeifend aus der Küche und stapfte mit seinen zu großen Stiefeln die Treppe hoch. Nick wandte sich an mich. »Du hast mit Perkins über die Kuriere und so weiter geredet?«

»Ja«, sagte ich. »Und der Plan, der ist wirklich auf deinem Mist gewachsen?«

Er sah mich mißtrauisch an.

»Ja; wieso?«

»Ach, ich hab mich bloß gewundert. Genial, wenn er funktioniert.«

Er lachte höhnisch auf.

»Natürlich funktioniert er. Warum denn nicht?« Er setzte sich auf Dannys Stuhl und stützte den Kopf in die Hände. »Meinst du«, sagte er mit schwacher Stimme, »du könntest mir noch einen Tee machen? Wirklich, du, mir platzt bald der Schädel.«

Ich ging zum Ausguß und ließ den Kessel vollaufen. Daran kann ich mich noch ganz genau erinnern: der nikkelglänzende Lichtstreifen auf der Wölbung des Kessels, der gräuliche Strudel um den Abfluß herum, und überm

Ausguß das Fenster mit Blick auf die Rückseiten der Backsteinhäuser in der Berwick Street.

»Was hat Vivienne denn von mir gewollt?« fragte ich.

Er lachte finster. »Ich glaub, du hast ihr schon wieder ein Kind gemacht, alter Junge.« Der Kessel stieß klappernd an den Wasserhahn. Nick sah mich durch seine gespreizten Finger an und grinste wie ein Totenkopf. »Oder irgendwer jedenfalls.«

\*

Und so saß ich denn zum zweiten Mal in meinem Leben im Herbst im Zug nach Oxford, unterwegs zu einer schwierigen Begegnung; damals war es Mama Biber gewesen, die ich besucht hatte, bevor die ganze Sache anfing, diesmal war es ihre Tochter. Komisch, für mich gehörte Vivienne nach wie vor zu den Brevoorts. Das heißt, sie war die Tochter, die Schwester; *Ehefrau* war ein Wort, an das ich mich nie recht hatte gewöhnen können. Der Zug war langsam und roch äußerst unangenehm – ich möchte wissen, woher dieses Klischee von der Romantik der Dampfkraft kommt –, und bis ich endlich am Fahrkartenschalter drangekommen war, waren alle Sitzplätze erster Klasse ausverkauft gewesen. Jedes Abteil hatte sein Kontingent Soldaten, meistens niedere Ränge, und dazu jede Menge gelangweilte Offiziere, die stumpfsinnig vor sich hin rauchten und verbittert und wehmütig zusahen, wie Englands sonnige Wiesen vorübersausten. Ich hatte mich, so gut es ging, in meine Arbeit vertieft – ich wollte die Borromini-Vorlesungen redigieren, weil ich hoffte, ich könnte den Großen Biber dazu überreden, daß er sie in Buchform herausbrachte –, als sich jemand gelenkig auf dem Platz neben mir zusammenfaltete und sagte: »Ah, bewundernswert, diese Fähigkeit des Gelehrten, alles um sich herum zu vergessen.«

Es war Querell. Ich war nicht erbaut, ihn zu sehen, und das muß er mir wohl angemerkt haben, denn er lächelte ein dünnes, befriedigtes Lächeln, verschränkte die Arme, schlug seine langen Spinnenbeine übereinander und lehnte sich beglückt zurück. Ich erzählte ihm, daß ich nach Oxford wollte. »Und du?«

Er zuckte die Achseln. »Ach, ich fahre noch weiter. Aber ich muß dort umsteigen.« Also nach Bletchley, dachte ich nicht ohne Neid. »Und? Wie findest du denn nun die Arbeit in deiner Abteilung?«

»Faszinierend.«

Er drehte den Kopf und beugte sich etwas vor, damit er mir ins Gesicht sehen konnte.

»Gut«, sagte er ohne große Begeisterung. »Ich hab gehört, du wohnst jetzt mit Bannister und Nick Brevoort zusammen.«

»Ich hab ein Zimmer in Leo Rothensteins Haus in der Poland Street«, sagte ich und merkte sofort, daß sich das wie eine Rechtfertigung anhörte. Er nickte und tippte mit seinem langen Zeigefinger auf das vordere Ende seiner Zigarette.

»Deine Frau hat dich wohl verlassen, was?«

»Nein. Die ist in Oxford, mit unserem Kind. Ich fahre gerade zu ihr.«

Wieso hatte ich immer den Drang, ihm irgendwelche Erklärungen abzugeben? Sei's drum, er hörte sowieso nicht zu.

»Bannister macht ein bißchen Ärger, findest du nicht auch?« sagte er.

Kühe, ein Bauer auf einem Traktor, ein jäh in der Sonne aufblitzendes Fabrikfenster.

»Ärger?«

Querell setzte sich zurecht, warf den Kopf in den Nacken und blies rasch einen dünnen Rauchfaden an die Abteildecke.

»Ich höre, er zieht ständig durch die Gegend, mal ist er im Reform Club, mal im Gryphon. Immer betrunken, immer schwadroniert er rum. Heute sagt er, er hofft, daß Goebbels die BBC übernimmt, wenn die Deutschen gewinnen, und morgen erzählt er, was für ein prima Kerl Stalin ist. Ich weiß nicht so recht, was ich von ihm halten soll.« Er drehte abermals den Kopf und sah mich an. »Du vielleicht?«

»Ach, das ist nur Gerede«, sagte ich. »Im Grunde ist er prima.«

»Meinst du?« sagte er nachdenklich. »Na, das freut mich.« Er überlegte eine Weile und war ganz mit seiner Zigarette beschäftigt. »Weißt du, ich frag mich wirklich, was *prima* bei euch heißt.« Er lächelte sein Eidechsenlächeln, und dann beugte er sich wieder vor und verrenkte den Hals zum Fenster hin. »Wir sind da«, sagte er, »Oxford.« Er warf einen Blick auf die Papiere auf meinem Schoß. »Jetzt bist du doch nicht zum Arbeiten gekommen, was? Tut mir leid.« Er sah zu, wie ich meine Sachen zusammenpackte. Ich stand schon auf dem Bahnsteig, da tauchte er hinter mir in der Tür auf. »Ach, übrigens«, sagte er, »grüß deine Frau schön. Ich höre, sie ist wieder guter Hoffnung.«

Als ich den Bahnhof verließ, sah ich ihn. Er war also doch noch ausgestiegen, stand hinten in der Fahrkartenausgabe und tat so, als ob er den Fahrplan studierte.

\*

Vivienne lag im Garten in einem Liegestuhl, ein Tartanplaid über den Knien und neben sich im Gras einen Stapel Illustrierte. Vor ihr auf dem Boden stand ein Tablett mit den Überresten des Fünf-Uhr-Tees, Konfitüre, Butterbrot und ein Näpfchen mit dicker Sahne; auf ihren Appetit hatte sich ihr Zustand offenbar nicht ausgewirkt.

Die dunklen, malvenfarbenen Mulden unter ihren Augen waren noch eine Nuance dunkler als sonst, und ihr schwarzes Haar, Nicks Haar, hatte etwas von seinem Glanz verloren. Sie begrüßte mich mit einem Lächeln und streckte mir majestätisch ihre kühle Hand entgegen, damit ich sie küßte. Dieses Lächeln: die gezupfte und nachgemalte Braue hochgezogen, die Lippen zusammengepreßt, wie um zu verhindern, daß jenes Hohngelächter hervorbrach, das schon da war, das immer da war in ihren Augen. »Seh ich blaß und interessant aus?« fragte sie. »Sag ja.« Ich stand unbeholfen vor ihr auf dem Rasen. Aus dem Augenwinkel sah ich ihre Mutter, die sich zwischen den Blumenbeeten seitlich des Hauses zu schaffen machte und so tat, als hätte sie mich gar nicht kommen sehen. Ich fragte mich, ob der Große Biber zu Hause war; er hatte mir schon geschrieben und gejammert, daß das Papier rationiert war und die Armee ihm seine besten Schriftsetzer weggenommen hatte.

»Wie fesch du aussiehst«, sagte Vivienne; sie hob den Arm, um ihre Augen vor der blendenden Sonne zu beschatten, und sah mich forschend von oben bis unten an. »Ganz standhafter Soldat.«

»Das sagt Boy Bannister auch.«

»Ach ja? Ich dachte immer, der hat's mehr mit den härteren Kerlen.« Sie schob die Illustrierten weg, damit ich neben ihr im Gras Platz nehmen konnte. »Setz dich hin; erzähl mir den neusten Klatsch. Ich nehme an, alle sind schrecklich tapfer, trotz der Bomben. Nicht mal der Palast ist sicher. War das nicht zum Speien, diese Verbrüderung zwischen der Queen und den mutigen Eastendlern? Ich komme mir richtig wie eine Memme vor, daß ich mich hier oben verkrochen habe; es sollte mich nicht wundern, wenn mir eines schönen Morgens eine Oxforder Matrone auf der High Street eine gelbe Feder in die

Hand drückt. Oder waren es weiße Federn, die sie beim letzten Mal an die Kriegsdienstverweigerer verteilt haben? Vielleicht sollte ich mir ein Schild um den Hals hängen und mit meinem Zustand Reklame machen. Brüten für Britannien, weißt du.«

Ich sah träge zu, wie meine Schwiegermutter an einem Dahlienbeet entlangschlich, Schnecken absammelte und sie in einen Eimer mit Salzlake warf.

»Ich hab Querell im Zug getroffen«, sagte ich. »Siehst du ihn gelegentlich?«

»Ich ihn sehen?« Sie lachte. »Wie meinst du denn das?«

»Ich hab mich bloß gewundert. Er wußte, daß ... er wußte, daß du ...«

»Ach so, das wird Nick ihm erzählt haben.«

Wie kühl sie war! Mama Biber setzte ihren Eimer ab, stützte die Hand ins Kreuz und richtete sich auf, und dann ließ sie den Blick durch den Garten schweifen, tat wunder wie zerstreut und ignorierte mich tapfer weiter.

»Nick?« sagte ich. »Warum sollte Nick es ihm erzählt haben?«

»Weil er's jedem erzählt. Irgendwie findet er's zum Schreien. Ich weiß leider nicht, was daran komisch sein soll.«

»Aber warum sollte er es Querell erzählen? Ich dachte immer, die können sich nicht leiden.«

»Ach wo; die sind doch ganz dicke Freunde, die zwei, oder etwa nicht?« Sie drehte sich um und sah mich an. »Wie hast du das gemeint, ob ich Querell gelegentlich sehe?« Ich schwieg, und da wurde ihr Gesicht hart und leer. »Du willst dieses Kind nicht haben, stimmt's?« sagte sie.

»Wie kommst du denn darauf?«

»Weil es die Wahrheit ist.«

Ich zuckte die Achseln.

»Der Zeitpunkt ist nicht gerade günstig«, sagte ich, »dieser Krieg jetzt, und wenn er vorbei ist, kommt's wahrscheinlich noch schlimmer.«

Sie sah mich forschend an und lächelte.

»Was bist du doch für eine herzlose Bestie, Victor«, sagte sie verwundert.

Ich guckte weg.

»Tut mir leid«, sagte ich.

Sie seufzte und zupfte mit ihren scharlachroten Fingernägeln an dem Plaid herum, das sie auf dem Schoß liegen hatte.

»Mir auch«, sagte sie. Von fern hörten wir das Abendläuten der Christ Church. »Es wird ein Mädchen«, sagte sie.

»Woher weißt du das?«

»Ich weiß es eben.« Sie seufzte wieder, so leicht, daß es sich beinahe wie Lachen anhörte. »Das arme kleine Wurm.«

Der Große Biber, herausgeputzt mit Knickerbockers und einer Art Jagdjoppe – was für ein lächerlicher Mensch –, kam aus dem Gewächshaus und schien seiner Frau etwas sagen zu wollen, die jetzt auf den Knien lag und mit einer kleinen Schaufel im Lehm wühlte, wobei sie ihr breites Hinterteil dem Rasen zugewandt hatte; als er Vivienne und mich sah, wich er geschickt in den Eingang zurück und verschwand wie ein Schatten hinterm Glas und dem Grünzeug.

»Bist du mal in der Wohnung gewesen?« fragte Vivienne. »Das Haus steht doch noch, oder?«

»Nein. Ich meine, es ist keine Bombe drauf gefallen. Natürlich bin ich dort gewesen.«

»Weil, nach dem, was Nick sagt, hatte ich eher den Eindruck, daß du jetzt die meiste Zeit in der Poland Street bist. Die Partys sind bestimmt sehr lustig. Nick sagt, du bist in diese Arztpraxis eingebrochen und hast Gummiknochen rausgeholt, zum Draufbeißen, beim Luftangriff.« Sie schwieg einen Moment. »Ich find's schrecklich hier, weißt du«, sagte sie leise, aber mit Nachdruck. »Ich komme mir vor wie jemand aus der Bibel, eine Frau, die man zur Strafe für ihre Unreinheit in ihr Vaterhaus verbannt hat. Ich will mein Leben. Das hier ist nicht mein Leben.«

Mama Biber richtete sich wieder auf und rieb sich das Kreuz, und weil sie jetzt beim besten Willen nicht mehr so tun konnte, als ob ich nicht da wäre, zuckte sie theatralisch zusammen, starrte mich an und schwenkte ihre Schaufel.

»Meinst du«, sagte ich rasch, »du könntest ... es wegmachen lassen?«

Wieder sah Vivienne mich so merkwürdig an, und diesmal war ihr Blick noch versteinerter.

»*Sie*«, sagte sie. »Oder ihn, falls mich meine weibliche Intuition durch irgendeinen verrückten Zufall täuschen sollte. Aber nicht *es*; sag ja nicht noch einmal *es*.«

»Weil doch«, fuhr ich störrisch fort, »etwas, das keine Vergangenheit hat, noch nicht am Leben ist, nicht wahr. Leben ist Erinnerung; Leben ist die Vergangenheit.«

»Mein Gott«, sagte sie mit strahlendem Lächeln, und in ihren Augen funkelten Tränen, »welch eine glänzende Darlegung deiner Philosophie! Für menschliche Wesen hingegen, mein Schatz, ist Leben die Gegenwart, die Gegenwart und die Zukunft. Begreifst du das nicht?« Mama Biber hatte sich mühsam aufgerichtet und kam mit wehenden Röcken auf uns zu. Vivienne sah mich immer noch strahlend an, die Tränen standen ihr in den Augen. »Mir ist gerade etwas klargeworden«, sagte sie. »Du bist hergekommen, weil du mich um die Scheidung bitten willst, nicht wahr?« Sie lachte silberhell. »Doch, doch, ich seh's dir an den Augen an.«

»Victor!« rief Mama Biber. »Was für eine reizende Überraschung!«

*

Ich blieb zum Abendessen. Es wurde von nichts anderem geredet als von Nicks Verlobung. Die alten Bibers waren gelinde entzückt: Sylvia Lydon, eine reiche Erbin, war ein ausgezeichneter Fang, selbst wenn der Lack schon ein ganz klein wenig angekratzt war. Julian, inzwischen ein Jahr alt, fing erbärmlich an zu kreischen, als ich ihn auf den Schoß nahm. Alle waren peinlich berührt, was sie mit Lachen und Eideidei zu kaschieren suchten. Der Junge ließ sich nicht beruhigen, und zum Schluß gab ich ihn seiner Mutter. Ich sagte, wie sehr er Nick ähnele – was nun wirklich nicht stimmte, aber ich dachte, es würde die Biber freuen –, woraufhin Vivienne mich aus irgendeinem Grund düster anstarrte. Der große Biber beklagte sich bitter darüber, daß Frankreich in die Knie gegangen war; er schien darin eine persönliche Kränkung zu sehen, als ob General Blanchards Erste Armee sich feige ihrer wichtigsten Pflicht entzogen hätte, die natürlich darin bestand, den Puffer zwischen den heranrückenden deutschen Truppen und der Umgebung von Nord-Oxford zu bilden. Ich sagte, soweit mir bekannt sei, habe Hitler seine Meinung geändert und wolle derzeit keine Invasion wagen. »Wagen? Die Südostküste wird von pensionierten Versicherungsvertretern mit Holzgewehren verteidigt. Die Deutschen könnten nach dem Mittagessen mit Schlauchbooten rüberrudern, und bis zum Dinner wären sie in London.« Er hatte sich in Rage geredet; wutschnaubend saß er am Kopf der Tafel und drehte krampfhaft Brotkügelchen zwischen seinen langen braunen Fingern; bis eben hatte ich noch darüber nachgedacht, wie ich die Rede auf mein Borromini-Buch bringen konnte; jetzt aber besann ich mich verdrossen eines Besseren. Mrs B. wollte ihm beschwichtigend über die Hand streichen, doch er schüttelte sie unwirsch ab. »Europa ist erledigt«, sagte er und funkelte uns grimmig nickend an. »Erledigt.« Das Kind kuschelte sich besitzergreifend an die mütterliche Brust, lutschte am Daumen und sah mich mit steter, standhafter Abneigung an. Ich ertappte mich dabei, daß ich innerlich heulte wie ein Wolf – *O Gott, laß mich raus, laß mich raus!* –, und sah schuldbewußt in die Runde, nicht sicher, ob mein stummer Schrei nicht doch so laut gewesen war, daß jeder ihn gehört hatte. Als ich ging, stand Vivienne mit mir draußen auf der Treppe und wartete, daß der Große Biber – brummelnd wegen seiner Benzinration – den Wagen rausholte, um mich zum Bahnhof zu fahren.

»Ich werde es nicht tun, verstehst du«, sagte sie. Sie lächelte, aber sie hatte ein Zucken im Augenlid.

»Was wirst du nicht tun?«

(*Laß mich raus!*)

»Ich werde mich nicht von dir scheiden lassen.« Sie griff nach meiner Hand. »Armer Liebling, ich fürchte, du hast mich am Halse.«

\*

Was für eine angenehme Überraschung! – Miss Vandeleur hat mir etwas zu Weihnachten geschenkt – einen Wein. Ich konnte es gar nicht erwarten, daß sie ging und ich die Flasche auswickeln durfte. Bulgarischer Rotwein. Manchmal hab ich den Verdacht, sie hat doch Humor. Oder sind das bloß meine Hintergedanken? Die Geste kann durchaus ernstgemeint gewesen sein. Soll ich ihr sagen, was mir mein Weinhändler einmal erzählt hat, daß die Südafrikaner ihren Wein heimlich in

Riesenmengen an die Bulgaren verkaufen, die ihn dann in Flaschen abfüllen und ihre politisch akzeptableren Etiketten draufkleben und ihn an all die arglosen Linksliberalen im Westen verhökern? Aber das werde ich natürlich nicht tun. Was bin ich doch für ein alter Giftzwerg, an so was auch nur zu denken.

Wir waren ein ausgezeichnetes Team, Danny Perkins, Albert Clegg und ich. Albert hatte seine Lehre in der Schuhmacherei Lobb absolviert; er besaß jene natürliche, unverbildete Intelligenz, die die Arbeiterklasse früher, ehe es Mode war, daß alle Welt lesen und schreiben konnte, massenhaft hervorgebracht hat. Er war ein schmächtiges Bürschchen, kleiner noch als Danny, und viel, viel schmaler. Wenn wir drei zusammen, sagen wir mal, im Gänsemarsch über einen Bahnsteig liefen, das muß ausgesehen haben wie eine Abbildung aus einem Lehrbuch für Naturgeschichte, auf der die Evolution des Menschen vom zwar primitiven, aber keineswegs unattraktiven Pygmäen über den robusten Leibeigenen bis hin zum faden, aufrecht gehenden, verheirateten und verschuldeten *Homo sapiens* der Neuzeit dargestellt ist. Albert liebte sein Handwerk, obwohl es ihn andererseits auch quälte und zur Verzweiflung trieb. Er war ein zwanghafter Perfektionist. Wenn er bei der Arbeit war, gab es zwei Phasen: die der tiefen, nahezu autistischen Konzentration und die der Enttäuschung und der Wut. Denn er hatte immer etwas auszusetzen und war nie richtig zufrieden; die Arbeitsmittel waren grundsätzlich Schund – die Fäden entweder zu dick oder zu dünn, die Nadeln stumpf, die Ahlen aus minderwertigem Stahl. Und nie langte die Zeit, um eine Arbeit so zu Ende zu bringen, daß sie seinen Ansprüchen genügte.

Danny und er lagen sich ständig in den Haaren und fauchten sich an, und wenn ich nicht gewesen wäre, ich glaube, dann wäre es noch so weit gekommen, daß sie sich geprügelt hätten. Wobei sie, denke ich, weniger mein Dienstgrad dazu brachte, sich zu beherrschen, als vielmehr eine gewisse Scheu, ein vornehmer Widerwille, sich in Gegenwart von Vorgesetzten zu blamieren, was übrigens zu den gewinnendsten Zügen ihrer Gattung zählte. Danny stand für gewöhnlich in unserer Abteiltür, trat aufgeregt von einem Fuß auf den anderen und pfiff angespannt und beinah lautlos vor sich hin, wie es seine Art war, während Albert wie ein wütender Gnom in Khakizeug auf dem schaukelnden Sitzplatz mir gegenübersaß, auf dem Schoß die Kuriertasche der polnischen Exilregierung, eine Naht auftrennte, die er eben erst mühsam zugenäht hatte, und gerade wieder von vorn anfangen wollte. Und während dessen wälzte sich im Nachbarabteil Jaroslaw, der Kurier, in seiner Koje, wie im Koma von all dem Wodka und dem erstklassigen baltischen Kaviar, womit ihn Danny die ganze Nacht lang traktiert hatte, und träumte von Duellen und Kavallerieattacken, oder wovon der polnische Kleinadel sonst so träumen mag.

Wir hatten noch mehr zu bieten als hochprozentige Getränke und Luxusspeisen. Mit uns reiste eine junge Frau namens Kirstie, ein zartes kleines Persönchen mit knallroten Haaren, Porzellanteint und wunderschönem Edinburgher Akzent. Ich weiß nicht mehr, wo ich sie aufgegabelt hatte. Nick hatte ihr den Spitznamen Venusfliegenfalle gegeben. Sie betrieb ihr Gewerbe mit der gleichen Hingabe wie Albert das seine. Wenn sie wieder mal eine harte Nacht lang einem stinkbesoffenen estnischen Kurier Gesellschaft geleistet hatte und morgens auf dem Gang vor unserem Abteil erschien, sah sie immer aus, als käme sie gerade aus einem Teehaus auf der Prince's Street, von einem angenehmen Plauderstündchen mit 'nem guten alten Freund. Wenn ihre Dienste nicht gebraucht wurden, saß sie bei mir, trank hin und wieder einen Schluck aus meiner kleinen

Whiskeyflasche (»Was wohl mein Daddy dazu sagen würde, wenn er wüßte, daß ich irisches trinke!«) und erzählte mir, daß sie davon träume, nach dem Krieg, wenn sie genug Geld verdient hätte und sich die Pacht leisten könnte, einen Kurzwarenladen aufzumachen. Sie gehörte sozusagen ex officio zu unserem Team – Billy Mytchett wäre außer sich gewesen – und wurde, ziemlich generös, von mir aus meiner Spesenkasse bezahlt. Auch bei ihr mußte ich aufpassen, daß sie Albert nicht zu nahe kam, denn zu allem Überfluß war er auch noch entsetzlich puritanisch. Ich weiß nicht, was er sich vorstellte, wie die Nächte verliefen, in denen Kirstie einen Korb bekam und Danny statt dessen ins Nachbarabteil schlüpfte und erst wieder auftauchte, wenn über dem südlichen Oberland der Morgen graute.

Ein paarmal stand es wirklich auf des Messers Schneide. Zum Beispiel hatten wir einen Türken, der nach den ersten paar Minuten mit Kirstie in Unterhosen auf dem Gang erschien, genau in dem Moment, als Albert der Kuriertasche des Burschen mit Vorstechahle und Rasierklinge zu Leibe rücken wollte. Zum Glück hatte der Türke es mit der Prostata, und als er seine Blase entleert hatte, die etwa so groß wie ein Fußball gewesen sein muß, und mit ebenso gequälter wie mißtrauischer Miene zurückkam, hatte Albert die paar Stiche, die er aufgetrennt hatte, bereits wieder zugenäht, und ich konnte Abdul einreden, daß mein Untergebener selbstverständlich nicht in seiner Tasche herumgeschnüffelt, sondern sich im Gegenteil nur davon überzeugt hatte, daß sie heil und unversehrt war. Manchmal mußten wir allerdings auch zu extremen Maßnahmen greifen. So entdeckte ich beispielsweise an mir ein Talent zum Drohen. Zwar konnten wir im Grunde niemandem groß etwas zuleide tun, aber meine ruhig und eindringlich vorgebrachten Drohungen erwiesen sich dennoch als erfreulich überzeugend. Erpressung, besonders auf sexueller Ebene, war in jenen prüden Zeiten natürlich viel wirksamer als heute. Um so mehr, wenn nicht Kirstie der Köder war, sondern Danny. Da fällt mir dieser arme Portugiese ein, dem wir besonders übel mitgespielt haben: der Bursche war in mittlerem Alter, hatte ausgesprochen aristokratische Manieren und hieß Fonseca. Da ich die Sprache nur unzulänglich beherrschte, brauchte ich viel Zeit für die Durchsicht seiner Unterlagen, und plötzlich spürte ich, daß im Abteil irgend etwas anders war als vorher; Albert hüstelte, und als ich aufblickte, sah ich Senhor Fonseca, der in einem Schlafrock aus herrlich blauer Seide, blau wie der Himmel in einem Stundenbuch, auf dem Gang stand und mich beobachtete. Ich bat ihn herein. Ich bot ihm einen Platz an. Er lehnte ab. Er war höflich, doch sein normalerweise eher bläßliches Gesicht war grau vor Zorn. Danny, der kurz zuvor ein paar schwere Stunden mit ihm verbracht hatte, schlief noch nebenan im Abteil. Ich schickte Albert hin, um ihn zu holen. Er kam gähnend an und kratze sich am Bauch. Dann bat ich Albert, draußen auf dem Gang eine Zigarette zu rauchen, und danach saß ich einen Moment lang schweigend da und betrachtete meine Schuhspitzen. Ich hatte die Erfahrung gemacht, daß solche Pausen allemal, selbst dann, wenn mein Gegenüber noch so außer sich war, eine enervierende Wirkung hatten auf unsere – Opfer, wie ich sie später immer genannt habe, und ich glaube, das ist die einzige treffende Bezeichnung. Fonseca, in hochfahrendem Ton, wollte eine Erklärung fordern, doch ich fiel ihm ins Wort. Ich sprach davon, daß Homosexualität gesetzlich verboten war. Ich sprach von seiner Frau, seinen Kindern – »Zwei, nicht wahr?« Wir wußten alles über ihn. Danny gähnte. »Wäre es nicht das Beste«, sagte ich, »wir vergessen einfach, was heute nacht geschehen ist, und zwar alles? Selbstverständlich garantiere ich Ihnen absolute Diskretion. Sie haben mein Wort als Offizier.«

Draußen fiel schwarzer Regen aus dem Dunkel und klatschte an das erhellte Fenster des dahinsausenden Zuges. Ich stellte mir Felder vor, geduckte Gehöfte, große, von Finsternis schwere Bäume, die im Wind ächzten; und ich dachte daran, daß dieser Augenblick – Nacht, Gewitter, diese helle, rumpelnde kleine Welt, in der wir eingeschlossen waren – nie mehr wiederkommen würde, und spürte den bohrenden Schmerz einer seltsamen Trauer. Die Phantasie hat keinen Sinn für das Unangemessene. Fonseca starrte mich an. Mir fiel auf, wie sehr er dem Shakespeare-Porträt von Droeshout ähnelte – die hohe, kuppelartige Stirn, die hohlen Wangen, der wache, lauernde Blick. Ich faltete die Dokumente, die ich auf dem Schoß liegen hatte, zusammen und steckte sie wieder in die Kuriertasche.

»Private Clegg wird die Tasche wieder zunähen«, sagte ich. »Er ist Fachmann; niemand wird etwas merken.«

Fonseca sah mich mit wirren, weichen Augen an.

»Nein«, sagte er, »niemand wird etwas merken.« Er wandte sich an Danny. »Kann ich Sie sprechen?«

Danny zuckte verschämt mit seiner typischen, rollenden Bewegung die Achseln, und dann traten die beiden hinaus auf den Gang, und Fonseca sah sich noch einmal nach mir um und zog die Tür hinter sich zu. Gleich darauf kam Albert Clegg zurück.

»Was ist denn mit dem Kanaken los, Sir?« sagte er. »Der steht mit Perkins draußen vorm Klo. Ich glaub, der heult.« Er lachte verächtlich auf. »Haben Sie gesehn, was der anhatte, dieses blaue Ding? Der hat ja richtig halbseiden ausgesehn in dem Ding.« Er verzog das Gesicht. »'tschuldigung wegen dem Ausdruck, Sir.«

Drei Stunden später waren wir am Ziel. Der Himmel über Edinburgh sah schmutzig und grollend aus. Ich schickte Clegg zu Fonseca, damit er ihn weckte. Er war sofort wieder da, grün im Gesicht, und sagte, ich solle mal lieber mitkommen und selber sehen. Der Portugiese lag in seinem Abteil auf dem Boden, auf dem schmalen Raum neben dem gemachten Bett, die Bardenstirn zur Hälfte weggepustet und der herrlich blaue Schlafrock über und über mit Blut und Hirn bespritzt. Die Pistole war ihm aus der Hand geglitten; mir fiel auf, was für lange, schmale Hände er hatte. Später, nachdem unsere Leute den Leichnam weggetragen und die Schweinerei beseitigt hatten und wir wieder auf dem Rückweg nach London waren, fragte ich Danny, was Fonseca ihm auf dem Gang gesagt hatte; er schnitt eine Grimasse und schaute hinaus in die regennasse Landschaft, durch die sich unser mit Soldaten beladener Zug dahinschleppte.

»Daß er mich liebt, hat er gesagt, so was halt«, sagte er. »Und daß ich ihn nicht vergessen soll. Lauter so 'n sentimentales Gewäsch halt.«

Ich sah in scharf an.

»Perkins, haben Sie gewußt, was er vorhatte?«

»Aber nein, Sir«, sagte er erschrocken. »Und wenn, um so was können wir uns doch jetzt nicht kümmern, nicht wahr? Es ist schließlich Krieg.« Diese klaren, reinen Augen, glänzend und braun, mit ihrem bläulichen Weiß und den langen, pechschwarzen Wimpern. Ich mußte daran denken, wie er sich im Unterhemd neben Fonsecas Leiche gekniet und dem armen Kerl behutsam die Hände auf der blutbespritzten Brust gefaltet hatte.

\*

Was in den Diplomatentaschen nach meiner Einschätzung für Moskau von Belang sein konnte, gab ich an Oleg weiter – es war nie sicher, ob diese erlesenen Leckerbissen die Genossen freuten oder ob sie daraufhin wieder einmal in mürrisches Schweigen verfielen. Ich will mich ja nicht herausstreichen, aber ich glaube, ich kann sagen, es war durchaus nicht unbeträchtlich, was ich ihnen aus dieser Quelle an Informationen geliefert habe. Ich habe ihnen regelmäßig aktuelle, mehr oder minder zuverlässige Einschätzungen des Zustands und der Kampfbereitschaft der verschiedenen feindlichen Streitkräfte übermittelt, die an den russischen Grenzen von Estland bis hinunter zum Schwarzen Meer stationiert waren. Ich habe ihnen die Namen und nicht selten auch die Aufenthaltsorte von ausländischen Agenten mitgeteilt, die in Rußland im Einsatz waren, darüber hinaus Aufstellungen über antisowjetische Aktivitäten in Ungarn, Litauen und der polnischen Ukraine – über das Schicksal der armen Leute dort habe ich mir keinerlei Illusionen gemacht. Außerdem habe ich das Gerücht ausgestreut, daß in den Kuriertaschen der Sowjets Bomben versteckt seien, die hochgehen würden, falls sich jemand daran zu schaffen machte, und auf diese Weise dafür gesorgt, daß Moskaus eigene Kuriere unangetastet blieben – ein einfacher, aber erstaunlich wirksamer Trick. Die Moskauer Taschenbomben gingen in die Legenden des Departments ein, und bald machten sogar Geschichten von neugierigen Kurieren die Runde, die man angeblich mit abgerissenen Händen und halb abgetrenntem Kopf unter einer Schneewehe von Papierschnipseln gefunden hatte.

Am meisten aber interessierte sich Moskau für die Flut von Nachrichten aus Bletchley Park. Ein großer Teil dieses Materials ging im Department über meinen Schreibtisch, aber selbstredend gab es Lücken, denn die heikleren der abgefangenen Funksprüche wurden uns natürlich vorenthalten. Auf Olegs Drängen versuchte ich, selber als Dechiffrierer nach Bletchley Park zu kommen; ich verwies auf meine Sprachkenntnisse, mein mathematisches Talent, meine Übung im Dechiffrieren der geheimnisvollen Sprache der bildenden Kunst, mein phänomenales Gedächtnis. Ich gebe zu, daß ich nur zu gern zur wissenschaftlichen Elite von Bletchley gehört hätte. Darum bat ich Nick, bei den obskuren Freunden, die er angeblich höheren Ortes hatte, ein gutes Wort für mich einzulegen, doch das führte zu nichts. Ich fing schon an, mich zu fragen, ob ich mir nicht vielleicht Sorgen machen mußte: diese kompromittierende Spur aus meiner Studentenzeit in Cambridge, der kleine fünfzackige rote Stern, den Billy Mytchetts Forscherteam am Firmament meiner aktenkundlich festgehaltenen Vergangenheit entdeckt hatten, funkelte er etwa immer noch daselbst, trotz Nicks Versprechen, ihn auszulöschen?

Ich ging zu Querell und fragte ihn, ob er meine Versetzung befürworten könnte. Er lehnte sich zurück, legte seinen langen schmalen Fuß auf eine Ecke des Schreibtischs und sah mich einen schier endlosen Moment lang an, ohne etwas zu sagen. In Querells Schweigen schwang immer ein verhaltenes Lachen mit.

»Weißt du, die nehmen nicht jeden«, sagte er. »Die Leute, die die da haben, das sind ganz hervorragende, wirklich erstklassige Köpfe. Außerdem arbeiten sie sich tot, achtzehn Stunden am Tag, und das sieben Tage die Woche; das ist doch nichts für dich, meinst du nicht auch?« Ich hatte mich schon verabschiedet, als er mir hinterherrief: »Du kannst ja mal mit deinem alten Spezi Sykes reden. Der ist doch da die Nummer eins.«

Ich rief Alastair an, der erstens hinhaltend reagierte und sich zweitens ziemlich hysterisch gebärdete. Er war nicht gerade erbaut, von mir zu hören.

»Nun mach aber mal halblang, Psyche«, sagte ich, »eine Stunde wirst du dir doch wohl frei nehmen können von deinen Kreuzworträtseln da. Ich spendier dir auch 'n Bier.«

Ich hörte ihn atmen und malte mir aus, wie er verzweifelt in den Hörer starrte und sich mit seinen knubbeligen Fingern durch die Stoppelhaare fuhr.

»Du hast ja keine Ahnung, was hier los ist, Vic. Das ist das reinste Irrenhaus, Mann.«

Als ich dann nach Bletchley Park fuhr, nahm ich einen Wagen vom Department. Es roch schon nach Frühling, aber auf den Straßen war tückisches Glatteis. Die beiden Wachposten am Tor ließen sich reichlich Zeit, bis ich passieren durfte. Es waren zwei pickelige, bärbeißig dreinschauende junge Männer mit ausrasiertem Nacken, deren Käppis viel zu groß wirkten für ihre schmalen Köpfe mit den hohlen Schläfen; als sie mit finsterer Miene meine Papiere begutachteten und sich dabei die Milchbärte kratzten, sahen sie aus wie zwei Schuljungen, die über ihrer Hausarbeit schwitzen. Hinter ihnen kauerten die Baracken im Dunst, und hier und da glimmte ein Fenster, aus dem fahler Lampenschein drang. Alastair erwartete mich in der Kantine, einem langen, niedrigen Schuppen, in dem es nach gekochtem Tee und Frittenfett roch. An den Tischen hockten ein paar vereinzelte Figuren vor Teepötten und vollen Aschenbechern.

»Na, ihr lebt ja hier wirklich in Saus und Braus«, sagte ich.

Alastair sah elend aus. Er war dünn und schmalbrüstig, und seine Haut war von einer feuchten, gräulichen Patina überzogen. Als er sich die Pfeife anzündete, zittert das Streichholz in seiner Hand.

»Stimmt schon, es ist ziemlich karg hier«, sagte er leicht eingeschnappt, als ob er der Direktor wäre und ich seine Schule verunglimpft hätte. »Man hat uns Verbesserungen in Aussicht gestellt, aber du weißt ja, wie das ist. Churchill ist selber hiergewesen und hat eine seiner üblichen zündenden Reden gehalten – ungeheuer wichtige Arbeit, die Gedanken des Feindes lesen, und so weiter und so fort. Häßlicher Zwerg, so von nahem. Hat keinen Schimmer gehabt, was wir hier eigentlich machen. Ich hab versucht, ihm so 'n bißchen was zu erklären, aber ich hab gleich gesehn, das geht zum einen Ohr rein und zum andern wieder raus.« Er ließ den Blick durch den Raum schweifen und seufzte. »Komisch«, sagte er, »aber das Schlimmste ist der Lärm, diese verflixten Maschinen, die vierundzwanzig Stunden am Tag rattern und Papier ausspucken.«

»Ein Teil des Materials, das ihr hier produziert, landet auf meinem Tisch, natürlich nicht alles.« Er sah mich scharf an. »Hör mal«, sagte ich, »wollen wir nicht in ein Pub gehen? Hier drin ist es ja nicht auszuhalten.«

Doch im Pub war's auch nicht viel besser, obwohl es dort wenigstens einen Kamin gab. Alastair trank Bier; er stülpte die Lippen vor, tunkte sie in den Schaum, schlürfte mit aufgeblähten Backen das warme, wäßrige Gebräu und behielt es eine Weile im Mund, und sein Adamsapfel hüpfte auf und ab. Er wollte wissen, wie der Krieg stand. »Aber nicht die Propaganda, meine ich, nicht, was die Zeitungen schreiben. Was wirklich passiert. Wir kriegen ja hier oben nichts mit. Der reine Hohn, was?«

»Es wird lange dauern«, sagte ich. »Manche sagen, Jahre; vielleicht ein ganzes Jahrzehnt.«

»Gott.« Er stützte die Stirn in die Hand und starrte finster auf das mit Ringen und Kratzern übersäte Stück Theke zwischen seinen Ellbogen. »Das überleb ich nicht.« Er hob den Kopf und schaute sich vorsichtig um. »Victor«, flüsterte er, »was glaubst du, wann werden sie eingreifen?«

»Sie?«

»Du weißt schon, wen ich meine.« Er lächelte ängstlich. »Sind sie bereit, was meinst du? Du warst doch dort. Wenn sie in die Knie gehen ...«

»Die gehen nicht in die Knie«, sagte ich. Ich legte ihm die Hand auf den Arm. »Nicht, wenn wir da sind und ihnen helfen: Boy, ich ... du.«

Wieder tauchte er die Lippen ins Bierglas und trank einen großen Schluck.

»Da bin ich nicht so sicher«, sagte er. »Ich meine, was mich angeht.«

Wir blieben eine Stunde. Von seiner Arbeit wollte er nicht reden, egal, wie viele Biere ich ihm spendierte. Er fragte nach Felix Hartmann.

»Weg«, sagte ich. »Zurück zur Zentrale.«

»Aus freien Stücken?«

»Nein; er ist zurückbeordert worden.«

Es entstand eine unangenehme Pause.

Um neun begann Alastairs Schicht. Als er von seinem Barhocker kletterte, war er etwas wacklig auf den Beinen. Im Wagen saß er seufzend und leise rülpsend neben mir und hatte die kurzen Ärmchen krampfhaft verschränkt. Am Tor beäugten uns zwei neue Wachposten, die fast noch jünger aussahen als die von vorhin, und als sie Alastair erblickten, winkten sie uns durch.

»Soll eigentlich nicht sein«, sagte Alastair schleppend. »Werd morgen früh Meldung machen müssen.« Er kicherte. »Wir könnten ja Spione sein!«

Ich bot ihm an, ihn bei seinem Quartier abzusetzen – es war inzwischen bitterkalt, und außerdem war Verdunklungspflicht –, aber er bestand darauf, daß wir vorher noch einmal ausstiegen, weil er mir etwas zeigen wollte. Wir hielten vor einer der größeren Baracken. Als wir uns der Tür näherten, hörte ich, oder, besser gesagt, spürte ich durch die Schuhsohlen hindurch ein gedämpftes Klappern und Wummern. Die bronzefarbenen Dechiffrierungsmaschinen, jede so groß wie ein Kleiderschrank, schepperten und stampften dort drinnen mit geradezu possierlicher Beflissenheit, wie große, träge, dumme Tiere, die in einer Zirkusmanege Aufstellung genommen haben und mit monotoner Hektik ihre Kunststückchen vorführen. Alastair klappte eine auf, um mir die reihenweise angeordneten Rädchen zu zeigen, die sich klickernd um ihre Stangen drehten. »Häßliche Biester, was?« krähte Alastair vergnügt. Dann traten wir wieder hinaus in die eisige Luft. Alastair verlor den Halt, und wenn ich ihn nicht gestützt hätte, wäre er hingefallen. Einen Augenblick tappten wir linkisch im Dunkeln herum. Er roch nach Bier und ungewaschenen Kleidern und altem Pfeifenrauch.

»Weißt du, Psyche«, sagte ich mit Enthusiasmus in der Stimme, »ich würde mich so gern irgendwie nützlich machen können hier bei euch.«

Alastair gluckste, und dann machte er sich von mir los und ging leicht schwankend fort. »Schreib doch ein Versetzungsgesuch«, rief er mir noch über die Schulter zu. Er lachte noch einmal. Ich verstand nicht, was daran komisch sein sollte.

Ich holte ihn ein, und blind gingen wir nebeneinander durch die Dunkelheit und den reglosen Nebel.

»Wenn das alles vorbei ist«, sagte er, »geh ich nach Amerika und werd berühmt. Hoppla, wir sind da, das ist meine Bude.«

Er schloß die Tür auf und knipste das Licht an; mein erster Eindruck – Chaos und Schmutz. Dann fiel ihm ein, daß Verdunklung war, und er knipste das Licht wieder aus. Plötzlich hatte ich ihn satt, seine Schlaffheit, seinen Mundgeruch und seine abstruse Ängstlichkeit. Doch wir blieben weiter dort stehen, ich auf dem Schotterweg, er im noch tieferen Dunkel der Eingangstür.

»Alastair«, sagte ich, »du mußt mir helfen. Wir sitzen doch im selben Boot.«

»Nein.«

Er hörte sich an wie ein bockiges Kind.

»Dann bring mich wenigstens hier unter. Ich zieh dich auch nicht mit rein, wenn ich erst mal hier bin. Du mußt bloß dafür sorgen, daß sie mich nehmen.«

Er schwieg so lange, daß ich mich schon fragte, ob er vielleicht im Stehen eingeschlafen war. Dann gab er einen tiefen Seufzer von sich, und ich konnte vage erkennen, daß er den Kopf schüttelte.

»Das kann ich nicht«, sagte er. »Das ... das geht einfach nicht ...« Wieder seufzte er und schniefte dann ganz laut; weinte er etwa? Nicht weit von uns, auf einem anderen Weg, lief jemand, den wir nicht sehen konnten, vorbei und pfiff ein paar Takte aus der *Tannhäuser*-Ouvertüre vor sich hin. Ich hörte zu, wie die knarzenden Schritte sich entfernten. Und dann drehte ich mich um. Als ich über den Weg ging, sagte er hinter mir aus dem Dunkel: »Sag ihnen, es tut mir leid, Victor.«

*

Irgendwer hat mir dennoch geholfen. Der Strom von Material aus Bletchley, der über meinen Schreibtisch ging, verwandelte sich auf einmal in eine wahre Flut, als hätte einer, der an der Quelle saß, ein Schleusentor geöffnet. Jahre später traf ich Alastair eines Tages zufällig auf dem Strand und fragte ihn, ob er es sich doch noch anders überlegt hatte, damals nach meinem Besuch an jenem Abend. Er leugnete. Inzwischen war er auch in Amerika gewesen. »Und? Bist du berühmt?« fragte ich, und da nickte er bedächtig und sagte, er nehme an, ja, jedenfalls unter den Experten. Wir schwiegen eine Weile und beobachteten den Verkehr, und dann kam er ganz dicht an mich heran und war plötzlich richtig aufgeregt.

»Du hast ihnen doch nichts von Bletchley erzählt«, sagte er, »oder? Ich meine, du hast ihnen doch nichts von den Maschinen erzählt und von dem allen?«

»Mein Gott, Psyche«, sagte ich, »was denkst du denn von mir! Außerdem hast du doch die Zusammenarbeit abgelehnt, weißt du nicht mehr?«

Die undichten Stellen in Bletchley brachten mir schließlich auch meinen größten Triumph ein, und zwar im Zusammenhang mit meiner Rolle bei der großen Panzerschlacht im Kursker Bogen im Sommer 1943. Ich will Sie nicht mit den Einzelheiten langweilen, Miss V.; für Sie liegen diese Kämpfe von damals wahrscheinlich genauso lange zurück wie die Punischen Kriege. Es genügt zu sagen, daß es dabei um einen neuen deutschen Panzertyp ging, über den ich via Bletchley Detailinformationen bekam, die ich an Oleg weitergab. Man sagt, und ich bin, bei aller Bescheidenheit, durchaus nicht abgeneigt, es zu glauben, daß die russischen Streitkräfte bei diesem entscheidenden Gefecht nicht zuletzt dank meiner Hilfe die Oberhand behielten. Für diesen und andere Beiträge zum sowjetischen Sieg – ich bin fest entschlossen, ein paar Geheimnisse für mich zu behalten – wurde mir der Rotbannerorden verliehen, eine der höchsten Auszeichnungen der Sowjetunion. Ich war natürlich skeptisch, und als Oleg dann an einem Tisch am Fenster unseres Cafés in der Mile End Road im flirrenden messingfarbenen Sonnenlicht eines Spätsommerabends ein kitschiges Holzkästchen hervorholte, sich vorsichtig umsah und es aufklappte, um mir die Medaille zu zeigen, die irgendwie unecht aussah – so glänzend und gar nicht abgegriffen, wie eine falsche Münze, die im Polizeimuseum als Beweis für die verblüffende Kunstfertigkeit eines ertappten Falschmünzers aufbewahrt wird –, da stellte ich zu meiner Überraschung fest, daß ich gerührt war. Ich nahm sie kurz von ihrem scharlachroten Samtpolster, und obwohl ich nur eine vage Vorstellung davon besaß, wo Kursk liegt, sah ich in dem Moment die Szene vor mir wie in einem dieser zerkratzten, rauschenden Propagandastreifen, die bei Mosfilm en masse produziert wurden: die sowjetischen Panzer rasen um die Wette übers Schlachtfeld, oben aus den Türmen schaut jeweils ein behelmter Held heraus, im Vordergrund Rauchschwaden und eine riesige, durchsichtige, im Winde flatternde Fahne, und ein unsichtbarer Chor mit dröhnenden Bässen singt eine donnernde Siegeshymne. Dann klappte Oleg den Deckel ehrfürchtig wieder zu und verstaute das Kästchen in der Brusttasche seines schimmernden blauen Jacketts; es war natürlich klar, daß ich die Medaille nicht behalten konnte. »Vielleicht«, sagte Oleg leise keuchend und mit Wehmut in der Stimme, »vielleicht eines Tages in Moskau...« Welch eine Aussicht, Oleg; welch eine Aussicht.

\*

Am 10. Mai 1941 (es war damals die Zeit der bedeutenden Daten) fuhr ich nach Oxford und besuchte Vivienne. Sie hatte gerade unser zweites Kind geboren. Das Wetter war warm, und wir saßen im sonnigen Gewächshaus, neben uns in einem Moseskörbchen lag im Schatten einer Topfpalme das Baby, und Julian kroch zu unseren Füßen auf einer Decke herum und spielte mit seinen Bauklötzen. »Wie hübsch«, sagte Vivienne heiter und sah sich um. »Man könnte fast denken, wir sind eine Familie.« Das Mädchen brachte uns Tee, und Mama Biber rannte dauernd nervös rein und raus und beobachtete uns, als ob sie Angst hätte, die familiäre Szene müsse zwangsläufig in eine schreckliche, womöglich gar handgreifliche Auseinandersetzung umschlagen. Ich fragte mich, welches Bild Vivienne ihren Eltern wohl von unserer Ehe vermittelte. Vielleicht gar keins; sie war nicht der Mensch, der sich rechtfertigte. Auch der Große Biber hatte seinen Auftritt, natürlich nur am Rande, wie immer, stand da, aß gedankenverloren einen Keks und sagte, wir beide müßten unbedingt mal ernsthaft miteinander reden (»Rein geschäftlich, meine ich«, wie er hastig und ängstlich zwinkernd hinzufügte), aber nicht heute, er müsse nämlich gleich nach London. Maliziös bot ich ihm an, ihn mit dem Wagen mitzunehmen, und sah genüßlich zu, wie er seinen üblichen Eiertanz aufführte, um Bedenkzeit bat, sich Ausreden abrang; er fand nämlich die Vorstellung, zwei Stunden mit mir im Auto sitzen zu müssen, genauso reizvoll wie ich.

»Ich bin richtig neidisch auf euch, ihr großen, tapferen Männer«, sagte Vivienne, »ihr seid frei und könnt euch mitten hineinstürzen in das Inferno. Ich möcht auch gerne mal ein paar Häuser bis auf die Grundmauern runterbrennen sehen, das muß doch ungeheuer spannend sein. Hört man die Schreie der Sterbenden eigentlich, oder werden sie vom Lärm übertönt, von den Feuerwehrsirenen und so?«

»Es heißt, die Luftangriffe sollen bald aufhören«, sagte ich. »Hitler wird Rußland angreifen.«

»Ach, wirklich?« fragte der Große Biber und wischte sich die Kekskrümel von der Weste. »Na, das wird ja eine Erleichterung.«

»Nicht für die Russen«, sagte ich.

Er sah mich verdutzt an. Vivienne lachte.

»Ja, weißt du das denn nicht, Daddy? – Victor ist doch ein heimlicher Bewunderer von Stalin.«

Er lächelte sie mit gebleckten Zähnen an, und plötzlich lebte er richtig auf und rieb sich durchtrieben die Hände.

»So«, sagte er. »Ich muß los. Daß du dich ja ausruhst, Vivienne. Victor, vielleicht treffen wir uns mal in London« – weltmännisches Kichern – »und tappen wie die

Blinden durch die Verdunklung.« Dann legte er Julian behutsam die Hand auf den Scheitel – das schon damals schweigsame Kind nahm keine Notiz von ihm –, beugte sich über das Babykörbchen und schaute hinein, wobei seine lange Nase vorn an der Spitze zitterte. »Wie süß, die Kleine«, hauchte er. »Schön, schön.« Schließlich machte er mit seiner dunklen Hand winke-winke, warf erst Vivienne und dann mir einen glasig lächelnden Blick zu und schlich sich auf Zehenspitzen, den Finger theatralisch an die Lippen gelegt, an dem schlafenden Baby vorbei hinaus. In den frühen Morgenstunden des nächsten Tages, als er, niemand weiß, warum, und niemand hat sich die Mühe gemacht, den Grund zu ermitteln, durch eine Seitenstraße der Charing Cross Road ging, kam ein großes Schrapnell von einer in der Shaftesbury Avenue explodierten Bombe über die Dächer geflogen und traf ihn an der Stirn; er starb auf dem Trottoir, wo seine Leiche von einer jungen Prostituierten entdeckt wurde, die sich nach ihrem in einem Etablissement in der Greek Street vollbrachten Nachtwerk auf dem Heimweg befand. Ich stelle mir vor, wie er fröhlich vor sich hin pfeifend dort entlangspaziert ist, die Hände in den Taschen, den Hut verwegen aus der Stirn geschoben, ein alternder *flâneur*, dessen ganz persönliche Belle Époque ein verirrtes Stück Luftwaffenmaterial abrupt beendet hat. Ich würde gern wissen, um welche Zeit er exakt gestorben ist; das interessiert mich, weil auch ich in den frühen Morgenstunden des nämlichen Tages ein einschneidendes Erlebnis hatte, das mein Leben verändern sollte.

Dieser nächtliche Bombenalarm war der letzte große Luftangriff des Blitzkriegs. Als ich von Oxford nach London zurückfuhr, wurde ich in Hampstead Heath an einer Polizeisperre aufgehalten. Ich stieg aus und stand da im Mondschein, und unter mir bebte die Erde, und ich schaute fasziniert hinunter auf die Stadt, die zur Hälfte ein Flammenmeer war. Der Himmel war überzogen vom Maßwerk der Luftabwehrraketen, der schwankenden, zitternden Lichtkegel der Suchscheinwerfer, die ab und zu einen der Bomber erfaßten: ein dickes, unförmiges, beinahe komisches Ding, das auf die Entfernung aussah wie ein Spielzeug und scheinbar nur durch den dünnen eisweißen Streifen in der Luft gehalten wurde, der an seinem Heck klebte. »Götterdämmerung, was, Sir«, sagte ein gespenstisch fröhlicher Polizist neben mir. »Na, wenigstens steht St. Paul noch.« Ich zeigte ihm meinen Department-Ausweis, den er sich im Licht seiner Taschenlampe ebenso liebenswürdig wie skeptisch besah. Doch zu guter Letzt ließ er mich durch. »Und Sie wollen da wirklich runter, Sir?« fragte er.

Ich hätte an Bosch denken müssen, an Grünewald, an Altdorfer aus Regensburg, die großen Apokalyptiker, doch ich kann mich, offen gestanden, nicht erinnern, daß mir irgend etwas Konkretes durch den Kopf ging, außer, wie ich am besten in die Poland Street kam. Als ich nach vielem Hin und Her dort angelangt war und den Wagen zum Stehen brachte, überfiel mich der Lärm mit seiner ganzen Wucht, daß mir fast das Trommelfell platzte. Ich stand auf dem Gehsteig und schaute nach oben und sah, wie drüben über Bloomsbury taumelnd eine Reihe Bomben im senkrechten Strahl eines Scheinwerfers herunterkam. Blake hätte den Blitzkrieg sicher faszinierend gefunden. Als ich die Haustür aufschloß, streifte mich der Gedanke, daß ich noch nie etwas so Groteskes gesehen hatte wie diesen Schlüssel, der einfach so ins Schlüsselloch fuhr. Der fahle Himmel ließ meinen Handrücken hellrot aufflackern. Drinnen zitterte alles, nur ganz leicht und sehr schnell, wie ein Hund, den man aus einem eisigen Fluß gezogen hat. Im Wohnzimmer im ersten Stock brannte eine Lampe, doch es war niemand da. Die Sessel und das Sofa kauerten da, als ob ihnen Böses schwante, gleichsam mit angespannten Armmuskeln, wie auf dem Sprung, um sich in Sicherheit zu bringen. Oft waren diese Luftangriffe ungeheuer langweilig, und eines der Randprobleme war, daß man sich irgendwie die Zeit vertreiben mußte. Lesen war schwierig, und wenn die Bomben direkt in der Nähe runterkamen, konnte man auch nicht Radio hören oder gar Grammophonmusik, und zwar nicht nur wegen des Krachs, sondern weil die Nadel durch die Erschütterung ständig aus der Plattenrille sprang. Manchmal blätterte ich in einem Band mit Poussin-Reproduktionen; die klassische Gelassenheit dieser Gemälde hatte eine beruhigende Wirkung, aber mir war klar, wie banal, um nicht zu sagen absurd, es gewesen wäre, wenn ich mit solch einem Buch in der Hand den Tod gefunden hätte. (Boy machte sich immer lustig über einen Arzt, den er gekannt hatte und der am Herzinfarkt gestorben war – im Sessel sitzend, auf dem Schoß ein medizinisches Fachbuch, das bei dem Kapitel über Angina pectoris aufgeschlagen war.) Trinken war natürlich eine Möglichkeit, aber ich hatte wiederholt festgestellt, daß der Kater am Morgen nach einem Angriff noch schlimmer war als sonst, wahrscheinlich wegen des Getöses und der grellen, zuckenden Lichter und der zitternden Bettfedern. Und so ging ich im Wohnzimmer auf und ab und wußte nichts Rechtes mit mir anzufangen, als Danny Perkins herunterkam, bekleidet mit einem gestreiften Kalikopyjama, Hausschuhen und Boys schäbigem Morgenrock, dem der Gürtel fehlte. Er hatte verquollene Augen und struppiges Haar und war sauer.

»Geschlafen hab ich, und diese verflixten Bomben haben mich aufgeweckt«, sagte er in einem Ton, als ob er sich über irgendwelche rücksichtslosen Nachbarn

beschwerte. Er stand da, kratzte sich und sah mich an.
»Na, das Frauchen besuchen gewesen, was?«

»Ich hab eine Tochter bekommen«, sagte ich.

»Ach, das ist ja schön.« Er ließ den Blick vage durch den verdunkelten Raum schweifen, straffte die schlafverklebten Lippen und fuhr sich forschend mit der grauen Zungenspitze über die Zähne. »Ich möcht mal wissen, ob dieser Quacksalber da unten Schlaftabletten hat? Ob ich einfach einen Arzneischrank aufbreche?« In dem Moment gab es ganz in der Nähe einen gewaltigen Einschlag, der Fußboden bäumte sich auf und sackte erschrocken wieder in sich zusammen, die Fenster klirrten und rasselten. »Nun hör sich das einer an«, sagte Danny mürrisch und schnalzte mit der Zunge, und obwohl ich die Frau nie gesehen hatte, erkannte ich plötzlich seine Mutter in ihm.

»Haben Sie denn gar keine Angst, Danny?« fragte ich.

Er dachte nach.

»Nein«, sagte er dann, »ich glaub nicht. Jedenfalls nicht, was Sie unter Angst verstehen. Ich werd höchstens manchmal so 'n bißchen nervös.«

Ich mußte lachen.

»Boy sollte Sie im Radio auftreten lassen«, sagte ich, »im deutschsprachigen Dienst. Sie sind das perfekte Pendant zu Lord Haw Haw. Wollen wir uns nicht setzen? Sieht eh nicht so aus, als ob wir heute nacht noch zum Schlafen kommen.«

Danny nahm auf dem Sofa Platz, und ich setzte mich in einen Sessel auf der anderen Seite des Kamins. Auf dem Rost lagen verkohlte Papiere, wie ein Strauß rußschwarzer Rosen; bewundernd betrachtete ich die knäuelförmigen, spiraligen, gefälteten Formen und die satte, samtige Struktur. Boy verbrannte hier oft heikle Dokumente. Sein Sicherheitsbewußtsein war ausgesprochen unterentwickelt.

»Ist Boy da?« fragte ich.

Danny machte ein gequältes Gesicht und sah zur Decke. Der Morgenrock hatte sich geöffnet, und durch den knopflosen Schlitz seiner Pyjamahose war eine dunkle, moosige Stelle zu sehen.

»Ach, lassen Sie mich bloß mit dem in Ruhe«, sagte er. »Wieder mal betrunken, liegt da oben wie ohnmächtig, grunzt wie 'n Schwein. Ich sag zu ihm, Mr Bannister, sag ich, Ihre Leber werden sie der Wissenschaft vererben müssen.« Krackkrack-krackkrack-kraak, östlich von uns schlug wieder eine Ladung Bomben ein. Danny wurde nachdenklich. »Als wir klein waren«, sagte er, »hat unser Dad immer gesagt, wir sollen zählen, wie viele Sekunden nach dem Blitz der Donner kommt, daran könnten wir merken, wie weit das Gewitter weg ist. Wir fanden das albern, nicht wahr. Aber geglaubt haben wir's ihm trotzdem.«

»Sprechen Sie ihn immer so an?« fragte ich. Er sah mich an und hatte Mühe, seinen Blick einzustellen, als ob er gerade aus einem tiefen Tal zurückgekehrt wäre. »Boy«, sagte ich. »Sprechen Sie ihn immer mit Mr Bannister an?«

Er antwortete nicht, sondern guckte mich nur mit seinem verschlagenen, anzüglichen kleinen Lächeln an.

»Wollen Sie 'ne Tasse Tee?« fragte er.

»Nein.« Der stille Raum war wie ein ruhender Pol in einem wütenden Unwetter. »Ich denke gerade darüber nach«, sagte ich, »wie es wäre, wenn hier jetzt eine Bombe einschlagen würde. Ich meine, ich frage mich, ob man es merken würde, in der Sekunde, bevor alles zusammenbricht?«

»Kann man schon ins Grübeln kommen, was, Sir?«

»Ja, Danny, da kann man ins Grübeln kommen.«

Er lächelte wieder sein schamloses Lächeln.

»Erzählen Sie mir doch mal, an was Sie gerade denken, Sir – außer daß Sie Angst haben, uns könnte eine Bombe auf den Kopf fallen.«

Da hatte ich auf einmal so ein Gefühl, als ob ich eine Murmel in der Kehle hätte; ich hörte mich schlucken.

»Ich denke daran«, sagte ich, »daß ich nicht gern sterben möchte, bevor ich gelebt habe.«

Er schüttelte den Kopf und stieß einen leisen, erstaunten Pfiff aus.

»Oje, das ist ja schrecklich. Haben Sie denn noch nicht gelebt, Sir?«

»Es gibt Dinge, die ich noch nicht getan habe.«

»Na, das trifft ja wohl auf jeden zu, nicht wahr, Sir? Wollen Sie nicht herkommen und sich neben mich setzen?«

»Nein«, sagte ich, »das trifft nicht auf jeden zu. Auf Boy nicht, und auf Sie auch nicht, nehme ich an. Ist denn da genug Platz für mich?«

»Also es gibt 'ne Menge Dinge, die ich noch nicht getan hab«, sagte er. Er hob die Hand und klopfte auf den Platz neben sich. Ich stand auf, und dabei kam ich mir lächerlich groß und wacklig vor, als ob ich auf Stelzen liefe. Im Grunde setzte ich mich gar nicht neben ihn, sondern sackte an seiner Seite in die Polster. Er roch ein wenig fleischig und ein wenig ranzig; plötzlich fiel mir der Geruch wieder ein, den die wildernden Füchse frühmorgens immer im Garten zurückgelassen hatten, als ich klein war. Ich küßte ihn ungeschickt auf den Mund (Bartstoppeln!), und er lachte und legte den Kopf in den Nacken und sah mich an, neugierig und amüsiert, und schüttelte den Kopf. »Ach, Captain«, sagte er gutmütig.

Ich wollte nach seiner Hand greifen, doch das ging nicht. Da faßte ich ihn an der Schulter an und war verblüfft über die Härte, die Härte und das ungewohnte

Muskelspiel; als wenn man einem Pferd über die Flanken strich. Er wartete geduldig, spöttisch, freundlich.

»Ich weiß nicht... wie ihr es macht«, sagte ich.

Er lachte wieder und packte mich am Handgelenk und zog mich mit einem Ruck zu sich heran.

»Na komm schon her«, sagte er, »ich zeig's dir.«

Und das tat er.

\*

Keine Sorge, Miss V., an dieser Stelle folgt keine detailgetreue Schilderung des Akts, von Körpern, die sich rhythmisch wälzen, von Schreien und Kratzen, von verzückter Ermattung, von vertrauter Ekstase in fremder Umgebung und der süßen Ruhe, die einen am Ende überkommt – nein, nein, nichts dergleichen. Ich bin ein Kavalier alter Schule, mit solchen Dingen tue ich mich schwer, da bin ich sogar ein bißchen prüde. Natürlich verliehen die Bomben dem Ganzen eine gewissen Dramatik, aber, um der Wahrheit die Ehre zu geben, diese Theatereffekte waren eher etwas übertrieben, etwas vulgärwagnerianisch, wie der komische Polizist vorhin in Hampsteadt mit seiner Götterdämmerung. Die Stadt bebte, und ich bebte auch, und beide waren wir überfallen worden, wenn auch auf sehr verschiedene Weise, und hatten nicht die Kraft gehabt, uns dagegen zu wehren. Ich hatte durchaus nicht das Gefühl, neue, unbekannte Ufer zu betreten. Sicher, der Liebesakt mit Danny Perkins war eine Erfahrung, die nicht die geringste Ähnlichkeit hatte mit den kühlen und immer etwas zerstreuten Pflichtübungen meiner Frau, aber dennoch wußte ich, wo ich war; o ja, ich wußte, wo ich war. Eigentlich rechnete ich fest damit, daß ich diese Nacht nicht überleben würde, in der die Heftigkeit der Leidenschaft, die ich empfand, mich genauso umbringen konnte wie die Bomben die Stadt, auf die sie herniederregneten, und doch blieb ich angesichts dieser Aussicht vollkommen gelassen; der Tod war ein gelangweilter, leicht angewiderter Gast, der ungeduldig in einer Zimmerecke saß und wartete, daß Danny und ich fertig wurden, damit er mich holen konnte und mich mitnehmen auf den letzten Gang. Ich schämte mich nicht für das, was ich machte und mit mir machen ließ, das entsetzliche Gefühl von Grenzüberschreitung, das ich mir vorgestellt hatte, blieb aus. Im Grunde hat es mir beim ersten Mal, glaube ich, auch gar kein wirkliches Vergnügen bereitet. Ich kam mir, offen gesagt, eher wie jemand vor, der sich freiwillig für ein abstruses und bemerkenswert brutales medizinisches Experiment zur Verfügung gestellt hat. Ich hoffe, Danny würde mir diesen Vergleich verzeihen, aber ich finde ihn einfach treffend. Bei den folgenden Begegnungen folterte er mich auf eine so herrliche, so zärtliche Weise, daß ich mich ihm am liebsten zu Füßen geworfen und ihn angefleht hätte, ja nicht aufzuhören – zum Beispiel dieses Anschwellen der Zungenwurzel, dieses ekstatische, panische Gefühl, zu ersticken, zu dem nur Danny mir verhelfen konnte –, doch damals, beim ersten Mal, als die Bomben fielen und Tausende um uns herum starben, da war ich das reglos daliegende Versuchsobjekt, das von Danny bei lebendigem Leibe seziert wurde.

Danach – wie schade, in gewisser Weise, daß es immer ein Danach geben muß – machte Danny uns eine Kanne starken Tee, den wir dann in der Küche tranken, er in meinem Jackett, dessen Ärmel ihm viel zu lang waren, ich eingewickelt in Boys grauen Morgenrock, verschämt und lächerlich selbstzufrieden, und draußen brach langsam der Morgen herein, und die Sirenen gaben Entwarnung, und eine gleichsam klirrende Stille breitete sich aus, als wäre irgendwo in der Nähe ein riesiger Kronleuchter herabgestürzt und in Stücke gegangen.

»Das war 'ne böse Geschichte«, sagte Danny, »der Angriff. Da ist bestimmt nicht mehr viel stehengeblieben.«

Ich war schockiert. Ja, wirklich, ich kann ohne Übertreibung sagen, daß ich außer mir war. Zum erstenmal, seit wir die Couch verlassen hatten, sagte er etwas, und dann so eine jämmerliche Banalität. Und wenn das ganze Vaterland in Schutt und Asche lag, mir doch egal! Gekränkt und neugierig und mit wachsender Verärgerung beobachtete ich ihn und wartete vergeblich darauf, daß er sich der Tragweite des Augenblicks gewahr wurde. Ich habe diese Reaktion später selbst des öfteren bei Neulingen erlebt. Sie sehen dich an und denken, wie kann der nur so lässig dasitzen, so ungerührt, so wieder ganz auf den Boden der Realität zurückgekehrt, wo ich doch gerade etwas so Ungeheures erlebt habe? Wenn ich besonders viel Spaß mit ihnen gehabt habe oder sie sind sehr schön oder verheiratet oder ängstlich (all das völlig ungerechtfertigterweise in der Gegenwart, wie mir gerade auffällt), versuche ich ihnen zuliebe so zu tun, als ob auch ich das Gefühl hätte, daß etwas Großartiges geschehen war, etwas Weltbewegendes, etwas, das unser beider Leben von Grund auf verändert hat. Und es stimmt ja auch, für sie ist es eine Offenbarung, eine Verwandlung, ein Blitzschlag, der sie niedergeworfen hat in den Staub der Straße; für mich hingegen ist es nur ein ... nun ja, ich will das Wort nicht sagen, das in Miss V.s Augen, scheint mir, sowieso das einzig treffende ist, wenn treffend das treffende Wort ist, für das, was sie und ihr Klempner, oder was er sonst war, ich hab's vergessen, Samstagnacht nach dem Pub auf ihrer Ausziehcouch miteinander machen.

Natürlich bin ich wie ein verliebter alter Lebemann unverzüglich darangegangen, Danny mit den, wie man früher so schön sagte, erhabeneren Dingen des Lebens vertraut zu machen. Ich nahm ihn – mein Gott, ich werde heute noch rot vor Scham, wenn ich daran denke –, ich nahm ihn mit ins Institut, und dann mußte er sich hinsetzen und mir zuhören bei meinen Vorlesungen über Poussins zweite Schaffensperiode in Rom, über Claude Lorrain und die Idealisierung der Landschaft, über François Mansart und den französischen Barock. Während ich sprach, ließ seine Aufmerksamkeit sukzessive nach, wobei es drei Phasen gab. Die ersten fünf Minuten etwa saß er kerzengerade da, hatte die Hände im Schoß gefaltet und sah mich mit der Konzentration eines sprungbereiten Jagdhundes an; dann eine lange mittlere Phase, in der er immer unruhiger wurde und entweder die anderen Studenten beobachtete oder sich zum Fenster hinüberbeugte und zuschaute, wie dort jemand über den Hof ging, oder aber er knabberte mit kleinen, pfeilschnellen Bewegungen an den Fingernägeln, wie ein Juwelier, der Edelsteine schleift und formt; und danach verfiel er dann bis zum Ende der Vorlesung vor lauter Langeweile in Trance: der Kopf sank in den Nacken, die Lider klappten halb zu, und die Unterlippe hing schlaff herunter. In solchen Situationen mußte ich mich sehr zusammennehmen, damit er nicht merkte, wie enttäuscht ich von ihm war. Und dabei versuchte er doch so tapfer, bei der Sache zu sein und sich interessiert und beeindruckt zu zeigen. Hinterher sagte er mitunter zu mir: »Was du da gesagt hast über die griechischen Sachen auf dem Bild, das, wo der mit dem Rock drauf ist – du weißt schon, das von dem, wie heißt er noch gleich? – das war sehr gut, war das; ich fand, das war sehr gut.« Und dazu runzelte er nachdenklich die Stirn, nickte ernsthaft und guckte auf seine Stiefel.

Ich ließ nicht locker. Ich drängte ihm Bücher auf, darunter, nicht ohne Scheu, *Die Kunsttheorie der*

*Renaissance*, diejenige meiner eigenen Schriften, die mir am wichtigsten war. Ich drängte ihm Bücher auf, Plutarch, Vasari, Pater, Roger Fry. Ich gab ihm Reproduktionen von Poussin und Ingres, die er sich in der kleinen Abstellkammer neben Boys Zimmer, die sein Reich war, an die Wand pinnen sollte. Ich nahm ihn mit in die Nationalgalerie zu einer Bach-Matinee mit Myra Hess. Er ließ all diese Prüfungen mit Duldermiene über sich ergehen und lachte über sich selber und über mich und meine Verblendung und meine kindischen Wünsche. Einmal gingen wir am Samstagnachmittag zusammen ins Institut, schritten durch das verlassene Gebäude und stiegen hinab in die Kellergewölbe, wo ich mit dem gleichen feierlichen Ernst, mit dem ein Hohepriester einen Epheben in die Mysterien der Religion einweiht, meinen *Tod des Seneca* aus seinem sackleinenen Leichentuch wickelte und ihm das Kleinod zeigte, damit er es bewundern sollte. Langes Schweigen, und dann: »Warum reckt denn die Frau da in der Mitte die Titten so raus?«

Der Preis, den er mir dafür abverlangte, daß er all diese viele Kultur über sich ergehen ließ, waren unsere häufigen gemeinsamen Ausflüge in die Welt der volkstümlichen Vergnügungen. Ich mußte ihn regelmäßig ins Theater begleiten, zu allen möglichen Musicals, Farcen und Komödien. Anschließend gingen wir immer ins Pub, wo er die Vorstellung in allen Einzelheiten kritisierte. Er war ein sehr gestrenger Kritiker. Seine vernichtendsten Verrisse galten stets den männlichen Solisten und den jungen Burschen vom Chor. »Bei dem hat's ja nicht mal zum Straßensänger gereicht – hast du gehört, wie der versucht hat, den hohen Ton da am Schluß hinzukriegen? Jämmerlich, kann ich nur sagen.« Da er auch für die Music Hall schwärmte, mußte ich mich mindestens einmal die Woche im Chelsea Palace of Varieties oder im Metropolitan in der Edgware Road auf einem harten Stuhl winden, während fette Frauen mit Schlapphüten frivole Balladen sangen, schwitzende Zauberer mit Tüchern und Pingpongbällen herumhantierten und mephistophelische Spaßmacher in karierten Kostümen auf Gummibeinen über die Bühne hopsten, anzügliche Bemerkungen machten und mit Schlagwörtern um sich warfen, die ich zwar nicht verstehen konnte, die aber das Publikum in wahre Lachsalven ausbrechen ließen.

Auch Boy hatte eine Schwäche für die Music Hall und kam oft mit, wenn wir in diese Etablissements drüben im Westen gingen. Er liebte den Lärm und das Gelächter, die grobe Euphorie der Massen. Er sprang neben mir auf und nieder, trampelte und jubelte den fetten Sängerinnen zu, stimmte mit ein, wenn der Refrain an der Reihe war, konnte sich gar nicht lassen vor Freude über die ordinären Witze der Spaßmacher, pfiff anerkennend beim Anblick der nicht mehr jungen Tanzmädchen mit den strammen Schenkeln. Bloß gut, daß die Dunkelheit den würgenden Ekel verbarg, mit dem ich ihm zusah, wenn er so schunkelte und brüllte. Darüber hinaus reizte ihn an diesen Veranstaltungen, daß er nach der Vorstellung immer reichlich Gelegenheit hatte, einsame junge Männer abzuschleppen. Natürlich wußte Boy über Danny und mich Bescheid – gleich nachdem er am nächsten Morgen aus seiner Alkoholstarre erwacht war, hatte Danny ihm alles erzählt. Ich nehme an, die beiden haben ordentlich gelacht. Einigermaßen beklommen harrte ich auf Boys Reaktion; ich weiß nicht, was ich erwartet habe, aber immerhin war Danny ja wohl sein Liebhaber. Doch meine Sorge war unnötig gewesen. Sobald Boy es erfahren hatte, kam er die Treppe runtergestolpert, drückte mich kurz, fest und geräuschvoll an sich und gab mir einen dicken, feuchten Kuß auf den Mund. »Willkommen in der Homintern, Schätzchen«, sagte er.»Ich hab's ja immer gewußt; dein seelenvoller Blick, weißt du.« Und dann lachte er schallend.

Ernsthaft Sorgen machte mir allerdings, was Nick denken würde. Sicher, er konnte es Vivienne erzählen, aber das war nichts, verglichen mit der Aussicht, daß er mein Verhalten mißbilligen oder, noch schlimmer, mich auslachen könnte. Ich muß vielleicht dazu sagen, daß ich in diesem Stadium keine Sekunde lang geglaubt habe, ich hätte mich über Nacht in einen ausgewachsenen Homo verwandelt. Ich war schließlich ein verheirateter Mann mit zwei kleinen Kindern. Die Sache mit Danny hielt ich für einen Ausrutscher, ein Experiment, eine exotische, durch die Zeitläufte gerechtfertigte Ausschweifung, etwas, was so viele andere, die ich kannte, schon in der Schulzeit hinter sich gebracht hatten und was ich als notorischer Spätentwickler eben erst mit über dreißig nachgeholt hatte. Sicher war ich verblüfft, um nicht zu sagen erschüttert, über die emotionale und körperliche Intensität dieser neuen Erfahrung, aber auch das konnte ich lediglich für ein weiteres Symptom des allgemeinen Fiebers halten, jenes Ausnahmezustands eben, in dem wir lebten. Ich glaube, das waren die Antworten, die ich mir damals für Nick zurechtgelegt habe, falls er mir Fragen stellen sollte. Ich sah mich in Noël-Coward-Pose, weltverdrossen, aalglatt, wie ich seine Vorhaltungen forsch beiseite fegte und dabei ein unsichtbares Zigarettenkästchen aus Ebenholz zuklappte. (»Herrgott noch mal, mein Lieber, sei doch bloß nicht so konventionell!«) Doch er stellte mir keine Fragen. Im Gegenteil, er schwieg sich einfach aus, und das war noch viel beängstigender, als wenn er in irgendeiner Form seinen Abscheu zu erkennen gegeben hätte. Und nicht nur, daß er nie etwas gesagt hat, er ließ sich auch nicht anmerken, nicht durch eine noch so kleine Geste, was er dachte. Es war, als ob er es gar nicht wahrgenommen hätte – manchmal frage ich mich tatsächlich, ob diese Dinge ganz einfach seine Phantasie überstiegen haben und ihn das davor bewahrt hat, zu sehen, was los war, und mir Vorwürfe zu machen oder sich angewidert von mir abzuwenden. Jahre später habe ich ihm meine Veranlagung gestanden, wenn auch nicht mit Worten, so doch gewiß mit unübersehbaren Taten, und zwischen uns entwickelte sich ein stillschweigendes Einverständnis, das, so glaubte ich jedenfalls, nicht nur unsere Freundschaft betraf, sondern auch mein Verhältnis, wie er es sah, zu Vivienne und den Kindern und der ganzen Familie Brevoort. Ich kann mich nie entscheiden, ob ich eher ein Einfaltspinsel bin oder eher ein Narr. Beides vielleicht, zu gleichen Teilen.

Der Tag nach dieser Nacht der Offenbarung ist in meiner Erinnerung von einem grellen, halluzinatorischen Feuer erhellt. Am Vormittag, als Danny wieder in seinem Zimmer verschwunden war, um sich auszuschlafen – Danny liebte es, tagsüber im Bett zu liegen und sich wollüstig und wollig warm in sich selbst zurückzuziehen –, und ich mich rüstete, hinauszutreten in eine, davon war ich überzeugt, völlig verheerte Stadt, rief jemand an, dessen Identität mir bis heute rätselhaft ist, ja nicht einmal über das Geschlecht bin ich mir im klaren, der aber offenbar irgendwie mit den Brevoorts verwandt war und mir mitteilte, daß am frühen Morgen in der Lisle Street der Leichnam meines Schwiegervaters entdeckt worden sei, in seinem Blute auf dem Gehsteig hingestreckt. Ich vermutete einen Überfall – hingestreckt, Blutlache – und fragte, ob man die Polizei geholt habe, was am anderen Ende ein verwirrtes, knisterndes Schweigen hervorrief, dem zunächst ein, wie mir schien, höhnisches Lachen folgte, das aber wahrscheinlich ein Schluchzen war, und dann eine lange, heruntergeleierte Erklärung, die durch die Worte *fliegendes Schrapnell* eine, wie mir schien, unangemessen komische Note erhielt. Das Telefon klingelte noch öfter (daß die Leitungen eine solche Nacht überlebt hatten!). Vivienne rief aus Oxford an. Ihre Stimme klang gepreßt und vorwurfsvoll, als ob sie mir die Schuld an dieser Tragödie gab, zumindest teilweise, was sie wohl auch tat, denn schließlich war ich der einzige verfügbare Repräsentant dieser gewaltigen Kriegsmaschinerie, in die ihr Vater unwiderruflich hineingeraten war und die ihn zermalmt hatte. Ihre Mutter kam an den Apparat und stammelte hektisch lauter unlogisches Zeug; sie habe *es ja gewußt*, sagte sie, sie habe *es von Anfang an gewußt*; ich dachte, sie meinte, sie hätte Max' Tod vorausgeahnt und sähe darin eine weitere Bestätigung ihrer hellseherischen Fähigkeiten. Ich hörte mir ihr Geschwafel an und stieß hin und wieder einen mitfühlenden Laut aus, und mehr wurde auch gar nicht von mir erwartet; ich war immer noch in einem Zustand von liebestrunkener Euphorie, durch den nichts so richtig hindurchdringen konnte. Mürrisch und verdrossen dachte ich an die Vorlesung, die ich just in diesem Moment vor meinem Seminar im Institut hätte beginnen sollen; diese Bombenangriffe und jetzt auch noch der Tod des Großen Bibers, das bedeutete, daß meine Lehrtätigkeit in nächster Zeit empfindlich gestört werden würde. Und dann die Sache mit meinen Büchern: würde ich mir jetzt einen neuen Verleger suchen müssen, oder konnte ich darauf zählen, daß der im Grunde senile Immanuel Klein mich genauso weiter unterstützte, wie sein verblichener Kompagnon es getan hatte? Nein, wirklich, das war alles äußerst unerfreulich.

Vivienne hatte mich beauftragt, Nick zu suchen und ihm die Nachricht zu übermitteln. Er war nicht im Hause, und auch im Department konnte ich ihn nicht erreichen. Erst gegen Mittag gelang es mir, ihn im

Hungaria ausfindig zu machen, wo an dem einen Ende des Restaurants eine fröhlich lärmende Gesellschaft schmauste, indes am anderen Kellner mit blauen Schürzen die Glasscherben und Splitter eines Fensters auffegten, das in der Nacht von einer Bombe eingedrückt worden war. Nick, in Uniform, saß mit Sylvia Lydon und ihrer Schwester beim Lunch. Ich blieb einen Augenblick im Eingang stehen, sah zu, wie er redete, lächelte, auf seine charakteristische Weise den Kopf schräg zurückwarf, als ob er sich den schwarz schimmernden Flügel der Haare aus der Stirn schütteln wollte, der nur noch in meiner Erinnerung existierte (Nick wurde schon kahl, was ihm, wie ich fand, gut zu Gesicht stand, für ihn jedoch ein wunder Punkt war, denn sein Haar war immer sein ganzer Stolz gewesen). Der Tisch stand in der Sonne, und die Mädchen – Sylvia katzenhaft träge in Nicks Gegenwart, Lydia hingegen offiziell eine alte Jungfer, inzwischen aber flatterhafter denn je – lachten über einen Scherz, den Nick gemacht hatte –, und plötzlich wollte ich mich umdrehen und weglaufen – ich sah mich aus dem Türrahmen treten und die Treppe wieder hinuntergehen – und es einem anderen überlassen, dieses zarte Rechteck aus Sonnenschein zu verdüstern, in dem Nicks Hand auf dem Tisch ruhte, zwischen den Fingern eine Zigarette, von der ein dünner blauer Rauchkringel aufstieg, gewunden, eilig, wie eine Kette fröstelnder Fragezeichen. In diesem Moment drehte Nick den Kopf und sah mich, und obwohl sein Lächeln blieb, zuckte dahinter etwas zusammen und wich zurück. Er stand auf, kam durchs Restaurant, den Blick auf mich geheftet, eine Hand in der Tasche, in der anderen die Zigarette. Als er am Eingang angelangt war, wo ich wartete, blieb er einen Schritt vor mir stehen, neigte den Kopf zur Seite und sah mich an, lächelnd, angespannt, ahnungsvoll, trotzig nonchalant, alles zugleich.

»Victor«, sagte er verwundert und gleichzeitig argwöhnisch, als ob ich ein alter, nicht gerade geschätzter Freund wäre, der unerwartet nach langer Abwesenheit wieder aufgetaucht war.

»Schlechte Nachricht, mein Alter«, sagte ich.

Das ängstliche Etwas hinter seinem Blick verkroch sich noch weiter. Er schüttelte sich kurz, runzelte verwirrt die Stirn und schaute mir über die Schulter, als erwartete er, dort jemanden auf sich zukommen zu sehen.

»Aber wieso haben sie dich geschickt?« fragte er.

»Vivienne hat mich gebeten, dich zu suchen.«

Seine Miene wurde noch finsterer. »Vivienne ...?«

»Dein Vater«, sagte ich. »Er war letzte Nacht in London. Bei dem Angriff. Es hat ihn erwischt. Tut mir leid.« Er wandte sich kurz ab, ruckartig, und atmete rasch und zischend aus; es hörte sich beinahe erleichtert an. Ich trat vor und umfaßte seine Arme oberhalb der Ellbogen. »Tut mir leid, Nick«, sagte ich noch einmal. Ich merkte, daß ich eine Erektion hatte. Er nickte zerstreut und drehte sich wieder zu mir herum, und dann senkte er langsam den Kopf und lehnte sich mit der Stirn an meine Schulter. Ich hielt noch immer seine Arme umfaßt. Hinten am Tisch schauten die Schwestern Lydon ungewohnt ernst zu uns herüber, und dann stand Sylvia auf, und ich sah, wie sie wie in Zeitlupe auf uns zukam, gleichsam wogend im diagonalen Streifenmuster aus Sonne und Schatten, eine Hand in der Luft, den Mund leicht geöffnet, um etwas zu sagen. Nick zitterte. Ich wünschte mir, dieser Augenblick würde nie zu Ende gehen.

\*

Der geheimnisvolle, körperlose Brevoort, mit dem ich am Telefon gesprochen hatte – wer kann das nur gewesen sein? –, hatte Maxens Leiche bereits identifiziert, doch Nick war entschlossen, seinen Vater noch ein letztes Mal zu sehen. Während er schweigend im Hungaria saß, flankiert von den Schwestern Lydon, die ihm die Hände hielten und ihn voller Mitgefühl ansahen, in das sich, zumindest, was Lydia betraf, unverhohlene Begierde mischte, führte ich meinerseits abermals eine Reihe schwieriger und frustrierender Telefonate mit den verschiedenen angeblich zuständigen Stellen, um im Endeffekt die zähneknirschend erteilte Auskunft zu erhalten, falls wirklich die Leiche einer Person namens Brevoort in der Lisle Street gefunden worden sei, was anscheinend alle, mit denen ich sprach, bezweifelten – die Lisle Street sei nicht bombardiert worden, sagte man mir, und wie war noch mal der Name? –, dann sei diese Leiche wahrscheinlich auf den Bahnhof Charing Cross gebracht worden, der an diesem Morgen als Schauhaus diente. Also gingen Nick und ich im scharfkantigen Sonnenlicht die Whitehall hinauf, vorbei an der vorsichtshalber in einen verzinkten Abort eingesperrten Statue von Charles I. Überall riesige Trümmerhaufen, auf denen Sanitäter und Männer von der Bürgerwehr herumkletterten wie die Lumpensammler. Auf dem Strand spritzte eine gewaltige Wasserfontäne aus einer Hauptleitung und erinnerte unpassenderweise an Versailles. Und dennoch blieb die Verheerung, so umfangreich sie auch war, auf eine merkwürdig enttäuschende Weise hinter den Erwartungen zurück; in den Straßen sah es weniger nach Zerstörung als vielmehr nach Aufbruch aus, als ob alles im Umbau begriffen wäre. Ich merkte, daß ich mir zuviel vom Luftkrieg erhofft hatte; die soziale Struktur, wie das heutzutage in der Presse heißt, ist von deprimierender Haltbarkeit.

»Komische Sache«, sagte Nick, »der Tod des Vaters. Du hast deinen ja auch verloren – wie war das für dich?«

»Schrecklich. Aber irgendwie auch eine Erleichterung.«

Bei einer kleinen Menschenansammlung blieben wir stehen und starrten, wie alle anderen auch, in einen Krater mitten in der Fahrbahn. Unten in dem Loch standen zwei Sappeure, kratzten sich am Kopf und betrachteten bestürzt eine große, unförmige Bombe, die sich wie ein gigantischer Wurm schräg in den Lehmboden gebohrt hatte.

»Ich hab immer gedacht, wenn's einen erwischt, dann mich«, sagte Nick. »Hab mir ausgemalt, wie Max und die arme Mama ankommen und sich die blutigen Reste ansehen.« Er überlegte einen Moment. »Ich bin nicht sicher, ob ich ihn mir ansehen kann«, sagte er. »Ich weiß, ich war ganz verrückt drauf, aber jetzt hat mich doch der Mut verlassen. Schlimm, nicht wahr?«

»Wir sind gleich da«, sagte ich.

Er nickte und sah weiter hinunter zu den Sappeuren, die sich nun emsig an die Arbeit machten.

»Wie das wohl wäre«, sagte er, »wenn das Ding jetzt hochgehen würde.«

»Ja, dasselbe hab ich heute nacht auch gedacht.«

Heute nacht.

»Ob wir wohl wissen würden, daß wir sterben«, sagte er, »oder ob das bloß so ein Zucken wäre, und dann nichts mehr?«

Auf dem Bahnhof wurden wir von einem Luftschutzhelfer zum hintersten Bahnsteig geschickt, wo die Leichen, sehr viele, ordentlich nebeneinander aufgereiht lagen und mit Planen zugedeckt waren. Eine Krankenschwester mit Blechhelm und einer Art Patronengurt ging mit uns die Reihen ab. Sie war eine massige, zerstreute Frau und erinnerte mich an Hettie in jüngeren Jahren. Im Gehen flüsterte sie Zahlen vor sich hin, und plötzlich stürzte sie sich auf einen der zugedeckten Körper und zog die Plane zurück. Max hatte einen verstörten Ausdruck, als quälte ihn ein verwirrender Traum. Die Stelle auf der Stirn, wo ihn das Schrapnell getroffen hatte, sah erstaunlich klein und sauber aus, eher wie eine Operationsnarbe als wie eine Wunde. Nick kniete sich unbeholfen hin, beugte sich über seinen Vater und küßte ihn auf die Wange; als er wieder hochkam und sich verstohlen mit dem Handrücken über den Mund wischte, gab ich vor, nicht hinzusehen.

»Jetzt brauch ich einen Drink«, sagte er. »Was meinst du, ob noch irgendwo ein Pub stehengeblieben ist?«

Den Rest des Nachmittags verbrachten wir damit, daß wir uns – nicht sehr erfolgreich – zu betrinken versuchten. Im Gryphon war Hochbetrieb, die Stimmung noch hysterischer als sonst. Querell war da und kam rüber und setzte sich an unseren Tisch. Er prophezeite einen allgemeinen moralischen Niedergang, und dann, meinte er, würde die Anarchie um sich greifen, und die Leute würden sich gegenseitig die Köpfe einschlagen. »Mord und Totschlag auf den Straßen, wartet nur, ihr werdet schon sehn.« Eine Aussicht, die ihn offensichtlich mit Genugtuung erfüllte. Nick erzählte ihm nicht, daß sein Vater tot war. Ich mußte immerzu an Danny denken, und jedesmal durchrieselte mich ein Wonneschauer, der angesichts der obwaltenden Umstände besonders schändlich und darum nur um so süßer war.

Später rief Vivienne an; sie war nach London gekommen und wartete in der Poland Street.

»Woher wußtest du denn, wo wir sind?« fragte ich.

»Telepathie. Das liegt im Blut. Geht's Nick gut?«

Heiß und klebrig lag der Hörer in meiner Hand. Ich überlegte, ob Danny noch im Haus war; ich hatte die

Vision, daß er in seinem Unterhemd im Wohnzimmer auftauchte und Vivienne sich neben ihn auf die Couch setzte – die bewußte Couch – und ein Weilchen artig mit ihm plauderte.

»Nick geht es nicht gut«, sagte ich. »Keinem geht es gut.«

Sie schwieg einen Moment.

»Wieso freust du dich denn so, Victor? Hat Daddy dir was vererbt?«

Als ich mit Nick in die Poland Street kam, saß nicht Danny bei ihr, sondern Boy. Sie hatten fast eine ganze Flasche Champagner zusammen ausgetrunken. Boy stand auf und umarmte Nick mit ungewohnter Befangenheit. Vivienne hatte rote Ränder um die Augen, obwohl sie mich strahlend anlächelte. Dann klopfte sie auf den Platz neben sich auf der Couch, und da mußte ich daran denken, wie Danny letzte Nacht dasselbe getan hatte, und guckte weg.

»Du wirst doch nicht etwa rot, Victor?« sagte sie. »Was hast du denn angestellt?«

Boy war in voller Abendmontur, nur, daß er Hausschuhe anhatte.

»Hühneraugen«, sagte er und hob den Fuß. »Mörderisch. Aber ist ja egal, ist ja nur für die BBC, da merkt das eh keiner.«

Plötzlich war Leo Rothenstein da, und dann kamen die Schwestern Lydon mit ein paar tolpatschigen jungen RAF-Piloten im Schlepptau, und dann eine Frau namens Belinda, die verwaschenes blondes Haar und merkwürdig veilchenfarbene Augen hatte und behauptete, eine enge Freundin von Vivienne zu sein, mir aber völlig unbekannt war. Die Verdunklungsblenden waren heruntergelassen, und Boy vergaß die BBC und holte noch mehr Champagner, und dann legte jemand eine Jazzplatte auf, und schon war die Party im Gange. Später ertappte ich Leo Rothenstein in der Küche bei einem plumpen Flirt mit der inzwischen betrunkenen Blondine namens Belinda. Er lächelte mich ungeheuer herablassend an und sagte: »Du mußt dich ja richtig wie zu Hause fühlen, Maskell – eine echt irische Totenwache.«

Und noch später, inzwischen waren immer mehr Gäste gekommen, ließ ich mich von Querell wieder mal in die Falle locken; er drängte mich in eine Ecke und hielt mir einen Vortrag über Religion. »Ja, ja, das Christentum ist eine Religion für Sklaven, fürs Fußvolk, für die Armen und Schwachen – aber für dich sind das ja natürlich gar keine Menschen, nicht wahr, für solche *Übermenschen* wie dich und deinesgleichen. Ich hörte nur halb hin, nickte einfach bloß im passenden Moment oder schüttelte den Kopf. Ich fragte mich gerade wieder einmal, wo Danny war – das hatte ich mich schon den ganzen Tag gefragt – und was er wohl tat. Ich erinnerte mich daran, wie stählern und weich zugleich sich seine Schulter angefühlt hatte, an die heißen, harten Bartstoppeln auf seiner Oberlippe, und spürte wieder, tief hinten im Hals, den kräftigen fischigen Sägemehlgeschmack seines Samens. »Ich glaube zumindest an etwas«, sagte Querell, indem er mit seinem Gesicht ganz nah an meines herankam und mich trunken anglotzte. »Ich habe wenigstens einen Glauben.«

\*

Danny kam nicht nach Hause in jener Nacht, und auch nicht in der nächsten und in der darauf. Ich riß mich zusammen, solange ich konnte, dann ging ich zu Boy. Er begriff zuerst gar nicht, was ich hatte, und sagte, ich solle mir keine Sorgen machen, Danny käme überall durch, der könne schon auf sich aufpassen. Dann sah er mich genauer an und lachte nicht ohne Mitgefühl und tätschelte mir die Hand. »Armer Vic«, sagte er, »du mußt noch viel lernen; solche Eifersucht kann sich unsereins nicht leisten.« Und in der nächsten Woche, als ich Boy eines Nachmittags mit Danny im Bett erwischte, stand ich in der Tür und wußte nicht, was ich sagen, geschweige denn, was ich denken sollte. Danny lag auf der Seite und kriegte gar nicht mit, daß ich da war, bis Boy fröhlich sagte: »Tachchen, Vic, alter Knabe«, und da rührte er sich und drehte den Kopf nach hinten und sah mich an und lächelte verschlafen, als ob ich jemand wäre, den er vor langer Zeit einmal gekannt und der bei ihm bloß einen verschwommenen, irgendwie zärtlichen Eindruck hinterlassen hatte. Da ging etwas in mir auf, kurz, beängstigend, als hätte jemand ein kleines Fenster aufgestoßen, hinter dem eine weite, ferne, finstere Einöde lag.

# DREI

Es ist an der Zeit, daß ich über Patrick Quilly rede, der einmal mein Lustknabe, Koch und Mädchen für alles war. Er fehlt mir entsetzlich, bis heute. Wenn ich an ihn denke, wird mir heiß vor Schuldgefühl und Scham, und dabei weiß ich nicht einmal genau, warum. Ich zermartere mir das Hirn, ob er gestürzt ist oder gesprungen oder ob man ihn gar – großer Gott – gestoßen hat. Als ich ihn kennenlernte, war er Verkäufer in einem Juweliergeschäft in der Burlington Arcade. Ich war eines Tages in den Laden gekommen, um eine recht hübsche silberne Krawattennadel zu kaufen, die ich im Schaufenster entdeckt hatte; sie sollte ein Geschenk für Nick sein, anläßlich seiner Jungfernrede vor dem Hohen Haus, aber dann habe ich sie Patrick geschenkt, zur Feier einer anderen, ganz und gar nicht jungfräulichen Inauguration, nämlich als er in jener Nacht zu mir ins Bett kam. Er war groß, ebenso groß wie ich, und sah sehr gut aus, wenn auch auf eine etwas düstere, finsternde Weise. Sein Torso war bemerkenswert – nichts als Muskeln und straffe Sehnen und aufregend drahtige Haare auf der Brust, seine unteren Extremitäten hingegen waren geradezu lächerlich dünn, und überdies hatte er X-Beine, was ihm schwer zu schaffen machte, wie ich feststellen mußte, als ich einmal so töricht war, ganz beiläufig eine witzige Bemerkung darüber zu machen (einen ganzen Tag und eine halbe Nacht lang hat er mir damals gegrollt, doch als der Morgen graute, haben wir uns wieder versöhnt, sehr zärtlich; ich war mehr als ... aufgeschlossen). Er stammte wie ich aus Ulster, Protestant natürlich – trotz des katholischen Vornamens –, und war schon als ganz junger Bursche Soldat geworden, um aus dem Belfaster Slum herauszukommen, in dem er geboren war. 1940 zog er mit dem Expeditionskorps nach Frankreich; ich frage mich oft, ob die Briefe, die er damals nach Hause geschrieben hat, wohl über meinen Tisch gegangen sind, als ich dort Zensor war. Nach dem Einmarsch der Deutschen geriet er in Louvain in Gefangenschaft und verbrachte den Rest des Krieges in einem offenbar einigermaßen erträglichen Gefangenenlager im Schwarzwald.

Gleich nach unserer ersten gemeinsamen Nacht zog er bei mir ein – ich hatte damals immer noch die Dachwohnung im Institut – und machte sich unverzüglich daran, mein häusliches Leben neu zu ordnen. Er war ein unermüdlicher Aufräumer, was mir nicht unrecht war, weil ich in diesem Punkt selbst etwas zwanghaft veranlagt bin (mir scheint, es gibt nur zwei Typen von Homosexuellen, die Schlampe à la Boy und den mönchischen Typ, wie ich einer bin). Er war ziemlich ungebildet, und natürlich konnte ich mich auch diesmal nicht zurückhalten, sondern mußte unbedingt versuchen, ihn an die Kultur heranzuführen. Der arme Junge hat sich wirklich die größte Mühe gegeben und viel mehr Eifer an den Tag gelegt als Danny seinerzeit, aber es kam trotzdem nichts dabei heraus, und meine Freunde und Kollegen haben ihn sogar noch ausgelacht für seinen Eifer. Das ist ihm furchtbar an die Nieren gegangen, und eines Tages hat er, Tränen der Wut in den Augen, mit einer Kristallkaraffe nach Nick geworfen, weil der bei einem Brunch in meiner Wohnung Patricks Belfaster Dialekt nachahmt und sich darüber lustig gemacht und ihm Fangfragen über die Malerei des siebzehnten Jahrhunderts gestellt hatte, von der Nick, wie ich betonen möchte, noch weniger Ahnung hatte als Patrick.

Patricks große Leidenschaft war es, sich elegant zu kleiden, und darum war er oft und gern bei meinem Schneider zu Gast, ohne sich etwa für den Zustand meines Kontos zu interessieren. Doch ich konnte es einfach nicht lassen, ihn zu verwöhnen, und außerdem sah er in einem gut sitzenden Anzug so begehrenswert aus, daß es richtig weh tat. Selbstverständlich gab es viele Gelegenheiten, zu denen ich ihn trotz seines durchaus vorzeigbaren Äußeren nicht mitnehmen konnte, denn sobald er den Mund aufmachte, war klar, wo er herkam. Das führte zwischen uns beiden immer wieder zu Spannungen, obschon sein Groll weitgehend besänftigt war, als ich das Risiko einging und ihm erlaubte, mich an dem Tag, als ich zum Ritter geschlagen wurde, in den Palast zu begleiten. Mrs W. hat sogar das Wort an ihn gerichtet; die Wirkung können Sie sich vorstellen. (Ich frage mich übrigens oft, ob Mrs W. sich eigentlich dessen bewußt ist, wie sehr die warme Bruderschaft sie verehrt. Gewiß, ihre Mutter, zu ihrer Zeit die gefeierte Göttin der Homos, beliebte immer zu scherzen, sie sei der einzige richtige Mann im Palast. Mrs W. hat allerdings keinen so weitreichenden Humor, obschon auch sie gern ein wenig spottet, unbewegter Miene selbstredend, wie es ihre Art ist. Oje, auch sie fehlt mir.)

Mit Patrick begann eine neue Phase in meinem Leben – die mittlere Periode, könnte man sagen –, eine Zeit der Ruhe und der Besinnung, in der ich mich in meine Studien versenken konnte, worüber ich nach den hektischen Kriegsjahren sehr froh war. Die Londoner Szene war ohnehin entschieden ruhiger geworden, besonders nach Boys Weggang nach Amerika, wenngleich die Berichte von seinen dortigen Umtrieben über den Atlantik zu uns herüberschwappten und Leben in so manche Dinnerparty brachten, die ansonsten eher fade gewesen wäre. Im großen und ganzen stand ich treuergeben unter dem Pantoffel. Das Adverb stimmt freilich nur zum Teil. Patrick hatte alle Vorzüge einer idealen Ehefrau, ohne deren Nachteile zu besitzen, besonders die beiden schwerwiegendsten, denn erstes war er zum Glück keine Frau, und zweitens war er nicht fruchtbar (ich frage mich, ob den Frauen heute, im Zeitalter der Proteste und des Strebens nach sogenannter Emanzipation, eigentlich klar ist, wie tief, wie wirklich aus dem Bauch heraus, wie *qualvoll* die Männer sie hassen). Er hat sehr gut für mich gesorgt. Er war ein amüsanter Gesellschafter, ein ausgezeichneter Koch und ein hervorragender, wenn auch nicht unbedingt abenteuerlicher Liebhaber. Und obendrein ein einfallsreicher Kuppler. Ohne die geringste sexuelle Eifersucht führte er mir Knaben zu, mit dem scheuen Eifer einer Katze, die ihrem Herrn die halbtot gebissene Maus zu Füßen legt. Er hatte auch etwas von einem Voyeur, und es hat ein Weilchen gedauert, bis ich meine instinktive Prüderie überwunden hatte und ihn zusehen ließ, wenn ich mit diesen halbwilden Geschöpfen im Bett herumtollte.

Das Personal des Instituts akzeptierte Patricks Anwesenheit in meinem Leben kommentarlos. Wir waren natürlich auch äußerst diskret, zumindest zu den Zeiten, wo die Galerien für den Besucherverkehr geöffnet waren. Patrick gab schrecklich gern Partys, bei denen es mitunter besorgniserregend rowdyhaft zuging, denn seine Freunde waren in der Regel eher rauhe Burschen. Doch am nächsten Morgen, wenn ich meinen Kater leidlich ausgeschlafen hatte und wieder einigermaßen bei mir war, hatte er immer schon längst alles perfekt in Ordnung gebracht, die Nachzügler rausgeworfen, die Zigarettenstummel und die leeren Bierflaschen fortgeschafft und die Teppiche gesäubert, und alles war wieder genauso kühl und ruhig wie das bläuliche Interieur von Senecas Schlafzimmer auf dem Poussin über meinem

Schreibtisch, der immerhin von keinem der Gäste gestohlen oder beim Herumtoben von der Wand gerissen worden war, wie ich es mir in meinen trunkenen Alpträumen ausgemalt hatte.

Vivienne hat die Wohnung nie betreten. Einmal traf ich sie mit Patrick bei Harrods und machte die beiden nuschelnd miteinander bekannt, und dann blieben wir noch einen Augenblick stehen und unterhielten uns, und niemand außer mir war peinlich berührt. Nick fand Patrick zum Piepen. Ich hatte gehofft, er würde eifersüchtig werden – Nick, meine ich. Ja, das ist sentimental, ich weiß. Patrick hingegen war sofort Feuer und Flamme für Nick, und wenn dieser zu Besuch kam, lief er ihm auf Schritt und Tritt hinterher wie ein großer, freundlicher, nicht besonders kluger Hund, was mir schrecklich auf die Nerven ging. Ganz egal, wie sehr sich Nick auch danebenbenahm, Patrick hat ihm jedesmal verziehen. Nick bewegte sich wacker, wenn auch gemessenen Schritts, aufs beste Mannesalter zu. Er war in die Breite gegangen, was bei jedem anderen zu einer gewissen Ungeschlachtheit geführt hätte, bei ihm jedoch stattlich und vornehm wirkte. Er war nicht mehr die weiche, faszinierend dämonische Schönheit, die er mit Anfang Zwanzig gewesen war; seien wir ehrlich, er sah aus wie der typische Crème-de-la-Crème-Tory, wohlbeleibt, im Nadelstreifen, umgeben von jener herrlichen, mattglänzenden Aura wie aus eitel Gold, die sehr reiche und sehr mächtige Männer mit den Jahren gewinnen, ich weiß auch nicht, wodurch. Die jugendliche Blasiertheit, die ich immer so lächerlich und gleichzeitig so unwiderstehlich gefunden hatte, war genauso üppig aufgeblüht wie seine Physis und immer gewichtiger geworden, bis sie auch noch den letzten Rest Humor verdrängt hatte, wobei Humor ja sowieso nie seine starke Seite gewesen war. Hatte er früher mit dem Enthusiasmus und der

Arroganz der Jugend Behauptungen aufgestellt, so verkündet er nunmehr letzte Wahrheiten, und wer es etwa wagte, ihm zu widersprechen, der wurde mit starrem, drohendem Tyrannenblick eiskalt in die Schranken gewiesen. Mit jedem Jahr war er ein Stück weiter vorangekommen, wie eine Ein-Mann-Karawane, hatte alles erreicht, was in diesem Leben von Wert ist, Geld, Macht, Ruhm, Frau und Kinder – zwei dicke, fröhliche Töchter, von denen die eine das Ebenbild ihrer Mutter war, die andere das ihrer Tante Lydia –, und trug nun, wo er ging und stand, die Bürde dieses Reichtums mit sich herum wie ein morgenländischer Fürst, der vor seinem Gefolge auf und ab geht, den verschleierten Frauen und den schwerbeladenen Sklaven. Doch trotz allem liebte ich ihn noch immer, rettungslos, hoffnungslos, beschämt, mich selbst verlachend als den pedantischen, in die Jahre gekommenen Gelehrten, der sich nach so einem feisten, selbstgefälligen, aufgeblasenen Stützpfeiler des Establishments verzehrte. Wie verblendet ich doch war. Ich habe immer wieder die Erfahrung gemacht, daß die Liebe um so heftiger brennt, je weniger das Objekt der Begierde ihrer würdig ist.

Nach einer dieser trunkenen, lärmenden Partys in der Wohnung habe ich Patrick alles gestanden, mein ganzes anderes, geheimes Leben. Er hat nur gelacht. Mit dieser Reaktion hatte ich nicht gerechnet. So herzlich, sagte er, habe er schon ewig nicht mehr gelacht, seit dem Tag, an dem sein Kommandant in Frankreich von einem deutschen Maschinengewehrschützen in den Allerwertesten getroffen worden sei. Daß ich im Schattenreich des Departments irgendwas Bedeutendes gewesen war, hatte er gewußt, doch daß ich auch für Moskau gearbeitet hatte, das fand er ungeheuer komisch. Natürlich war ihm klar, was Tarnung heißt. Er wollte alle Einzelheiten hören; er war ganz aufgeregt, und danach war er besonders feurig im Bett. Ich hätte ihm das alles nicht erzählen dürfen. Ich ließ mich hinreißen. Sogar Namen habe ich genannt, Boy, Alastair, Leo Rothenstein. Das war dumm und angeberisch von mir, aber oh, wie habe ich es genossen, einfach einmal alle Schleusen öffnen zu können.

 Wir hatten uns gestritten, Patrick und ich, in der Nacht, als er starb. Das erfüllt mich mit anhaltender, fast unerträglicher Reue. Selbstverständlich hatten wir uns schon manchmal gekabbelt, aber dies war das erste Mal, daß ich es zwischen uns zu einem echten, verbissenen Kampf hatte kommen lassen, einem Kampf ohne Pardon. Das erste und letzte Mal. Ich kann mich nicht mehr erinnern, was der Auslöser war – irgend etwas ganz Triviales wahrscheinlich. Doch ehe wir noch recht wußten, was wir taten, flogen schon die Fetzen, wir gingen aufeinander los und tobten in unserem aufgepeitschten Jähzorn wie ein verrückt gewordenes, einem Verhängnis entgegeneilendes Liebespaar auf dem dramatischen Höhepunkt einer schlechten Oper. Hätte ich damals doch bloß gewußt, welch ein Verhängnis den armen Patrick nur wenige Stunden später erwartete, ich hätte nicht solche furchtbar, furchtbar schlimmen Dinge zu ihm gesagt, und er hätte nicht bis zum Morgengrauen dagesessen und vor sich hin gebrütet, hätte sich nicht mit meinem besten Brandy betrunken, wäre nicht auf den Balkon getorkelt und nicht durch die pfeifende Luft geflogen, vier Stockwerke tief, hinunter in den mondhellen Hof. Ich schlief, als er in die Tiefe stürzte. Wie gern würde ich von irgendeinem bösen Traum berichten, einer Vorahnung, oder sagen, daß ich im Augenblick seines Todes von einer unerklärlichen Furcht aus dem Schlaf gerissen wurde, doch das kann ich nicht. Ich habe weiter geschlafen, und er lag dort auf den Steinen, der Arme, mit gebrochenem Genick, und niemand hat ihn sterben sehen oder seinen letzten Atemzug vernommen. Wilkins, der Pförtner, hat ihn gefunden, als er am Morgen seinen Rundgang machte; die Stiefel von dem Burschen, seine Schritte auf der Treppe haben mich geweckt. »*Verzeihung, Sir, ich fürchte, es ist ein Unfall passiert* . . .«

Zu der Zeit lief gerade die erste Runde meiner Vernehmungen durch das Department, was in dieser Situation, so merkwürdig es sich auch anhören mag, günstig für mich war, denn nicht nur mir selbst, sondern auch Billy Mytchett und seinen Leuten lag daran, daß die Geschichte nicht an die große Glocke gehängt wurde. Sie hatten Angst, ich könnte nach den jahrelangen Vernehmungen durchdrehen und alles ausposaunen, und natürlich wollten sie auf keinen Fall, daß die Pressemeute anfing herumzuschnüffeln. Also redete irgendwer ein Wörtchen mit der Polizei und später auch mit dem Staatsanwalt, und so kam es, daß die Sache in den Zeitungen einfach nicht erwähnt wurde. Darüber war ich sehr erleichtert; im Palast, wo ich immer noch mein behagliches Refugium hatte, wäre ein derartiger Skandal nämlich gar nicht gut angekommen. Ich ging wochenlang nicht aus der Wohnung, hatte Angst vor der Außenwelt. Miss McIntosh, meine Sekretärin, brachte mir Lebensmittel und zahllose Flaschen Gin, schleppte alles die vielen Treppen hoch, trotz ihres Alters und ihrer Arthritis, gesegnet sei ihr gutes jüngferliches Herz. Doch mir wurde bald klar, daß ich die Wohnung würde aufgeben müssen. Alles dort erinnerte mich an Patrick; wie habe ich geweint, bin am Küchentisch zusammengebrochen, habe mir mit der Faust auf die Stirn geschlagen, immer wieder, als ich eines Tages ein Whiskyglas zur Hand nahm und auf dessen ausgekehlten Seiten den deutlich sichtbaren Abdruck seiner fünf Finger entdeckte. Und ich entdeckte noch etwas. Als ich endlich den Mut fand, auf den Balkon zu gehen, bemerkte ich, daß der Riegel an der Balkontür beschädigt war, und zwar so, daß es nach Gewaltanwendung aussah. Ich fragte Skryne, ob die Schufte etwa in der Wohnung gewesen wären und nach Beweismaterial gegen mich gestöbert hätten, aber er schwor mir, er habe nie einen Schnüffler hingeschickt. Ich habe ihm geglaubt. Und trotzdem habe ich immer noch meine Zweifel; ist Patrick in jener Nacht jemandem begegnet, der in die Wohnung eingedrungen war, jemandem, der heimlich nach etwas suchte und keine Spuren hinterließ, bis auf den zerschmetterten, verrenkten Körper, der dann für immer schweigend im Mondschein lag? Habe ich nicht eine blühende Phantasie? Patrick, ach, armer Patsy!

\*

Als die Feindseligkeiten in Europa geräuschvoll ihrem Ende entgegengingen, hatte ich es bis zum Major gebracht und war an einigen der bedeutendsten alliierten Geheimdienstoffensiven des Krieges beteiligt gewesen (an dieser Stelle denken Sie sich bitte ein vor falscher Bescheidenheit triefendes Lächeln und ein sprödes Räuspern). Doch war es mir trotz all meines Eifers und meiner Erfolge nicht geglückt, in die allerhöchsten Chargen der Departmenthierarchie aufzusteigen. Ich gebe zu, daß mir das großen Verdruß bereitete und ich darin eine Demütigung sah. Nick war ganz oben und Querell und Leo Rothenstein auch, und selbst Boy bekam mitunter die Hand gereicht, damit er sich daran in die Chefetage emporziehen konnte, um an den Beratungen der Olympier teilzunehmen. (Wie müssen sie da oben geschauspielert haben, die vier!) Ich konnte nicht verstehen, warum ich ausgeschlossen blieb. Es gab Hinweise, aus denen zu entnehmen war, daß man mich eine

Spur zu ordinär fand, daß mir Betrügereien und Taschenspielertricks zuviel Spaß machten, als daß man mich hätte richtig ernst nehmen können. Ich fand, das war ein starkes Stück, zumal, wenn ich an Nicks Kapriolen dachte und daran, wie fahrlässig er oft in Sachen Sicherheit war. Und wenn man mich schon für einen gefährlichen Lotterbuben hielt, was war denn dann Boy? Nein, sagte ich mir: der wahre Grund dafür, daß ich so konsequent geschnitten wurde, war meine sexuelle Abartigkeit, dafür wollte man mich bestrafen. Na schön, es mag ja sein, daß Nick nie auf meine Affäre mit Danny Perkins eingegangen ist oder auf all die anderen ähnlichen Affären, die ich *après* Danny hatte, aber immerhin war er der Bruder meiner Frau und der Onkel meiner Kinder. Daß er selber solche skandalösen Verhältnisse hatte, daß er zum Beispiel gleichzeitig mit beiden Schwestern Lydon liiert war, und zwar bis zu seiner Hochzeit mit Sylvia und, wie manche Leute behaupten, auch noch lange danach, das hat anscheinend nicht gezählt. Ich brauche nicht zu sagen, daß ich es mir nicht gestattet habe, diese Klagen laut zu äußern. Man darf nicht jammern. Das ist das erste Prinzip der Stoiker.

Im Grunde meines Herzens aber befürchtete ich, hinter der Tatsache, daß mir der Zutritt zur Chefetage verwehrt blieb, könnte etwas stecken, das weitaus übler wäre als bloße Vorurteile oder ein giftiges Wort von Nick. Meine Furcht wurde durch jenes hartnäckige und merkwürdige Echo genährt, jenen schwachen Piepton, den ich in meinen Dienstjahren beim Department in gewissen entscheidenden Situationen immer wieder wahrzunehmen meinte. Manchmal blieb ich abrupt stehen, wie ein Wanderer, der nachts auf einer Landstraße innehält, weil er überzeugt ist, daß ihn jemand verfolgt, doch wenn er aufhört zu laufen, dann hören auch die eingebildeten Schritte hinter ihm auf. Das Seltsamste daran war, daß ich nicht unterscheiden konnte, ob dieser Schattenmann hinter *mir*, falls es ihn denn gegeben hat, Freund oder Feind war. Ich gelangte in den Besitz von Dingen, Informationen, Dokumenten, Karten, Namen, die mich von Rechts wegen gar nichts angingen; Oleg beunruhigten diese unverhofften, aber kostbaren Trouvaillen, obwohl seine Gier jedesmal von neuem über seinen Argwohn siegte. Aber es gab auch den entgegengesetzten Effekt, nämlich wenn diese oder jene Information, die Moskau verlangt hatte, oft handelte es sich dabei um ausgesprochenen Kleinkram, plötzlich eine Geheimhaltungsstufe erhielt, die mir den Zugriff verwehrte. Ich hatte immer das Gefühl, daß das Ganze irgendwie eine wunderlich boshafte Note hatte; es war, als ob mich jemand zu seinem Vergnügen tanzen ließ, und sosehr ich mich auch verrenkte, es gelang mir einfach nicht, die hauchdünnen, unglaublich feinen Fäden abzustreifen, die fest um meine Hand- und Fußgelenke gewickelt waren.

Ich mißtraute jedem. Eine Zeitlang habe ich sogar Nick mißtraut. Einmal, während des Krieges, an einem nebelgrauen Nachmittag im tiefsten Winter, als ich mit Oleg im Rainer's war – ja, wir trafen uns noch immer dort, fast bis zum Ende, obwohl das Department gleich um die Ecke lag –, sah ich durch das schmutzige Fenster, wie Nick draußen auf der Straße vorbeiging, und hätte schwören können, daß er mich auch gesehen hatte, obwohl er sich nichts anmerken ließ, sondern sich den Hut nur noch tiefer ins Gesicht zog und im Nebel verschwand. Danach saß ich tagelang wie auf glühenden Kohlen, doch nichts passierte. Alles Unsinn, sagte ich mir. War es denn möglich, daß Nick seinen Spaß hatte an diesem Katz-und-Maus-Spiel, das da, wie ich argwöhnte, mit mir gespielt wurde? Nein, sagte ich mir, nein, wenn Nick gesehen hätte, wie einer seiner Spitzenleute, und wenn er zehnmal sein Schwager war, mit einem sowjetischen Führungsoffizier mauschelte – und Oleg war inzwischen bekannt wie ein bunter Hund –, dann hätte er seine Dienstpistole gezogen und wäre in die Teestube marschiert gekommen wie Richard Hannay, hätte Stühle und Kellnerinnen beiseite geschoben und mich am Schlafittchen gepackt und zur Vernehmung ins Department geschleift. Nick, der Unbeirrbare, der keinen Spaß versteht, der Impulsive, der Mann der überstürzten Tat, das war das Image, das Nick so gern hervorkehrte.

Also Boy? Nein: damit anfangen hätte er können, als Streich sozusagen, aber er wäre der Sache bald überdrüssig gewesen. Leo Rothenstein kam schon eher als Verdächtiger in Frage. Einem levantinischen Parvenü und Geldaristokraten wie ihm hätte dieses elegant-verächtliche Spielchen sicher gefallen, aber im Grunde traute ich auch ihm weder den dafür notwendigen Scharfsinn noch den entsprechenden Hang zu dummen Streichen zu, trotz all seiner Partys, seiner plumpen Scherze und seines Boogie-Woogie-Spiels auf dem Klavier. Billy Mytchett zog ich selbstredend überhaupt nicht erst in Betracht. Blieb also nur noch Querell. Zu ihm hätte es durchaus gepaßt, mich zum Spielball zu machen und mich einfach zu seinem Vergnügen mal hierhin, mal dorthin zu schieben. Ich weiß noch, wie er einmal, als er betrunken war, sagte, Humor sei nur die Kehrseite von Verzweiflung; und auf ihn trifft das, glaube ich, auch zu, obwohl ich mir nicht ganz sicher bin, ob *Humor* das rechte Wort ist für die boshaft-spielerische Art, wie er mit der Welt umzugehen pflegte. Auch Verzweiflung ist wohl nicht das rechte Wort, wenngleich mir kein treffenderes einfällt. Ich habe nie angenommen, daß er an etwas geglaubt hat, wirklich geglaubt, da konnte er noch so viel von Glauben und Gebet und läuternder Gnade schwadronieren.

In Momenten größerer Gelassenheit kann ich akzeptieren, daß diese Befürchtungen, dieses Mißtrauen eine fixe Idee von mir waren. In den letzten verrückten Kriegsjahren konnte niemand klar denken, und ich hatte mehr als jeder andere Grund, verrückt zu spielen. Mein Leben war ein hektisches Theaterstück geworden, in dem ich alle Rollen selbst verkörperte. Vielleicht wäre es erträglicher gewesen, wenn ich die Chance gehabt hätte, meine Bredouille in einem tragischen oder doch wenigstens ernsten Licht zu sehen, wenn ich hätte Hamlet sein können, durch gebrochene Treueschwüre zu allerlei Tricks und Maskeraden getrieben und dazu, mich wahnsinnig zu stellen; aber nein, ich war eher wie die Clowns, die auf der Bühne herumrennen, in der Gasse verschwinden, sich verzweifelt in ein neues Kostüm werfen, sich eine Maske schminken, um sie im nächsten Augenblick wieder abzuwischen und durch eine andere zu ersetzen, während sich in meinen schlimmsten Phantasien das imaginäre Publikum unten im Saal die ganze Zeit in grausigem Vergnügen wand. Boy, der die Theatralik und die Gefährlichkeit des Doppellebens in vollen Zügen genoß, hat mich immer ausgelacht (»O Gott, Bibberbein, dauernd diese Skrupel!«), und manchmal hatte ich sogar Oleg im Verdacht, daß er sich über meine Besorgnis und meine Vorsicht lustig machte. Doch was ich lebte, war ja auch mehr als nur ein Doppelleben. Am Tage war ich Ehemann und Vater, Kunsthistoriker, Dozent, Geheimnisträger und schwerarbeitender Agent des Departments; dann kam die Nacht, und Mr Hyde ging auf Jagd, in wahnwitziger Erregung, seine dunkelsten Wünsche und die Geheimnisse seines Vaterlandes fest im Busen verschlossen. Als ich damit begann, auf Männerfang zu gehen, war mir alles schon vertraut: der verstohlene, abwägende Blick, das heimliche Zeichen, der unbemerkte Austausch der

Parolen, die hastige, heiße Entladung – alles, alles vertraut. Sogar die Örtlichkeiten waren die gleichen, die öffentlichen Toiletten, die schmuddeligen Vorortkneipen, die von Kehricht übersäten Seitenstraßen und, im Sommer, die verträumten, zärtlich grünen, unschuldigen Parks der Stadt, deren reine Luft ich mit meinem heimlichen Geflüster vergiftete. Oft machte ich mich um die Sperrstunde herum in diesem oder jenem *George* oder *Coach* oder *Fox and Hounds* an irgendeinen entsprechend aussehenden Soldaten mit roten Fingerknöcheln oder einen fickerigen Handlungsreisenden im Crombiemantel heran, just in derselben Schankstubenecke, in der ich vor ein paar Stunden noch mit Oleg gestanden und ihm eine Filmrolle in die Hand gedrückt hatte oder einen Stapel Papiere, die für das Department streng geheime Dokumente waren.

Einzig die Kunst war in meinem Leben unbefleckt geblieben. Manchmal ließ ich meine Studenten im Institut für kurze Zeit allein, stieg hinunter in den Keller und suchte mir etwas aus, keines von den großen Bildern, nicht meinen *Seneca*, den ich immer noch dort gelagert hatte, auch nicht einen von den herrlichen Cézannes, sondern zum Beispiel eine Tiepolo-Zeichnung oder Sassoferratos *Betende Jungfrau*, und badete meine von Schuldgefühl und Furcht geschwollenen Sinne in dieser Heiterkeit, dieser Ordnung, gab mich ganz diesem zwingenden Schweigen hin. Ich weiß, und wer wüßte es besser als ich, daß die Kunst uns lehren soll, die Welt in ihrer ganzen Festigkeit und Wahrheit zu sehen, aber in jenen Jahren sehnte ich mich nach Transzendenz und suchte immer wieder die Möglichkeit, der realen Welt zu entfliehen, und sei es auch nur für eine Viertelstunde, wie ein Prälat, der Nacht für Nacht ins Bordell geht. Und doch hat das Wunder nie richtig funktioniert. Immer hatten diese Momente der tiefsten Kontemplation etwas Falsches, etwas zu Gewolltes, zu Bewußtes. Immer schlich sich der Verdacht ein, daß daran etwas von Betrug war. Es war, als betrachtete ich nicht die Bilder, sondern beobachtete mich dabei, wie ich sie betrachtete. Und sie wiederum beobachteten mich, gleichsam empört, und versagten mir störrisch das Labsal der Ruhe und der kurzen Flucht, das ich mir so ernsthaft von ihnen wünschte. Verstört, unerklärlich bekümmert, gab ich schließlich jedesmal auf und verhüllte das Gemälde und stellte es weg, hastig und verlegen, als ob ich etwas Unanständiges getan hätte. Mich beschleicht der furchtbare Gedanke, daß ich die Kunst vielleicht gar nicht verstehe, daß das, was ich in ihr sehe und suche, gar nicht da ist oder, falls doch, daß ich selbst es hineingelegt habe. Ist an mir denn überhaupt noch irgend etwas Echtes? Oder habe ich dieses doppelte Spiel so lange gespielt, daß mein wahres Ich zur Fälschung geworden ist? Mein wahres Ich. Ach.

Vivienne und ich hatten in jenen Jahren wenig miteinander zu schaffen. Von ihrem väterlichen Erbe hatte sie sich ein kleines Haus in Mayfair gekauft und führte dort ein mir rätselhaftes, scheinbar aber recht zufriedenes Leben. Für die Kinder hatte sie ein Kindermädchen und für sich selbst eine Zofe. Sie hatte ihre Freunde und, ich denke, auch ihre Liebhaber; über diese Dinge sprachen wir nicht. Mein sexueller Frontwechsel wurde kommentarlos von ihr akzeptiert; ich glaube, sie fand ihn amüsant. Wir begegneten einander zuvorkommend, mit kühlem Respekt und immer mit einer gewissen Wachsamkeit. Wir verständigten uns weniger durch Gespräche als vielmehr mit gutmütigen Sticheleien, wie ein Fechtkampf zwischen Freunden, die sich wirklich mögen, aber dennoch voreinander auf der Hut sind. Mit den Jahren verschlimmerte sich ihre Melancholie. Sie breitete sich in ihr aus wie ein Krebsgeschwür. Wir hatten beide unsere Verluste. Sie trauerte lange um ihren Vater, unauffällig, wie es ihre Art war; ich hatte nicht gewußt, wie sehr sie an ihm gehangen hatte, und war darüber seltsam schockiert. Auch ihre Mutter starb, nachdem sie noch ein paar Jahre auf spritistischem Wege mit dem Großen Biber kommuniziert hatte. Und der arme Freddie starb. Ein halbes Jahr hat er es in diesem sogenannten Heim ausgehalten, dann ließ er sich ganz unspektakulär von einer Infektion der Atemwege oder so etwas Ähnlichem besiegen – es ist nie geklärt worden, woran er genau gestorben ist. »Och, an gebrochenem Herzen«, sagte Andy Wilson bei der Beerdigung zu mir. »Hat ja gewinselt wie ein alter Hund, den sie aus seiner gewohnten Umgebung rausgerissen haben.« Und dabei sah er mich verschlagen und giftig an. Hettie war an dem Tag abwesender denn je. Am offenen Grab zupfte sie mich aufgeregt am Ärmel und flüsterte heiser und weithin hörbar: »Aber das haben wir doch alles schon gemacht!« Sie meinte, wir wären auf der Beerdigung meines Vaters. In jenem Winter rutschte sie eines Morgens auf der Vortreppe von St. Nicholas aus und brach sich die Hüfte. Aus der Klinik kam sie direkt ins Pflegeheim, wo sie zur allgemeinen Verwunderung und nicht geringen Bestürzung, auch zu ihrer eigenen, nehme ich an, noch fünf Jahre weiterlebte, verwirrt, mitunter unleidlich, in der fernen Vergangenheit ihrer Kindertage herumirrend. Als sie schließlich starb, betraute ich einen Makler am Ort mit dem Verkauf des Hauses: es gibt Dinge, die kann kein Herz ertragen, nicht einmal eines, das so hart ist wie das meine. An dem Nachmittag, als die Versteigerung war, las ich in einer Blake-Biographie, wie der Dichter seinen ersten Morgen im lieblichen Felpham beschreibt, als er aus seinem Landhaus trat und den Sohn des Pflügers zum Pflüger sagen hörte: *Vater, das Tor ist offen*, und irgendwie wußte ich in diesem Moment, daß mein

Vater mir eine Botschaft geschickt hatte, wenn ich auch den Sinn noch nicht zu deuten wußte.

\*

An dem Tag, als die Nachricht von Hitlers Tod kam, machten Boy und ich eine Sauftour. Es war der Erste Mai. Im Gryphon fingen wir an und torkelten weiter in den Reform Club, mit einem Intermezzo in einer öffentlichen Bedürfnisanstalt im Hyde Park, der großen, gleich neben Speakers Corner, die später mein bevorzugtes Jagdrevier werden sollte. Damals aber, beim ersten Mal, war ich trotz der vielen Gläser Gin, die ich schon getrunken hatte, zu schüchtern, um mehr zu unternehmen, als mir das verstohlene Kommen und Gehen anzuschauen. Ich stand Schmiere, während sich Boy in einer der Kabinen lautstark und, den Geräuschen nach zu urteilen, nicht allzu befriedigend mit einem stämmigen rothaarigen Soldaten von der Garde verlustierte, der außergewöhnlich hübsche Ohren hatte. Während ich also Wache hielt, kam ein abgemagertes Individuum in Regenmantel und Melone herein und guckte kurz zu der klappernden Tür rüber, hinter der zwischen lautem Stöhnen und erstickten Schreien deutlich zu hören war, wie Boys stramme Schenkel gegen die Hinterbacken des rothaarigen jungen Mannes klatschten, wie wenn man einen Fisch auf die Steine klatscht, bis er tot ist. Ich hielt den Kerl für einen Detektiv, und mein Herz begann in jenem sonderbar leichten, trippelnden Rhythmus zu klopfen, der mir in den Jahren danach in derartigen Situationen so vertraut werden sollte und dessen Quelle eine Mischung aus Angst, wilder Fröhlichkeit und grenzenloser, jubelnder Ausgelassenheit war. Es stellte sich jedoch heraus, daß der Gaffer kein Greifer war, und nachdem er noch einen wehmütigen Blick auf die Kabinentür geworfen und mich dann verzagt angesehen hatte – ich bin sicher, er hat sofort gemerkt, daß ich Anfänger war –, knöpfte er sich den Hosenstall wieder zu und verschwand in der Nacht. (Übrigens hat mich die allgemeine Einführung des Reißverschlusses am Hosenschlitz gegen Ende der guten alten fünfziger Jahre zutiefst betrübt; sicher, der Reißverschluß beschleunigt den Zugriff ganz enorm, besonders, wenn man vom *amor tremens* geschüttelt ist, aber ich habe immer so gern diesen hübschen Zupfbewegungen einer Hand zugeschaut, die die stets ein wenig widerspenstigen Knöpfe öffnet, Daumen und Zeigefinger emsig wie die Mäuse, indes der kleine Finger, den die Amerikaner zärtlich Pinkie nennen, absteht und einen köstlichen, absurden Augenblick lang das Bild einer aufgeregten Matrone auf einem Wohltätigkeitsbasar heraufbeschwört, die zittrig nach ihrer Teetasse greift.)

Am nächsten Morgen erwachte ich in der Poland Street auf der Couch, aufgeschwemmt vom Alkohol und, wie immer, wenn ich nachts mit Boy ums Karree gezogen war, von schwelender, grundloser Unruhe erfüllt. Das Telefon schrillte mir ins Ohr. Es war Billy Mytchett, der mich dringend sprechen wollte. Als ich in sein Büro trat, stand er auf und kam hinter dem Schreibtisch hervorgetrottet, schüttelte mir kräftig die Hand und schnaufte leise vor sich hin, wobei er, ganz benommen vor Erregung, an mir vorbeisah. Inzwischen war er zum Leiter des Departments avanciert. Aber trotzdem nach wie vor ein Esel.

»Der Palast«, flüsterte er mit schicksalsschwerer Stimme. »Man – er – *er* – will Sie unverzüglich sprechen.«

»Ach so, na, wenn das alles ist«, sagte ich und zupfte mir einen Fussel vom Ärmelaufschlag; ich merkte plötzlich, wie schwer es mir fallen würde, auf die Uniform zu verzichten. Ich erwog, Billy zu sagen, daß die Queen eine Verwandte von mir ist, doch dann war mir so, als ob ich das bereits erwähnt hätte, und ich wollte nicht den Eindruck erwecken, daß ich immerzu mit dieser Beziehung hausieren ging. »Wahrscheinlich handelte es sich um diese verflixten Zeichnungen in Windsor, die ich immer noch für ihn katalogisieren soll.«

Billy schüttelte den Kopf; aufgeregt, mit wehenden Haaren und schmeichlerisch beflissen, erinnerte er mich immer an einen Hund, obwohl ich mich nie so recht entscheiden konnte, welche Rasse.

»Nein, nein«, sagte er, »nein – er will, daß Sie in seinem Auftrag auf Reisen gehen.« Mytchett sah mich mit kugelrunden Augen an. »Sehr delikate Angelegenheit, sagt er.«

»Wohin?«

»Deutschland, alter Knabe – Bayern. Na, wie finden Sie das?«

\*

Ein Wagen vom Department, mitsamt Chauffeur, sollte mich zum Palast bringen, trotz der strengen Benzinrationierung damals, und schon das allein zeigte, wie beeindruckt Billy von dieser königlichen Aufforderung war. Mein Chauffeur entschied sich für das Tor der Horse Guards, wo ein ziemlich brutal dreinschauender, aber durchaus gutaussehender Wachsoldat in voller Montur, mit Bärenmütze und allem Drum und Dran, einen höhnischen Blick auf meinen Paß warf und uns durchwinkte. Das kam mir alles seltsam bekannt vor, und plötzlich wußte ich auch, warum: es erinnerte mich an jenen Tag vor über zehn Jahren, als man mich in den Kreml gebracht hatte, zu einem Treffen mit Väterchen Stalin, wie ich damals glaubte. Die Vorzimmer der

Macht sind überall gleich. Nicht etwa, daß dem Palast viel Macht geblieben war, verstehen Sie, obwohl Majestät immer noch weit mehr zu sagen hatte – oder jedenfalls glaubte er das – als heute seine Tochter, Mrs W. Ich weiß, sein Ruf ist nicht der beste, aber aus meiner Sicht war er durchaus einer der klügeren Monarchen unserer Zeit.

»Das wird einen Mordsärger geben«, sagte er, »wenn diese Kerle von der Labour Party drankommen, und danach sieht es ja immer mehr aus.« Wir waren in einem der großen, eisigen Empfangssäle, die wesentlich dazu beitragen, daß dieser deprimierende Palast so deprimierend ist. Er stand am Fenster, die Hände im Rücken verschränkt, und ließ den Blick finster über die von wäßrigem Sonnenschein überfluteten Parkanlagen schweifen. In einem mächtigen Kamin brannte ein winziges Kohlenfeuer, und auf dem Sims stand eine Vase mit welken Osterglocken. Er sah sich nach mir um. »Was meinen Sie denn, Maskell? – Sie sind doch sicher ein gestandener Tory?«

Ich saß außerordentlich unbequem mit übergeschlagenen Beinen in einem gebrechlichen, vergoldeten Louis-Quinze-Sessel und hatte die Hände auf dem Knie übereinandergelegt, was bestimmt etwas zimperlich aussah, aber ich wußte beim besten Willen nicht, wie ich mich unter diesen Umständen – der klitzekleine Stuhl, die vor Kälte erstarrten Glieder, die Vertraulichkeit des Herrschers – besser hätte halten sollen. Majestät war mal wieder in seiner Nun-mal-nicht-so-feierlich-Laune, die ich immer nur schwer ertragen konnte.

»Ich glaube, ich bin eher ein Liberaler als ein Tory, Sir«, sagte ich. Seine linke Augenbraue schoß in die Höhe, und ich fügte hinzu: »Natürlich ein loyaler.«

Er wandte sich wieder dem Fenster zu, und seine Miene verfinsterte sich noch mehr; kein sehr vielversprechender Anfang für eine Audienz, sagte ich mir düster.

»Sicher, das Land ist aus der Bahn geworfen«, sagte er unwirsch; wenn er erregt war, wie jetzt, merkte man kaum, daß er stotterte. »Wie denn auch nicht, nach allem, was wir in den letzten fünf Jahren durchmachen mußten? Wissen Sie, ich denke oft, der Krieg selber war gar nicht so schlimm; viel schlimmer sind seine Folgen, die wirken viel nachhaltiger. Frauen in den Fabriken, zum Beispiel. Oh, ich habe sie gesehen, in Hosen, wie sie Zigaretten rauchen und sich unverschämt benehmen. Ich habe von Anfang an gesagt, daß dabei nichts Gutes herauskommen kann, und jetzt, sehen Sie sich doch an, wo wir gelandet sind!«

Er schwieg nachdenklich. Ich wartete mit flachem, fliegendem Atem. Er trug einen makellosen Dreiteiler aus weichem Tweed, dazu eine Regimentskrawatte; diese Lässigkeit, diese unangestrengte Eleganz, selbst bei schlechter Laune – wahrhaftig unschlagbar, wie die Monarchie in Zeiten der Not Haltung zu bewahren versteht. Er war fünfzig, sah aber älter aus. Vermutlich hat ihm sein Herz schon damals zu schaffen gemacht.

»Mr Attlee«, sagte ich mit wohlüberlegter Vorsicht, »scheint mir ein vernünftiger Mann zu sein.«

Er zuckte die Achseln.

»Ach, gegen Attlee ist nichts einzuwenden; mit Attlee kann ich arbeiten. Aber seine Spießgesellen ...!« Er gab sich einen ärgerlichen Ruck, seufzte, drehte sich um, ging zum Kamin, lehnte sich mit dem Ellbogen auf den Sims und sah resigniert zur Decke. »Nun ja, wir werden mit diesen Leuten arbeiten müssen, nicht wahr? Wir wollen ihnen schließlich keinen Vorwand liefern, die Monarchie abzuschaffen.« Und dann starrte er plötzlich nicht mehr zur Decke, sondern sah mir fröhlich in die Augen. »Oder wollen wir das? Na, was sagt der loyale Liberale dazu?«

»Ich glaube kaum, Sir«, erwiderte ich, »daß Clemens Attlee oder irgend jemand von seinen Parteifreunden es wagen würde, oder auch nur den Wunsch hätte, den Thron abzuschaffen.«

»Wer weiß, wer weiß? In Zukunft ist alles möglich – und diese Leute sind die Zukunft.«

»Eine Zeitlang vielleicht«, sagte ich. »Regierungen sind kurzlebig; der Thron bleibt.« Wirklich, ich mußte mich innerlich schütteln bei dem Gedanken, daß die gemäßigte Linke für eine nennenswerte Frist an die Macht kommen könnte. Mein vom Kater heißer Atem kratzte mir in der Gurgel, die brannte wie ein Hochofen. »Das Volk ist realistisch; die lassen sich doch nicht damit zum Narren halten, daß ihnen einer Konfitüre für alle verspricht, zumal ja bislang noch nicht mal das Brot in Sicht ist.«

»Sehr gut, das«, sagte er. »Sehr witzig.«

Sein Blick wanderte wieder zur Decke; er war kurz davor, sich zu langweilen. Ich gab mich entschlossen und setzte mich etwas gerader hin.

»Der Chef, Sir, Commander Mytchett, sagte etwas von Deutschland ...?«

»Ja, ja, richtig.« Er nahm einen zweiten vergoldeten Sessel und stellte ihn mir gegenüber hin, und dann setzte er sich, stützte die Ellbogen auf die Knie, faltete die Hände und sah mich mit ernster Miene an. »Ich möchte Sie um einen Gefallen bitten, Victor. Ich möchte, daß sie nach Bayern fahren, nach Regensburg – kennen Sie die Stadt? – und ein paar Papiere abholen, die einer unserer Cousins für uns aufbewahrt. Willi – das ist unser Cousin – hat sich gewissermaßen selbst zum Familienarchivar ernannt. Wir hatten uns alle angewöhnt – eine schlechte Angewohnheit, muß ich sagen –, ihm Dinge in Verwahrung zu geben ... Dokumente und so weiter, ja, und dann kam natürlich der Krieg, und es gab keine

Möglichkeit, die Sachen zurückzuholen, nicht einmal wenn Willi bereit gewesen wäre, sie herauszugeben: wenn es um sein kostbares Archiv geht, ist nämlich nicht gut Kirschen essen mit ihm, mit dem alten Willi.« Er hielt inne, schien nicht recht weiterzuwissen, saß einen Moment lang reglos mit gesenktem Kopf da und betrachtete nachdenklich seine Hände. Er hatte mich noch nie mit meinem Vornamen angesprochen (und sollte es übrigens auch nie wieder tun). Ich war natürlich erfreut und geschmeichelt, und ich glaube, ich bin sogar ein bißchen rot geworden, hoffentlich nicht unschicklich, aber gleichzeitig war ich schockiert und einigermaßen aus der Fassung. Ich glaube, ich habe bereits erwähnt, daß ich ein unerschütterlicher Royalist bin, wie alle guten Marxisten im Grunde ihres Herzens, und ich wollte nicht erleben, daß ein König sich ... nun ja, sich auf diese Weise *kleinmacht*. Das mit diesen Papieren war offenbar tatsächlich eine sehr delikate Angelegenheit. Majestät starrte immer noch gleichmütig auf seine gefalteten Hände. »Ich weiß noch, wie Sie draußen in Windsor waren«, sagte er, »und sich mit unseren Zeichnungen beschäftigt haben – ach, übrigens, haben Sie den Katalog eigentlich inzwischen fertig?«

»Nein, Sir. Das ist eine zeitraubende Arbeit. Und dann der Krieg ...«

»Ach Gott, ja, ich verstehe. Ich war einfach neugierig, wissen Sie. Einfach ... neugierig.« Er stand abrupt auf, schoß regelrecht hoch von seinem Stuhl, der kurz auf den zierlichen Beinchen wackelte. Dann begann er vor mir auf und ab zu gehen und schlug sich leicht mit der Faust in die Handfläche. Ein aufgeregter König ist schon ein denkwürdiger Anblick. »Diese, äh, Dokumente«, sagte er. »Das sind Briefe meiner Urgroßmutter an ihre Tochter Friederike, und ein paar von meiner Mutter an ihre deutschen Cousins. Einfach Familienpapiere, verstehen Sie, aber es wäre uns gar nicht recht, wenn diese Dinge irgendeinem amerikanischen Zeitungsschreiber in die Hände fallen würden, der, sagen wir mal, nicht durch die englischen Gesetze zum Schweigen verpflichtet ist. Offenbar hat die amerikanische Armee Schloß Altberg übernommen und daraus so eine Art Erholungszentrum für ihre Truppen gemacht; ich hoffe, Willi war so klug, den Familienschmuck wegzuschließen – und wie er unter diesen Umständen mit seiner Mutter fertig wird, daran möchte man gar nicht denken. Sie werden sie kennenlernen, die Gräfin, keine Frage.« Er schüttelte sich kaum merklich und atmete hörbar ein, als ob ihn eine böse Erinnerung heimsuchte. »Eine furchterregende Person.«

Ich sah zu, wie er auf und ab ging, und dachte über die interessanten Möglichkeiten nach, die sich für mich aus dieser Mission ergeben mochten. Ich weiß, ich hätte es nicht tun dürfen, aber ich konnte einfach nicht widerstehen, ihm bei diesem offenkundig sehr heiklen und wunden Punkt ein klein wenig, ein ganz kleines bißchen auf den Zahn zu fühlen.

»Ich denke, es wäre das Beste, Sir«, sagte ich langsam und in servil-besorgtem Ton, »wenn ich etwas detaillierter erfahren könnte, welche von diesen Papieren der Palast am dringlichsten zurückhaben möchte. Ich habe nämlich festgestellt, im Felde« – das war gut –, »je mehr Informationen man hat, desto eher kann man eine Aufgabe erfolgreich zu Ende bringen.«

Er seufzte tief und blieb stehen und setzte sich unglücklich auf ein Sofa gegenüber dem Kamin, drückte den Zeigefingerknöchel an die gedankenverloren zusammengepreßten Lippen und sah zum Fenster. Ein edles Profil, wenn auch ein bißchen weich. Ich fragte mich, ob er etwa eine homophile Ader hatte – mir ist kein männliches Mitglied der königlichen Familie bekannt, das keine hatte. Besonders kamen mir in diesem Zusammenhang die Ferienlager für Arbeiterjungen in den Sinn, die er so begeistert befürwortete. Mir fiel auf, daß er dicke Wollsocken trug, die selbstgestrickt aussahen, nicht sehr geschickt übrigens; vielleicht hatte er sie von einer der Prinzessinnen bekommen – von der älteren, dachte ich, denn die jüngere konnte ich mir irgendwie nicht recht mit Stricknadeln und Musterfibel vorstellen. Nun seufzte er abermals und diesmal noch tiefer.

»In jeder Familie gibt es gewisse Probleme«, sagte er, »schwarze Schafe und was nicht alles. Mein Bruder ...«, wieder ein Seufzer; ja, das hatte ich mir schon gedacht, daß er über kurz oder lang auf seinen Bruder kommen würde. »Mein Bruder hat sich in den Jahren vor dem Krieg sehr töricht verhalten. Er war schrecklich mitgenommen, wissen Sie, durch die ... die Abdankung und all das; fühlte sich im Stich gelassen, von der Familie, dem Land. Ich nehme an, er wollte sich rächen, der arme Kerl. Und Willi, verstehen Sie, unser Cousin Willi, ein sehr viel gescheiterer Mensch als der arme Edward, hat damals den Verbindungsmann gespielt zwischen den Nazigrößen und meinem Bruder und seiner ... seiner Frau.«

Sein Stottern verlor sich nach und nach.

»Und Sie glauben«, sagte ich behutsam, »es könnte ... Dokumente geben, die sich auf diese Zusammenkünfte beziehen? Berichte? Womöglich sogar Mitschriften?«

Er warf mir einen Blick zu, zaghaft, flehend, beinahe scheu, und dann schlug er unglücklich die Augen nieder und nickte.

»Wir wissen, daß es sie gibt«, erwiderte er mit heiserer, gepreßter Stimme, wie ein Kind, das sich beim Schlafengehen vor der Dunkelheit fürchtet. »Wir vertrauen Ihnen, Mr Maskell, daß Sie sie uns bringen; wir sind zuversichtlich, daß Sie der rechte Mann für diese Sache sind; wir wissen, Sie sind diskret.«

Nun nickte ich meinerseits und legte die Stirn nachdenklich in Falten, was Zuverlässigkeit und bulldoggenhafte Entschlossenheit signalisieren sollte. O ja, ich kann schweigen, Majestät, ich kann schweigen.

\*

In einer Frachtmaschine der RAF, inmitten von schlaffen Postsäcken und wie Zähne klappernden Bierkästen auf einem Notsitz festgeschnallt, wurde ich nach Deutschland gebracht. Unten enorme Verheerung, abgebrannte Wälder, verkohlte Felder und dächerlos klaffende Städte. Auf dem Flugplatz, etwas außerhalb von Nürnberg, empfing mich ein entschieden unheimlich aussehender Offizier des militärischen Geheimdiensts, ein Mann mit zotteligem Schnurrbart und irrem Lächeln. Er stellte sich mir als Captain Smith vor, doch sein Blick verriet, daß er nicht erwartete, daß man ihm glaubte. Auf alles, was ich sagte, reagierte er bitter belustigt und skeptisch mit dem Schnurrbart zuckend, vermutlich, weil er annahm, daß auch ich bezüglich meiner Identität lügen müsse, schon von Berufs wegen und aus Gewohnheit. Nicht etwa, daß ich mehr als das Minimum hätte sagen müssen: Smith ließ keinen Zweifel daran, wie ungeheuer gleichgültig ich und meine wie auch immer gearteten wahren Absichten ihm waren und daß er darüber nur höhnisch kichern konnte. Er hatte einen Jeep, in dem wir in beängstigendem Tempo durch die in Schutt und Asche liegenden Straßen der Stadt rasten, hinaus aufs Land. Gnadenlos brannte die späte Frühlingssonne auf die unbestellten Felder hernieder. Der Fahrer war ein feister Corporal mit Schweinsöhrchen und rundlichen Babyschultern; sein stoppliger Nacken warf Falten wie bei einem Dickhäuter. Ich habe eine Schwäche für Fahrer; es hat durchaus seinen Reiz, wie sie so angespannt und reglos hinterm Lenkrad sitzen, so streng und irgendwie vornehm, ganz in sich gekehrt, und die Kilometer hinter sich lassen, als rollten sie ein stählernes Band von einer unsichtbaren Spule ab. Smith und er behandelten einander mit grollender, höchst ironischer Verächtlichkeit; sie hatten immer so einen zänkisch-giftigen Unterton, wie ein zerstrittenes Ehepaar auf einem Sonntagsausflug. Wir legten die neunzig Kilometer bis nach Regensburg in nicht ganz einer Stunde zurück.

»Eins muß man Adolf lassen«, sagte Smith, »er hat verdammt gute Straßen gebaut.«

»Ja«, erwiderte ich, »so etwa wie die alten Römer«, und war verdutzt, als Smith sich die Mühe machte, sich zu mir herumzudrehen und mich mit einer Mischung aus gespieltem Erstaunen und ingrimmig lächelndem Hohn anzusehen.

»O ja«, knurrte er mit von unerklärlichem Zorn erstickter Stimme, »die Römer und ihre Straßen!«

Da waren wir also in Regensburg, einer komischen kleinen Stadt, deren grazile, eckige Türme, vielfach von riesigen Storchennestern gekrönt, eher an Nordafrika erinnerten als an eine Stadt im Herzen Europas, ein Eindruck, der für mich noch verstärkt wurde durch die maurisch anmutende Mondsichel, die bei meiner Ankunft schräg am samtenen, blaßvioletten Abendhimmel hing. Ich war in einem schäbigen kleinen Hotel untergebracht, das »Zum Türkenhaupt« hieß. Smith setzte mich sang- und klanglos dort ab und brauste mit seinem Fahrer davon, und mit einem gewaltigen Abgasfurz donnerte der Jeep auf zwei Rädern um die Ecke. Einsam und verlassen trug ich mein Gepäck hinein. Überall amerikanische Soldaten, in der Bar, im Restaurant und sogar auf den Treppen saßen welche, rauchten und tranken und spielten lärmend Poker. Sie waren völlig überdreht und euphorisch, wie übermüdete Kinder, die abends nicht ins Bett gehen wollen. Ja, Kinder: das Ganze war wie der Kinderkreuzzug, nur mit dem Unterschied, daß dieser bunt zusammengewürfelte Haufen von überfütterten Grünschnäbeln nicht von dem verkommenen alten Moloch Europa verschlungen wurde, sondern umgekehrt. Aber Sie dürfen mich nicht falsch verstehen: ich hatte nichts gegen die Amerikaner; o nein, ich fand sie durchaus sympathisch mit ihrer hemdsärmeligen, herzlosen Art. Ich bin in den sechziger Jahren mehrmals in den Vereinigten Staaten gewesen – auf Vortragsreisen, zu Konsultationen –, und ob - Sie mir glauben oder nicht, einmal habe ich sogar ein ganzes Semester lang an einem College im Mittleren Westen unterrichtet, wo ich mich tagsüber vor einem Hörsaal voll fanatisch emsiger Mitschreiber über die grandiose französische Kunst des siebzehnten Jahrhunderts ausließ und abends mit denselben, nunmehr entspannten und hündisch liebenswürdigen Studenten Bier trinken ging. Ich kann mich an einen besonders lustigen Abend im Rodeo Saloon erinnern, der damit endete, daß ich im Gedenken an die Zeiten, da ich regelmäßig mit Danny Perkins in der Music Hall war, auf dem Tisch stand und zum ebenso lautstarken wie verblüfften Entzücken meiner Studenten und eines Halbdutzends alter Knaben in Cowboystiefeln, die an der Bar lümmelten, »Burlington Bertie« sang, mit den entsprechenden Gesten natürlich. O ja, Miss V., ich bin ein echtes Multitalent. Und nicht nur, daß der Amerikaner als solcher mir Bewunderung abrang (obwohl ich den einen oder anderen meiner Studenten mehr als bewundert habe, besonders einen jungen Footballspieler mit honigfarbenem Teint, flachsblondem Haar und ungewöhnlich himmelblauen Augen, der mich, und sich selbst, an einem schwülen Nachmittag, als ein gewaltiges Sommergewitter donnernd über den Campus galoppierte und das Regenlicht aufgeregt zwischen den klappernden Holzlamellen der heruntergezogenen Jalousien flackerte, auf der alten Ledercouch in meinem abgeschlossenen Arbeitszimmer mit der taktlosen Heftigkeit seiner Leidenschaft überraschte), nein, ich bewunderte auch das amerikanische System an sich, dieses fordernde, gnadenlose System, in dem keiner Illusionen hat über die von Grund auf mörderische und korrupte Natur des Menschen, und das bei alledem doch so erbittert, so unverdrossen optimistisch ist. Nur so weiter mit der Ketzerei, nur so weiter mit der Abtrünnigkeit; bald werde ich gar keinen Glauben mehr haben, sondern klammere mich bloß noch voller Ingrimm an ein Konglomerat von Dingen, die ich verleugne.

Im »Türkenhaupt« gab es kein Abendessen: in Bayern ißt man mittags warm und liegt um neun im Bett. Ich streifte suchend durch die Straßen und fand schließlich eine Bierschenke, die offen hatte, und saß dort lange, tat mir selber leid, trank riesige Humpen Helles und aß Teller voll häßlicher, kleiner, ringförmiger Würste, die wie getrocknete Hundekacke aussahen. Dann kam der Pilot der Frachtmaschine herein, und ehe wir es vermeiden konnten, hatten wir einander erspäht, und wohlerzogen, wie wir waren, blieb uns nichts weiter übrig, als den Abend miteinander zu verbringen. Es stellte sich heraus, daß er früher, in Friedenszeiten, ebenfalls ein Gelehrter gewesen war, ein Spezialist für mittelalterliche Handschriften. Er war ein massiger, schüchterner Mensch mit traurigen Augen, der unendlich müde wirkte. Ich bin ihm später noch einmal begegnet, an einem schwülen

Sommertag, bei der Gartenparty der Königin. Da machte er mich mit seiner Frau bekannt, Lady Mary, bleich, phthisisch, nervös wie ein Jagdhund, mit eng zusammenstehenden Augen, einer dünnen, bleichen Nase und einem leicht schwachsinnigen Lachen. Ich weiß nicht mehr, wie es kam, aber irgendwie unterhielt ich mich mit ihr über Prinz George – sehr hübsch, sehr halbseiden, bei einem Luftgefecht im Krieg ums Leben gekommen –, jedenfalls machten wir drei dann ziemlich schnell die peinliche Entdeckung, daß in dem Jahr, bevor der Prinz starb, nicht nur ich ein Verhältnis mit ihm gehabt hatte, sondern auch Lady Mary, und zwar offensichtlich haargenau zur selben Zeit.

Jetzt aber fragte mich der Pilot auf seine schüchterne Art, was ich denn in Deutschland zu tun hätte.

»Bedaure«, sagte ich und legte den Finger an die Lippen.

Er nickte, runzelte die Stirn und gab sich Mühe, nicht beleidigt zu wirken. Den Rest des Abend redeten wir über Inkunabeln, ein Thema, bei dem sein Wissen im wahrsten Sinne des Wortes erschöpfend war.

Am nächsten Morgen in aller Frühe stand Captain Smith mit seinem Jeep, wieder mit diesem feisten Fahrer, vorm Hotel, um mich nach Altberg zu bringen, einem unwirklich malerischen, oberhalb der Donau an eine Schroffe geschmiegten Dorf, über welchem das Schloß wachte, eine hohe, türmchengeschmückte, architektonisch vollkommen belanglose Scheußlichkeit aus dem neunzehnten Jahrhundert. Eine Zugbrücke spannte sich über eine tiefe Schlucht, und überm Tor befand sich eine steinerne Tafel mit dem eingravierten Rosenemblem der Tudors. In dem engen, schiefen Hof spitzten zwei Jagdhunde, riesige, grimmige, hungrig dreinschauende Bestien, die Ohren und beobachteten uns mit roher Verwunderung. Und wieder setzte Smith mich ab, wie man sich etwas Unreines von den Händen wischt, und als der Jeep knatternd über die Zugbrücke davonraste, war mir so, als schwänge in diesem Knattern ein höhnisches Gelächter mit.

Das Schloß stand unter dem Befehl von Major Alice Stirling, einer spröden, bemerkenswert gutaussehenden Mittdreißigerin mit eckigen Schultern und harten Augen, roten Haaren und sehr blasser Haut und Sommersprossen über der Nase, die ihrem Gesicht eigentlich etwas Weiches hätten geben müssen, was aber nicht der Fall war. Ich fand sie verwirrend attraktiv – und das mir, den schon jahrelang keine Frau mehr erregt hatte; es lag wohl an diesen eckigen Schultern, die so verletzbar aussahen. Sie schüttelte mir energisch die Hand, wobei sie meinen Arm hochriß und wieder runterdrückte, als ob sie einen Pumpenschwengel betätigte; mir kam das Ganze weniger wie eine Begrüßung als vielmehr wie eine Verwarnung vor. Sie sei aus Kansas; sie habe schon immer mal nach Europa gewollt, schon als kleines Mädchen, aber es habe erst eines Krieges bedurft, um sie hierherzubringen – ob das etwa nichts sei? In der mit einer Balkendecke versehenen Eingangshalle hingen verschmutzte Familienporträts an den Wänden oder ragten, genauer gesagt, schräg nach vorn, wie um den verdutzten Ahnen eine bessere Sicht auf das zu ermöglichen, was sich neuerdings in ihrem guten alten Schloß abspielte. Es gab ein paar schwere, matt glänzende schwarze Möbelstücke. In der Mitte des Raumes stand eine Ping-Pong-Platte, die an diesem Ort merkwürdig verschämt und irgendwie fremd wirkte.

»Ja, die Bedingungen hier sind nicht gerade ideal«, sagte Major Stirling, indem sie den Blick zur Decke warf und ein schiefes Kinn machte, womit sie offenbar Verzweiflung, Fröhlichkeit und Schneid ausdrücken wollte, alles auf einmal. »Trotzdem schaffen wir's, den Jungs zu zeigen, wie man sich das Leben schön macht.« Wissendes Augenzwinkern als kleiner Hinweis auf die Zweideutigkeit. »Da ist gute Laune gefragt, und daran mangelt es uns nicht. Einige von unseren Gästen sind wirklich schlimm zusammengeschossen worden, aber das hindert sie nicht daran, ihren Beitrag zu leisten. Und was«, ohne die kleinste Pause, »können wir für Sie tun, Major Maskell?«

»Darüber würde ich lieber mit Prinz Wilhelm sprechen«, sagte ich. »Die Angelegenheit ist etwas heikel. Ist er zugegen?«

Major Stirling verharrte vollkommen reglos, leicht zu mir nach vorn geneigt, genau wie die Porträts über ihr, den Kopf keck zur Seite gedreht, den Blick ins Leere gerichtet, auf einen Punkt irgendwo hinter meiner linken Schulter; und ihr festgewachsenes Lächeln wurde starr und schien doch gleichzeitig irgendwie zu vibrieren, ungefähr wie ein Weinglas, denke ich mir, in der Sekunde, bevor das hohe C des Soprans es zerspringen läßt.

»Ich glaube«, sagte sie ebenso süßlich wie unheilvoll, »ich kann Ihnen Ihre Fragen genauso beantworten.«

Ich deutete etwas von dem Archiv an, von den königlichen Papieren. »Hat man Sie denn nicht von meinem Kommen unterrichtet?«

Major Stirling zuckte die Achseln.

»Doch, doch, jemand hat einen Funkspruch geschickt«, sagte sie. »Ich hab ihn irgendwo bei mir im Büro.«

»Vielleicht«, entgegnete ich, »sollten wir ihn suchen gehen, damit Sie noch einmal nachlesen können. Womöglich klärt sich dann alles auf.«

Da lachte sie gurrend und warf den Kopf in den Nakken, daß ihre rotblonden Strähnen wippten.

»Aufklären!« sagte sie. »Junge, Junge, ihr Engländer habt vielleicht einen Humor. Bisher hab ich von Ihren

Leuten immer nur Funksprüche gekriegt, die noch mehr Verwirrung gestiftet haben, als eh schon da war.«

Trotzdem führte sie mich in ihr Büro, einen prunkvollen Saal mit Steinfußboden und bemalter Stuckdecke, in dem noch mehr von diesen abscheulichen, wuchtigen Pseudobarockmöbeln standen (»Ist das nicht reizend?« – schiefer Mund, wieder dieses verschobene Kinn). Der Funkspruch wurde gefunden und gelesen; Major Stirling legte die Stirn in Falten und schüttelte den Kopf, langsam, ungläubig, baß erstaunt.

»Ob die Dechiffrierer das falsche Codebuch genommen haben?« murmelte sie.

»Ich bin auf Ersuchen des Königs hier«, sagte ich freundlich. »Also von König George dem Sechsten von England.«

»Ja, das steht auch hier drin, Major Maskell.« Wenn sie doch bloß den Dienstgrad weggelassen hätte. Die Alliteration war nicht sehr glücklich, fand ich, das hatte so was von Gilbert und Sullivan. »Bloß, ohne Genehmigung des US-Army-Hauptquartiers in Frankfurt kann ich aus diesem Schloß nicht mal einen gebrauchten Briefumschlag rausgehn lassen.« Weißzahniges Grinsen. »Sie wissen ja, wie das ist.«

»Aber«, sagte ich so vernünftig, wie ich konnte, »wenn der Prinz – oder im Grunde wohl eher seine Mutter, die, soweit ich weiß, jetzt das Familienoberhaupt ist – die Verbringung der Dokumente gestattet, dann können Sie doch wohl nichts dagegen haben ...? Immerhin handelt es sich um Privatpapiere.«

Major Stirling ließ ein unverkennbar männliches Hohnlachen vernehmen.

»In diesem Hause ist nichts mehr privat, Major«, sagte sie in Wildwestmanier, »gar nichts!« Prinz Wilhelm, ließ sie mich wissen, und seine Mutter, die Gräfin Margarete, seien gehalten, ihre Zimmer nicht zu verlassen.

»Hausarrest wollen wir das nicht nennen, verstehen Sie, aber sagen wir mal, sie werden vorerst nicht nach England rüber können, um ihre Verwandten im Buckingham Palast zu besuchen. Nicht, bis unsere Jungs von der Entnazifizierung mit ihnen fertig sind.« Sie nickte mit spaßigem Ernst und zwinkerte mir zu.

»Trotzdem, wenn ich bitte mit dem Prinzen sprechen könnte ...?«

Gewiß doch, meinte sie, nichts leichter als das; sie würde mir den Weg zeigen. Sie stand auf, strich sich den Rock vorn glatt, so daß sich deutlich die Strumpfhalter abzeichneten. O Gott, dachte ich, ich werde doch nicht etwa rückfällig?

\*

Der Prinz hatte eine faszinierende Ähnlichkeit mit einem ältlichen, von vielen harten Schlachten gezeichneten Krokodil. Er hatte einen dicken Rumpf, kurze, kegelförmige Beine und in feinen, spitzen, schlappenartigen Schuhen steckende Füße, die so klein waren, daß man den Eindruck hatte, er würde nicht stehen, sondern aufrecht auf einem kräftigen, gedrungenen Schwanz balancieren. Sein Kopf war breit und eckig und vorn und an den Seiten merkwürdig abgeplattet; das bis hinauf an die Schläfen ausrasierte, geölte schwarze Haar war grimmig nach hinten gekämmt – ein richtiger Saurierschädel. Das Gesicht war schuppig und zerklüftet und kreuz und quer von alten Duellnarben schraffiert. Er trug ein Monokel, das ab und zu drängend aufblitzte, als wollte es heimlich SOS signalisieren, während er auf mich zugetappt kam und mir seine große, beringte, von Leberflecken übersäte Hand mit dem Rücken nach oben entgegenstreckte, wie zum Kuß. Er hatte das zerstreute, verzweifelte Lächeln und Gebaren eines Menschen, der sich plötzlich der Gnade von Leuten ausgeliefert sieht, die er früher überhaupt nicht beachtet hätte, die er einfach überrannt hätte, wenn sie ihm vors Pferd geraten wären. Offenbar hatte man ihn von meinem Kommen informiert, denn er war angekleidet oder, besser gesagt, verpackt und verschnürt: Schwalbenschwanz, gestreifte Hose und an der Brust eine Reihe Orden, unter denen ich das Eiserne Kreuz und den Hosenbandorden erkannte. Der Raum, in dem er mich empfing, lag in den höheren Regionen des Schlosses, eine lange, niedrige Mansarde, in deren hinterem Teil zwei breite, auf einen tannenbewachsenen Berghang blickende Fenster kauerten. Der Fußboden bestand aus nackten Dielen, und die wenigen wackligen Möbelstücke sahen zusammengewürfelt aus, als ob man sie aus ihrer gewohnten Umgebung herausgerissen und hier abgestellt hätte.

»Willkommen auf Schloß Altberg, Major Maskell«, sagte er in akzentfreiem Englisch. Seine Stimme war dünn und unerwartet hoch – die Folge einer Verwundung, wie ich später erfuhr, die er in irgendeiner unvergeßlichen Schlacht davongetragen hatte – ich stellte ihn mir mit Kettenpanzer, Lanze und blitzendem Helm vor –, und beim Sprechen bleckte er seine großen, vergilbten Zähne zu einem wölfischen Lächeln. »Ich hätte Sie gern in meinem Hause willkommen geheißen, wie es sich gehört, doch in diesen Zeiten sind wir alle der Gnade des Schicksals ausgeliefert.«

Würdevoll, beinahe forschend, gleich einem Arzt, der Temperatur und Puls fühlen möchte, schüttelte er mir bedächtig die Hand, so lange, bis sich das Schicksal in Gestalt von Major Stirling dazwischendrängte, die eine Geste machte wie ein Ringrichter, wenn er zwei Boxer trennen will; da ließ der Prinz mich augenblicklich los und trat einen Schritt zurück, als ob er einem Schlag ausweichen wollte.

»Major Maskell ist vom Buckingham Palast hergeschickt worden«, sagte Major Stirling und lachte ebenso skeptisch wie spöttisch auf.

»Ah ja«, sagte der Prinz vollkommen tonlos.

Dann gingen wir in einen anderen, ebenso niedrigen Raum – vermutlich ein ehemaliges Kinderzimmer –, um die Gräfin zu begrüßen. Sie saß mit dem Rücken zum Fenster in einem Sessel, massig, lederne Haut, faszinierend häßlich, und roch nach Gesichtspuder und ungewaschener Spitze. Eine Gestalt wie aus Grimms Märchen – jeder deutsche Prinz sollte solch eine Mutter haben. Sie sah mich scharf und prüfend an, neugierig und verächtlich zugleich, wobei sie Major Stirling mit geradezu grandiosem Desinteresse ignorierte. Sie fragte mich, wie es inzwischen in Windsor und Balmoral gehe. Sie sei häufig dort gewesen, natürlich vor – sie hob die Klaue zu einer abschätzigen Geste, als wollte sie irgend etwas über die Schulter werfen –, vor diesem ganzen Unfug. Der Prinz hatte hinter ihrem Sessel Stellung bezogen, und nun drehte sie ihren großen Kopf und sah ihn mit einer Mischung aus Zorn und Spott an und kläffte, er möge gefälligst dafür sorgen, daß das Mittagessen aufgetragen werde. Dann wandte sie sich halb zu Major Stirling um, freilich, ohne sie anzusehen. »Das heißt«, sagte sie laut, »falls man uns gestattet, in unserem eigenen Speisesaal Gäste zu bewirten.«

Major Stirling zuckte die Achseln und zwinkerte mir zu.

Das Mahl wurde in einem riesigen getäfelten Saal mit zum Hof liegenden Sprossenfenstern serviert. Wortlos kamen und gingen livrierte Lakaien in knarzendem Schuhwerk, und unterm Tisch krochen die beiden Jagdhunde herum, schnappten nach herunterfallenden Brocken und ließen sich hin und wieder geräuschvoll auf die Hinterpfoten plumpsen, um sich die Flöhe zu kratzen. Wir aßen kaltes Wild, wahrscheinlich Reh, mit Klößen, die wie die Hoden eines Albinoriesen aussahen und so fest und klebrig waren, daß sich, nachdem mein Messer durch sie hindurchgegangen war, die Wundränder mit einem Schmatzen wieder schlossen, das wie ein trotziger Kuß klang. Es erschienen ein Halbdutzend Verwandte des Prinzen. Zum Beispiel eine massige, stattliche Frau mit der hervorstehenden Brust, den hellroten Backen und dem glasig-starren Blick einer Galionsfigur, vermutlich die Prinzessin, und ihre erwachsene Tochter, ein verwaschener Abklatsch der Mutter, weißgesichtig und unerreichbar fern, deren aschblonde Zopfschnekken an Kopfhörer erinnerten. Zwei untersetzte Knaben mit kurzgeschorenem Haar, dickhintrig und buchstäblich halslos, waren, zwar unbegreiflicherweise, aber dennoch offenkundig, die Söhne der jungen Prinzessin. Alle naselang krabbelten sie von ihren Stühlen herunter und fingen an, sich wie zwei Bärenjunge zu raufen, und dann rollten sie über den Fußboden und stießen nervenzerfetzende Schreie aus, die zur Holzdecke hinaufflogen und von dort wieder zurückgeworfen wurden. Die Gräfin hatte am Kopf der Tafel Platz genommen; links von ihr saß ich und rechts der Prinz; Major Stirling hingegen war weit hinter das Salz verbannt worden. Zu meiner Linken erzählte mir ein nicht identifizierter, sehr tauber alter Mann in weitgehend unverständlichem Dialekt etwas über die, wenn ich recht verstanden habe, richtige Methode, ein Wildschwein zu töten und zu zerlegen. Mir gegenüber saß ein struppiger junger Bursche, der nervöse Zuckungen hatte und so etwas wie ein staubiges Priestergewand trug und kein einziges Mal das Wort an mich richtete und mich jedesmal, wenn ich ihn ansprach, unverwandt mit rollenden Augen fixierte, als wollte er im nächsten Moment vom Tisch aufspringen und Fersengeld geben. Mir kam der Gedanke, ob nicht vielleicht auf anderen Planeten Lebewesen existierten, die so hochzivilisiert waren, daß ihnen das menschliche Leben nur als ein Zustand unablässiger Agonie, Debilität und Schmutzigkeit vorkommen konnte.

Das Mittagessen endete, oder, besser gesagt, verebbte, und mein tauber Nachbar empfahl sich mit schiefem Grienen und genuschelten Entschuldigungen und verschwand; die zwei Bärenjungen wurden von ihrem wild dreinschauenden Wärter fortgebracht; ihre gespenstische Mutter folgte ihnen auf dem Fuße, indem sie weniger zur Tür hinausging, als vielmehr durch dieselbe entwich, und die Gräfin begab sich schaukelnd mit ihrem Gehstock zur Mittagsruhe, wobei sie sich mit einer Hand am Arm des Prinzen festklammerte; mich aber überließ man Major Stirling und den Saurüden, die nunmehr geräuschvoll schliefen – die Hunde, meine ich.

»Schöne Gesellschaft, was?« sagte Major Stirling mit fröhlicher Verachtung im Blick.

Ein Lakai schenkte uns weißen Rheinwein nach, und die junge Frau rückte auf und setzte sich neben mich. Ein schwacher, stechender Geruch nach Fichtennadeln ging von ihr aus. Ich stellte mir vor, wie sie sich auf eine einigermaßen grausame, unwiderstehliche Weise über mich hermachte. Ich lockerte meine Krawatte. Als ihr klar wurde, daß ich Ire bin, sagte sie, Irland sei auch so eine Gegend, wo sie schon immer gern einmal hingewollt hätte. Sie behauptete, eine irische Großmutter zu haben. Ich schnappte nach dem Köder und ließ mich des längeren über die Reize meiner Heimat aus. Ich legte mich wirklich ungeheuer ins Zeug, doch es brachte mir nichts ein; als ich dann behutsam noch einmal auf die königlichen Papiere zu sprechen kam, faßte sie nach meinem Handgelenk, funkelte mich mit ihrem eisigsten Lächeln an und sagte: »Major Maskell, wir warten darauf, daß Frankfurt sich bei uns meldet; Sie wissen

doch, wie die Funkverbindungen hier drüben sind. Sobald ich Antwort bekomme, gebe ich Ihnen Bescheid. Lassen Sie doch bis dahin einfach fünfe gerade sein, und genießen Sie das schöne Bayernland.« Wieder dieses unverschämt lüsterne Zwinkern. »Ich höre, Sie wohnen im Türkenhaupt? Da sind 'ne Menge von unsern Jungs untergebracht. Muß ganz schön hoch hergehn dort.«
Natürlich wurde ich rot.

Captain Smith erwartete mich an der Treppe oberhalb des Schloßhofs, fest eingehüllt in seinen Mantel und mit der Zigarette in der Hand; als ich mich näherte, war sein Kopf für einen Moment von einer Rauchwolke umgeben, die ihm aus den Ohren zu kommen schien. Heute nachmittag sah er besonders unwirsch und widerborstig aus. »Na, gekriegt, was Sie wollten?« fragte er und quittierte meine bekümmerte Geste mit einem zufriedenen Grinsen. Die Hunde stöberten verdrossen herum, und in den zwei kleinen Fenstern ganz oben in dem Flügel vis-à-vis von uns tauchten die kugelrunden Köpfe der beiden Bärenjungen auf, die hämisch zu uns herunterfeixten. Smith paffte abermals ein paar Fetzen Rauch in die Luft, und dann steckt er zwei Finger in den Mund und stieß einen gellenden Pfiff aus. Im nächsten Moment kam der Jeep durchs Tor geknattert, drehte eine halbe Runde um den Hof, verscheuchte die Hunde und blieb mit quietschenden, qualmenden Reifen unten an der Treppe stehen. Der Fahrer würdigte uns keines Blickes. »Verdammter Lümmel«, murmelte Smith und lachte bellend.

Als wir gerade losfahren wollten, trat plötzlich die bleiche kleine Prinzessin auf den Hof, kam, die Mausepfötchen unter dem mageren Busen gefaltet, zur Treppe gehuscht und erklärte mir mit züchtig niedergeschlagenen Augen und einem Stimmchen, das so dünn war, daß ich Mühe hatte, sie zu verstehen, umständlich auf

Deutsch, ihre Großmutter wünsche mich zu sprechen. Sie werde mir den Weg zeigen.

»Smith, würden Sie bitte so nett sein und auf mich warten?« sagte ich.

Lautlos, bis auf das leise Knistern ihrer Unterröcke, führte mich Prinzessin Rapunzel durch ein Labyrinth von steinernen Hintertreppen und modrigen Korridoren. Schließlich blieb sie stehen, ich blickte auf und sah die Gräfin; sie stand auf dem nächsthöheren Treppenabsatz, eingehüllt in eine Spitzenstola, beugte sich übers Geländer und winkte mit gekrümmtem Zeigefinger und ruckartigen Armbewegungen, wie ein Uhrenmännchen. Ich folgte ihr in ihr Zimmer, wohin sie sich, bis ich oben angelangt war, mit wahrhaft beachtlicher Flinkheit bereits wieder zurückgezogen hatte und wo sie nun, an einen Kissenberg gelehnt, auf einem reichverzierten Bett lag. Sie trug ein verschossenes Schlafgewand aus Brokat, ihre Stola und ein altmodisches Häubchen. Sie starrte mich wie versteinert an, während ich in der Türe stand und mir irgendwie schofel vorkam, und dann zeigte sie wortlos mit dem Finger auf einen großen, wuchtigen Schrank in der Ecke. Die Prinzessin ging an mir vorbei zu dem Schrank, öffnete die Türen und trat einen Schritt zurück, um abermals die dünnen, bleichen Hände vor der Brust zu falten. In dem Schrank befand sich eine Truhe, ein solider kleiner Kasten aus Holz mit Messingscharnieren und einem uralten Vorhängeschloß, der noch zusätzlich mit zwei dicken, fest um das Ganze herumgeschlungenen, ordentlich zugeschnallten Lederriemen gesichert war. Die Prinzessin murmelte etwas und entfernte sich. Die Gräfin beobachtete mich vom Bett aus mit wildem, wäßrigem Blick. Ich ging auf sie zu und sah sie fest an.

»*Danke schön, gnädige Gräfin*«, sagte ich auf Deutsch und machte sogar eine kleine Verbeugung. »Ihre Cousins in England werden außerordentlich dankbar sein.« Ich überlegte, ob ich erwähnen sollte, daß ich durch Einheirat mit dem Hause Sachsen-Coburg-Gotha verwandt bin, doch ihre Miene war alles andere als ermutigend. »Ich werde Majestät sagen, wie hilfreich Sie waren.«

Es ist mir nie ganz gelungen, diese symbolischen Gesten richtig hinzukriegen – mehr als einmal habe ich Mrs W. dabei ertappt, wie sie meine Versuche, mich weltmännisch höflich zu geben, mit ihrem typischen verkniffenen kleinen Hohnlächeln quittiert hat –, und auch der Gräfin waren die haarfeinen Risse im Firnis mitnichten entgangen, ganz gleich, wie geschliffen die Darbietung auch war. Sie schwieg weiter und antwortete dennoch, nämlich mit einem Blick, der sich auf eine subtile Weise veränderte und irgendwie aufzuquellen schien, wobei sich ihr Gesicht wie ein Weinschlauch mit einer gleichsam klebrigen, ja beinahe schwellenden Verachtung füllte, vor der ich verzagte und schwankend einen Schritt zurückwich, als wäre plötzlich etwas aus ihr hervorgebrochen, das mich verbrennen und blenden sollte. Sie zuckte die Achseln, was die Bettfedern zum Quietschen brachte.

»Mein Sohn wird mir das nicht verzeihen«, sagte sie und lachte dünn und kehlig. »Sagen Sie das unserem Cousin, dem König.«

Die Prinzessin kam zurück und hatte Captain Smith und den Fahrer mitgebracht, der (gerade ist es mir wieder eingefallen; was das Gedächtnis nicht so alles speichert) Dixon hieß. Smith beobachtete das Schauspiel – ängstliche Prinzessin, Matrone in Morgenhaube, Truhe mit Familiengeheimnissen – wölfisch amüsiert, und seine Brauen und sein Schnurrbart zuckten vor Vergnügen. Zu dritt hoben wir die Truhe an, die äußerst schwer und sperrig war, und schleppten sie durch die Tür und die Treppe hinunter: Smith unter Fluchen, Dixon angestrengt durch die geblähten Nüstern seiner schweinerüsselartigen Nase schnaufend, und hinter uns die leise vor sich hin murmelnde Prinzessin. Wir verstauten unsere Beute hinten im Jeep. Wer sagt da, ich sei kein Mann der Tat? Ich hatte halbwegs die Erwartung – die Hoffnung? –, Major Stirling würde die Treppe hinuntergestürzt kommen und mich wie ein Footballspieler über den Haufen rennen, doch sie ließ sich nicht blicken. Als wir vom Hof fuhren, sah ich noch einmal zu dem Fenster hinauf, an dem die Kinder gewesen waren, und entdeckte den Prinzen, der teilnahmslos zu uns herunterschaute. Was mag wohl in ihm vorgegangen sein?

»Hoffentlich haben die diese verdammte Zugbrücke nicht hochgezogen«, sagte Smith und lachte scheppernd, wie ein Verrückter, und dabei riß er Dixon die Mütze vom Kopf und haute sie ihm übermütig über den Schädel.

Am Stadtrand von Regensburg ließ ich Dixon rechts ranfahren und Wache halten, während Smith und ich die Truhe aufbrachen. Die Papiere waren fein säuberlich sortiert und steckten in Hüllen aus Ölpapier. Ich freute mich schon auf eine unterhaltsame Abendlektüre in meinem Zimmer im »Türkenhaupt«. Smith zog fragend eine Augenbraue hoch; ich zwinkerte ihm zu. Und später, in einem öffentlichen Pissoir auf dem Marktplatz, umgeben von köstlichen Gerüchen, begegnete ich einem blonden jungen Mann in zerschlissener Uniform, der mich aufhielt, indem er mir mit verruchtem Lächeln seine dünne Hand auf den Arm legte und damit jedwede Erinnerung an Major Stirlings maskuline Ader vertrieb. Er behauptete, er sei Deserteur und schon seit Monaten auf der Flucht. Er war erschreckend mager. Während er vor mir kniete, fuhr ich ihm mit zitternden Fingern durch das schmutzige, verfilzte Haar und streichelte seine hübschen kleinen Ohren – ich habe seit jeher eine Schwäche für diese seltsamen, mit ihren Wülsten und ihren gewundenen zartrosa Furchen bei näherer Betrachtung so aufregend abstoßenden, primitiven Organe, die außer Gebrauch gekommenen Genitalien gleichen – und glotzte in seligem Stupor auf einen Sonnenstrahl, der schräg über den schönen, glitzernden, grasgrünen, hinter ihm auf der Wand wuchernden Schleim fiel, oberhalb der verstopften Rinne, und in meinem Kopf drehte sich alles, Smith mit seinem irren Blick und die schuppige Hand der Prinzessin und die knabenhaften Schultern von Major Stirling, alles wirbelte und zuckte und versank im heißen Schlund des Strudels.

*

Ich denke nach über das Wort *maligne*. Natürlich hat es für mich einen besonderen Beiklang. Gerade habe ich es nachgeschlagen, das Wörterbuch steckt voller reizender Überraschungen. Laut Lexikon kommt *maligne* von »lat. *malignus*« und bedeutet keineswegs nur bösartig, sondern auch rebellisch, kalt, spröde, mißvergnügt und verräterisch. Und aus dem Oxford English Dictionary erfahre ich, daß die Befürworter des Parlamentarismus und der Republik zwischen 1641 und 1690 die Anhänger König Charles' I. als Malignanten bezeichnet haben. Demnach wäre maligne gleichbedeutend mit königstreu. Diese Entdeckung hat mir ein belustigtes Kichern entlockt. Mißvergnügt und königstreu. Wie die Sprache doch oszilliert. Weitere Definitionen sind: »einen schlechten Einfluß ausübend«; »einem anderen Menschen oder anderen Menschen im allgemeinen Unglück wünschend«; und natürlich, diesmal laut Chambers Dictionary, »zu tödlichem Ausgang neigend oder sich rapide verschlechternd, bes. b. Krebs«. Mr Chambers hat nie ein Blatt vor den Mund genommen.

Ich habe es immer als zutiefst befriedigend empfunden, an Orten zu arbeiten, die der inneren Einkehr vorbehalten sind. Als ich unmittelbar nach meiner triumphalen Rückkehr aus Regensburg zum Konservator der Königlichen Gemäldesammlung ernannt wurde, (eine knappe Geste der Dankbarkeit von Majestät, ich natürlich die Bescheidenheit selbst) befand sich besagte Sammlung noch in einem unterirdischen Bunker im Norden von Wales, und so war meine erste Aufgabe, den Rücktransport der Bilder und ihre Heimkehr in den Buckingham Palast sowie nach Windsor und Hampton Court zu überwachen. Wie teuer ist mir heute die Erinnerung an den Frieden und die angenehme Atmosphäre jener Tage: die gedämpften Stimmen in den großen Sälen; das Vermeer-Licht, das wie ein goldenes Gas durch die hohen Bleiglasfenster fiel und seinen reichen Glanz ausbreitete; die transpirierenden jungen Männer, in Hemdsärmeln und mit langen Schürzen, die feierlich wie Sänftenträger hin und her liefen, zwischen sich einen Edelmann von Holbein oder eine Königin von Velasquez; und inmitten all dieser gedämpften Geschäftigkeit ich mit meinem Klemmbrett und meinen staubigen Kontrollisten, die Augen weit offen, das Standbein nach vorn gesetzt, *Der Diener des Königs bei der Erfüllung seiner Pflichten*, von allen zu Rate gezogen, von allen mit Ehrfurcht behandelt, ein Meister mit seinen Gesellen. (Oh, Miss V., seien Sie nachsichtig mit mir, ich bin alt und krank, es ist mir ein Trost, mich der Zeiten meines Ruhmes zu erinnern.)

Freilich brachte meine gehobene Stellung innerhalb des königlichen Haushalts auch noch andere, nicht nur rein ideelle Vorteile mit sich. Ich war damals gerade in einen ermüdenden, oftmals häßlichen, obschon durchaus auch belebenden Machtkampf im Institut verwickelt, wo soeben dank des lebenslangen übermäßigen Genusses von Portwein sowie eines daraus resultierenden Schlaganfalls der Stuhl des Direktors frei geworden war. Ich erklärte Majestät die Sache und deutete schüchtern an, daß ich nichts dagegen hätte, falls er seinen Einfluß beim Kuratorium in die Waagschale würfe, wenn es um die Wahl eines Nachfolgers ging. Das war der Posten, auf den ich seit jeher erpicht gewesen war; er war, könnte man sagen, mein Lebensziel; und ich rechne in der Tat damit, daß man sich meiner später, wenn die gegenwärtigen Unannehmlichkeiten vergessen sind, in erster Linie wegen meiner Arbeit als Direktor des Instituts erinnern wird, und zwar mehr noch als meiner wissenschaftlichen Leistungen wegen. Als ich das Amt übernahm, war das Haus marode – ein verstaubtes Refugium für überalterte Universitätslehrer und drittklassige Kunstexperten und eine Art Getto für geflüchtete Juden aus ganz Europa, die klug genug waren, nicht mehr länger herumzuwandern. Binnen kurzem hatte ich den Laden in Schwung gebracht. Anfang der fünfziger Jahre galt unsere Einrichtung als eines der größten – nein, ich darf getrost sagen: *das* größte Zentrum für Kunststudien in der westlichen Welt. Meine Tätigkeit als Mittler war nichts im Vergleich zur umfassenden Infiltration der gesamten Kunstwissenschaft durch junge Männer und Frauen, deren Wahrnehmungsvermögen ich in meinen Jahren am Institut geformt habe. Gehen Sie in irgendeine der bedeutenden Galerien in Europa oder Amerika, und Sie werden feststellen, daß an der Spitze einer von meinen Leuten steht, und wenn sie nicht an der Spitze stehen, so klettern sie zumindest schon mit dem Entermesser zwischen den Zähnen in der Takelage herum.

Und dann, ich liebte das Haus, ich meine, das ganze Drumherum, das Gebäude an sich – einer der erleuchtetsten Entwürfe von Vanbrugh, luftig und wunderbar bodenständig zugleich, imposant, ohne einschüchternd zu sein, zart und dennoch durchdrungen von männlicher Kraft, ein Musterbeispiel großer englischer Architektur. Tagsüber genoß ich die wohltuende Atmosphäre der Gelehrsamkeit und des stillen Lernens, dieses Gefühl, als sähe man allenthalben junge Köpfe über alte Bücher gebeugt. Meine Studenten hatten einen Ernst und eine Anmut, die man bei ihren Nachfolgern von heute nicht mehr antrifft. Die Mädchen verliebten sich in mich, und die jungen Männer übten sich in zurückhaltender Bewunderung. Ich muß ihnen wohl wie eine lebende Legende vorgekommen sein, war ich doch für sie nicht nur der große Kunstwissenschaftler, sondern, wenn man den Gerüchten Glauben schenken durfte, überdies auch noch ein Veteran jener geheimen Operationen während des Krieges, die so entscheidend zu unserem Sieg beigetragen hatten. Und dann, bei Nacht gehörte das Haus mir; ein riesiges Stadthaus, ganz allein zu meiner Verfügung. Ich saß in meiner Wohnung oben im Dachgeschoß, las oder hörte Grammophon – meine Liebe zur Musik habe ich bislang noch kaum erwähnt, nicht wahr? – ruhig, besinnlich, gleichsam in der Schwebe gehalten durch die gedrängte Stille, die Räumen eigen ist, in denen große Kunst ihr Domizil hat. Später kam Patrick immer von seinen nächtlichen Streifzügen heim, vielleicht mit ein paar rüpelhaften jungen Männern im Schlepptau, die ich auf die Galerien losgelassen habe, inmitten all der gespenstischen Bilder, und dann habe ich zugeschaut, wie sie im Chiaroscuro des Lampenlichts herumhüpften und -taumelten wie lauter Faune von Caravaggio. Was ich da riskiert habe – mein Gott, wenn ich an den Schaden denke, den sie hätten anrichten können. Andererseits lag das Vergnügen ja gerade in dieser Gefahr.

Ich möchte nicht gern den Eindruck erwecken, als hätte meine Zeit am Institut nur aus hochgestochenen Reden und niederen Lustbarkeiten bestanden. Es gab sehr viel Organisatorisches zu erledigen, was ebenso unerfreulich wie zeitraubend war. Meine Kritiker nörgelten, ich sei unfähig, Aufgaben zu delegieren, aber wie soll man denn an einen Haufen Kretins etwas delegieren? In einer Institution wie der unseren – in sich geschlossen, hochkonzentriert, glühend vor messianischem Eifer: immerhin bildete ich eine Generation von Kunsthistorikern aus aller Welt heran – mußte es einfach einen Kopf geben, der die Kontrolle über das Ganze hatte. Als ich Direktor wurde, ging ich unverzüglich daran, dem Institut bis in den letzten Winkel hinein meinen Willen aufzuzwingen. Nichts, was mir zu trivial gewesen wäre, um es meiner Aufmerksamkeit zu würdigen. Ich denke da an Miss Winterbotham. Oje. Ihr Name war noch ihr geringstes Unglück. Sie war eine massige Person um die Fünfzig, hatte Beine wie Baumstämme, einen gewaltigen Busen und kurzsichtige, verschreckte Augen, aber auch, wie es der Zufall so wollte, wunderschöne schmale Hände, die so gar nicht zu ihrer übrigen Erscheinung paßten. Sie war eine unbedeutende Wissenschaftlerin – barocke Altargemälde Süddeutschlands – und liebte Madrigale über alles; ich glaube, es waren Madrigale. Sie wohnte zusammen mit ihrer Mutter in einem großen Haus in der Finchley Road. Vermutlich war sie noch nie geliebt worden. Ihr unausrottbares Unglück verbarg sie hinter einer unangenehm derben Fröhlichkeit. Eines Tages, wir diskutierten gerade in meinem Büro über irgendeine nicht sehr wichtige Institutsangelegenheit, brach sie plötzlich zusammen und fing an zu weinen. Ich war natürlich erschüttert. Sie stand vor meinem Schreibtisch, hilflos, bekleidet mit einer Strickjacke und einem schlichten, praktischen Rock, und ihre Schultern bebten, und aus den zugedrückten Augen kamen große dicke Tränen. Ich bot ihr einen Stuhl und einen Whiskey an und bekam nach längerem anstrengendem Gutzureden auch aus ihr heraus, was los war. Eine gescheite junge Wissenschaftlerin, die erst seit kurzem bei uns war und auf demselben Gebiet arbeitete wie sie, hatte sich unverzüglich daran gemacht, Miss Winterbothams Position zu untergraben. Die alte Akademikergeschichte, diesmal allerdings in einer besonders brutalen Version. Ich ließ die Jüngere kommen, die schlaue Tochter französischer Exulanten. Sie stritt Miss Winterbothams Anschuldigungen gar nicht erst ab, sondern lächelte mir auf jene katzenhafte Art ins Gesicht, die französische Mädchen so an sich haben, voller Zuversicht, daß ich ihre Rücksichtslosigkeit gutheißen würde. Ihre Zuversicht war fehl am Platze. Nach Mlle Rogents abruptem Ausscheiden aus dem Institut mußte ich natürlich Miss Winterbothams wortlos-verzückte Dankbarkeit ertragen, die mich in Form von schüchternen kleinen Geschenken ereilte, selbstgebackenen Kuchen zum Beispiel, Flaschen mit widerlich riechender Aftershave Lotion, die ich an Patrick weitergab, und jedes Jahr zu Weihnachten kriegte ich einen enorm scheußlichen Binder von Pink's. Zu guter Letzt wurde ihre Mutter entmündigt, und Miss Winterbotham mußte ihre Karriere aufgeben und sich um die Kranke kümmern, wie Töchter das damals eben taten. Ich habe sie nie wiedergesehen, und nach ein, zwei Jahren blieben auch die Rosinenkuchen und die Seidenkrawatten aus. Warum erinnere ich mich an sie? Wie komme ich darauf, von ihr zu sprechen? Wieso spreche ich von irgend einer dieser nebulösen Gestalten, die rastlos an den Rändern meines Lebens herumgeistern und keinen Frieden finden können? Hier an meinem Schreibtisch, im Licht der Lampe, komme ich mir vor wie Odysseus im Hades, bedrängt von Schatten, die um etwas Wärme flehen, ein paar Tropfen von meinem Blut, damit sie wieder zum Leben erwachen können, und sei es auch nur für kurze Zeit. Was tue ich hier, inmitten dieser aufdringlichen Gespenster? Gerade eben habe ich ihn am Gaumen geschmeckt – wirklich geschmeckt, nicht nur mir eingebildet –, den stechend süßen Geschmack der Schwarze-Johannisbeer-Bonbons, die ich früher immer gelutscht habe, vor einem Menschenleben, wenn ich im Herbst nachmittags aus der Vorschule kam und in Carrickdrum auf der Back Road heimgetrabt bin; wo hat er gelauert, dieser Geschmack, über all die Jahre? All das wird es nicht mehr geben, wenn es mich nicht mehr gibt. Wie ist das nur möglich, wie ist es möglich, daß so viel verlorengeht? Die Götter können es sich leisten, verschwenderisch zu sein, aber doch nicht wir, oder?

Mein Geist schweift ab. Das muß das Vorzimmer des Todes sein.

Also weiter.

Zwischen Ende der vierziger und Anfang der fünfziger Jahre hatte ich eine meiner konzentriertesten Arbeitsphasen; in dieser Zeit habe ich die endgültige Fassung meiner Monographie über Nicolas Poussin konzipiert und zu schreiben begonnen. Es sollte fast zwanzig Jahre dauern, bis ich sie abgeschlossen hatte. Ein paar Pygmäen, die in Akademos' Hain hocken und maulen, hatten die Stirn, die wissenschaftliche Fundiertheit des Buches in Zweifel zu ziehen, doch ich werde sie stillschweigend mit der ihnen gebührenden Verachtung strafen. Ich kenne kein anderes Werk, ebensowenig wie sie, das sich so umfassend, so erschöpfend und – ich darf wohl behaupten – so maßgeblich mit dem

Wesen eines Künstlers und seiner Kunst auseinandersetzt wie dieses. Fast könnte man sagen, ich habe Poussin erfunden. Ich denke oft, das ist die Hauptfunktion des Kunsthistorikers, sein Thema zu synthetisieren, zu konzentrieren, zu *fixieren*, all die widersprüchlichen Stränge – Charakter, Inspiration, Leistung –, die dieses einmalige Geschöpf, den Maler an seiner Staffelei, ausmachen, so miteinander zu verflechten, daß eine Einheit entsteht. Nach mir ist Poussin nicht mehr derselbe, kann er nicht mehr derselbe sein, der er vor mir war. Darin besteht meine Macht. Dessen bin ich mir voll und ganz bewußt. Von Anfang an, seit damals in Cambridge, als ich erkannte, daß ich kein Mathematiker sein kann, habe ich in Poussin ein Paradigma meiner selbst gesehen: der Hang zum Stoizismus, die rasende Suche nach Ruhe, der unerschütterliche Glaube an die verändernde Kraft der Kunst. Ich habe ihn *verstanden*, wie niemand sonst ihn verstanden hat, und eigentlich auch wie *ich* sonst niemanden verstanden habe. Wie habe ich die Kritiker verhöhnt – besonders wohl die Marxisten –, die ihre Kraft darauf vergeudet haben, in seinem Werk nach dem Sinn zu suchen, nach den okkulten Formeln, von denen er seine Formen abgeleitet haben soll. Tatsache ist natürlich, es gibt keinen Sinn. Bedeutung, das ja; Affekte; Autorität; Mystik – Magie, wenn Sie so wollen –, aber keinen Sinn. Die Figuren bei *Arcadia* ergeben nicht etwa irgendeine törichte Parabel über die Sterblichkeit, über Seele und Erlösung; sie sind einfach da. Ihr Sinn ist, daß sie da sind. Das ist das Wesen der künstlerischen Schöpfung schlechthin, etwas an eine Stelle zu setzen, wo sonst nichts wäre. (*Warum hat er es gemalt? – Weil es nicht da war.*) In den Myriaden sich ständig wandelnder Welten, in denen ich mich bewegt habe, war Poussin das einzige, was sich nicht gewandelt hat, das einzig Echte, durch und durch Authentische. Darum mußte ich versuchen, ihn zu zerstören. Was? Warum habe ich das gesagt? Ich habe nicht damit gerechnet, daß ich das sage. Wie meine ich das denn bloß? Lassen wir das; es ist zu beunruhigend. Schon spät. Ich bin umringt von plappernden Gespenstern. Hinfort.

\*

Rein persönlich war wohl die wichtigste Begleiterscheinung meines neuen Amtes bei Hofe, daß ich es endlich nicht mehr nötig hatte, Spion zu sein. Ich weiß, daß alle glauben, ich hätte nie damit aufgehört; das öffentliche Bewußtsein ist sich darüber einig, daß das gar nicht geht, daß der Geheimagent durch einen Blutsschwur an seine Arbeit gebunden ist, einen Schwur, von dem ihn erst der Tod erlösen kann. Das ist Phantasie oder Wunschdenken oder beides. Tatsächlich war der Rückzug aus dem aktiven Dienst, jedenfalls bei mir, überraschend, um nicht zu sagen bestürzend einfach. Das Department war das eine; mit Kriegsende wurden Amateurspione wie ich dort freundlich, aber bestimmt aufgefordert, ihren Hut zu nehmen. Die Amerikaner, die jetzt an der Macht sind, verlangten den Einsatz von Profis, Radfahrertypen wie sie selbst, die sie herumkommandieren und zwingen konnten, nicht solche Außenseiter wie Boy oder, obschon weitaus weniger schillernd, mich. Andererseits aber waren wir genau die Sorte von Agenten – vertraut, vertrauenswürdig, treu ergeben –, die Moskau nun, da der Kalte Krieg begonnen hatte, auf dem Posten behalten wollte, und so drängte man uns, manchmal sogar unter Drohungen, die Verbindung zum Department unter allen Umständen aufrechtzuerhalten. Oleg jedoch war merkwürdig entgegenkommend, als ich ihm mitteilte, daß ich entbunden werden wollte.»Ich kann nicht mehr«, sagte ich, »ich kann einfach nicht mehr. Dieser

Druck macht mich ganz krank.« Er zuckte die Achseln, und ich jammerte weiter, die Arbeit während des Krieges und die Schwierigkeit, zwei miteinander verfeindete Systeme dabei zu unterstützen, sich auf eher unangenehme Weise gegen ein drittes zu verbünden, hätten meine Nerven so sehr aufgerieben, daß es nicht mehr auszuhalten sei. Ich glaube, ich habe ganz schön dick aufgetragen. Zum Schluß drohte ich sogar, ich sei kurz davor, auszupacken. Das war Moskaus Alptraum, daß einer von uns die Nerven verlor und das ganze Netz in Gefahr brachte. Wie alle Totalitaristen hatten die Sowjets vor denjenigen, die ihnen am treusten ergeben waren, am wenigsten Respekt. In Wirklichkeit war das alles gar keine so große Belastung für meine Nerven. Das deutlichste Gefühl, das ich, das wir alle bei Kriegsende empfanden, war eine plötzliche Erschlaffung. Für mich persönlich habe ich den Beginn dieser Depression auf den Morgen nach der Bekanntgabe von Hitlers Tod datiert, als ich nach jener im Freudentaumel mit Boy durchzechten Nacht auf der Couch in der Poland Street aufwachte und einen Geschmack nach feuchter Asche im Mund hatte und mich fühlte, wie sich Jack, der Riesentöter, gefühlt haben muß, als er seine gewaltige Bohnenstange schwang und das menschenfressende Ungeheuer tot zu seinen Füßen lag. Was sollte uns die Welt in Friedenszeiten noch zu bieten haben – nach solchen Prüfungen und solchen Siegen?

»Aber wir haben doch gar keinen Frieden«, sagte Oleg und zuckte abermals teilnahmslos die Achseln. »Jetzt fängt ja erst der richtige Krieg an.«

Es war ein Sommernachmittag, und wir saßen in einem Kino in Ruislip. Gerade waren zwischen zwei Filmen die Lichter angegangen. Ich kann mich noch an das düstere, schattenlose Leuchten erinnern, das von der Kuppeldecke herunterkam, die heiße, stickige Luft, das

Kratzen des Stoffs, mit dem die Sitze bezogen waren, und die kaputte Feder, die mir von unten in den Oberschenkel stach – durchgesessene Kinositze, das dürfte wohl vor ihrer Zeit gewesen sein, Miss V.? –, und an das seltsam schwerelose, gedämpfte Gefühl, das man in der Pause immer im Filmtheater gehabt hat, damals, als Doppelvorführungen üblich waren. Daß wir uns in Kinos trafen, war Olegs Idee gewesen. Sicher, das war eine ausgezeichnete Tarnung, der wahre Grund aber war, daß er ein großer Filmenthusiast war; ganz besonders liebte er die seichten amerikanischen Komödien jener Jahre mit ihren geschniegelten femininen Männern und den wunderbar maskulinen Frauen in Seidenkleidern, bei deren Anblick er seufzte wie ein liebeskranker Froschkönig und die er in einer Art verzückter Trance anstarrte, all diese Claudettes und Gretas und Deannas, wenn sie in ihren wabernden Panzern aus rußig-silbrigem Licht vor ihm herumschwammen. Darin hätte er ausgezeichnet zu Patrick gepaßt.

»Ach, wissen Sie, Oleg«, sagte ich, »der eine Krieg hat mir gereicht; ich habe das Meine getan.«

Er nickte bedrückt, und dabei schwabbelte das Fett rechts und links an seinem Hals wie bei einem Frosch, und dann fing er an, etwas von atomarer Bedrohung zu faseln, und wie nötig es sei, daß die Sowjets die Geheimnisse der westlichen Atomwaffentechnik in die Hand bekämen. Bei solchen Reden kam ich mir immer richtig altmodisch vor. Ich hatte noch nicht einmal meine Verblüffung über die V2 verwunden.

»Das ist Sache eurer Leute in Amerika«, sagte ich.

»Ja, sie wollen Virgil hinschicken.«

Virgil war Boys Deckname. Ich mußte lachen.

»Was – Boy in Amerika? Das ist doch nicht Ihr Ernst?

Er nickte abermals; das schien allmählich so was wie ein nervöser Tick zu werden.

»Castor hat den Auftrag bekommen, ihm einen Posten bei der Botschaft zu besorgen.«

Ich mußte schon wieder lachen. Castor war Philip MacLeish, auch der Sture Schotte genannt, der es im Vorjahr geschafft hatte, sich als erster Botschaftssekretär nach Washington berufen zu lassen, von wo er regelmäßig Berichte nach Moskau durchgab. Ich hatte ihn ein paarmal getroffen, während des Krieges, als er irgendeinen untergeordneten Posten beim Department gehabt hatte, und mochte ihn nicht; sein gravitätisches Getue fand ich lächerlich, seinen fanatischen Marxismus unerträglich fade.

»Boy wird ihn zur Raserei bringen«, sagte ich. »Man wird sie beide in Schimpf und Schande nach Hause jagen.« Sonderbar, wie exakt solche doch eher aufs Geratewohl gemachten Prophezeiungen sein können. »Und ich soll die zwei dann wohl von hier aus überwachen, was?« Ich malte mir das aus, das endlose Lauschen, das Durchkämmen von Funksprüchen, die beiläufigen Sondierungsgespräche mit amerikanischen Besuchern, den ganzen entsetzlichen, mühsamen Drahtseilakt, Agenten auf fremdem Territorium im Amt zu halten. »Tja, tut mir leid«, sagte ich, »das kann ich nicht machen.«

Das Saallicht erlosch, quietschend teilte sich der staubige Plüschvorhang. Oleg sagte nichts, sondern starrte erwartungsvoll auf die Leinwand, wo der Vorspann angefangen hatte, ein knisterndes, brodelndes Geflimmer von zerschrammtem weißem Licht.

»Ich bin zum Herrscher über die königlichen Leinwände ernannt worden«, sagte ich, »habe ich Ihnen das schon erzählt?« Widerstrebend riß er sich vom Anblick von Jean Harlows satingewandetem Rücken los und blinzelte mich im wäßrigen Licht, das von der Leinwand kam, ungläubig an. »Nein, Oleg«, sagte ich matt, »nicht solche wie die da: Gemälde. Sie wissen doch: Kunst. Ich werde im Palast arbeiten, Seite an Seite mit dem König. Verstehen Sie? Das können Sie Ihren Herren in Moskau sagen: daß Sie einen Informanten haben, der direkt neben dem Thron sitzt, einen ehemaligen Agenten in der Schaltstelle der Macht. Das wird ungeheuer Eindruck auf sie machen. Da kriegen Sie sicher einen Orden. Und ich meine Freiheit. Na, was sagen Sie dazu?«

Er sagte gar nichts; er wandte sich wieder der Leinwand zu. Ich war leicht pikiert; ich fand, er hätte zumindest versuchen können, mich zu agitieren.

»Hier«, sagte ich und drückte ihm die Miniaturkamera, mit der er mich vor Jahren ausgestattet hatte, in seine feuchtwarme Patschhand. »Ich hab sowieso nie richtig damit umgehen gelernt.« Im flackernden Licht von der Leinwand – was für eine heisere Stimme diese Harlowe doch hatte – ließ er den Blick zwischen der Kamera und mir hin- und herschweifen, babyhaft ernst, aber immer noch ohne ein Wort. »Tut mir leid«, sagte ich, aber es hörte sich verärgert an. Ich stand auf und klopfte ihm auf die Schulter. Er machte einen halbherzigen Versuch, nach meiner Hand zu greifen, doch ich zog sie rasch zurück und drehte mich um und stolperte davon. Der Verkehrslärm auf der sonnenhellen Straße klang wie sardonisches Gelächter. Ich fühlte mich federleicht und gleichzeitig bleischwer, als hätte ich die Bürde abgeworfen, die ich über Jahre mit mir herumgeschleppt hatte, und wäre mir auf einmal wieder des langvergessenen Gewichts meines eigenen, allzuvertrauten Ich bewußt geworden.

Anfangs konnte ich es nicht fassen, daß Moskau mich einfach gehen ließ, einfach so. Ich fühlte mich in meiner Eitelkeit gekränkt, ganz abgesehen von allen anderen Erwägungen. War ich ihnen denn so wenig wert gewesen, daß man mich nun ohne viel Aufhebens fallenließ?

Zuversichtlich und beklommen wartete ich auf die ersten Anzeichen dafür, daß Druck ausgeübt wurde. Ich überlegte mir, was ich im Falle einer Erpressung täte. Ob ich bereit wäre, mein Ansehen in der Welt aufs Spiel zu setzen, nur um frei zu sein? Vielleicht hätte ich doch keinen so harten Schnitt machen sollen, sagte ich mir, vielleicht hätte ich sie ruhig weiter mit den paar Brocken Department-Klatsch beliefern sollen, die ich von Boy und den anderen aufschnappte und mit denen sie ohne Frage glücklich gewesen wären. Es stand in ihrer Macht, mich zu ruinieren. Natürlich würden sie nicht enthüllen, daß und wie ich für sie gearbeitet hatte, das war mir klar – man brauchte schließlich nur an einem Faden zu ziehen, und schon hätte sich das ganze Netz in Wohlgefallen aufgelöst –, aber sie konnten mühelos einen Anlaß finden, mich als Homo anzuprangern. Die öffentliche Schmach hätte ich eventuell noch ertragen, aber die Aussicht, eine Zeitlang im Gefängnis zu sitzen, schmeckte mir ganz und gar nicht. Doch es vergingen Tage, Wochen und schließlich Monate, ohne daß etwas passierte. Ich trank sehr viel; es kam vor, daß ich schon vor zehn Uhr morgens betrunken war. Wenn ich nachts auf die Pirsch ging, war ich ängstlicher denn je: in gewisser Weise hatten sich Sex und Spionieren die Waage gehalten, das eine war die Tarnung für das andere gewesen. Wenn ich irgendwo herumlungerte und auf Oleg wartete, war ich schuldig und unschuldig zugleich, weil ich nur spionierte und nicht verführte, und wenn ich angespannt auf den schattigen Treppen der öffentlichen Bedürfnisanstalten lauerte, dann war ich einfach irgendein Homo und nicht ein Verräter, der die kostbarsten Geheimnisse seines Landes ausplauderte. Verstehen Sie? Wenn man so lebt, wie ich gelebt habe, dann geht die Vernunft die verschlungensten Wege, um sich selber zu betrügen.

Ich fragte mich, was Oleg wohl in Moskau erzählt haben mochte. Ich spielte mit dem Gedanken, noch einmal Kontakt zu ihm aufzunehmen und ihn zu fragen. Ich malte mir aus, wie er im Kreml stand, auf dem spiegelblanken Parkett, mitten in einem jener riesigen, hohen, gesichtslosen Säle, unglücklich schnaufte und den Hut in den Händen drehte, während ein schemenhaftes Politbüro hinter einem langen Tisch saß und in furchtbarem Schweigen zuhörte, wie er sich stammelnd meinetwegen entschuldigte. Alles reine Phantasie, selbstredend. Wahrscheinlich wurde mein Fall von irgendeinem dritten Sekretär in der Botschaft in London bearbeitet. Sie brauchten mich nicht – sie hatten mich nie gebraucht, jedenfalls nicht so, wie ich mir vorgestellt hatte –, und da haben sie einfach die Verbindung abgebrochen. Pragmatisch waren sie schon immer gewesen, nicht so wie diese verrückten Fanatiker an der Spitze des Departments. Es gab sogar noch eine dankbare Geste, in Anerkennung für meine jahrelangen treuen Dienste: ein halbes Jahr nach jenem Treffen im Odeon in Ruislip kontaktierte mich Oleg, um mir mitzuteilen, daß Moskau mir ein kleines Geldgeschenk machen wollte, ich glaube, es waren fünftausend Pfund. Ich lehnte ab – keiner von uns hat auch nur einen Penny mit seiner Arbeit für Rußland verdient – und gab mir Mühe, mich nicht gekränkt zu fühlen. Ich erzählte Boy, daß ich ausgestiegen war, doch er glaubte mir nicht, sondern hatte den Verdacht, daß ich nur noch tiefer in den Untergrund abtauchen sollte, ein Verdacht, den er Jahre später bestätigt zu finden meinte, als der ganze Laden zusammenbrach und man ausgerechnet mich dazu auserkor, die Sache in Ordnung zu bringen.

\*

Auch das Ausscheiden aus dem Department ging ohne irgendwelche Formalitäten vonstatten; ich zog mich einfach zurück, wie so viele im Jahr davor. Eines Abends traf ich Billy Mytchett zufällig in einem Pub am Picadilly, und wir waren beide peinlich berührt, wie zwei alte Schulkameraden, die sich seit ihrer Lausbubenzeit nicht mehr gesehen hatten. Auch Querell traf ich per Zufall, im Gryphon. Er behauptete, er habe das Department noch vor mir verlassen, und wie immer fühlte ich mich angesichts dieses schmallippigen Lächelns und dieses abschätzenden, wäßrigen Blicks sofort in der Defensive. Boy, der unmittelbar vor seiner Abreise nach Washington stand, war gerade von einer wüsten Freß- und Sauftour quer durch Nordafrika zurück, die er ausgerechnet mit seiner Mutter gemacht hatte, einer noch sehr flotten und ausgesprochen gutaussehenden Frau, deren Betragen kaum weniger skandalös war als das ihres Sohnes – und Querell war über all diese Eskapaden genauestens informiert: wie Boy sich bei einer Cocktailparty in der Botschaft in Rabat hatte vollaufen lassen und vor den Augen der Gattin des Botschafters aus dem Fenster in die Bougainvilleen gepinkelt hatte und dergleichen.

»In Kairo hat er anscheinend einen ganzen Abend in der Bar vom Shephard's Hotel gehockt und jedem, der's hören wollte, erzählt, daß er jahrelang für die Russen spioniert hat.«

»Ja«, sagte ich, »das alte Lied. Es macht ihm einfach Spaß, die Leute zu schockieren.«

»Wenn ich den in einem Buch verwenden wollte, würde jeder sagen, der ist nicht echt.«

»Ach, ich weiß nicht; auf jeden Fall würde er Farbe reinbringen.«

Querell sah mich scharf an und grinste; seine düsteren kleinen Romane, diese Spiegelbilder eines heruntergekommenen Zeitgeists, hatten endlich eingeschlagen, und er genoß den Erfolg, mit dem er plötzlich überhäuft wurde und der jeden außer ihn selbst überraschte.

»Du meinst, meinen Sachen fehlt Farbe?« sagte er.

Ich zuckte die Achseln.

»Ich lese ja so was nicht oft.«

Eine Woche später trafen wir uns schon wieder, diesmal bei der Abschiedsparty, die Leo Rothenstein in der Poland Street für Boy gab. Das sollte ein legendärer Abend werden, mir aber ist am stärksten der Kopfschmerz in Erinnerung, der unmittelbar bei meiner Ankunft einsetzte und bis weit in den nächsten Tag hinein anhielt. Es waren natürlich alle da. Sogar Vivienne hatte sich aus ihrem Refugium in Mayfair herausgewagt. Sie reichte mir ihre kühle Wange zum Kuß, und den Rest des Abends gingen wir einander aus dem Wege. Die Party begann, wie üblich, ohne Präliminarien. Von einer Minute zur anderen war Lärm da und Qualm und stechender Alkoholgestank. Leo Rothenstein spielte auf dem Klavier Jazzmusik, und ein Mädchen tanzte auf dem Tisch und zeigte ihre Strumpfbänder. Boy, der gerade aus dem Außenministerium kam, hatte unterwegs zwei junge Rüpel aufgelesen, die nun hier herumstanden, die Kippe in der hohlen Hand, und das immer besoffener werdende Treiben mit einer Mischung aus schmaläugiger Verachtung und geradezu hinreißender Unsicherheit beobachteten. Später fingen sie dann an, sich zu prügeln, aber wohl eher aus Langeweile als aus Wut, nehme ich an, nicht im Ernst, obgleich der eine ein Messer hatte. (Noch später, habe ich gehört, hat einer meiner Kollegen aus dem Institut sie mit zu sich nach Hause genommen, ein harmloser Kunstexperte und Gelegenheitssammler, und als er am nächsten Nachmittag wach wurde, mußte er feststellen, daß nicht nur die beiden Rüpel weg waren, sondern auch alles, was in seiner Wohnung irgendwie von Wert war.)

Querell erwischte mich in der Küche. Er hatte wieder dieses merkwürdige Glitzern in den Augen, so eine Art Meeresleuchten, wie immer, wenn er einen über den Durst getrunken hatte; das war das einzige körperliche Anzeichen von Trunkenheit, das ich je an ihm wahrgenommen habe.

»Ich hab gehört, Queen Mary hat dir ein Geschenk geschickt, eine Handtasche«, sagte er. »Ist das wahr?«

»Ein Ridikül«, sagte ich steif. »Georgianisch; sehr gutes Stück. Als Ausdruck ihrer Dankbarkeit. Ich hatte ihr zu einem Gelegenheitskauf verholfen – ein Turner, übrigens. Ich weiß nicht, was alle Welt daran so komisch findet.«

Nick kam heran, in trunkenem Groll; Sylvia hatte gerade das erste Kind gekriegt, und er feierte anscheinend immer noch die Geburt. Er blieb schwankend bei uns stehen, betrachtete mich mit einem schmutzigen Funkeln in den Augen, atmete geräuschvoll ein und aus und malmte mit den Kiefern.

»Ich hab gehört, du bist aus dem Department ausgeschieden«, sagte er. »Noch so eine Ratte, die das arme alte sinkende Schiff verläßt, und wir können zusehen, wie wir den Kahn über Wasser halten.«

»Halt, alter Knabe«, sagte Querell mit spöttischem Grinsen. »Es könnten Spione in der Nähe sein.«

Nick sah ihn finster an.

»Kein einziger anständiger Patriot hier in diesem Sauhaufen. Und was macht ihr, wenn die russischen Panzer über die Elbe gerollt kommen, häh? Was macht ihr dann?«

»Hör schon auf, Nick«, sagte ich. »Du bist ja betrunken.«

»Kann sein, daß ich betrunken bin, aber ich weiß genau, was los ist. Dieser verdammte Boy haut ab nach Amerika. Wozu soll das gut sein, nach Amerika zu gehn?«

»Ich dachte, du hast das selber organisiert«, sagte Querell.

Neben uns, am Ausguß, übergab sich eine junge Frau in einem rosa Kleid.

»Was organisiert?« sagte Nick mißlaunig. »Was soll ich organisiert haben?«

Querell lachte leise und spielte dabei mit seiner Zigarette, drehte sie zwischen den Fingern.

»Ach, nichts weiter, ich hab bloß gehört, das hast du organisiert, daß Bannister nach Washington geht«, sagte er. Er war in seinem Element. »Oder hab ich da was falsch verstanden?«

Nick beobachtete mit dumpfem Interesse das kotzende Mädchen.

»Was hab ich denn schon zu sagen?« maulte er. »Wir haben doch eh nichts mehr zu sagen, jetzt, wo diese verdammten Roten am Ruder sind.«

Vivienne kam vorbei, und Querell streckte seine dünne, knochige, blutleere Hand nach ihr aus und packte sie grob am Arm.

»Hallo, Viv«, sagte er, »du redest wohl nicht mehr mit uns?«

Ich beobachtete die beiden. Viv hatte noch nie jemand zu ihr gesagt.

»Ach, ich dachte, ihr diskutiert über Männersachen«, sagte sie, »ihr habt so ernst und verschwörerisch ausgesehen. Victor, du machst ja so ein finsteres Gesicht – hat Querell dich wieder aufgezogen? Wie geht's denn der armen Sylvia, Nick? Kinderkriegen kann einen fix und fertig machen, find ich. Großer Gott, was hat denn diese junge Frau da bloß gegessen? Sieht ja aus wie Tomatenschalen. Das sind doch Tomatenschalen, oder? Oder ist das etwa Blut? Blutstürze in so jungen Jahren, das ist kein gutes Zeichen. Ich muß zurück; ich hab mich gerade mit einem furchtbar interessanten Mann unterhalten.

Ein Neger. Er scheint sich schrecklich über irgendwas geärgert zu haben. Da fällt mir ein, habt ihr gehört, was Boy geantwortet hat, als dieser Mytchett ihn beschworen hat, ja vorsichtig zu sein in seinem neuen Leben in der Neuen Welt? Mytchett hat gesagt, die Themen, die man bei den Amerikanern auf keinen Fall ansprechen darf, sind Rasse, Homosexualität und Kommunismus, und da hat Boy gesagt: *Soll das heißen, ich darf mich nicht an Paul Robeson ranmachen?*«

»Eine wunderbare Frau«, sagte Querell, als sie weg war. Er legte mir die Hand auf den Arm. »Ihr seid doch noch nicht geschieden, oder?«

Und Nick lachte laut und dreckig auf.

Um Mitternacht hatte ich eine unangenehme Unterhaltung mit Leo Rothenstein, bei der ich mich gewaltig in die Enge getrieben fühlte. Wir standen auf dem Treppenabsatz vor Boys Zimmer, und auf den Stufen über und unter uns saßen lauter Betrunkene.

»Hab gehört, du willst aussteigen«, sagte er. »Willst dich höflich empfehlen, wie? Naja, wahrscheinlich hast du recht. Bleibt uns ja weiter nicht mehr viel übrig, nicht wahr? Boy hat schon die richtige Idee gehabt – Amerika, da spielt die Musik. Und, sicher, du hast schließlich deine Arbeit; in letzter Zeit seh ich andauernd deinen Namen. Ich soll irgendeinen Posten im Handelsministerium übernehmen. Stell dir das mal vor! Unsere Freunde werden entzückt sein, bei ihrer Leidenschaft für Traktoren und dergleichen. Aber an Bletchley kommt das nicht ran, nicht wahr? Man kann sich schon zurücksehnen nach den alten Zeiten. Viel mehr Spaß, und dieses nette, warme Gefühl, daß man wirklich etwas für die Sache tut.«

Er holte ein unglaublich schmales goldenes Zigarettenetui hervor und öffnete es mit einer eleganten Daumenbewegung, und plötzlich sah ich wieder den sonnendurchfluteten Wintergarten in Oxford, vor langer, langer Zeit, und wie der junge Biber mit genau der gleichen Geste ein Zigarettenkästchen geöffnet hatte, und da passierte etwas in meiner Brust, als hätte es dort drinnen angefangen zu regnen. Mir wurde klar, daß ich offenbar betrunken war.

»Nick will fürs Parlament kandidieren«, sagte ich.

Leo kicherte leise.

»Ja, hab ich gehört. Ziemlicher Witz, findest du nicht auch? Na, wenigstens hat man ihm einen Sitz gesichert, es wird also nicht zu einer Demütigung kommen. Ich seh ihn schon vor mir, wie er auf dem Podium steht.«

Ich stellte mir kurz, aber befriedigend vor, wie ich Leo eins in seine große, häßliche Fresse gab und ihm die Raubvogelnase einschlug.

»Kann sein, daß er uns alle überrascht«, sagte ich.

Leo sah mich einen Moment an – merkwürdig neugierig und mit weit aufgerissenen Augen –, und dann lachte er laut auf seine humorlose Art.

»O ja, kann sein«, sagte er heftig nickend. »Das kann in der Tat passieren!«

Unter uns schlug jemand einen zittrigen Akkord auf dem Klavier an, und Boy sang eine obszöne Version von »The Man I Love«.

\*

Heutzutage redet alles abfällig über die fünfziger Jahre und was das für eine schreckliche Zeit war – und das stimmt ja auch, wenn man an McCarthy denkt, an Korea und an den Aufstand in Ungarn, all die ernsten historischen Dinge; ich habe allerdings den Verdacht, daß die Leute sich weniger über politische als vielmehr über private Dinge beklagen. Ich glaube, sie haben ganz einfach nicht genug Sex bekommen. Immer diese Fummelei mit den Miederwaren und der wollenen Unterwäsche, die verbissenen Geschlechtsakte auf Autorücksitzen, das Jammern, die Tränen, das verächtliche Schweigen, während der Rundfunkempfänger stumpfsinnig von ewiger Liebe gurrte – puh! wie schäbig, wie niederschmetternd hoffnungslos. Ein mieses, durch den Wechsel billiger Ringe symbolisiertes Tauschgeschäft, das war noch das Beste, was man zu erwarten hatte, und danach dann ein Leben, bei dem sich die eine Seite hin und wieder heimlich Erleichterung schafft und die andere die Rolle einer schlechtbezahlten Prostituierten einnimmt. Dagegen – O Freunde! – war es wahrhaftig ein Segen, homosexuell zu sein. Die fünfziger Jahre waren die letzte große Ära der Homosexualität. Heute redet ja alles von Freiheit und Stolz (Stolz!), aber diese jungen Hitzköpfe in ihren rosaroten Schlaghosen, die dafür plädieren, daß jeder das Recht haben soll, es auf offener Straße zu tun, wenn ihm danach ist, scheinen gar nicht zu ahnen oder zumindest nicht wahrhaben zu wollen, wie aphrodisierend Heimlichkeit und Angst wirken können. Wenn ich nachts loszog auf die Klappe, mußte ich vorher immer eine Stunde lang einen großen Gin nach dem anderen kippen – als Nervenstärkung und um mich für die lauernden Gefahren zu stählen. Die Möglichkeit, zusammengeschlagen oder ausgeraubt zu werden oder mich mit einer Krankheit anzustecken, war nichts, verglichen mit der Aussicht auf Verhaftung und öffentliche Schmach. Und je höher der Rang war, den man auf der gesellschaftlichen Stufenleiter erklommen hatte, desto tiefer konnte man fallen. Mehr als einmal wurde ich von der schweißtreibenden Vorstellung heimgesucht, daß man mir das Tor zum Palast vor der Nase zuschlug und ich kopfüber die Treppe vor dem Institut runterstürzte, und über mir im Portal stand Porter, der Portier – ja, aber das war schon längst nicht mehr amüsant –, und klopfte sich die Hände ab und kehrte mir mit höhnischem Grinsen den Rücken. Und doch, welch süßen Kitzel bekamen meine nächtlichen Abenteuer durch diese Ängste, welch herrliche Erregung schnürte mir die Kehle zu, wenn ich daran dachte.

Ich liebte die Mode der fünfziger Jahre, die wunderbaren Dreiteiler, die voluminösen Baumwollhemden, die seidenen Fliegen und die klobigen, handgearbeiteten Schuhe. Ich liebte all die Accessoires, die damals zum täglichen Leben gehörten und über die man sich heute so gern lustig macht, die würfelförmigen weißen Sessel, die kristallenen Aschenbecher, die abgerundeten hölzernen Radioapparate mit ihren glühenden Röhren und ihrem geheimnisvoll-erotischen Maschengewebe an der Vorderseite – und die Autos natürlich, schnittig, schwarz, mit ausladendem Hinterteil, wie die Neger, die schwarzen Jazzmusiker, die ich gelegentlich, wenn das Glück mir hold war, am Bühneneingang des London Hippodrome aufgegabelt habe. Wenn ich so zurückblicke, dann sind das die Dinge, an die ich mich am lebhaftesten erinnere, nicht die großen gesellschaftlichen Ereignisse, nicht die Politik – die im Grunde gar keine Politik war, sondern bloß ein hysterisches Gerangel um mehr Krieg – und nicht einmal – muß ich leider sagen – daran, wie es meinen Kindern erging, die so verunsichert und so bedürftig waren in den Jahren ihrer vaterlosen Pubertät; am deutlichsten erinnere ich mich an das flirrende, schwirrende Homoleben, diesen Zauber, dessen Symbol der weiße Seidenschal war, das Gezänk und die Sorgen, die Gefahr und immer wieder die Fülle der unaussprechlichen Freuden. Das war es auch, was Boy in seinem Exil in Amerika so sehr vermißte. (»Unter diesen ganzen fremden Strohpuppen hier«, schrieb er mir, »komme ich mir vor wie Ruth.«) Weder Cadillac noch Camel, noch die kurzgeschorenen Footballspieler der

Neuen Welt könnten ihm London ersetzen. Wenn er nicht nach Amerika gegangen wäre, wenn er einfach ausgestiegen wäre wie ich, oder wenn er dabeigeblieben wäre und weiter hier und da für Oleg gearbeitet hätte, vielleicht hätte er sich dann den ganzen Kummer ersparen können und wäre als fröhliche alte Tunte geendet, die zwischen dem Reform Club und der öffentlichen Bedürfnisanstalt am Green Park hin und her pendelt. Doch Boy war unheilbar der Sache ergeben. Wirklich schade.

Ich war immer der Meinung, daß Boy in Amerika ein bißchen durchgedreht hat. Er wurde rund um die Uhr überwacht – für das FBI, das den Witz nicht recht verstanden, das die Pointe nicht mitgekriegt hatte, war er von Anfang an verdächtig gewesen –, und er trank auch zuviel. Wir waren seine Unverfrorenheiten ja gewohnt – die Rüpeleien, die tagelangen Sauftouren, die öffentlich zur Schau getragene Satyriasis –, nun aber wurden die Geschichten immer finsterer, die Taten immer verzweifelter. Auf einer Party, die eine der legendären Washingtoner Gastgeberinnen – ihren Namen habe ich glücklicherweise vergessen – für die Leute von unserer Botschaft gab, machte er einem jungen Mann unter den Augen der anderen Gäste unschickliche Angebote, und als der arme Kerl sich das verbat, schlug er ihn nieder. Er fuhr in halsbrecherischem Tempo mit diesem lächerlichen Auto, das er sich angeschafft hatte – ein rosarotes Kabriolett mit echter Klaxonhupe, die er begeistert an jeder Straßenkreuzung betätigte –, in ganz Washington und den angrenzenden Staaten herum und kassierte Strafzettel wegen überhöhter Geschwindigkeit, drei bis vier Stück am Tag, die er unter Berufung auf seine diplomatische Immunität vor den Augen der Verkehrspolizisten zerriß. Der arme Boy; er hat nicht gemerkt, wie sehr er sich überlebt hatte. In den zwanziger Jahren, als wir alle so leicht zu amüsieren waren, da wäre so etwas noch amüsant gewesen, jetzt aber waren seine Taktlosigkeiten nur mehr peinlich. Oh, selbstverständlich ergötzten wir uns auch weiterhin damit, uns gegenseitig von seinen neusten Kapriolen zu erzählen, und lachten und schüttelten den Kopf und sagten: *Der gute alte Boy, der wird sich nie ändern!* Doch dann verstummte alles, und irgend jemand hüstelte, und jemand anders bestellte lauthals die nächste Runde, und damit war das Thema stillschweigend ad acta gelegt.

Und dann, an einem schwülen Abend Ende Juli, trat ich aus dem Institut und starrte entgeistert auf den verlaufenen Kreidefleck auf dem regennassen, dampfenden Pflaster. Früher war das immer das Zeichen gewesen, mit dem mich Oleg zu einem Treff beordert hatte. Der Anblick dieses weißen Flecks löste sehr gemischte Gefühle bei mir aus: Erschrecken, natürlich, das sich rasch zu Furcht steigerte; Neugier und irgendwie auch eine kindische Hoffnung; am stärksten aber, und am überraschendsten, Nostalgie, die zweifellos durch die Gerüche des abendlichen Sommerregens auf dem Pflaster und das Meeresrauschen der Platanen über mir genährt wurde. Ich ging ein Stück, den Regenmantel überm Arm, äußerlich ruhig, doch meine Gedanken waren in Aufruhr; schließlich, und dabei kam ich mir ganz schön albern vor, verschwand ich in einer Telefonzelle – prüfender Blick zu den Straßenecken, in die gegenüberliegenden Fenster, auf das parkende Auto dort – und wählte die alte Nummer und stand da, glühend vor Spannung, und hörte mein Blut in den Schläfen pochen. Die Stimme am anderen Ende der Leitung war unbekannt, doch mein Anruf kam nicht unerwartet. Regent's Park, sieben Uhr: alles wie immer. Während die fremde Stimme diese Anweisungen übermittelte – wie leer und ohne Timbre sie doch sind, diese gedrillten russischen Stimmen –, war mir, als hörte ich Oleg im Hintergrund glucksen. Ich hängte ein, trat aus der Zelle und winkte ein Taxi heran, und dabei klebte mir die Zunge am Gaumen, und mir war ein bißchen schwindlig. Alles wie immer.

\*

Oleg wirkte noch etwas gedrungener als früher, hatte sich aber ansonsten seit unserer letzten Begegnung nicht groß verändert. Er trug seinen blauen Anzug, den grauen Regenmantel, den braunen Hut. Er begrüßte mich herzlich, nickte mit seinem Plumpuddingkopf und gab ein erfreutes Blubbern von sich. Der Regent's Park lag da in goldenem Dunst und im fahlen Graugrün des milden Sommerabends. Das Gras roch nach Regen. Wir trafen uns am Zoo, wie früher auch immer, und schlugen den Weg zum See ein. Arm in Arm schlenderten verträumte Liebespärchen über den Rasen. Kreischende Kinder rannten herum. Eine Frau führte einen kleinen Hund spazieren. »Wie bei Watteau«, sagte ich. »Ein Maler. Franzose. Was wollen Sie, Oleg? Ich meine, woran sind Sie interessiert?« Oleg wackelte bloß mit dem Kopf und gab abermals sein blubberndes Glucksen von sich.

»Castor will gehen«, sagte er. »Er meint, es wird Zeit, daß er geht.«

Ich stellte mir vor, wie MacLeish durch das öde, graue, windige Moskau stapfte. Gut möglich, daß er sich dort beinah wie zu Hause fühlte – immerhin war er in Aberdeen geboren.

»Und Boy?« fragte ich.

Auf dem See ließen erwachsene Männer ihre Modellboote schwimmen. Ein ziemlich schöner junger Mann in weißem Hemd und Manchesterhose, ein Gespenst aus meiner Jugendzeit, lümmelte in einem Liegestuhl und rauchte versonnen eine Zigarette.

»Ja, Virgil auch«, sagte Oleg. »Sie gehen zusammen.« Ich seufzte.

»So«, sagte ich, »so weit ist es also gekommen. Das hätte ich nie für möglich gehalten, wissen Sie.« Ich schaute zu dem jungen Mann im Liegestuhl hinüber; unsere Blicke begegneten sich, er lächelte unverschämt und einladend, und ich hatte wieder den vertrauten Kloß im Hals. »Wieso kommen Sie damit zu mir?« fragte ich Oleg.

Er sah mich mit seinen Glubschaugen an, ausdrucksloser und naiver denn je.

»Wir müssen sie irgendwie nach Frankreich schaffen«, sagte er, »oder nach Nordspanien vielleicht. Jedenfalls auf den Kontinent. Von da aus ist es einfach.«

Moskau hatte vorgeschlagen, ein U-Boot zu schicken, das die zwei an irgendeinem See im Hochland auflesen sollte. Ich stellte mir vor, wie Boy und der Sture Schotte im Dunkeln über nasses Felsgestein stolperten, in völlig durchgeweichten Straßenschuhen, wie sie verzweifelt versuchten, ihre Taschenlampen anzuknipsen, während draußen in der Nacht der Kapitän des U-Boots die Küste nach ihrem Signal absuchte und leise russische Flüche ausstieß.

»Herrgott noch mal, Oleg«, sagte ich, »geht's nicht vielleicht auch etwas weniger melodramatisch als ausgerechnet mit einem U-Boot? Wieso können sie nicht einfach die Fähre nach Dieppe nehmen? – oder einen von diesen Dampfern, die solche Achtundvierzig-Stunden-Kreuzfahrten an der französischen Küste entlang machen? Damit fahren immer die Geschäftsmänner, die sich heimlich übers Wochenende mit ihrer Sekretärin verlustieren wollen. Die legen in St. Malo an und so; da kontrolliert kein Mensch die Papiere oder vergleicht die Passagierlisten.«

Plötzlich langte Oleg nach meinem Arm und drückte ihn; er hatte mich noch nie berührt; seltsames Gefühl.

»Verstehen Sie, John, warum ich zu Ihnen gekommen bin?« sagte er treuherzig. »So ein kühler Kopf.« Ich konnte mir ein höhnisches Grinsen nicht verkneifen; ich brauche es, gebraucht zu werden, wissen Sie, das war schon immer meine Schwäche. Wir gingen weiter. Die tiefe Sonne schien auf das emailleblanke Wasser neben uns und wirbelte goldene Lichtflocken auf. Oleg kicherte und schniefte dabei durch seine platte Schweinsnase. »Und sagen Sie mir doch, John«, sagte er schelmisch, »waren Sie auch schon mal mit Ihrer Sekretärin auf so einem Dampfer?« Und dann erinnerte er sich und wurde rot und beeilte sich, an mir vorbeizukommen, und watschelte wie eine fette alte Babuschka vor mir her.

*

Boy kam zurück. Ich rief ihn in der Wohnung in der Poland Street an. Er klang beunruhigend entschlossen. »Tipptopp, alter Knabe, so gut wie nie, bin froh, wieder zu Hause zu sein, diese *verdammten* Amerikaner.« Wir trafen uns im Gryphon. Er war aufgedunsen und vornüber gebeugt, und seine Haut glänzte wie bei einem Fisch. Er stank nach Alkohol und amerikanischen Zigaretten. Mir fiel die schartige Haut rund um seine Fingernägel auf, und ich mußte an Freddie denken. Er hatte sich ordentlich herausgeputzt: enge karierte Hosen, Tennisschuhe, Hawaiihemd mit viel Scharlachrot und kräftigem Grün, und neben ihm auf der Theke hockte gleich einem riesigen, bösartigen Pilz ein rehbrauner Stetson. »Herrgott, nun trink doch was. Wir lassen uns mal wieder so richtig vollaufen, einverstanden? Mein Herz schmerzt, und ein dumpfer Traum et cetera.« Er lachte hustend. »Hast du Nick gesehn? Wie geht's ihm denn, ich hab richtig Sehnsucht nach ihm gehabt. Nach euch allen. Da drüben die Leute verstehn nicht, sich zu amüsieren. Arbeit, Arbeit, Arbeit, Sorgen, Sorgen, Sorgen. Und ich, Boyston Alastair St John Bannister, saß in einem Irrenhaus und konnte nichts weiter machen, als mich um meinen Verstand saufen und schwarze Männer besteigen. Ich mußte da raus; das verstehst du doch, oder? Ich mußte da raus.«

»Ach du liebe Zeit«, sagte ich, »Boyston ist dein richtiger Name? Das hab ich gar nicht gewußt.«

Betty Bowler saß auf ihrem Hocker hinter der Bar, rauchte pastellfarbene Zigaretten und klimperte mit ihren Armreifen. Betty hatte sich unterdessen in eine dicke alte Schlampe verwandelt – ein Unglück, das allen üppigen jungen Schönheiten widerfährt. In der Blüte ihrer Jahre hatte Mark Gertler ihr berühmt gewordenes Porträt gemalt – sahniges Fleisch, blaue Augen, die Brustwarzen gebrannte Siena, in einer rosa Schale eine Pyramide aus bedeutungsschwangeren Äpfeln –, aber nun, da sie wacker auf die Sechzig zuwatschelte, war der Bloomsbury-Blick ein für allemal zum Teufel, im Fett versackt, und sie sah aus wie die Kartoffelmenschen von Lucian Freud. Ich habe mich immer ein bißchen vor ihr gefürchtet. Sie neigte dazu, übers Ziel hinauszuschießen; aus einer harmlosen Stichelei konnte bei ihr im Handumdrehen eine wüste, giftige Beschimpfung werden. Eine ihrer Marotten war, hartnäckig so zu tun, als ob sie nicht die leiseste Ahnung hätte, daß es Leute gibt, die homosexuell sind.

»Hab gedacht, du bringst dir 'ne Kriegsbraut mit, Boy Bannister«, sagte sie in ihrem breitesten Cockney. »So 'ne Yankee-Erbin, 'ne hübsche große Blonde mitm Mordskapital im Rücken.«

»Ach, Betty«, sagte Boy, »du bist bühnenreif.«

»Selber, olles Ekelpaket. Du könntest glatt die weibliche Hauptrolle spielen, bloß daß du dafür nicht männlich genug aussiehst.«

Querell tauchte auf, er kam in einem zerknitterten weißen Leinenanzug und zweifarbigen Schuhen. Er hatte damals gerade seine Globetrotterphase. Er wollte nach Liberia, oder vielleicht war es auch Äthiopien; weit weg jedenfalls, in die Hitze und in die Wildnis. Es hieß, er sei auf der Flucht vor einer unglücklichen Liebesaffäre – *Der Liebe Last* war soeben erschienen –, aber das Gerücht hatte er vermutlich selbst in Umlauf gebracht. Er setzte sich zwischen uns an die Bar, gab sich gelangweilt und weltverdrossen und trank einen dreistöckigen Gin nach dem anderen. Ich betrachtete einen rauchig-fahlen Streifen Sonnenlicht unten an der Treppe zur Tür und dachte darüber nach, wie das Leben dort draußen heimlich seinen Geschäften nachging und sich Mühe gab, unbemerkt zu bleiben.

»Soso, Bannister«, sagte Querell, »da haben dich die Amerikaner also endlich durchschaut, ja?«

Boy sah ihn mürrisch von der Seite an.

»Was soll 'n das heißen?«

»Ich hab gehört, Hoover hat dich rausgeschmissen. Du weißt ja, der ist 'ne notorische Tunte. Die haben doch alle ihre kleinen perversen Vorlieben, diese Hoovers und Berias, nicht wahr?«

Viel später – das Licht unten an der Treppe war inzwischen rotgolden – kam Nick mit Leo Rothenstein, beide im Abendanzug, flott und ein klein wenig lächerlich, wie zwei feine Pinkel auf einer Karikatur aus dem *Punch*. Ich war überrascht, sie hier zu treffen. Seit seiner Wahl hatte Nick peinlich darauf geachtet, sich von den alten Lokalen fernzuhalten, und Leo, dessen Vater im Sterben lag, stand unmittelbar davor, die Peerswürde und das Bankhaus der Familie zu erben. »Wie in alten

Zeiten«, sagte ich, und die beiden starrten mich schweigend und merkwürdig ausdruckslos an. Ich war wohl betrunken. Nick bestellte mißmutig eine Flasche Champagner. Er trug einen karmesinroten Kummerbund; er hat eben keinen Geschmack. Wir erhoben die Gläser und tranken auf Boys Rückkehr. Aber wir waren nicht mit dem Herzen dabei. Als die erste Flasche leer war, brachte Betty Bowler uns noch eine zweite, eine aufs Haus.

»Auf die fernen Freunde!« sagte Leo Rothenstein und zwinkert mir über sein Glas hinweg zu.

»O Gott«, nuschelte Boy und hielt sich mit dem dikken, sonnengebräunten Arm die Augen zu, »ich fang gleich an zu heulen.«

Dann rief Oleg an. Die Parole war *Ikarus*. Nicht sehr glücklich gewählt, das finde ich auch.

Sonderbar, diese Aura von burlesker Melancholie, die das Ganze hatte. Es war alles so absurd einfach. Boy entschuldigte sich unter irgendeinem Vorwand, und dann verließen wir zusammen den Gryphon Club, und ich fuhr ihn in die Poland Street. Über den im Dämmerlicht liegenden Straßen war der Himmel von einem zarten, tiefen Dunkelblau, wie ein Fluß, dessen Unterseite nach oben gestülpt ist. In der Wohnung packte er seine Sachen, und ich wartete allein auf der Couch. Ich spürte noch das Prickeln des Champagners in den Nebenhöhlen, und irgendwie war mir zum Weinen zumute, einfach so, ohne rechten Grund; ich stieß einen Seufzer nach dem anderen aus, lauter tiefe, schluchzende Seufzer, und blickte träge zwinkernd um mich wie eine betrunkene Schildkröte. Lebhaft erinnerte ich mich daran, wie ich es hier mit Danny getrieben hatte; das gab mir einen Stich; ich zuckte zusammen wie unter einem starken körperlichen Schmerz. Ich hörte Boy oben herumtorkeln, Selbstgespräche führen, stöhnen. Gleich darauf kam er mit einer uralten Gladstonetasche herunter.

»Hätte am liebsten alles mitgenommen«, sagte er bekümmert. »Hab zum Schluß alles dagelassen. Wie seh ich aus?«

Er hatte einen dunkelgrauen Dreiteiler an, gestreiftes Hemd, Manschettenknöpfe, Schulkrawatte mit goldener Nadel.

»Lächerlich siehst du aus«, erwiderte ich. »Die Genossen werden ungemein beeindruckt sein.«

Wir stiegen die Treppe hinunter, wortlos und ernst, wie zwei enttäuschte Leichenbestatter.

»Ich hab die Wohnung abgeschlossen«, sagte Boy. »Danny Perkins hat einen Schlüssel. Den hier behalt ich, wenn's recht ist. Souvenir, weißt du.«

»Du willst also nicht wiederkommen?« sagte ich leichthin, und da warf er mir einen waidwunden Blick zu und ging weiter, vorbei an der Arztpraxis, hinaus in die glitzernde Nacht. Weiß der Himmel, warum ich auf einmal so übermütig war.

Diesmal fuhr Boy; mit stumpfsinniger Beflissenheit fraß sein großer weißer Wagen die Kilometer. Als wir den Fluß überquerten, kurbelte ich mein Fenster runter, und da sprang heulend die Nacht ins Auto. Ich schaute von der Brücke hinab und sah ein rotes Schiff, das dort vor Anker lag, und dieses Bild – die schimmernde Dunkelheit, der rastlos wallende Fluß, das fahlrot leuchtende Schiff – hatte etwas, das mich erschauern ließ, und plötzlich, mit jähem Grausen, sah ich mein Leben: genauso gravitätisch, finster und verdammt. Dann lag die Brücke hinter uns, und wir fuhren wieder zwischen Speicherhäusern und unkrautüberwucherten Bombenlücken hindurch.

Boy weinte lautlos neben mir, eine Hand vor den Augen.

Bald brausten wir durch die Downs. Dieser Teil der Fahrt ist in meiner Erinnerung ein einziges fließendes, widerstandsloses Gleiten durch die aufgeschreckte, silbrige Nacht. Ich sehe den Wagen wie in einem Sog, die Scheinwerfer, die über Baumstümpfe und moosige Wegweiser fegen, und Boy und mich, zwei angespannt hinter der Windschutzscheibe hockende Gestalten, deren grimmige Gesichter von unten beleuchtet sind, die Zähne fest zusammengebissen, den Blick starr auf die dahinsausende Straße geheftet. Auch ich habe meinen Buchan und meinen Henty gelesen.

»Wenn's doch Tag wär«, sagte Boy. »Das ist ja wohl das letzte Mal, daß ich die Heimat sehe.«

Philip MacLeish war im Hause seiner Mutter in Kent, einem stilecht mit Rosen bewachsenen Landhaus mit allem Drum und Dran: Holztor, Kiesweg und blitzende Hohlglasscheiben. Antonia MacLeish öffnete uns die Tür und führte uns wortlos ins Wohnzimmer. Sie war eine hochgewachsene, eckige Frau mit dichter schwarzer Mähne. Sie schien permanent einen heimlich schwelenden Groll zu hegen. Wenn ich sie anschaute, mußte ich immer an Pferde denken, obwohl ich sie nie reiten gesehen habe. MacLeish saß in trunken verdrossener Stimmung in einem Sessel und starrte in das erkaltete Kaminfeuer. Er trug eine alte Flanellhose und eine nicht dazu passende kanariengelbe Strickjacke. Er blickte mürrisch auf, sah Boy und mich an und versenkte sich schweigend wieder in die Betrachtung des Kamins.

»Die Kinder schlafen«, sagte Antonia, ohne uns anzugucken. »Ich biete Ihnen nichts zu trinken an.«

Boy achtete nicht auf sie; er räusperte sich.

»Hör zu, Phil«, sagte er, »wir müssen uns mal unterhalten. Hol deinen Mantel, sei ein braver Junge.«

MacLeish nickte langsam und bekümmert und stand mit knackenden Kniegelenken auf. Seine Frau wandte sich ab und trat ans Fenster, nahm sich eine Zigarette aus dem silbernen Kästchen, das dort auf dem Tisch stand, zündete sie an und stand da, den Ellbogen in die Hand gestützt, und schaute hinaus in die undurchdringliche Dunkelheit. Ich sah uns alle miteinander dort in diesem Zimmer, klar und unwirklich, wie auf einer Bühne. MacLeish, dicke Tränensäcke unter den Augen, schaute Antonia ängstlich an und hob flehend die Hand.

»Tony«, sagte er.

Sie antwortete nicht und drehte sich auch nicht um, und da ließ er die Hand wieder sinken.

»Wird Zeit, daß wir gehn, Alter«, sagte Boy. Er klopfte mit dem Fuß auf den Teppich. »Bloß ein bißchen plaudern, weiter nichts.«

Ich mußte mir das Lachen verkneifen.

MacLeish zog sich einen Kamelhaarmantel über, und dann gingen wir hinaus. Er hatte noch nicht einmal eine Tasche gepackt. An der Haustür blieb er stehen und huschte noch einmal in die Halle. Boy und ich wechselten einen finsteren Blick; wir erwarteten Schluchzen, Schreie, wutschnaubende Vorwürfe. Doch im nächsten Augenblick war er wieder da, in der Hand einen zusammengerollten Regenschirm. Er sah uns schafsblöd an.

»Man kann ja nie wissen«, sagte er.

Um Mitternacht waren wir in Folkestone. Es war Wind aufgekommen, und die Dünung ließ das kleine Schiff, das wie ein Weihnachtsbaum leuchtete, schlingern und sich aufbäumen.

»O Gott«, sagte Boy, »sieht verdammt winzig aus. Da ist garantiert einer an Bord, der uns kennt.«

»Dann erzählst du den Leuten halt, du bist in geheimer Mission unterwegs«, sagte ich, worauf mich MacLeish wütend anfunkelte.

Blieb noch die Frage des Autos. Niemand hatte darüber nachgedacht, was mit Boys Wagen werden sollte, denn daß ich ihn nicht einfach nach London zurückfahren konnte, war logisch. Boy liebte den Schlitten, und als er sich die verschiedenen Varianten überlegte, geriet er richtig in Wallung. Zum Schluß rang er sich dazu durch, ihn einfach am Kai stehenzulassen.

»Dann kann ich mir sagen, er ist immer hier und wartet auf mich.«

»Ach du liebe Zeit, Boy«, sagte ich, »ich wußte ja gar nicht, was für eine sentimentale alte Schachtel du bist.«

Er grinste kummervoll und wischte sich mit den Fingerknöcheln die Nase. »Betty Bowler hat schon recht gehabt«, sagte er. »Ich bin nicht Manns genug.« Da standen wir drei nun unentschlossen vor dem Landungssteg herum, und der warme Nachtwind peitschte unsere Hosenbeine, und das Licht der Lampen bebte zu unseren Füßen. An Bord schepperte klagend eine Glocke. »Die Nachtwachen«, sagte Boy und versuchte zu lachen.

MacLeish, der sich irgendwo in den zerquälten Tiefen seiner selbst verkrochen hatte, starrte in den engen Kanal von dunkel-mulmigem Wasser zwischen Schiffsflanke und Dock. Vielleicht überlegt er, ob er springen soll, dachte ich.

»Also dann«, sagte ich forsch.

Wir schüttelten uns linkisch die Hände, wir drei. Ich erwog, Boy einen Kuß zu geben, konnte mich aber nicht dazu durchringen, nicht, wenn der Sture Schotte zusah.

»Sag Vivienne von mir auf Wiedersehen«, sagte Boy. »Und den Kindern. Hätt sie gerne aufwachsen sehen.«

»Ich auch«, sagte ich achselzuckend.

Dann ging er mit schweren Schritten den Landungssteg hinauf und zerrte die Tasche hinter sich her. Er drehte sich noch einmal um.

»Irgendwann kommst du mal rüber und besuchst uns«, sagte er. »Der ganze Kaviar, der feine Wodka.«

»Na sicher. Ich nehme wieder die *Liberation*.«

Ich sah, daß er sich nicht erinnern konnte. Er war woanders mit seinen Gedanken.

»Und Victor«, sagte er; der Wind packte seine Mantelschöße und ließ sie flattern. »Verzeih mir.«

Ehe ich ihm noch antworten konnte – und was hätte ich ihm auch antworten sollen? –, erwachte MacLeish plötzlich neben mir aus seiner Lethargie und packte mich drängend am Arm.

»Hören Sie, Maskell«, sagte er mit bebender Stimme, »ich hab Sie nie gemocht – im Grunde mag ich Sie immer noch nicht –, aber ich bin Ihnen dankbar, weil Sie mir jetzt helfen, meine ich. Das sollen Sie wissen. Daß ich Ihnen dankbar bin.«

Er blieb einen Moment stehen, nickte und starrte mir mit seinem irren Presbyterianerblick in die Augen; dann drehte er sich um und schlurfte den Landungssteg hoch. Als er sah, daß Boy ihm den Weg versperrte, stieß er ihm grob in den Rücken und zischte etwas, das ich nicht verstand. Das letzte Bild, das ich von den beiden habe, ist, wie sie nebeneinander an der eisernen Reling standen, und ich konnte nur ihre Köpfe und die Schultern sehen, und sie guckten zu mir hinunter wie zwei Politbüromitglieder bei der Maiparade, der ausdruckslos dreinschauende MacLeish und der langsam und wehmütig winkende Boy.

*

Ich erwischte noch den Postzug zurück nach London, und während wir so dahinratterten – warum kommen einem die Züge nachts immer so viel lauter vor? –, verflüchtigten sich die letzten Auswirkungen, die der Alkohol auf mein Gehirn gehabt hatte, und ich geriet in Panik. Gott sei Dank war niemand im Abteil, der sehen konnte, wie ich mich, grau im Gesicht und mit irrem Blick, in die Ecke drückte, wie mir die Hände zitterten und meine Kiefer unwillkürlich malmten. Die Verhaftung, die Entlarvung fürchtete ich nicht, ja nicht einmal das Gefängnis; das heißt, natürlich fürchtete ich diese Dinge, aber nicht direkt, nicht so, daß ich es spüren konnte. Ich hatte ganz einfach Angst, Angst vor allem. Mir schwirrte der Kopf, die Gedanken wirbelten bunt durcheinander, als wenn sich dort drinnen ein Bauteil gelöst hätte und nun wild herumflog, wie ein kaputter Keilriemen. Bloß gut, daß ich im Zug gefangensaß, ich weiß nicht, was ich sonst angestellt hätte – vielleicht wäre ich wie ein Hase zum Kai zurückgerannt und im letzten Moment noch aufgesprungen auf dieses Schiff, das auslief, um Boy und MacLeish in die sogenannte Freiheit zu bringen. Der Gedanke an London entsetzte mich. Ich hatte eine Blakesche Vision von einer düster und schaurig leuchtenden, mit vergeblich sich abmühenden Menschen vollgestopften, brodelnden Stadt, einem Hexenkessel, in den mich dieser schlingernde, ratternde Zug demnächst speien würde. Ein Gefühl von Verzweiflung packte mich, ein Schmerz, gegen den kein Kraut gewachsen war, und führte mich zurück, weit zurück zu den Nächten meiner frühesten Kindheit, als ich im flackernden Schein der Kerzen in meinem Bett lag, während Freddie in seinem Gitterbettchen vor sich hin summte und Nanny Hargreaves uns vom Höllenfeuer predigte und davon, welches Los den Sündern droht; und jetzt, als ich durch die Dunkelheit auf London zuraste und auf die plötzlich reale Möglichkeit der Verdammnis in dieser Welt, wenn schon nicht in der nächsten, da betete ich. Ja, Miss V., ich habe gebetet, unzusammenhängendes Zeug, mich windend vor Angst und Scham, aber ich habe gebetet. Und zu meiner Überraschung fand ich Trost darin. Irgendwie streckte der liebe Gott im Himmel seine Marmorhand herunter und legte sie mir auf die glühende Stirn und schenkte mir Linderung. Morgens um drei, als der Zug in Charing Cross hielt, hatte ich meine Nerven wieder in der Gewalt. Während ich über den leeren Bahnsteig ging, vorbei an der keuchenden, schwitzenden Lokomotive, die Schultern straffte und mich räusperte, machte ich mich über mich selber lustig wegen meiner nächtlichen Ängste. Was hatte ich denn erwartet? – Etwa daß an der Fahrkartenkontrolle ein Kordon von Polizisten stand, um mich in Empfang zu nehmen?

Ich suchte mir ein Taxi und fuhr nach Hause. An Schlafen war nicht zu denken. Patrick war in Irland zum alljährlichen Besuch bei seiner betagten Mutter. Darüber war ich froh, denn sonst hätte ich, schreckliche Vorstellung, versuchen müssen, ihm meine nächtliche Abwesenheit zu erklären – er merkte immer, wenn ich log, womit er in meinem Leben wohl die große Ausnahme war. Und dabei hätte ihm das alles doch solch einen Spaß gemacht; später, als er von meinen Untaten erfuhr, hat er Tränen gelacht. Hat mich eh nie richtig ernst genommen, der Patrick. Ich trank eine Tasse schwarzen Kaffee, aber davon bekam ich Herzklopfen, und da kippte ich einen großen Brandy hinterher, und da wurde das Herzklopfen noch schlimmer. Ich stand im Wohnzimmer am Fenster und sah zu, wie die Sommersonne blutrot über den Dächern von Bloomsbury aufging. Die Vögel waren erwacht und machten einen Heidenlärm. Ich fühlte mich aufgewühlt und leer, was nicht allein vom Koffein herrührte; das Gefühl war genau das gleiche wie damals, als ich noch mit Vivienne zusammen war, wenn ich nach meinen nächtlichen Streifzügen durch die öffentlichen Bedürfnisanstalten im Morgengrauen nach Hause kam. In jedem Übeltäter nistet der heimliche Wunsch, erwischt zu werden.

Um neun rief ich die Nummer an, die Boy mir gegeben hatte, um Danny Perkins zu erreichen, und verabredete mich mit ihm in der Poland Street. Ich schlich mich aus dem Haus und fühlte mich beobachtet. Sonnenlicht, stechend wie Zitronen, der rauchige Londoner Sommergeruch. Ich hatte mich nicht rasiert. Ich kam mir vor wie einer von Querells erfundenen Schurken.

Danny Perkins arbeitete inzwischen bei einem Buchmacher, ich habe mir nicht die Mühe gemacht, ihn zu fragen, als was, und war so ein richtig pomadiger feiner Pinkel geworden, ein echter Cockney-Typ. Als ich zu dem Haus kam, lümmelte er bereits vor der Tür in der Sonne und rauchte mit wohlgeübter Großspurigkeit eine Zigarette. Scharf gebügelter Anzug, knallige Krawatte, schwarze Wildlederschuhe mit zweieinhalb Zentimeter dicker Kreppsohle. Kaum daß ich ihn gesehen hatte, spürte ich auch schon, wie die alte Gefühlssuppe wieder in mir hochbrodelte. Er war meine erste Homoliebe gewesen, der erste, der mich an den Marterpfahl der Eifersucht gefesselt hatte; schwer zu sagen, was von beidem mir mehr unter die Haut gegangen war. Anfangs waren wir ganz durcheinander und wußten nicht recht, was wir machen sollten: uns die Hand zu geben fanden wir irgendwie absurd, und eine Umarmung kam nicht in Frage. Schließlich begnügte er sich damit, mir einen sanften Knuff an den Oberarm zu verpassen, und dann duckte er sich mit Kopf und Schultern zur Seite weg und machte diese Boxergeste, an die ich mich so gut erinnern konnte.

»Hallo, Vic«, sagte er unbekümmert, »du siehst prima aus.«

»Du aber auch, Danny. Keinen Tag älter.«

»Ach, du, ich weiß nicht. Letzte Woche bin ich fünfunddreißig geworden. Wo soll denn das bloß noch hinführen?«

»Liebäugelst du immer noch mit dem Theater?«

»Nein, nein; die Zeiten sind vorbei. Ich trällere zwar nach wie vor ein bißchen rum, aber meistens in der Badewanne, weißt du.«

Wir gingen ins Haus. Der Flur roch immer noch nach Medizin, obwohl der Quacksalber schon lange nicht mehr da war. In den einstigen Praxisräumen war jetzt ein Wettbüro – »Eines von unseren«, sagte Danny mit Besitzermiene –, und der Boden war mit Zigarettenstummeln und schmutzigen Wettscheinen übersät. Was einmal mein Leben gewesen war, versank unter dem Schutt der

Zeit. Wir stiegen die Treppe hinauf, Danny ging voraus, und ich gab mir Mühe, nicht auf seinen schmalen, hübsch und fest verpackten Hintern zu gucken. Im Wohnzimmer bemerkte ich, wie er die Couch musterte, ohne daß in seinem Blick eine Erinnerung aufflackerte.

Er hatte noch kein Wort von Boy gesagt.

Ich fand eine halbvolle Flasche Scotch, und wir tranken erst mal einen, und dabei standen wir schweigend am Wohnzimmerfenster und schauten hinunter auf die enge, sonnenhelle Straße. Inzwischen waren sie wahrscheinlich schon in Paris; ich malte mir aus, wie Boy mit einem Absinth und einer Gauloise im Bahnhofsrestaurant der Gare du Nord an der Bar saß, während der Sture Schotte draußen auf dem Trottoir auf und ab ging. Keine Frage, bald würden wir alle miteinander hochgehen. Ich zuckte zusammen bei dem Gedanken; ich war schließlich selbst Vernehmer gewesen, ich wußte, was mich erwartete. Aber ich hatte keine Angst; nein, Angst hatte ich nicht.

Ich goß uns einen zweiten Whisky ein.

Boys Zimmer trug noch die Spuren seiner überstürzten Abreise: überall Bücher, auf dem Kaminrost halbverbrannte Papiere, auf dem Fußboden ein mit ausgebreiteten Ärmeln daliegendes Hemd, das an den Kreideumriß am Schauplatz eines Mordes erinnerte. In einem Schrank fand ich den alten braunen Lederkoffer mit den Messingecken, in dem er seine Liebesbriefe aufbewahrte. Typisch Boy, daß er sich nicht die Mühe gemacht hatte, sie mitzunehmen. Der Gedanke an Erpressung lag ihm fern. Ganz im Gegensatz zu mir.

»Und? suchst du was Bestimmtes?« fragte Danny Perkins. Er stand in der Schlafzimmertür und gestikulierte lässig mit einer neuen Zigarette. Ich zuckte die Achseln. Danny gab ein merkwürdiges kurzes Lachen von sich. »Er ist weg, nicht wahr?« sagte er.

»Ja, Danny, er ist weg.«

»Kommt er wieder?«

»Ich glaube nicht, nein. Er ist ziemlich weit weg.« Danny nickte.

»Er wird uns fehlen, was?« sagte er. »Er war immer so lustig.« Er zog an seiner Zigarette und hustete eine halbe Minute lang; er hat nie richtig rauchen gelernt. Ich nahm einen der Briefe und las: *Mein liebster Boy, du hast wirklich was verpaßt gestern abend im Palast, es ging hoch her, die Kerle allesamt in voller Montur, und Dickie einfach drauflos . . .*

»Ulkig, wenn man sich das mal so überlegt«, sagte Danny heiser, »was wir für eine schöne Zeit hatten, und dabei war doch alles so schlimm, der Krieg und alles. Irgendwie haben wir das gar nicht so richtig gemerkt. Aber jetzt ist alles vorbei, nicht wahr?«

»Wie meinst du das, Danny?«

»Ich sag, es ist alles vorbei. Mr Bannister ist weg, das alte Haus ist leer . . .«

»Ja, da hast du wohl recht; es ist vorbei.«

Erstaunlich, wie unvorsichtig Leute sein können; die Hälfte der Briefe war eindeutig auf Parlamentspapier geschrieben; einer trug sogar das Wappen des Erzbischofs von Canterbury.

»Na schön«, sagte Danny, »ich geh dann mal los: hab zu tun, Gewinne auszahlen, so was halt.« Er zwinkerte mir grinsend zu. Und dann machte er kehrt, blieb aber noch einmal stehen. »Hör zu, Victor, wenn ich irgendwas tun kann, melde dich. Ich kenne eine Menge Leute, verstehst du?«

»Ach ja? Was denn für Leute?«

»Naja, wenn du auch mal so in der Klemme bist wie Mr Bannister, kann ja sein, daß du dann ein Versteck brauchst, oder einen, der dich fährt . . .«

»Danke, Danny. Ich danke dir.«

Er zwinkerte noch einmal und legte scherzhaft die Hand an die imaginäre Mütze, und weg war er.

Den größten Teil des Nachmittags verbrachte ich damit, die Wohnung zu durchkämmen. Überall belastendes Material, natürlich; das meiste verbrannte ich. Die Flammen erzeugten eine solche Hitze, daß ich die Fenster aufreißen mußte. Warum erinnert mich der Geruch von verbranntem Papier immer an meine Kindheit? Ich ließ gerade noch ein letztes Mal prüfend den Blick umherschweifen, da hörte ich draußen auf der Treppe Schritte. Womöglich Danny, der zurückkam, um mir einen heißen Tip zu geben? Ich trat hinaus auf den Treppenabsatz. Dort war ein Fenster, das mir in all den Jahren, die ich in diesem Haus gewohnt hatte, kein einziges Mal aufgefallen war und durch das ich in dunstiger Ferne ein Fleckchen sommerliches Grün leuchten sah, einen Park vielleicht, oder eine Grünanlage, jedenfalls Bäume und puppenkleine Figuren bei der Arbeit oder beim Spielen oder einfach beim Faulenzen, ich konnte nicht genau erkennen, wobei; bis heute sehe ich es vor mir, dieses Bild, so vollkommen in seinen winzigen Details, ein kleines Fenster, das hinausschaute auf eine verschollene Welt.

»Danny?« rief ich nach unten. »Bist du das?«

Er war es nicht.

\*

Es ging alles sehr höflich und anständig vonstatten; schlechte Manieren hat man dem Department noch nie vorwerfen können. Der erste, der die Treppe hochkam, war Moxton vom Sicherheitsdienst; ich kannte ihn flüchtig – sandfarbenes Haar, Wieselgesicht, merkwürdig nichtssagende Augen. Er blieb stehen, legte den Kopf in den Nacken und sah zu mir hinauf, in einer Hand den Hut, die andere leicht aufs Geländer gestützt. »Hallo, Maskell«, sagte er in jovialem Ton. »Zu Ihnen wollten wir gerade.« Hinter ihm kam ein langer, bärischer junger Mann mit pickeligem Babygesicht; der Sicherheitsdienst, dachte ich mit einem bemerkenswerten Mangel an Logik, kriegt immer die unappetitlichsten Kandidaten ab. »Das ist Brocklebank«, sagte Moxton mit einem Zucken um den Mund.

Ich war noch nicht einmal überrascht; ich spürte nur, wie ein mächtiger Ruck durch mich hindurchging, als hätte sich in mir eine gewaltige Last verschoben und wäre lautlos ein paar Zentimeter weiter nach unten gesackt. Moxton und der Knabe Brocklebank hatten den Treppenabsatz erreicht. Brocklebank sah mich abschätzend an, mit zusammengekniffenen Augen, er hatte wohl zu viele Kriminalromane gelesen. Der Neue, den sie mitgenommen hatten, damit er ein bißchen in der Praxis üben konnte. Ich lächelte ihn an.

»Puh«, sagte Moxton, »eine Hitze ist das.« Er sah an mir vorbei ins Schlafzimmer. »Wohl gerade aufgeräumt, was? Bannister war ja schon immer so eine Erzschlampe. Und ein Feuerchen haben Sie auch gemacht, dem Geruch nach zu urteilen. Wie heißt das noch mal? *Felo de se?*«

»*Auto-da-fé*, genaugenommen, Sir«, sagte Brocklebank in überraschend affektiertem Tonfall. Ich hätte nicht gedacht, daß einer wie der auf einer Privatschule gewesen war.

»Richtig«, sagte Moxton, ohne ihn anzugucken. »Ketzerverbrennung.« Er ging ins Schlafzimmer, blieb mitten im Raum stehen und besah sich das Chaos. So was lieben die Leute vom Sicherheitsdienst; schließlich rechtfertigt es ihre Existenz. Neben mir stand Brocklebank und atmete schnaufend ein und aus, wie eine große, leise, nach Schweiß und teurem Eau de Cologne riechende Maschine. »Ich nehme an, Sie haben schon klar Schiff gemacht hier oben«, sagte Moxton und sah mich vom Zimmer aus mit seinen toten Augen an. Er blieb noch einen Moment stehen und überlegte, und dann gab er sich einen Ruck und kam wieder hinaus auf den Treppenabsatz. »Hören Sie«, sagte er, »wollen Sie nicht mit ins Büro kommen? Da könnten wir uns ein bißchen unterhalten. Sie waren doch schon ewig nicht mehr in Ihrer alten Firma.«

»Wollen Sie mich verhaften?« fragte ich und wunderte mich über das leichte Zittern in meiner Stimme.

Moxton sah mich völlig verdattert an.

»Na Sie kommen mir ja vielleicht auf Ideen! Wir sind doch keine Greifer. Nein, nein – wie ich schon sagte, bloß ein bißchen plaudern. Der Chef möchte Sie sprechen.« Er rang sich ein frostiges, steinhartes Lächeln ab. »Skryne wird auch mit dabeisein. Hat ganz schön Staub aufgewirbelt, können Sie sich ja denken. Wir dürfen nicht zu spät kommen, sonst sind sie böse.« Er griff beschwichtigend nach meinem Arm und nickte Brocklebank zu. »Sie gehn voraus, Rodney, ja?« Und dann stiegen wir im Kielwasser von Brocklebanks fettem Hintern die Treppe hinunter, und Moxton summte vor sich hin und schwenkte fröhlich den Hut in der Hand. »Stimmt's, Sie waren in Cambridge?« sagte er. »Genau wie Bannister?«

»Wir haben zusammen studiert, ja.«

»Ich war in Birmingham.« Wieder das eisige Grinsen. »Ganz schöner Unterschied, was?«

Brocklebank fuhr den Wagen, und Moxton und ich saßen auf dem Rücksitz, die Gesichter voneinander abgewandt, und jeder schaute aus seinem Fenster. Wie still die Straßen mir vorkamen: eine glasige, ferne Antiwelt, die im dichten, milden Sommerrauch zu schweben schien. Mein Verstand drehte sich schwerfällig im

Kreis, in Panik, aber irgendwie blockiert, wie unter Wasser, wie ein Fisch, der sich im Netz verfangen hat.

»Ihnen ist ja wohl klar«, sagte ich, »daß ich keine Ahnung habe, was hier vorgeht.«

Moxton sah weiter aus dem Fenster und gluckste bloß. Er hatte natürlich recht: man muß sofort handeln, gleich wenn sie kommen, nicht erst, wenn man im Wagen sitzt und schon die Handschellen umhat. Oder, besser gesagt, man darf nie aufhören zu handeln, keine Sekunde lang, nicht einmal, wenn man allein ist in einem verschlossenen Raum, ohne Licht und mit der Decke überm Kopf.

Billy Mytchett hatte den waidwunden, verstörten Blick eines Fünftkläßlers, der im Schlafsaal das Gerücht aufgeschnappt hat, seine Mutter sei durchgebrannt und die Firma seines Vaters habe Pleite gemacht. »Verflixt, Maskell«, sagte er, »das ist ja eine verdammt unangenehme Geschichte.« Ich hörte ihn zum erstenmal fluchen; aus irgendeinem Grunde baute mich das auf. Wir waren in einer konspirativen Wohnung in einer Vorstadtstraße irgendwo südlich des Flusses. Für mich haben diese konspirativen Wohnungen immer etwas Klerikales; eine häusliche Umgebung, in der nicht gelebt wird, wahrscheinlich erinnert mich das an das Arbeitszimmer meines Vaters, in dem er sich nie aufhielt, außer am Samstagabend, wenn er die Predigt für den nächsten Tag schrieb. Immer herrschte in jenem Raum so eine Kühle und ein schwacher, muffiger Gestank, vermutlich entstanden in langen Jahren frommen Bemühens, leidenschaftlicher Selbsttäuschung und der allgegenwärtigen Angst davor, den Glauben zu verlieren. Derselbe Modergeruch kitzelte mir jetzt wie Staub in der Nase, als ich mitten in einem braungetünchten Wohnzimmer auf einem harten Stuhl saß, während Moxton und Brocklebank schweigend hinter mir in der umbrafarbenen Düsternis lümmelten und Billy Mytchett vor mir auf dem abgetretenen Teppich auf und ab ging, die Fäuste in die Taschen seines alten Tweedsakkos gerammt, und bei jedem dritten Schritt eine knappe Drehung vollzog, wie ein aufgeregter Wächter, der den Argwohn hegt, daß der Mörder sich schon hinter seinem Rücken eingeschlichen hat und just in diesem Moment dabei ist, ins königliche Schlafgemach vorzudringen. Skryne hingegen saß völlig entspannt und zufrieden schräg gegenüber von mir in einem Sessel, feingemacht wie der gute Onkel, der zu Besuch ist, in seinem adretten Anzug, der getupften Krawatte, den rautengemusterten Socken und seiner ewigen, das Bild aufs schönste abrundenden Tabakpfeife. Bis dahin hatte ich ihn nur dem Namen nach gekannt. Ungebildet, aber äußerst scharfsinnig, hieß es. Er war Polizist in Palästina gewesen. Seinetwegen machte ich mir keine Sorgen. Im Grunde machte ich mir überhaupt keine Sorgen, sondern genoß das Ganze beinahe, wie eine kleine Posse, die zu meiner Unterhaltung aufgeführt wurde und bei der ich lediglich die Rolle eines mäßig interessierten Zuschauers zu spielen hatte. Dann begann Skryne mit seiner angenehmen, sanften Taubenzüchterstimme zu sprechen. Sie wüßten alles über mich, sagte er, daß ich während des Krieges für die Bolschewiken (das war das Wort, das er gebrauchte – dieses drollige, so wunderhübsch altmodische Wort!) gearbeitet hatte, meine Treffen mit Oleg, alles. »MacLeish, Bannister und Sie«, sagte er. Er machte ein schiefes Kinn, zog die Brauen hoch und lächelte abwartend. Ich weiß, Sie werden mich lächerlich und unglaubwürdig finden, aber ich fühlte mich haargenau so wie damals, vor vielen Jahren, als ich im Morgengrauen aufwachte und wußte, ich würde Baby heiraten; ich hatte dasselbe Gefühl, als würde ich abheben, als würde mein zweites Ich als Engel aus mir emporsteigen, ein goldglänzender Flammenengel, der auffährt in die plötzlich leuchtende Luft. Skryne schlug sich leise mit der Hand aufs Knie. »Na, was ist«, sagte er, »haben Sie denn gar nichts dazu zu sagen?«

Ich stand auf – ich meine, mein reales, körperliches, steifes, schwitzendes Selbst – und ging zum Fenster. Draußen war eine Schuppentanne, die in der Sonne sehr schwarz und verrückt aussah, und ein trister Streifen Gras, an dessen Rand keine Blumen wuchsen. Im gegenüberliegenden Haus lehnte ein dicker Mann aus dem schmalen Fenster im Obergeschoß; er war reglos und füllte den Fensterrahmen so vollkommen aus, daß ich mich fragte, ob er dort eingeklemmt war und darauf wartete, daß hinter ihm jemand vorbeikam und ihn herauszerrte. Langsam nahm ich mir eine Zigarette aus meinem Etui – ich überlege, wo das wohl geblieben ist – und zündete sie an; die Geste kam mir unsagbar theatralisch vor. Merkwürdig, in welchem Licht man sich sieht in solchen Situationen. Ich kannte mich selbst kaum wieder. »Billy«, sagte ich, ohne mich umzudrehen, »wissen Sie noch, wie Sie mich damals, bei Kriegsende, ins Department bestellt haben, um mir mitzuteilen, daß der Palast einen Auftrag für mich hatte, in Bayern ...?« Ich warf die Zigarette ungeraucht in den Kamin, ging wieder zurück zu dem hochlehnigen Stuhl – wie abweisend so ein Stuhl aussehen kann – und setzte mich hin, schlug die Beine übereinander und legte die gefalteten Hände aufs Knie. Ich hatte das alles schon einmal erlebt; nur wo? Billy sah mich an und runzelte fragend die Stirn. Ich erzählte von meiner Reise nach Regensburg, wie ich die Truhe herausgeschmuggelt hatte und was darin gewesen war. »Erpressung«, sagte ich, »ist für mich noch nie ein schmutziges Wort gewesen. Ganz im Gegenteil.« Draußen lärmte ein Rasenmäher, so ein altmodischer, den man schieben mußte. Ich sah zum Fenster. Der dicke Mann gegenüber hatte sich aus dem Fensterrahmen befreit und mähte jetzt seinen Rasen, indem er das Gerät mit vorgebeugtem Oberkörper und steif ausgestreckten Armen, das eine seiner drallen Beine schräg nach hinten gestemmt, vor sich herschob – eine Bewegung, die merkwürdig überholt anmutete. Mir ging das Wort *Feluke* durch den Kopf. Müßige Phantasien, Miss V., müßige Phantasien mitten in der tiefsten Krise, so ist das immer mit mir. Billy Mytchett holte seine kalte Pfeife raus und nuckelte daran wie ein Baby an seinem Schnuller; als Pfeifenraucher konnte Mytchett Skryne nicht das Wasser reichen.

»Erpressung«, sagte er trocken.

Ich spielte mit meinem Zigarettenetui – was würde ich nur ohne meine Requisiten machen? – und suchte mir eine neue Zigarette aus und klopfte sie auf den Deckel. Kein Mensch klopft heute mehr so die Zigaretten; warum haben wir das eigentlich gemacht?

»Ich will nichts weiter«, sagte ich, »als daß mein Leben so bleibt, wie es ist, genauso ruhig und ohne Aufregungen. Ich bleibe am Institut, ich behalte meine Stellung im Palast, und ich bekomme trotz allem die Ritterwürde, die Majestät mir bereits inoffiziell zugesagt hat. Als Gegenleistung garantiere ich Ihnen absolutes Stillschweigen über alles, was ich weiß.«

Ich war bemerkenswert kaltblütig, das muß ich schon sagen. Manchmal habe ich so eine Art, vollkommen gelassen zu bleiben, einen ganz primitiven und zugleich hochentwickelten Schutzinstinkt. Ich sah meine Vorfahren vor mir, die O Measceoils, wie sie auf der Jagd nach dem großen Elch durchs Farngestrüpp ziehen, wie Jäger und Jagdhund gleichzeitig verharren, reglos, angespannt, wenn ihr armes Opfer den herrlich beladenen Kopf hebt und sie anschaut aus tragisch tränenverhangenem Auge. Wieder herrschte Schweigen, und Skryne und Billy Mytchett wechselten einen Blick, und es sah aus, als ob sie lachen wollten. Billy räusperte sich.

»Passen Sie auf, Victor«, sagte er, »diesen Unfug können Sie sich sparen. Wir sind schließlich keine kleinen Kinder mehr. Das mit Regensburg ist seit Jahren bekannt; das interessiert kein Schwein.« Und da begriff ich, was los war. Auch sie waren auf einen Kuhhandel aus, genau wie ich. Meine Immunität war ihre Immunität. Schlimm genug, daß Boy und MacLeish geflohen waren, sie brauchten keinen weiteren Skandal. Ich war verwirrt, mehr noch, ich war bestürzt. Da hatte ich meinen Trumpf ausgespielt, und die anderen am Tisch konnten sich mal gerade ein höhnisches Grinsen verkneifen. »Allerdings müssen Sie uns entgegenkommen«, sagte Billy streng und fand sich dabei offenkundig ungeheuer wichtig. »Sie müssen Skryne und seinen Leuten alles sagen.« Skryne nickte, als ob er sich jetzt schon auf die Unterhaltungen freute, die wir beide in den kommenden Monaten und Jahren miteinander führen würden – zweieinhalb Jahrzehnte sollte unsere Liaison währen, mit gelegentlichen Unterbrechungen.

»Aber gewiß doch«, sagte ich und bemühte mich tapfer, wie ich fand, unbekümmert zu wirken; ihr zynischer Pragmatismus hatte mich wirklich schockiert. »Ich werde Mr Skryne Sachen erzählen, o ja, da wird er Augen machen.«

Billy tippte mir mit dem Pfeifenstiel auf die Brust. »Und Sie werden schön den Mund halten«, sagte er. »Daß Sie ja nicht mit diesen Geschichten bei Ihren warmen Freunden hausieren gehen.«

»Ach, Billy«, sagte ich.

Er wandte sich mit angewiderter Miene ab, als ob er ausspucken wollte.

Damit war die Unterredung beendet, und Brocklebank erhielt den Befehl, mich nach Hause zu fahren. Sie hatten es mächtig eilig, mich loszuwerden. Ich trödelte unzufrieden herum. Es war alles so unsensationell gewesen, so enttäuschend. In der Halle, neben einem angelaufenen Messingkübel mit einer staubigen Schusterpalme, blieb ich stehen und sprach Billy an.

»Ach, übrigens«, sagte ich, »nur mal so interessehalber: wer hat mich eigentlich verraten?«

Billy wechselte einen Blick mit Skryne. Skryne lächelte geduldig und nachsichtig, wie wenn der Lieblingsneffe einmal zu oft um Süßigkeiten gebettelt hätte.

»O nein, Dr. Maskell«, sagte er, »wir wollen ja nicht zu geschwätzig werden, nicht wahr?«

Die Abendluft war vom Geruch des gemähten Grases geschwängert. Brocklebank, der stämmige Rodney, ging mir voraus zum Gartentor und gähnte mit knirschenden Kiefermuskeln. Auf der Heimfahrt wurde er richtig gesprächig; gegen ein bißchen Verrat hat ja im Grunde niemand was, ich meine, solange es unter uns bleibt. Ich merkte, daß er darauf brannte, mir alle möglichen Fragen zu stellen. Als wir vor meinem Haus hielten, lud ich ihn ein, mit hinaufzukommen und sich meinen Poussin anzusehen; das war eine Masche, die ich oft angewendet habe, und zwar erfolgreicher, als man glauben möchte. Die meisten, die ich auf diese Weise einlud, hatten keine Ahnung, wovon ich redete, und es war ihnen auch egal, und Gott allein weiß, was sie erwartet haben, wenn ich die Tür zum Arbeitszimmer aufstieß und sie sich vor der stilisierten Ausblutung des Seneca wiederfanden. Diejenigen, die des Französischen mächtig waren, dachten vielleicht, ich wollte sie zu einem Brathähnchen einladen. Rodney aber war ein ziemlicher Snob und tat so, als verstünde er etwas von Kunst. Vorsichtig trug er seinen dicken Bauch vor sich her und ging zierlich auf knarzenden Zehenspitzen, als wäre die Wohnung ein Porzellanladen. Auch im Schlafzimmer war er ein bißchen wie ein Elefant im Porzellanladen mit seinem großen Hintern und den unerwartet schmalen Oberschenkeln. Bloß das mit den Pickeln war schade.

\*

Er ging im Morgengrauen, schlüpfte aus meinem Bett und raffte seine Kleider zusammen – wobei ihm natürlich mit lautem Krach ein Schuh herunterfiel –, während ich taktvoll so tat, als ob ich schlief. Ich fragte mich, ob er wohl irgend jemandem erzählen würde, daß er bei mir gewesen war. Daß er die Sicherheitsregeln verletzt hatte, hätte Boy gesagt. Boy fehlte mir schon jetzt. Ich lag wach und sah zu, wie der Raum allmählich weiß wurde, und war von einer tiefgründigen und nicht ganz erklärlichen Traurigkeit befallen. Dann stand ich auf und wechselte die Bettwäsche – obwohl Patrick sich immer damit brüstete, kein bißchen eifersüchtig zu sein, hatte ich ihn mehr als einmal dabei ertappt, wie er mit dem prüfenden Blick einer argwöhnischen Zimmerwirtin über die Laken gebeugt stand – und ging hinunter, holte den Wagen aus der Garage, damals ein großer alter Hillman, in den ich mächtig vernarrt war, und fuhr los, quer durch die Stadt, Richtung Westen. Ich wußte nicht, wo ich hinfuhr; ich war benommen von zuwenig Schlaf. Die Straßen bestanden nur aus grellem Sonnenlicht und langen, schlanken Schlagschatten. Nach einer Weile war mir so, als ob es anfing zu regnen, unmöglich, bei wolkenlosem Himmel, und es half auch nichts, daß ich die Scheibenwischer anmachte, und da merkte ich, daß ich weinte. Damit hatte ich nicht gerechnet. Ich hielt an und holte ein Taschentuch heraus und betupfte mir das Gesicht und kam mir lächerlich vor. Die Tränen hörten sofort auf, und ich blieb noch einen Moment schniefend und schluckend sitzen, den Kopf an der Rückenlehne. Ein

Milchmann fuhr vorbei und musterte mich mit lebhaftem Interesse; ich habe ihm wohl zu einer kleinen Abwechslung verholfen auf seiner Runde. Es war ein schöner Morgen, wirklich wunderschön. Die Sonne. Die kleinen weißen Wolkenbäusche. Die Vögel. Ich wollte gerade wieder weiterfahren, als mir die Straße auf einmal bekannt vorkam, und da sah ich, leicht erschrocken, daß ich ein paar Aufgänge vor Viviennes Haus angehalten hatte. Heimkehr: das Wort ging mir durch den Sinn, mit seiner ganzen Zwiespältigkeit, seiner törichten Sehnsucht. War denn das Haus von Vivienne, irgend eines der Häuser, in denen sie gewohnt hatte, für mich jemals ein Heim gewesen?

Sie war offenbar schon aufgestanden – sie schlief ja nie besonders lange –, denn als ich klingelte, kam sie sofort an die Tür und öffnete mir. Einen Moment lang überlegte ich, ob sie es vielleicht gewohnt war, um diese Tageszeit Besuch zu empfangen – war es etwa Enttäuschung, was sich in ihrer Miene spiegelte, als sie sah, daß ich es war und nicht jemand anders, ein weitaus interessanterer Gast? Sie trug ein hellblaues Gewand – ich erschrak und sah wieder Senhor Fonseca in seinem Blute liegen – und seidene Hausschuhe und hatte das Haar zu einem kleidsamen Knoten zusammengesteckt. Ihr noch ungeschminktes Gesicht hatte einen irgendwie verschwommenen, beinahe ahnungsvollen Ausdruck; wenn sie tatsächlich Besuch erwartet hatte, dann mußte es jemand sein, den sie schon sehr lange kannte und der ihr sehr vertraut war, denn es kam nicht oft vor, daß die Welt Vivienne ohne ihr Gesicht sehen durfte.

»Victor!« sagte sie. »Großer Gott, was für eine nette Überraschung. Ich hab gedacht, es ist der Briefträger.« Die von Morgenlicht erfüllte Halle sah wie ein langer, in einem sonnigen Raum schwebender Glaskasten aus. In einer Schale drängten sich karmesinrote Rosen, die aussahen, als würden sie im innersten pulsieren wie träge schlagende Herzen. Vivienne schloß die Tür und blieb einen Moment lang verdutzt und belustigt stehen. »Bist du *noch* unterwegs«, sagte sie, »oder *schon?* Du bist doch nicht etwa betrunken? Weil, du siehst ein bißchen ... merkwürdig aus. Ist dir klar, daß es fünf Uhr früh ist?«

»Ja«, sagte ich. »Entschuldige bitte, ich weiß auch nicht, was ich mir dabei gedacht habe. Ich bin gerade hier vorbeigekommen, und ...«

»Ja. Na schön, komm mit in die Küche. Die Kinder schlafen noch.« Ich dachte an Antonia MacLeish: ob ich sie anrufen sollte. Um ihr zu sagen ... ja, was eigentlich? »Man weiß gar nicht recht, was man anbieten soll, so früh am Morgen«, sagte Vivienne, während sie mir vorausging und die Küchentür aufmachte. »In alten Zeiten hätten wir Champagner getrunken. Apropos, wie geht's Boy?«

»Er ist ... weg.«

»Ich hab ihn so lange nicht mehr gesehen. Überhaupt niemanden, im Grunde, aus dieser Welt. Irgendwie hab ich wohl den Kontakt verloren. Glaubst du, das bedeutet, daß ich dabei bin, mich in eine einsame alte Frau zu verwandeln, die Miss Havisham der South Audley Street? Wirklich, ich fühle mich uralt. Wenn die Kinder nicht wären, würde ich wahrscheinlich gar nicht mehr vor die Tür gehen. Möchtest du vielleicht eine Tasse Tee?« Sie stand mit dem Kessel in der Hand am Ausguß und drehte sich fragend zu mir herum. Ich schwieg. Sie lachte leise und schüttelte den Kopf. »Nun erzähl schon, Victor, was ist los? Du siehst aus wie ein kleiner Junge, den man beim Äpfelstehlen erwischt hat. Bist du in Schwierigkeiten? Hast du irgendeinen schrecklichen Fehler gemacht, eines der königlichen Gemälde falsch zugeordnet oder so?«

Ich wollte gerade etwas sagen, ich wußte selber nicht, was, aber plötzlich mußte ich von neuem weinen, hilflos, in einem gewaltigen Strudel von Selbstmitleid und zielloser Wut. Ich konnte gar nicht wieder aufhören. Ich stand einfach da, mitten in der Küche, im dunstigen Morgenlicht, und würgte den Schleim hinunter, und meine Schultern bebten, und ich knirschte mit den Zähnen und ballte die Fäuste und hatte die Augen fest zusammengekniffen, und die heißen Tränen liefen mir übers Hemd. Und bei all dem empfand ich einen gräßlichen, ungehörigen Genuß. Es war wie der herrliche Moment der Gesetzesübertretung, wenn ich als Kind im Bett lag und träumte und endlich aufgab und einnäßte, ausgiebig, siedendheiß und ohne Ende. Zuerst tat Vivienne nichts, sondern blieb einfach stehen, verdutzt und unsicher, eine Hand vorm Mund. Dann kam sie schwankend zu mir und nahm mich in den Arm und zog meinen Kopf an ihre Schulter. Durch den Stoff ihres Morgenrocks hindurch roch ich den leicht schalen Dunst der Nacht auf ihrer Haut.

»Mein Liebling«, sagte sie, »was hast du denn bloß?«

Sie drückte mich sanft auf einen Stuhl am Küchentisch, brachte mir ein frisches Taschentuch und machte sich daran, Tee zu kochen, und ich saß da und schniefte.

»Entschuldige«, sagte ich. »Ich weiß auch nicht, was über mich gekommen ist.«

Sie setzte sich und sah mich über den Tisch hinweg an.

»Armer Schatz«, sagte sie, »du bist ja ganz außer dir.«

Ich erzählte ihr von Boy und MacLeish und der Fahrt nach Folkestone. Atemlos und ängstlich, wie der Herold, der vor dem König niederkniet und ihm die Niederlage seines Heers vermeldet, doch ich kam nicht dagegen an, die Worte strömten aus mir heraus, ebenso unaufhaltsam wie vorher die Tränen. Vivienne saß ganz still da, beobachtete mich mit beinahe klinischer Aufmerksamkeit und schwieg, bis ich fertig war.

»Boy ist mit dem Sturen Schotten weg?« sagte sie dann. »Unfaßbar! Die können sich nicht ausstehen, die zwei.«

»Ich denke auch, daß sie sich wahrscheinlich trennen werden, weißt du, wenn sie erst mal in ... wenn sie erst mal am Ziel sind.«

»In Moskau, meinst du. Das ist doch ihr Ziel, oder?«

»Ja«, sagte ich, »ich nehme an.«

Sie nickte und sah mir immer noch in die Augen.

»Und du?« fragte sie.

»Ich?«

»Wieso bist du nicht mit weg?«

»Warum sollte ich? Ich hab sie nur zur Küste runtergefahren. Boy hatte mich darum gebeten. Er war doch mein Freund.«

»War?«

»Naja, weil er jetzt weg ist. Ich glaube kaum, daß wir ihn noch mal wiedersehen werden.«

Sie schenkte Tee ein und sah zu, wie der fließende, bernsteinfarbene Bogen sich plätschernd in die Tasse ergoß. Ich fragte, ob sie vielleicht einen Schuß Rum für mich hätte, aber sie hörte nicht zu.

»Du hast mich immer belogen«, sagte sie nachdenklich. »Von Anfang an hast du gelogen. Warum sollte ich das jetzt verzeihen.«

Ich starrte sie an.

»Ich dich belogen?« sagte ich. »Womit habe ich dich belogen?«

»Mit allem. Ist der Tee gut so? Vielleicht möchtest du was zum Frühstück? Ich krieg allmählich selber Hunger. Schocks machen mich immer hungrig – geht's dir auch so? Ich brat uns ein paar Eier oder so was.« Doch sie rührte sich nicht von der Stelle, sondern blieb sitzen, die

Hand auf dem Griff der Teekanne, starrte ins Leere und nickte langsam mit dem Kopf. »Also Boy ist weg«, sagte sie. »Ich hätte ihm gern noch auf Wiedersehen gesagt.« Sie zwinkerte und sah mir wieder in die Augen. »Du hast gewußt, daß er abhauen wollte, nicht wahr?«

»Wie meinst du das? Ich hab ja nicht mal gewußt, daß er Grund zum Abhauen hatte.«

»Du hast es gewußt und hast keinem was gesagt. So was ... so was von diskret!«

Ihre Augen funkelten. Ich guckte weg.

»Du machst dich ja lächerlich«, sagte ich. »Gar nichts hab ich gewußt.«

Sie starrte mich immer noch an, schweigend, die geballte Faust vor sich auf dem Tisch wie eine Waffe. Und dann lachte sie plötzlich.

»Ach, Victor«, sagte sie und öffnete die Faust und hob die Hand und legte sie mir sanft auf die Wange, wie sie es früher so oft mit gutem Grund getan hatte. »Armer, armer Victor. Du hast recht, du hast wirklich nichts gewußt, noch weniger, als du geglaubt hast. Er hat alles vor dir verheimlicht.«

Der Tee schmeckte nach Lehm. Im Nachbarhaus lief ein Rundfunkempfänger; in der Stille hörte ich ganz deutlich das Zeitzeichen für die Sechs-Uhr-Nachrichten. Es war mir nie aufgefallen, wie viele Frühaufsteher es in Mayfair gab. Neben mir auf dem Fensterbrett hockte eine Jadefigur, ein dickbäuchiger Mönch aus der Sammlung des Großen Bibers – und lachte höhnisch in sich hinein. Dinge in ihrem Schweigen bleiben so viel besser im Gedächtnis haften als Menschen.

Chrysalis.

»He«, sagte ich dumpf. »Wie meinst du das?«

Ihr mitleidiges Lächeln war mir unerträglich.

»Hast du immer noch nicht verstanden?« sagte sie. »Er war es. Immer nur er ...«

Ich muß wirklich einmal nachsehen, wo die Pistole geblieben ist.

*

Von da an kamen sie regelmäßig zu mir; immer wenn es Aufregung gab, weil wieder mal eine klaffende Lücke im sogenannten staatlichen Sicherheitsapparat entdeckt worden war, trat Skryne von neuem in mein Leben, scheu, ehrerbietig, gnadenlos wie eh und je. Während unserer Vernehmungen – ich sage *unsere*, weil ich sie tatsächlich als etwas Gemeinsames empfinde, wie eine Folge von privaten Unterrichtsstunden, von Exerzitien – schwafelte er immer stundenlang in seinem trockenen, sanften, schulmeisterlichen Ton vor sich hin, stellte mir ein ums andere Mal dieselbe Frage, jedesmal in leicht abgewandelter Form, und stürzte sich dann urplötzlich auf einen Namen, ein Wort, eine unwillkürlich bei mir aufflackernde Reaktion, derer ich mir kaum bewußt war, und sofort war alles anders und die Befragung nahm eine völlig neue Richtung. Und trotzdem ging es stets sehr entspannt und manierlich und, ja, freundschaftlich zu. Irgendwann fingen wir sogar an, uns gegenseitig Weihnachtskarten zu schicken – doch, ehrlich. Was seine Geduld anging, seine Konzentration, seinen Blick für das beredte Detail, seine Fähigkeit, sich anhand eines Fragments ein Bild vom Ganzen zu machen, so war er mir ebenbürtig, die größere Ausdauer aber hatte am Ende ich. In all der Zeit – wie viele Stunden mögen wir miteinander verbracht haben: tausend, zweitausend? – hat er von mir wohl kein einziges Mal etwas bekommen, das er nicht auch anderswo hätte kriegen können. Nur die Toten habe ich namentlich genannt oder die unbedeutendsten Randfiguren unseres Kreises, diejenigen, von denen ich wußte, daß sich das Department nicht mit ihnen aufhalten würde, nicht lange jedenfalls. Schach ist zu ernst und hat zuviel Ähnlichkeit mit Krieg, um als Analogie für das zu taugen, was wir da miteinander trieben. Also dann ein Katz-und-Maus-Spiel – aber wer war die Maus und wer die Katze?

Ich weiß noch, wie Skryne zum erstenmal in die Wohnung kam. Er hatte lange und nicht sehr geschickt darauf hingearbeitet, daß er sich meine Bude, wie er es nannte, einmal ansehen durfte. Ich wandte ein, es sei eine unzumutbare Verletzung der Privatsphäre, mich bei mir zu Hause zu vernehmen, doch zum Schluß bin ich doch weich geworden und habe gesagt, er könne ja mal irgendwann abends um sechs auf einen Sherry vorbeikommen. Ich habe wohl gedacht, ich könnte einen Vorteil dabei herausschlagen, wenn ich ihm seinen harmlosen und in gewisser Weise beinahe rührenden Wunsch erfüllte: die Cocktailstunde ist für Leute seines Standes ein besonders heikler Teil des gesellschaftlichen Tagesablaufs, der sie verunsichert, denn bei ihnen gibt es um diese Stunde den Tee, und ich weiß, daß es sie ärgert, wenn sie auf diese wichtige Mahlzeit verzichten müssen. Dennoch schien er sich rundum wohl zu fühlen. Vielleicht, daß ihn die leeren, hallenden Galerien ein wenig eingeschüchtert haben, als wir hinaufstiegen, doch sobald wir in der Wohnung waren, fing er an, es sich richtig gemütlich zu machen. Er wollte sich sogar schon seine Pfeife anzünden, ohne mich um Erlaubnis gebeten zu haben, doch daran hinderte ich ihn mit dem Hinweis, daß der Rauch den Bildern schade, was wahrscheinlich sogar stimmte, denn der schwarze Shag, den er rauchte, verströmte einen beißenden Gestank, der mir in der Nase brannte und mir Tränen in die Augen trieb. Ich ertappte ihn dabei, wie er sich rasch umsah; besonders beeindruckt schien er nicht zu sein – ja, wirklich, ich glaube, er war enttäuscht.

Was hatte er denn erwartet? Lila Seidentapeten vielleicht und einen auf der Chaiselongue posierenden Lustknaben (Patrick war nicht sehr erfreut gewesen, als ich ihn gebeten hatte, sich für die Dauer dieses Besuchs zu absentieren, und war beleidigt losgezogen ins Kino). Doch als Skryne die kleine Degas-Zeichnung sah, die ich unten aus dem Französischen Raum entliehen und über meinem Kamin aufgehängt hatte, wurde er wach; es ist mir nie gelungen, die Arbeiten dieses Malers zu mögen, und darum hatte ich das Blatt mitgenommen, um ein Weilchen damit zu leben, in der Hoffnung, es könnte mich umstimmen. (Was nicht der Fall war.)

»Das ist ja ein reizendes Stück«, sagte er und tippte mit dem kalten Pfeifenstiel auf das Bild. »Degas. Schön.« Er blinzelte schüchtern. »Ich kleckse nämlich selber so ein bißchen rum, wissen Sie.«

»Ach, ja?«

»Aquarelle. Ist bloß ein Hobby, obwohl, meine Madam läßt meine Sachen immer einrahmen und hängt sie überall im Haus auf. Und genau das da, das hab ich mal kopiert, aus einem Buch. Aber meins ist nur auf Karton.«

»Das Original auch.«

»Ach.«

»Und übrigens heißt er De*gas*; das S wird mitgesprochen.«

Wir nahmen den Sherry im Arbeitszimmer. Der Poussin fiel ihm nicht auf. Es gab zwei Stühle – der eine wartete schon auf Sie, Miss V. –, doch wir blieben stehen. Ich fragte mich, was er seiner Madam wohl von mir erzählen würde. *So ein verknöcherter Typ, Mabel; und obendrein noch hochnäsig.* Es war ein chromgelb und kupferfarbener Oktoberabend. Boy und der Sture Schotte waren in Moskau zum erstenmal öffentlich aufgetreten und hatten mit Reportern gesprochen und jede Menge hochtrabende Phrasen über Frieden und Brüderlichkeit und die Weltrevolution gedroschen; Parteitagsgerede, das ihnen vermutlich unsere Freunde im Kreml geschrieben hatten. Die Sache wurde im Fernsehen übertragen, scheinbar mitten aus einem Schneesturm heraus – ich besaß damals bereits einen einfachen Apparat; eigentlich war er zu Patricks Unterhaltung gedacht, aber insgeheim war ich längst selber süchtig –, ein deprimierendes, fast schon ekelerregendes Schauspiel, fand ich. Wirklich herzzerreißend, daß von all der Leidenschaft, der Überzeugung nichts weiter übriggeblieben war als zwei zu dick geschminkte Männer mittleren Alters, die in einem fensterlosen Raum in der Lubjanka an einem nackten Tisch sitzen, ein tapferes Gesicht machen und verzweifelt lächeln und sich und der Welt einzureden versuchen, daß sie endlich heimgekehrt seien ins Gelobte Land. Mir grauste vor dem Gedanken, wie Boy dort zurechtkam. Ich dachte zurück an jenen Abend in den dreißiger Jahren, als man mich in den Kreml geschleppt und die Gattin des sowjetischen Kulturkommissars mit einem Blick auf den Champagner in meinem Glas abfällig den Mund verzogen und »georgischer« gesagt hatte. Jemand von der britischen Botschaft wollte Boy eines Nachts in einem Moskauer Hotel gesehen haben, wie er an der Bar hockte, den Kopf auf dem Arm, laut schluchzend. Ich hoffte, daß es Whiskeytränen waren.

»Glauben Sie, daß die glücklich sind, Ihre beiden Spezis?« fragte Skryne. »Mit Bier und Kegeln ist da nicht viel.«

»Die sind auch mehr für Kaviar zu haben«, sagte ich kühl, »und den gibt es dort in Hülle und Fülle.«

Er spielte mit irgendwelchen Sachen auf meinem Schreibtisch herum; ich hatte den Drang, ihm auf die Finger zu klopfen. Ich hasse Leute, die immer alles anfassen müssen.

»Würden Sie denn rübergehn?« fragte er.

Ich trank einen Schluck Sherry. Es war ein sehr guter Sherry, und ich konnte nur hoffen, daß Skryne das zu würdigen wußte.

»Sie haben mir zugeredet«, sagte ich. Das hatten sie; Oleg hatte sich eifrig bemüht. »Ich habe sie gefragt, ob sie mir, wenn ich ginge, garantieren könnten, daß ich regelmäßig Dienstreisen in die National Gallery und in den Louvre machen darf. Da haben sie in Moskau nachgefragt, und danach waren sie ganz kleinlaut. Keinen Sinn für Humor, diese Russen. Genau wie die Amerikaner, in der Beziehung.«

»Sie mögen die Amerikaner wohl nicht, was?«

»Ach, im einzelnen sind das bestimmt grundanständige Leute. Bloß, wissen Sie, ich bin nun mal kein Demokrat; es macht mir Angst, wenn der Mob regiert.«

»Und was ist mit der Diktatur des Proletariats?«

»Oh, bitte«, sagte ich, »wir wollen doch nicht polemisch werden. Noch einen Sherry? Der ist gar nicht so übel, wissen Sie.«

Ich goß ein. Ich mag die ölige Konsistenz, die dieses Getränk hat, ansonsten aber haben selbst die besten Sorten so einen Stich ins Bittere, der mich an irgendeinen unangenehmen Geschmack aus meiner Kindheit erinnert – Nanny Hargreaves Rhizinusöl vielleicht. Nein, ich ziehe den Gin vor mit seinen mysteriösen Assoziationen von Frost und Forst, Metall und Flamme. In den ersten Tagen nach Boys Flucht habe ich praktisch in dem Zeug gebadet, vom frühen Morgen bis tief in die Nacht. Meine arme Leber. Wahrscheinlich war es damals, vor all den vielen Jahren, daß die Zellen ihre ersten trunkenen Schritte in jenem Tanz der Derwische probiert haben, in dem sich meine Eingeweide jetzt verzehren. Skryne stand da und starrte mit glasigen Augen vor sich hin; er hielt sein Glas noch in der Hand und schien den Tropfen Alkohol darin ganz vergessen zu haben. Es kam oft vor, daß er plötzlich so ins Leere starrte; das war enervierend. Konzentration? Tiefes Nachdenken? Oder bloß eine Falle für den Unvorsichtigen? – man neigte in der Tat dazu, weniger auf der Hut zu sein, wenn er so geistesabwesend war. Durchs Fenster fiel das letzte Licht und warf einen nickelglänzenden Schein auf den Poussin, hob die intensiver pigmentierten Stellen hervor und schattierte die Vertiefungen. Bei den Taxatoren hatte jemand die Frage nach der Echtheit aufgeworfen; absurd, natürlich.

»Sehen Sie sich dieses Bild dort an«, sagte ich. »Es heißt *Der Tod des Seneca*. Gemalt wurde es Mitte des siebzehnten Jahrhunderts von Nicolas Poussin. Sie sind selber so was wie ein Künstler, sagen Sie: die Kultur, die dieses Bild repräsentiert, ist sie es nicht wert, daß man für sie kämpft?« Ich sah, daß der Spiegel des Sherry in meinem Glas kaum merklich zitterte, und dabei hatte ich geglaubt, ich wäre ganz ruhig. »Der Jüngling aus Sparta«, sagte ich, »beschwerte sich bei seiner Mutter, daß sein Schwert zu kurz sei, und sie hat nur geantwortet: *Dann geh näher heran.*«

Skryne gab einen komischen, krächzenden Seufzer von sich. Ich mußte mir eingestehen, daß dort, im engen Raum des Arbeitszimmers, ein schwacher, aber deutlich wahrnehmbarer Geruch von ihm ausging: Tabak, natürlich, doch dahinter war noch etwas anderes, etwas Tristes, Unappetitliches; er roch sehr nach – nun ja, nach *Hackney*.

»Wär's nicht das Beste, Dr. Maskell«, sagte er, »wir setzen uns jetzt hier hin und bringen es ein für allemal hinter uns?«

»Ich hab Ihnen doch gesagt, ich bin nicht bereit, mich bei mir zu Hause vernehmen zu lassen.«

»Keine Vernehmung. Bloß eine ... bloß ein Großreinemachen, könnte man sagen. Ich bin katholisch ... naja, meine Mutter war katholisch; aus Irland, wie Sie. Ich kann mich heute noch erinnern, was das für ein Gefühl war, wenn ich als Junge aus dem Beichtstuhl kam, dieses Gefühl von ... Leichtigkeit. Verstehn Sie, was ich meine?«

»Ich habe Ihnen alles erzählt, was ich weiß«, sagte ich.

Er lächelte und schüttelte freundlich den Kopf und stellte sein Glas vorsichtig auf eine Ecke meines Schreibtischs. Er hatte den Sherry nicht angerührt.

»Nein«, sagte er. »Sie haben uns alles erzählt, was *wir* wissen.«

Ich seufzte. Sollte das denn nie ein Ende haben?

»Sie verlangen von mir, daß ich meine Freunde verrate«, sagte ich. »Das werde ich nicht tun.«

»Sie haben doch alles andere verraten.« Immer noch lächelnd, immer noch onkelhaft freundlich.

»Nur, was für Sie alles ist, das ist für mich nichts. Um etwas verraten zu können, muß man zuerst einmal daran glauben.« Nun stellte auch ich mein Glas mit hörbar kategorischer Endgültigkeit auf den Tisch. »So, Mr Skryne, und jetzt finde ich wirklich ...«

In der Halle reichte ich ihm seinen Hut. Er hatte die Angewohnheit, ihn sich mit präzise drehenden Bewegungen auf dem Kopf zurechtzurücken, mit beiden Händen, leicht nach vorn gebeugt, als ob er ein Gefäß zuschraubte, in dem sich irgendein kostbarer, flüchtiger Stoff befand. An der Tür blieb er noch einmal stehen.

»Ach, übrigens, haben sie gesehen, was Bannister gesagt hat, als er sich in Moskau mit dem Burschen von der *Daily Mail* traf? Wir haben es noch nicht zur Veröffentlichung freigegeben.«

»Wie soll ich es denn dann gesehen haben?«

Er lächelte schlau, als ob ich etwas sehr Pfiffiges und Aufschlußreiches gesagt hätte.

»Ich hab's abgeschrieben«, sagte er, »ich glaube, ich habe es mit.« Er holte eine dicke Brieftasche hervor und entnahm ihr ein sorgfältig zusammengefaltetes Stück Papier. Mir war klar, daß er diese kleine Geste haargenau geplant hatte, bis hin zu dem Effekt, sie sich bis zur letzten Minute aufzuheben; schließlich war auch er ein Thespisjünger. Er setzte sich seine Nickelbrille auf, klemmte sich die Bügel behutsam hinter die Ohren und rückte den Steg auf der Nase zurecht, und dann räusperte er sich und las vor: »*Glauben Sie bloß nicht, ich habe Rosinen im Kopf, was dieses Land hier angeht*, sagt er. *Nach meinen Freunden habe ich schon Sehnsucht. Manchmal bin ich einsam. Aber wenn ich hier einsam bin, dann, weil mir die unwichtigen Dinge fehlen. In England war ich einsam, weil mir etwas gefehlt hat, was wirklich wichtig ist – der Sozialismus.* Traurig, was?« Er reichte mir den Zettel. »Da, wenn Sie's behalten wollen.«

»Nein, danke. Die *Daily Mail* ist nicht mein Blatt.«

Er nickte nachdenklich, den Blick auf den Knoten meiner Krawatte geheftet.

»Sind Sie auch einsam, weil ihnen der Sozialismus fehlt, Dr. Maskell?« fragte er freundlich.

Ich hörte den Fahrstuhl klappern und glucksen; das war sicher Patrick, der aus dem Kino zurückkam, wahrscheinlich war er immer noch eingeschnappt. Manchmal kann das Leben sehr anstrengend sein.

»Ich bin durchaus nicht einsam«, sagte ich. »Ich habe das Meine getan. Das ist das einzige, was zählt.«

»Und Ihre Freunde«, sagte er sanft. »Vergessen Sie nicht Ihre Freunde. Zählen die etwa nicht?«

Miss Vandeleur ist gerade gegangen, wie ein begossener Pudel, muß ich leider sagen. Sie wird mich nicht mehr wiedersehen; oder zumindest werde ich *sie* nicht mehr wiedersehen. Ihr Besuch war bewegend; die letzten Dinge und so weiter – und *nicht* so weiter. Ich hatte einen Kuchen gekauft – er erwies sich als nicht ganz frisch – und ihn mit einer kleinen Kerze geschmückt. Ich habe inzwischen das Vorrecht, Dummheiten zu machen. Sie beäugte den Kuchen mißtrauisch und einigermaßen verdutzt. Unser erster Jahrestag, sagte ich und reichte ihr mit einer, wie ich fand, wohlabgewogenen Nuance von altmodischer Galanterie ein Glas Champagner; ich wollte nicht, daß sie glaubt, ich würde etwa irgend einen Groll gegen sie hegen. Sie aber bewies mir, indem sie ihr Notizbuch, das inzwischen Eselsohren bekommen hatte, bis an den Anfang zurückblätterte, daß dies gar nicht das Datum war, an dem sie mich zum erstenmal besucht hatte. Ich fegte diese läppischen Details beiseite. Wir saßen im Arbeitszimmer. Sie hatte anscheinend überhaupt nichts gemerkt, ich hingegen war mir der grausam leeren Stelle an der Wand schmerzhaft bewußt, wo der Poussin hätte hängen müssen. Miss V. war im Mantel, schien aber trotzdem zu frieren, wie immer; ihr Mechaniker hatte bestimmt seine liebe Not, sie aufzuwärmen – Mädchen machen ja immer ihre jungen Männer für die herrschenden Temperaturen verantwortlich; fragen Sie mich nicht, woher ich das weiß. Sie hatte auch wieder ihren Lederrock an, wie ehedem. Wieso sind die Menschen nur so sentimental mit ihrer Kleidung? Ich stellte sie mir in ihrem Zimmer in Golders Green vor, im grauen Licht und der schalen Luft des Morgens, mit einer Tasse kaltem Kaffee auf dem Toilettentisch, wie sie in diesen knarzenden Rock stieg und daran dachte, daß nun wieder so ein Tag vor ihr lag, ein Tag ... ja, was für ein Tag denn eigentlich? Vielleicht gibt es dieses Zimmer in Golders Green gar nicht. Vielleicht ist alles frei erfunden, ihr Admiralsvater, ihr ungehobelter Mechaniker, die freudlose Pendelei mit der Northern Line, meine Biographie. Ich fragte, wie sie mit der Arbeit an dem Buch vorankommt, und da sah sie mich verächtlich an, guckte wie ein mürrisches Schulmädchen, das hinterm Fahrradschuppen beim Rauchen erwischt worden ist. Ich versicherte ihr, meine Gefühle für sie seien frei von Bitterkeit, und da tat sie so, als ob sie nicht bis drei zählen könnte, und sagte, es sei ihr vollkommen schleierhaft, wovon ich rede. Dann sahen wir uns einen Moment lang schweigend an, ich lächelnd, sie mit ärgerlich gerunzelter Stirn. Ach, Miss Vandeleur, meine liebe Serena. Wenn das denn wirklich ihre Namen sind.

»Der Schein trügt«, sagte ich und zeigte auf die Champagnerflasche und die Kuchenruine mit der pisanischen Kerze darauf, »offiziell bin ich in Trauer.« Ich beobachtete sie eingehend und wartete auf eine Reaktion, doch es kam keine; wie ich mir schon gedacht hatte: sie wußte es bereits. »Ja, wissen Sie«, sagte ich, »meine Frau ist gestorben.«

Kurzes Schweigen.

»Das tut mir leid«, entgegnete sie kaum hörbar, den Blick auf meine Hände gerichtet.

April. So herrliche Himmel heute, große dahintreibende Eisberge aus Wolken und dahinter dieses zarte, zerbrechliche Blau, und die Sonne geht an und aus, als würde irgendein launisches Wesen irgendwo einen Schalter bedienen. Ich mag den Frühling nicht; sagte ich das schon? Zu beunruhigend, zu bedrückend, all das blindlings herumwirbelnde neue Leben. Ich komme mir zurückgelassen vor, schon mit einem Bein im Grab, ganz dürrer Ast und knorrige Wurzel. Und doch, etwas regt sich in mir. Ich stelle mir oft vor, besonders nachts, daß ich es spüren kann, hier drinnen, nicht den Schmerz, meine ich, sondern das Ding selber, den Krebs, wie er bösartig wuchert und mit den Scheren schnappt. Nun gut, ich werde seinem Wachstum bald ein Ende bereiten. Sehr trockener Mund auf einmal. Seltsame Auswirkungen. Ich bin ganz ruhig.

»Es war furchtbar traurig«, sagte ich. »Sie scheint regelrecht verhungert zu sein. Hat die Nahrung verweigert, hat einfach das Gesicht zur Wand gedreht, wie man früher sagte. So verzweifelt, ihr Verlangen, zu sterben! Sie wollte nicht, daß man mir Bescheid gab, hat gesagt, man soll mich in Frieden lassen. Sie war immer rücksichtsvoller als ich; tapferer auch. Gestern war die Beerdigung. Ich bin noch etwas außer mir, Sie sehen ja.«

Da begleitet mich der Tod nun auf Schritt und Tritt, streicht unermüdlich um die gebrechlichen Befestigungen meines Lebens herum, und ich bin trotz allem erstaunt, wenn er einmal Beute macht? Ich war mir immer sicher, daß Vivienne mich überlebt. Und doch, als Julian anrief, wußte ich sofort, noch bevor er es gesagt hatte, daß sie tot war. Wir standen lange da und hörten einander durch den Äther atmen.

»Es ist besser so«, sagte er.

Warum denken die Jungen immer, es ist besser, wenn die Alten tot sind? Die Frage beantwortet sich vermutlich von selbst.

»Ja«, sagte ich, »besser.«

Sie hatte sich gewünscht, nach jüdischem Brauch begraben zu werden. Das wunderte mich. Am Anfang unserer Ehe war sie immer mit den Kindern in die Kirche gegangen, besonders in Oxford, aber jetzt wird mir klar, daß sie das wohl nur getan hat, um ihre Mutter zu ärgern. Ich hatte gar nicht gewußt, daß ihr der Gott ihrer Väter etwas bedeutete. Keinen Blick für andere Menschen, keinen Blick. Es gab noch mehr Überraschungen bei der Beerdigung. Nick trug eine Jarmulke und Julian auch, und beim Gebet, dem Kaddisch, oder wie das heißt, sah ich, wie Nick die Lippen bewegte und mitsang mit dem Kantor. Wo kam denn plötzlich diese ganze Frömmigkeit her? Aber offenbar war sie gar nicht so plötzlich gekommen.

Der Friedhof lag am nördlichen Stadtrand von London. Wir brauchten über eine Stunde dorthin, trotz der ungebührlichen Eile, mit dem sich der Leichenwagen seinen Weg durch den nordwärts fließenden Verkehr bahnte. Es war ein rauher, böiger, grauer Tag mit peitschenden Regengüssen und einem infernalisch gelben Lichtstreifen, der sich wie eine Wunde am Horizont entlangzog. Im Auto saß ich auf dem Rücksitz und fühlte mich welk und verschüchtert. Neben mir Blanche, die vor sich hin schluchzte und ein ganz verquollenes, tränenverschmiertes Gesicht hatte. Julian saß steif und kerzengerade hinterm Lenkrad, den Blick auf die Straße geheftet. Der leere Platz neben ihm war ein trauriges Symbol für das Fehlen seiner Mutter. Nick fuhr alleine, mit seinem Chauffeur. An einem Punkt der Strecke, als wir ein kurzes Stück über die Autobahn fuhren und unsere beiden Wagen gleichauf waren, sah ich, daß er arbeitete, Papiere, den goldenen Füllhalter in der Hand, den roten Ministerkoffer offen auf dem Nebensitz. Er spürte meinen Blick und sah kurz auf, ohne etwas wahrzunehmen, weit weg, ausdruckslos, sichtlich ganz woanders mit seinen Gedanken. Selbst jetzt noch, da er in den Siebzigern ist, korpulent, kahl, mit schlaffem Gesicht und dicken Tränensäcken unter den triefenden Augen, erkenne ich, welch eine Schönheit er einmal war; ist sie wirklich da, oder deute ich sie nur in ihn hinein? Das war der Sinn meines Daseins, das war seit jeher meine Aufgabe, dafür zu sorgen, daß sein Bild nicht untergeht, demütig mit gesenktem Kopf vor ihm niederzuknien und ihm den Spiegel vors Gesicht zu halten und sein Bild wiederum den prüfenden Augen der Welt zu präsentieren.

Als wir vorm Friedhofstor ankamen, machte Blanche einen linkischen Versuch, nach meiner Hand zu greifen, aber ich tat so, als ob ich es nicht merkte. Ich mag es nicht, wenn man mich anfaßt.

Querell erkannte ich zuerst gar nicht. Aber nicht etwa, weil er so verändert gewesen wäre, sondern weil er der letzte war, mit dem ich hier gerechnet hätte. So eine Unverfrorenheit! Sein Haar war schütter geworden, und er ging leicht gebeugt, besaß aber noch immer seine wachsame, düstere Eleganz. Oder nein, nicht Eleganz, das ist nicht das rechte Wort; eher schon Vigilanz, eine teuflische und zugleich auch talmihaft wirkende Vigilanz, und immer eine boshaft-wissende Miene, ungefähr so wie ein erfahrener Schwimmer, der seelenruhig zusieht, wie ein ungeschickter Anfänger sich aus Leibeskräften abstrampelt. Er trägt die Aura seines Ruhmes mit Wohlbehagen. Ich bin immer eifersüchtig auf ihn gewesen. Nach der Zeremonie kam er an und schüttelte mir mechanisch die Hand. Mehr als ein Vierteljahrhundert lang hatten wir uns nicht gesehen, doch darauf ging er gar nicht ein; er tat so, als würden wir uns jeden zweiten Tag über den Weg laufen.

»Auf die Juden ist Verlaß«, sagte er, »zum Schluß finden sie immer wieder zurück zu sich selber. Genau wie wir – die Katholiken, meine ich.« Über dem Anzug trug er eine wattierte Windjacke. »Inzwischen spüre ich die Kälte mehr. Mein Blut ist dünn geworden, weil ich so lange im Süden gelebt habe. Du siehst gar nicht so schlecht aus,

Victor; Heimtücke erhält jung, was?« Ich konnte mich nicht erinnern, daß er mich schon einmal beim Vornamen genannt hatte. Ich stellte ihm Blanche und Julian vor. Er sah sie beide nacheinander an, lange und mit wachem Interesse. »Als ich euch das letzte Mal gesehen habe, wart ihr noch in den Windeln.« Julian war kurz angebunden, aber nicht unhöflich. Ich bewundere seine Reserviertheit; das findet man nicht oft bei einem so jungen Menschen. »Sie haben die gleichen Augen wie Ihre Mutter«, sagte Querell, und Julian nickte knapp und steif, eine Kopfbewegung, die für ihn typisch ist und bei der ich im Geiste immer ein imaginäres Hackenzusammenschlagen höre. Mein armer verlorener Sohn. Querell hatte seine Aufmerksamkeit Blanche zugewandt. Sie zitterte am ganzen Leibe, war völlig verschüchtert in der Gegenwart eines so berühmten Mannes. Sie zog ihre Hand aus der seinen, als ob sie sich an seiner Berührung verbrannt hätte. Ob sie Bescheid wissen über Querell, sie und Julian? So etwas fragt man seine Kinder nicht, nicht einmal, wenn sie erwachsen sind.

»Wann fährst du zurück?« sagte ich.

Querell sah mich unverwandt an.

»Morgen«, erwiderte er.

Der Frühlingswind toste in den noch kahlen Bäumen, und an die Mauer des marmornen Tempels hinter uns prasselte eine Handvoll Regen. Julian versuchte mir stützend die Hand unter den Arm zu schieben, doch ich schüttelte ihn unwirsch ab. Einen Moment lang sah ich ganz deutlich Vivienne, sie kam auf mich zu, schlängelte sich in ihrem schlauchförmigen schwarzen Seidenkleid und ihren frechen Stöckelschuhen zwischen den Grabsteinen hindurch. Nick war schon wieder mit seinem Wagen davongebraust, ohne mit irgend jemandem ein Wort gewechselt zu haben. Querell sagte etwas von einem Taxi.

»Nein, nein«, erklärte ich, »du kommst mit uns mit.« Julian machte den Mund auf, sagte aber nichts. Querell verzog das Gesicht. »Ich bestehe darauf«, fügte ich hinzu. Man kann sogar bei einer Beerdigung noch seinen Spaß haben.

Wir fuhren in ziemlichem Tempo zurück in die Stadt, Querell und ich auf dem Rücksitz, und Blanche und Julian vorn, und die zwei saßen da wie die Ölgötzen und lauschten angespannt unserem Schweigen. Querell betrachtete mit aufmerksam zusammengekniffenen Augen – stets ganz Romancier – die tristen Vorortstraßen, die vorüberzogen, die Eckläden, die Waschsalons, die nagelneuen und doch schon heruntergekommenen Einkaufszentren mit ihren protzigen Schaufensterdekorationen und dem herumfliegenden Müll.

»England«, sagte er und kicherte höhnisch.

Am St Giles Circus kamen wir in einen Stau. Es war, als wären wir unversehens mitten in eine Herde von großen, qualmenden, glänzenden, zitternden Tieren hineingeraten.

»Weißt du was, Querell«, sagte ich, »los, wir gehen einen trinken.«

Ach, wie hörte sich das nach den alten Zeiten an. Querell warf mir einen spöttischen Blick zu. Julian war schon dabei, den Wagen an den Straßenrand zu bugsieren. Auf dem Gehsteig empfing uns ein roher, wirbelnder Wind. Während Querell den komplizierten Reißverschluß an seiner Jacke hochzog, sah ich zu, wie der Wagen sich wieder in den Verkehr einfädelte und die Geschwister sich nun in lebhafter Unterhaltung einander zuwandten. Das wirkliche Geheimleben ist ja das Leben der eigenen Kinder.

»Die machen, daß sie wegkommen«, sagte ich. »Wir sind inzwischen die langweiligen Alten.«

Querell nickte.

»Ich hab gerade überlegt«, sagte er, »meine Geliebte ist jünger als deine Tochter.«

Wir liefen durch Soho. Das Wetter hatte sich gebessert, und jetzt kam sogar noch eine kräftige Sonne heraus und schob sich durch die Wolken, und der Himmel über den engen Straßen sah ungeheuer hoch aus und irgendwie so, als wollte er fließend davonstürmen. Der übermütig galoppierende Wind drehte den Osterglocken auf dem Square die Hälse um. Ecke Wardour Street stand ein altes Weib in kakaofarbenen Strümpfen und leichentuchartigem Mantel und beschimpfte kreischend die Passanten. Weiße Sprenkel auf den Lippen, die kummerirren Augen. Eine Glasscheibe hinten auf einem LKW blitzte jäh und exotisch im Sonnenlicht auf. Zwei leichte Mädchen in falschen Pelzmänteln und Stöckelschuhen gingen vorüber. Querell sah ihnen halb säuerlich, halb belustigt nach.

»London war schon immer eine Parodie seiner selbst«, sagte er. »Lächerlich, häßlich, eiskalt. Wärst du mal lieber auch verschwunden, als du noch konntest.«

Wir gingen durch die Poland Street. Nach Boys Flucht hatte Leo Rothenstein das Haus verkauft. In den oberen Etagen waren jetzt Büros. Wir standen auf dem Trottoir und schauten hinauf zu den vertrauten Fenstern. Warum kann sich die Vergangenheit nicht ein für allemal verabschieden, warum muß sie sich immer wieder an uns klammern, wie ein Kind, das sich einschmeicheln will. Wir gingen weiter, ohne etwas zu sagen. Auf dem Pflaster tanzten die Windteufelchen und wirbelten Schmutz und Papierfetzen auf und drehten sich damit im Kreis. Ich war ganz benommen.

Das alte Pub hatte jetzt einen Flipperautomaten. Er war von einem Haufen lärmender junger Männer mit rasierten Schädeln, breiten Hosenträgern und hohen Schnürstiefeln umlagert. Querell und ich saßen – nicht sehr bequem für die Prostata – auf niedrigen Schemeln an einem kleinen Tisch im hinteren Teil des Raumes und tranken Gin und beobachteten die Stiefelburschen bei ihrem rüden Spiel, die Ganztagssäufer von undefinierbarem Alter, die an der Theke hockten. In den Schatten flimmerten Geister. Gespenstisches Lachen. Die Vergangenheit, die Vergangenheit.

»Möchtest du nicht zurückkommen?« sagte ich. »Vermißt du denn nichts, nicht irgend etwas?«

Er hörte nicht zu.

»Weißt du«, sagte er, »Vivienne und ich, wir hatten ein Verhältnis.« Er sah mich an, guckte aber sofort wieder weg und runzelte die Stirn. Er drehte seine Zigarette zwischen den Fingern. »Tut mir leid«, sagte er. »Es war kurz nach eurer Hochzeit. Sie war einsam.«

»Ja«, sagte ich. »Ich weiß.« Er starrte mich an, und seine Verblüffung entschädigte mich. Ich zuckte die Achseln. »Vivienne hat es mir erzählt.«

Draußen fuhr ein Bus vorbei, trompetend wie ein Elefant, und der Fußboden, der Stuhl und der Tisch gerieten leicht ins Zittern, und im Vorüberfahren gafften totenbleiche Gesichter vom Oberdeck scheinbar verwundert zu uns herunter. Querell spitzte die Lippen und blies einen dünnen, raschen Rauchkegel zur Decke; auf seinem schlecht rasierten alten Truthahnhals waren kleine weißliche Stoppelfelder zu sehen.

»Wann?« fragte er.

»Was?«

»Wann hat sie es dir erzählt?«

»Ist das wichtig?«

»Natürlich ist das wichtig.«

Seine Hände, fiel mir auf, zitterten ein wenig; der aus seiner Zigarette aufsteigende Rauch bebte in genau demselben schnellen Rhythmus. Der Rauch war blau, bevor er ihn einatmete, und hinterher grau.

»Ach, vor langer Zeit«, sagte ich. »An dem Tag, nachdem Boy übergelaufen war. An dem Tag, nachdem du dich mit den anderen geeinigt hattest, mich ans Department zu verraten.«

Am Flipperautomaten war Streit ausgebrochen, und zwei von den jungen Männern taten so, als ob sie sich prügelten, schwangen zum Spaß die Fäuste, knufften sich ein bißchen und traten sich gegenseitig ans Schienbein, was gefährlicher aussah, als es war, und ihre Kameraden feuerten sie johlend an. Querell trank aus und gab einen irgendwie pfeifenden Seufzer von sich. Er nahm unsere beiden Gläser und ging damit an die Theke. Ich musterte ihn in seiner ordinären Wattejacke und seinen Wildlederschuhen. Das Geheimnis der anderen tat sich vor mir auf, als hätte der Wind eine Tür aufgestoßen, hinter der Dunkelheit und Gewitter lagen. Abermals fuhr ein Bus vorbei, und abermals schauten von oben lauter dumpf-erstaunte Gesichter zu uns herein. Querell kam mit den Drinks zurück, und als er sich wieder auf seinen Hocker setzte, stieg mir ein Geruch in die Nase, käsig und roh, der aus seinen Eingeweiden kam; vielleicht ist er auch krank. Ich hoffe es inständig. Er schaute mit gerunzelter Stirn in sein Glas, als ob er etwas darin schwimmen sah. Oben auf den Wangenknochen hatte er auf einmal je einen hellroten Fleck von der Größe einer Shillingmünze; was war das – Ärger? Aufregung? Doch wohl nicht Scham?

»Woher weißt du das?« sagte er mit belegter Stimme. »Ich meine, daß ...«

»Von Vivienne natürlich. Von wem denn sonst? Sie hat mir alles erzählt, damals an dem Tag. Sie war ja schließlich meine Frau.«

Er neigte sein Glas einmal nach rechts und einmal nach links und sah zu, wie der letzte Tropfen Gin wie eine silberne Perle darin umherrollte.

»Weißt du, ich wollte dich da raushalten«, sagte er. »Ich wollte ihnen Rothenstein geben oder Alastair Sykes. Aber nein, sie wollten unbedingt dich, haben sie gesagt.«

Ich lachte.

»Mir ist soeben klargeworden«, sagte ich, »das ist der Grund, weshalb du zurückgekommen bist, nicht wahr? Um mir das mit dir und Vivienne zu erzählen; und das andere. Es muß eine große Enttäuschung für dich sein, daß ich das alles schon gewußt habe.«

Um seine vom Alter schmal gewordenen Lippen lagen winzige, tief eingekerbte Riefen, wodurch er einen altjüngferlichen Zug um den Mund hatte. So muß wohl auch ich aussehen. Was hätten diese jungen Männer erblickt, wenn sie uns ihre bedrohliche Aufmerksamkeit zugewandt hätten? Zwei traurige alte verschrumpelte Eunuchen mit ihrem Gin und ihren Zigaretten, ihren uralten Geheimnissen, dem uralten Schmerz. Ich winkte dem Mann am Ausschank. Er war ein hagerer, bleicher Jüngling, ein Bronzino-Typ, gezeichnet und von leicht verworfenem Aussehen; beim Bezahlen strich ich ihm sachte über seine klammen Finger, und er schenkte mir einen trüben Blick. Mitten im Tod etwas Lebendiges. Querell beobachtete mich mit grimmiger Miene und fuhr sich mit der Zungenspitze über die Unterlippe. Ich versuchte, mir ihn und Vivienne zusammen vorzustellen. Er zwinkerte langsam mit seinen schweren Saurierlidern. Und wieder roch ich seinen Sterbegeruch.

»Irgend jemanden mußten wir ihnen doch zum Fraß vorwerfen«, sagte er.

Das sah ich natürlich ein. Die Operation brauchte eine Londoner Adresse, jemand mußte das Material, das MacLeish und Bannister aus Washington schickten, in Empfang nehmen und es an Oleg weiterleiten. Das war das mindeste, was das Department erwartete; das mindeste, womit man sich dort zufriedengeben würde.

»Ja«, sagte ich, »und da habt ihr ihnen mich gegeben.«

Die gefährlichen jungen Männer gingen plötzlich weg, und der verlassene Flipperautomat schaute richtig gekränkt und verdutzt drein, wie ein Hund, wenn keiner mehr da ist, um Stöckchen zu werfen. Wortfetzen, Rauch, vereinzeltes Gläserklirren.

»Ich nehme an, du warst schon vor mir dabei?« sagte ich.

Er nickte.

»Ich hab schon in Oxford eine Zelle geleitet«, sagte er. »Schon in den ersten Semestern.«

Es gelang ihm nicht, sich den angeberischen Unterton zu verkneifen.

Ich stand auf. Ich wollte auf einmal weg von ihm. Es war kein Ärger, der mich anspornte, sondern so etwas wie Ungeduld; abermals war etwas zu Ende.

»Es tut mir wirklich leid«, sagte ich, »daß ich dir nicht die Freude machen konnte, mich am Boden zu winden.«

Draußen auf der Straße hatte ich wieder dieses leichte Schwindelgefühl, und einen Moment lang dachte ich, ich würde umfallen. Querell winkte nach einem Taxi; konnte wohl gar nicht schnell genug wegkommen, nachdem sein Versuch, sich zu rächen, so kläglich gescheitert war. Ich griff nach seinem Arm: papierenes Fleisch unter der Jacke, und ein dürrer alter Knochen, wie eine primitive Waffe.

»Du warst es«, sagte ich, »nicht wahr, von dir hat er meinen Namen, dieser Bursche, der das Buch geschrieben hat – der, der mich dann entlarvt hat.«

Er starrte mich an.

»Warum hätte ich das tun sollen?«

Ein Taxi hielt an. Er wollte darauf zugehen, versuchte meinen Arm abzuschütteln, aber ich packte nur noch fester zu. Ich staunte, wie stark ich war. Der Taxifahrer drehte sich interessiert zu uns herum und beobachtete uns, zwei angesäuselte alte Käuze, die wütend aneinander herumzerren.

»Wer dann?« sagte ich.

Als ob ich es nicht wüßte.

Er zuckte die Achseln und lächelte, zeigte mir seine alten, vergilbten Zähne und sagte nichts. Ich ließ ihn los und trat zurück, und er duckte sich und stieg ein und schlug die Tür zu. Als das Taxi davonfuhr, sah ich im Heckfenster sein bleiches, langes Gesicht. Er schien zu lachen.

Plötzlich denke ich: sind meine Kinder überhaupt von mir?

\*

Soeben am Telefon einen äußerst unerfreulichen Wortwechsel mit einem unverschämten jungen Taxator gehabt. Himmelschreiende Unverschämtheiten. Er hat doch tatsächlich das Wort Fälschung in den Mund genommen. Ist Ihnen eigentlich klar, sagte ich, wer ich bin? Und ich schwöre, ich habe gehört, wie er ein höhnisches Lachen heruntergeschluckt hat. Ich habe ihm erklärt, daß ich das Gemälde auf der Stelle wiederhaben will. Ich hatte mich bereits entschieden, wem ich es vermachen werde; ich glaube nicht, daß ich meine Meinung ändern muß.

\*

Er ging selbst ans Telefon, beim ersten Klingeln. Hatte er meinen Anruf erwartet? Vielleicht, daß Querell ihm einen Wink gegeben hatte, um noch ein letztes Mal Unruhe zu stiften, bevor er wieder gen Süden geflogen war, zurück zur Sonne und zu seiner kindlichen Geliebten. Ich war furchtbar nervös und stotterte herum wie ein Idiot. Ich fragte, ob ich nicht vorbeikommen könnte. Lange Pause, dann sagte er einfach ja und legte auf. Die nächste halbe Stunde verbrachte ich damit, durch die Wohnung zu laufen und die Webley zu suchen, bis ich sie endlich mit einem Jubelschrei ganz hinten in einer Schreibtischschublade fand, eingewickelt in ein altes Hemd, ein Hemd von Patrick, wie ich sah, das gab mir einen Stich. Merkwürdiges Gefühl, die Waffe in der Hand zu wiegen. Wie altmodisch sie aussieht, wie diese Haushaltsgerätschaften von früher, die man in Ausstellungen viktorianischer Alltagskultur sieht, wuchtig, schwer, von ungewissem Zweck. Doch nein, nicht ungewiß, gewiß nicht ungewiß. Sie ist seit dem Krieg nicht mehr geölt worden, aber ich gehe davon aus, daß sie funktioniert. Nur noch zwei Schuß – was mag mit den anderen vier passiert sein? –, aber das ist mehr als genug. Ich konnte das Halfter nicht finden und war in Verlegenheit, wie ich sie transportieren sollte, denn für meine Jackentasche war sie zu groß, und als ich sie mir in den Bund steckte, rutschte sie durchs Hosenbein und fiel mir auf den Fuß, und ich habe mir oben auf dem Spann eine böse Schramme eingehandelt. Ein Wunder, daß sie nicht losgegangen ist. Das war keine Lösung; ich hatte schon genug Schmach erlitten, ich mußte mir nicht noch selber in den Fuß schießen. Zum Schluß wickelte ich sie wieder in das Hemd ein – breite rosa Streifen, schlichter weißer Kragen; ganz nach Patsys Geschmack – und steckte sie in meine Umhängetasche. Schirm, Regenmantel, Wohnungsschlüssel. Erst unten auf der Straße fiel mir auf, daß ich Sandalen anhatte. Egal.

Der Taxifahrer war so ein anstrengender Monologisierer: Wetter, Verkehr, Pakistanis, verflixte Fußgänger. Wie wenig einnehmend sie doch sind, die Fährmänner, die uns das Schicksal für die entscheidendsten Passagen unseres Lebens sendet. Ich lenkte mich ab, indem ich mir das konsternierte Geheul vorstellte, in das gewisse akademische Kreise angesichts eines posthumen Artikels von mir über die erotische Symbolik von Poussins *Echo und Narziß* ausbrechen werden – ich frage mich übrigens, warum sich der Künstler ausgerechnet bei diesem Bild entschlossen hat, Narziß ohne Brustwarzen darzustellen? –, der demnächst in einer ziemlich gewagten und leicht anrüchigen amerikanischen Kunstzeitschrift erscheinen wird. Ich liebe es, zu schockieren, selbst jetzt noch. Die Sonne war verhängt, und Holland Park sah trübe und vergrübelt aus, trotz all der großen cremeweißen Villen und spielzeugfarbenen Automobile. Erleichtert stieg ich aus dem Taxi und gab dem Burschen einen Shilling Trinkgeld, oder fünf Pence, wie wir heute sagen müssen; er warf einen angewiderten Blick auf die Münze, fluchte gedämpft und dieselte davon. Ich grinste; Taxifahrer beleidigen ist eine der kleinen Freuden des Lebens. Feuchte Flecken auf dem Pflaster und ein Geruch nach Regen und Fäulnis. Ein Fliederbusch neben der Eingangstür stand kurz vor der Blüte. Verstohlen schwirrte eine Drossel durch die Blätter und beäugte mich prüfend, während ich wartete. Das Mädchen war eine Philippina, ein winziges, dunkles, unendlich traurig aussehendes Geschöpf, das etwas Unverständliches sagte und mir bescheiden Platz machte, als ich in die Halle trat. Marmorfußboden, italienischer Tisch, große Kupferschale mit Osterglocken, ein Konvexspiegel in barockem Blattgoldrahmen. Ich ertappte die Krankenschwester, ich meine, das Mädchen, dabei, wie es unschlüssig meine Umhängetasche, meine Sandalen und meinen Beerdigungsregenschirm musterte. Wieder sagte die Kleine etwas, wieder unverständlich, und zeigte mir mit ihrem braunen Fledermauspfötchen den

Weg und führte mich ins stille Innere des Hauses. Als ich an dem Spiegel vorüberging, bekam mein Abbild für den Bruchteil einer Sekunde einen monströsen Kopf, während sich der Rest von mir zu einer Art kompliziert verschlungenem, nabelschnurförmigem Schwanz verjüngte.

Blasse Räume, düstere Bilder, ein herrlicher Orientteppich, ganz in Rot und Violett und Wüstenbraun. Imeldas Gummisohlen quietschten diskret. Wir kamen in einen achteckigen Wintergarten mit Topfpflanzen, die geziert ihre unwirklich grünen, glänzenden Blätter spreizten, und dann öffnete sie eine Glastür zum Garten und trat mit kummervollem, einladendem Lächeln beiseite. Ich ging an ihr vorbei nach draußen. Ein Pfad aus eben ins Gras gelegten Steinplatten führte zu einer großen, dichten, dunkelgrünen Lorbeerlaube. Plötzlich ein paar flüchtige Sonnenstrahlen, und in der Luft zitterte etwas, zitterte und sank nieder. Ich ging über den Pfad. Wind, Wolke, ein flatternder Vogel. Nick wartete im wäßrigen Licht unter dem Lorbeer. Sehr still, die Hände in den Taschen, mich beobachtend. Weißes Hemd, schwarze Hose, unpassende Schuhe. Hochgekrempelte Ärmel.

Und nun: *Der Todeskampf im Garten.*

»Hallo, Victor.«

Und jetzt, nach all dem, fiel mir nicht ein, was ich sagen sollte. Ich sagte:

»Wie geht es Sylvia?«

Er warf mir einen kurzen, harten Blick zu, als hätte ich eine unpassende Bemerkung gemacht.

»Sie ist auf dem Lande. Dort gefällt es ihr besser, neuerdings.«

»Ach so.« Ein furchtloses Rotkehlchen ließ sich von einem Zweig ins Gras fallen, dicht neben Nicks Fuß, pickte irgend etwas auf und flog lautlos wieder hoch in den Baum. Nick sah aus, als ob ihm kalt war. Hatte er sich meinetwegen so herausgeputzt mit diesem hübschen Seidenhemd, den figurgünstigen Freizeithosen und den Slippers (natürlich mit einer dekorativen Goldschnalle auf dem Spann) und posierte nun hier vor dem ganzen Grün? Auch er ein Schauspieler, der seine Rolle spielte, nicht sehr überzeugend freilich. »Ich sterbe, weißt du«, sagte ich.

Er schaute weg, die Stirn in Falten gelegt.

»Ja, hab ich gehört. Tut mir leid.«

Schatten, eine Sekunde lang Sonne, dann wieder Schatten. So ein unbeständiges Wetter. Irgendwo stieß eine Amsel ihre Warnrufe aus; bestimmt waren Elstern in der Nähe; mit Elstern kenne ich mich aus.

»Wer hat es dir gesagt?«

»Julian.«

»Aha. Du siehst ihn wohl ziemlich oft?«

»Kann man so sagen.«

»Du bist offenbar eine Art Vaterfigur für ihn«, sagte ich.

»Irgend so was.«

Er beäugte meine Sandalen, meine Umhängetasche.

»Das freut mich«, sagte ich. »Jeder Mann braucht einen Vater.«

Wieder sah er mich hart an.

»Bist du betrunken?« fragte er.

»Wahrhaftig nicht. Nur etwas aus der Fassung. Ich habe gewisse Dinge erfahren.«

»Ja«, sagte er grimmig. »Ich habe gesehen, wie du auf der Beerdigung mit Querell geredet hast. War es denn wenigstens interessant?«

»Durchaus.«

Ich kreuzte die Beine und stützte mich auf den Schirm und gab mir Mühe, lässig zu wirken; die Schirmspitze bohrte sich ins Gras, und um ein Haar hätte ich das

Gleichgewicht verloren. Ich bin in einem Alter, wo man leicht einmal fällt. Und dann habe ich leider weitgehend die Beherrschung verloren und angefangen, ihm Vorwürfe zu machen, habe lauter schlimme Dinge gesagt, Anschuldigungen, Beleidigungen, Drohungen – alles Sachen, die mir, kaum, daß sie ausgesprochen waren, auch schon wieder leid taten. Aber ich konnte nicht aufhören; es brach einfach alles aus mir heraus, eine glühendheiße, schmachvolle Flut, die Bitternis, die Eifersucht, der Schmerz eines ganzen Lebens, all das quoll hervor, wie – entschuldigen Sie – wie Kotze. Ich glaube, ich habe meine Musspritze aus dem Lehmboden gezogen wie ein Schwert aus der Scheide und ihm damit drohend vor der Nase herumgefuchtelt. Wo ist sie nur geblieben, meine stoische Entschlossenheit? Nick stand bloß da und hörte zu, beobachtete mich gutmütig und aufmerksam und wartete, daß ich aufhörte, als ob ich ein ungezogenes Kind wäre, das bockig mit dem Fuß aufstampft.

»Sogar meinen Sohn hast du verdorben!« schrie ich.

Er zog eine Augenbraue hoch und verbiß sich ein Lächeln.

»Verdorben?«

»Ja, ja! – mit deinem dreckigen jüdischen Unfug. Ich hab euch doch gesehn bei der Beerdigung, ihr habt gebetet.«

Ich hätte immer weitergemacht, doch ich hatte mich an der eigenen Spucke verschluckt und mußte husten und husten und mir auf die Brust klopfen. Auf einmal fing mein Tremor an, ein vages Gefühl, als ob in mir eine kleine Maschine angesprungen wäre.

»Komm mit ins Haus«, sagte Nick. Er fror in seinem dünnen Hemd. »Für so was sind wir zu alt.«

Apfelbäume, April, ein junger Mann in einer Hängematte; ja, es muß April gewesen sein, damals, beim ersten Mal. Warum denke ich, es war Hochsommer? Mein Gedächtnis ist schlechter als sein Ruf. Vielleicht trügt mich meine Erinnerung in allen Dingen und ich habe sämtliche Einzelheiten durcheinandergebracht? Was glauben Sie, Miss V.?

Im Wintergarten setzten wir uns in zwei Korbstühle rechts und links von einem niedrigen Tischchen, das ebenfalls aus Korb war. Das Mädchen kam, und Nick bat sie, Tee zu bringen.

»Für mich Gin«, sagte ich, »wenn du nichts dagegen hast.« Ich lächelte das Mädchen an; ich war jetzt wieder ganz ruhig, nach meiner kleinen Katharsis im Garten. »Und bringen Sie doch gleich die ganze Flasche mit, ja, meine Liebe?«

Nick stützte die Ellbogen auf die Armlehnen seines Stuhls, legte die Fingerspitzen aneinander und betrachtete eingehend den Garten. An seiner fast völlig kahlen Stirn klebte ein feuchtes Lorbeerblättchen, wie ein Symbol für dieses oder jenes. Ein Windstoß fuhr durch die Weiden und klatschte im nächsten Augenblick mit den Händen an die Glasscheibe neben mir. Es fing an zu regnen, hörte aber fast sofort wieder auf. Mir ging alles mögliche durch den Sinn, Splitter, Fetzen von Vergangenheit, als würde in meinem Kopf ein verrückt gewordener Filmvorführer lauter alte, flimmernde Filmausschnitte durcheinanderwerfen. Ich erinnerte mich an eine Kostümparty zur Sommersonnenwende, die Leo Rothenstein vor fünfzig Jahren in dem großen Park in Maules gegeben hatte, unter den murmelnden Bäumen schlenderten die maskierten Gäste umher, und Lakaien im Frack schritten würdevoll mit Champagnerflaschen, die in angefeuchtete Servietten eingeschlagen waren, über den Rasen; die weiche, stille Dunkelheit und Sterne und huschende Fledermäuse und ein riesiger, knöcherner Mond. Auf einer verschnörkelten Bank neben einer grasbewachsenen Böschung küßten sich ein Junge und ein Mädchen, und das Mädchen hatte die eine Brust schimmernd entblößt. Einen Moment lang war ich dort. Ich war bei Nick, und Nick war bei mir, und die Zukunft hatte keine Grenzen. Da erschien die Philippina mit einem Tablett, und ich kam langsam wieder zu mir, kehrte zurück in die schlimme Gegenwart.

All das ist erst gestern passiert; kaum zu glauben.

Während Nick – der alte, dickbäuchige Nick mit seinen Tränensäcken – sich Tee einschenkte, packte ich die Ginflasche am Hals und goß gluckernd ein, bis das Glas gut zur Hälfte voll war.

»Weißt du noch«, sagte ich, »damals in dem Sommer, als wir nach London gekommen sind, wie wir da nachts immer durch Soho spaziert sind und lauthals Blake rezitiert haben, sehr zur Erheiterung der leichten Mädchen. *Die Tiger des Zorns sind weiser als die Rosse der Belehrung.* Er war unser Held, weißt du noch? Geißel der Heuchelei, der Streiter für Freiheit und Wahrheit.«

»In der Regel waren wir betrunken, wenn ich mich recht entsinne«, sagte er und lachte; Nick kann nicht richtig lachen, er hat es sich nur von anderen Leuten abgeguckt, bei ihm ist Lachen bloß ein Geräusch. Versonnen rührte er in seinem Tee. Diese Hände. »*Die Tiger des Zorns*«, sagte er. »Hast du damals geglaubt, daß wir das sind?«

Ich trank meinen Gin. Kaltes Feuer, heiße Eissplitter. Der zusammengerollte Regenschirm, den ich neben mir an den Stuhl gelehnt hatte, fiel mit einem dumpfen Knall auf den Marmorfußboden. Meine Requisiten wollten sich heute aber auch gar nicht benehmen.

»Weißt du, Yeats behauptet steif und fest, Blake sei Ire gewesen«, sagte ich. »Stell dir das mal vor – Blake, der Londoner, und Ire! Ich mußte gerade daran denken, wie er und sein Freund Stothard einmal zum Zeichnen mit dem Boot den Medway hochfuhren und als französische Spione verhaftet wurden. Blake hat sich fürchterlich aufgeregt, er war überzeugt, daß irgendein falscher Freund ihn bei den Behörden denunziert hatte. Unsinn, natürlich.«

Nick seufzte, was sich so anhörte, als würde aus irgend etwas die Luft entweichen, und dann lehnte er sich zurück, und das Korbgeflecht knisterte unter ihm wie ein Kartoffelfeuer. Die Tasse samt Untertasse hatte er auf dem Knie stehen und schien in das Muster des Porzellans vertieft. Die Stille klopfte wie ein Herz.

»Ich mußte geschützt werden«, sagte er schließlich müde und unwirsch. »Das weißt du doch.«

»Ach ja? Mußtest du das?« sagte ich. »Und muß ich das wissen?«

»Ich sollte doch schließlich in die Regierung gehen. Wenn wir ihnen nicht dich zum Fraß vorgeworfen hätten, wären sie mir früher oder später auf die Schliche gekommen. Es war eine kollektive Entscheidung. Persönliche Dinge haben dabei überhaupt keine Rolle gespielt.«

»Nein«, sagte ich, »alles ganz unpersönlich.«

Er sah mich wie versteinert an.

»Es ist dir doch gutgegangen«, sagte er. »Du hast deinen Posten gekriegt, dein Amt im Palast. Und du hast deinen Adelstitel bekommen.«

»Ich hab ihn aber nicht mehr.«

»Du hast dir immer viel zuviel aus Ehrungen gemacht, ein paar Buchstaben vor deinem Namen, dieser ganze kapitalistische Mist.« Er sah auf die Uhr. »Ich erwarte jeden Moment Besuch.«

»Wann hast du angefangen?« fragte ich. »War es Felix Hartmann? Oder noch eher?«

Er zuckte die Achseln.

»Ach, eher. Viel eher. Mit Querell. Wir haben gleichzeitig angefangen. Obwohl er mich immer gehaßt hat, ich weiß auch nicht, warum.«

»Und arbeitest du immer noch für sie?«

»Selbstverständlich.«

Er lächelte mit fest zusammengepreßten Lippen und leicht gerümpfter Nase; das Alter hatte das Jüdische an ihm deutlicher hervortreten lassen, noch mehr aber ähnelte er seinem nichtjüdischen Vater – dieser ausweichende Blick, der spitze kahle Schädel, die wachsamen Augen mit den schweren Lidern. Der Regen hatte unterdessen tief Luft geholt und fing entschlossen wieder an. Ich habe es immer geliebt, den Regen an die Glasscheiben trommeln zu hören. Der Tremor wird jetzt wirklich sehr schlimm, die Hände fliegen richtig, und das eine Bein geht hoch und runter wie der Steppfuß einer Nähmaschine.

»Hast du es von Vivienne erfahren?« fragte er. »Ich hatte die ganze Zeit den Verdacht, daß sie es dir erzählt hat. Und du hast dir die ganzen Jahre nichts anmerken lassen. Was bist du doch für ein schlauer alter Fuchs, Doc.«

»Warum hast du es mir nicht erzählt?«

Er stellte seine Tasse behutsam auf den Tisch und saß einen Augenblick lang da und dachte nach.

»Kannst du dich noch an Boulogne erinnern?« sagte er, »an den letzten Morgen auf diesem Munitionsschiff, als du die Nerven verloren hast? In dem Moment hab ich gewußt, ich kann dir nie vertrauen. Außerdem, du hast die Sache nicht ernst genommen, du hast nur mitgemacht, weil du es amüsant gefunden hast und weil du dadurch so tun konntest, als ob du an etwas glaubst.« Er sah mich an. »Ich habe versucht, dich zu entschädigen. Ich habe dir geholfen. Ich hab dir das ganze Zeug aus Bletchley zugespielt, damit du bei Oleg Eindruck schinden konntest. Und als du aussteigen und dich ganz der« –

leicht ironisches Lächeln –»Kunst widmen wolltest, war ich da. Was glaubst du, warum sie dich in Ruhe gelassen haben? Weil sie mich hatten.«

Ich schenkte mir noch einmal ordentlich nach. Ohne Tonic schmeckte mir der Gin noch besser, merkte ich; er war klarer so, akzentuierter, stählern scharf. Ein bißchen spät, um mir einen neuen Geschmack zuzulegen.

»Wer hat es noch gewußt?« fragte ich.

»Was? Ach so, eigentlich alle.«

»Sylvia zum Beispiel? Hast du es Sylvia erzählt?«

»Sie hat sich's denken können. Wir haben nicht darüber geredet.« Er sah mich an, zuckte bedauernd die Achseln und biß sich auf die Unterlippe. »Du hast ihr leid getan.«

»Warum hast du dem Kerl meinen Namen genannt?« sagte ich. »Warum mußtest du mich ein zweites Mal verraten? Warum konntest du mich nicht in Frieden lassen?«

Er seufzte tief und rutschte auf seinem Stuhl hin und her. Er zog ein gelangweiltes, ungeduldiges Gesicht, wie jemand, der gezwungen wird, sich eine unerwünschte Liebeserklärung anzuhören. Und genau in dieser Rolle war er ja wohl auch.

»Sie waren wieder hinter mir her.« Er lächelte; es war Viviennes eisiges Funkeln. »Ich hab's dir doch erklärt«, sagte er, »ich muß geschützt werden.« Er sah auf die Uhr. »So, jetzt ist es aber wirklich –«

»Und wenn *ich* nun mit der Presse rede?« sagte ich. »Wenn ich sie heute anrufe und ihnen alles erzähle.«

Er schüttelte den Kopf.

»Das wirst du nicht tun.«

»Ich könnte es Julian erzählen. Dann würde die Vaterfigur nicht mehr ganz so hell erstrahlen.«

»Auch das wirst du nicht tun.« Von weitem hörten wir die Türglocke schellen. Er stand auf und bückte sich, um meinen Regenschirm aufzuheben. »Du hast ja ganz nasse Socken«, sagte er. »Wieso trägst du denn bei diesem Wetter Sandalen?«

»Ballenentzündung«, sagte ich und lachte, ein klein wenig hysterisch, fürchte ich; es war der Gin, keine Frage. Nick sah wieder auf die Umhängetasche. Ich schüttelte sie. »Ich hab eine Pistole mitgebracht«, sagte ich.

Er schaute weg und schnalzte unwirsch mit der Zunge.

»Kümmern sie sich um dich?« fragte er. »Das Department, meine ich. Pension und so weiter?« Ich schwieg. Wir machten uns auf den Weg zur Tür. Im Gehen drehte er mir den ganzen Oberkörper zu und sah mir ins Gesicht. »Hör zu, Victor, ich –«

»Laß sein, Nick«, sagte ich. »Laß sein.«

Er machte Anstalten, weiterzusprechen, besann sich aber eines Besseren. Ich fühlte, daß noch jemand außer uns im Haus war. (Waren Sie es, meine Teure? Na, was ist, haben Sie sich da etwa in einem dieser blattgoldenen Vorzimmer herumgedrückt?) In der Halle kam das Mädchen – warum will ich immer die Krankenschwester sagen? – aus dem Schatten und hielt mir die Tür auf. Ich trat rasch hinaus auf die Vortreppe. Der Regen hatte wieder aufgehört; die Fliederblätter tropften. Nick legte mir die Hand auf die Schulter, aber ich entzog mich seiner Berührung.

»Ach, übrigens«, sagte ich, »ich vermache dir den Poussin.«

Er nickte, nicht im mindesten überrascht; das Lorbeerblättchen klebte immer noch an seiner Stirn. Und zu denken, daß ich ihn einst für einen Gott gehalten habe. Er trat zurück und hob den Arm zu einem merkwürdig feierlichen Gruß, der weniger an ein Lebewohl erinnerte als vielmehr an einen hämischen Segen. Ich ging schnell davon, die nasse Straße hinunter, durch Sonnenschein und flüchtige Schatten, und schwenkte meinen Schirm, und an der Seite baumelte die Umhängetasche. Bei jedem zweiten Schritt schlug sie mir mit ihrer Last ans Schienbein; ich achtete nicht darauf.

*

Ich hoffe, Miss Vandeleur wird nicht allzu enttäuscht sein, wenn sie vorbeikommt, um endgültig aufzuräumen – ich bin mir ganz sicher, daß sie es sein wird, die er herschickt. Die heiklen Sachen habe ich größtenteils bereits vernichtet; im Keller gibt es eine sehr gut funktionierende Verbrennungsanlage. Und diese – ja, was? – diese Memoiren? diese frei erfundenen Memoiren? – soll sie selbst entscheiden, wie sie sich ihrer am besten entledigt. Ich gehe davon aus, daß sie sie sofort zu ihm tragen wird. Er hatte immer seine Mädchen. Wie konnte ich nur glauben, daß Skryne sie auf mich angesetzt hat! Ich habe so viele Dinge so kläglich falsch verstanden. Nun sitzen wir hier, die Webley und ich, in stillschweigendem Einverständnis. Ein Dramatiker aus dem neunzehnten Jahrhundert, mir fällt im Moment nicht ein, wer es war, hat den klugen Satz gesagt, wenn im ersten Akt ein Revolver auftaucht, dann muß er im dritten losgehen. Ja, *le dernier acte est sanglant* ... Soviel zu meiner Pascalschen Wette; ohnedies eine primitive Vorstellung.

Welch ein prächtiger Himmel heute abend, von Blaßblau über Kobalt bis hin zu sattem Violett, und die großen Wolkenberge von der Farbe schmutzigen Eises, mit weichem Kupfer an den Säumen, die von West nach Ost ziehen, fern, gemessen, ohne Laut. Ein Himmel, wie Poussin ihn so gern über seine luftigen Tragödien von Tod und Liebe und Verlust gesetzt hat. Es gibt darin zahllose freie Stellen; ich warte auf eine von der Form eines Vogels.

In den Kopf oder durchs Herz? Das ist nun das Dilemma.

Vater, das Tor ist offen.

# DANKSAGUNG

Über die Spione von Cambridge sind viele Bücher geschrieben worden; die meisten habe ich nicht gelesen. Die folgenden drei aber haben mir sehr geholfen:

Barrie Penrose und Simon Freeman, *Conspiracy of Silence* (Grafton, London 1986)

John Costello, *Mask of Treachery* (William Morrow and Company, New York 1988)

Yuri Modin, *My Five Cambridge Friends* (Headline, London 1994)

Erwähnen möchte ich außerdem:

F. H. Hinsley und Alan Stripp (Hg.), *Code Breakers: The Inside Story of Bletchley Park* (Oxford University Press, Oxford 1993)

Philip Ziegler, *London at War 1939-1945* (Sinclair-Stevenson, London 1995)

John Stallworthy, *Louis MacNeice* (Faber & Faber, London 1995)

Antony Blunt, *Poussin* (Pallas Athene, London [Reprint], 1995)

Isaiah Berlin, *Karl Marx* (Thornton Butterworth, London 1939)